Superschlachtschiff der IMPERIUMS-Klasse mit dreistufigem Zusatztriebwerk

Allgemeines:

Die Schiffe dienten vor allem für Einsätze in entlegenen Gebieten der Galaxis und als Transporter für Nachschub. Speziell für diesen Typ wurden auf sicheren Planeten Bodenhangars angelegt (s. Zeichnung). Jede Stufe besitzt ein autarkes Triebwerk, Gesamtlänge des Zusatztriebwerkes: 1200 Meter, Durchmesser: 400 Meter.

Perry Rhodan

Bezwinger der Zeit

Perry Rhodan
Bezwinger der Zeit

**Verlagsunion Erich Pabel-
Arthur Moewig KG, Rastatt**

5. Auflage
Alle Rechte vorbehalten
© 1988 by Verlagsunion Erich Pabel-
Arthur Moewig KG, Rastatt
Redaktion: Horst Hoffmann
Beratung: Franz Dolenc
Satz: Utesch Satztechnik, Hamburg
Druck und Bindung: Mohndruck
Graphische Betriebe GmbH, Gütersloh
Printed in Germany 1991
ISBN 3-8118-2045-1

Einleitung

Kritiker der PERRY RHODAN-Serie fragen nicht ganz zu Unrecht danach, wie es denn um die Demokratie in einem Staatssystem bestellt sei, das über viele Jahrhunderte hinweg von der immer gleichen „Clique der Unsterblichen" regiert wird. Bemängelt wird auch, daß es fast kaum Romane gibt, in denen auf die innenpolitische Situation des Solaren Imperiums eingegangen wird, auf die Frage, *weshalb denn* ein Perry Rhodan überhaupt so lange am Ruder bleiben konnte – wenn doch in regelmäßigen Abständen Wahlen stattfinden.

In dem vorliegenden Buch findet sich vielleicht ein Teil der Antwort. Perry Rhodan steht kurz vor dem „Sturz" durch die Administratoren der von Menschen gegründeten Kolonien. Daß es nicht dazu kommt, scheint einmal mehr am berühmten „äußeren Gegner" zu liegen, der die Menschheit zu einer Einheit zusammenschweißt – wie schon in den Anfangstagen der Dritten Macht (siehe PERRY RHODAN-Buch 1).

Damit, mit der Einigung der zerstrittenen Menschen und dem Verhindern des drohenden Atomkriegs, begann aber auch der Mythos dieses Mannes, der von Anfang an ein Ziel vor Augen hatte – die Sterne, die Erschließung des Weltraums für eben die Menschheit, zu deren Repräsentant er wurde. Man mag ihn als einen Träumer bezeichnen, mit allen Schwächen eines solchen, aber niemals wurde es offenbar, daß ein Perry Rhodan um der Macht willen an dieser hing. Im Gegenteil; ein Mann wie Rhodan würde es sich gewiß manches Mal gewünscht haben, die Verantwortung an andere abzugeben, die auf seinen Schultern lastet.

Und jetzt der Konflikt mit den Meistern der Insel. Wagnisse, die leicht die Auslöschung der Menschheit zur Folge haben könnten. Andere mögen bereit sein, der fraglichen Sicherheit willen lieber die Herrschaft der MdI zu ertragen – nicht ein Perry Rhodan, der in der Verantwortung steht, die Gegner kennengelernt hat und gerade durch die „Unsterblichkeit" bereits das erlangt hat, was man (zugegeben: phrasenhaft) als kosmisches Bewußtsein bezeichnet. Er führt den

5

Kampf fort, nicht um seiner selbst willen, sondern für die Menschheit, die er zu den Sternen geführt hat und die von ihm erwarten kann und muß, daß er nun auch zusieht, wie er sie sicher aus den Strudeln der – ungewollten – intergalaktischen Konflikte wieder herausführt.

Ein „kosmischer Führer" also? Mit Sicherheit nicht. Keiner der Autoren hätte sich dazu hergegeben, eine solche Figur aufzubauen und zu schildern. Ein Mann, der eine Zentnerlast auf den Schultern trägt, aber in sich auch die Sehnsucht nach einem Universum, in dem alle Wesen in Frieden miteinander leben. Das ist „unser" Perry. So verstanden ihn die Autoren seit Band 1 der Serie, und so verstehen ihn die Leser.

Die zu diesem Buch zusammengefaßten Originalromane sind *Befehle aus der 5. Dimension* von *K. H. Scheer*; *In geheimer Mission auf Lemuria, Die Bezwinger der Zeit, Anschlag auf die Erde* und *Die dritte Waffe* von *William Voltz* und *Jagd auf die Teleporterkugel* von *H. G. Ewers.*

Es bleibt mir wie stets der schon obligatorische, aber herzliche Dank an Franz Dolenc und die vielen Leser, ohne deren Kritiken und Anregungen es die PERRY-RHODAN-BIBLIOTHEK in dieser Form heute nicht gäbe. Und natürlich an die Autoren der Originalromane (Johnny Bruck nicht zu vergessen!) und G. M. Schelwokat, der viel für den Erfolg der PERRY RHODAN-Serie getan hat.

Rastatt, im Sommer 1987 Horst Hoffmann

Zeittafel

1971   Perry Rhodan erreicht mit der STARDUST den Mond und trifft auf die Arkoniden Thora und Crest.

1972   Mit Hilfe arkonidischer Technik Aufbau der Dritten Macht und Einigung der Menschheit.

1976   Das Geisteswesen *ES* gewährt Perry Rhodan die relative Unsterblichkeit.

1984   Galaktische Großmächte versuchen, die Menschheit zu unterwerfen.

2040   Das Solare Imperium ist entstanden. Der unsterbliche Arkonide Atlan taucht auf.

2102   Entdeckung der Akonen im Blauen System.

2103   Perry Rhodan erhält von *ES* seinen Zellaktivator.

2114   Bündnis mit den Posbi-Robotern nach Kampf um die Hundertsonnenwelt.

2326   *ES* verstreut 25 Zellaktivatoren in der Galaxis.

2327   Terraner entdecken das Zweite Imperium der Blues.

2328   Sieg über die Blues und Friedensvertrag zwischen den galaktischen Imperien.

2400   Entdeckung der Transmitterstraße nach Andromeda und Kampf gegen die Maahks. Perry Rhodan hört erstmals von den geheimnisvollen Herren Andromedas, den Meistern der Insel (MdI).

2401   Die Invasion der Milchstraße durch die Maahks aus Andro-Alpha wird mit Hilfe der Parasprinter abgewehrt.

2402   Terranischer Vorstoß in den Andromeda vorgelagerten Betanebel. Neutralisierung der Kontrollstation Modul, der letzten Bastion der MdI in Andro-Beta.

2404   Mit dem neuen Flaggschiff CREST III fliegen Terraner und Verbündete unter Perry Rhodan die Andromeda-Galaxis an und entdecken die völlig menschenähnlichen Tefroder, das wichtigste Hilfsvolk der MdI. Erste Begegnung mit einem Meister der Insel. Durch die Zeitfalle Vario wird die CREST III um rund 50 000 Jahre in die Vergangenheit versetzt. Zusammentreffen mit den Lemurern („Erste Menschheit"), den gemeinsamen Vorfahren von Tefrodern, Terranern und der meisten hominiden galaktischen Völker. Der Kampf um die Rückkehr in die Realzeit beginnt.

Prolog

Seit jenem Tag im Jahr 2400, an dem Icho Tolots vage Hinweise zur Entdeckung des galaktischen Sonnentransmitters aus sechs blauen Riesensternen führten, ist vieles geschehen. Von ungeheuren Gewalten ins Nichts zwischen den Galaxien geschleudert, mußten Perry Rhodan und seine Begleiter mit der CREST II in den Fallensystemen der Unbekannten, die von ihren Hilfsvölkern geheimnisvoll „Meister der Insel" (MdI) genannt werden, um ihr Leben kämpfen.

Genaueres weiß selbst Grek-1, der nach einem gescheiterten Invasionsversuch der Milchstraße zu den Terranern übergelaufene Geheimdienstchef der Maahks, nicht über die Beherrscher Andromedas auszusagen. Die Maahks, wasserstoffatmende Intelligenzen und vor 10 000 Jahren von den Arkoniden aus der Milchstraße vertrieben, leben als unfreiwilliges Hilfsvolk der MdI im Andromeda vorgelagerten Zwergnebel Andro-Alpha.

Im Jahr 2402 ist es den Terranern gelungen, in einem weiteren intergalaktischen Transmittersystem Fuß zu fassen. Von dort aus dringt Perry Rhodan in die zweite zu Andromeda gehörende Kleingalaxis Andro-Beta ein, um mehr über die Pläne des Gegners und die Bedrohung der Milchstraße zu erfahren. Die Skrupellosigkeit der MdI wird deutlich, als durch einen Hyperbefehl alle Welten der Twonoser vernichtet werden, die in Andro-Beta als Wächtervolk der MdI fungierten und dabei versagten, die Eindringlinge unschädlich zu machen. Der Planet Gleam wird zum terranischen Stützpunkt.

Mit der Vernichtung des Andro-Beta-Sonnentransmitters durch die MdI ist den Beherrschern Andromedas der direkte Zugriff auf die Zwerggalaxis abgeschnitten.

Im Jahr 2404 erfolgt mit dem neuen Flaggschiff CREST III der erste direkte terranische Vorstoß nach Andromeda, wo inzwischen heftige Auseinandersetzungen zwischen den rebellierenden Maahks aus Andro-Alpha und den Hilfsvölkern der MdI im Gange sind. Als wichtigen Verbündeten gewinnt Perry Rhodan den Kosmischen Ingenieur Kalak.

Ein Schock erwartet die Terraner, als sie den „Sektorenwächtern" begegnen: Die Tefroder als bisher wichtigstes Hilfsvolk der MdI sind auch in ihrer Kultur so absolut menschenähnlich, daß Rhodan nicht an einen Zufall glauben kann. Der zweite Schock ist die Erkenntnis, daß viele tefrodische Raumschiffsbesatzungen aus Duplos bestehen, nach Atomschablonen ihrer Originale erschaffenen Kopien, die bei einem Versagen durch Hypersignale getötet werden können.

Die MdI reagieren kompromißlos auf das Eindringen der Terraner in ihren Herrschaftsbereich. In die Zeitfalle Vario gelockt, wird die CREST um (zeitlich) über 50 000 Jahre in die Vergangenheit und (räumlich) in die Heimatgalaxis zurückversetzt, wo zu dieser Zeit ein galaktischer Krieg zwischen Lemurern und Halutern tobt. Die Niederlage der Lemurer ist bereits besiegelt. Um den Vernichtungskommandos der Haluter zu entkommen, fliehen die Überlebenden durch die Sonnentransmitter in großem Maßstab in die Andromeda-Galaxis. Zum zweitenmal wird Perry Rhodans Weltbild erschüttert, als er erkennen muß, daß die Lemurer ihr Sternenreich von der Erde aus beherrschen, die in dieser Zeit Lemur heißt. Sie sind die Vorfahren aller humanoiden Völker der Galaxis und der Tefroder, die aus den nach Andromeda Geflüchteten hervorgehen.

Der Kampf um die Rückkehr in die Realzeit beginnt, wobei sich herausstellt, daß die MdI ihre Zeitagenten in wichtige Positionen der Lemur-Hierarchie eingeschleust haben. Von der Realzeit aus operierend, üben sie Kontrolle aus und lassen Jagd auf die CREST und ihre Besatzung machen. Perry Rhodan ist jedoch entschlossen, alles zu riskieren, um in seine Zeit zurückzufinden und die Heimatgalaxis vor der befürchteten Großoffensive aus Andromeda zu warnen. Es beginnt eine Odyssee in einer Zeit, in der mannigfaltige Gefahren auf die Versprengten lauern. Die Macht der MdI erscheint grenzenlos, zumal es sich bei den beiden bisherigen Aufeinandertreffen mit einem Meister der Insel, äußerlich absolut menschenähnlichen Wesen, gezeigt hat, daß diese über Zellaktivatoren verfügen und dadurch relativ unsterblich sind. . .

1.

Leutnant Ische Moghu, ein Afroterraner mit der beachtlichen Größe von zwei Metern, wandte beim Aufklingen des Summtons den Kopf. Auf dem Bildschirm direkt neben Hauptschott I erschien ein Rangsymbol.

Vier Kometen in Silber, dachte Ische.

Er zog die langen Beine an, drückte auf den Verstellknopf der Rückenlehne und ließ sich von dem hochfahrenden Gliedersessel in Sitzposition bringen.

Erst dann stand er auf.

Gähnend, einen mißbilligenden Blick auf das aus drei Mann bestehende Wachkommando werfend, griff Ische nach seinem Funkhelm und zog ihn über den kraushaarigen Kopf.

„Die Halunken schlafen wirklich!" sagte Moghu vor sich hin. Er beugte sich über einen mit offenem Mund schnarchenden Korporal, legte die Hände trichterartig vor die Lippen und brüllte dem stoppelbärtigen Mann ins Ohr:

„Kommandant erscheint. Aufwachen, hopp-hopp."

Der Korporal fuhr auf. Mit schwankenden Beinen kämpfte er um seine Balance und fluchte.

„Na, hören Sie mal!" meinte Ische grinsend. „Muß das sein? Die Disziplin an Bord des solaren Flottenflaggschiffes läßt neuerdings zu wünschen übrig. Ah, die anderen Herren sind auch schon erwacht. Darf ich Ihnen das Frühstück servieren?"

Ische musterte die drei Unrasierten mit einem überlegenen Blick und behauptete dazu:

„Mir würde es nie einfallen, während der erwiesenermaßen unwichtigen Wache vor Zentralehauptschott I einzuschlafen."

„Sie sehen aber auch nicht sehr munter aus", murrte der noch immer erboste Korporal und stocherte mit dem kleinen Finger im Ohr herum. „Wissen Sie zufällig, wer mir vorschriftswidrig in mein rechtes Gehörorgan gebrüllt hat?"

Leutnant Moghu sah auf den Kontrollschirm. Das Kometensymbol vergrößerte sich; ein Zeichen, daß der von der Kontrollautomatik registrierte Kommandant unterdessen den Zentralerundgang erreicht hatte.

„Nein, keine Ahnung. Vielleicht hat sich ein prähistorisches Mammut darin niedergelassen."

„Sie haben auch schon bessere Witze gemacht", meinte der Korporal mürrisch. „Zum Teufel, was will der Alte um diese Stunde in der Zentrale? Da haben bekanntlich die kleinen, ewig unterdrückten Dienstränge Wache zu schieben und für das leibliche Wohlergehen der Kometenträger zu sorgen. Es wird ihn doch wohl kein Übergeschnappter geweckt haben?"

„Ausgeschlossen", lehnte Ische ab. „Ein aus dem Schlaf gerissener Kommandant ist so etwas wie eine Naturkatastrophe; besonders dann, wenn es sich um einen umweltangepaßten Epsaler handelt. Vielleicht stehen Sie bald auf Ihrem Posten."

Als das meterstarke Panzerschott aufschwang und ein 1,60 Meter großer, aber ebenso breiter Mann hereinstampfte, standen die vier Besatzungsmitglieder der CREST III rechts und links des von Rechenautomaten begrenzten Laufganges. Weiter hinten, im Zentrum der Zentrale, bemerkte niemand, daß Oberst Cart Rudo erschienen war. Es war fünf Uhr früh Bordzeit.

Ische Moghu machte seine Meldung und legte die Hand an den Helmrand.

Der Korporal dachte mit abklingendem Zorn daran, der Kommandant sehe wieder einmal aus wie ein abgebrochener Riese.

Cart Rudo grinste breit. Er blieb stehen, stemmte die muskulösen Arme in die Hüften und sah zu Moghu hinauf.

„Verrückt geworden?" erkundigte er sich mit seiner dröhnenden Stimme. „Was soll der Unsinn?"

Ische blieb die Sprache weg. Es war erschütternd, einen Flaggschiffskommandanten solche Worte sprechen zu hören.

„Vorschriftsmäßige Meldung, Sir", sagte Moghu gedämpfter.

„Sparen Sie Ihre Kräfte. Ist hier alles in Ordnung?"

Ische entschloß sich, seine stramme Haltung aufzugeben. Bei Cart Rudo wußte man nie, was er von seinen Männern erwartete.

„Alles in Ordnung, Sir. Der Eins-WO versteht es prächtig, die CREST genau auf dem Punkt zu halten."

Rudo schmunzelte unterdrückt und wandte sich ab.

Moghu sah ihm sinnend nach und dachte an die Verantwortung, die auf den Schultern dieses Mannes lastete.

„Vorsicht", mahnte der Korporal beunruhigt. „Großer Uranus –
heute scheint die ganze Prominenz aufzukreuzen. Goldene Kometen,
eine Nova und jetzt auch noch USO-Symbole. Sir, es passiert bald
etwas."

Perry Rhodan, der Großadministrator des Solaren Imperiums und
verantwortlicher Expeditionschef, erschien in der Druckschleuse.
Moghu verzichtete auf eine zweite Meldung.

Rhodan nickte ihm geistesabwesend zu und eilte zum Mittelpunkt
der Zentrale.

Nach ihm erschien der Oberkommandierende der USO, Lordadmiral Atlan. Die weißblonde Mähne des ehemaligen Arkonidenimpera-
tors wogte unter dem Rand der Bordmütze hervor und bedeckte sein
Genick.

Atlan verhielt den Schritt, beugte sich nach vorn und schaute in
Moghus Gesicht.

„Wenn mich nicht alles täuscht, zerbersten Sie bald vor Neugierde.
Fünf Uhr früh, nicht wahr?"

Leutnant Moghu nickte.

„Begeben Sie sich auf Ihre Manöverstationen. Die KC-1 unter
Major Don Redhorse kommt herein. Beeilen Sie sich."

Da wußte Ische Moghu, was das Erscheinen der Verantwortlichen
zu dieser frühen Stunde zu bedeuten hatte. Die Ortungsmeldung war
anscheinend unter Umgehung des üblichen Dienstweges direkt in
Rhodans Kabine weitergeleitet worden, oder Moghu hätte etwas
davon hören müssen.

Atlan verschwand im weiten Rund der Zentrale. Weiter vorn klangen Befehle auf.

„Habe ich es nicht gesagt?" bemerkte der Korporal. Er fuhr sich mit
dem Handrücken über das unrasierte Kinn. Es knirschte.

„Sie sollten unter die Weissager gehen", lenkte Moghu ab. „Vorsicht, machen Sie dem lebenden Panzer Platz."

Der Korporal wich zur Seite. Oberst Melbar Kasom, Spezialist der
USO und Atlan direkt unterstellt, kam herein. Er nickte den Terranern zu, gähnte mit beachtlicher Geräuschentwicklung und lehnte sich
gegen die Schotteinfassung. Kasom war zweieinhalb Meter groß und
16,3 Zentner schwer. Seine Stimme klang wie das Grollen eines Ge-
witters.

„Ihr Helden seht aus wie die Urmenschen von Terra. Gibt es hier
keine Bartentfernungscreme mehr?"

13

„Unser Versorgungschef, Major Bernard, hat vor drei Tagen mit Rationalisierungsmaßnahmen begonnen", grinste Moghu. „Wenn wir bis zu unserem Lebensende in der Vergangenheit bleiben müssen, bietet sich uns somit die Gelegenheit, wenigstens bei wichtigen Anlässen ohne Gesichtsschmuck zu erscheinen."

Kasom runzelte die Stirn. Sein sandfarbener Haarkamm sträubte sich etwas.

„Warten Sie ab, welche Nachrichten Redhorse mitbringt. Ich will nicht mehr Kasom heißen, wenn der Sektor um das galaktische Sonnensechseck noch immer von der lemurischen Flotte abgeriegelt wird. Schließlich haben wir einen Zwischensprung von fünfhundert Jahren in die Relativzukunft gemacht; alles nur zu dem Zweck, der lemurischen Gefahr zu entgehen."

Kasom schritt davon. Moghu blickte ihm unbewegt nach. Er rührte sich auch nicht, als der Korporal mit deutlicher Ironie bemerkte:

„Das war eine psychologische Beruhigungspille, Freunde. Wir wissen verdammt genau, weshalb der Chef durch den Zwischenzeittransmitter gegangen ist. Darf ich mich mit meinen Leuten als entlassen ansehen, Sir?"

„Sie dürfen", bestätigte Moghu geistesabwesend. „Begeben Sie sich auf Ihre Manöverstationen. Übrigens, Korporal, Ihre Theorien können Sie für sich behalten."

Die drei Männer entfernten sich. Sekunden später gellten die Alarmglocken durch das Schiff. Cart Rudo meldete sich über die Bordverständigung.

„Manöveralarm. Klar zur Einschleusung KC-1. Maschine – Hochenergieschaltung für Traktorwerfer einleiten, Ende."

Die Bestätigungen der verantwortlichen Techniker liefen ein. Ische Moghu achtete nicht mehr darauf. Er dachte nur noch an Don Redhorse; jenen Mann, dem man nachsagte, er sei mit dem Teufel im Bunde.

Redhorse war mit drei Sechzig-Meter-Korvetten vor einigen Tagen Bordzeit gestartet, um die Lage im Zentrum der Galaxis zu erkunden. Die CREST III hatte unterdessen im Ortungsschutz einer Randzonensonne gewartet.

Wenn die militärische Situation nahe dem galaktischen Sechsecktransmitter so war, wie es sich Rhodan und Atlan erhofften, stand einer Rückkehr des Ultraschlachtschiffes in den Andromedanebel nichts mehr im Wege.

14

Technische Schwierigkeiten mit den Schaltanlagen auf Kahalo, dem Justierungsplaneten des Ferntransmitters, glaubte man beseitigen zu können. Entscheidend für das Schicksal von fünftausend Männern war die Frage, was innerhalb von fünfhundert Jahren aus der lemurischen Wachflotte über Kahalo geworden war. Es bestand die theoretische Möglichkeit, daß die alten Lemurer bei ihrer Flucht zum Andromedanebel zahlreiche Robotschiffe zurückgelassen hatten, mit der Aufgabe, Kahalo vor allen Unbefugten abzuschirmen.

Da man jedoch Kahalo in der Realzeit unversehrt vorgefunden hatte, basierte die Annahme, der Justierungsplanet könne in der Vergangenheit vernichtet worden sein, auf schwachen Füßen.

Icho Tolot, der halutische Wissenschaftler, hatte die Frage nach der damaligen Strategie seiner frühen Vorfahren nicht beantworten können.

Die CREST III war durch die Zeitfalle Vario in das Jahr 49 988 v. Chr. zurückgeschleudert worden. Die damalige Menschheit, die Lemurer, hatten dem ständig wachsenden Druck der halutischen Offensiven weichen müssen und mit Hilfe des Sonnentransmitters den Rückzug zum Andromedanebel durchführen können.

Im Verlauf dieser gigantischen Völkerwanderung, in die auch viele Kolonialvölker der Erde einbezogen worden waren, war es zu einer Fülle von Ereignissen gekommen, die schließlich zu Rhodans Entschluß geführt hatten, diese gefährliche Epoche zu verlassen.

Die Möglichkeit zu einem Sprung in die sogenannte Relativzukunft hatte sich durch die Benutzung eines kleinen Zwischenzeittransmitters auf Wega VI geboten. Die dort stationierte tefrodische Besatzung hatte erwartunsgemäß reagiert und die Terraner um 500 Jahre in die Relativzukunft versetzt. Die anschließenden Abenteuer hatte man relativ glimpflich überstanden und auch Redhorse und seine Begleiter von der Erde abgeholt, wohin sie durch einen Materietransmitter während eines Angriffes der Thermoflammer und Poler verschlagen worden waren.

Der damalige Hauptkontinent der Erde, Lemuria, war bereits im Pazifischen Ozean versunken. Der von dem zerplatzten Planeten Zeut erzeugte Gasring schwächte das Sonnenlicht so stark ab, daß auf Terra die letzte Eiszeit angebrochen war.

Wieder war es zu einer Begegnung mit einem Spezialkommando der Meister der Insel gekommen.

Toser-Ban, der geheimnisvolle Befehlshaber dieser Fängergruppe,

15

war dabei von Atlan getötet worden. Seitdem bewegte sich die CREST in einem ziellosen Flug durch die Galaxis; immer bemüht, den überall auftauchenden halutischen Verbänden auszuweichen und eine Möglichkeit zu finden, den Sechsecktransmitter als Transportmittel zu benutzen.

Von der lemurischen Flotte, die einst die Milchstraße beherrscht hatte, war nichts mehr zu sehen gewesen. Die Übergiganten von Halut hatten ihren Siegeszug angetreten. Zahlreiche Erkundungsergebnisse wiesen aus, daß die Haluter zielstrebig dabei waren, die militärischen Siege in wirtschaftliche Erfolge umzuwandeln.

Die CREST hatte viele Beiboote ausgeschleust, um die Situation in der Galaxis zu erkunden. Dabei war bestätigt worden, was man ohnedies schon vermutet hatte. Der totale Sieg der Haluter über die Erste Menschheit war *nicht* erreicht worden.

Die von lemurischen Menschen abstammenden Kolonisten hatten nicht alle die Heimatgalaxis verlassen. Die Korvetten der CREST hatten allein achtundzwanzig erdähnliche Planeten gefunden, deren Bevölkerungen von dem Krieg verschont geblieben waren. Bei diesen Welten handelte es sich zumeist um weit abseits liegende Himmelskörper, die sowohl von den Planern der lemurischen Fluchtbewegungen als auch vom Admiralstab der Haluter übersehen worden waren.

Einer dieser Planeten war Sphinx im Blauen System. Dort hatten sich die Vertreter der Menschheit durch geschickte Schachzüge so abriegeln können, daß es nicht zu einem einzigen Angriff auf das große System gekommen war.

Man hatte die wertvollen Industrieanlagen in vollem Umfange erhalten und sie durch Fachkräfte weiter ausbauen können. Der damalige Tamrat des Blauen Systems war auch entschlossen genug gewesen, der allgemeinen Aufforderung zur Flucht nicht nachzugeben und auf sein Glück und seine Geschicklichkeit zu vertrauen.

Der große Plan, einen Teil der Menschheit vor den Versklavungskommandos der Haluter zu bewahren, war gelungen. Aus diesen Menschen waren die Akonen der Realzeit hervorgegangen.

Sie hatten in aller Stille und immer auf der Hut vor Halut ihr neues Reich ausgebaut, mit der Zeit ihren Ursprung vergessen und eine autarke Kultur gebildet.

Von den Akonen hatten sich etwa dreißigtausend Jahre später, also um das Jahr 20 000 v. Chr., die Arkoniden abgespalten. Sie hat-

16

ten sich als autark erklärt und im abseits gelegenen Kugelsternhaufen M-13 das arkonidische Imperium gegründet.

Diesem Volk entstammte Atlan.

Andere Kolonialvölker hatten das Versteckspiel der Akonen mit mehr oder weniger Erfolg nachgeahmt. Auf diesen Planeten war es jedoch durchweg zu einem Rückschritt in Technik und Wissenschaft gekommen.

Rhodan konnte sich nun ein recht genaues Bild über den Werdegang der Menschheit und all der vielen Völker machen, die man in der Realzeit entdeckt hatte.

Die biologische Leitlinie war so unverkennbar gewesen, daß die Wissenschaftler des Solaren Imperiums Jahrhunderte vor dem Rätsel gestanden hatten, wieso fast alle Völker menschenähnlich waren.

Diese Frage war gelöst worden.

Für Rhodan waren die Erkenntnisse augenblicklich bedeutungslos. Er betrachtete es als vordringliche Aufgabe, nach Andromeda zurückzukehren und nach Wegen zu suchen, um durch die Zeitfalle Vario einen Weg zurück in die Realzeit zu finden.

Die KC-1, das Flaggschiff der Ersten Korvettenflottille an Bord des Ultraschlachtschiffes CREST III, war kaum in der Hangarschleuse angekommen, als Don Redhorse bereits im Bodenluk erschien.

Das Gesicht des schlanken Mannes wirkte abgezehrt. Er grüßte flüchtig und bemühte sich offensichtlich, dem Schleusenpersonal eine zuversichtliche Miene zu zeigen. Es gelang ihm nicht ganz.

Redhorse schob den Klapphelm seines leichten Druckanzuges in die Schulterhalterungen zurück, klemmte seine Kunststoffmappe fester unter den Arm und eilte auf die aufgleitenden Innentore der riesigen Luftschleuse zu.

„Er wartet kaum den Druckausgleich ab", sagte ein Techniker zum Kontrolloffizier der Hangarkette I. „Schlechte Zeichen. Oder haben Sie den Indianer schon einmal nervös gesehen?"

„Kaum. Immerhin ist er schon ausgestiegen, ehe er frei atmen konnte. Männer mit schlechten Nachrichten haben es nicht so eilig. Ist das ein Argument?"

„Hmm . . . !"

Don Redhorse ignorierte die fragenden Blicke der Männer. Er suchte nach einem Scherzwort, ließ sich aus dem Druckanzug helfen und schaute sich dabei unauffällig nach dem Offizier um, den er zu sehen erwartete.

Er fand ihn! Der hochgewachsene USO-Befehlshaber stand bereits vor dem Druckschott des Antigravliftes. Atlans Gesicht war noch ausdrucksloser als das des Flottillenchefs.

Don ging auf ihn zu, grüßte leger und ergriff die dargebotene Rechte.

„Willkommen, Rotes Pferd. Deine weißen Brüder erwarten dich", erklärte Atlan launig. „Gute Reise gehabt?"

„Fast zu gut, Sir."

„Halutische Verbände?"

„Hier und da eine Ortung. Einzelfahrer, keine Verbände. Die Herren scheinen mit dem Auftauchen terranischer oder besser gesagt lemurischer Einheiten nicht mehr zu rechnen. Unser Zeitsprung um fünfhundert Jahre in die Relativzukunft hat sich in dieser Hinsicht gelohnt. Bei der nötigen Vorsicht ist man in den Randsektoren der Milchstraße ziemlich sicher."

Redhorses Lächeln wirkte unecht. Atlan kniff die Augen zusammen und warf einen forschenden Blick zu den atemlos lauschenden Männern der Schleusenbesatzung hinüber.

„Das war der Zweck der Übung. In Ordnung, gehen wir erst einmal nach oben. Wo stehen Ihre anderen Aufklärungseinheiten?"

„Nosinsky und Kagato haben sich befehlsgemäß von mir abgesetzt. Sie werden in Abständen von sechs Stunden die Wartebahn anfliegen. Es war mir zu riskant, mit einem Dreierpulk vor der CREST aufzukreuzen."

„Natürlich. Klug gehandelt. Kommen Sie."

Atlan gab den Weg frei. Redhorse trat in das Antischwerefeld des Schachtes und stieß sich behutsam ab. Er schwebte langsam nach oben. Die Hangars der Ersten Flottille lagen unterhalb des Mitteldecks und des äquatorialen Maschinenringwulstes.

Atlan hatte sich etwas fester abgestoßen. Er holte Don ein, umfaßte seinen Arm und stoppte dann die Aufwärtsbewegung durch einen Griff an die Halteklammern.

Beide Männer hingen schwerelos in dem Schacht. Sie waren allein. Hier gab es auch keine Interkomanlage.

Atlans Gesichtsausdruck hatte sich verändert.

„Beenden wir das Spiel, Cheyenne! Sie sind natürlich ständig halutischen Verbänden in die Quere gekommen, oder?"

Redhorse lachte gequält auf.

„Verbänden? Wenn Sie Flotten gesagt hätten, Sir, würde es eher zutreffen. Die Galaxis wimmelt von halutischen Einheiten. Ich bin wenigstens fünfzigmal geortet worden. Viermal half nur ein blitzartiges Absetzungsmanöver in den Linearraum. Selbst da war ich nicht sicher, ob mir keiner auf den Fersen war."

„Ist es Ihnen gelungen, bis zum galaktischen Zentrum vorzustoßen?"

„So lautete mein Auftrag. Ich konnte ihn ausführen; allerdings erst dann, nachdem ich mich entschlossen hatte, auf die Ortungen zu pfeifen. Es gab keine andere Möglichkeit. Ungesehen kommt niemand in den Sektor von Kahalo hinein."

Atlan schloß die Augen und atmete schwer. Gepreßt erklärte er schließlich:

„Sie brauchen mir nichts mehr zu sagen, Don. Kahalo und wahrscheinlich auch das Sonnensechseck werden von halutischen Flotten abgeriegelt, nicht wahr?"

„Ja. Ich würde mir nie erlauben, Ihnen Vorhaltungen wegen der Zeitverschiebung zu machen . . ."

„Aber?"

Redhorse räusperte sich.

„. . . aber wir hätten damit rechnen müssen, daß Halut die Rolle der Lemurer übernimmt."

„Richtig. Damit *haben* wir auch gerechnet. Allerdings nicht in diesem Umfang! Es ist ein Unterschied, ob ein um seine Existenz kämpfendes Volk mit allen Mitteln versucht, seine einzige Fluchtmöglichkeit abzusichern, oder ob die Sieger anschließend den Entschluß fassen, diese Fluchtmöglichkeit zu überwachen. Überwachen ist nicht identisch mit totaler Abschirmung unter Aufbietung aller Mittel."

Atlan unterbrach sich kurz und fuhr dann fort: „Haben Sie Anzeichen registrieren können, die darauf schließen lassen, daß der Pyramidentransmitter arbeitet? Benutzen die Haluter die Transmitteranlage, um nach Andromeda vorzustoßen?"

Redhorse schüttelte den Kopf. „Nein", erwiderte er. „Keinerlei Anzeichen irgendeiner Transmitteraktivität. Die Haluter scheinen sich damit zu begnügen, den Kahalosektor und das galaktische Sonnensechseck lückenlos zu überwachen und abzuschirmen. Sehen Sie sich meine Ortungsdiagramme und Fernaufnahmen an. Ich kann Ihnen mindestens zwanzigtausend Reflexbilder und etwa fünftausend

3-D-Farbaufnahmen meiner astronomischen Station zeigen. Alles Haluter! Halut scheint sehr genau zu wissen, wie wichtig der Ferntransmitter ist."

Atlans Gesichtsmuskulatur erschlaffte. Für einen Augenblick glaubte Redhorse, einen Schimmer der Verzweiflung in den rotgoldenen Augen des Arkoniden zu erkennen. Dann war es schon wieder vorüber. Der ehemalige Imperator des Großen Arkonidenimperiums hatte sich gefangen.

Er deutete nach oben. Sie stießen sich erneut ab und kamen auf dem Zentralehauptdeck heraus.

Perry Rhodan und Melbar Kasom standen vor dem Schachtausstieg. Außer ihnen und zwei Wachrobotern war niemand zu sehen.

„Das hat aber lange gedauert", stellte Rhodan fest. Seine grauen Augen forschten. „Arkoniden scheinen es nie unterlassen zu können, voreilige Fragen zu stellen. Don – hatten Sie Erfolg? Ja oder nein?"

„Nein, Sir. Kahalo wird von wenigstens zwanzigtausend Halutern abgeschirmt."

Rhodan drehte sich schweigend um und ging. Seine Schultern waren etwas nach vorn gebeugt.

Als er verschwunden war, sagte Kasom mit einer mutlosen Handbewegung:

„Vorbei. Wir sind und bleiben Gefangene der Zeit. Wir sollten uns einen Planeten suchen, auf dem wir wenigstens natürliche Luft atmen und sauberes Wasser trinken können."

„Ich hätte mir denken können, daß Ihre animalischen Triebe im Vordergrund Ihres Denkens stehen", fuhr Atlan auf. „Mit Wasser und Luft meinen Sie doch Ochsenviertel oder Schweinebraten, nicht wahr?"

Kasom grinste.

„Wenn es dort ähnliche Tiere geben sollte – ich hätte nichts dagegen."

Atlan winkte ab und schritt auf ein Transportband zu.

„Sie haben sich verrechnet, Spezialist Kasom. Wir werden *keinen* Planeten als Ruheplätzchen suchen. Ich bin über zehntausend Jahre irdischer Zeitrechnung alt. Bisher habe ich noch immer einen Weg aus verfahrenen Situationen gefunden, oder ich würde trotz meines Zellaktivators nicht mehr leben. Don, führen Sie Ihre Filme und Diagramme vor. Kasom, wo ist Icho Tolot?"

„Rechenzentrum, Sir. Wo könnte er sonst sein."

„Wenn man mich vermissen sollte, ich bin ebenfalls dort. Überspielen Sie mir Ihre Daten, Don. Man erwartet Sie im Konferenzraum III."

„Wollen Sie nicht . . ."

„Unsinn. Was sollte ich dort? Stundenlang Theorien anhören? Ihre Angaben genügen mir bereits. Vergessen Sie nicht die Direktüberspielung. Vielen Dank auch, Don. Sie haben wieder einmal Kopf und Kragen riskiert. Ich kann mir nämlich vorstellen, wie schwierig es ist, sich durch einige halutische Flotten hindurchzumogeln, um das sehen zu können, was man sehen will."

Der Cheyenne lächelte dem Lordadmiral zu. Atlan sprang auf das Band, erreichte weiter hinten den Einstieg zu G-Schacht 14 und glitt darin zum Rechenzentrum hinab. Es lag unterhalb der Kugelzentrale im geschütztesten Teil des zweieinhalb Kilometer durchmessenden Riesenschiffes.

Icho Tolot, der vierarmige Haluter aus der Realzeit, stand wie ein schwarzer Felsklotz vor dem positronischen Supergehirn der CREST.

Als Atlan eintrat, wandte der dreieinhalb Meter hohe und zweieinhalb Meter breite Gigant den Kopf. Atlan blickte in die drei rotglühenden Kugelaugen eines Lebewesens, dessen Vorfahren die Galaxis verwüstet hatten.

Tolot hob den rechten Handlungsarm.

„Willkommen, Freund", begrüßte er den Arkoniden. Seine tiefe Stimme dröhnte wie ein Trommelwirbel. „Don Redhorse ist zurückgekommen, nicht wahr?"

Atlan nickte, ohne ein Wort zu sagen. Als er vor dem Hünen stand, glich er einem Zwerg. Icho Tolot war ein lebendes Beispiel für die ungeheure Macht, die seine Vorväter verkörpert hatten. Angreifende Haluter wurden nach einer Verdichtung des Zellgewebes zu Kampfmaschinen, die man nur noch unter günstigsten Umständen mit tragbaren Energiewaffen abwehren konnte. Selbst schwere Robotausführungen versagten.

Atlan hatte Tolots Einsätze mehr als einmal erlebt. Es war für den metabolisch begabten Riesen eine Kleinigkeit, mit seiner strukturverdichteten Körpermasse dicke Mauern geschoßartig zu durchschlagen. Seine physischen Kräfte waren für menschliche Begriffe grenzenlos.

Der Haluter wartete geduldig. Während dieser Zeit verarbeitete sein Planhirn neue Daten. Sein Ordinärgehirn steuerte lediglich die Körperfunktionen.

Atlan berichtete, was er von Redhorse erfahren hatte, und fragte anschließend: „Haben Sie eine Erklärung dafür, warum Ihre Vorfahren sich lediglich darauf beschränken, Kahalo zu überwachen und keinen Versuch unternehmen, den Sonnentransmitter für ihre Zwecke einzusetzen, um den Lemurern nach Andromeda zu folgen?"

Icho Tolot dachte einige Augenblicke nach, dann sagte er, so leise es ihm möglich war: „Ich habe dafür keine stichhaltige Erklärung. Selbst wenn die Lemurer verschiedene Sperren installiert hätten, müßten diese von meinen Vorfahren längst entdeckt und beseitigt worden sein. Ich kann nur vermuten, daß es meine Urahnen – aus welchen Gründen auch immer – nicht für notwendig erachten, den Transmitter zu benützen. Es scheint ihnen zu genügen, diesen so abzuschirmen, daß er auch von niemand anderem benutzt werden kann. Es ist mir einfach nicht möglich, exakte Prognosen über die Strategie meiner Vorfahren zu liefern."

„Leider."

„Machen Sie mir keine Vorwürfe, Atlan."

„Unsinn. Wie kommen Sie darauf?"

„Mir scheint, als wäre die Achtung und Zuneigung, die man mir bisher entgegenbrachte, etwas abgeklungen. Hier und da habe ich scheue Blicke aufgefangen. Das schmerzt. Meine Kleinen können mir nicht verzeihen, daß ich aus einem ehemals gewalttätig eingestellten Volk hervorgegangen bin."

Atlan bemühte sich um ein Lächeln. Er kannte die Mutterkomplexe des gigantischen Lebewesens. Die Menschen waren Tolots Hobby; gleichzeitig seine „Kinder", deren Expansionsbestrebungen er begeistert verfolgt hatte.

„Sie täuschen sich, Freund", behauptete Atlan. „Niemand macht Ihnen Vorwürfe. Jedes Volk braucht eine bestimmte Reifezeit, bis es tolerant und einsichtig wird. Ich möchte Sie an die terranische Geschichte erinnern. Es sind noch keine fünfhundert Jahre her, als man auf Terra andere Menschen allein wegen ihres Glaubens, ihrer Hautfarbe oder ihrer Volkszugehörigkeit verfolgte, demütigte und sogar ermordete. Diese Epoche ist nur mit Mühe überwunden worden. Die Historiker des Jahres 2404 glauben festgestellt zu haben, daß die scheußlichen Untaten in erster Linie der Furcht vor dem anderen entsprangen. Ich halte die moderne Definition allerdings für fragwürdig."

„Sie haben diese Zeiten persönlich erlebt. Sie sollten es wissen."

„Niemand wußte es damals genau; auch ich nicht. Ich möchte heute, aus anderem Blickwinkel gesehen, behaupten, daß diese Geschehnisse nichts anderes als die Geburtswehen des terranischen Volkes waren. Wenn ich Ihre Geschichte verfolge, Tolot, bieten sich Parallelen an; nur mit dem Unterschied, daß Ihre Vorfahren mehr Macht und technisches Wissen besaßen. Schätzen Sie Major Don Redhorse?"

Der Haluter drehte den massigen Oberkörper und schaute auf den Arkoniden hinab.

„Sie wollen mich belehren. Ich bin einverstanden. Sprechen Sie, bitte. Ja, ich schätze Don Redhorse."

„Ich auch. Jedermann schätzt ihn. Er ist ein terranischer Indianer. Es gibt wenigstens zweihundert Männer an Bord der CREST, deren Vorfahren als weiße Siedler in den Lebensbereich der Cheyennes eindrangen und sie gnadenlos bekämpften. Ich habe es erlebt. Trotzdem würde es Major Redhorse nicht einfallen, Rhodan oder einem anderen Mann Vorhaltungen wegen der geschichtlichen Ereignisse zu machen. Perry würde Sie sehr verwundert ansehen, wenn Sie ihn darauf hinwiesen, daß Dons Vorväter vielleicht gegen einen Mann aus Rhodans Familie Haß empfunden haben. Das ist vorüber, Haluter! Sie wissen natürlich, weshalb ich dieses Beispiel wählte. Sie sollten nie mehr einen Gedanken daran verschwenden, jemand unter uns könnte Ihnen Vorwürfe wegen Ihrer Abstammung machen. Sie haben auch sicherlich keine scheuen Blicke aufgefangen, wie Sie glauben."

„Ich wäre sehr glücklich, wenn ich mich geirrt hätte."

„Sie *haben* sich geirrt. Man wird Sie prüfend und kritisch betrachtet haben; jedoch nicht wegen der Taten Ihres Volkes, sondern nur wegen Ihrer herkulischen Figur. Ich kenne die Männer der CREST. Sie werden sich fragen, wie es möglich war, daß Halut solche Erfolge erringen konnte. Sie werden mit den Augen von hochqualifizierten Technikern und Wissenschaftlern betrachtet. Ich kenne kaum einen Terraner, der nicht nach einer Begründung für gewisse Dinge suchen würde. Das ist mentalitätsbedingt. Sie sollten diese kleinen, wildverwegenen Höhlenwilden doch kennen. Wo bleibt Ihr Lachen, das ich so liebe?"

Der Haluter, äußerlich – aber auch *nur* äußerlich – einem Monstrum gleichend, öffnete den rachenartigen Mund und lachte, wie nur ein Überriese seiner Art lachen konnte.

Atlan ertrug den Geräuschorkan mit gequälter Miene, legte die Handflächen über die Ohren und begann dann, ohne ein weiteres Wort zu verlieren, mit der Programmierung des Grunddaten-Automaten.

Tolot stampfte durch den Raum, holte seine fertigen Berechnungen herbei, und eine Minute später geschah es, daß sich zwei intelligente Lebewesen der Galaxis überlegten, wie fünftausend Terraner zu retten seien.

Sie rechneten und diskutierten auch noch, als vier Stunden später der Interkomsummer erklang. Rhodans Gesicht erschien auf dem Bildschirm. Er grüßte mit einer Handbewegung.

„Haben die mathematischen Genies keinen Hunger?" erkundigte er sich. „Ich möchte euch außerdem für einen Augenblick in Konferenzraum III bitten. Kluge Köpfe soll man nicht übergehen."

Atlan stieß Tolot an und deutete auf den Bildschirm.

„Wollen wir ihm den Gefallen tun? Ich habe ihn allerdings im Verdacht, daß er es nur auf meine mühevoll eingelagerte USO-Verpflegung abgesehen hat."

„Man könnte darüber reden", entgegnete Perry. Sein müder Blick belebte sich etwas. „Also in fünf Minuten, wenn es den Herren recht ist."

Er winkte erneut und schaltete ab.

Tolot schaute lange auf den verblaßten Schirm.

„Galgenhumor", erriet Atlan die Gedanken des Haluters. „Dieser Mann kann durch nichts zerbrochen werden, außer durch sich selbst."

„Das ist auch meine Auffassung. Es wird an Ihnen liegen, Perry moralisch zu stützen. Er weiß natürlich längst, daß eine Rückkehr zum Andromedanebel unmöglich ist."

„Abwarten", erklärte Atlan. „Bei der Kristallwelt des arkonidischen Imperiums! Perry gibt nicht auf, ehe er nicht den Kopf unter dem Arm hat."

Einige Stunden später:

Atlan blieb gelassen, als er auf dem bequemsten Liegesessel seiner Kabine den Mausbiber entdeckte.

Gucky trug die leichte Borduniform, aus der sein Schweif ungeschützt hervorragte. Das spitznasige Mausegesicht mit den großen, klugen Augen ruhte auf einer Armlehne. Atlan bemerkte nur ein angewinkeltes Bein, den breiten Biberschwanz und den pelzbedeckten Kopf mit den runden Ohren.

Atlan schirmte sich unbewußt gegen die tastenden Paraströme ab.

Gucky versuchte wieder einmal, seinen Bewußtseinsinhalt zu belauschen.

„Spielverderber", nörgelte der Mausbiber. „Dein Monoschirm wird immer stärker."

„Ein Glück. Jemand bietet mir reichlich Gelegenheit zur Vervollkommnung."

Gucky entblößte seinen einzigen Zahn.

„Das will ich überhört haben, Beuteterraner. Was machst du da?"

„Ausziehen, duschen und dann schlafen. Wenn du damit einverstanden bist, bitte ich um ein kurzes Nicken."

Guckys Nagezahn verschwand. Er richtete sich in dem Pneumosessel auf und ließ die kurzen Beinchen herabhängen. Der Lordadmiral streifte die Uniform ab. Gucky sah einen Augenblick auf den eiförmigen Zellaktivator, der sich unter dem Hemd abzeichnete. Atlan wartete. Gucky war offenbar nicht in seine Kabine gekommen, um ihm Nichtigkeiten mitzuteilen.

„Ich habe dich bei der Sitzung vermißt", bemerkte Atlan beiläufig. „War man müde, oder hatte man einfach keine Lust, zirka fünfzig undurchführbare Pläne anzuhören?"

„*Man* hat gearbeitet", erklärte der Mausbiber gekränkt.

„Oh!"

„Da gibt es nichts zu ‚ohen'. Ich möchte ernsthaft mit dir sprechen."

„Auch das noch. Kleiner – ich komme soeben von einer sehr ernsthaften Aussprache mit ernst zu nehmenden Männern. Begreife das gefälligst und lasse mich in Ruhe. Ich bin fertig, wenn du diesen Begriff aus der Umgangssprache erlauben willst."

Gucky blieb überraschend ruhig.

„Wir sind alle fertig, Atlan. Ihr seid zu keinem Resultat gekommen, nicht wahr?"

„Zu keinem brauchbaren. Mein Vorschlag, die Haluter über Kahalo anzugreifen, ist ein Unternehmen für Verrückte oder Lebensmüde. Wir werden ihn nie realisieren. Ich frage mich jetzt schon, weshalb ich überhaupt von einer Eroberung Kahalos gesprochen habe. Vielleicht wollte ich Terras tüchtigsten Männern nur etwas zum Denken geben. Ich weiß es nicht genau."

„Du bist tatsächlich fertig", sagte Gucky nachdenklich. „So ein konfuses Zeug hast du noch nie geredet. Perry läuft zur Zeit wie ein gefangener Tiger in seiner Kabine herum. Cart Rudo zermartert sich den Kopf nach hochkomplizierten Anflugmanövern, mit denen man die halutische Wachflotte überwinden könnte."

„Wahnsinn."

„Er tut wenigstens etwas. Die Mutanten stellen verwegene Pläne auf, und ich habe auch etwas zu sagen. Deshalb bin ich hier."

Atlan ging zum Getränkeautomaten und zog einen Becher mit farblosem Vitaminsaft aus dem Schlitz. Gucky verzog angewidert die spitze Nase.

„Du solltest Karotten essen. Oder nein – bleibe lieber bei dem synthetischen Stoff. Mein Vorrat schrumpft zusammen. Spielst du eigentlich nur den Uninteressierten, oder bist du es?"

Atlan fühlte, daß der Mausbiber unruhig wurde. Er konnte seine Neuigkeiten nicht länger für sich behalten.

Der Arkonide nahm in einem anderen Sessel Platz, streckte die Beine von sich und lehnte den Kopf zurück.

„Ich höre, Kleiner. Mache es kurz, willst du? Ich bin nämlich tatsächlich müde. Die CREST wird diese Randzonensonne umkreisen, bis wir einen Entschluß gefaßt haben, wohin wir uns wenden sollen. Also . . .?"

Gucky faßte sich kurz. Seine braunen Augen blickten ernst und eindringlich.

„Was ich jetzt sage, ist kein Spaß. Du erinnerst dich an Redhorses Abstecher auf die eiszeitliche Erde? Er geriet in eine Falle, die ihm ein Meister der Insel namens Toser-Ban gestellt hatte. Ums Haar wären wir von der automatischen Mondfestung vernichtet worden. Vorher aber sind wir mit einer Korvette zur Erde geflogen und haben Redhorse herausgehauen."

„Wem erzählst du das?"

„Dir. Toser-Ban hätte dich beinahe erschossen. Ich konnte dich gerade noch telekinetisch anheben. Anschließend eröffneten wir mit einem Energiegeschütz das Feuer auf Toser-Ban. Sein Schutzschirm brach zusammen, und du hast ihn mit einem Desintegrator unschädlich gemacht."

„Sicher, sicher. Und dieser Korporal Surfat, jetzt zum Sergeanten befördert, hat Biberfleisch gegessen."

Gucky grinste. Er erinnerte sich.

„Das ist jetzt nicht mehr wichtig. Mir kommt es auf die wenigen Sekunden an, die ich brauchte, um dich zu finden. Ich mußte mich sehr stark konzentrieren, und da hörte ich jemanden meinen Namen rufen.

26

Nicht sehr laut, aber deutlich, Atlan! Ich hatte mich voll auf meine telepathischen Fähigkeiten konzentriert, um deinen Standort ausmachen zu können. Hast du mich gerufen? Wenn ja – wie hast du mich gerufen? Besitzt du telepathische Gaben, die du uns bisher verheimlicht hast?"

Atlan stellte den Becher weg und richtete sich auf.

„Kleiner – ich besitze weder telepathische Gaben, noch habe ich dich in dem Moment gerufen. Ich blickte in Toser-Bans Waffenmündung. Wenn ich mich recht erinnere, habe ich nur noch daran gedacht, wie unangenehm es ist, im Regen zu sterben. Wahrscheinlich bist du von John Marshall angesprochen worden."

„Nein", behauptete Gucky energisch. „Darüber haben wir stundenlang diskutiert. Er war mit den Mutanten von Makata beschäftigt."

„Also schön. Worauf willst du hinaus?"

Der Mausbiber machte eine vage Geste. Ein Ausdruck der Verzweiflung erschien in seinen Augen.

„Atlan – ich *bin* angerufen worden; telepathisch und mit vernehmbarer Lautstärke. Wer konnte auf der urweltlichen Erde meinen Namen kennen? Gibt es dort jemand, den wir in der Hitze des Gefechtes übersehen haben? Jemand, der uns vielleicht helfen könnte?"

„Du phantasierst, Kleiner. Lege dich hin."

„Ich phantasiere nicht. Ich bin angerufen worden. Nein, du brauchst nicht nach Marshall zu läuten. Er hat nichts gehört. Wir waren ununterbrochen beschäftigt und außerdem psychisch erschöpft. Wenn ich nicht die auf mich eindringenden Impulse der Makata-Mutanten gewaltsam abgeschirmt hätte, weil ich dich wiederfinden mußte, hätte ich den Ruf wahrscheinlich auch nicht vernommen. So *habe* ich ihn aber empfangen. Ich behaupte mit vollem Ernst, daß es auf Terra, oder meinetwegen auch Lemur, jemand gibt, der meinen Namen kennt und der telepathisch begabt ist. Diesen Mann oder diese Frau sollten wir finden. Es kann sich doch nur um eine Person aus der Realzeit handeln. Wie ist sie auf die Erde gekommen?"

Atlan musterte den Mausbiber aus verkniffenen Augen. Er begann über den Fall nachzudenken. Hatte er nicht doch nach Gucky gerufen? Hatte er im Moment größter Gefahr vielleicht Fähigkeiten entwickelt, die ihm normalerweise nicht zur Verfügung standen?

Er teilte es Gucky mit, doch der lehnte schroff ab.

„Was also willst du mit deiner Berichterstattung erreichen?" erkundigte sich der Lordadmiral schließlich.

„Ich bin zu dir gekommen, weil du den Einsatz geleitet hast. Nur du kannst ganz genau wissen, was in diesen Minuten geschehen ist. Perry hätte mich glatt aus der Bude gefeuert, und die Wissenschaftler dieses stolzen Schiffes würden mir nicht glauben."

„Ich auch nicht. Du hattest eine Halluzination."

Gucky lachte schrill auf und schrie:

„Ich habe nie Wahnvorstellungen! Das ist in meinem Gehirn nicht drin. Willst du also zusammen mit mir die Erde anfliegen, oder willst du nicht? Ertrinkende greifen bekanntlich nach jedem Strohhalm. Warum sollen wir es nicht tun?"

„Du bildest dir doch nicht ein, Perry würde jemals wieder in die Reichweite der Mondfestung fliegen?"

„Wie wir daran vorbeikommen, ist deine Sache. Wir können ja eine Korvette oder eine Moskito-Jet nehmen. Sprich mit Perry. Er ist jetzt in einer Verfassung, die ihn . . ."

„. . . für alle möglichen Verrücktheiten zugänglich macht", wurde er von Atlan unterbrochen.

Gucky hob die Schultern.

„Eine geringe Chance ist besser als gar keine. Schlafe dich aus, wenn du kannst, und sprich dann mit Perry. Gib mir die Möglichkeit, nachzuprüfen, wer auf Terra meinen Namen gerufen hat. Wenn wir nur einen guten Rat erhalten, so ist das in unserer Situation schon viel."

„Das ist ein vernünftiges Argument, Kleiner. Gut, ich werde mit Perry sprechen. Wecke mich in sechs Stunden."

Gucky entmaterialisierte in einer grellen Leuchterscheinung. Atlan schaute auf den Fleck, wo der Kleine eben noch gesessen hatte. Anschließend duschte er und legte sich auf sein Lager. Die CREST III umkreiste weiterhin die fremde Sonne.

2.

Das tiefe Dröhnen der Impulstriebwerke verstummte. Die CREST III, vor acht Minuten aus dem Linearraum gekommen, hatte den Rest ihrer Eintauchfahrt aufgehoben.

Sie befand sich in einem sternarmen Sektor, fünfunddreißig Lichtjahre von der Erde entfernt. Sol leuchtete als heller Ball auf den Echoschirmen der überlichtschnellen Energietaster. Weit und breit war kein halutischer Verband auszumachen.

Rhodan saß im Admiralssessel der CREST III. Neben ihm bereitete sich Cart Rudo auf einen Notstart vor.

Perry sah sich in der riesigen Zentrale um und versuchte, die Gesichter der Männer zu erkennen. Einige stachen wie blauleuchtende Masken aus dem gefechtsmäßigen Dämmerlicht der Armaturen hervor.

Sie hoffen schon wieder, dachte Rhodan mit einem Gefühl der Beschämung. Er zwang die unterbewußte Vorstellung von einem Betrug an seinen Männern nieder und zog ein Mikrophon der Interkomanlage vor die Lippen.

„Rhodan an Atlan. Wir sind da. Entfernung zur Erde exakt fünfunddreißig Lichtjahre, bisher keine Fremdkörperortung. Bist du noch immer bereit, gewissen Hirngespinsten nachzugehen?"

Atlans Gesicht erschien auf dem Bildschirm. Der Arkonide saß bereits in der hermetisch abgeriegelten Vollsichtkanzel eines Moskitojägers. Hinter ihm, auf dem Sitz des Navigatororters, kauerte Gucky. Sie trugen beide hochwertige Kampfanzüge mit eingebauten Mikroprojektoren für Antigravfelder sowie Individual- und Deflektorschirme.

„Immer noch. Sind die berechneten Ausweichtreffpunkte in deiner Positronik? Wenn ihr hier verschwinden müßt, möchte ich euch trotzdem wiedersehen."

„Alles klar. Ich bleibe so lange auf dem Punkt, wie es möglich ist. Atlan – wenn du schon das Risiko auf dich nimmst, solltest du auch versuchen, erfolgreich zu sein."

Atlan sagte nichts mehr. Rhodan schob zögernd das Mikrophon zurück. Bedrückt sagte er:

„Alles Gute! Grüßt die Erde und bemüht euch, auf niemand zu schießen. Da unten leben unsere Vorfahren. Ausschleusung frei."

Rhodan hörte das Abschußgeräusch über die Interkomanlage. Atlans Jäger erschien im Aufnahmebereich der Außenbordoptik. Die Heckdüse der schnellen Maschine flammte auf, und damit war sie auch schon verschwunden.

Vier Minuten lang war sie noch als Echopunkt auf den Schirmen der überlichtschnellen Energieortung zu sehen. Dann erlosch auch dieses Symbol.

„Ortung an Zentrale", meldete sich Major Notami. „Jet ist in den Zwischenraum gegangen. Keine meßbaren Störungen."

Rhodan erhob sich aus seinem Sitz und schritt auf die transparente Panzerwand der Zentrale zu.

„Cart, wenn Sie mich suchen sollten – ich bin für die nächsten Stunden in der Ortung. Passen Sie auf. Klar bei Alarmstart."

Der epsalische Kommandant nickte nur. Er wußte, welches Risiko Atlan auf sich genommen hatte. Auf der Erde gab es immer noch die Station der Zeitagenten und außerdem eine Mondfestung, die mit ungeheueren Energien arbeitete. Atlan mußte ein navigatorisches Meisterstück leisten, wenn er unbemerkt in Terras Atmosphäre eintauchen wollte.

Major Don Redhorse saß im Kommandantensessel seiner startklaren Korvette. Er hatte sich vorsorglich die Erlaubnis besorgt, Atlan notfalls Hilfe bringen zu dürfen.

In der CREST III wurde kaum noch ein Wort gesprochen. Man hoffte und bangte zugleich.

Atlan war nicht der Mann, der sich nur auf eine Sicherheitsmaßnahme verließ. Die Kanzel des sechsundzwanzig Meter langen Moskitojägers war naturgemäß druckfest. Die Individualschirme der Kampfanzüge boten ebenfalls die Gewähr für die Erhaltung des lebenswichtigen Innendruckes.

Trotzdem hatte Atlan den Vollsichthelm über den Kopf geklappt und auf separate Sauerstoffbeatmung umgeschaltet. Wenn die Jet einen Treffer erhalten sollte – und wenn zusätzlich die Mikroaggregate der Kampfanzüge ausfielen –, so waren sie immer noch als normale Raumanzüge verwendbar.

Gucky hatte Atlans Anweisungen wortlos befolgt. Er war informiert, wie riskant der Anflug war.

Vor dem grünen HÜ-Schirm des Jägers ballten sich die Gaspartikel einer weit in den Raum hinausreichenden Sonnenprotuberanz. Atlan durchflog die heißen Materiemassen mit zehn Prozent der einfachen Lichtgeschwindigkeit.

Moskitojäger waren selbst für große Ortungsstationen ungünstige Erfassungsobjekte. Sie waren zu klein, zu schnell und zu manövrierfähig, um ein klares Echobild zu liefern.

Allein ihre energetischen Eigenfrequenzen konnten von erstklassigen Geräten so gut angemessen werden, daß die Gefahr einer Verfolgung bestand. Für diesen Fall besaßen Moskitos jedoch eine starr in Flugrichtung eingebaute Transformkanone, deren Energieentwicklung von immerhin zwanzig Gigatonnen TNT respekteinflößend war.

Atlan hatte die irdische Sonne mit einem Linearmanöver erreicht. Die Erde tauchte als Reliefsichel auf dem Schirm der Masseortung auf. Das irrlichternde Blitzen im Hochenergie-Überladungsschirm ließ nach, je dünner die durchflogenen Gasmassen wurden. Links vom Boot wölbte sich der ungeheure Glutball der Sonne. Atlan ignorierte ihre zerrenden Gravitationskräfte mit dem Gleichmut eines Kosmonauten, der sehr genau wußte, was er seinem Flugkörper zutrauen durfte und wo seine Grenzen lagen.

Die Geschwindigkeit der Jet reichte aus, um den Gravofeldern leicht entfliehen zu können. Die enorme Wärmestrahlung wurde vom HÜ-Schirm absorbiert.

So glitt die Maschine aus den letzten leuchtenden Gaszungen hervor. Die ferne Erde wurde klarer erkennbar.

Die Robotautomatik läutete. Atlan drückte auf den Sprechschalter.

„Fertigmachen, Kleiner! Das zweite Manöver bringt uns bis zur Erde. Der kosmische Gasring des zerplatzten Planeten Zeut reicht bis zur Venusbahn. Wir werden in dem Ballungsgebiet über dem Magnetfeld der Erde herauskommen und sofort im Steilflug in die Atmosphäre eintauchen. Wenn wir überhaupt geortet werden, dürften die Meßwerte durch die Mikropartikel der Materiewolken so verzerrt werden, daß eine genaue Auswertung unmöglich ist."

„Wenn wir nicht verglühen!"

„Ich habe die Absicht, Zwischenfälle dieser Art zu verhindern. Die Zeitstation liegt auf dem nordamerikanischen Kontinent, Makata und die dortige Hyperfunkzentrale in Mexiko. Ich werde also versuchen, auf der anderen Kugelhälfte der Erde einzutauchen und dicht vor der asiatischen Ostküste, etwa in Höhe des Südchinesischen Meeres, auf atmosphärischen Tiefflug zu gehen. Wenn wir das geschafft haben, sind wir sicher. Du hast nichts anderes zu tun, als deine telepathischen Ohren zu spitzen und zu lauschen. Wenn du etwas vernehmen solltest, mußt du mich einpeilen. Verzichte auf Gradangaben. Beschränke dich auf Begriffe wie ‚nach rechts' oder ‚nach links'. Höhenunterschiede finde ich von selbst. Ich bleibe ungefähr auf der Äquatorlinie und schlage Westkurs ein. Über dem Mittelatlantik werde ich auf alle Fälle nach Süden ausweichen, um nicht in den Ortungsbereich der nordamerikanischen Zeitstation zu geraten. Dort mußt du besonders scharf aufpassen. Wenn du den Ruf in Mexiko am deutlichsten vernommen hast . . ."

„Nicht am deutlichsten, sondern *nur* dort", unterbrach der Kleine. Seine Stimme verriet seine Nervosität.

„Also gut, dann nur dort. Wir wollen demnach annehmen, daß die unbekannte Person irgenwo auf dem amerikanischen Festland ist. Das erschwert unsere Aufgabe. Wir werden sie trotzdem bewältigen, wenn wir erst einmal dort sind. Notfalls landen wir im Hochgebirge der Kordilleren, damit du in Ruhe lauschen kannst. Das Manöver beginnt in zwei Minuten."

„Hast du die Mondfestung vergessen?"

„Nein, aber sie interessiert mich nicht. Ich kann den augenblicklichen Stand des Trabanten nicht berechnen. Zeuts Gaswolke wird uns auf alle Fälle verbergen. Außerdem werden die Festungsanlagen von der Erde aus gesteuert. Manöver beginnt."

Der Kompaktkalup des Moskitojägers sprang an. Das Kompensationsfeld schirmte die Maschine von den vier- und fünfdimensionalen Energieeinflüssen ab und ermöglichte es ihr, die Librationszone zwischen beiden Dimensionen zu erreichen.

Die Jet raste mit vielfacher Überlichtgeschwindigkeit auf den Himmelskörper zu, durchstieß mühelos die im Linearraum unwirksamen Partikelwolken des explodierten Planeten Zeut und kam so dicht über dem Planeten heraus, daß der Übergang wie ein Schock wirkte.

Atlans Kurskorrektur erfolgte manuell und nach Sicht. Die Erde war ein weißrotleuchtender Ball, dessen Eismassen das Licht des Gasringes reflektierten.

Die Sonne, vor Augenblicken noch ein flammender Atomofen, war zu einer Scheibe geworden, die anomal groß und doch ohne Leuchtkraft am Himmel hing.

Rotleuchtende Wolkenformationen engten den direkten Blick auf Terras Oberfläche ein. Trotzdem war zu erkennen, daß die Jet über der derzeitigen Tageshalbkugel und in Höhe der Galapagos-Inseln aus dem Linearraum gekommen war.

Das war genau die Position, die sich Atlan nicht gewünscht hatte. Die Höhe betrug noch 2.432 Kilometer. Die obersten Schichten der Atmosphäre waren noch weit entfernt.

Mit hoher Geschwindigkeit stieß die Jet auf die Planetenoberfläche zu. Als die obersten Luftschichten erreicht wurden, bremste Atlan den Diskus ab und drang in die Lufthülle ein. Nach wenigen Minuten ging die Jet, knapp über der Meeresoberfläche, in Horizontalflug über und näherte sich dem asiatischen Kontinent.

Gucky lehnte sich in seinem Sessel zurück und schaltete geistig ab. Er schloß seine Augen. Da wußte der Lordadmiral, daß sein nichtmenschlicher Partner mit seinen unbegreiflichen Sinnen nach Impulsen lauschte, die ein normaler Mensch niemals hören konnte.

Parapsychische Wellenfronten waren in ihren fünfdimensionalen Frequenzen wesentlich komplizierter als alle bekannten Energieformen des Normalraumes. Meister ihres Faches, zu denen der Mausbiber gehörte, behaupteten, jedes Lebewesen sei genau an seiner individuellen Ausstrahlung zu erkennen und einzupeilen.

Die Maschine glitt über den Küstenstreifen hinweg. Weit im Norden zeichneten sich die eisbedeckten Gipfel des Himalajas ab. Die noch weiter nördlich liegende sibirische Ebene war ein gigantisches Gletscherfeld. Trotzdem herrschte dort Leben.

„. . . rechts . . . rechts . . . noch mehr . . . rechts . . .!" Atlan sah sich erregt um. Der Moskitojäger stand über dem Mündungsdelta des zukünftigen Ganges und Brahmaputra. Im Jahre 49 488 v. Chr. bildete die Tiefebene des Stromgebietes eine weite Bucht, die bis zu den schroff ansteigenden Felsmassen des Himalajas reichte. Der Untergang des Erdteils Lemuria hatte auch hier wesentliche Bodenverschiebungen verursacht. Der asiatische Kontinent hatte sich sonst aber kaum verändert. Diese ungeheure Landmasse schien sich erfolgreich gegen die zerrenden Kräfte gewehrt zu haben.

„Rechts . . .!" sagte Gucky erneut. Seine Stimme klang leise und unmoduliert. Er befand sich in tiefer Trance.

„Rechts" bedeutete für Atlan Norden. Er konnte sich nicht vorstellen, weshalb der Mausbiber das mächtigste Gebirge der Erde einpeilte. Die erste Sendung, die aus der Erwähnung seines Namens bestanden haben sollte, hatte er in Mexiko aufgefangen. Wieso sprach er nun plötzlich über dem Bengalischen Meer an?

„Rechts . . .!" forderte Gucky drängender. Er wurde unruhig.

Atlan legte die Maschine auf die Flächenspitze und zog sie durch die schroffe Betätigung des Höhenruders so scharf herum, daß einige Gravos durchkamen. Er zwang den Jäger in die Horizontallage zurück, ging auf Höhe und orientierte sich nach dem Normalkompaß.

33

„Dreihundertsechzig Grad, Nordkurs", sagte er so ruhig wie möglich. „Richtig?"

„Gut, Einfall von vorn. Nein, zu weit rechts. Nach links – links . . ."

Atlan trat vorsichtig ins Seitenruder. Der Leuchtbalken des Kompasses wanderte aus.

„Gucky, dreihundertfünfzig Grad liegen an. Richtig?"

Der Kleine lauschte noch intensiver. Seine spitze Nase verfärbte sich. Atlan hütete sich, in dieser Situation nach dem Wenn und Aber zu fragen. Es war klar, daß der Mausbiber etwas hörte.

„Mein Name kommt ständig durch", flüsterte Gucky aufgeregt. „Immer kräftiger. Lautstärke wächst. Ein schwacher Sender. Zu weit rechts, nach links abbiegen. Schnell, ich verliere ihn."

Der Leuchtbalken wanderte weiter. Schließlich hatte Gucky mit dreihundertsiebenundfünfzig Grad den Einfallwinkel ermittelt. Dort, auf dieser Fluglinie, mußte der unbekannte Telepath sein und seine Rufe ausstrahlen.

Für Atlan warf sich eine Fülle von Fragen auf, für die er keine Erklärung fand. Woher wußte der Unbekannte, daß Gucky wieder in der Nähe war? Oder hatte er ihn gleich nach dem Eintauchmanöver geortet? Dazu hätte er aber Guckys Individualfrequenzen einigermaßen genau kennen müssen. Die Überlagerungsschwingungen der überlebenden Lemurer, die sich in den Städten unter dem Eis verborgen hatten, waren sehr stark. Dazu kamen noch die harten Schwingungen mutierter Menschen, die ebenfalls gewisse Paragaben entwickelt hatten.

Wieso konnte der Fremde so genau auf den Mausbiber ansprechen? Oder – das war die letzte und unwahrscheinlichste Möglichkeit, die Atlan einfiel – oder hatte der Geheimnisvolle ununterbrochen gerufen, gleichgültig, ob Gucky in der Nähe war oder nicht? Das hätte ein enormes Energiepotential bedingt. Atlan hielt diese theoretische Wahrscheinlichkeit für gegenstandslos. Trotzdem wurde Gucky namentlich angerufen.

Der Moskitojäger schoß über die Ausläufer des Transhimalaja hinweg. Weiter nördlich tauchten die mächtigen Gipfel des Hochgebirges auf. Sie waren etwas niedriger als in der Realzeit.

Atlan erkannte den Mount Everest, rechts davon den Kandschinsching und weiter links vom Hauptgipfel den Gaurisankar. Andere Berge drängten sich in sein Blickfeld. Er mußte die Maschine hochziehen, wenn er nicht mit den Giganten kollidieren wollte.

Gucky gab eine neue Kursanweisung. Etwas nach links!

Atlan folgte sofort und zog die Maschine an. Sie tauchte in Wolkenbänke ein und überflog in der nächsten Sekunde den Gaurisankar. Schon war der Gipfel wieder verschwunden.

„Lautstärke nimmt ab", sagte Gucky lauter. Seine Stimme überschlug sich. „Sender überflogen. Umkehren."

Atlan traute seinen Ohren nicht. Er zwang den Jäger in eine weite Linkskurve, drosselte das Impulstriebwerk und glitt mit geringstmöglicher Fahrt auf dem Anflugskurs nach Süden zurück. Unter ihnen reckte sich wieder der Gaurisankar empor.

Die Geschwindigkeit der Maschine betrug noch siebenhundert Kilometer pro Stunde. Wenn Atlan die Fahrt noch mehr drosselte, mußte der Auftrieb abreißen. Die winzigen Deltatragflächen waren für so langsame Flüge nicht vorgesehen.

Atlan fuhr die Klappen aus, erhöhte dadurch den Auftrieb und konnte die Jet einigermaßen sicher in der Luft halten. Sein Daumen lag auf dem Schalter des Antigravitationsprojektors.

Noch wollte er mit dieser Energiefreigabe warten. Die fünfdimensionale Wellenfront konnte wesentlich leichter geortet werden als die Strahlungen des Impulstriebwerks.

Über dem Gipfel begann Atlan zu kreisen. Gucky wurde immer sicherer. Der Arkonide sah fassungslos nach unten. Der Gaurisankar war schon in dieser Zeitepoche fast achteinhalbtausend Meter hoch. Niemand, wenigstens kein normales Wesen, konnte in der dünnen und eisigen Luft leben. Die Außentemperatur lag bei minus siebzig Grad Celsius.

Schließlich wurde Atlan doch gezwungen, den Antigrav einzuschalten. Der Jäger wurde von dem Feld aufgefangen, und die Tragflächen wurden entlastet. Wenig später stand die Jet dicht über dem Gipfelplateau. Es war nicht sehr groß und sah anders aus als in der Realzeit.

Heftige Höhenwinde zerrten an dem schwerelosen Körper, der nur durch ständige Triebwerkskorrekturen zu halten war. Eiskristalle, spitz und hart wie stählerne Nadeln, peitschten gegen die Panzerplastscheiben der Pilotenkanzel.

„Landen", forderte Gucky. Er war äußerst erregt. „Landen. Ich – ich kann noch nicht springen. Zu erschöpft. Landen."

Atlan drosselte die Absorberleistung des Antigravs und ließ die Maschine absinken. Sie berührte den vereisten Schnee, brach ein und fand dann auf festem Gletschereis einen sicheren Stand.

Das Donnern des Triebwerks verstummte. Nur die Umformerbank des Mikroreaktors summte ihr Arbeitslied.

Gucky erwachte langsam aus seinem tranceähnlichen Zustand. Seine Augen klärten sich.

Schließlich konnte er wieder normal sprechen. Draußen umheulte der Eissturm den Jäger. Er wurde von aufgewirbelten Schneemassen bedeckt und im nächsten Augenblick wieder freigeweht. Die Temperatur lag konstant bei minus siebzig Grad Celsius.

„Sie rufen immer noch. Jetzt sehr laut und deutlich."

Atlan fuhr in seinem Sitz herum.

„*Sie* . . .?" schrie er unbeherrscht.

„Ja, es sind mehrere. Ich habe mich getäuscht. Sie sprechen von sich. Ich übersetze . . .!"

Gucky schloß wieder die Augen, umklammerte seine Anschnallgurte und sagte mit gleicher Stimme wie zuvor:

„Gucky – wir rufen Sonderoffizier Gucky, Heimatwelt Tramp, Wahlheimat Terra. Wir rufen Gucky. Paraimpuls ‚Vergißmeinnicht' auf Individualfrequenz abstrahlen. Senderumschaltung zur Berichterstattung erforderlich."

Der Kleine erwachte wieder. Nervös erklärte er:

„Mein Name kommt mit zehnfacher Lautstärke, der Text bedeutend leiser. Daher habe ich auch nur ‚Gucky' gehört, bis ich in der Nähe war. Atlan – das ist kein Telepath, sondern ein mechanischer Parasender, der genau auf meine Hirnfrequenz abgestimmt ist. Wer kann sie kennen? Nur Spezialisten der Abwehr sind darüber informiert. Außerdem kann kein anderer Telepath den Ruf vernehmen. Stichfrequenzsendungen sind individualgebunden. Der Sender ist speziell auf mich eingestellt worden. Atlan – ich habe Angst."

Der Admiral beherrschte sich mühsam. Tausend Gedanken und Überlegungen jagten gleichzeitig durch sein Gehirn. Dann erinnerte er sich an die Situation.

„Keine Rätselraterei jetzt, Kleiner. Gib den Öffnungsimpuls – wie heißt er?"

„Seltsam! Vergißmeinnicht. In mir bebt jeder Nerv. Ich empfinde eine unsagbare Trauer."

Atlan unterdrückte ein Stöhnen, beugte sich weit über die Ortungsarmaturen und rüttelte den Mausbiber. Er fuhr zusammen.

„Kleiner, beherrsch dich. Gib den Impuls auf deiner Hirnwelle. Anschließend mußt du den Sender holen, vorausgesetzt, du kannst ihn transportieren. Es sieht so aus, als hätte jemand eine Nachricht für dich hinterlegt."

„Hinterlegt, der richtige Ausdruck. Der Sender muß einmal viel stärker gestrahlt haben. Seine Energieversorgung hat nachgelassen. Nur mein Name kommt noch scharf durch. In Ordnung, gib mir noch eine Minute."

Atlan wartete voller Ungeduld. Die Maschine wurde schon wieder zugeweht. Er beseitigte die sofort gefrierenden Schneemassen mit einem fauchenden Impulsstrom aus den Flächen-Steuerdüsen.

Dann begann der Mausbiber zu arbeiten. Er schickte den telepathischen Impuls aus und wartete.

Nur dreißig Meter entfernt sprach eine unendlich komplizierte Mikroautomatik an. Sendekontakt II wurde geschlossen. Sofort fuhr der Kleine erneut zusammen.

„Laut, sehr laut", stöhnte er. „Ruhe, das sind wirklich Nachrichten. Ich übersetze. Es kann zu Verstümmelungen kommen. Sieh darüber hinweg. Ich erwähne die Dinge nur sinngemäß. Es ist schwer, bei der Paraaufnahme gleichzeitig zu sprechen. Nun folgt der erste Klartext. Bis jetzt empfing ich nur Rufzeichen. Achtung..."

Atlan hatte die Tonbandaufnahme des Jägers eingeschaltet und sie mit dem Helmfunk des Mausbibers verbunden. Es durfte kein Wort verlorengehen. In diesen Augenblicken dachte der Arkonide nicht mehr an die Gefahr, die schon dicht über ihm lauern konnte. Der Kleine hatte sich nicht getäuscht. Etwas hatte ihn gerufen. Er begann zu sprechen.

„Major Gerald Snigert, Kommandant des überschweren Flottentenders DINO-3, aus dem neuen Typenprogramm der DINOSAURIER-Klasse, ruft das solare Flottenflaggschiff CREST III. Ich rufe den Großadministrator des Solaren Imperiums, Perry Rhodan, und den Regierenden Lordadmiral der USO, Atlan. Ich befinde mich mit meinem Tender in der Heimatgalaxis. Mein Befehl lautet, die CREST zu finden und ihre ausgebrannten Kalupkonverter zu ersetzen. An Bord meines Schiffes befinden sich fünf fabrikneue und sorgfältig überprüfte Konverter. Drei dieser Kalups können problemlos in die CREST eingebaut werden. Die beiden anderen sind so ausgelegt, daß sie als Zusatzantrieb an die CREST angeflanscht werden können. Meine Anweisungen gebieten mir ferner, Perry Rhodan die Rückkehr in den Andromedanebel mit normalen Hilfsmitteln zu ermöglichen. Ich bin durch den Planeten Vario zeitversetzt worden. Nach meinen

37

Unterlagen befinde ich mich zur Zeit im Jahre 49 988 vor Christi. Diese telepathischen Sender, Memosender genannt und im Auftrag der solaren Abwehr auf Siga konstruiert, sind meine letzte Möglichkeit, Sie zu erreichen. Mir ist bekannt, daß Sie einen Zwischensprung um fünfhundert Jahre Standard vorgenommen haben. Weitere Berichterstattung kann nur nach Öffnung des Memosenders erfolgen. Sie werden ein Mikro-Bildtonband mit genauen Angaben über die Ankunft meines Schiffes in der Milchstraße und über unsere Maßnahmen vorfinden.

Achtung! Der Memosender wird augenblicklich zerstört, falls ein gewaltsamer Öffnungsversuch unternommen werden sollte. Das Gerät klappt automatisch auseinander, wenn die Sonderoffiziere des Mutantenkorps, Gucky oder John Marshall, auf ihrer einmaligen Individualfrequenz den Namen jenes Mannes abstrahlen, der im Jahre 1971 als militärischer Chef der US-Space Force fungierte und die Vorbereitungen zum ersten bemannten Mondflug leitete. Mir ist bekannt, daß der Name dieses Offiziers nur noch sehr wenigen Menschen geläufig ist. Ende der Meldung.

Achtung! *Nachsatz*: Diese telepathische Nachricht kann nur von den Sonderoffizieren Gucky und Marshall empfangen werden. Die von den Männern meiner Besatzung in der Galaxis verstreuten Memosender, insgesamt zweiunddreißig Stück, sind speziell auf die mir bekannten Individualfrequenzen der genannten Personen eingestellt worden. Stellen Sie das Gerät sicher, von dem Sie diese Nachricht erhalten. Ich erinnere an den Öffnungskode. Wenn ich jemals gehört werden sollte, so möchte ich mich mit einem herzlichen ‚viel Glück‘ verabschieden. Ende.‘‘

Gucky brauchte diesmal fünf Minuten, bis er sich wieder gefangen hatte. Atlan hörte in dieser Zeit das Tonband ab. Er kannte einen terranischen Major namens Gerald Snigert. Er gehörte zu den zuverlässigsten Offizieren der solaren Flotte und war für seine innere Ausgeglichenheit bekannt.

Atlan begann erneut zu überlegen. Er achtete kaum auf Guckys Keuchen. Der Mausbiber war am Ende seiner Kräfte angelangt.

Plötzlich wurde der Admiral von dem Mausbiber angesprochen.

„In Ordnung, ich bin wieder einigermaßen fit. Die Übersetzung war fürchterlich. Habe ich verständlich gesprochen?‘‘

„Sogar fehlerfrei und durchaus nicht nur sinngemäß. Gucky – ich würde dich gern unterstützen und den Sender bergen. Wahrscheinlich liegt er unter einer meterstarken Eisdecke. Kannst du ihn genau einpeilen?"

Gucky konnte es. Er bezeichnete die Stelle. Sie lag am Fuße einer schroff ansteigenden Felswand, die als Gipfelnadel angesehen werden konnte. Dort befand sich ein Hohlraum, der allerdings völlig verweht war. Eismassen türmten sich davor auf.

Atlan zögerte nicht mehr länger. Er überprüfte seinen Kampfanzug und öffnete das Innentor der winzigen Luftschleuse.

„Laß es sein", meldete sich Gucky. Seine zirpende Stimme klang ruhig, fast feierlich. „Atlan, ich kann diesen kleinen Sprung noch machen. Die Höhle ist groß genug für mich. Sie scheint auch eisfrei zu sein. Der Sender kann nicht sehr schwer sein, oder dieser Major hätte nicht von einer Sicherstellung durch mich oder John gesprochen. Siganesen stellen nie große Apparate her. Halte hier die Stellung, und warte auf mich. Ich springe in etwa drei Minuten."

Er schwieg wieder, und Atlan ließ sich zögernd in seinen Sitz sinken. Es war sein Plan gewesen, die Eismauer aufzuschmelzen.

Nach einigen Augenblicken begann der Kleine, von innerer Unrhe getrieben, zu sprechen.

„Bist du dir auch darüber klar, daß Snigert infolge unseres Zwischensprunges um fünfhundert Jahre *zu früh* gekommen ist? Nach seiner Bezugsebene zu urteilen, befanden wir uns in der Zukunft, obwohl wir tatsächlich noch immer weit in der Vergangenheit sind. Ich glaube, Snigert hat die Memosender auf wichtigen Planeten auslegen lassen, immer in der Hoffnung, wir würden sie fünfhundert Jahre später finden. Das ist die einzige Lösung. Demnach muß Snigert je nach erreichtem Lebenalter etwa seit vierhundertfünfzig Jahren tot sein. Wir werden nur noch seine Überreste finden – wenn überhaupt. Er hatte eine geniale Idee. Atlan – sagte er nicht, er hätte uns fünf nagelneue Kalups in die Vergangenheit mitgebracht? Mit einem Tender der DINOSAURIER-Klasse? Das sind Riesendinger, auf deren Plattform sogar ein Ultraschlachtschiff landen kann. Das könnte unsere Rettung bedeuten."

Drei Minuten später verschwand der Mausbiber plötzlich von seinem Sitz. Nach weiteren fünf Minuten tauchte er ebenso unverhofft wieder auf. Sein Kampfanzug war unbeschädigt.

Seine Händchen umklammerten einen silberglänzenden Zylinder mit halbkugeligen Verschlüssen. Die Oberfläche war völlig glatt.

„Ich wußte doch, daß siganesische Mikroingenieure niemals große

Geräte bauen", stellte er fest. „Dieses Ding ist wenigstens fünfhundert Jahre alt. Kennst du den Namen des Offiziers, der damals Perrys Mondflug leitete?"

„Allerdings. Es war Drei-Sterne-General Lesly Pounder, Chef der US-Space Force und militärischer Kommandant des Nevada Space Port. Es ist lange her. Snigert handelte sehr geschickt, als er Pounders Namen als Öffnungskode wählte. Wenn der Memosender in falsche Hände geraten wäre, hätten die Entdecker schon damit vor einem kaum zu lösenden Rätsel gestanden; ganz davon abgesehen, daß sie ihn wegen der speziellen Parafrequenz der Anrufe nicht hören konnten."

Gucky schaute verlangend auf das Gerät, als Atlan die Maschinen anlaufen ließ.

Atlan zog den Jäger in die Luft und beseitigte die Eismassen mit den Steuerdüsen. Sekunden später fauchte ein feuerspeiender Körper durch die Wolken und raste mit steigender Fahrt dem All, seinem eigentlichen Element, entgegen.

Gucky verzichtete darauf, den Memosender jetzt schon zu öffnen. Es war vorerst wichtiger, die CREST zu erreichen.

Atlan flog in westlicher Richtung über den asiatischen Kontinent hinweg, um dem als Sichel erkennbaren Mond auszuweichen. Als er hinter dem Horizont verschwunden war, begann der eigentliche Steigflug.

Die Atmosphäre flammte auf. Sie leuchtete noch in Rotglut längs der Flugbahn, als die Moskito-Jet längst im freien Raum verschwunden war und zum Linearmanöver ansetzte.

Eine halbe Stunde später erreichte der Jäger unbehelligt die CREST und schleuste ein. Während Atlan und Gucky sich auf den Weg in die Zentrale begaben, nahm das Flaggschiff Fahrt auf und verschwand im Linearraum.

Nach etwa zwei Stunden kehrte die CREST in das Einsteinuniversum zurück. Die Bilder der Außenbordoptik bewiesen, daß man sich dem Zentrum um etwa zehntausend Lichtjahre genähert hatte.

Routinemäßige Ortungsmeldungen kamen durch. Dieser Sektor schien frei von halutischen Verbänden zu sein. Atlan wartete, bis die notwendigen Sicherheitsmaßnahmen abgeschlossen waren. Nach der Aufhebung des Klarschiffzustandes kam Rhodan quer durch die Zentrale auf den Arkoniden zu. Der hatte sich im Wartesektor der Einsatzmutanten auf einen Pneumosessel gelegt.

40

Rhodan setzte sich auf den Rand des Lagers und schaute zu Gucky hinüber, der zusammen mit John Marshall und den anderen Mutanten den Metallzylinder begutachtete. Die Diskussion der außersinnlich Begabten war nur schwer zu verstehen. Sie enthielt zahlreiche Fachausdrücke, die zum Sprachschatz der Mutanten gehörten.

„Ich möchte dir danken, Freund", sagte Rhodan mit gespielter Ruhe. „Ihr habt allerhand riskiert."

„Reden wir nicht davon", wehrte Atlan ab. „Sind wir in diesem Sektor für einige Stunden sicher?"

„Es sieht so aus. Wir fliegen den hellroten Doppelstern an. Es ist Gamona; in der Realzeit ein geheimer Stützpunkt mit zwei Funkbrücken-Verstärkern. Atlan – mir bangt vor eurer Entdeckung. Bist du dir darüber im klaren, daß fünftausend Männer jetzt schon davon überzeugt sind, die Rückkehr zum Andromedanebel und die Eroberung des dortigen Zeittransmitters sei kein Problem mehr? Wenn Snigert nur einen Fehler begangen hat, ist sein Tender vielleicht fünf Minuten nach der Besprechung des Tonbandes explodiert."

Atlan richtete sich auf.

„Perry – Snigert ist ein Mann, der immer sehr genau wußte, was er zu tun hatte. Ich habe ebenfalls Hoffnungen. Laß uns das Gerät öffnen. Der Kodeimpuls ist Pounders Name. Hat Gucky bereits ausführlich berichtet?"

„Jede Einzelheit. Wir begeben uns ins physikalische Labor. Ich möchte mit dem Gerät keine peinlichen Überraschungen erleben. Es ist immerhin fünfhundert Jahre alt. Ein Wunder, daß es überhaupt seinen Dienst so lange erfüllen konnte."

„Siganesische Maßarbeit", schrie Spezialist Lemy Danger, der plötzlich mit seinem Fluggerät auftauchte und vor den Kommandeuren in der Luft schwebte. Lemy landete neben Atlan auf der Liege und stellte das Mikrotriebwerk ab.

„Verpesten Sie mir nicht die Zentrale!" rief der Erste Offizier herüber. „Das Ding entwickelt Abgase."

Lemy schaute ihn vorwurfsvoll an.

„Gestatten Sie, Herr Generalmajor?" meinte Atlan. Er umfaßte das 22,21 Zentimeter große Männlein mit einer Hand um die Hüften und hob es hoch auf seine linke Armbeuge.

„Vielen Dank, Sir", beeilte sich der kleinste Mann des USO-Spezialistenkorps zu sagen. „Selbstverständlich gestatte ich."

Rhodan unterdrückte ein Lächeln. Der umweltangepaßte Siganese

41

war etwas empfindlich, wenn man Anspielungen auf seine Körpergröße machte.

„Was wollten Sie sagen, Lemy", erkundigte sich Atlan. „Haben Sie besondere Vorschläge? Ich meine wegen des Gerätes."

„Eigentlich nicht, Sir. Wie Sie wissen, fungierte ich in den letzten Jahren als Chef der siganesischen Mikrofabrikation. Ich darf Ihnen daher versichern, daß die von uns hergestellten Memosender..."

„Waren Sie denn an der Fabrikation beteiligt?" unterbrach Rhodan.

„Nein, Sir, aber ich kann mir vorstellen, wie es unsere Ingenieure gemacht haben. Ich würde deshalb raten, die telepathischen Anweisungen genau zu befolgen. Es kann nichts passieren."

„Das sagen Sie, mein Lieber."

Lemy wendete sich hilfesuchend an Atlan. Der Lordadmiral schaute nachdenklich auf das winzige Gesicht hinunter. Dann setzte er Lemy wieder ab.

„Fliegen Sie bitte zu den physikalischen Labors hinunter. Oder soll ich Sie transportieren?"

„Es wäre besser, Sir", seufzte der Wichtelmann. „Die terranischen Riesen vergessen gar zu oft, daß ich mich ebenfalls an Bord befinde. Es wird allmählich problematisch, den Schuhsohlen auszuweichen."

Atlan steckte Lemy in die Außentasche der Borduniform und erhob sich. Die Mutanten waren bereits mit dem Zylinder verschwunden.

Der Hohlkörper hatte lediglich eine Mikro-Bildtonbandspule als Nachrichtenmaterial enthalten. Die Öffnung war nach dem von Gucky abgestrahlten Kodewort ohne Schwierigkeiten gelungen. Fast fünfundneunzig Prozent des verfügbaren Innenraumes wurden von der Kraftstation und dem Telepathiesender eingenommen. Es war wirklich ein Wunder, daß dieses feinmechanische Meisterwerk siganesischer Mikroingenieure so lange gearbeitet hatte.

Die führenden Wissenschaftler und Offiziere der CREST sahen seit einer Stunde fasziniert auf den Bildschirm, der von dem Band belichtet wurde.

Major Gerald Snigert war methodisch vorgegangen. Seine Berichterstattung hatte mit dem Start der DINO-3 begonnen. Alle Besatzungsmitglieder waren vorgestellt worden.

Das Täuschungsmanöver über der Zeitfalle Vario hatt Rhodan

davon überzeugt, daß man in der Realzeit alles getan hatte, um der bedrängten CREST Hilfe zu bringen.

Die DINO-3, eine riesige, fliegende Plattform mit angesetztem Kugelkörper, der die Steuer- und Wohnräume enthielt, war von Vario zeitversetzt worden und planmäßig über Kahalo herausgekommen. Hier war es Snigert gelungen, sein unförmiges Spezialraumschiff durch eine positronische Sonderschaltung in Sicherheit zu bringen, ehe die lemurische Wachflotte zum Schuß kommen konnte.

Snigert hatte die rote Doppelsonne Redpoint angeflogen, in der Hoffnung, die CREST dort zu finden.

Damit hatte die Tragödie der DINO-3 begonnen. Das Flaggschiff war nicht mehr an Ort und Stelle gewesen.

Atlan hatte sich bei diesen Filmszenen die schwersten Vorwürfe gemacht, jemals den Gedanken an eine zusätzliche Zeitverschiebung um fünfhundert Jahre in die Relativzukunft erwogen zu haben.

An dieser Stelle hatte Rhodan die Vorführung unterbrechen lassen, um zu erklären, daß niemand mit einer solchen Hilfsaktion hätte rechnen können. Er hatte es erwähnt, um Atlans Gewissen zu entlasten.

Anschließend führte der Film in Wort und Bild vor, was die Männer des Versorgungsschiffes getan hatten, um die fünfhundert Jahre in der Zukunft weilende CREST doch noch zu erreichen.

Die Besatzung des DINO-Tenders unternahm mit ihren Korvetten einige Erkundungsflüge. Dabei wurden unzählige Funksprüche aufgefangen und ausgewertet. Einige dieser Funksprüche beschäftigten sich mit der CREST, und so kam es, daß die Tenderbesatzung schließlich Kenntnis vom Schicksal der CREST erhielt.

Nachdem sie von dem zusätzlichen Zeitsprung erfahren hatten, flogen die drei bordeigenen Korvetten des Tenders los, um die mitgeführten Memosender auf solchen Planeten abzulegen, die das Flaggschiff mit hoher Wahrscheinlichkeit besuchen würde.

Die wichtigste Welt war Terra. Dort hatte man drei Geräte abgesetzt, eins auf dem Gaurisankar, das zweite auf dem afrikanischen Kilimandscharo und das dritte auf dem C-Negro in den östlichen Kordilleren.

Mehr hatte Major Snigert nicht tun können. Der Film enthielt noch Aufnahmen, die die Rückkehr der letzten Korvette von dem Sondereinsatz zeigten.

Danach wurden die fünf riesigen Kalups vorgeführt, die in Spezialschächten der runden Lande- und Werftplattform standen. Snigert erklärte jede Einzelheit der Versorgungsanlage und beschrieb auch die Maschinen des Spezialschiffes.

Nur ein Punkt blieb vorerst unerwähnt. Der Bildteil des Bandes war zu Ende, ehe Rhodan erfahren hatte, was er wissen wollte: Wo war das Schiff versteckt worden?

Snigert hatte natürlich daran gedacht. Es war die wichtigste Nachricht, die er für die Männer der CREST hinterlassen hatte.

Nach der technischen Beschreibung des Ladegutes und der Maschinenanlagen erschien wiederum Major Snigert in Großaufnahme. Atlan war, als würde der große, schwere Mann in den Vorführraum hineinschreiten.

„Ich habe mir alle Mühe gegeben, die Geschehnisse übersichtlich zu schildern, immer in der Hoffnung, eines Tages von Ihnen gehört zu werden. Sollte dies je der Fall sein, so ist für die Besatzung der CREST nur noch die Frage wichtig, wo sie mein Schiff finden kann.

Die Sicherheitsmaßnahmen, die wir gegen eine Entdeckung der ausgelegten Memosender getroffen haben, erscheinen ausreichend. Dies behauptet wenigstens Major Gus Barnard, der Chef des technisch-wissenschaftlichen Korps an Bord der DINO-3. Ich zweifle auch nicht daran, daß nur die Telepathen Gucky und John Marshall die Rufimpulse vernehmen können. Es ist auch so gut wie ausgeschlossen, daß jemand bei der zufälligen Entdeckung eines Gerätes – also ohne telepathische Hilfsmittel – den Zylinder gewaltsam öffnen kann, ohne ihn dabei zu zerstören.

Trotzdem wirft sich für mich die Frage auf, ob es ratsam ist, den Hohlkörpern Nachrichten anzuvertrauen, die offenkundig auf den neuen Liegeplatz des Tenders hinweisen. Ich greife daher zu einer dritten Absicherung und nenne Ihnen lediglich eine Kodebezeichnung. Sie betrifft eine relativ unbekannte Sonne, die jedoch mit Ihren Kenntnissen ohne weiteres gefunden werden kann. Ein Fremder wird vor einem Rätsel stehen; selbst wenn es ihm gelungen sein sollte, dieses Band einwandfrei abzuhören.

Besonders Lordadmiral Atlan wird keine Schwierigkeiten haben, aus der Kodebezeichnung herauszulesen, welche Sonne gemeint ist und wo man sie finden kann. Als einzigen näheren Hinweis gebe ich bekannt, daß der bewußte Stern in der Normalzeit als Energiereservoir und kosmonautischer Peilpunkt für eine USO-Station dient.

Ich muß mit der Möglichkeit rechnen, daß sich der Lordadmiral nicht mehr an Bord der CREST befindet. Ich teile daher den Kosmonauten der CREST mit, daß die Kodebezeichnung für den von mir ausgewählten Stern in der geheimen Sonderpositronik des Schiffes enthalten ist. Rufen Sie die Zahlengruppe ab, und Sie werden wissen, wo Sie meine DINO-3 finden können. Hier nun die Zahlenkombination. Ich bringe Sie als Bildaufnahme, damit unter keinen Umständen Irrtümer entstehen können."

Die Stimme des Toten verstummte. Ein Plastikschild mit einer großen, deutlich lesbaren Aufschrift erschien. Atlan starrte atemlos auf den Bildschirm.

„E-CK-121288-31"

Das war alles, was Major Gerald Snigert mitteilen wollte. Er erschien nochmals auf dem Film und erklärte abschließend:

„Gebe Gott, daß Sie mich gehört haben. Wir haben keine Möglichkeit mehr, die Galaxis zu verlassen. Wir wollen also versuchen, unser Dasein in Ruhe und Frieden zu beschließen. Unsere vordringlichste Aufgabe besteht darin, die für Sie lebenswichtigen Versorgungsgüter so einwandfrei zu konservieren, daß sie fünfhundert Jahre ohne Zerfallserscheinungen überstehen können. Ich starte nun zu dem Liegeplatz.

Wenn Sie die DINO-3 gefunden haben, sehen Sie bitte in der Zentrale nach. Ich werde dort ein weiteres Bildtonband mit ausführlichen Nachrichten und Geheimdaten hinterlegen. Ein Schild wird unübersehbar auf den Verwahrungsort hinweisen. Wir wünschen den Männern der CREST alles Gute. Finden Sie den Stern, den wir von nun an umkreisen werden. Ich habe berechtigte Hoffnungen, daß der Tender nicht zufällig geortet wird. Falls Sie ihn jedoch nicht mehr antreffen sollten, so hat das Schicksal unerbittlich zugeschlagen; dann sind wir trotz aller Vorsichtsmaßnahmen vernichtet worden. In diesem Falle verzeihen Sie uns unser Unvermögen, Ihnen die Nachschubgüter doch noch auszuliefern. Wir haben getan, was in unseren Kräften stand."

Damit verabschiedete sich der Kommandant des überschweren Flottentenders DINO-3. Der Film lief aus. Die Leuchtröhren flammten auf.

Die Männer verharrten schweigsam. Die Nachrichten der Toten hatten sie zutiefst aufgewühlt.

Rhodan stand zuerst auf und trat vor den nächsten Interkomanschluß.

„Durchsage an alle: Sie haben Gerald Snigert gehört. Ich hoffe, daß der Tender immer noch diese Sonne umkreist. Die . . . Ja, was gibt es denn?"

Er drehte sich um und schaute Atlan an, der neben ihn getreten war. Atlan erklärte mit erzwungener Ruhe:

„Ich habe die Kodenummer entziffert. Wie Sie wissen, besitze ich ein fotografisches Gedächtnis. E-CK-121288-31 ist identisch mit der planetenlosen, blaßgrünen Sonne Profus, die in der Realzeit von einer USO-Station gleichen Namens umkreist wird. Der Stern steht noch im galaktischen Zentrum, und zwar 11 417 Lichtjahre von Kahalo entfernt. Der Sektor ist von Snigert vorzüglich gewählt worden. Dort herrscht niemals Schiffsverkehr. Die USO-Station Profus dient als vorgeschobener Beobachtungsposten nahe der Blues-Front. Ich nehme mit sehr hoher Wahrscheinlichkeit an, daß die DINO-3 nicht entdeckt worden ist. Das wollte ich Ihnen mitteilen."

Atlan trat zurück. Perry atmete tief ein. Sein Gesicht belebte sich. Jetzt war er wieder der energiegeladene, niemals verzagende Terraner, den man bewunderte und liebte.

„Ich habe den Erklärungen nichts hinzuzufügen. Wir starten in einer halben Stunde zum direkten Linearanflug. Oberst Rudo – befragen Sie vorsichtshalber die Positronik und legen Sie den Anflugkurs fest. Das wäre alles. Ich danke Ihnen."

Als Perry abschaltete, brach an Bord der CREST die erregteste Diskussion seit Monaten aus. Snigerts Vorgehen wurde bewundert.

Die CREST nahm nach genau einunddreißig Minuten Fahrt auf. Atlans Angaben hatten sich als stichhaltig erwiesen.

Stern E-CK-121288-31 war identisch mit der grünen, planetenlosen Sonne Profus.

3.

Natürlich war die CREST voll gefechtsklar; natürlich lauerten fünftausend Mann auf das geringste Anzeichen einer Gefahr, und natürlich befanden sich fünf Korvetten unter Don Redhorse als Aufklärer im Raum.

46

Direkt voraus, noch eine Milliarde Kilometer entfernt, leuchtete eine blaßgrüne Sonne.

Trotz der geringen Distanz wurde das Licht des kleinen Himmelskörpers vom Schimmern und Glühen des gigantischen Sternenmeeres überlagert, das hier, im Zentrum der Milchstraße, eine ungeheure Dichte erreichte.

Für das Auge war es ein faszinierender Anblick, der von der Größe der Schöpfung und der Winzigkeit des Individuums zeugte.

Für die Kosmonauten der CREST war die Fülle von Einzelsonnen, Doppelsonnen und Mehrfachkonstellationen durchaus nicht so schön. Allein die energetischen Kraftlinien waren ein Problem für sich. Magnetstürme von fürchterlicher Gewalt griffen den Raumflugkörper an. Energiereiche, unberechenbare Gravitationsschwankungen traten so unverhofft auf, daß auch ein Gigant von der Größenordnung der CREST in erhebliche Gefahren geraten konnte.

Niemand flog gern im galaktischen Zentrum; trotz aller Schönheit und Größe nicht. Die schnell rotierenden Gaswolken, sehr dicht und teilweise in voller Kernreaktion, waren ein weiterer Gefahrenherd.

Die grüne Sonne Profus gehörte zu jenen Himmelskörpern, die im Mittelpunkt von heißen Gasnebeln lagen. Dies war auch der Grund dafür, daß der Sektor nur selten und dann zumeist zufällig angeflogen wurde.

Die CREST fand ihren Weg an Hand zahlreicher Unterlagen, die in der Realzeit von mehr als fünfhundert Erkundungsraumschiffen angefertigt worden waren.

Redhorse war mit seinen Korvetten seit Stunden verschwunden. Selbst wenn er freizügig von seinem Sender Gebrauch gemacht hätte, wäre es fraglich gewesen, ob man ihn an Bord der CREST hätte hören können. Fünfdimensionale Energiestürme, vor einigen hundert Jahren noch unbekannt und jenseits der physikalischen Vorstellungswelt liegend, wirkten als Störquellen von unüberwindbarer Stärke.

Die CREST umflog mit zehn Prozent der einfachen Lichtgeschwindigkeit die vorgelagerten Gasnebel, überwand eine besonders gefährliche Materiewolke durch ein Linearmanöver von elf Sekunden Dauer und glitt dann weiter in das Sterngewimmel vor Profus hinein. Bei unverminderter Fahrt mußte man die Zielsonne in etwa zehn Stunden Normalzeit erreicht haben. Redhorse war im direkten Linearflug vorgestoßen.

47

Die Fernortung wurde dauernd gestört. Besonders ein blauer Überriese, der zur Zeit äußerst heftige Protuberanzen ausspie, wirkte als Störungsfaktor.

Vom Flottentender war nichts zu sehen.

Es wurde immer stiller an Bord des solaren Flaggschiffs. Snigerts Befürchtungen, er könne geortet und vernichtet werden, schienen sich zu bewahrheiten.

Fünfhundert Jahre waren eine lange Zeit. Sie schrumpften nur dann zu einem kaum bemerkbaren Wert zusammen, wenn man sie mit Hilfe eines absoluten Nullfeldes überwand.

Eine Stunde später hatte sich Redhorse noch immer nicht gemeldet. Allerdings waren auch keine Spuren einer Gefechtsberührung erkannt worden. Wahrscheinlich war er mit seinen Korvetten so nahe wie möglich an die Sonne herangeflogen, um auf verschiedenen Kreisbahnen zu versuchen, den Tender ausfindig zu machen. Rhodan glaubte nicht, daß Snigert eine enge Umlaufbahn gewählt hatte, um den Ortungsschutz der Sonne voll ausnutzen zu können. Die hätte fünfhundert Jahre lang einen ungeheuren Energieaufwand erforderlich gemacht. Ohne Schutzschirme konnte kein Raumschiff so nahe an eine Sonne herangehen, wie es taktisch klug war.

Atlan beschäftigte sich ebenfalls mit dem Problem. Er drehte den Sessel herum und stieß Perry mit dem Finger an.

„Redhorse wird zu nahe an der Sonne suchen. Ich kann mir nicht vorstellen, daß Snigert eine Vernichtungsbahn gewählt hat. Ein Mann wie er hätte niemals vorbehaltlos seiner Automatik getraut – wenigstens nicht über diesen Zeitraum hinweg. Die Stromreaktoren hätten ununterbrochen laufen müssen. Wir sollten schneller vorstoßen.

Ich bin der Meinung...!"

Atlan wurde vom Ortungschef unterbrochen.

„Korvette kommt auf!" schrie Notami aufgeregt. „Sechzigmeterboot, einwandfreie Erkennungssignale mit Triebwerksschaltung. Intervallstöße, dreimal kurz, viermal lang, dann voller Gegenschub. Fremdimpulstaster registrieren Auftreffen Ortungswellen. Die Korvette hat uns auf ihren Schirmen. Ende."

Zehn Minuten später wurde der heranschießende Flugkörper erkennbar. Es war die KC-4 unter dem Befehl von Captain Finch Eyseman.

Rhodan gab den Befehl, die Korvette einzuschleusen und Eyseman in die Zentrale zu bitten.

Die KC-4 flog ein erstklassiges Anpassungsmanöver, schloß von hinten her auf und erreichte die Fahrtstufe der CREST, als sie bei dem Mutterschiff angekommen war. Es war danach kein Problem mehr, die Korvette mit einem Traktorstrahl in die Hangarschleuse zu ziehen.

Als das oft geübte Manöver beendet war, vernahm man bereits Eysemans Gebrüll über die Sprechfunkanlage. Der Offizier, dessen sanfte, braune Augen flüchtige Beobachter verleiteten, ihn für einen Träumer zu halten, schien äußerst erregt zu sein.

„. . . sie gefunden!" dröhnte es aus den Lautsprechern. Rhodan zuckte zusammen und umklammerte die Sessellehnen. Seine Augen weiteten sich in hoffnungsvollem Staunen.

„Sir, wir haben die DINO-3 gefunden!" brüllte Finch weiter. „Sie steht viel weiter von der Sonne entfernt, als wir glaubten. Große Kreisbahn, Sir. Keine Schutzschirme vorhanden und nichts, was man als Abwehrwaffe bezeichnen könnte. Wir sind allerdings nicht gelandet. Es kann sein, daß auf der Werftplattform Robotüberraschungen installiert sind, die bei einem unwillkommenen Besuch zu feuern beginnen. Ich . . .!"

„Nun kommen Sie erst einmal in die Zentrale!" schrie Rhodan nicht weniger aufgeregt zurück. „Finch, haben Sie Ihre Füße gewaschen?"

„Was . . .?"

„Ich möchte sie küssen. Vor Freude!"

„Lieber nicht. Major Bernard hat unser Wasser rationiert. Ich kann für nichts garantieren. Ich komme, Sir."

Atlan grinste, als Rhodan stirnrunzelnd auf seine eigenen Füße schaute.

„Du hast es gerade nötig", brummte Perry. „Deine werden auch nicht sauberer sein. Was soll's! Hauptsache, wir haben die DINO-3 gefunden. Es ist fast nicht zu glauben. Sie umkreist seit etwa fünfhundert Jahren diesen unbedeutenden Stern. Oh – Eyseman hat es aber eilig."

Der junge Captain stürmte in die Zentrale, stolperte an der Schaltempore über eine Stufe und fiel gegen Rhodans Beine.

Finch wurde blutrot vor Verlegenheit, zumal Rhodan schmunzelnd sagte:

„Ich kann mich erinnern, daß Sie bei Ihrem Antrittsbesuch auf meinem ehemaligen Flaggschiff auch eine ziemlich tiefe Verbeugung gemacht haben. Ist das Ihre persönliche Note?"

Finch streckte schweigend den Arm aus und hielt Perry die mitgebrachten Filmaufnahmen unter die Nase.

Zehn Minuten später lief der Streifen ab. Auf ihm erschien ein unförmiges, geradezu häßliches Gebilde, das man nur mit gutem Willen als Raumschiff bezeichnen konnte.

Es war der schwere Flottentender DINO-3. Im wesentlichen bestand er aus einer runden, zweitausend Meter durchmessenden und vierhundert Meter dicken Plattform. An ihrer Schmalseite war eine siebenhundertfünfzig Meter durchmessende Kugel angeordnet. Es sah aus, als hätte jemand ein Schlachtschiff der STARDUST-Klasse an den Rand des fliegenden Tellers geklebt.

Dies war die Kommando-, Versorgungs- und Wohnzelle, in der auch wesentliche Teile des Normaltriebwerks untergebracht waren. Gleichzeitig stellte die Kugelzelle den Kopf des seltsamen Schiffes dar, durch den seine Flugrichtung bestimmt wurde.

Die Werftplattform, auf der sogar ein Ultrariese der Galaxis-Klasse landen konnte, war leer. Nur die farbigen Markierungen der einzelnen Landefelder und die scharfen Umrisse von zahlreichen Lastenaufzügen zeichneten sich ab. An den Rändern der Scheibe erhoben sich buckelartige Gebilde. Sie gehörten zu den Außenbord-Werftanlagen und konnten beliebig ausgefahren werden.

Innerhalb der vierhundert Meter dicken Riesenscheibe reihte sich Laderaum an Laderaum. Was die CREST zu wenig hatte, besaß der DINOSAURIER in überreichem Maße: nämlich Lagermöglichkeiten für siebenhunderttausend Tonnen Material. Dazu zählte noch eine komplett eingerichtete Robotwerft mit den neuesten Errungenschaften der Schiffsbautechnik.

„Alles unversehrt, wie es scheint", berichtete Eyseman atemlos. „Hier und da sehen Sie besonders glänzende Stellen auf Kugelzelle und Ladefläche. Dort scheint man Kunststoffüberzüge aufgesprüht zu haben. Ich wette um meinen Kopf, Sir, daß es innen noch besser aussieht. Schließlich hatten die Männer des Tenders Zeit genug, die betriebswichtigen Anlagen, vor allem aber das Ladegut sorgfältig zu konservieren. Da sich der Tender außerdem stets im freien Raum befand und niemals Witterungseinflüssen ausgesetzt war, so . . ."

„Jetzt halten Sie aber den Mund", mahnte Rhodan. „Finch, Sie sind ja außer sich. Wo bleibt Ihre berühmte Ruhe?"

Der Captain seufzte. Er hätte noch stundenlang erzählen können.

„Er hat aber trotzdem recht", fiel Atlan ein. „Snigert überließ nichts dem Zufall. Wir werden diese Fünfhundert-Jahres-Konserve erst einmal aufschneiden müssen. Worauf wartest du noch?"

Eine halbe Stunde später ging die CREST auf Kurs und erreichte die von Eyseman berechnete Kreisbahn des Tenders mit einem Linearmanöver.

Zwei von Redhorses Korvetten wurden sofort geortet. Die Schiffe schlossen mit hoher Fahrt auf und wiesen das Mutterschiff ein.

DINO-3 stand auf der anderen Seite der Sonne. Die konstante Entfernung betrug siebzig Millionen Kilometer.

Rhodan schoß dicht an der Sonne vorbei, halbierte somit die Umlaufbahn, stoppte und ging auf Kollisionskurs. Zehn Minuten später tauchte der Tender auf.

Das Anflugmanöver war für die Kosmonauten der CREST eine Routinesache. Als das Schiff mit genau angepaßter Fahrt über der Plattform des Tenders schwebte und seine Umrisse klar aus der Schwärze des Vakuums hervortraten, glitten vierzig Korvetten aus den Großschleusen der CREST.

Die Flottillenchefs und Kommandanten hatten die Anweisung erhalten, Fernsicherung zu fliegen und das Mutterschiff vor Überraschungen aus dem freien Raum zu bewahren.

Erst dann ließ Rhodan eine Space-Jet ausschleusen. Die Teleporter befanden sich bereits an Bord des Tenders. Gucky berichtete an John Marshall auf telepathischem Wege, es sei doch eine Sicherung vorhanden gewesen, die er aber beseitigt habe. Ein Parasender habe ihn aufgefordert, gültige Jahreszahl, den Namen des Kommandanten der CREST und seinen eigenen Namen mit Rang zu nennen.

Diese kritischen Minuten waren auf dem Flaggschiff erkannt worden. Auf dem Tender waren plötzlich die Reaktoren angelaufen. Wahrscheinlich hätte die sorgfältig programmierte Hauptpositronik sofort das Feuer eröffnet, wenn Gucky nicht die richtigen Daten auf seiner persönlichen Frequenz abgestrahlt hätte.

Rhodan, Atlan, Icho Tolot, der Chefphysiker Dr. Holfing und der Leitende Ingenieur, Major Hefrich, betraten nach den Teleportern die Plattform.

Plötzlich blendeten die Breitstrahlscheinwerfer auf, und eine Stimme dröhnte aus den Helmlautsprechern der Männer.

„Dies ist eine automatisch ausgelöste Durchsage, von Major Gerald Snigert auf Band gesprochen. Wenn Sie meine Stimme hören, dann sind Sie von der Sicherheitspositronik als rechtmäßige Besitzer des

Tenders anerkannt worden. Ich begrüße Sie im Namen unserer Menschheit. Sie haben es geschafft. Bitte, begeben Sie sich in die Kommandozelle. Die Positronik wird Ihnen behilflich sein. Willkommen an Bord, Perry Rhodan."

Sie schritten schweigend über das weite Feld aus glänzenden Stahlplatten. Vor ihnen wölbte sich die Kugelwandung der Steuerzelle auf.

Stahlschotte schwangen auf. Der Teleporter Ras Tschubai materialisierte neben den Männern und winkte ihnen stumm zu.

So durchquerten sie die Schleuse, in der es seit etwa vierhundertfünfzig Jahren zum ersten Male wieder zu zischen begann. Eine Roboterstimme klang auf.

„Hauptautomat Zentrale spricht. Abgesehen von den Laderäumen der Werftplattform werden die Räume der Kommandozelle wieder mit atembarer Luft gefüllt. Alle Anlagen arbeiten zufriedenstellend. Geringe Schäden werden von Reparaturrobotern beseitigt. Willkommen an Bord."

Chefingenieur Hefrich und Rhodan kannten die Konstruktion der DINO-Tender. Sie fanden den Weg in die Zentrale. Sie lag wie bei Kampfschiffen im Schnittpunkt der Achsen; genau zentrisch innerhalb der großen Kugelhülle.

Als die Panzertore aufglitten, erblickten sie die sterblichen Überreste eines Mannes.

Er ruhte in dem Drehsessel einer kleinen Empore, die in der Mitte der nur zwölf Meter durchmessenden Zentrale angeordnet war. Vor ihm rundeten sich die Schaltaggregate.

Er trug einen offenbar luftleeren Raumanzug, der den Innendruck kurz nach dem Eintritt des Todes verloren haben mußte. So war es zu einer Mumifizierung des Körpers gekommen. Er war auch jetzt, nach der Wiederfüllung aller Räume mit Sauerstoff, nicht angegriffen worden.

Rhodan trat näher. Erschüttert sah er auf das eingefallene Gesicht eines großen Mannes nieder, der zu Lebzeiten ein Hüne gewesen sein mußte. Schlohweißes Haar wallte unter dem durchsichtigen Kugelhelm des Raumanzuges. Die Rangabzeichen und das Namensschild auf der linken Schulter wiesen aus, daß es sich um den Major der Solaren Flotte Gerald Snigert handelte.

Atlan bezwang seine Erschütterung nur mühevoll. Dieser Terraner hatte alles getan, um den Männern der CREST zu helfen. Er hatte es sogar geschafft, als letzter Mann der Besatzung zu sterben. Seine

52

ausgestreckte Rechte wies auf ein großes Plastikschild. Es war auf einem Schaltbord aufgeklebt und mit roter Farbe beschriftet worden.

„Willkommen! Stören Sie sich nicht an meinem Anblick. Wir haben gut gelebt. Das erwähnte Bildtonband mit den letzten Nachrichten befindet sich in dem luftdicht schließenden Zentraltresor, links neben dem Durchgang zum Geräteraum. Die vor mir verstorbenen Männer liegen in vakuumversiegelten Kunststoffsärgen. Sie finden sie im Korvettenhangar I."

Rhodan las die Worte mit schwankender Stimme. Icho Tolot wollte den toten Kommandanten aus dem Sitz heben und ihn auf einem Pneumosessel niederlegen.

„Nein, nein, lassen Sie ihn vorerst dort ruhen", wehrte Rhodan ab. „Begreifen Sie, Tolot – das war sein Platz. Er soll ihn behalten, so lange es möglich ist. Dr. Hefrich – rufen Sie die CREST an und geben Sie den Befehl zum Ausschleusen der Arbeitsteams."

Damit drehte sich Perry um und ging auf den Wandtresor zu. Snigert hatte ihn orangerot angestrichen, damit er nicht zu übersehen war.

Atlan verließ die kleine Zentrale. Er wollte allein sein, um des Mannes zu gedenken, der seine Aufgabe ganz im stillen und fern seiner Heimatwelt durchgeführt hatte. Das war etwas, was der Arkonide unter Heldentum verstand.

Die gefundenen Bildtonbänder enthielten die wichtigsten Szenen aus der Geschichte des Flottentenders DINO-3. Man sah, wie sämtliche Maschinenanlagen, Schaltleitungen, Rechengehirne und Vorratslager mit Paronplastüberzügen versiegelt wurden.

Die Männer des Tenders hatten wochenlang mit Spritzpistolen gearbeitet und fast den gesamten Kunststoffvorrat des Tenders aufgebraucht. Als Folge davon war die DINO-3 tatsächlich zu einer riesigen Konserve geworden, auf der nichts verwittern konnte. Die verwendeten Baustoffe bestanden ohnehin aus Materialien, die völlig zeitunempfindlich waren. Nirgends war eine Rostspur gefunden worden. Sogar die Isolationen der Installationsverdrahtung hatten ohne Zermürbungserscheinungen gehalten. Man konnte es bedenkenlos wagen, die Hauptleiter mit den zulässigen Höchstspannungen von dreihunderttausend Volt zu belasten.

Snigert berichtete in seiner gewissenhaften Art über das Schicksal jedes einzelnen Mannes; seine Todesursache und über das allgemeine Bordleben in der Einsamkeit. Hier und da war ein naher Planet angeflogen worden, um den Männern Gelegenheit zu bieten, wieder einmal natürliche Luft zu atmen und reines Quellwasser zu trinken. Dann waren sie an Bord zurückgekehrt. Sie hatten aus Sicherheitsgründen darauf verzichtet, auf diesem Planeten Häuser zu bauen und Gärten zu bestellen. Dies war ein großes Opfer gewesen.

Nur eine Sache war unklar!

Die DINO-3 hatte eine Gesamtbesatzung von fünfundsiebzig Mann besessen. Einunddreißig Mann fehlten. Es handelte sich überwiegend um Mitglieder des technisch-wissenschaftlichen Korps, darunter um bekannte Kapazitäten.

Erst am Schluß der Bandaufzeichnungen erfolgte die Aufklärung durch Major Snigert.

Er gab an, der technische Chef der Expedition, Major Gus Barnard, sei nach der Konservierung des Tenders mit einer der drei Korvetten gestartet, um zu versuchen, durch einen Dilatationsflug dicht unterhalb der Lichtmauer die fünfhundertjährige Wartezeit ohne besondere Alterungserscheinungen zu überbrücken.

Barnard habe diese Korvette nach dem ersten terranischen Fernraumschiff GOOD HOPE, Gute Hoffnung, genannt.

Als Leitender Kosmonaut des Schiffes sei der ehemalige Erste Offizier des Tenders, Captain Rog Fanther, auf der GOOD HOPE eingestiegen. Eine etwa zweihundertfünfzig Lichtjahre entfernte Sonne sollte mit annähernder Lichtgeschwindigkeit angeflogen werden. Nach der Erreichung des Zieles war ein Wendemanöver geplant und danach die Rückkehr zur DINO-3 mit ebenfalls hochrelativistischer Geschwindigkeit.

Snigert berichtete, er habe das Unternehmen nach Abschluß der dringlichen Konservierungsarbeiten erlaubt. Man solle nach der GOOD HOPE Ausschau halten. Der bezugsgebundene Dilatationsflug sei so berechnet gewesen, daß die GOOD HOPE bei der frühestmöglichen Ankunft der CREST bereits seit sechs Wochen auf dem Tender sein müsse.

Die Wissenschaftler der CREST rechneten die angegebenen Daten nach. Sie stimmten haargenau – nur mit dem Unterschied, daß die GOOD HOPE *nicht* an Ort und Stelle war.

Trotzdem schickte Rhodan zehn Korvetten auf der bekannten Reiseroute aus. Die Kommandanten sollten versuchen, das mit hoher

Relativfahrt ankommende Schiff zu orten und eine Anpassung zu fliegen.

Zwei Tage später hatte sich noch immer nichts ereignet. Icho Tolot berechnete die Unfallwahrscheinlichkeit mit einer Chance von zwanzig zu eins zuungunsten der Besatzung. Die Möglichkeit, in dieser Sternenfülle bei einer so hohen Normalgeschwindigkeit zu verunglükken, war sehr hoch.

Rhodan gab jede Hoffnung auf. Er ordnete eine Trauerfeier für die Toten an und übergab ihre sterblichen Hüllen dem unendlichen Raum.

Danach begannen die Restaurierungsarbeiten mit Hochdruck. Die Maschinenanlagen des Tenders wurden mit Lösungsmitteln von dem Paronplastüberzug befreit. Schon fünf Tage später erfolgte der erste Probelauf.

Die Versorgungsgüter wurden an Bord der CREST gebracht. Sie war auf der riesigen Plattform gelandet. Ein ballonförmiger Schutzschirm, der das Schiff und die Tenderplattform umschloß, enthielt eine künstliche, guttemperierte Atmosphäre, in der man ohne Schutzanzüge arbeiten konnte.

Hefrichs technisches Team kümmerte sich un die fünf mächtigen Kalups, die aufrecht in den Spezialschächten der Werftplattform standen. Sämtliche Anschlüsse waren vorbereitet. Es war nicht mehr zu tun, als die ausgebrannten Konverter aus dem Rumpf der CREST zu stoßen und die fabrikneuen Aggregate mit einer Gesamtreichweite von 1,2 Millionen Lichtjahren in die Konverterhallen des Ultraschlachtschiffes zu befördern.

Vorerst durfte daran jedoch nicht gedacht werden. Die beiden noch unverbrauchten Reservekonverter der CREST mußten erst bis zur vollen Kapazität ausgenutzt werden, ehe man den Austausch vornehmen konnte.

Die Kapazität der beiden CREST-Maschinen und die Restleistung des bereits stark beanspruchten Kalups Nr. 1 waren unbedingt erforderlich, um das Schiff sicher bis zum Andromedanebel zu bringen.

Die technische Abteilung berechnete die noch verfügbare Reichweite der Schiffskalups mit neunhundertachtzehntausend Lichtjahren. Als Sicherheitsfaktor wurden achtzehntausend Lichtjahre abgezogen. So verblieb ein Wert von neunhunderttausend Lichtjahren. Diese Distanz entsprach auch der Reichweite des Flottentenders DINO-3, der ebenfalls über drei Kalups verfügte.

Die Abschlußplanung sah vor, mit beiden Schiffen in dreißig Intervallflügen zu je dreißigtausend Lichtjahren in den Leerraum vorzustoßen. Nach Erreichen der Leistungsgrenze sollte die CREST wiederum auf der Plattform landen und mitten im Raum zwischen den Galaxien mit dem Austausch der Aggregate beginnen.

Gleichzeitig würde man die beiden vorbereiteten Kalups zu einem Zusatztriebwerk zusammenbauen und an der unteren Polkuppel der CREST verankern. Mit diesem zweistufigen Zusatzantrieb könnte die CREST nochmals 800 000 Lichtjahre zurücklegen, ehe sie auf die eigentlichen Schiffstriebwerke zurückgreifen mußte. Die restliche Distanz nach Andromeda – etwa 500 000 Lichtjahre – würde einen der drei Schiffskalups völlig und den zweiten zu etwa 100 000 Lichtjahren beanspruchen. Die danach verbleibende Leistungsreserve von knapp 700 000 Lichtjahren genügte für alle denkbaren Flugmanöver innerhalb Andromedas.

Nach dieser Planung wurde gearbeitet. Es dauerte etwa zwei Wochen Standardzeit, bis die Maschinenanlagen des Tenders und der CREST bis ins kleinste Detail überprüft worden waren. Dann rückte der Zeitpunkt des gemeinsamen Starts näher.

Die Korvetten wurden an Bord zurückbefohlen und eingeschleust. Vom Zeitreiseschiff der DINO-3, der Korvette GOOD HOPE, war keine Spur gefunden worden. Man hielt Schiff und Besatzung mit hundertprozentiger Wahrscheinlichkeit für verschollen.

So ordnete Perry Rhodan den Abflug für den 10. August 2404 Normalzeit an.

Oberstleutnant Brent Huise wurde zum Kommandanten des Versorgungstenders bestimmt. Ihm zur Seite standen fünfzig Männer aus der technischen und kosmonautischen Stammbesatzung der CREST. Leitender Ingenieur wurde Captain Marco Finaldi, ein Terraner, der auf dem Flaggschiff als Zweiter Ingenieur fungierte.

Die Männer waren mit dem Tender durch zahlreiche Probeflüge, die unter dem Feuerschutz der Korvetten vorgenommen worden waren, schon ausgezeichnet vertraut. Man hatte komplizierte Linearmanöver gewagt und dabei festgestellt, daß man sich auf die hervorragende Positronik des Spezialschiffes verlassen konnte.

Die CREST war wieder voll ausgerüstet. Sogar Frischwasser war von einem erdähnlichen Planeten herbeigeschafft worden.

Der Konvoi startete programmgemäß. Es war nicht möglich, noch länger auf die GOOD HOPE zu warten.

4.

Der längste Flug, der von Terranern jemals unternommen worden war, *ohne* dazu einen Sonnentransmitter zu benutzen, hatte am 10. August 2404 – Realzeit begonnen.

Pro Etappe waren 4,96 Flugstunden und fünfzehn Inspektionsstunden veranschlagt worden, zusammen also etwa zwanzig Stunden für jede Intervalldistanz.

Wenn alles so verlief, wie es bei den ersten fünfzehn Etappen verlaufen war, mußte die CREST nach zirka fünfundzwanzig Tagen den Punkt X erreichen.

Die Milchstraße war bereits zirka vierhunderfünfzigtausend Lichtjahre entfernt. Die beiden Schiffe standen tief im Leerraum, der diese Bezeichnung voll und ganz verdiente.

Die Heimatgalaxis war schon in voller Ausdehnung zu übersehen. Gleißend und funkelnd schwebte sie in der Schwärze der Unendlichkeit. Sie wurde nach jeder Etappe etwas kleiner, und dafür wuchs der Lichtfleck des entfernten Andromedanebels wieder etwas an.

Fünfzehnmal waren die beiden terranischen Raumschiffe in den Linearraum gegangen; fünfzehnmal war das gewagte Spiel mit den Maschinen und den strapazierten Nerven der fünftausend Männer abgelaufen.

Optimisten behaupteten bereits, man hätte sich viel zuviel Sorgen gemacht. In der Tat funktionierten die Kalups so einwandfrei, wie man es von ihnen gewohnt war. Die CREST hatte ihren leergebrannten Kalup I bereits ausgestoßen. Der Vorgang hatte nur eine Dreiviertelstunde gedauert, denn dafür hatten die Männer in den Konstruktionsbüros gesorgt.

Unter jedem der Mammutgebilde befand sich ein speziell eingebauter Installationsschacht, der das Schiff bis hinab zur unteren Polrundung durchzog und dort ins Freie mündete.

So flog das Flottenflaggschiff nun mit seinem zweiten Aggregat, das sich jedoch auch schon seiner Leistungsgrenze näherte.

Die DINO-3, die pro Kalup nur eine Reichweite von dreihunderttausend Lichtjahren besaß, flog ebenfalls mit dem zweiten Gerät, dessen Kapazität zur Hälfte aufgebraucht war.

Fünfzehn Etappen noch, dann war der erste Teil des Unternehmens abgeschlossen. Danach würde man den zweiten Abschnitt dieses Abenteuers in Angriff nehmen, der darin münden sollte, in die Realzeit zurückzukehren . . .

„4. September des Jahres 2404, Realzeit. Wir haben es geschafft! Wir haben es geschafft trotz der düsteren Prognosen, die Wissenschaftler, Techniker und Kosmonauten nach der achtundzwanzigsten Etappe aufgestellt hatten. Der dritte Kalup des Flottentenders DINO-3 arbeitete nach wie vor einwandfrei, doch dafür waren schwerwiegende Fehler an der Hauptpositronik aufgetreten. Damit hatte niemand gerechnet.

Wir waren gezwungen gewesen, die beiden letzten Intervallreisen mit dem wesentlich kleineren Reservegehirn des Tenders durchzuführen. Es gelang wider alle Erwartungen, den Punkt X mit einer Eintauchverschiebung von nur elfeinhalb Lichtjahren zu erreichen.

Wir schlossen mit der CREST auf, da deren letzte ÜL-Maschine noch einigermaßen betriebsklar war. Nunmehr hat die brave DINO-3 ausgedient. Sie steht nach dem Bremsmanöver fahrtlos im Raum, und wir sind vor zwei Stunden auf ihrer riesigen Werftplattform gelandet, um die drei fabrikneuen Kalupschen Kompensationskonverter zu übernehmen und die beiden restlichen Kalups zu einem zweistufigen Zusatzantrieb zusammenzubauen.

Perry Rhodan hat eine Schlaf- und Ruhepause von zwölf Stunden angeordnet. Die wenigsten Männer befolgen jedoch den Befehl, der eigentlich auch mehr als Ratschlag gedacht war. Der Ehrgeiz unter den Besatzungsmitgliedern der CREST ist zu einer Art Krankheit geworden. Jeder möchte alle Kräfte einsetzen, um das zur Zeit überlichtfluguntaugliche Flaggschiff wieder in ein präzise reagierendes Instrument terranischer Schiffsbaukunst zu verwandeln.

Es ist zwecklos, die Leute an den Kräfteverschleiß während des langen Fluges zu erinnern. Alle Nervosität, die in erster Linie für den körperlichen und psychischen Verfall verantwortlich war, ist von uns gewichen. Wir sind wieder heiter, froh und zuversichtlich. Der Andromedanebel ist noch 1,3 Millionen Lichtjahre entfernt; eine Distanz, die wir mit den Zusatztriebwerken, mit dem Kalup I und mit einem

Teil des Kalup II leicht überbrücken können. Der Zeitpunkt, an die Eroberung des Planeten Vario zu denken und die Rückversetzung in die Realzeit zu erzwingen, rückt näher. Ende."

Atlan legte das Mikrophon zur Seite, schaltete den Bandaufzeichner ab und schritt auf die Luftschleuse seiner Kabine zu. Die CREST III glich einem Tollhaus. Obwohl sie so enorm groß war, daß sich ihre fünftausendköpfige Besatzung in den vielen Räumen verlor, hatte der Arkonide plötzlich das Gefühl, als wäre das Schiff viel zu klein geworden.

Überall klangen Stimmen auf. Arbeitsroboter verschiedenster Konstruktion glitten auf Laufbändern, Antigravfeldern und Rollenmechanismen durch die kilometerlangen Gänge.

Die Aufzüge waren in Betrieb, überall war volle Beleuchtung. Die Interkomanlage war auf Dauerübermittlung geschaltet, und so kam es, daß Kommandos und sonstige Durchsagen im ganzen Schiff gehört wurden.

Als Atlan einen kleinen Antigravlift betrat, der zu den Kalupräumen unterhalb der Kugelzentrale führte, erschütterte ein nachhallendes Donnern den Schiffskörper.

Die Kraftwerke des Tenders waren ziemlich leichtfertig hochgefahren worden. Minuten später entnahm Atlan dem freudigen Gebrüll aus mehreren tausend Kehlen, daß das energetische Ballonfeld über die CREST und den Versorgungstender gelegt worden war.

Die Luftspeicher des Werftschiffes begannen zu arbeiten. Sie füllten das Feld mit atembarer, vorgewärmter Luft.

Als Atlan nach einer kurzen Besichtigung der Hochenergieräume die untere Polschleuse erreichte, liefen schon die ersten Techniker ohne Schutzanzüge auf der Plattform des Dinosauriers herum.

Ein grinsender, ölverschmierter Mann trat dem Arkoniden in den Weg. Atlan mußte erst einmal genauer hinsehen, um in dem Individuum ohne Rangabzeichen den Großadministrator des Solaren Imperiums zu erkennen.

Atlan holte tief Luft.

„Jetzt seid ihr wohl ganz und gar verrückt geworden, wie? Natürlich können die Herren Höhlenwilden in ihrem typisch terranischen Leichtsinn nicht warten, bis alle Vorbereitungen zum Austausch exakt getroffen worden sind."

„Was heißt hier exakt?" grinste Rhodan noch breiter. „Ich habe Kalup III ausstoßen lassen, noch ehe wir auf der Plattform niedergingen. Das hast du wohl gar nicht bemerkt?"

Atlan holte nochmals tief Luft. Er hatte es wirklich nicht bemerkt.

„*Man* hat geschlafen!" schrie Cart Rudo zu den Männern herüber. „So etwas! Es würde mir nie einfallen, nach dem Abschluß eines gefährlichen Abenteuers einfach die Augen zu schließen und zufrieden die Fortsetzung abzuwarten."

„Das wäre Ihnen auch kaum möglich, Rudo. Leute, die Augen wie Halogenscheinwerfer haben, sollten überhaupt auf Schlaf verzichten."

Etwa zweihundert Mann begannen zu lachen. Der epsalische Koloß pumpte die Lungen voll Luft, um eine noch spitzfindigere Antwort zu geben, doch dazu kam er nicht mehr.

Der Begeisterungstaumel wandelte sich jählings in Erstarrung. Fünftausend Körper verkrampften sich. Auf den Gesichtern zeichnete sich ungeheure Spannung ab. Hände umklammerten Präzisionswerkzeuge, daß die Knöchel weiß hervortraten.

Das Jaulen der Sirenen war nicht zu überhören. Anschließend begannen die Lärmpfeifen zu schrillen. Das bedeutete Alarmstufe I.

„Ist – ist der Wachoffizier verrückt geworden?" stammelte Rhodan. Seine Augen weiteten sich ungläubig.

Atlan rannte schon auf die Bodenschleuse der CREST zu. Der Arkonide fragte niemals lange nach dem Weshalb. Ehe er in das Antigravfeld sprang, dröhnte bereits die Stimme des Zweiten Kosmonautischen Offiziers, Major Jury Sedenko, aus allen Außenlautsprechern und Funkhelmen.

„Alarm! Energie- und Masseortung in Grünsektor zweiundneunzig Grad, vertikale Überhöhung elf Grad zur Ringwulst-Schiffsebene. Alarm, alle Mann auf Manöverstationen! Tender verlassen, abkommandierte Notbesatzung bleibt zurück. Ballonfeld aufheben. Pumpzentrale DINO – saugen Sie die Atemluft mit höchstmöglichen Werten in die Druckbehälter zurück. Maschinenhauptleitstände DINO und CREST – sofort auf Schleichfahrt gehen. Energieerzeugung auf Minimalwert herunterschalten. Ausführungsmeldung an Wachoffizier CREST. Kommandeur und Kommandant bitte in die Zentrale. Hohe Einfallstärke. Ich wiederhole . . ."

Rhodan rannte wie ein Gehetzter auf die Schleuse zu und sprang in das Liftfeld. Die Männer, die sich eben noch auf der Lastenplattform des Versorgers getummelt hatten, folgten ihm. Die Notbesatzung verschwand in der Kommandozelle.

Niemand stellte eine Frage. Man reagierte einfach, obwohl sich kein Mensch vorzustellen vermochte, wieso Sedenko im Leerraum, 1,3 Millionen Lichtjahre von Andromeda entfernt, eine Energie- und Masseortung feststellen konnte.

Als Rhodan die Zentrale erreichte, waren der Kommandant und Atlan bereits anwesend. Die Lautsprecher übermittelten Durchsagen. Diagrammschirme leuchteten. Die Ortungszentrale unter Major Enrico Notami überspielte die Meßdaten in den großen Kommandostand.

Gucky und die beiden anderen Teleporter waren ebenfalls erschienen. Die Wellensprinter Rakal und Tronar Woolver materialisierten aus einem Verteiler der Interkomanlage und standen plötzlich vor dem schimpfend zurückfahrenden Kommandanten.

„Verzeihung, Sir", entschuldigten sich die Zwillingsbrüder im gleichen Augenblick.

Rhodan forderte alle erreichbaren Daten an. Notami schaltete voll auf die Zentrale um. Die Ortung fiel aus dem genannten Sektor mit hoher Lautstärke ein. Das Zirpen der Energietaster wies darauf hin, daß dort drüben mit einem wahrhaft ungeheuren Aufwand gearbeitet wurde. Die Entfernung betrug vierhundertdreiundachtzig Lichtjahre.

Rhodan war selten so fassungslos gewesen wie in diesen Minuten. Auch Atlan überlegte krampfhaft, woher der Energieeinfall kommen könnte. Auf den Bildschirmen der Außenbordoptik war nichts zu sehen als die weit entfernten Galaxien.

„Man könnte wahnsinnig werden", sagte Rhodan heftig. „Sieh dir *das* an! Im absoluten Nichts, kaum daß man in einigen tausend Kubiklichtjahren ein einsames Atom ausmachen kann, beginnt plötzlich etwas zu strahlen. Wenn es sich *nur* um eine fünfdimensionale Energieortung handelte, könnte man vielleicht noch eine Lösung finden. Woher aber kommt die einwandfrei erkennbare Masse? *Masse* – stelle dir das vor!"

Atlan ging nicht auf die Frage ein. Die Masseortung beruhte auf der hypergravitorischen Eigenstrahlung eines größeren Körpers, überwiegend jedoch auf der Reflexion ausgeschickter Hyperimpulse. Dem Arkoniden wurde plötzlich bewußt, welche Gefahr man unter Umständen heraufbeschwor.

Ohne Rhodan zu fragen, griff er nach dem Mikrophon und gab erregt die Anweisung:

„Notami, schalten Sie sofort Ihren Masseorter ab. Schnell! Sind wir durch Fremdimpulse irgendwie angemessen worden?"

Auf dem Verbindungsschirm erschien Notamis verblüfftes Gesicht. Dann erfaßte er, was der Arkonide gemeint hatte. Man hörte sein Gebrüll. Die mächtigen Hyperorter der CREST liefen aus. Die klare Masseortung verschwand sofort. Nur winzige, kaum noch deutbare Spuren einer fremden Eigenstrahlung blieben zurück.

„Du – du glaubst doch wohl nicht ernsthaft, da würde jemand auf unsere Echoimpulse lauschen und . . ."

Rhodan unterbrach sich selbst. Er schaute Atlan verblüfft an. Schließlich sah sich Rhodan im Kreise der diskutierenden Offiziere um.

„Ich bitte um Ruhe, meine Herren. Unser arkonidischer Freund scheint wieder einmal recht zu haben. Nehmen wir also gegen alle Gesetze der Wahrscheinlichkeit an, daß in einer Entfernung von vierhundertdreiundachtzig Lichtjahren jemand oder etwas ist, das uns gefährlich werden könnte. Der Unwahrscheinlichkeitsfaktor wächst ins Grenzenlose, wenn man bedenkt, wo wir uns befinden. Es hätte zehn hoch zehntausend Möglichkeiten und noch mehr gegeben, in dieser ungeheuren Weite an dem georteten Objekt vorbeizufliegen. Aber nein, wir müssen ausgerechnet an unserem willkürlich gewählten Punkt X mit diesem unbekannten Ding zusammentreffen. Oberst Rudo – geben Sie Gefechtsalarm."

Wieder schrillten die Lärmpfeifen. Fünftausend Terraner, die vor einer halben Stunde noch gejubelt hatten, eilten auf ihre Stationen. Die Frage, wer oder was sich im Leerraum befinden könnte, beschäftigte jedermann.

Es gab plötzlich tausend Theorien. Auch Atlan und Rhodan stellten Hypothesen auf, bis der halutische Wissenschaftler Icho Tolot erschien.

„Ihre Diskussionen sind fruchtlos. Fliegen Sie hin und sehen Sie nach. Nach meinen Berechnungen muß es sich um einen Körper mit der etwa dreitausendfachen Masse der CREST handeln. Dies kann kein Raumschiff sein."

„Wie wäre es mit einer Flotte von dreitausend Schiffen?" erkundigte sich Rhodan grimmig. „Tolot, machen Sie mich nicht verrückt. Wo sollten die Raumer herkommen?"

62

Die großen Kugelaugen des Haluters richteten sich auf Rhodan. Es wurde still in der Zentrale.

„Das, Sir, ist eine Frage für sich. Wir sind doch auch hier, oder?"

„Da haben Sie verteufelt recht", sagte Cart Rudo knurrig. „Sir, lassen Sie mich mit einer Moskito-Jet zu dem Ortungsobjekt hinüberfliegen und nachsehen. Ich werde . . ."

„Sie werden an Bord Ihres Schiffes bleiben", wehrte Rhodan schroff ab. „Nein, Atlan, du brauchst nicht stillschweigend aufzustehen und den Waffengürtel festzuziehen. Du wirst diesmal nicht Kopf und Kragen riskieren."

„Bist du sicher, daß ich diese edlen Körperteile zu riskieren hätte?"

„Werde nicht ironisch. Mir wird langsam unheimlich. Achtung, Ortungszentrale, haben Sie mitgehört?"

„Jawohl, Sir", meldete sich Major Notami.

„Wie lange haben Sie Ihre hyperschnellen Massetaster-Impulse ausgeschickt?"

Notami schluckte krampfhaft. Er verstand den Sinn der Frage.

„Sir – wenn da drüben jemand an den Einfalltastern saß, dann habe ich meine Geräte viel zu lange arbeiten lassen. Etwa fünfzehn Minuten."

„Sie sind ein Esel."

„Wie Sie meinen, Sir. Ich muß dazu allerdings bemerken, daß ich den Raum ständig abgesucht habe, sogar während der dreißig Inspektionsetappen. Als wir auf dem Punkt X ankamen, stoppten und auf dem Tender landeten, ist die Ortung auf vollen Touren weitergelaufen. Verzeihung, Sir, aber so lautete Ihr Befehl bis zum ausdrücklichen Widerruf."

Rhodan hüstelte und warf einen unsicheren Blick zu dem grinsenden Arkoniden hinüber.

„Behalte deine Worte nur für dich, Beuteterraner. Ich nehme den Esel zurück, Notami, und möchte mich bei Ihnen entschuldigen."

„Damit konnte niemand rechnen", warf Melbar Kasom ein. „Große Welt meiner Väter – wer hätte auf die Idee kommen können, daß jemand im Leerraum unsere Eigenimpulse auffangen könnte. Sir, lassen Sie mich mit einer Moskito-Jet starten. Ich nehme Gucky mit. Er könnte sich das Ding näher ansehen und wieder zurückkommen. Wozu haben wir schließlich den kleinen Wichtigtuer an Bord?"

„Ich drehe dir das Genick herum!" schrie der Mausbiber wütend und watschelte auf den schmunzelnden Giganten zu. „Das nimmst du sofort zurück, aber sofort!"

Kasom winkte ab.

„Bruder, ich habe schon den Finger auf dem Drücker meines Schockstrahlers. Wenn du mich telekinetisch anfaßt, geht das Ding los. Außerdem bedeutet die Erklärung aus dem Mund eines ertrusischen Meisters aller Klassen eine Anerkennung. Oder hätte ich dich sonst als Begleiter angefordert? Mit Melbar Kasom fliegen nur erstklassige Männer, kapiert?"

Gucky beruhigte sich sofort. Sein Nagezahn erschien.

„Viel Muskulatur, wenig Gehirn. Ich sehe großzügig über deine Entgleisung hinweg. Also, Perry, wie ist das? Ich bin bereit, mich dem Muskelberg anzuvertrauen."

Rhodans Entscheidung fiel anders aus.

„Ich muß ablehnen. Eure Jet kann geortet werden, auch wenn sie noch so klein und schnell ist. Wenn man da drüben unsere Tasterimpulse aufgefangen hat, weiß man auch, daß jemand in der Nähe ist. Das dürfte die gleiche Ratlosigkeit auslösen wie bei uns. Offen gesagt – ich bin nach wie vor der Meinung, daß wir es mit einem seltenen Naturphänomen zu tun haben."

„Da kannst du mich auch fliegen lassen", beschwerte sich Gucky. „Naturphänomene tun einem nichts."

„Abgelehnt. Erst will ich wissen, was dort geschieht. Rakal und Tronar Woolver – würden Sie das Wagnis einer Erkundung auf sich nehmen? Ich würde Ihnen als Transportmedium einen kurzfristigen Masseortungsstrahl zur Verfügung stellen und Sie nach einer bestimmten Zeit auf die gleiche Weise wieder ins Schiff holen."

Die Zwillinge sahen sich an. Sie standen in Gefühlskontakt. Ihre mächtigen Tonnenbrüste zeichneten sich unter den USO-Kombinationen ab. Sie waren Atlans geheimste Waffe in der Reihe der USO-Spezialisten gewesen, bis er die Wellensprinter zum allgemeinen Einsatz freigegeben hatte.

„Wir sind einverstanden, Sir", entgegnete Rakal Woolver. „Die Entfernung ist gegenstandslos, wenn Sie uns einen kräftigen Impuls zur Verfügung stellen. Laufzeit von zehn Sekunden genügt."

„Sie wissen nicht, was Sie erwartet", warnte Atlan. „Denken Sie daran. Im Moment Ihrer Wiederverstofflichung sind Sie so gut wie hilflos."

„Wir kennen die Gefahren. Wir wagen es."

„Dann nehmen Sie die Ausrüstung mit, die Sie für erforderlich halten. Vor allem gute Deflektorprojektoren und Eigenstrahlungs-Absorber. Sie müssen sofort nach Ihrer Ankunft unsichtbar werden."

„Ankunft wo?" fragte Rhodan unruhig. „Freunde, ich lasse Sie nicht gerne gehen. Sie könnten auf einer ausglühenden Zwergsonne landen, die aber immer noch heiß genug ist, um Sie zu töten."

Die umweltangepaßten Volumenatmer von Gator II, einer Welt, die nur halb soviel Sauerstoff in ihrer Lufthülle besaß wie die Erde, verschwanden mit ihrem stillen Lächeln. Als sie wieder auftauchten, trugen sie ihre USO-Spezialausrüstung, deren Geräte alle siganesischer Herkunft waren.

Sie schlossen ihre Druckhelme, regelten Luftzufuhr und Klimaanlagen und begaben sich in die Ortungszentrale. Die Energiepeilung stand immer noch.

„Konstanter Wert, keine Ortsverschiebung", erklärte Notami fahrig. „Passen Sie auf. Stimmen Ihre Uhren mit unseren überein?"

„Auf die Zehntelskunde."

„Das reicht. Wenn Sie auf die Weckerknöpfe drücken, schalte ich den großen Masseorter ein. Dann müssen Sie sich sofort in den Impulsstrom einfädeln und verschwinden. Genau sechzig Minuten später sende ich erneut. Oder ist das zu lange?"

„Wir werden uns eine Stunde verbergen können, vorausgesetzt, es ist jemand da, vor dem man sich verstecken muß."

„Gut. Wenn Ihre Spezialuhren summen, ist auch die für mich gültige Stunde vorüber. Dann kommt der Ortungsstrahl für die Dauer von dreißig Sekunden. Stellen Sie sich auf die Schwingungen ein, damit Sie ihn sofort orten und sich rückläufig einfädeln können. Wenn Sie nicht auf der CREST erscheinen, starten wir sofort eine Hilfsaktion mit zwei Moskito-Jets. Wenn Sie auf einem gefährlichen Himmelskörper herauskommen sollten, setzen Sie sich mit Ihren starken Antigravprojektoren sofort ab und steigen Sie in den Raum empor. Wir finden Sie dann schon. Sind Ihre Hyperfunkgeräte überprüft worden?"

Es war alles in bester Ordnung. Die Woolvers schalteten vor dem Start ihre Energieaggregate ein. Wenn sie am Ziel rematerialisierten, mußten sie sofort unsichtbar werden.

Die Individualschutzschirme konnten sie erst einsetzen, wenn sie angekommen waren. Die Felder hätten das paraphysikalische Einfädelungsmanöver erheblich gestört. Sie mußten das Risiko eingehen, auf einem optisch nicht mehr erkennbaren und fast ausgeglühten Stern zu verbrennen.

Punkt 15.00 Uhr Bordzeit drückten sie auf die Stoppknöpfe ihrer Uhren. Zugleich lief der große Masseorter an und schickte seine fünfdimensionalen Impulse auf die Reise. Der Kontakt kam sofort. Der riesige Fremdkörper war noch da. Die Woolvers verschwanden in der Form einer leuchtenden Wolke in dem Gerät.

Der Orter lief wieder aus. Die Wellensprinter, auch parapsychische Nullpoler genannt, waren verschwunden. Sie besaßen die wahrscheinlich seltsamste Fähigkeit unter allen Mutanten. Irgendwie waren sie abartig, was sogar Gucky zugab.

Es war Rakals Glück, daß der Aufbau seines Deflektorschirmes gleichzeitig mit seiner Rematerialisierung stattfand. Hätte das Präzisionsgerät bei der Stabilitätsgruppierung der bisher aufgelösten Atomverbände nicht sofort zu arbeiten begonnen, hätte Rakal hilflos und von dem Sprungschock noch etwas benommen vor dem monströsen Lebewesen gestanden, das nur drei Meter entfernt die Fernschaltungen einer schwebenden Lastenplattform bediente.

Rakal konnte nur einen Blick auf den stämmigen, etwa 2,20 Meter großen und 1,50 Meter breiten Körper werfen, ehe er von der Schwerkraft zu Boden gerissen wurde.

Sein Gravitationsmesser zeigte 2,9 Gravos an. Rakal kämpfte um Luft. Sie strömte ihm aus dem Atmungstornister reichlich zu, und trotzdem hatte er Mühe, seine Lungen zu füllen.

An schwere körperliche Belastungen gewöhnt, gelang es dem Wellensprinter, den rechten Arm zu bewegen und nach dem Schaltgerät auf dem Brustteil seiner Kombination zu tasten. Die Bewegung wurde zur Qual. Auf Rakal lastete etwa das dreifache Normalgewicht. Es gelang ihm, den Schalter zu betätigen, und die Automatik sprang sofort an. Sie justierte den Schwerkraftneutralisator auf einen Belastungswert von genau einem Gravo ein und absorbierte die restlichen 1,9 Gravos.

Rakal konnte sich plötzlich wieder bewegen. Der Fremde hatte nichts von seinem Erscheinen bemerkt. Als Rakal mit wieder aktiv werdenden Wahrnehmungssinnen nochmals zu dem Koloß hinübersah, überfiel ihn ein Schock.

Das Wesen trug einen Raumanzug mit einem großen, halbmondförmigen Druckhelm, der sich von einer Schulter bis zur anderen spannte.

Darunter war ein nichtmenschlicher, ebenfalls halbmondförmiger Kopf mit vier Augen auf dem Scheitelpunkt zu erkennen. Die langen, biegsamen Arme und die stämmigen Beine beseitigten die letzten Zweifel.

„Maahks...!" ächzte Rakal entsetzt.

Fassungslos sah er zu dem Giganten hinüber. Weitere Maahks, die jeder terranische Raumfahrer durch die Erlebnisse in der Realzeit nur zu gut kannte, kamen mit einem Lift nach oben gefahren.

Rakal richtete sich auf, kontrollierte seinen Deflektorschirm und rannte zu einem deckungsbietenden Gerät hinüber. Er hatte mit einem Blick erfaßt, daß er sich auf der Oberfläche einer riesigen Plattform befand, die anscheinend fahrtlos im Leerraum schwebte. Die runde Fläche war so groß, daß sie von Rakal nicht überblickt werden konnte. Mächtige Scheinwerfer warfen ihr Licht auf das schimmernde Metall.

Rakal befand sich dicht am Rande des unförmigen Gebildes. Als er sich umdrehte, um nach Tronar Ausschau zu halten, gewahrte er in unmittelbarer Nähe zwei scharf begrenzte Lichtpunkte, die wie kleine Sonnen aus der ewigen Finsternis hervorstachen.

Da wußte er, daß es in diesem Sektor insgesamt drei der gigantischen Stationen gab, deren Funktionszweck ziemlich eindeutig war.

Solche Konstruktionen verwendete man als kosmische Werften, Umschlagplätze oder Großdepots. Der Tender DINO-3 war im Prinzip nichts anderes, nur daß er an der Schmalseite noch einen kugelförmigen Anbau mit den Räumen für die Besatzung und die Normaltriebwerke besaß.

Auch die Paddler bauten Plattformen, die dieser sehr ähnlich waren. Rakal schätzte den Durchmesser der Raumstation auf wenigstens dreißig Kilometer und ihre Dicke auf fünf bis zehn Kilometer.

Sie war nicht so groß wie die Werftinsel KA-preiswert; aber dafür gab es drei Stück davon.

Rakal schaltete seinen Helmempfänger ein, um zu versuchen, eine Unterhaltung zu belauschen. Er beherrschte das Kraahmak fehlerfrei. Sein automatischer Frequenzsucher fand jedoch nicht die Wellenlänge der Maahks.

Maahks waren nicht ungewöhnlich – in der Realzeit! Dort waren sie

67

zu einem festen Begriff und zu einem wesentlichen Faktor in der terranischen Strategie geworden.

Rakal wußte aber nur zu genau, daß man sich im Jahr 49 488 vor Christi befand. Niemand hatte damit gerechnet, hier und jetzt auf Maahks zu stoßen. Einige Wochen bevor die CREST den Zeitsprung um 500 Jahre in die Relativzukunft unternahm, hatte man auf dem Wasserstoff-Ammoniak-Planeten Washun Bekanntschaft mit Maahks gemacht, die sich im Primitivstadium ihrer Entwicklung befanden. Keine Zivilisation war in der Lage, innerhalb von nur 500 Jahren die Evolution so zu beschleunigen, wie sie sich den Wellensprintern hier darbot. Rakal war davon überzeugt, daß sie einem weiteren Rätsel der Vergangenheit auf der Spur waren. Und er ahnte plötzlich woher die Maahks tatsächlich kamen und wohin sie sollten.

Der Wellensprinter versuchte, Kontakt mit seinem Bruder aufzunehmen. Es gelang, jedoch empfing er eine Strömungsfront, die Unruhe und Besorgnis ausdrückte. Er gab ein Kurzsignal und wartete.

Tronar war auf der Hülle eines riesigen Raumschiffes materialisiert. Das Schiff hatte einen Durchmesser von etwa 300 Meter und war an die 2.500 Meter lang. Es besaß die Form eines der Länge nach durchgeschnittenen Zylinders und hatte auf der Oberfläche verschiedene Aufbauten, die am Heck ihre größte Höhe erreichten. Tronar war diese Schiffsbauweise unbekannt, er erinnerte sich aber an Atlans Erzählungen, wonach die Raumschiffe jener Maahks, die sich vor 10 000 Jahren mit dem arkonidischen Imperium im Krieg befanden, anders ausgesehen hatten als die der Realzeit-Maahks. Die Form, die Atlan beschrieben hatte, besaß eine verblüffende Ähnlichkeit mit dem Schiff, auf dem er sich nun befand.

Ungeheure Konsequenzen zeichneten sich ab. Tronar schritt vorsichtig über die Wandungen hinweg und verzichtete darauf, in das Innere einzudringen.

Der Gigant senkte sich auf die schwebende Riesenplattform nieder und landete dort über erleuchteten Schächten.

Zu dieser Zeit empfing Tronar den Funkimpuls seines Bruders. Der Gefühlskontakt wurde sofort darauf hergestellt. Zwanzig Minuten später materialisierte Tronar aus Rakals Armbandempfänger. Sie gingen am Rande der Plattform in Deckung, faßten sich an den Händen und legten ihre Druckhelme schalleitend gegeneinander.

„Fürchterlich", vernahm Tronar die Stimme seines Bruders. „Drei riesige Stationen, anscheinend Werftinseln, mitten im interkosmischen Raum. Ich habe allein auf dieser Station zweiundzwanzig Giganten der Zweieinhalbtausendmeter-Klasse gezählt. Und weißt du, weshalb die hier landen?"

„Triebwerksaustausch!" entgegnete Tronar erregt. „Ich habe es beobachtet. Sie tun genau das, was wir ebenfalls machen. Jetzt fragt es sich nur, wohin sie nach der Grundüberholung ihrer Schiffe wollen: in den Andromedanebel oder in unsere Galaxis."

„In die Milchstraße", behauptete Rakal. „Wir müssen uns damit abfinden, daß unsere bisherige Annahme, die Maahks hätten sich in unserer Galaxis entwickelt, falsch war. Alles deutet darauf hin, daß ihre ursprüngliche Heimat Andromeda war."

Tronar blickte nachdenklich.

„Und wie erklärst du dir, daß wir auf Washun Maahks im Primitivstadium vorgefunden haben?" fragte er schließlich.

Rakal zuckte die Achseln. „Zugegeben, die Washun-Maahks scheinen nicht in das Bild zu passen. Eine Parallelentwicklung schließe ich aus. Dennoch gibt es auch für die Existenz der Washun-Maahks eine plausible Erklärung. Ich bin davon überzeugt, daß die Meister der Insel im Zuge einer Bestrafungsaktion eine Volksgruppe der Realzeit-Maahks in die Vergangenheit versetzt und auf Washun angesiedelt haben. Im Zuge dieser Strafaktion wurden die Maahks einem künstlich hervorgerufenen, rapiden Degenerationsprozeß unterworfen und aller ihrer technischer Hilfsmittel beraubt. Dies alles muß geschehen sein, lange bevor der Paddler Malok mit seiner MA-genial um Washun seine Umlaufbahn einschlagen mußte."

Tronar nickte. „Du könntest recht haben, Rakal. Nach allem, was wir von den Meistern wissen, ist ihnen eine derartige Vorgehensweise durchaus zuzutrauen. Wir müssen tatsächlich davon ausgehen, daß die eigentliche Heimat der Maahks Andromeda ist. Aber warum machen sie sich die Mühe, in die Milchstraße zu gelangen?"

„Ich ahne alles", fuhr Rakal fort. „Die Parallelen sind zu eindeutig. Die Lemurer flohen vor den Halutern mit Hilfe der Sonnentransmitter nach Andromeda. Dort trafen sie auf das mächtige und technisch hochstehende Volk der Maahks. Der erste Krieg der Wasserstoff-Methanatmer gegen die Lemurer muß kurz nach deren erfolgreich beendeter Flucht ausgebrochen sein. Durch unseren Zwischensprung ist das nun zirka fünfhundert Jahre her. Die Maahks haben sich erbittert gewehrt, doch nun sind sie am Ende. Sie haben ihre Niederlage rechtzeitig erkannt und im Laufe von wenigstens vierhundert

Jahren eine Kette von riesigen Raumstationen im Leerraum erbaut. Sie machen ebenfalls Etappenflüge, weil sie die Sonnentransmitter der Lemurer nicht benutzen können.

In wenigen Jahrzehnten Relativzeit werden sie in der Galaxis ankommen und dort Wasserstoff-Methan-Ammoniak-Planeten besiedeln. Dies muß geschehen, ohne daß es die Haluter bemerken. Später, nach der Wiedererstarkung der Maahks, treffen sie als mächtiges Volk auf die Arkoniden und werden erneut geschlagen. Sie benutzen den Sonnentransmitter zur Flucht, werden von den bereits existierenden Meistern der Insel im vorgelagerten Zwergnebel Andro-Alpha angesiedelt und zehntausend Jahre später, also in unserer Realzeit, schlagen sie im Auftrag der Meister der Insel erneut zu. Der Kreislauf schließt sich. Bruder – wir erleben ein kosmisches Geschehen von ungeheurer Größe und Bedeutung. Da, schau – soeben schwebt ein Kalup in das Maschinenluk des großen Schiffes. Sie werden eine andere Bezeichnung für das Gerät haben; aber im Prinzip ist es ein Kalup."

Die Zwillinge schwiegen. Staunend und mit beginnender Panik kämpfend, beobachteten sie die Vorgänge auf der Versorgungsinsel; 1,3 Millionen Lichtjahre vom Andromedanebel entfernt.

Wenig später orteten sie die auftreffenden Hyperimpulse der CREST, fädelten sich in den Echostrom ein und entstanden wieder in der Ortungszentrale des Flaggschiffes.

Rhodan, Atlan und die führenden Wissenschaftler der CREST erwarteten sie bereits. Tronar gab dem Bruder ein Zeichen. Rakal setzte sich, klappte den Helm zurück und sagte erschöpft:

„Maahks, Sir! Drei riesige Raumstationen, besser gesagt Ausrüstungsbahnhöfe für die größten Schiffseinheiten. Wir konnten nicht feststellen, ob man unsere Impulse aufgefangen hat oder nicht. Ich würde jedoch dringend dazu raten, die CREST unter Aufbietung aller Kräfte überlichtflugklar zu machen. Wenn uns die Methans entdecken, sind wir erledigt. Sie müssen uns für Lemurer halten. Bitte, hören Sie sich meine Theorie an . . .!"

5.

Icho Tolot hatte Rakals Vermutungen durchgerechnet und zur Tatsache deklariert. Die Maahks stammten ursprünglich von Andromeda, wo sie von den Lemurern geschlagen wurden.

Die Flotte von etwa sechzig Großraumschiffen, die die Woolvers gesehen hatten, beförderte anscheinend einige hunderttausend Flüchtlinge zur Milchstraße.

Vor acht Stunden waren auf der CREST und dem Tender die Maschinen angelaufen, die man unbedingt für den Einbau der drei Kalups benötigte. Es handelte sich in erster Linie um Traktoraggregate, ohne deren Zugfelder man die Konverter nicht durch die knapp bemessenen Installationsschächte in die Maschinenräume bringen konnte.

Rhodan fragte sich ständig, wie gut die Ortungsgeräte der Maahks aus dem Jahre 49 488 vor Christi waren und ob man auf den Stationen über einem Diagramm saß, auf dem die empfangenen Fremdschwingungen festgehalten waren. Für die Einschleusung eines neuen Kalups wurden normalerweise drei Stunden benötigt. Es war unter Aufbietung aller Kräfte gelungen, in insgesamt acht Stunden alle *drei* Geräte in die Maschinenhallen zu befördern, doch damit waren sie noch lange nicht angeschlossen.

Eine Minute nach der Verankerung des dritten Großgerätes hatte sich Dr. Hefrich gemeldet. Er war – ebenso wie die anderen Techniker des Schiffes – erschöpft.

Rhodan hatte nur genickt und bedauert, die anderen Besatzungsmitglieder nicht für die Endinstallationen einsetzen zu können. Die CREST mußte voll gefechtsklar bleiben.

Nunmehr, fünfzehn Minuten nach der Übernahme des letzten Kalups, kam die Notbesatzung des Flottentenders DINO-3 an Bord. Oberstleutnant Brent Huise betrat die Zentrale und meldete sich.

„Manöver abgeschlossen, Sir. Alle Mann eingeschleust, Sonderausrüstung wieder an Bord. Der Tender ist für die atomare Sprengung vorbereitet."

„In Ordnung, Huise. Ich danke Ihnen für Ihren Einsatz. Sie haben das Schiff meisterhaft geflogen. Nehmen Sie bitte wieder Ihren Platz als Erster Offizier ein. Wie sieht es auf der DINO aus?"

Huise senkte den Blick und lächelte verzagt.

„Wie eben ein Schiff aussieht, das man liebgewonnen hat und das man verlassen muß. Wenn ich für den Tender ebenfalls drei Ersatzkalups hätte, würde ich ihn nicht aufgeben. Es ist bitter. Fast komme ich mir wie ein Verräter an einem treuen Freund vor."

„Er war ein treuer Freund", bestätigte Rhodan. „Sie müssen es vergessen." Er wandte sich an Cart Rudo. „Oberst, Sie wissen, was Sie zu tun haben."

Der Epsaler nickte. Zehn Kilometer über dem Tender befand sich der inzwischen zusammengebaute Zusatzantrieb, der nun an der unteren Polkuppel der CREST verankert werden mußte.

Die CREST hob von der Ladefläche des Tenders ab und näherte sich langsam der Position des zweistufigen, 800 Meter langen und 400 Meter durchmessenden Zusatztriebwerks.

Zwei Stunden später war das Aggregat verankert. In fieberhafter Eile begannen die Techniker mit dem Aufbau der erforderlichen Kraftleitungen und Schaltanlagen, die es ermöglichen würden, das angeflanschte Triebwerk von der Zentrale der CREST aus zu steuern. Alle Kapazitäten des Flaggschiffes waren für diese Aufgabe abgestellt worden, so daß die Anschlüsse der eigentlichen Schiffstriebwerke vernachlässigt werden mußten. Doch dies spielte keine bedeutende Rolle. Wichtig war es, daß vorerst der Zusatzantrieb voll funktionsfähig wurde, alles andere konnte man in Angriff nehmen, wenn die CREST ihre Reise nach Andromeda fortgesetzt hatte.

Schließlich war es soweit. Alle Kontrollen, die die Funktion des Zusatztriebwerks überwachten, zeigten Grünwerte. Rhodan gab den endgültigen Startbefehl. Das terranische Flaggschiff ruckte an und nahm Fahrt auf. Der Tender wurde immer kleiner und verschwand aus dem Aufnahmebereich der Normalbeobachtung.

Rhodan atmete auf. Sie waren bisher von den Maahks unbehelligt geblieben, und nun konnte nichts mehr schiefgehen.

Wenige Sekunden bevor die CREST aus dem Normalraum verschwand, löste Brent Huise den Fernzündimpuls aus. Der Tender DINO III verging in einer grellen Explosion. Dann tauchte die CREST in den Linearraum ein und entzog sich jeder Ortung durch die Maahks, die, durch die Explosion aufgescheucht, sich um deren Ursache kümmern würden. Doch sie sollten außer einer verwehenden Materiewolke nichts mehr vorfinden. Nichts würde darauf hinweisen, daß sich Terraner in diesem Raumsektor aufgehalten hatten.

Die letzte Etappe war beendet. Die Zusatzantriebe waren längst ausgebrannt und abgestoßen worden. Die restliche Distanz hatte die CREST mit den eigenen Triebwerken zurückgelegt. Auf den Bildschirmen der CREST III leuchteten die Außensonnen des Andromedanebels. Fünftausend Mann standen schweigend auf ihren Stationen und sahen voller Hoffnung auf das Sternenmeer.

„Wir sind immer noch um mehr als fünfzigtausend Jahre zu früh angekommen", erklärte Rhodan, bemüht, seine Aussage sachlich klingen zu lassen.

„Was uns erwartet, ist Ihnen bekannt. Die Zeitfalle Vario ist die einzige technische Einrichtung, die uns in die Realzeit zurückbefördern kann. Über den Vorgang an sich gibt es kein Rätselraten mehr. *Wie* wir diesen Vorgang jedoch auslösen können, ist eine andere Frage. Seien Sie sich darüber klar, daß wir auf den erbitterten Widerstand der Meister der Insel stoßen werden. Ich hoffe, daß ihnen unser Flug durch den Abgrund zwischen den Galaxien unbekannt geblieben ist. Solange sie uns noch in der Milchstraße vermuten, solange sind wir relativ sicher. Wir müssen versuchen, still und unbemerkt bis zum Andromedazentrum vorzustoßen.

Wir werden vor dem Start zum Zentrum eine Ruhepause einlegen und die CREST überprüfen. Ruhen Sie sich aus, erholen Sie sich und versuchen Sie unsere Situation für eine Weile zu vergessen. Wenn wir vor Vario ankommen, geht es hart auf hart."

Damit beendete Perry Rhodan seine kleine Ansprache. Man schrieb den 11. Oktober 2404 – Realzeit. Die Reise hatte 62 Tage Standard gedauert.

Bericht L. Papageorgiu

6.

In unserem Universum wimmelt es von Narren.

Neun davon lernten wir am 17. Oktober 2404 kennen. Rhodan und Atlan hatten darauf bestanden, daß wir uns gründlich über die Situation im Andromedanebel informieren sollten – und das hatten wir getan. Korvetten waren ausgeschwärmt und hatten in schnellen Vorstößen den vor uns liegenden Raumsektor untersucht. Das war nicht immer ohne Zwischenfälle abgegangen, denn die Kommandanten der Beiboote mußten darauf achten, daß ihre Schiffe nicht entdeckt wurden. Auf keinen Fall durften die Meister der Insel erfahren, daß wir es geschafft hatten, die Milchstraße zu verlassen und in den Andromedanebel vorzustoßen.

Es stand fest, daß die Tefroder und die später aus der Milchstraße geflohenen Lemurer in erster Linie das Zentrum Andromedas besiedelt hatten. Außerhalb des Zentrums tobten heftige Kämpfe zwischen den Maahks und den Tefrodern.

In den vergangenen Tagen hatten wir immer wieder flüchtende Maahk-Schiffe geortet. Die Lemurer, die sich nun als Tefroder verstanden und bezeichneten – nach ihrer neuen Zentralwelt in Andromeda –, eroberten den Andromedanebel, indem sie strahlenförmig vom Zentrum aus in die Randbezirke vorstießen.

Auch zu dieser Zeit war Tefa also bereits die Hauptwelt des tefrodischen Reiches. Doch Icho Tolot und die Wissenschaftler der CREST hatten errechnet, daß der Planet Vario die eigentliche machtpolitische Schaltzentrale Andromedas sein mußte. Vario, in der Realzeit eine Zeitfalle der MdI, besaß in der Vergangenheit eine Funktion, die nur wenigen Tefrodern bekannt sein dürfte. Hier war – von den Tefrodern und ihren offiziellen Regierungsstellen unbemerkt – eine Keimzelle entstanden, die schließlich im Laufe der Jahrtausende die Meister der Insel hervorbrachte. Icho Tolot ging von der Annahme aus, daß der gewaltige Zeittransmitter nur deshalb auf Vario entstanden war, weil diese Welt zur Erhaltung der tefrodischen Oberschicht bestimmt war. Daraus schloß der Haluter, daß die MdI ein kleines Volk waren.

Tolots Theorie besaß jedoch auch noch einige Lücken, von denen wir hofften, daß wir sie im Laufe unserer kommenden Operationen schließen konnten.

Als wir die neun Narren trafen, flog die CREST III in Richtung des Tefa-Systems. Dort wollte Rhodan noch einige Nachforschungen anstellen, bevor wir Kurs auf Big Blue einschlugen.

Den ersten Kontakt zu den Narren stellten die empfindlichen Ortungsgeräte des Ultraschlachtschiffes her. Die Massetaster schlugen an, und die Positroniken errechneten, daß in einer Entfernung von über einem Lichtjahr ein metallischer Körper mit relativ geringer Geschwindigkeit durch den Weltraum flog.

Rhodan, der alle Auswertungen sofort überprüfte, rief mich zu den Hauptkontrollen. Er versäumte keine Möglichkeit, mich über die Aufgaben eines Offiziers aufzuklären. An Bord des Ultraschlachtschiffes gab es etwa ein Dutzend Offiziersanwärter. Ich, Lastafandemenreaos Papageorgiu, war einer von ihnen. Die Offiziersanwärter mußten abwechselnd innerhalb der Kommandozentrale der CREST III Dienst tun, damit sie sich an das verantwortungsvolle Leben eines Offiziers gewöhnten. Vielleicht wollte man auf diese Weise herausfinden, ob es unter uns Versager gab. Innerhalb der Zentrale hatte ich nie viel Zeit, darüber nachzudenken. Rhodan und die Schiffsoffiziere sorgten dafür, daß ich ständig etwas zu tun hatte.

Als ich neben Perry Rhodan stand, überreichte er mir einen schmalen Plastikstreifen.

„Sehen Sie sich das an, Papageorgiu", forderte er mich auf. „Was halten Sie davon?"

Ich bin ein großer Bursche, fast zwei Meter groß, und ich habe immer Schwierigkeiten, eine passende Uniform zu finden. Meine Hände gleichen Schaufeln, ich kann mit ihnen ohne weiteres ein Brett durchschlagen.

Trotzdem kam ich mir neben Rhodan immer ein bißchen zu klein geraten vor. Ich drehte den Plastikstreifen nervös in den Händen hin und her. Dann warf ich einen hilfesuchenden Blick in Atlans Richtung, der schräg vor uns saß. Der Arkonide blickte mich ausdruckslos an, als wollte er sagen: *Strenge deinen Verstand ein wenig an!*

„Es scheint ein Wrack zu sein", sagte ich vorsichtig.

Ich erwartete, daß Rhodan zustimmend lächeln würde, aber das tat er nicht.

„Warum glauben Sie, daß es ein Wrack ist, das den Impuls ausgelöst hat?" fragte er.

„Wäre es ein intaktes Schiff, würde es schneller fliegen", erwiderte ich. „Zumindest hätte es irgendeinen Ortungsschutz eingeschaltet."

„Es gibt viele Gründe, warum auch ein intaktes Schiff langsam fliegen kann", hielt mir Rhodan entgegen. „Wie kommen Sie darauf, daß dieses Schiff von seinen Überlichttriebwerken Gebrauch machen würde, wenn es dazu in der Lage wäre?"

Ich hob den Plastikstreifen und sagte: „Sir, die Auswertung ergibt, daß dieses Schiff direkten Kurs auf das Tefa-System fliegt. Seine Geschwindigkeit beträgt knapp einfach Licht. Das bedeutet, daß es bei seiner jetzigen Entfernung noch drei Monate benötigt, um sein wahrscheinliches Ziel zu erreichen. Wäre das Schiff intakt, würde es schneller fliegen, um das Tefa-System in einigen Stunden zu erreichen."

Rhodan wandte sich von mir ab, ohne daß ich erfuhr, ob er meinen Überlegungen zustimmte.

„Wir gehen ein bißchen näher heran, Oberst", sagte er zu Cart Rudo.

Als die Entfernung sich so weit verringert hatte, daß das unbekannte Schiff einen flimmernden Punkt auf den Bildschirmen der Raumortung bildete, ließ Rhodan drei Korvetten ausschleusen. Die Kommandanten der Beiboote erhielten den Befehl, sich dem unbekannten Objekt vorsichtig zu nähern. Die CREST III würde im Hinterhalt bleiben.

Minuten später trafen die ersten Berichte ein. Gucky, der sich an Bord einer Korvette befand, teilte über Normalfunk mit, daß sich an Bord des uralten Schiffes neun Männer aufhielten, deren Ziel das Tefa-System war. Das Überlichttriebwerk ihres 46 Meter durchmessenden Schiffes war ausgefallen. Wahrscheinlich hatten an Bord dieses Raumers noch andere Maschinen ihre Funktion eingestellt.

„Ich denke, das ist genau das, was wir suchen", sagte Atlan plötzlich.

Ich schaute ihn verblüfft an, weil ich den Sinn seiner Worte nicht verstand. Rhodan hingegen schien zu wissen, was sein arkonidischer Freund meinte, denn er nickte zustimmend.

„Wir gehen noch näher heran, Oberst", befahl er Cart Rudo. „Halten Sie das kleine Schiff mit Traktorstrahlen fest, bis wir es geentert haben."

Ich betrachtete den Bildschirm. Erstaunt fragte ich mich, warum Rhodan und der Arkonide ein solches Interesse an diesem alten Schiff bekundeten. Wenn wir Pech hatten, bekamen wir Ärger. Sollte uns die neunköpfige Besatzung vorzeitig entdecken, würde sie bestimmt einen Funkspruch absetzen, bevor das Enterkommando an Bord war. Dann war die Anwesenheit der CREST III im Andromedanebel kein Geheimnis mehr.

„Die neun Burschen sind ziemlich leichtsinnig", bemerkte Major Don Redhorse. „Sie würden sonst nicht in aller Gemütsruhe und ohne Ortungsschutz hier herumfliegen. Schließlich müssen sie damit rechnen, von Maahks angegriffen zu werden."

Rhodan erhob sich und nickte mir zu.

„Was halten Sie von einem kleinen Ausflug?" fragte er.

„Sie meinen, ich soll das Enterkommando begleiten?" brachte ich hervor.

„Sie sollen es *befehligen*", korrigierte er. „Begeben Sie sich in den Hangar."

Ich war so aufgeregt, daß ich fast am Antigravschacht vorbeistolperte. Als ich nach unten schwebte, versuchte ich, meine Aufregung einzudämmen. Ich wußte, daß Oberst Rudo über Interkom ein Enterkommando zusammenstellen würde. Die Männer würden bereits im Hangar auf mich warten. Ich war überzeugt davon, daß wir in Schutzanzügen zu dem unbekannten Schiff hinüberfliegen würden. Es war zu umständlich, deshalb ein Beiboot auszuschleusen.

Als ich den Hangar betrat, sah ich, daß neben der Schleuse fünf Männer warteten. Einer hielt einen Schutzanzug für mich bereit.

„Ich bin Korporal McClelland, Sir", sagte der Mann und überreichte mir den Anzug. „Auf Befehl von Oberst Rudo werden wir Sie begleiten."

Ich bewunderte seine Ruhe. Umständlich legte ich den Anzug an. McClelland half mir, den Helm zu schließen. Das Zischen des Sauerstoffaggregates bewies mir, daß ich nicht länger die sterile Luft an Bord der CREST III atmete. Ich schaltete den Helmsprechfunk ein.

„Trägt jeder eine Waffe?" erkundigte ich mich. Ich gab mir Mühe, meiner Stimme einen autoritären Klang zu verleihen, aber ich wurde die Vermutung nicht los, daß sie ziemlich dünn und brüchig klang.

Die Männer bejahten.

„An Bord des fremden Schiffes befinden sich neun Besatzungsmitglieder", sagte ich zu McClelland. „Wäre es nicht besser, das Enterkommando mit noch ein paar Männern zu verstärken?" Bevor ich zu Ende gesprochen hatte, bereute ich meine Worte. Eine solche Blöße hätte ich mir gegenüber dem Korporal nicht geben dürfen.

„Wir sind kampferprobte Männer", sagte McClelland. „Jeder von uns nimmt es mit drei Gegnern auf."

Ich schluckte. Diesen Seitenhieb hatte ich verdinet. Die Raumfahrer, die mich begleiten würden, standen schweigend neben der Schleuse. Es wäre mir lieber gewesen, sie hätten sich über irgend etwas unterhalten. Es waren fünf hagere, wortkarge Burschen, zäh und mit jenem grimmigen Humor ausgerüstet, der sie den Gedanken ertragen ließ, daß sie fünfzigtausend Jahre in der Vergangenheit waren.

Endlich kam das Signal zum Aufbruch. Ohne besondere Umstände ließ McClelland die Schleuse aufgleiten. Ich nahm an, daß die CREST III das unbekannte Schiff jetzt festhielt. Obwohl ich wußte, daß der Gegner keine Möglichkeit besaß, sechs Männer zu orten, die sich seinem Schiff näherten, beschleunigte sich mein Pulsschlag. Ich wurde den Gedanken nicht los, daß man auf uns schießen würde, sobald wir die Schleuse verlassen hatten.

„Es kann losgehen, Sir", sagte McClelland gleichgültig.

Ich betrat die Schleuse. Der Korporal blieb an meiner Seite. Offenbar hatte er bemerkt, daß ich unsicher war. Der Gedanke, daß Oberst Rudo ihm ein paar gute Ratschläge bezüglich meiner Person gegeben haben könnte, ließ mir das Blut in den Kopf steigen.

Ich stand am Rand der Schleuse und schaute in den Weltraum. Unmittelbar über uns „hing" unbeweglich das fremde Schiff, angestrahlt von den Scheinwerfern der CREST III. Der 46 Meter durchmessende Kugelraumer war alles andere als imposant. Seine Oberfläche war unregelmäßig und von Roststellen bedeckt. Dort, wo sich früher einmal Antennen und andere Hilfsgeräte befunden hatten, gab es nur abgebrochene Stäbe oder verbogene Erhöhungen. Die Schleuse war ein unregelmäßiges Viereck, über das ein künstlerisch wenig begabter Raumfahrer in tefrodischen Buchstaben das Wort ESKILA geschrieben hatte. Das war offenbar der Name des Schiffes.

Plötzlich glitt die Schleusenwand der ESKILA auf. Eine kleine Gestalt tauchte auf. Sie winkte uns. Zunächst dachte ich, es wäre ein

Besatzungsmitglied, doch dann erkannte ich Gucky, der offenbar in die Schleuse des Schiffes teleportiert war und diese für uns geöffnet hatte. Ich begriff, daß Perry Rhodan und die Offiziere der CREST III die Operation steuerten. Sie dachten nicht daran, dieses Unternehmen einem Offiziersanwärter zu überlassen. Natürlich hatten meine Begleiter und ich auch etwas zu tun, doch wenn wir den geringsten Fehler machten, würden sofort andere Männer für uns einspringen. Das verletzte zwar meinen Stolz, war aber andererseits doch beruhigend.

Ich stieß mich ab und schwebte nach „oben". Kurz vor der Schleuse mußte ich meine Flugbahn mit Hilfe des Projektors korrigieren, da ich sonst an der ESKILA vorbeigeschossen wäre. McClelland überholte mich und landete vor den andern und mir in der Schleuse. Gucky war inzwischen verschwunden.

Wir leuchteten die Schleusenkammer ab. Sie befand sich in einem verwahrlosten Zustand. Überall blätterte Farbe ab. Auf dem Boden lag Dreck. Jemand hatte achtlos die Zentralschmierung betätigt, aber des Guten zuviel getan, denn das Schmiermaterial quoll aus fast allen Schaltungen.

McClelland ging auf einen der Hebel zu. „Damit können wir die äußere Schleusenwand schließen", sagte er.

Ich fragte mich, wie er so sicher sein konnte.

„Versuchen Sie es", befahl ich.

Er legte den Hebel herum. Die Schleuse schwang zu. Der Korporal leuchtete auf einen Schalthebel, der direkt unter jenem lag, den er gerade betätig hatte.

„Der ist für die Innenwand", stellte er fest.

Wir zogen unsere Waffen, und McClelland ließ die innere Schleusenwand aufgleiten. Wir sahen einen halbdunklen Raum vor uns, in dem ein unglaubliches Durcheinander herrschte.

Überall sah ich zusammengerutschte Kistenstapel. Der größte Teil der Kisten war aufgeplatzt. Ihr Inhalt hatte sich über den Boden ergossen. An den Wänden hingen Regale, in die die Besatzung offenbar voller Hast alle möglichen Dinge gestopft hatte.

Inmitten des Raumes jedoch stand ein bärtiger Riese von einem Mann, gekleidet in eine Uniform, die ebenso verwahrlost wie phantasievoll war. Der Mann blickte uns mit offensichtlicher Gelassenheit entgegen. In seinem Gürtel hing eine schwere Waffe, so gewaltig, daß sie einen schwächeren Mann zu gebeugter Haltung gezwungen hätte.

79

Eine Hand des Bärtigen lag auf der Waffe, die andere hatte er mit dem Daumen in den Gürtel gehakt. Er kaute auf irgend etwas herum. Seine Augen waren hinter den buschigen Augenbrauen kaum zu erkennen. Er hatte etwas von einem Wikinger, aber auch von einem Tramp an sich.

Alles in allem sah der Mann nicht wie ein Raumfahrer aus, dessen Schiff gerade erobert wurde.

Wir öffneten unsere Helme, nachdem wir festgestellt hatten, daß die Luft innerhalb dieses Raumes atembar war. In einwandfreiem Tefroda erkundigte sich der Bärtige: „Was wollen Sie an Bord unseres Schiffes?"

Ich brauchte ein paar Sekunden, um mich von meiner Überraschung zu erholen.

„Sind Sie der Kommandant dieses... dieses Schiffes?"

Seine wulstigen Lippen bewegten sich, dann spuckte er einen braunen Klumpen aus.

„Kommandant?" wiederholte er lässig. „Wir benötigen keinen Kommandanten."

Er kam einige Schritte auf mich zu. Er stank nach Maschinenöl, feuchten Kleidern und nach irgendeinem Gewürz, das Ähnlichkeit mit Knoblauch haben mußte. Seine Uniform starrte vor Dreck. Ihr Träger schien sich seit Jahren nicht mehr gewaschen zu haben. „Sie sind also nicht allein an Bord...?" fragte ich, obwohl ich es schon wußte.

„Meine acht Freunde schlafen unten", wurde mir eröffnet. „Soll ich sie wecken, nur weil Sie an Bord gekommen sind?"

„Haben Sie schon einen Blick auf die Bildschirme Ihres Schiffes geworfen?" erkundigte ich mich gereizt. „Dann könnten Sie sehen, was passiert ist."

Er brachte eine kleine Schachtel zum Vorschein, entnahm ihr gemächlich ein quadratisches Stückchen Kaumasse und schob es in den Mund.

„Warum sollte ich das tun?" Er zog eine Kiste heran und ließ sich darauf nieder. „Keiner der Bildschirme funktioniert."

„Was?" entfuhr es Korporal McClelland. „Sie fliegen wie ein Blinder im Raum herum? Sir, ich denke, dieser Bursche will uns hinters Licht führen."

Der Bärtige trat gegen ein walzenförmiges Ersatzteil, das vor ihm am Boden lag. Er beobachtete, wie es davonrollte und von den Füßen eines meiner Begleiter aufgehalten wurde.

„Mein Name ist Assaraf", sagte der fremde Raumfahrer. „Wenn Sie etwas kaufen wollen, nennen Sie mir Ihre Wünsche. Sollten Sie jedoch nur gekommen sein, um hier herumzustänkern, ist es besser, wenn Sie verschwinden, bevor ich ärgerlich werde."

„Sie verkennen die Situation, Assaraf", entgegnete ich. Im stillen bewunderte ich die unerschrockene Haltung des Schmutzfinks vor mir auf der Kiste. Wahrscheinlich wußte er genau, welches Schicksal ihm und seinen Freunden bevorstand. Er rechnete offenbar damit, daß er uns einschüchtern und vielleicht sogar zum Rückzug bringen konnte, wenn er sich klug verhielt.

„Wir brauchen Ihr Schiff", fuhr ich fort. „Und wir sind gerade dabei, es für unsere Zwecke sicherzustellen." Ich nickte McClelland zu. „Nehmen Sie diesem Mann die Waffe ab, Korporal."

Assaraf grinste spöttisch. McClelland stapfte auf den Mann zu.

„Ich bin ein friedlicher alarischer Händler", sagte Assaraf. „Wollen Sie mir Schwierigkeiten bereiten?" Er machte tatsächlich den Versuch, friedfertig zu lächeln.

„Ja", bestätigte McClelland unfreundlich und streckte ihm fordernd die Hand entgegen. Ich hob meinen Kombistrahler und richtete ihn auf Assarafs schmutziges Gesicht. Mit einem Achselzucken übergab der Händler McClelland seine riesige Handfeuerwaffe.

„Das ist ja die reinste Kanone", bemerkte McClelland.

„Wecken Sie Ihre Freunde!" befahl ich dem Alarer.

Er erhob sich und steuerte auf den hinteren Ausgang des Raumes zu.

„Halt!" rief ich. „Sie glauben doch nicht, daß wir Sie gehen lassen. Benutzen Sie den Interkom."

„Interkom?" Er grinste. „Funktioniert nicht."

„Was funktioniert überhaupt an Bord dieses feinen Schiffes?" fauchte McClelland aufgebracht.

„Die Uhren", erwiderte Assaraf ernsthaft. „Sie sind außerordentlich wichtig. Mit ihrer Hilfe können wir feststellen, wie lange jeder von uns Dienst zu tun hat."

„Warum werden die Geräte nicht repariert?" wollte ich wissen.

Assaraf kratzte sich den schwarzen Schopf, in dem sich meiner Ansicht nach ganze Legionen von Läusen aufhalten mußten.

„Es ist unter der Würde eines alarischen Händlers, schwer zu arbeiten", sagte er. „Wir werden das Tefa-System in ungefähr drei Monaten erreicht haben. Dort wird man unser Überlichttriebwerk in Ordnung bringen. Wir bezahlen gut."

McClelland fuchtelte mit seinem Strahler vor dem Gesicht des Alarers herum.

„Sie werden nirgendwo hinfliegen! Sie sind unser Gefangener."

„Wecken Sie jetzt die anderen Besatzungsmitglieder", mischte ich mich ein.

Assaraf hob ein winkelförmiges Maschinenteil vom Boden auf und ging auf ein Pult zu, das eine Art Kontrollstand zu sein schien. Kurz davor ließ er sich auf den Boden nieder. Er klappte eine Luke auf, die seinen Bemühungen zunächst Widerstand leistete und schließlich knirschend nachgab. Heftig klopfte er mit dem Metallstück gegen den Innenrand des Schachtes.

Ich trat neben den Händler. Aus der offenen Luke schlug mir eine Wolke üblen Gestanks entgegen. Ich hätte am liebsten meinen Helm wieder geschlossen.

„Puh!" machte McClelland. „Wollen Sie behaupten, daß dort unten jemand lebt?"

Der Alarer würdigte uns keiner Antwort, sondern brüllte einige Namen durch die offene Luke. Wenig später kamen einige verschlafen aussehende Gestalten auf einer Leiter zu uns heraufgeklettert. Es waren acht stinkende, schmutzige Männer, die dringend der Bekanntschaft mit frischem Wasser bedurft hätten. Einer der Männer trug einen länglichen Fellbeutel in den Händen. Er nahm einen Schluck, gurgelte genießerisch und spie dann einen fingerdicken Strahl durch eine Zahnlücke genau vor McClellands Füße. Er rülpste herausfordernd und wandte sich dann an Assaraf.

„Wer sind diese komischen Figuren?" wollte er wissen.

„Soll ich ihm einen Tritt in den Hintern versetzten, Sir?" fragte einer meiner Begleiter.

„Warten Sie noch", hielt ich den Raumfahrer zurück. „Diese Männer sind unsere Gefangenen. Sie haben das Recht, anständig behandelt zu werden. Schließlich benötigen wir ihr Schiff."

„Es sind Piraten", erklärte Assaraf seinen Männern. „Sie haben mir die Baionga abgenommen." Er deutete auf die schwere Waffe, die jetzt McClellands Gürtel zierte.

Die neun Alarer begannen miteinander zu palavern. Sie diskutierten darüber, ob sie uns das Schiff kampflos übergeben sollten oder ob es vielleicht besser wäre, Widerstand zu leisten. Ich wurde das Gefühl nicht los, daß das Geschehen immer mehr meiner Regie entglitt. Ich wünschte, einer der Offiziere der CREST III wäre aufgetaucht und hätte den neun Alarern ein bißchen Dampf gemacht. Wahrscheinlich amüsierte man sich in der Kontrollzentrale der CREST III köstlich über meine Situation.

Ich biß die Zähne aufeinander.

„Wir bringen diese Kerle zur CREST hinüber", entschied ich. Ich befahl dreien meiner Begleiter, ihre Schutzanzüge abzulegen. Mit diesen sollten die Händler nacheinander zum Flaggschiff des Solaren Imperiums hinübergebracht werden.

McClelland wandte ein: „Halten Sie es für richtig, diese Männer sofort zur CREST zu bringen, Sir?" Er deutete bezeichnend an seine Nase.

Ich nickte grimmig. Vielleicht würde den Offizieren des Ultraschlachtschiffes ihr spöttisches Gelächter über die Ungeschicklichkeit eines Offiziersanwärters vergehen, wenn ihnen erst einmal die ersten Kostproben alarischer Wohlgerüche entgegenwehten.

Ich blickte auf meine Uhr. Das erste Enterkommando, das ich befehligt hatte, war innerhalb einer halben Stunde zu einem vollkommenen und unblutigen Erfolg gekommen. Trotzdem fühlte ich keine Befriedigung.

Wenn ich die neun zerlumpten, schmutzigen Gestalten betrachtete und an die Verfassung ihres alten Schiffes dachte, dann hatte ich wahrlich keinen Grund, stolz zu sein.

„Noch so ein Sieg", sagte ich zu McClelland „und wir sind verloren."

Er blickte mich entgeistert an. Offenbar dachte er, ich sei allergisch gegen Knoblauchgeruch.

Nachdem die neun Alarer an Bord der CREST III waren, gab es zwei große Probleme für uns.

Das erste lautete: Wie konnten wir die Händler dazu veranlassen, die sanitären Einrichtungen des Ultraschlachtschiffes zu benutzen?

Das zweite Problem lautete: Gab es neun Besatzungsmitglieder, die verrückt genug waren, die Rollen der neun Alarer zu übernehmen?

Das zweite Problem erwies sich als leicht lösbar, denn die neun

Mann waren innerhalb einer halben Stunde ausgesucht, nachdem Atlans Pläne jedem Besatzungsmitglied bekannt waren. Das erste Problem war nahezu unlösbar. Zunächst versuchten wir es mit gutem Zureden, doch die Alarer wollten von Hygiene nichts wissen. Wandten wir Gewalt an, verstanden es diese hartgesottenen Burschen, ihre frischgereinigten Körper binnen kurzem wieder zu verdrecken. Das schlimmste war, daß die Händler in zunehmendem Maße die Sympathien der Besatzung gewannen. Es wurden Wetten abgeschlossen, ob es den Offizieren gelingen würde, den einen oder anderen Alarer zu baden oder zum Zähneputzen zu bringen.

Empfindsame Männer liefen zwar mit bleichen Gesichtern durch das Schiff und übergaben sich heimlich, nachdem sie in die Nähe eines Alarers gekommen waren, aber um nichts in der Welt hätte auch nur einer zugestanden, daß er das Äußere eines dieser Schmutzfinken als abstoßend empfunden hätte. Sämtliche Baderäume waren von Schaulustigen belagert, weil jeder, der Zeit und Gelegenheit besaß, das Badezeremoniell eines Alarers beobachten wollte. Innerhalb weniger Stunden kursierten die wildesten Gerüchte an Bord. Eines davon besagte, daß Major Bernard mit einer Sprühdose Assaraf nachgejagt war, um Insektenpulver auf das von Läusen befallene Haupthaar des Alarers zu sprühen. Leider hatte ich wenig Gelegenheit, mich um das Badeproblem zu kümmern, denn ich war einer der neun Männer, der ab sofort ein alarischer Händler zu sein hatte.

Die ersten Folgen dieses Befehls bekam ich bereits vier Stunden nach unserer Rückkehr zu spüren. Ich durfte nicht mehr baden. Rasieren und Haareschneiden wurden verboten. Ich mußte mein Essen mit Knoblauch würzen, von dessen Existenz an Bord der CREST III ich bisher nie geahnt hatte. Meine gepflegte Uniformkombination wurde gegen Assarafs Kleidung ausgetauscht, so daß ich zehn Stunden, nachdem die Händler unsere Gefangenen waren, schlimmer stank als sie. Ein paar Burschen von der Mannschaft, die mich nicht leiden konnten, machten sich diese Situation zunutze.

Auf dem Weg in meine Kabine überfielen sie mich und zerrten mich gewaltsam unter eine Dusche. Alle Beteuerungen, alle Befehle und alle Hinweise auf meine wahre Identität halfen nicht. Sie schrubbten mich zehn Minuten mit Seife und heißem Wasser, bis Major Don Redhorse allem ein Ende machte und ich den Dreck, dessen man mich gerade entledigt hatte, wieder auflegen mußte. Es war ein Wunder, daß Redhorse mich hatte retten können, denn er stank nicht weniger stark als ich. Er gehörte ebenfalls zu den neun Männern, die in den geplanten Einsatz gehen sollten.

Nach zwanzig Stunden konnte ich mich selbst nicht mehr riechen. Zu diesem Zeitpunkt existierte die ESKILA längst nicht mehr. Wir hatten sie zu einer nahe gelegenen Sonne transportiert und in diese stürzen lassen. Zuvor hatten wir ein Rettungsboot des alarischen Schiffes an Bord der CREST genommen. Die neun Alarer waren mit einer Korvette zu einem nahe gelegenen, unbewohnten Planeten gebracht worden. Man hatte sie dort abgesetzt und mit allem Notwendigen zum Überleben versorgt. In einer Entfernung von etwa zwei Monatsmärschen war ein kleines Hyperfunkgerät abgesetzt worden. Mit Hilfe dieses Gerätes würden die Alarer Hilfe herbeirufen können und aus ihrem unfreiwilligen Exil abgeholt werden. Eine Gefahr, daß sie irgend etwas verraten konnten, bestand nicht, denn ihre Erinnerung an die letzten Ereignisse war ihnen genommen worden.

Zum Glück hinderte mich meine äußere Verfassung nicht am Nachdenken.

„Ab sofort heißen Sie Assaraf und sind alarischer Händler", hatte Atlan gesagt. „Sie dürfen das nie vergessen. Lastafandemenreaos Papageorgiu ist tot, verstehen Sie?"

Ich verstand.

Man roch es schließlich.

Die Tatsache, daß ich jetzt Assaraf hieß, hinderte mich nicht daran, die neun Händler als Narren zu bezeichnen. Nur Narren konnten so großspurig in eine Falle fliegen. Sie hatten sich allzu sicher gefühlt. Den Papieren, die wir von der ESKILA mit zur CREST III gebracht hatten, konnten wir entnehmen, daß der Heimatplanet der Händler Alara IV hieß. Diese Welt war vor ungefähr zweihundert Jahren von Tefrodern besiedelt worden. Die neun Gefangenen waren Nachkommen jener Kolonisten. Jetzt besaßen sie nur noch wenige jener Vorzüge, die ihre Verwandten auszeichneten. Sie nannten sich Händler, aber sie waren nichts als Weltraumtramps, schmutzig, gewalttätig, geschäftsfreudig und wahre Halsabschneider. Das alles konnten wir ihren „Papieren" entnehmen.

Sie nannten sich Geschäftsleute, aber das waren sie ebensowenig wie ein Mann, der einen Bauchladen besitzt und ein Wunderhaftmittel für künstliche Gebisse anzubieten hat.

Auch unsere neun Gefangenen besaßen solche speziellen Handelsgüter. Eines war sogar wertvoll. Es handelte sich um einige Blöcke hochwertiger Schwingquarze, die von der tefrodischen Flotte zur Herstellung von Feuerleitgeräten benutzt wurden. Diesen Schatz hatten wir zusammen mit dem Rettungsboot in Sicherheit gebracht.

Einige CREST-Wissenschaftler hatten die Positronik der ESKILA untersucht. Dabei hatten wir bestätigt bekommen, daß Vario tatsächlich eine der wichtigsten Handels- und Stützpunktwelten des tefrodischen Reiches war. In den Unterlagen der Alarer wurde Vario, der zu dieser Zeit ein blühender Sauerstoffplanet war, allerdings unter dem Namen Lemuria geführt.

Tolots Vermutung, daß sich die eigentliche Machtzentrale des tefrodischen Imperiums auf Vario befand, erhärtete sich. Hier wurden alle Fäden gezogen, ohne daß die eigentliche Zentralregierung auf Tefa dies ahnte. Die späteren MdI hatten ihren Machtbereich besonders geschützt, um im verborgenen wirken zu können. Die Existenz des Zeittransmitters fiel ebenso unter diese Geheimhaltung wie vieles andere auch. Der uns aus der Realzeit bekannte Situationstransmitter, der der Verbindung zum Andro-Sechseck diente, dürfte in dieser Zeitepoche noch nicht existieren.

Auf dem Weg zum Aufenthaltsraum für die mittleren Decks traf ich Perry Rhodan. Ich hätte ihn fast nicht erkannt, denn sein Gesicht wurde von einem kupferroten Bart bedeckt. Im Nacken hatte der Großadministrator sein länger gewordenes Haar zu einem Zopf zusammengebunden. Rhodans Haut war jetzt ebenso wie meine tiefbraun. Beide sahen wir wie echte Alarer aus. Biochemische Mittel hatten unsere Bärte und Haare innerhalb weniger Stunden gewaltig sprießen lassen. Haut und Haare waren künstlich gefärbt.

„Hallo, Assaraf!" begrüßte mich Rhodan. „Gehen Sie zur Versammlung?"

„Ja, Sir!" krächzte ich.

Ich gab mir Mühe, den Geruch zu ignorieren, der dem Großadministrator anhaftete.

„Das ‚Sir' müssen Sie sich in Zukunft sparen", erinnerte mich Rhodan. „Wir sind neun Alarer und werden uns wie solche benehmen."

„Ich werde mir Mühe geben", versicherte ich.

Als wir den Aufenthaltsraum erreichten, waren die anderen sieben

Männer bereits anwesend. Im bequemsten Sessel hockte Gucky. Obwohl der Mausbiber an unserem Unternehmen teilnehmen sollte, brauchte er sich nicht zu maskieren. Auch mit einem Rauschebart hätte er nicht wie ein Alarer ausgesehen. Atlan hatte sich für ihn etwas Besonderes ausgedacht.

Der Arkonide, der auf einer Tischkante saß und seine langen Beine baumeln ließ, sah wie ein echter Wikinger aus. Dagegen wirkte Tako Kakuta, der Teleporter, etwas schmächtig. In Anbetracht seiner körperlichen Mängel hatte der Mutant versucht, mit seinem Körpergeruch alles wettzumachen. André Noir, der Hypno, sah wie ein gutmütiger alter Mann aus. Dagegen war Major Redhorse eine imposante Erscheinung. Sein markantes Indianergesicht wurde von einem tiefschwarzen Bart umrahmt. Sein sehniger Körper drohte die alarische Uniform zu sprengen. Hinter Redhorse stand der einzige Mann, der Spaß daran hatte, sich nicht mehr waschen und rasieren zu müssen: Sergeant Brazo Surfat. Surfat war für dieses Unternehmen wie geschaffen. Man konnte ihm ansehen, daß er sich in seiner Aufmachung außerordentlich wohl fühle. Im Gegensatz zu Oliver Doutreval, der jede Art körperlicher Verunreinigung haßte und ein unglückliches Gesicht machte.

Der neunte Mann, der einen Alarer verkörperte, war Leutnant Chard Bradon. Redhorse hatte es wieder einmal verstanden, seine berüchtigten Freunde in den Vordergrund zu spielen. Wenn ich ehrlich war, mußte ich zugeben, daß sie für unser Vorhaben bestens geeignet waren.

„Hallo, Schintas!" begrüßte Atlan seinen terranischen Freund.

Wir hatten uns angewöhnt, uns nur mit unseren alarischen Namen anzusprechen. Wenn wir Vario jemals erreichen sollten, durften keine Fehler passieren. Atlan hieß jetzt Ob Tolareff.

Perry Rhodan ließ sich neben Atlan auf dem Tisch nieder.

„Die CREST hat Kurs auf Big Blue genommen", sagte er. „Zwei vorausgeschickte Korvetten sind inzwischen zurückgekehrt. Ungefähr sechs Lichtjahre von Vario entfernt wurde ein von den Tefrodern zerstörter Riesenplanet mit einer Wasserstoff-Methan-Ammoniakatmosphäre gefunden. Während wir versuchen, Vario zu erreichen, wird die CREST auf der Oberfläche dieser ehemaligen Maahk-Welt sicher stationiert sein. Der gesamte Planet strahlt radioaktiv, es wird also nicht zu unliebsamen Besuchen von Maahks oder Tefrodern kommen."

Atlan griff in seine Brusttasche und zog ein Paket Papiere hervor. „Wie Sie alle wissen, haben wir von unseren Gefangenen wertvolle Unterlagen erhalten. Inzwischen habe ich von den Spezialisten der CREST weitere Papiere herstellen lassen. Es handelt sich um Empfehlungsschreiben irgendwelcher Herrscher, um Belobigungen von fremden Häuptlingen und was der Dinge mehr sind. Es müßte genügen, die Tefroder davon zu überzeugen, daß sie Alarer vor sich haben."

Er sprang vom Tisch und zog eine Kiste unter der Tischplatte hervor. Er klappte sie auf und brachte Assarafs gewaltige Waffe zum Vorschein.

„Hier ist Ihre Waffe, Assaraf", sagte er zu mir.

Ich nahm die Baionga in Empfang. Sie wog bestimmt über zwanzig Pfund, aber es blieb mir nichts anderes übrig, als sie an meinem Gürtel zu befestigen.

Rhodan begann: „Der Planet Vario ist, wie Sie alle wissen, unsere einzige Chance, in die Realzeit zurückzukehren. Die MdI wissen, wie die Ereignisse auf der Erde, die zum Tod eines Meisters der Insel führten, gezeigt haben, in welcher Zeitepoche wir uns aufhalten – wenngleich sie uns noch in der Milchstraße vermuten. Es ist damit zu rechnen, daß sich auf Vario ständig ein Zeitagent oder sogar ein Meister selbst aufhält, dessen Aufgabe es ist, uns abzufangen, falls es uns doch noch gelingt, Andromeda zu erreichen. Unsere Aufgabe wird es sein, an diesen Zeitagenten oder Meister der Insel heranzukommen und ihn zu zwingen, die CREST in die Realzeit zurückzuversetzen. Die Wichtigkeit Varios für die Meister der Insel deutet allerdings darauf hin, daß die Wahrscheinlichkeit, daß sich hier nur ein Zeitagent aufhält, sehr gering ist. Viel wahrscheinlicher ist die Annahme, daß sich ein Meister selbst unserer annehmen soll. Sicherlich lebt er unerkannt in einer gehobenen Position. Heute, rund 50 000 Jahre vor unserer eigenen Zeit, ist die Macht der MdI noch nicht konsolidiert, so daß sie gezwungen sind, im geheimen zu wirken. Außerdem ist es sehr wahrscheinlich, daß die MdI aus der ehemaligen Oberschicht der Tamräte Lemurias hervorgegangen sind. Icho Tolots Verdacht, daß die Meister der Insel ein sehr kleines Volk sind, dürfte zutreffend sein. Das alles interessiert uns zunächst nur in zweiter Linie. Unser Ziel muß es sein, die Realzeit zu erreichen."

Rhodan senkte den Kopf und schwieg. Plötzlich begriff ich, wie schwer die Verantwortung auf diesem Mann lastete, wie er darunter litt, fünfzigtausend Jahre von jenen Geschehnissen abgeschnitten zu sein, die für ihn und das Solare Imperium lebenswichtig waren.

Atlan zog ein kleines Gerät aus seiner Tasche und hob es für uns alle gut sichtbar in die Höhe.

„Dies ist ein Impulsaufzeichner, der die Aktivität von Zellaktivatoren registriert. Aufgrund unserer bisherigen Erfahrungen und Beobachtungen müssen wir davon ausgehen, daß jeder Meister der Insel einen Zellaktivator trägt. Woher diese Aktivatoren stammen, ist unbekannt. Die Möglichkeit, daß ES dahintersteckt, kann nicht gänzlich ausgeschlossen werden – obwohl sie abwegig erscheint. Jedenfalls unterscheiden sich die Aktivatoren der MdI in einigen Punkten von den unseren. Neben dem geringfügig anderen Aussehen ist es ein Punkt, der besonders hervorsticht. Wenn einem von uns das Gerät abgenommen wird, tritt der Zellverfall nach etwa 62 Stunden ein. Unsere Aktivatoren können – mit Ausnahme von Rhodan und mir – von jedermann getragen werden. Anders jedoch bei den Aktivatoren der MdI. Wird einem MdI der Aktivator abgenommen, stirbt dieser innerhalb weniger Minuten – und der Aktivator zerstört sich von selbst. Soweit einige Überlegungen zum Thema Zellaktivator. Zurück zum Impulsaufzeichner. Falls sich nun tatsächlich ein Meister auf Vario aufhält und einen Aktivator trägt, wird uns dieses Gerät zu ihm führen." Er schaltete das Gerät ein. Ein summendes Geräusch wurde hörbar.

„Es sind die Aktivatoren Rhodans, Kakutas, Noirs und mein eigener, die das Gerät ansprechen lassen", erklärte er. „Unsere nächsten Schritte sind Ihnen bekannt. Die CREST landet auf dem radioaktiven Maahk-Planeten. Wir werden mit einer Korvette ausgeschleust und nehmen Kurs auf Vario. Sobald wir aus dem Linearraum auftauchen, gehen wir mit dem alarischen Rettungsboot von Bord und sprengen die Korvette. Bei den Wachbehörden behaupten wir, in der Explosion sei unsere unersetzliche ESKILA zerstört worden. Alles andere hängt davon ab, wie die Tefroder reagieren werden."

„Ich frage mich, welche Rolle ich bei diesem Unternehmen spielen soll?" wollte Gucky wissen.

Atlan ergriff einen großen Lumpen, der neben ihm auf dem Tisch lag. Er faltete ihn auseinander, und es wurde erkennbar, daß es sich um einen schmutzigen, durchlöcherten Sack handelte.

„Du gehörst zu unserem Gepäck", sagte der Arkonide.

Gucky schnappte nach Luft.

„Ich soll in diesem Beutel transportiert werden?" erkundigte er sich verblüfft.

„Allerdings", bestätigte Atlan. „Sergeant Surfat wird dich tragen. Niemand wird auf den Gedanken kommen, daß in diesem Sack ein Mausbiber steckt; denn wir werden uns wie die Wilden gebärden, sobald wir Kontakt mit den Tefrodern aufnehmen."

Gucky richtete sich würdevoll auf. Er warf Surfat einen drohenden Blick zu und sagte: „Ich will nicht länger Gucky heißen, wenn ich mich freiwillig in diesem Sack herumschleppen lasse."

„Nun gut, dann heißt du eben Zvonimir", schlug Atlan vor.

„Zvonimir?" heulte der Mausbiber auf und schlug beide Pfoten vors Gesicht.

Atlan breitete die Sacköffnung aus und schlug vor: „Versuch doch mal, ob er dir paßt."

Gucky entmaterialisierte entrüstet.

„Sie werden gut auf ihn aufpassen müssen, Borg", sagte Rhodan zu Surfat. Der Sergeant hieß jetzt Borg.

Surfat kicherte und verbreitete dabei eine Wolke intensiven Knoblauchgeruchs.

„Wenn er erst in dem Sack steckt, kommt er nicht mehr heraus", versprach er.

Ich war fast davon überzeugt. Bei dem Geruch, der Brazos Surfat begleitete, würde der arme Kleine die ganze Zeit über bewußtlos sein.

Früher, als es noch öffentliche Fernsprecher auf der Erde gegeben hatte, waren immer wieder Menschen bereit gewesen, einen neuen Weltrekord aufzustellen und sich in Gruppen in eine Telefonzelle zu zwängen – ungeachtet der gebrochenen Arme und der Prellungen, die sie dabei erlitten. Am nächsten Tag stand dann in den Zeitungen zu lesen, daß eine Jugendgruppe in irgendeiner Stadt den alten Weltrekord gebrochen und daß sich siebenundzwanzig Personen in eine Zelle gepfercht hätten. Daß die Hälfte aller Rekordinhaber im Krankenhaus gelandet war, verschwieg man allerdings.

Das Rettungsboot, das wir vor Vernichtung der ESKILA in Sicherheit gebracht hatten, war nicht viel größer als eine Telefonzelle. Atlan und Perry Rhodan, die Steuerung und Kontrollen bedienen sollten, krochen zuerst durch die Schleuse. Auf ihr Signal, daß sie ihre Plätze eingenommen hatten, folgten Noir und Kakuta, die beiden Mutanten.

„So", sagte Major Don Redhorse zufrieden. „Jetzt können wir den Zeitzünder einstellen."

Er beugte sich über die Bombe, die im Hangar lag, und stellte das Zählwerk ein. Eine Minute nach dem Auftauchen aus dem Linearraum würde das Beiboot der CREST III in einem atomaren Blitz verglühen. Wir hatten also nur wenig Zeit, uns mit dem Rettungsboot in Sicherheit zu bringen.

Leutnant Chard Bradon, der jetzt Fash-Barat hieß, kletterte in das Kleinstraumschiff. Dann folgten Olivier Doutreval und Brazos Surfat, der den Sack mit Gucky auf dem Rücken trug. Die Verhältnisse innerhalb des Rettungsbootes waren inzwischen eng geworden, und die Flüche, die aus der offenen Schleuse zu Redhorse und mir herausdrangen, hätten echten Alarern Ehre gemacht. Ich rückte die Baionga zurecht und schob mich durch die Schleuse. Surfat stand noch in der winzigen Schleusenkammer, aber ich schob ihn beharrlich weiter, weil Redhorse ebenfalls noch einen Platz zu beanspruchen hatte.

„Alles klar?" kam eine dumpfe Stimme von vorn. Das mußte Perry Rhodan sein.

„Hören Sie auf, mir Ihre spitzen Ellenbogen in den Rücken zu stoßen!" beschwerte sich Surfat bei mir.

„Das ist die Baionga", versetzte ich. Ich wollte den Bauch einziehen, um mehr Platz für die große Waffe zu schaffen, doch es gelang mir nicht. Schwitzend und prustend arbeitete sich Surfat noch einen halben Meter weiter ins Innere des Rettungsbootes. Die Luft innerhalb des Schiffes hätte jeder Kaschemme zur Ehre gereicht.

Ich hörte Redhorse in der Schleuse rumoren. Etwas wehmütig dachte ich an die CREST III, die jetzt sechs Lichtjahre von uns entfernt auf einem Methanplaneten stationiert war. Dort gab es genügend Platz.

Redhorse preßte beide Fäuste in meinen Rücken. Ich wurde gegen Surfat gedrückt. Gucky begann heftig zu protestieren. Der Sack, in dem er steckte, beulte sich aus. Der Mausbiber strampelte wild.

„Ich kann mich nicht bewegen!" knurrte Surfat empört. „Passen Sie doch auf, Sie rücksichtsloser Grieche."

„Erstens", gab ich wütend zurück, „bin ich kein Grieche, sondern ein alarischer Händler. Zweitens habe ich nicht mehr Platz zur Verfügung als jeder andere auch."

„Ruhe!" schrie Rhodan von den Kontrollen aus.

„Sie können die Schleuse schließen!" rief Major Redhorse.

Ächzend glitt die äußere Schleusenwand zu. Ich konnte nur reglos dastehen und warten. Schweiß lief mir über das Gesicht. Nach wenigen Minuten, die mir endlos lang erschienen, kam endlich das Signal, daß die Korvette aus dem Linearraum auftauchte. Fast gleichzeitig öffnete sich die Hangarschleuse, und das Rettungsboot schoß in den Weltraum hinaus. Die Techniker der CREST III hatten das Kleinstraumschiff gründlich überholt, so daß keine Gefahr bestand, daß es zu einem Unfall kam. Der Andruck, der durch die plötzliche Beschleunigung entstand, wurde von den Neutralisatoren absorbiert.

„Die Korvette ist explodiert!" rief Atlan von seinem Platz aus.

Perry Rhodan hatte die Korvette geopfert, um sein Ziel zu erreichen. Der Weg in die Realzeit würde bestimmt noch größere Opfer von uns fordern, wenn wir ihn überhaupt jemals beschreiten konnten.

Das Rettungsboot flog jetzt direkt in das System von Big Blue hinein. Wir mußten nicht lange warten, bis der Lautsprecher des Normalfunks knackte. Eine schrille Stimme erklang.

„Stoppen Sie sofort Ihren Flug und identifizieren Sie sich!"

„Wir sind froh, daß wir fliegen", gab Atlan ungerührt zurück. „Unser Schiff, die ESKILA, ist vor wenigen Augenblicken von einem Maahkraumschiff überfallen worden."

Höhnisches Gelächter ließ den Lautsprecher der kleinen Funkanlage vibrieren.

„Hier spricht Kommandant Zabot von der Wachflotte", sagte die schrille Stimme. „Stoppen Sie Ihre Fahrt, bevor wir Sie aus dem Raum fegen."

„Wir verlangen Entschädigung für unser hervorragendes Schiff", begann Atlan zu toben. „Es hieß, daß dieser Raumsektor von den Maahks gemieden würde, aber das ist eine Lüge."

Zabot brüllte vor Lachen.

„Sie können nur Alarer sein", sagte er mühsam nach Atem ringend. „Wenn mich nicht alles täuscht, ist Ihr jämmerliches Schiff beim Eintauchen in den Normalraum explodiert. Das wäre nicht zum erstenmal passiert. Die Alarer sind bekannt dafür, daß sie ihre Raumschiffe verkommen lassen."

„Wie, sagten Sie, lautet Ihr Name?" wollte Atlan wissen.

„Zabot", wiederholte der fremde Kommandant. „Mein Geschwader wird Ihr Rettungsboot in wenigen Augenblicken erreicht haben und es mit Traktorstrahlen in Schlepp nehmen."

„Nun gut, Zabot, ich werde dafür sorgen, daß Ihr unverschämtes Verhalten nicht ungesühnt bleibt."

Die Verbindung wurde unterbrochen. Ich zitterte vor Aufregung. Ohne daß sie uns gesehen hatten, hielten die Tefroder uns für Alarer. Erfolgreicher hätten wir uns das erste Zusammentreffen mit den Bewohnern Varios nicht wünschen können.

„Das Rettungsboot läßt sich nicht mehr kontrollieren", sagte Rhodan nach einer Weile. „Das bedeutet, daß die Tefroder uns eingefangen haben. Damit ist genau das eingetreten, was wir gehofft haben."

Es gelang mir, einen Arm hochzuheben und mir den Schweiß aus dem Gesicht zu wischen.

„Können Sie nicht ruhig stehenbleiben?" fauchte Surfat.

„Es wird Zeit, daß wir hier herauskommen, bevor wir uns gegenseitig totdrücken", meinte Leutnant Bradon.

Surfats breiter Rücken versperrte mir den Blick nach vorn. Ich konnte mich nicht zu meiner ganzen Größe aufrichten; denn dann hätte ich mir den Kopf angeschlagen. Ich blickte zurück und sah in Redhorses lächelndes Gesicht. Dem Cheyenne schien weder der Gestank noch die Hitze etwas auszumachen.

„Bald werden wir unseren ersten Auftritt haben", sagte er.

Ich biß mir auf die Unterlippe. Der Major schien zu ahnen, daß ich nervös war. Obwohl Gucky und zwei Mutanten bei uns waren, durften wir es nicht auf eine offene Auseinandersetzung mit den Tefrodern ankommen lassen. Vor allem deshalb nicht, weil es sicher war, daß sich ein Spion der MdI auf Lemuria oder Vario aufhielt.

Als wir schon glaubten, Zabot würde sich nicht mehr um uns kümmern, wurden wir über Funk angerufen.

„Wie viele Männer befinden sich an Bord des Rettungsbootes?"

„Neun", entgegnete Atlan. „Die gesamte Besatzung der ESKILA konnte sich in Sicherheit bringen und dem Anschlag der Maahks entrinnen."

Wir hörten Zabot gähnen.

„Hören Sie doch auf, mir diese Geschichte zu erzählen", schlug er vor. „Von mir können Sie sowieso keinen Schadenersatz verlangen."

„Wo werden Sie uns absetzen?" verlangte Atlan zu wissen.

„Auf einem Nebenfeld des Raumhafens", informierte uns Zabot. „Dort werden Sie bereits erwartet. Ich weiß nicht, was man mit Ihnen vorhat, aber wenn nichts gegen Sie vorliegt, wird man Ihnen Quartier auf Lemuria gewähren."

93

Die folgenden Minuten verstrichen, ohne daß weitere Worte über Funk gewechselt wurden. Das Rettungsboot wurde von einem tefrodischen Schiff an Bord genommen. Wir erhielten den Befehl, an Bord zu bleiben, bis das Wachschiff auf Lemuria gelandet war und uns abgesetzt hatte.

„Innerhalb unseres Rettungsbootes ist es sehr eng", protestierte Atlan gegen diesen Befehl. „Wir verlangen, daß man uns sofort hinausläßt."

„Ich habe drei Männer vor der Schleuse Ihres kleinen Schiffes postiert", eröffnete uns Zabot. „Sobald auch nur einer von Ihnen den Kopf herausstreckt, lasse ich schießen."

Ein Wutgeheul von unserer Seite war die Antwort. Diesmal mußten wir uns keine Mühe geben, Gefühle vorzutäuschen, die nicht vorhanden waren. Jede Minute, die wir innerhalb dieses winzigen Schiffes zubringen mußten, wurde zur Qual.

„Hoffenlich dauert das Landemanöver nicht ein paar Stunden", sagte André Noir. „Ich befürchte, daß wir nicht mehr lange durchhalten können."

„Seien Sie froh, daß kein griechisches Riesenbaby auf Ihren Zehen steht", bemerkte Surfat. „Abgesehen davon, daß ich Gucky tragen muß, habe ich auch noch den Vorzug . . ."

„Vergeuden Sie nicht unsere kostbare Luft, Brazos", empfahl Redhorse.

Surfat brummte etwas von der Unterdrückung seiner freien Meinung, vermied es aber, sich lautstark darüber auszulassen.

Zabot schien Vergnügen daran zu haben, uns schwitzen zu lassen. Es verging mindestens eine Stunde, bis wir seine Stimme wieder zu hören bekamen. Von meinem Platz aus konnte ich den Bildschirm des Rettungsbootes nicht sehen.

„Wir sind jetzt gelandet. Sie können die Schleuse öffnen."

Ich hörte Atlan seufzen. Die Schleuse glitt auf. Ich wunderte mich, daß Don Redhorse nicht einfach hinausfiel. Von draußen drang strahlender Sonnenschein zu uns herein. Ich blinzelte geblendet, als ich ins Freie blickte. Zunächst konnte ich nur die Umrisse eines größeren Gebäudes erkennen, dessen weiße Außenfläche das Sonnenlicht reflektierte. Ich begriff, daß das Wachschiff uns abgesetzt hatte und wieder in den Weltraum gestartet war.

„Worauf warten Sie noch, Flentaras?" rief Rhodan Major Redhorse zu.

Redhorse stieß einen Indianerschrei aus und sprang aus der Schleuse. Surfat gab mir einen Stoß, der mich zwang, Redhorse sofort zu folgen. Ich landete mühevoll auf beiden Füßen und stand schwankend im Sonnenlicht. Das Rettungsboot war von Robotern umzingelt. Hinter den Robotern standen einige Tefroder, die uns erwartungsvoll entgegenblickten. Feuerlöschwagen und ein Transporter standen bereit. Im Hintergrund erblickte ich eine Gebäudereihe. Das mußten die Kontrollstationen und Verwaltungsgebäude des Raumhafens sein. Der Blick auf die andere Seite des Raumhafens wurde von dem Rettungsboot verdeckt.

Alles, was ich erblickte, sah so terranisch aus, daß es mir fast einen Schock versetzte. Ich mußte mir vergegenwärtigen, daß ich mich auf Vario und nicht auf der Erde befand.

Verwünschungen ausstoßend, erschien der Rest der Rettungsbootbesatzung im Freien. Mit den Armen fuchtelnd, brüllte Atlan zu den Tefrodern hinüber, daß er sofort den Kommandanten des Raumhafens zu sprechen wünschte.

Die Roboter bildeten eine Gasse. Ein hochgewachsener Mann in einer grauen Kombination kam auf uns zu. Er trug ein dünnes Oberlippenbärtchen. Seine Nasenflügel zuckten nervös. Er wußte offenbar nicht, wie er sich uns gegenüber verhalten sollte.

„Mein Name ist Vulling", stellte er sich vor. „Ich bin der Leiter des Technischen Einsatzkommandos des Raumhafens. Wie ich hörte, kam es während Ihres Einfluges in unser System zu einem Zwischenfall."

Wir lachten höhnisch.

„Zwischenfall?" donnerte Atlan. Er stemmte beide Fäuste in die Hüften und rollte mit den Augen. „Wir sind überfallen worden. Wir sind ruiniert. Unsere Frauen und Kinder werden hungern müssen, weil Sie nicht in der Lage waren, uns ausreichend Schutz zu gewähren." Er raufte sich die Haare und stampfte mit den Füßen auf den Plastikboden des Raumhafens. Wir heulten und schrien durcheinander und stießen Drohungen aus, deren Verwirklichung selbst einer gigantischen Flotte mit zwanzigtausend Mann Besatzung nicht leichtgefallen wäre.

Trotzdem zeigte sich Vulling beeindruckt.

Er wich zurück und blickt zu Boden, um seine Abscheu vor unserem Körpergeruch nicht offen zeigen zu müssen. Es war ihm anzusehen, daß er am liebsten den Robotern befohlen hätte, auf uns zu schießen.

Vullings tefrodische Begleiter machten wenig Anstalten, ihrem Anführer zu Hilfe zu kommen. Sie schienen erleichtert zu sein, daß sie uns aus gebührender Entfernung bewundern konnten.

„Ihr Fall gehört leider nicht zu meinem Ressort", sagte Vulling mit gezwungener Höflichkeit. „Wenn sich die Herren etwas gedulden könnten, wäre ich bereit . . ."

„Was?" schrie Atlan. Er machte einen Schritt auf Vulling zu und versetzte ihm einen Stoß gegen die Brust. „Ein Ob Tolareff wartet nicht. Bringen Sie uns sofort zum Kommandanten des Raumhafens."

„Ich muß doch sehr bitten", schnarrte Vulling. „Werden Sie nicht dreist." Er deutete auf die Roboter. „Oder soll ich Sie mit Gewalt zur Ordnung rufen? Bevor Sie den Kommandanten sprechen, ist es vielleicht besser, wenn Sie sich etwas erfrischen."

Atlan wandte sich zu uns um und grinste. „Habt ihr gehört?" rief er enthusiastisch. „Es gibt etwas zum Saufen."

Vulling sagte schockiert: „Ich meinte, daß Sie sich in den Baderäumen unserer Verwaltung etwas erfrischen könnten. Von Alkohol war keine Rede."

Wir begannen Vulling unflätig zu beschimpfen. Surfat warf eine Knoblauchzwiebel nach ihm, und Atlan winkte angewidert ab.

Vulling schien zu erkennen, daß er uns ohne Waffengewalt nicht bändigen konnte. Er deutete mürrisch zu dem bereitstehenden Transporter und forderte uns zum Einsteigen auf.

Atlan fischte ein Papierbündel hervor und fuchtelte damit vor Vullings Gesicht herum.

„Das sind unsere Unterlagen. Daraus können Sie ersehen, welches Vermögen sich an Bord unseres Schiffes befand."

Vulling hielt sich die Nase zu und flüchtete auf den Fahrersitz des Transporters. Ich hatte einen heißen Kopf vom Schreien. Meine Nervosität war verflogen. Die Rolle, die ich spielen mußte, begann mir Spaß zu machen.

Wir kletterten auf den Transporter und nahmen lärmend auf einer Sitzbank Platz.

„Sollen wir sie zur Verwaltung fahren?" erkundigte sich der Fahrer bei Vulling.

Vulling sagte hastig: „Nein, nein! Wir bringen sie zunächst einmal zu den Werkstätten. Dort ist im Augenblick nicht viel Betrieb." Er fummelte an einem tragbaren Sprechgerät herum, aber er redete nicht laut genug, so daß wir nicht verstehen konnten, worüber er sprach.

„Er spricht wahrscheinlich mit seinen Vorgesetzten", sage Rhodan.

Vulling warf einen Blick nach hinten. Er runzelte die Stirn, als er sah, daß wir unsere Füße auf der gegenüberliegenden Bank ausgestreckt hatten. Offenbar hatte er jedoch eingesehen, daß es sinnlos war, uns zur Ordnung zu ermahnen.

Atlan erhob sich und ging bis zum Fahrersitz. Er hieb Vulling auf die Schulter, daß der Tefroder einen ächzenden Laut von sich gab.

„Was sollen wir bei den Werkstätten?" wollte Atlan wissen. „Sie wollen uns doch hoffentlich nicht um unsere Rechte betrügen?"

„Nehmen Sie doch Vernunft an", flehte Vulling. „Es gibt schließlich wichtigere Dinge als Ihr zerstörtes Schiff."

Wie auf ein geheimes Kommando sprangen wir von der Bank auf und begannen zu toben. Vulling sah sich genötigt, uns zu versichern, daß er unser Schiff für das wichtigste Ding überhaupt betrachtete, aber daß es einige Zeit in Anspruch nehmen würde, diese Auffassung bei seinen Vorgesetzten durchzusetzen.

Auf diese Weise beruhigt, nahmen wir wieder Platz. Bisher war noch niemand auf den Gedanken gekommen, unser Gepäck zu kontrollieren oder einen Blick in unsere Papiere zu werfen. Niemand schien daran zu zweifeln, daß wir eine Horde heruntergekommener Weltraumtramps waren.

Der Transporter hielt vor einer langgestreckten Halle mit halbrundem Dach. Zu beiden Seiten waren große Schiebetüren angebracht, die jedoch offenstanden. Das Dach bestand aus Glas. Ein paar Männer in Montageanzügen kamen heraus und gafften uns an. Vulling befahl ihnen, wieder an die Arbeit zu gehen. Unmittelbar neben der Werkshalle befand sich ein kleiner Seitenbau. Dorthin brachte uns Vulling. Wir betraten einen kühlen Raum, der mit Bänken und Tischen ausgestattet war. An den Wänden hingen Automaten mit Getränken und Speisen.

Ohne uns um Vulling zu kümmern, belagerten wir die Automaten.

„He!" rief Atlan dem Tefroder zu. „Wir haben kein Geld, um etwas aus diesen Dingern herauszuholen."

„Das interessiert mich nicht", entgegnete Vulling gereizt. „Ich werde jetzt meine Vorgesetzten von Ihren Wünschen unterrichten. Ich muß Sie dringend ersuchen, diesen Raum nicht zu verlassen. Ich werde draußen ein paar Roboter postieren, die jeden gewaltsam aufhalten werden, der hinauskommt." Er verließ hastig den Raum.

Atlan schlug die Frontscheibe eines Automaten ein und versorgte uns mit Getränken.

„Ich glaube nicht, daß sich ein echter Alarer Gedanken machen würde, wenn er sich auf diese Weise eine Erfrischung beschaffen müßte", sagte er.

Rhodan hob warnend einen Arm. „Hier kann es Abhörgeräte geben", sagte er.

Als wir den Automaten geleert hatten, kehrte Vulling zusammen mit einem kleineren Mann zurück, der sich beim Eintreten geschäftstüchtig die Hände rieb und mit flinken Bewegungen auf uns zukam. Vullings Begleiter war kahlköpfig, und auf seiner Stirn glänzten Schweißtropfen.

„Leider erfuhr ich viel zu spät von Ihrer Ankunft", sagte er entschuldigend. „Mein Name ist Juvenog. Ich bin der alarische Unterhändler auf Lemuria."

Wir standen da und sahen ihn sprachlos an. Mit allem hatten wir gerechnet. Nur nicht damit, auf Lemuria einen echten Alarer zu treffen.

Aber da stand er vor uns und lächelte uns voller Freude an.

„Diese Kerle haben den Automaten zerstört", ertönte Vullings feindselige Stimme in der plötzlich entstandenen Stille.

7.

Juvenog trug eine großkarierte Jacke, über deren Kragen er einen schmutzigen Krawattenschal kunstvoll verschlungen hatte. Seine Hose war mit allen möglichen Speiseresten verschmiert. Von seinen Schuhen hingen die Sohlen ab, und die Farbe seiner Strümpfe stand im krassen Gegensatz zu den Farben seiner übrigen Kleidung.

Kein Zweifel, Juvenog war ein Alarer. Er hüpfte vergnügt um uns herum.

„Das verschlägt euch wohl die Sprache, was?" schrie er begeistert. „Aber ich werde mich um euch kümmern."

Er sprach es und rannte wieder hinaus. Mit Mühe unterdrückte ich ein Aufatmen.

„Er wird von Amt zu Amt rennen, um Ihre Wünsche zu erfüllen", bemerkte Vulling. „Ich glaube jedoch nicht, daß er Erfolg haben wird."

Es bestand also die Aussicht, daß wir Juvenog so schnell nicht wiedersehen würden. Ich legte auch keinen besonderen Wert darauf. Ich beobachtete Vulling, der vor den Automaten trat und vorsichtig die zerschlagenen Reste der Scheibe herauszog.

„Einfach eingeschlagen", sagte er bitter. „Sie denken wohl, Sie können sich alles erlauben?"

„Wo ist Ihr Vorgesetzter?" erkundigte sich Rhodan.

Vulling strich über sein Bärtchen. Offenbar hatte man ihm den Auftrag gegeben, sich weiterhin um uns zu kümmern. Das schien ihm wenig oder überhaupt keinen Spaß zu machen.

„Ich soll Sie zum Verwaltungsgebäude zwei fahren", sagte er widerwillig. „Dort will man Ihre Papiere überprüfen."

„Na, endlich!" brüllte Atlan und stürmte zur Tür.

Draußen stand ein Transporter, und wir stiegen ein. Diesmal gab es keinen Fahrer, so daß Vulling das Steuer übernehmen mußte. Die Gebäude auf diesem Teil des Raumhafens waren hufeisenförmig angeordnet, so daß das eigentliche Landefeld nicht zu sehen war. Zwei kleinere Raumschiffe standen in unmittelbarer Nähe der Werkstätten. Über ihre Außenfläche tanzten elektrische Lichtbogen, ein Zeichen dafür, daß Monteure mit Reparaturarbeiten beschäftigt waren. Von unserem Rettungsboot war nichts mehr zu sehen. Sicher hatte man es in eine Halle gebracht, um es zu überprüfen. Das beunruhigte mich wenig. Schließlich war das kleine Schiff ein echtes alarisches Produkt.

Rhodan und Atlan unterhielten sich flüsternd. Wahrscheinlich berieten sie, wie wir uns während der Kontrolle der Papiere verhalten sollten.

Der größte Teil unserer Unterlagen war echt. Die Fälschungen waren so geschickt, daß wenig Gefahr bestand, daß die tefrodischen Offiziere sie durchschauen würden. Trotzdem machte mich der Gedanke an die bevorstehende Kontrolle unsicher. Wir hatten Forderungen an die Tefroder gestellt. Das würde sie veranlassen, alles gründlich zu prüfen, wenn auch nur, damit sie sich den Anschein der Hilfsbereitschaft geben konnten.

Vulling hielt vor einem hohen Gebäude. Der Aufgang zum Portal wurde von einer Reihe palmenähnlicher Bäume in zwei Hälften geteilt. Zu beiden Seiten des Aufgangs sahen wir Blumengärten, die

99

von Springbrunnen mit raffinierten Beleuchtungseffekten berieselt wurden. Der Duft der unzähligen Blüten drang bis zu uns herüber.

Vulling blickte etwas unglücklich zum Portal hinauf. Unmittelbar an der breiten Glasflügeltür standen zwei bewaffnete Posten.

„Worauf warten Sie noch?" knurrte Atlan, der Vullings Zögern bemerkte.

Vulling winkte uns, und wir folgten ihm den Aufgang hinauf. Ich konnte mir vorstellen, daß wir von mehreren Augenpaaren verfolgt wurden. Die beiden Posten salutierten, als wir vorübergingen. Surfat ließ eine Hand spielerisch über die Ordensspangen eines der beiden Männer gleiten. Der Wächter beherrschte sich meisterhaft, aber als ich zurückblickte, sah ich, daß seine Augen tränten. Surfats Gestank war wohl doch ein bißchen viel für ihn gewesen.

Wir gelangten in einen mit Teppichen ausgelegten Vorraum, in dem es angenehm kühl war. In der Mitte des Raumes stand ein Sockel, auf dem ein Leuchtbild montiert war. Leuchtschriften sollten den Tefrodern, die hier zu tun hatten, den richtigen Weg in die verschiedenen Räume weisen. Ich las einige der Namen und stellte fest, daß die Tefroder über zahlreiche Kolonialämter verfügten.

Auf der anderen Seite des Raumes befand sich der Empfang. Unter einem Schild, auf dem in Leuchtbuchstaben das Wort AUSKUNFT stand, lehnte ein kleiner Mann mit den Ellenbogen auf der holzgetäfelten Theke. Er blickte ungläubig zu uns herüber. Ich sah, daß er versuchte, Vulling heimliche Zeichen zu geben, doch der Leiter des Technischen Einsatzkommandos war zu aufgeregt, um darauf zu achten.

„Wir müssen ein bißchen warten", sagte Vulling zu uns. „Man wird uns rechtzeitig benachrichtigen."

Atlan deutete auf ein paar Sessel und Sitzbänke, die zwischen den Zugängen der einzelnen Aufzüge aufgestellt waren.

„Setzen wir uns!" schlug er vor.

„Bitte nicht!" flehte Vulling. „Sie werden mit Ihren Kleidern die Polstermöbel ruinieren."

„Was bedeuten ein paar Sessel im Vergleich zu unserem unersetzlichen Schiff?" schrie Redhorse Vulling an.

Brazos Surfat erreichte die Sessel zuerst. Wenn es galt, ein bißchen Bequemlichkeit zu erlangen, war Surfat sehr schnell. Ohne den Sack mit dem bedauernswerten Gucky loszulassen, ließ sich der Sergeant ächzend in einen Sessel fallen. Mit den Füßen zog er einen zweiten

100

Sessel zu sich heran, um seine Beine daraufzulegen. Gleich darauf hatten wir sämtliche Sitzgelegenheiten belegt. Wir unterhielten uns lautstark und pfiffen einem Mädchen nach, das aus einem Lift kam und hastig ins Freie flüchtete, als es uns sah.

Vulling ging zum Empfang hinüber und unterhielt sich mit dem Mann an der Auskunft. Seinen Gesten war zu entnehmen, daß er einem Nervenzusammenbruch nahe war.

Eine halbe Stunde verstrich, ohne daß sich jemand um uns kümmerte. Atlan gab mir einen Wink.

„Wir brauchen etwas zum Trinken", sagte er.

Ich nickte. Langsam ging ich zu Vulling hinüber, der erschöpft an der Theke des Empfangs lehnte.

Ich hieb mit einer Faust auf die Theke, so daß ein paar Schreibstifte aus ihrer Halterung sprangen und zu Boden fielen.

„Wir haben Durst!" herrschte ich Vulling an. „Wollen Sie uns vertrocknen lassen?"

Vulling flüchtete hinter die Theke und beugte sich über ein Sprechgerät. Seinen Worten war zu entnehmen, daß er sich mit der Kantine verbinden ließ.

„Sie sollen sich beeilen", sagte ich drohend zu Vulling. „Sonst gehen wir raus und trinken an den Brunnen."

Vulling stöhnte auf. Ich kehrte an meinen Platz zurück. Bevor wir etwas zum Trinken erhielten, rief ein Lautsprecher Vullings Namen und forderte ihn auf, mit den „alarischen Gästen" nach oben zu kommen. Wir lachten spöttisch und klopften Vulling begeistert auf den Rücken.

Als wir den Lift betraten, drückte sich Vulling in eine Ecke. Er hatte die Augen halb geschlossen und atmete kaum. Er sah so aus, als sollte er jeden Augenblick das Bewußtsein verlieren. Der Lift hielt, und die aufgleitende Tür gab den Blick auf einen breiten Gang frei. Auch hier sorgten Klimaanlagen für eine angenehme Temperatur. Indirektes Licht erhellte den Gang. Prächtige Wandgemälde zeigten Motive aus der tefrodischen Raumfahrt. Das Gebäude unterschied sich nur wenig von solchen auf der Erde. Wehmütige Gedanken beschlichen mich. Ich mußte mir Mühe geben, die Rolle eines Weltraumtramps weiterzuspielen. Flüchtig dachte ich sogar an die Möglichkeit, hier auf Vario ein neues Leben zu beginnen. Aber das hätte die Abkehr von der Solaren Flotte und all meinen Freunden bedeutet.

Vulling klopfte an eine Tür und blieb abwartend stehen. Die Tür glitt auf. Vulling deutete auf meine Waffe und zischte: „Legen Sie das Ding ab, bevor Sie hineingehen."

„Sie spinnen wohl?" schrie ich ihn an und trampelte über einen zentimeterhohen Teppich in das Zimmer hinein.

Die beiden Seitenwände des Raumes bildeten gleichzeitig die Außenfläche riesiger Aquarien. Farbenprächtige Fische schwammen darin. Durch Beleuchtungseffekte entstand der Eindruck, daß die Tiere sich inmitten des Zimmers befanden. Die Decke war eine Art Planetarium; ich glaubte, in die unermeßlichen Tiefen des Weltraums zu blicken, wenn ich nach oben schaute.

Die hintere Wand wurde von einer riesigen Landkarte, die ebenfalls beleuchtet war, eingenommen. Alle Erdteile Lemurias waren darauf eingezeichnet. Vor der Karte stand ein einfacher Tisch. In einem Sessel saß ein schlanker, energisch aussehender Mann, der einen Schreibstift zwischen beiden Händen drehte und uns abwartend entgegensah. Sofort spürte ich, daß dieser Mann gefährlich war. Er besaß weder Vullings Nervosität noch Juvenogs lärmende Freundlichkeit.

Der Mann hatte dünne, blonde Haare, die streng nach hinten gescheitelt waren. Seine Finger waren ungewöhnlich lang. Das Gesicht des Mannes wurde von seinen graugrünen Augen beherrscht. In der Iris dieser Augen schien ein verhaltenes Feuer zu schwelen. Der Tefroder mußte ein leidenschaftlicher Mann sein, aber er saß da, als könnte ihn nichts aus seiner Ruhe bringen.

Im Hintergrund sagte Vulling: „Der große Kerl wollte seine Waffe nicht ablegen, Ostrum."

Ostrums Blick glitt über mich hinweg, scheinbar flüchtig, aber doch, so fühlte ich, jede Einzelheit erfassend.

„Sie hängen wohl sehr an dieser Kanone?" fragte Ostrum.

Ich räusperte mich. Seine Stimme hatte mich überrascht. Sie klang freundlich, aber diese Freundlichkeit war nur oberflächlich; eine sachliche Schärfe schwang darunter mit, eine gewisse Unnachgiebigkeit, die mich vorsichtig werden ließ.

„Es ist eine Baionga", erwiderte ich. „Warum sollte ich sie ablegen?"

Ostrum sagte: „Mit Waffen läßt sich schlecht verhandeln – und verhandeln wollen Sie doch mit mir, oder?"

Atlan rettete mich aus dieser gefährlichen Situation.

„Es kommt darauf an, wer Sie sind, Ostrum", sagte er. „Denken

Sie nur nicht, daß wir uns von einem kleinen Bürokraten abfertigen lassen."

„Soll ich die Wache rufen?" fragte Vulling entsetzt.

„Warum denn?" wollte Ostrum wissen. „Die Raumfahrer können schließlich nicht wissen, daß ich der Stellvertretende Leiter des tefrodischen Sicherheitsdienstes bin. Gleichzeitig bin ich Tamrat für Angelegenheiten der tefrodischen Raumflotte."

„Mit Titeln können wir uns nichts besorgen", schnaubte Rhodan. „Wir brauchen Geld, um uns ein neues Raumschiff zu kaufen."

„Kommandant Zabot hat mich über den Zwischenfall unterrichtet, bei dem Sie Ihr Schiff verloren haben", sagte Ostrum. „Wir wollen deshalb keine Zeit mit kindischen Spielchen verlieren. Niemand nimmt Ihnen ab, daß Ihr Schiff von Maahks vernichtet wurde. Die Maahks sind froh, wenn sie nichts mit uns zu tun haben." Ostrum schwang seinen Sessel herum und erhob sich. Ich war erstaunt, wie klein er war. Solange er gesessen hatte, war er mir ziemlich groß vorgekommen.

„Ihr Raumschiff ist an Alterschwäche eingegangen", sagte er spöttisch.

„Sie wollen nicht bezahlen!" schrie Atlan wütend. „Sie glauben, daß Sie uns einschüchtern können. Aber wir lassen uns nicht abweisen."

„Ich will Sie nicht abweisen, sondern mit Ihnen verhandeln", erklärte Ostrum. „Zeigen Sie mir Ihre Papiere."

Atlan zog das Bündel schmutziger Unterlagen hervor. Er warf es Ostrum auf den Tisch.

Ostrum schob die Papiere achtlos zur Seite. „Ich werde alles nachprüfen lassen", versprach er.

„Wie lange wird das dauern?" fragte Redhorse.

Ostrum hob die Schultern. „Das ist völlig unwichtig. Ich kann mir denken, daß Sie ein neues Raumschiff brauchen. Haben Sie Geld oder Wertgegenstände retten können, mit denen Sie ein kleineres Schiff bezahlen können?"

Olivier Doutreval trat vor und klappte die kleine Kiste auf, die er bei sich trug. Er kippte drei Blöcke aus Schwingquarz vor Ostrum auf den Tisch. Die Blöcke funkelten wie Kristalle. Ostrum leckte sich die Lippen.

„Schwingquarze!" rief er überrascht.

„Dafür können Sie drei Raumschiffe von der Größe der ESKILA bekommen."

Die Unruhe, die ihn plötzlich ergriffen hatte, besaß etwas Animalisches. Er fixierte die wertvollen Quarze wie ein Raubtier seine Beute. Ostrum war auf Vario ein einflußreicher Mann, das stand fest. Ich glaubte zu wissen, was ihn in diese einflußreiche Position gebracht hatte. Seine Gier nach Reichtum hatte ihn vorangetrieben.

„Packen Sie das Zeug wieder ein, Rousander-Bel", sagte Atlan zu Doutreval.

Doutreval trat vor, aber er stieß gegen ein unsichtbares Hindernis. Verwirrt tasteten seine Hände über eine durchsichtige Wand. Ostrum hatte eine Energiebarriere zwischen sich und uns aufgerichtet. Die Quarze lagen jenseits der Barriere – auf Ostrums Seite.

„Sie niederträchtiger Dieb!" schrie Atlan.

Olivier Doutreval, der jetzt Rousander-Bel hieß, trommelte mit beiden Fäusten gegen den Abwehrschirm.

„Ich will Sie nicht bestehlen", sagte Ostrum. „Die Schwingquarze werden ebenso wie Ihre Papiere untersucht. Sollten sie sich als echt erweisen, werden wir Ihnen einen angemessenen Preis bezahlen. Selbstverständlich müssen wir die Unkosten, die uns für Ihre Unterbringung entstehen, in Rechnung stellen." Er streckte den Arm aus. „Hinaus mit ihnen, Vulling!"

Wir weigerten uns, den Raum zu verlassen, aber als fünf bewaffnete und finster aussehende Tefroder im Eingang erschienen, blieb uns nichts anderes übrig, als Vulling zu folgen.

Ostrum war mit Sicherheit einer der mächtigsten Männer dieses Planeten, aber er war kein Meister der Insel. Das Gerät, das Rhodan bei sich trug, hatte nicht angesprochen.

„Man wird Sie in die Stadt fahren", sagte Vulling, als wir das Gebäude verließen. „Juvenog hat angerufen und uns mitgeteilt, daß er ein Quartier für Sie gefunden hat. Dort können Sie wohnen, bis alles geregelt ist."

„Sie sind sicher froh, daß Sie uns loshaben", meinte André Noir.

Vulling grinste. Ich hätte nicht geglaubt, daß er noch dazu in der Lage war. „Ich hatte gerade angefangen, mich an Sie zu gewöhnen", erklärte er.

Der Wagen, mit dem man uns in die Stadt brachte, war ein uraltes Vehikel, wahrscheinlich das älteste, das Vulling überhaupt hatte auftreiben können. Ich vermutete, daß es eine Art persönliche Rache

104

von ihm war, weil wir ihn so schlecht behandelt hatten. Wir hockten hinten im Kastenaufbau auf dem Boden. Es gab keine Fenster; deshalb hatten wir eine Hälfte der Doppeltür geöffnet und mit einem Strick befestigt, so daß wir auf die Straße hinausblicken konnten. Wir wurden ständig überholt. Unser Wagen schaukelte und quälte sich mit dröhnendem Motor jeden kleinen Hügel hinauf. Surfat hatte den Sack ein wenig geöffnet, so daß Gucky den Kopf herausstrecken und nach frischer Luft schnappen konnte. Der Mausbiber war bei schlechter Laune. Wir unterhielten uns in gedämpftem Tonfall, obwohl der Fahrer bei dem Lärm, den der Wagen verursachte, sowieso nichts verstanden hätte. Ab und zu hörten wir ihn fluchen; er verwünschte sein Fahrzeug, seinen Beruf, seine Passagiere und seine sämtlichen Vorfahren.

Als wir uns der Stadt näherten, sahen wir die ersten Gebäude zu beiden Seiten der Straße. Das Licht der Abendsonne spiegelte sich in ihren Glaswänden. Ganz oben auf den Antennen hockten große, gelbe Vögel und warteten auf die Nacht. Das Stückchen Himmel, das wir durch die offene Tür sehen konnten, schimmerte in einem feurigen Rot.

Plötzlich tauchte hinter uns ein Fluggleiter auf, der von einem Mädchen gesteuert wurde. Das Mädchen hatte die Kuppel geöffnet und winkte uns zu.

Hastig schob Surfat Gucky in den Sack zurück.

„Was sie wohl von uns will?" fragte Kakuta.

„Sie ist neugierig", meinte Redhorse. „Wahrscheinlich hat sie von unserer Ankunft gehört."

Das Mädchen steuerte seinen Gleiter in einem halsbrecherischen Manöver bis hinter unseren Wagen und schaltete dann auf Antigravtriebwerk um.

„Hallo, Jungens!" rief sie. „Wohin bringt man euch?"

Sie hatte ihr blondes Haar auf sehr reizvolle Art hochgesteckt. Sie war außerordentlich hübsch und sprühte vor Unternehmungslust.

„Wer sind Sie?" erkundigte sich Atlan unwirsch.

„Ich arbeite für die größte Nachrichtenagentur der Stadt", erklärte sie. „Vielleicht kann ich ein Interview mit euch machen."

Sie kletterte aus der Kanzel, warf uns ein Magnettau zu und schwang sich zu uns ins Wageninnere. Sie nahm dem verwirrten Doutreval das Tau aus den Händen und heftete es am Boden fest.

„Puh!" machte sie und rümpfte ihr Näschen. „Wann habt ihr denn das letztemal gebadet?"

„Gehört das auch zum Interview?" erkundigte sich Rhodan.

„Eigentlich nicht", gestand sie. „Ich möchte vor allem wissen, was mit eurem Schiff passiert ist."

Bevor wir antworten konnten, bremste der Wagen mit einem scharfen Ruck. Ich verlor den Halt und fiel gegen Surfat. Der Fahrer öffnete eine Klappe in der Wand des Kastens und streckte seinen Kopf zu uns herein.

„Verschwinden Sie!" schrie er das Mädchen an.

„Sie ist Reporterin!" sagte Atlan. „Wir wollen ihr ein paar Fragen beantworten."

„Reporterin?" Der Fahrer lachte ironisch. „Sie gehört zum Quaiong-Hotel und wird versuchen, alles aus Ihnen herauszuquetschen, bevor wir dort ankommen."

„Sie alter Spielverderber", sagte das Mädchen, ohne böse zu werden. Sie löste das Tau und zog sich in ihren Gleiter zurück. Dann winkte sie uns zu und war Sekunden später verschwunden.

Atlan klopfte gegen die Kastenwand. Der Fahrer öffnete die Klappe und fragte, was passiert sei.

„Was ist das für ein Hotel, von dem Sie sprachen?" erkundigte sich Atlan.

„Wir nennen es das Weltraum-Hotel", entgegnete der Tefroder. „Dort bringen sie alles unter, was aus dem Weltraum kommt."

„Auch Angehörige fremder Sternenvölker?" fragte Redhorse.

Der Fahrer nickte. „Natürlich", brummte er und schlug die Klappe wieder zu.

„Ich wette, daß Telepathen darunter sind", sagte André Noir. „Bestimmt aber irgendwelche Schlauköpfe, die sich mit uns beschäftigen werden."

Der Wagen bog von der Hauptstraße ab und rollte unter starker Geräusch- und Qualmentwicklung auf ein gewaltiges Gebäude zu, auf dessen Dach unzählige Fahnen wehten. Ich stand in der Wagentür und lehnte mich hinaus, so daß ich nach vorn blicken konnte.

„Ich glaube, wir haben unser Ziel erreicht", sagte ich zu meinen Kameraden.

Gleich darauf kam das Fahrzeug zum Halten. Vom Hoteleingang rannte ein Mann auf uns zu, der mir bekannt vorkam. Gleich darauf erkannte ich ihn.

„Hallo!" schrie Juvenog. „Ich bin froh, daß ihr hier seid. Jetzt können wir uns endlich gemütlich zusammensetzen und miteinander plaudern."

Juvenog führte uns mit lärmender Fröhlichkeit durch den Haupteingang des Hotels. Der Portier war eine riesige, fremde Kreatur mit Schuppenhaut und krallenähnlichen Händen. Vor seinem Sitz waren zwei schwere Strahlenwaffen montiert.

„Wozu sind die Waffen?" wandte sich Atlan argwöhnisch an Juvenog.

Der Alarer grinste unbefangen.

„Ab und zu gibt es Schwierigkeiten", sagte er leichthin. „Hier leben Wesen von mehr als fünfzig Planeten. Das geht nicht immer glatt ab. Jorgo sorgt für Ordnung, wenn die Streitigkeiten verschiedener Lebensformen auf die Straße getragen werden sollen."

„Das Hotel kommt mir eher wie ein Gefängnis vor", meinte Kakuta.

Juvenog lachte dröhnend. Der Vorraum war düster. Sieben verschiedenartige Lifts führten nach oben. In einem Seitengang hinter den Lifts gab es eine Bar.

Juvenog führte uns in einen Lift, bevor er weitersprach: „Die meisten Hotelgäste sind die letzten Überlebenden irgendwelcher Sternenvölker. Aber es gibt auch neugierige Touristen oder Diplomaten, die hier wohnen. In verschiedenen Räumen werden Atmosphäre und Druckverhältnisse fremder Welten künstlich erzeugt, um es den Gästen so bequem wie möglich zu machen."

„Wer bezahlt unseren Aufenthalt?" wollte Atlan wissen.

„Besitzt ihr irgend etwas?" fragte Juvenog lauernd.

„Nein", sagte Atlan schroff. „Alles, was wir hatten, ist nun in Ostrums Händen."

„Er ist ein Gauner", sagte Juvenog.

Der Lift glitt nach oben. Wenige Minuten später betraten wir ein behaglich eingerichtetes Zimmer. Gedämpfte Musik kam aus einem unsichtbaren Lautsprecher.

„Fühlt euch wie zu Hause", sagte Juvenog und warf sich auf die Couch.

„Können wir uns frei bewegen?" wollte Rhodan wissen. „Oder können wir dieses Haus nur gewaltsam verlassen?"

Juvenog löste seinen Krawattenschal und warf ihn achtlos zu Boden.

„Ich bin ein Gast dieses Hotels. Ihr könnt euch genauso frei bewegen wie ich auch. Aber keine Sorge, die Tefroder vergessen euch nicht. Ihr werdet ständig beobachtet, wenn ihr das Hotel verlaßt."

„Ich wünschte, ich wäre wieder zu Hause", sagte Redhorse.

Juvenog kicherte. „Wo soll das sein?" fragte er mit veränderter Stimme.

„Was heißt das?" knurrte Redhorse. „Wir stammen von dem gleichen Planeten wie Sie!"

„Ich bin doch kein Narr", sagte Juvenog. „Ich wußte vom ersten Augenblick an, daß ihr keine Alarer seid. Es kommt jetzt darauf an, was ihr es euch kosten laßt, wenn ich euer kleines Geheimnis nicht an Ostrum weitergebe."

Ich löste die Baionga vom Gürtel und richtete den fünf Zentimeter durchmessenden Lauf der schweren Waffe gegen Juvenogs Gesicht. Sein Lächeln erstarb. Es war zum erstenmal, daß ich die alarische Waffe auf jemand anlegte. Ich mußte sie mit beiden Händen festhalten.

„Immer mit der Ruhe", sagte Juvenog heiser. „Ich habe mich abgesichert. Wenn ihr mich umbringt, weiß Ostrum eine Stunde später, was mit euch los ist."

Atlan ließ sich neben ihm auf die Couch nieder.

„Sie wollten doch eine gemütliche Unterhaltung, Juvenog", erinnerte er sich. „Dazu können wir Ihnen verhelfen."

Er gab André Noir einen Wink. Der Hypno konzentrierte sich. Ein paar Minuten später sank Juvenog schlaff in sich zusammen.

„Das genügt, Beratog", sagte Atlan zu Noir. „Sie können die Waffe wegstecken, Assaraf", sagte er zu mir.

Surfat öffnete den Proviantsack, und Gucky schlüpfte heraus.

„Du mußt die Gedanken dieses Mannes lesen, Kleiner", sagte Perry Rhodan. „Versuche herauszufinden, wie er Ostrum eine Nachricht zukommen lassen kann."

Eine Weile war es still im Zimmer. Juvenog lag wie gelähmt da, aber es war deutlich zu sehen, daß er noch atmete. Kleine Schweißtropfen standen auf seinem kahlen Schädel. Seine Halsschlagader pulsierte heftig.

„Er hat einen Robotboten", sagte Gucky. „Wenn Juvenog in zwei Stunden nicht zurück ist, macht sich der Bote auf den Weg zum Raumhafen."

„Wo steckt der Roboter?" erkundigte sich Rhodan.

Wieder konzentrierte sich der Mausbiber. „Hier im Haus", sagte er. „Im obersten Stockwerk. Dort hat Juvenog zwei Zimmer." Er klatschte in die Pfoten. „Ich werde in Juvenogs Räume teleportieren und den Roboter vernichten", schlug er vor.

„Das ist zu riskant", meinte Rhodan ablehnend. „Tako Kakuta wird diese Aufgabe übernehmen. Erkläre ihm, um welche Räume es sich handelt, damit er nicht in einem falschen Zimmer landet."

„Warum kann ich das nicht machen?" erkundigte sich Gucky zornig. „Die ganze Zeit über muß ich in diesem stinkenden Sack stecken."

„Wenn man dich sieht, ist alles aus", sagte Rhodan. „Sollte man Tako erwischen, können wir uns immer noch eine Ausrede einfallen lassen."

Gucky fand sich mürrisch mit seinem Schicksal ab. Er weigerte sich jedoch, in den Sack zurückzukehren. Auf Rhodans Drängen begab er sich schließlich in den nebenan gelegenen Baderaum. Kakuta entmaterialisierte.

„Nehmen Sie Juvenog die Erinnerung an diesen Zwischenfall", sagte Rhodan zu Noir. „Wenn er zu sich kommt, muß er alles vergessen haben. Lassen Sie ihn glauben, daß wir echte Alarer sind."

Noir brauchte knapp zwei Minuten, um den Alarer zu präparieren. Bevor Juvenog aufwachte, kam Kakuta zurück. Er ging ins Badezimmer und wusch seine Hände. Über das Plätschern des Wassers hörten wir seine Stimme.

„Es war ziemlich einfach", sagte der kleine Mutant mit dem Kindergesicht. „Ich habe den Roboter umprogrammiert. Falls Juvenog in den nächsten zwei Stunden nicht zurückkommt, wird der Roboter losmarschieren und unten in der Bar etwas zum Trinken holen. Von Ostrum weiß er nichts mehr."

Kakuta trocknete seine Hände im Luftstrom der Klimaanlage und kam wieder zu uns heraus.

„Er erwacht!" rief Doutreval und deutete zur Couch hinüber.

Juvenog blinzelte verwirrt und richtete sich auf. Er fuhr mit der Hand über die Stirn, als müßte er eine unangenehme Erinnerung verjagen.

„Was ist passiert?" fragte er.

„Sie sind eingeschlafen", erklärte ich. „Sie müssen ziemlich erschöpft gewesen sein."

Juvenog schüttelte verwundert den Kopf. Er erhob sich und ging zum Sprechgerät. Dann bestellte er an der Bar etwas zum Trinken. Wenige Minuten später wurden wir von dem gleichen Mädchen bedient, das sich uns während der Fahrt vom Raumhafen hierher als Reporterin vorgestellt hatte.

„So sieht man sich wieder", sagte Rhodan zu ihr. „Möchten Sie immer noch ein Interview?"

„Ich handelte auf Befehl meines Chefs", entgegnete sie schroff.

„Und wer ist das?"

„Nevis-Latan", erwiderte sie.

„Er ist gleichzeitig Tamrat und Chef des gesamten Transportwesens auf Lemuria. Deshalb werden Sie ihn nur selten im Hotel antreffen", warf Juvenog ein. „Das Mädchen hat von ihm den Befehl, sich alle Hotelgäste gründlich anzusehen, bevor sie das Hotel betreten."

„Wo ist Nevis-Latan jetzt?" erkundigte sich Atlan.

„Er ist immer auf Reisen. Das bringt seine Arbeit mit sich", sagte das Mädchen.

Juvenog schüttelte nachdenklich den Kopf. „Ich verstehe nicht, warum er sich die zusätzliche Arbeit mit dem Hotel macht", sagte er.

„Er interessiert sich für fremde Sternenvölker", sagte das Mädchen. „Dieses Interesse lenkt ihn von seiner Arbeit ab."

„Sie scheinen ihn gut zu kennen", sagte Rhodan.

Sie stellte schweigend die Flaschen und Gläser ab und zog sich zurück.

„Ein seltsames Hotel", sagte Atlan nachdenklich. „Und offenbar auch ein seltsamer Besitzer."

„Vergessen Sie es!" schlug Juvenog vor und öffnete eine Flasche. Er goß die Gläser voll und hielt sein eigenes gegen das Licht.

„Es gibt immer einen Grund zum Feiern", sagte er und schlug sich vergnügt auf die Schenkel.

„Da haben Sie recht", sagte Noir lächelnd. Der feine Spott in seiner Stimme entging mir nicht.

110

8.

Kein Tag ist wie der andere. Schon gar nicht, wenn man Raumfahrer ist. Blickt man jedoch zurück und versucht, die Tage nach Geschehnissen zu ordnen, dann erscheinen sie wie ein einziger Tag, und dieser Tag ist ausgefüllt mit dem Kampf ums Überleben.

Die Raumfahrt stellt eine ständige Herausforderung an den Menschen dar. Wer sie betreibt, muß immer wieder bestehen, muß immer wieder siegen. Er darf in seinen Anstrengungen niemals müde werden.

Diese Kernsprüche – ich kannte sie noch gut aus meiner Kadettenzeit – fielen mir ein, als ich gegen Mittag des nächsten Tages mit schmerzenden Gliedern erwachte. Juvenog hatte uns noch in der Nacht verlassen.

Ich hatte einen schlechten Geschmack im Mund. Mein eigener Körpergeruch begann mich anzuekeln. Ich hörte die Stimmen der anderen. Sie unterhielten sich über Ostrum. Rhodan, Atlan und die beiden Mutanten benötigten wenig Schlaf. Ihre Zellaktivatoren gestatteten ihnen, mit einem Minimum an Ruhe auszukommen. Auch Gucky war in dieser Beziehung anspruchslos, wenn er auch immer das Gegenteil behauptete.

Brazos Surfat, der auf der anderen Seite des Tisches in einem Sessel kauerte, beugte sich vor und schob mir einen Teller zu.

„Das Frühstück, Euer Ehren", bemerkte er spöttisch. „Wünschen Euer Ehren die Eier weich oder hart?"

„Mir ist übel", eröffnete ich ihm. „Ich glaube, ich verzichte aufs Essen."

„Es wurde vor einer halben Stunde von einer reizenden Dame gebracht", informierte mich Surfat. „Hätte Euer Ehren nicht geschlafen, wäre Euer Ehren in den Genuß ihres lieblichen Anblicks gekommen."

„Sie wird an einem Schmutzfink wenig Gefallen finden", meinte ich niedergeschlagen.

Bevor wir unsere Unterhaltung forsetzen konnten, drang durch die

111

geschlossene Tür Lärm zu uns herein. Gleich darauf schlug jemand mit den Fäusten gegen die Tür.

„Aufmachen!" rief eine herrische Stimme. „Sofort öffnen!"

Gucky kam aus dem Badezimmer gerannt und schlüpfte in den von Surfat bereitgehaltenen Sack. Rhodan ging langsam zur Tür.

„Wer ist draußen?" fragte er.

„Vulling!" lautete die Antwort. „Ich bin mit einigen Polizisten gekommen, um Sie festzunehmen."

Ich sprang auf und griff nach der Baionga. Rhodan winkte uns beruhigend zu.

„Das soll wohl ein Witz sein?" schrie er, ohne die Tür zu öffnen. „Wie sind Sie auf diese Idee gekommen?"

„Ostrum schickt mich. Es wurde festgestellt, daß Ihre Papiere nicht in Ordnung sind."

Wir wechselten bestürzte Blicke.

„Das ist bestimmt nur ein Bluff des Tamrats, um uns gefügiger zu machen", flüsterte Atlan. „Es ist unmöglich, daß sie die Fälschungen erkannt haben."

Rhodans Lippen wurden schmal, als wieder heftig gegen die Tür geschlagen wurde. Wir hörten das unruhige Scharren von Füßen und aufgeregte Stimmen. Mit einem Schlag war ich hellwach. Surfat verschnürte den Sack, in den der Mausbiber sich wieder verkrochen hatte.

„Sollen wir uns verhaften lassen?" fragte Atlan mit gedämpfter Stimme. „Wenn die Tefroder wirklich Verdacht geschöpft haben, ist es besser, wenn wir fliehen."

„Wir werden unsere Rollen weiterspielen", entschied Rhodan. Dann rief er mit erhobener Stimme: „Kein Alarer wird freiwillig ein Gefängnis betreten. Wenn ihr uns verhaften wollt, müßt ihr uns schon hier herausholen."

Wir hörten Vulling Verwünschungen ausstoßen. Ich konnte mir denken, daß er sich bei seiner Aufgabe nicht wohl fühlte.

Ein zischendes Geräusch wurde laut. Der Türverschluß glühte auf. Gleich darauf fiel das Schloß heraus. Jemand, der draußen stand, versetzte der Tür einen Tritt. Sie schwang auf. Zwei uniformierte Tefroder stürmten mit vorgehaltenen Waffen herein. Der eine kam nicht weit. Rhodan stellte ihm ein Bein und brachte ihn zu Fall. Der andere lief in Redhorses Faust und sank mit einem Ächzen zu Boden. Das veranlaßte die anderen, vorsichtiger vorzugehen.

„Ich beschwöre Sie!" schrie Vulling vom Gang aus. „Nehmen Sie Vernunft an!"

Ein paar Rauchbomben flogen zu uns herein. Sofort stiegen mir die Tränen in die Augen. Hustend versuchte ich, den Eingang zu erreichen. Ich spürte, daß ich einer Ohnmacht nahe war. Ich ließ mich zu Boden fallen und kroch auf Händen und Knien weiter. Dann löste ich die Baionga vom Gürtel und zielte.

Die Wand über der Tür brach heraus und fiel total zertrümmert auf den Gang hinaus. Die Türfassung stürzte in sich zusammen. Ich hörte, wie hinter mir jemand das Fenster einschlug, so daß der Rauch abziehen konnte. Von draußen kamen die Schreie der wütenden Tefroder. Wieder explodierten Rauchbomben. Diesmal entwickelte sich gelblicher Qualm.

„Ich habe Sie gewarnt!" brüllte Vulling. Seine Stimme war das letzte, was ich hörte, bevor ich das Bewußtsein verlor.

Ich erwachte in einem langgestreckten Raum mit grauen Metallwänden und zwei Leuchtröhren an der Decke. Die Männer, mit denen ich nach Vario gekommen war, lagen alle in meiner Nähe am Boden. Nur Gucky war verschwunden. Das zeigte mir ein Blick auf den leeren Sack, den der noch bewußtlose Surfat umklammert hielt. Mein Magen verkrampfte sich. Hatten die Tefroder den Mausbiber entdeckt? Ich hoffte, daß Gucky in ein sicheres Versteck geflüchtet war.

Rhodan, Atlan und Major Redhorse waren wieder bei Bewußtsein.

„Ich hoffe, der Kleine hat sich in Sicherheit gebracht", sagte Rhodan gepreßt. „Sicher ist er geflüchtet, bevor wir alle ohnmächtig wurden."

„Ich wage nicht an die Möglichkeit zu denken, daß er sich in den Händen von Ostrums Männern befindet", erklärte Atlan.

Brazos Surfat kam zu sich. Sein erster Griff galt dem leeren Sack. Als er feststellte, daß Gucky verschwunden war, zuckte er zusammen und sprang auf. „Kein Grund zur Aufregung, Borg", sagte Rhodan. „Man wird uns unsere Wertsachen zurückgeben müssen."

Rhodan warf einen bezeichnenden Blick zur Decke. Es war besser, wenn wir ab sofort vorsichtig waren. Wenn es hier Abhöranlagen gab, konnten die Tefroder durch ein falsches Wort mißtrauisch werden.

„Wo sind wir?" stammelte Olivier Doutreval, der allmählich zu sich kam.

„In einem Gefängnis", erklärte Atlan grimmig. „Diejenigen, die uns hierhergebracht haben, werden sich bestimmt bald um uns kümmern."

„Vielleicht hilft uns Juvenog", sagte ich hoffnungsvoll.

„Darauf können wir uns nicht verlassen", entgegnete Rhodan. „Wir müssen zusehen, daß wir ohne fremde Hilfe hier herauskommen."

Schweigend warteten wir, daß jemand kommen würde. Doch die Tefroder schienen uns vergessen zu haben. Vielleicht beabsichtigte Ostrum, uns durch lange Wartezeit nervös zu machen. Oder, überlegte ich, sollte es ihm tatsächlich gelungen sein, Gucky zu erwischen? Dann mußten wir damit rechnen, daß der Mausbiber jetzt einem scharfen Verhör unterzogen wurde. Wenn Ostrum ein Spion der MdI war, dann kannte er Möglichkeiten, die Para-Kräfte des Mausbibers lahmzulegen.

Tamrat Ostrum war kein MdI, denn er besaß keinen Zellaktivator. Es war jedoch gut möglich, daß er für einen MdI arbeitete.

Man hatte uns alle Besitztümer überlassen, nur die Baionga war verschwunden. Sogar der Impulsaufzeichner, der jeden Zellaktivator ortete und von Perry Rhodan wie eine Armbanduhr getragen wurde, befand sich noch am Handgelenk des Großadministrators. Ostrum hatte unsere Gefangennahme wahrscheinlich nur in die Wege geleitet, um uns einzuschüchtern. Früher oder später würde er uns in ein Gefangenenlager oder auf einen Strafplaneten abschieben, um allein in den Besitz der Schwingquarze zu gelangen.

Doch außer Ostrum wußte auch Juvenog von unserem wertvollen Besitz – dieses Wissen hatte ihm Noir nicht genommen. Es war nicht auszuschließen, daß Juvenog darüber zu anderen gesprochen hatte, so daß inzwischen auch andere Tamräte informiert sein konnten. Ostrum würde dadurch möglicherweise in eine schwierige Lage geraten, wenn er versuchen sollte, unseren Besitz für sich zu behalten.

Um diese Schwierigkeiten von vornherein auszuschließen, versuchte Ostrum die Sache zu beschleunigen. Je länger ich nachdachte, desto überzeugter wurde ich, daß keine eigentliche Gefahr für uns bestand.

Ich sprach mit Rhodan und Atlan von meinen Überlegungen.

„Ich denke ähnlich über unsere Lage", stimmte Rhodan zu. „Ostrum versucht uns zu provozieren. Ich befürchte, daß uns eine provisorische Gerichtsverhandlung bevorsteht, in deren Verlauf uns der saubere Tamrat verurteilen lassen will."

Bevor wir weitersprechen konnten, wurde die Tür aufgerissen. Zwei bewaffnete Tefroder postierten sich zu beiden Seiten des Eingangs. Drei Männer kamen mit vorgehaltenen Waffen zu uns herein. Ein untersetzter Uniformierter schrie uns an: „Los! Steht auf!"

„Was ist überhaupt passiert?" schrie Atlan zurück. „Diese Behandlung lassen wir uns nicht gefallen."

Der Untersetzte lachte höhnisch. „Ihr werdet euch noch mehr gefallen lassen müssen. Zum Beispiel, daß man euch nach Oskus bringt, den Strafplaneten Lemurias."

„Was?" rief Rhodan aufgebracht. „Warum hat man uns in dieser Weise bestraft? Wir verlangen eine Verhandlung."

„Es fand bereits eine Verhandlung unter Vorsitz von Tamrat Ostrum statt", eröffnete uns der Tefroder. „Ihr wurdet der Aufwiegelei und des Betrugs für schuldig befunden. Das Urteil lautet auf zehn Jahre Verbannung."

Ostrum hatte also noch schneller gehandelt, als wir befürchtet hatten. Es blieb uns nichts anderes übrig, als unsere Zelle zu verlassen. Wir kamen in einen halbdunklen Gang und mußten feststellen, daß dort vier weitere Wächter auf uns warteten. Sie musterten uns grimmig. Ostrum hatte harte und unnachgiebige Männer zu unserer Bewachung ausgesucht. Wir wurden zu einem Lift gebracht und aufs Dach gefahren.

Auf dem Dach stand ein großer Gleiter. Es war ein regnerischer Tag. Kühler Wind blies mir entgegen. Einer der Wächter stieß mir den Lauf seiner Waffe in den Rücken. Niemand hörte auf unsere Proteste.

„Der Gleiter bringt euch zum Raumhafen", wurden wir unterrichtet. „Dort wartet bereits ein Schiff auf euch."

Ich warf Rhodan einen besorgten Blick zu. Es wurde Zeit, daß wir irgend etwas unternahmen. Auf keinen Fall durften wir uns zu diesem Strafplaneten transportieren lassen. Das hätte bedeutet, daß unsere Suche nach einem Meister der Insel beendet war.

„Wir wollen mit Ostrum sprechen", forderte Atlan, als man uns nacheinander in den Gleiter brachte. „Wir sind bereit, erneut mit ihm zu verhandeln."

Der untersetzte Tefroder winkte nur ab. Ostrum hatte auch für diesen Fall seine Befehle gegeben. Es war klar, daß er uns los sein wollte, bevor die Situation kritisch für ihn wurde.

Im Innern des Gleiters angekommen, sah ich, daß die Pilotenkanzel von unseren Plätzen durch Panzerglas getrennt war. Der Pilot und sein

Helfer waren bewaffnet. Außerdem kamen noch vier Wächter mit zu uns herein. Die Tefroder hatten es eilig. Wahrscheinlich war das Raumschiff schon startbereit.

Der Gleiter hob sich vom Dach ab. Warum befahl Rhodan Tako Kakuta nicht, den Gleiter zu verlassen? Wollte er warten, bis es zu spät war? Der Mutant war der einzige, der uns jetzt helfen konnte. Doch wir flogen weiter, ohne daß etwas geschah.

Plötzlich stieß einer der Wächter einen Warnruf aus. Ich folgte der Richtung seines ausgestreckten Armes. Über uns schwebte ein Gleiter. Seine Außenfläche war schwarz. Er trug keinerlei Kennzeichen. Unsere Begleiter zogen ihre Waffen und unterhielten sich aufgeregt. Der Pilot beschleunigte, doch der schwarze Gleiter paßte seine Geschwindigkeit der unseren sofort an.

„Was hat das zu bedeuten?" brummte Surfat.

„Ruhe!" schrie der untersetzte Tefroder. „Wer den Mund aufmacht, wird erschossen."

Die Nervosität unserer Begleiter wuchs. Ich fragte mich, warum der Pilot über Funk keine Verstärkung anforderte, wenn er in dem schwarzen Gleiter irgendeine Gefahr sah. Doch ein Hilferuf über Funk hätte wahrscheinlich das Ende unserer Verschleppung bedeutet. Ostrum besaß nicht die Einwilligung aller öffentlichen Stellen für diese Aktion.

Wollte die Besatzung des schwarzen Gleiters uns unterstützen, oder bedeutete sie auch für uns eine Gefahr?

Ich wollte es nicht riskieren, mit Rhodan oder Atlan zu sprechen. Die Tefroder waren imstande, die Drohung ihres Anführers wahr zu machen und auf uns zu schießen, wenn wir nicht schwiegen.

Der unbekannte Flugkörper folgte uns. Der Gleiter, in dem wir uns befanden, besaß keine Bordwaffen.

Als wir das Randgebiet der Stadt erreicht hatten, sank die fremde Maschine plötzlich tiefer. Die Wächter schrien auf. Ich beobachtete, wie der Pilot verzweifelt versuchte, durch blitzschnelles Manöver dem Verfolger zu entkommen. Alle Versuche scheiterten jedoch am fliegerischen Können des anderen Piloten.

Dann erhielt unser Gleiter den ersten Stoß. Die Erschütterung ließ das Panzerglas zwischen dem Pilotenraum und unseren Plätzen zerbrechen. Der Pilot begann zu fluchen. Ich klammerte mich an den Seitenlehnen meines Sitzes fest. Wir schwebten nur noch dreißig Meter über dem Boden. Unter uns dehnte sich ein riesiger Park mit

Springbrunnen, Blumenbeeten und kleinen Gebäuden aus. Ein Blick aus der durchsichtigen Kanzel zeigte mir, daß unter uns überall Tefroder zusammenliefen, um den seltsamen Luftkampf zu beobachten.

Wieder sackte der schwarze Gleiter herab. Diesmal war der Schlag so hart, daß ich aus dem Sessel geschleudert wurde. Die Kanzel über uns zerbarst mit einem explosionsartigen Knall. Glastrümmer regneten auf mich herab. Der Gleiter schwankte. Der Pilot schrie ununterbrochen, aber im Lärm, den die Wächter veranstalteten, waren seine Worte nicht zu verstehen.

Dann schlugen wir inmitten des Parks auf. Der Aufschlag wirbelte mich quer durch den kleinen Innenraum. Ich stieß gegen Surfat, der einen erstickten Laut von sich gab. Von der Pilotenkanzel schlugen Flammen hoch.

An die tefrodischen Wächter dachte ich nicht mehr. Ich wollte nur noch möglichst schnell aus der Maschine ins Freie. Als ich über die Trümmer kletterte, sah ich, daß der schwarze Gleiter nur wenige Meter von dem Wrack entfernt gelandet war. Maskierte Gestalten in dunkelblauen Umhängen sprangen heraus. Sie hielten Waffen in den Händen.

Ich sah zwei unserer Wächter mit erhobenen Händen ins Freie taumeln. Wir nahmen nebeneinander Aufstellung.

„Wir scheinen wichtige Männer zu sein", sagte Rhodan sarkastisch. „Für uns wird eine Menge riskiert."

Bevor wir Zeit hatten, uns über die Geschehnisse klarzuwerden, wurden wir in den schwarzen Gleiter getrieben. Unsere Wächter blieben zurück.

„Viele Grüße an Ostrum!" rief einer der Maskierten höhnisch.

Als alle Mann an Bord waren, startete die unbekannte Maschine. Mit höchstmöglicher Beschleunigung raste sie davon und hatte bald darauf das Meer erreicht.

Einer unserer Befreier kam in den Passagierraum und nahm seine Maske ab. Seine Waffe blieb am Gürtel. Ich atmete auf. Diesmal wollte man also nicht mit roher Gewalt in den Besitz unserer Reichtümer kommen.

„Wir sind fast zu spät gekommen", sagte der Unbekannte. „Ostrum handelte so schnell, daß eine Rettung fast unmöglich war."

„Wie haben Sie es herausgefunden?" fragte Rhodan erstaunt.

„Durch Vulling", erwiderte der Mann.

Rhodan stieß einen leisen Pfiff aus. „Der Leiter des technischen

Einsatzkommandos arbeitet also gegen die Interessen Ostrums. Wer steckt hinter dieser Befreiungsaktion? Für wen arbeiten Sie?"

„Für Tannwander", antwortete unser Befreier.

„Tannwander? Ich nehme an, er ist einer der Tamräte?"

Der Tefroder lachte. Er war groß und sein Haar lockig. Seine massive Kinnpartie verlieh ihm den Anschein von Brutalität.

„Wäre Tannwander ein Tamrat, dann wäre er der Tamrat der Unterwelt", sagte er zu Rhodan.

Ich ließ mich auf einen Sessel sinken. Die Gesetzlosen Lemurias begannen sich also ebenfalls für uns zu interessieren. Ich vermutete, daß durch falsche Gerüchte der Eindruck entstanden war, daß wir einige Zentner Schwingquarze nach Lemuria gebracht hatten. Es würde schwer sein, den führenden Tefrodern das wieder auszureden.

„Wird man uns nicht verfolgen?" erkundigte sich Atlan.

„Es war unsere erste Aktion auf diesem Gebiet", erwiderte der Tefroder. „Es wird also einige Zeit dauern, bis sich die Ordnungspolizei von ihrem Schrecken erholt hat. Ich bezweifle jedoch, daß sie überhaupt eingreifen wird; denn Ostrums Männer haben allen Grund, den Zwischenfall zu verharmlosen. Ich wette, sie machen einen Verkehrsunfall daraus. Ostrum weiß, daß er sein Amt los ist, wenn die anderen Tamräte von seinem eigenmächtigen Handeln erfahren."

„Tannwander kann uns also ohne Gefahr entführen", sagte Redhorse.

„Richtig", gab der Tefroder zu. „Wir mußten nur den richtigen Moment abwarten."

„Bedeutet das, daß keiner der Tamräte etwas gegen Tannwander unternehmen kann?" fragte ich.

Der hünenhafte Tefroder blickte mich an. „Es gibt einen Tamrat, der sogar Tannwander gefährlich werden kann", sagte er. „Doch dieser ist zur Zeit nicht in der Stadt. Bis er zurückkommt, werden Sie sich mit Tannwander bereits geeinigt haben."

„Sie meinen Nevis-Latan, nicht wahr?" Rhodan beugte sich gespannt vor.

Der Tefroder nickte. Unter uns tauchte eine Insel im Meer auf. Ihre Ufer bestanden aus Steilküsten und Sandstränden. Im Landinnern sah ich ausgedehnte Dschungel.

„Dort ist Tannwanders Reich", sagte der Tefroder. „Es wird Ihnen gefallen."

Der Einflug in Tannwanders Reich ging völlig anders vor sich, als ich es mir vorgestellt hatte. Ich hatte erwartet, der Gleiter würde irgendwo auf einer Dschungellichtung niedergehen, doch der Pilot steuerte die Maschine von der Steilküste bis unmittelbar über die Meeresoberfläche. In den Felsen sahen wir einen flachen, aber mindestens hundert Meter breiten Einschnitt.

„Eine Höhle!" sagte Chard Bradon.

Der Gleiter näherte sich dem Höhleneingang, während hohe Wellen bis an seine Unterseite schlugen. Scheinwerfer wurden eingeschaltet. Geschickt tauchte der Pilot den Flugkörper in die Höhle ein. Die Scheinwerfer beleuchteten den riesigen Hangar. Auf den ersten Blick sah ich ein Dutzend andere Gleiter und Flugzeuge. An einer Kaimauer ankerten mehrere Unterseeboote.

Arbeiter in hellen Anzügen waren überall beschäftigt.

„Sie wollen doch nicht behaupten, daß diese Insel den offiziellen Stellen nicht bekannt ist?" sagte Rhodan zu dem Tefroder, der bei uns geblieben war.

Der Mann lächelte. „Tannwander besitzt Möglichkeiten, eine Entdeckung zu verhindern. Nicht nur, daß er Mittelsmänner in hohen Stellungen hat, die uns rechtzeitig warnen, er verfügt auch über technische Möglichkeiten, eine Entdeckung der unterirdischen Anlagen zu verhindern."

Der Gleiter ging an einem dafür vorgesehenen Landeplatz nieder. Sofort war der Flugkörper von mehreren Tefrodern umringt, die ihn befestigten. Wir verließen die Maschine. Niemand bedrohte uns mit Waffen. Auch die Männer außerhalb des Gleiters schienen unsere Anwesenheit für selbstverständlich zu halten.

Wir wurden zu einem kleinen Büro geführt. Unser Begleiter ließ sich verbinden. Es dauerte ein paar Minuten, bis er endlich mit Tannwander sprechen konnte.

„Die Alarer sind hier, Tannwander", sagte er ohne Umschweife. „Wollen Sie sie sofort sprechen?"

„Ja", kam die Antwort. „Bringen Sie die Kerle zu mir."

Die Stimme klang ziemlich hell, fast wie die einer Frau. Ich warf Doutreval, der neben mir stand, einen erstaunten Blick zu. Sollte Tannwander eine Tefroderin sein?

Wir verließen das Büro und wurden in einen Gang gebracht, der direkt in die Felsen führte. Die Decke des Ganges bestand aus behauenem Felsen. Wände und Boden waren mit Plastikmaterial verkleidet.

119

Der Gang mündete in einer Halle, die mit Maschinen gefüllt war. Der Lärm der Anlagen war so stark, daß wir uns nicht unterhalten konnten. Ich vermutete, daß hier die Energie für Tannwanders Reich erzeugt wurde. Der nächste Gang, den wir betraten, war wesentlich größer als der erste und vollkommen ausgekleidet. Ein Gleitband brachte uns rasch voran. Wir kamen in einem halbrunden Raum heraus, in dessen Rückwand drei Türen eingelassen waren.

Unser Begleiter, es war immer noch der muskulöse Mann aus dem Gleiter, machte eine einladende Handbewegung in Richtung der mittleren Tür.

„Sie können eintreten", sagte er. „Tannwander erwartet Sie bereits."

Ich sah, daß Rhodan sein Handgelenk gegen ein Ohr preßte. Offenbar wollte er feststellen, ob der Impulsaufzeichner ansprach. Rhodan schüttelte den Kopf. Es sah nicht so aus, als sollten wir auf dieser Insel einen Meister der Insel treffen.

Perry Rhodan öffnete entschlossen die Tür. Ich hatte irgendeinen großartigen Anblick erwartet, doch jetzt sah ich mich enttäuscht. Ein einfacher Büroraum nahm uns auf. Ich trat zuletzt ein und schloß die Tür hinter mir. An den Wänden hingen farbige Bilder. Ein junger Mann in sportlicher Kleidung war damit beschäftigt, ein paar Gläser zu füllen. Als wir eintraten, unterbrach er diese Beschäftigung und lächelte uns zu.

Er deutete auf einige Sessel und eine Sitzbank. Wir nahmen Platz.

„Wo ist Tannwander?" fragte Atlan.

Der junge Tefroder lächelte. Er stellte die gefüllten Gläser auf ein Tablett und brachte jedem von uns etwas zum Trinken. Dann trocknete er sorgfältig seine Hände an einem Papierhandtuch ab. Er ging zu dem kleinen Schreibtisch und ließ sich auf einem Drehstuhl nieder.

„Ich bin Tannwander", sagte er mit seiner hellen Stimme.

„Sie haben diese Anlagen bauen lassen?" fragte Rhodan verblüfft. „Ich glaube, dazu sind Sie noch ein bißchen zu jung."

„Ich bin zweiundzwanzig", sagte der Junge freundlich. „Der Mann, der diese Anlage erbaut hat, war mein Onkel. Er ist leider nicht mehr am Leben. Ich führe unsere Organisation seit zwei Jahren. Meine Männer werden Ihnen bestätigen, daß ich sie gut führe."

„Auf jeden Fall hat unsere Entführung ausgezeichnet geklappt", gestand Atlan.

Der Junge hinter dem Schreibtisch nickte, als sei diese Aktion etwas

Alltägliches gewesen. Ich hatte den Eindruck, daß dieser Tefroder gefährlich war. Trotz seiner Jugend machte er einen gelassenen und überlegenen Eindruck.

„Ich will Ihnen nicht lange verheimlichen, warum Sie hierhergebracht wurden", sagte Tannwander. „Unsere Organisation tut nichts aus reiner Gefälligkeit. Früher oder später wollen wir unser Operationsgebiet auch in den Weltraum verlegen. Dazu brauchen wir Raumschiffe. Wer Raumschiffe bauen will, benötigt Schwingquarze."

„Und Sie glauben, daß wir Ihnen dazu verhelfen können?" fragte Rhodan sarkastisch. „Wie viele Tefroder, glauben Sie, haben uns bereits ausgeraubt?"

„Einer", erwiderte Tannwander nüchtern. „Das war Ostrum. Er besitzt sämtliche Schwingquarze, die Sie mitgebracht haben."

„Dann wissen Sie ja, wo Sie das Zeug holen können", warf Atlan ein. „Sie kommen viel besser heran als wir. Wenn uns Ostrum noch einmal erwischt, bringt er uns auf einen Strafplaneten."

Tannwander betrachtete seine Fingerspitzen. Er hatte die Hände vor sich auf dem Tisch ausgebreitet. Er ließ sich mit seiner Antwort Zeit. Schließlich forderte er uns zum Trinken auf.

„Ich trinke nicht", sagte er. „Alkohol macht mich müde." Er lächelte Surfat zu, der mißtrauisch an seinem Glas schnupperte. „Keine Sorge, wenn ich Sie umbringen wollte, würde ich mir nicht die Umstände machen, es mit Gift zu tun."

Es bestürzte mich, den Jungen so reden zu hören. Trotzdem war es verkehrt, seine Worte anzuzweifeln. Er wußte offenbar genau, was er tat. Nicht nur das, die Männer dieser Organisation schienen ihn bedingungslos zu unterstützen.

Als wir getrunken hatten, sagte Tannwander: „Wenn Sie mit mir zusammenarbeiten, versichere ich Ihnen, daß Sie nach Alara Vier zurückkehren können."

„Ist das der einzige Preis, den Sie für unsere Schwingquarze zu zahlen bereit sind: ein Freiflug nach Alara Vier?" fragte Atlan spöttisch.

Tannwander deutete eine Verbeugung an. „Ich bin sicher", sagte er mit seiner Jungenstimme, „daß Sie einen solchen Flug dem Weg in die Verbannung vorziehen."

Er stand auf. „Wenn Sie möchten, können Sie sich jetzt ungestört über meine Vorschläge unterhalten", sagte er. „Sollten Sie zur

121

Zusammenarbeit bereit sein, werde ich Ihnen erklären, wie wir vorgehen werden."

Er machte Anstalten, das Zimmer durch eine Tür hinter dem Schreibtisch zu verlassen. Er war so unglaublich selbstsicher, daß er die Möglichkeit irgendwelcher Schwierigkeiten offenbar gar nicht in Betracht zog.

„Warten Sie!" hielt Rhodans Stimme den Tefroder zurück. „Sie können uns einen Gefallen erweisen."

Tannwander hob die Augenbrauen. „Ich erweise nie jemand einen Gefallen. Ich mache Geschäfte."

„Gibt es einen Regierungssitz, wo sich alle Tamräte zu gewissen Zeiten treffen?" erkundigte sich Rhodan.

„Ja, in Stolark. Das ist die größte Stadt auf der anderen Seite Lemurias. Die Tamräte halten dort in regelmäßigen Abständen Sitzungen ab."

„Wann wird die nächste Sitzung sein?" fragte Rhodan.

„Sie beginnt übermorgen", antwortete Tannwander.

„Werden alle Tamräte anwesend sein? Auch Nevis-Latan?"

„Natürlich", sagte Tannwander. „Es kommt äußerst selten vor, daß einer der Tamräte bei den Sitzungen fehlt."

Rhodan stand auf und trat an den Schreibtisch. Er stützte sich mit den Händen auf die Platte.

„Können Sie es einrichten, daß wir dieser Sitzung als Zuschauer beiwohnen?" fragte Rhodan gespannt.

Tannwander blickte ihn argwöhnisch an, doch dann lächelte er.

„Mit Vergnügen", sagte er. „Ostrum wird staunen, wenn er Sie in den Zuschauerbänken an meiner Seite erkennen wird. Die Sitzungen sind zum größten Teil öffentlich." Er wurde wieder ernst. „Was versprechen Sie sich davon, dieser Sitzung beiwohnen zu können? Keiner der Tamräte kann Ihnen helfen, solange er von den anderen beobachtet wird."

Rhodan deutete auf einen Schreibstift. „Genügt es, wenn wir Ihnen zwei Drittel der Schwingquarze überschreiben? Dafür besorgen Sie uns einen Freiflug nach Alara Vier und lassen uns der Sitzung beiwohnen. Das restliche Drittel überschreiben wir Ihnen, wenn unsere Wünsche erfüllt sind. Wie Sie das Material von Ostrum bekommen, ist Ihre Sache."

Tannwander nickte. „Ostrum kann mir keine Schwierigkeiten machen. Ich werde meine Forderungen öffentlich vorbringen. Die anderen Tamräte werden einen solchen Druck auf ihn ausüben, daß er die Schwingquarze ausliefern muß."

Er schloß die Tür und kehrte an seinen Schreibtisch zurück. Er breitete einige vorgedruckte Verträge aus.

„Sie haben einen besonderen Grund, warum Sie der Sitzung der Tamräte beiwohnen möchten, nicht wahr?" wollte er wissen, während er die Verträge ausfüllte.

„Ich versichere Ihnen, daß es nichts mit Ihnen zu tun hat", sagte Rhodan.

Fünf Minuten später unterzeichneten wir die Verträge mit Tannwander. Wir unterschrieben mit unseren alarischen Namen. Tannwander gab uns noch etwas zum Trinken und schüttelte jedem von uns die Hand. Dabei wirkte er keinen Augenblick übermäßig freundlich. Er machte den Eindruck eines gerissenen Geschäftsmannes.

Eine Stunde später führte uns Tannwander in einen großen Gemeinschaftsraum. Er bedauerte, daß er uns keine privaten Zimmer geben konnte. Er empfahl uns, die Vorzüge der tefrodischen Kochkunst zu genießen und uns auszuruhen.

Als am Abend Tannwanders Männer in den Saal kamen, verlangten sie, daß wir uns entweder waschen oder den Raum verlassen sollten. Sie lehnten es ab, zusammen mit uns in einem Saal zu schlafen. Der herbeigeholte Tannwander schlichtete die Auseinandersetzung.

Neun Betten wurden auf den Gang hinausgerollt. Das Essen wurde in zwei Schichten eingenommen, so daß es nicht dazu kam, daß wir mit Tefrodern an einem Tisch saßen.

Als wir zwei Tage später nach Stolark aufbrachen, war Gucky noch immer nicht zurückgekehrt. Wir begannen uns ernsthafte Sorgen um den Mausbiber zu machen. Wir hatten selten Gelegenheit, uns ungestört zu unterhalten. Tannwander oder einer seiner Vertreter waren ständig in unserer Nähe. Sie schienen uns nicht zu mißtrauen, aber Tannwander war ein vorsichtiger Mann, der jedem Zwischenfall vorbeugen wollte.

Ich war erleichtert, als Tannwander endlich zu uns kam und uns sagte, daß ein Gleiter für den Flug nach Stolark startbereit wäre.

Es regnete in Strömen, als Stolark unter uns auftauchte. Das Wetter entsprach unserer Stimmung. Wir hatten noch immer keine Nachricht von Gucky. Auch Tannwander war aus irgendeinem Grund mürrisch und schimpfte ununterbrochen mit dem Piloten. Regen klatschte gegen den Gleiter und lief an der Außenfläche herab.

Stolark erschien mir wie eine riesige graue Masse aus Stahl, Beton und Kunststoff. Die Stadt lag am Ufer eines Ozeans, der, ebenso wie die Berge im Landinnern, eine natürliche Begrenzung bildete.

„Wenn es hier einmal zu regnen anfängt, kann es Tage dauern, bis es wieder aufhört", informierte uns Tannwander. Er schien zu frieren, denn er rieb fröstelnd seine Hände. Wir flogen über die Stadt hinweg. Es war noch früher Morgen, nur wenige Maschinen kamen an uns vorbei. Ein Polizeigleiter flog eine kurze Strecke neben uns her. Seine Insassen forderten uns auf, unsere Geschwindigkeit herabzusetzen.

„Ich will keine Schwierigkeiten mit der Polizei bekommen", fuhr Tannwander den Piloten an.

„Ich halte die vorgeschriebene Geschwindigkeit ein", verteidigte sich der Mann. „Sehen Sie selbst, Chef."

Tannwander fluchte nur, aber er atmete auf, als die Polizeimaschine in den tiefhängenden Wolken verschwand. Als Tannwander nach hinten ging, um in der kleinen Kombüse etwas zu essen, flüsterte der Pilot uns zu: „So ist er immer, wenn er die Insel verlassen muß. Er fühlt sich außerhalb seines Reiches nicht wohl."

Also hatte auch Tannwander seine Schwäche. Als der junge Tefroder wieder nach vorn kam, hielt er einen Becher mit einem dampfenden Getränk in den Händen.

Er trat dicht an die Kontrollen heran und deutete nach unten.

„Sehen Sie das Gebäude mit dem weit ausladenden Vordach?"

Wir bejahten, und Tannwander sagte uns, daß es das Regierungsgebäude war. „Dort wird mehr Unsinn geredet als an irgendeinem anderen Ort auf dieser Welt", sagte er verächtlich. „Das kommt davon, daß alle zehn Tamräte die gleichen Rechte besitzen. Sie einigen sich oft nur, weil sie unter dem Druck von Interessenverbänden oder der Öffentlichkeit stehen. Jeder denkt nur an seine privaten Erfolge."

Wir kreisten eine Weile über dem großen Gebäude. Es kam mir nicht besonders imposant vor. Vor dem Haupteingang befand sich ein freier Platz, auf dem ein Monument stand. Tannwander blickte auf seine Uhr.

„Es dauert noch einige Zeit, bis die Sitzung beginnt", vertröstete er uns. „Trotzdem werden wir unsere Plätze schon jetzt einnehmen.

124

Die Sitzungen der Tamräte sind gut besucht. Leider gibt es noch viele Tefroder, die sich das Geschwätz voller Ehrfurcht anhören."

Der Pilot landete den Gleiter auf einem Parkplatz unweit unseres Zieles. Tannwander befahl ihm, auf uns zu warten. Die Straßen waren überdacht, wir hörten das Plätschern des Regens auf dem durchsichtigen Material, als wir uns dem Regierungsgebäude näherten.

„Stolark ist keine schöne Stadt", sagte Tannwander.

Ich hatte längst begriffen, daß er keine Stadt der Welt schön fand. Er hatte sich an sein ungebundenes Leben auf der Insel gewöhnt. Wahrscheinlich war er von Kindheit an dazu erzogen worden, die Organisation nach dem Tod seines Onkels zu übernehmen. Man konnte Tannwander nicht einfach als einen Kriminellen bezeichnen. Er tat das, was er für natürlich hielt, er hatte nie irgend etwas anderes als erstrebenswert erachtet. Im Grunde genommen war er das Opfer einer eigenartigen Erziehung. Früher oder später würde Tannwander versuchen, ganz Lemuria nach seinen Vorstellungen zu ändern. Dabei würde er den Tod finden.

Die Zugänge zum Regierungsgebäude waren mit Flaggen geschmückt. Tannwander blickte mit gerunzelter Stirn zum Haupteingang hinüber.

„Sie werden Schwierigkeiten haben, in das Gebäude zu kommen", prophezeite er uns. „Ihre Aufmachung entspricht nicht der Würde dieses Hauses."

„Sollen wir uns vorher umziehen?" fragte Atlan.

„Unsinn", schnaubte Tannwander. „Ich bringe Sie dort hinein, egal, wie Sie aussehen."

Seine Laune hatte gelitten, nicht aber seine Selbstsicherheit. Er kam mir vor wie ein Junge, dem man sein Spielzeug abgenommen hat und der sich nun dafür rächen wollte.

Er ging voraus. Eine Flügeltür des Haupteinganges war geöffnet, dahinter standen zwei Saaldiener in roten Uniformen, die unsere Annäherung voll mißtrauischem Interesse verfolgten.

„Ist der Zuschauersaal bereits geöffnet?" erkundigte sich Tannwander.

Seine Frage wurde ignoriert. Einer der Uniformierten versperrte uns den Eingang, indem er sich einfach in die offene Tür stellte.

„Sind das Ihre Begleiter?" fragte er Tannwander und deutete auf uns.

„Es sind alarische Händler", gab Tannwander widerwillig Auskunft. „Sie sind gekommen, um sich unsere Gepflogenheiten anzusehen. Sie wollen lernen."

Der Saaldiener musterte uns mit abfälligen Blicken. „Ihre Freunde können eine Menge lernen. Vor allem Sauberkeit. Achten Sie darauf, daß Sie mit diesen Männern in den hinteren Reihen bleiben. Wenn es zu Unruhen kommt, müssen Sie das Haus verlassen."

Er machte den Weg frei. Ich vermutete, daß er vor Tannwanders durchdringenden Blicken gewichen war, nicht aber vor den Argumenten des jungen Tefroders.

„Nehmen Sie die Treppe!" rief uns der unfreundliche Mann nach.

Tannwander führte uns über die Treppe in die oberste Etage. Dort wurden wir von einem weiteren Uniformierten empfangen.

„Hat man Sie unten eingelassen?" fragte er erstaunt.

„Glauben Sie, wir könnten durch Wände gehen?" fragte Tannwander gereizt.

Der Tefroder hob beschwichtigend beide Arme und brachte uns in den Zuschauerraum. Als bestände zwischen ihm und seinen Kollegen am Haupteingang ein stillschweigendes Einverständnis, ließ er uns in der letzten Reihe Platz nehmen. Ungefähr in der Mitte des Saales hatten sich einige Kinder eingefunden, offenbar eine Schulklasse. In der ersten Reihe saßen drei Frauen und ein Mann.

Tannwander wartete, bis der Saalordner verschwunden war, dann winkte er uns zu.

„Wir gehen nach vorn!" entschied er.

Die Frauen und der Tefroder verließen ihre Plätze, als wir uns in der ersten Reihe niederließen.

„Der Ordner wird nicht wagen, uns von hier zu verjagen", sagte Tannwander spöttisch. „Er muß mit einem Tumult rechnen. Das wäre für ihn gleichbedeutend mit einer Entlassung."

Die Sitzung der zehn Tamräte würde auf einer Art Plattform stattfinden, die den Mittelpunkt eines großen Raumes unter uns bildete. Auf der Plattform stand ein runder Tisch. Auf diese Weise konnte kein Tamrat in der Platzreihenfolge bevorzugt oder benachteiligt werden. An den Eingängen zum Sitzungssaal standen bewaffnete Posten. Sie würdigten den Zuschauerraum keines Blickes, aber es gehörte mit Sicherheit zu ihren Aufgaben, auf unliebsame Zuschauer zu achten.

Wir unterhielten uns mit gedämpften Stimmen, weil wir nicht riskieren wollten, daß man uns hinauswarf. Tannwander saß zwischen

Perry Rhodan und dem Arkoniden. Der Tefroder schaute verdrossen vor sich hin. Ich wandte mich Bradon zu, der neben mir saß.

„Glauben Sie, daß wir hier einen Meister der Insel finden werden?" fragte ich flüsternd.

Er hob die Schultern. „Die zehn wichtigsten Männer Lemurias werden sich hier versammeln. Sollte es auf dieser Welt einen MdI geben, können wir mit Sicherheit annehmen, daß er eine leitende Position innehat."

Die Zeit verstrich, ohne daß irgend etwas Besonderes geschah. Der Zuschauerraum füllte sich allmählich. Ich hörte, wie die anderen Besucher sich über uns unterhielten. Bei den jüngeren Tefrodern löste unsere Anwesenheit Gelächter aus, die älteren gaben ihrer Empörung Ausdruck.

„Wann geht es endlich los?" wandte sich Atlan an Tannwander.

Der Tefroder deutete in den Sitzungssaal hinab. „Es geht selten ohne Verspätung ab", sagte er.

Endlich, mindestens zwei Stunden waren seit unserem Eintreffen verstrichen, ertönte ein Klingelzeichen. Auf dieses Signal erhoben sich alle Tefroder im Zuschauerraum von ihren Plätzen. Tannwander gab uns ein Zeichen, diesem Beispiel zu folgen.

Schrille Musik ertönte. Unter ihren Klängen marschierten die zehn Tamräte nebeneinander in den Sitzungssaal. Ostrum erkannte ich sofort wieder. Es schien mir, als sei er nervös, er hantierte ununterbrochen am Verschluß seiner Jacke herum. Die Tamräte umringten den Tisch, an dem sie sitzen würden, und brachten durch eine kurze Verbeugung eine gegenseitige Achtung zum Ausdruck, die sie wahrscheinlich nicht empfanden. Als sie sich gesetzt hatten, verstummte die Musik. Auch die Zuschauer konnten sich wieder auf ihren Plätzen niederlassen.

„Es geht los!" bemerkte Tannwander.

Ich sah, wie Perry Rhodan einen Arm hob. Er nickte uns zu. Seine Augen waren hinter den dichten, roten Brauen kaum zu sehen. Ich spürte, daß etwas Entscheidendes geschehen war.

„Wir haben ihn gefunden!" sagte Rhodan mit rauher Stimme. Ich verstand die Bedeutung seiner Worte sofort. Einer der zehn Tamräte trug einen Zellaktivator. Der Impulsaufzeichner hatte angesprochen.

Wir befanden uns zusammen mit einem Meister der Insel in diesem Gebäude.

Die Sitzung verstrich mit quälender Langsamkeit. Ich hörte kaum zu, was gesprochen wurde. Die innenpolitischen Probleme der Tefroder interessierten mich nicht im geringsten. Immer wieder beobachtete ich die Tamräte, von denen einer der MdI sein mußte. Ostrum kam nicht in Betracht, wir hatten ihm bereits gegenübergestanden, ohne daß das Gerät angesprochen hatte.

Ich wandte mich an Bradon.

„Wer, glauben Sie, ist es?" fragte ich.

Bradon zupfte an seinem roten Bart. Wahrscheinlich konnte er sich ebensowenig wie ich darüber klarwerden, wer der MdI sein konnte. Tannwander schien unsere Nervosität zu bemerken, denn er fragte Atlan, ob uns die Sitzung enttäusche.

„Ist es gefährlich, wenn wir vorzeitig aufbrechen?" fragte Rhodan.

„Keineswegs", erwiderte der Tefroder. Wir erhoben uns von unseren Plätzen. Obwohl wir keinen Lärm verursachten, sah ich, daß Ostrum plötzlich zum Zuschauerraum heraufblickte. Ich beobachtete, wie sein Körper sich anspannte. Sein Mund öffnete sich. Ich erwartete, daß er Alarm schlagen würde, doch er blieb ruhig.

Ich stieß Don Redhorse an und deutete schweigend in den Sitzungssaal hinab. Der Major nickte. Er hatte Ostrums Reaktion ebenfalls bemerkt. Im Vorraum wartete Tannwander auf uns.

„Nun?" erkundigte er sich spöttisch. „Hat diese Vorstellung trefrodischer Diplomatie Ihre Erwartungen erfüllt?"

„Allerdings", sagte Rhodan. Er hielt den Tefroder am Arm fest. „Sie müssen uns noch einmal helfen."

„Es kommt darauf an", entgegnete Tannwander zögernd.

„Wie lange dauern diese Sitzungen?" fragte Rhodan gespannt.

„Ein paar Tage mindestens. Die Tamräte werden sich bis in die Abendstunden streiten und dann schlafen gehen."

Rhodan nickte. „Werden sie alle in Stolark wohnen?"

„Ja, aber in verschiedenen Hotels. Privat haben sie nicht gern etwas miteinander zu tun." Tannwander lächelte verächtlich. „Was kann ich für Sie tun?"

„Die Tatsache, daß die Tamräte in verschiedenen Hotels wohnen, erschwert unsere Aufgabe", sagte Rhodan. „Tannwander, Sie müssen uns die Adressen aller Tamräte besorgen, ausgenommen die von Ostrum. Dann müssen Sie uns heute abend zu jedem einzelnen Hotel führen, in dem ein Tamrat untergebracht ist."

Tannwander schüttelte verwundert den Kopf. „Sie müssen mir das schon erklären", verlangte er. „Ich verstehe nicht, was Sie sich davon versprechen. Wollen Sie einen Tamrat überfallen?"

Rhodan streifte den Ärmel seiner zerlumpten Jacke hoch und zeigte Tannwander das kleine Ortungsgerät.

„Einer der Tamräte trägt ein Gerät, dessen Impulse wir aufgefangen haben. Natürlich wissen wir nicht, welcher Tamrat es ist, aber wir müssen es herausfinden."

„Warum?" fragte Tannwander schroff. Er wurde immer mißtrauischer. Ich hielt es für verkehrt, daß Rhodan ihm den Impulsaufzeichner gezeigt hatte.

„Alara Vier hat auf Lemuria einen Verbindungsmann. Wir wissen nicht, wer es ist." Rhodan lächelte unterdrückt. „Noch nicht", fügte er hinzu.

„Sie glauben, daß einer der Tamräte für Alara Vier arbeitet?" Tannwander schüttelte sich vor Lachen. „Das ist doch absurd."

„Das Gerät beweist, daß wir recht haben", sagte Rhodan wütend. „Wenn es uns gelingt, den richtigen Mann zu finden, können Sie sich Arbeit und Unkosten ersparen, Tannwander. Unser Freund wird dann für unseren Rückflug nach Alara Vier sorgen."

„Hm!" machte Tannwander nachdenklich. „Ich glaube Ihnen kein Wort, aber ich werde Ihnen helfen, weil es mir Spaß macht, gegen die Tamräte zu arbeiten. Spätestens morgen muß ich jedoch zur Insel zurück. Bis dahin müssen Sie Ihren Mann gefunden haben."

„Darauf können Sie sich verlassen!" versicherte Rhodan grimmig.

Tannwander blickte uns durchdringend an. „Noch etwas! Wenn Sie mich hintergehen, wird unsere Organisation Sie bestrafen. Es gibt keinen Platz, wo Sie vor unserer Rache sicher sind."

Er war wirklich noch ein Junge, aber er meinte seine Worte zweifellos ernst. Doch Tannwander war jetzt in den Hintergrund gerückt. Ich fieberte dem Abend entgegen. Würde er uns endlich zum Ziel führen? Auch wenn wir Glück hatten und den Meister der Insel fanden, waren wir unsere Sorgen noch nicht los. Wir mußten ihn dazu bringen, uns den Weg in die Realzeit zu zeigen, denn das würde er bestimmt nicht freiwillig tun.

Wir verbrachten den Tag in einer winzigen Kneipe, deren Besitzer es offenbar gleichgültig war, wer bei ihm verkehrte. Seine anderen Gäste waren nicht sauberer als wir. Unsere Anwesenheit schien ihnen nichts auszumachen. Tannwander beschäftigte sich damit, an einem Traumautomaten zu spielen. Mit einem kleinen Sprechfunkgerät verständigte er den Piloten des Gleiters, daß er weiterhin auf uns warten müßte.

Am Nachmittag hörte es auf zu regnen, aber Big Blue vermochte mit ihren Strahlen die dichte Wolkendecke nicht zu durchdringen. Tannwander blieb mürrisch und wortkarg. Wenn er sich nicht am Traumautomaten beschäftigte, telefonierte er in der kleinen Sprechzelle im hinteren Teil des Lokals. Er ließ sich mit sämtlichen Hotels verbinden. Auf diese Weise erfuhren wir, wo die Tamräte Unterkunft bezogen hatten.

„Die Adresse von Borganon kann ich nicht ermitteln", sagte Tannwander. „Er ist wahrscheinlich bei Freunden eingezogen. Ich werde im Regierungsgebäude anrufen, sobald die Sitzung vorüber ist. Vielleicht erfahre ich dort, wo der Tamrat übernachten wird."

Perry Rhodan blickte auf die Namensliste, die auf dem Tisch lag.

„Wo sollen wir beginnen?" fragte er.

„Ich schlage vor, daß wir uns zunächst um Nevis-Latan kümmern", sagte Major Redhorse. „Alles, was wir bisher über ihn gehört haben, läßt ihn verdächtig erscheinen."

„Und was ist mit Trahailor?" fragte Atlan. „Er ist der Tamrat für Nachrichtenwesen und Polizei. Er ist nach Tannwanders Aussage über alles informiert, was auf Lemuria geschieht. Nicht nur das, er ist auch durch ziemlich undurchsichtige Manipulationen an die Macht gekommen."

„Nun gut", sagte Rhodan. „Wir beginnen mit Trahailor. Dann sehen wir uns Nevis-Latan an. Sollten wir dann noch keinen Erfolg haben, wenden wir uns den übrigen zu."

Die Tür des Traumautomaten schlug zu, und Tannwander kam heraus. Seltsamerweise halfen ihm die Träume, die er erlebte, nicht über seine schlechte Laune hinweg.

„Ich sehe mich draußen ein bißchen um", sagte er.

„Es wird bereits dunkel", gab Atlan zu bedenken. „Kommen Sie nicht zu spät. Vielleicht brauchen wir die ganze Nacht."

Tannwander ging hinaus, kam aber Sekunden später wieder zurück. Er drückte die Tür hinter sich zu. Ich sah ihm an, daß irgend etwas passiert war. Ohne uns eine Erklärung zu geben, ging er zur Theke und zog eine flache Strahlenwaffe aus seiner Jacke. Er bedrohte damit den Wirt.

130

„Los! Das Lokal wird geschlossen!" befahl er dem Kneipenbesitzer. Der Tefroder blickte ihn sprachlos an. Seine Hand sank auf die Taste des Sprechgerätes. Tannwander schlug sie zur Seite.

„Vorwärts!" rief er energisch. „Ich warte nicht."

Atlan und Rhodan sprangen auf.

„Was ist geschehen?" wollte der Arkonide wissen.

Tannwander ließ den Wirt nicht aus den Augen. „Ostrums Männer sind draußen. Der Tamrat muß Sie im Zuschauerraum erkannt haben. Er hat sofort seine Spürhunde losgeschickt."

„Was sollen wir tun?" wollte Atlan wissen.

Der Tefroder stieß den Wirt vor sich her, ohne sich um die beiden Gäste zu kümmern, die sich außer uns noch in der Kneipe aufhielten. Tannwander zwang den Mann, die Tür zu schließen und die Reklamelichter auszuschalten.

„Das wird uns nichts helfen", sagte Tannwander. „Ostrums Männer haben Suchgeräte und Waffen dabei." Er schaltete sein kleines Sprechfunkgerät ein und befahl dem Piloten, der in der Nähe des Regierungsgebäudes auf uns wartete, sofort zu starten. Er beschrieb ihm die Straße, wo wir uns aufhielten.

„Landen Sie unmittelbar vor dem Lokal!" befahl er abschließend.

„Mitten auf der Straße?" hörte ich die ungläubige Stimme des Piloten. „Das wird Schwierigkeiten geben."

„Tun Sie, was ich sage!" rief Tannwander. „Schwierigkeiten gibt es auf jeden Fall."

Er zwang den Wirt, uns den Weg in die hinteren Räume zu zeigen. Ein paar Minuten später standen wir im Treppenhaus. Tannwander stieß den Mann zurück und deutete auf den Lift.

„Wir fahren nach oben!" entschied er.

Es blieb uns nichts anderes übrig, als seinen Anordnungen Folge zu leisten. Der Wirt flüchtete erleichtert in seine Wohnung zurück.

„Was wollen wir oben, wenn der Gleiter vor dem Lokal landet?" rief Leutnant Bradon, als wir uns im Lift zusammendrängten.

„Bis die Maschine hier auftaucht, haben Ostrums Männer das Lokal längst gestürmt", sagte Tannwander. „Wir versuchen, auf dem Dach einen Gleiter zu bekommen. Falls uns das nicht gelingt, flüchten wir über die Dächer. Es wird schwer sein, Ostrums Männer loszuwerden. Ich hoffe, daß Waynton ihnen so viel zusetzt, daß sie uns verlieren."

Waynton war der Name des Piloten.

Der Lift hielt. Wir gingen ins Freie. Auf dem Dach stand kein

131

Gleiter. Tannwander trat an den Rand und blickte in die Tiefe. Der Fluchtweg über andere Dächer war uns versperrt, weil das Haus, auf dessen Dach wir uns befanden, nicht so groß war wie die umstehenden Gebäude.

„Was nun?" fragte Rhodan.

Tannwander biß sich auf die Unterlippe. Zum erstenmal sah ich ihn unschlüssig.

„Diesmal werden wir es auf *unsere* Art machen", sagte Rhodan. Er trat einen Schritt auf den jungen Tefroder zu und versetzte ihm einen gezielten Kinnhaken. Ächzend ging Tannwander in die Knie. Rhodan nahm ihm die Waffe ab und winkte Kakuta heran.

„Bringen Sie ihn auf ein Dach in der Nähe, Tako", sagte er. „Dann kommen Sie zurück und holen uns hier ab."

Kakuta stellte keine langen Fragen. Er beugte sich über den Bewußtlosen und war eine Sekunde später entmaterialisiert. Gleich darauf kam er ohne Tannwander zurück.

„Alles klar!" sagte er knapp. „Er liegt auf dem Dach des großen Hauses auf der anderen Straßenseite."

„Werden Sie uns alle schaffen?" erkundigte sich Atlan besorgt.

Der kleine Japaner grinste. „Ich bin in Form", sagte er. „Es ist nur eine kurze Entfernung."

Er entmaterialisierte mit Surfat und Chard Bradon. Diesmal dauerte es länger, bis er zurückkam.

„Tannwander kam gerade zu sich", berichtete er. „Er hat jedoch nichts gesehen, weil Surfat ihn sofort wieder ins Reich der Träume beförderte."

„Jetzt sind Sie an der Reihe, Assaraf", sagte Rhodan und trat neben mich. Kakuta ergriff uns an den Händen, dann verschwand die Umgebung vor meinen Augen. Wir materialisierten auf dem andern Dach. Sergeant Surfat hockte neben Tannwander am Boden und beobachtete ihn.

„Er schläft noch", sagte er zu Rhodan.

Kakuta war bereits zurückgesprungen. Wenige Augenblicke später kam er mit Redhorse und Doutreval. Er zeigte bereits Anzeichen von Erschöpfung. Die schnellen Sprünge mit zwei Männern strengten ihn an.

„Ruhen Sie sich etwas aus", empfahl ihm Rhodan.

Kakuta schüttelte den Kopf und entmaterialisierte. Als er wieder zurückkam, schwankte er. Atlan und André Noir waren bei ihm.

„Die Tefroder sind bereits auf dem Weg zum Dach", informierte uns Atlan. „Ihre Geräte zeigen ihnen den Weg. Sie werden staunen, wenn wir verschwunden sind. Sollen sie sich eine Weile den Kopf zerbrechen."

Rhodan bemühte sich um den bewußtlosen Tannwander. Allmählich kam der Chef der Untergrundorganisation Lemurias wieder zu sich. Sein erster Blick galt der Waffe.

„Hier", sagte Rhodan und steckte den Strahler in Tannwanders Jackentasche. „Wir sind vorläufig in Sicherheit."

Tannwander sprang auf und rieb seinen Nacken. Er trat an den Dachrand und blickte zur anderen Straßenseite hinüber.

„Wie funktioniert das?" fragte er verblüfft. „Wie kommen wir hierher?"

„Ein alarischer Trick", erwiderte Rhodan lächelnd.

Tannwander lachte. Da er merkte, daß wir ihm keine Auskunft geben wollten, vermied er weitere Fragen.

„Sie müssen Waynton sagen, daß er uns hier abholen soll", drängte Rhodan.

„Dadurch würden wir Ostrums Helfer nur erneut auf uns aufmerksam machen", sagte Tannwander. „Wir gehen zu Fuß." Als sei es selbstverständlich, übernahm der Junge wieder die Führung. Ich fragte mich, was ihn aus dem Gleichgewicht bringen konnte.

Auf dem Dach gab es keinen Zugang zum Lift, aber als wir in die oberste Etage hinabkletterten, fanden wir die Tür. Zum Glück begegnete uns niemand. Als wir nach unten fuhren, sagte Tannwander: „Wie lange wollen Sie noch vorgeben, Alarer zu sein?"

„Was sollten wir sein, wenn nicht Alarer?" meinte Rhodan.

„Sie arbeiten für irgendeine größere Organisation", sagte der Tefroder. „Ihr Auftreten ließ mich schon längere Zeit an Ihrer Geschichte zweifeln."

„Was wollen Sie jetzt tun? Die Tamräte unterrichten?" fragte Atlan.

„Nein", sagte Tannwander. „Sie vergessen, daß wir Verträge unterzeichnet haben. Meine Unterschrift besitzt einen Wert."

„Unsere auch", knurrte Redhorse.

Tannwander blickte ihn an. Er entblößte die Zähne zu einem häßlichen Lachen.

„Das bezweifle ich", sagte er.

Der Lift hielt. Die Tür glitt auf. Wir traten hinaus, ohne zu wissen, was uns erwartete. Im erleuchteten Vorraum eines Geschäftshauses fanden wir uns wieder. Ohne uns um die anwesenden Tefroder zu kümmern, verließen wir das Haus durch das Hauptportal. Einen verzweifelten Geschäftsführer, der hinter uns nachrief, beachteten wir nicht. Im Freien angekommen, beeilten wir uns, eine unbelebte Seitenstraße zu finden.

„Rufen Sie Ihren Piloten", forderte Atlan erneut.

„Ich bin doch nicht verrückt", erklärte Tannwander ablehnend. „Der Funkspruch würde angepeilt werden."

Er blickte auf seine Uhr. „Die Sitzung der Tamräte dürfte jetzt zu Ende sein. Wenn Sie wollen, beginnen wir mit der Suche."

Er führte uns durch mehrere unbelebte Seitenstraßen, bis wir an der Rückfront eines gewaltigen Gebäudekomplexes standen.

„Das ist das Emmed-Hotel. Hier wohnt Trahailor." Er nickte Rhodan zu. „Nun, was zeigt Ihr Gerät an?"

„Nichts", sagte Rhodan. „Aber das hat nichts zu bedeuten. Wir wissen nicht, wie stark die Ausstrahlung jenes Gerätes ist, das unser Mittelsmann trägt. Im Zuschauerraum des Regierungsgebäudes war er nicht mehr als dreißig Meter von uns entfernt."

„Außerdem ist es noch nicht sicher, ob Trahailor bereits eingetroffen ist", fügte Redhorse hinzu.

„Warten Sie hier", schlug uns Tannwander vor. „Ich gehe zum Haupteingang und frage nach Trahailors Zimmer. Ich werde auch herauszufinden versuchen, ob er schon eingetroffen ist."

„Glauben Sie, daß man Ihnen diese Auskünfte erteilen wird?" fragte Rhodan zweifelnd.

Tannwander lachte nur. Als er verschwunden war, zogen wir uns in einen dunklen Torbogen zurück. Es war der Eingang für Lieferanten, die im Laufe des Tages ins Emmed-Hotel kamen. Hier waren wir relativ sicher.

„Hoffentlich begeht Gucky keine Dummheiten", sagte Atlan. „Wenn er klug ist, bleibt er in einem Versteck, bis er sich ohne Gefahr wieder mit uns in Verbindung setzen kann."

„Glauben Sie, daß wir Tannwander trauen können?" fragte Bradon. „Vielleicht wäre es besser, wenn André Noir... äh, ich meine natürlich Beratog, den Jungen ein bißchen präpariert."

„Das halte ich für überflüssig", lehnte Rhodan ab. „Tannwander ist selbstbewußt, aber er wird sich an unsere Abmachungen halten. In hypnotisiertem Zustand läßt seine Reaktion nach."

Nach ein paar Minuten kam Tannwander zurück. Er steuerte direkt auf den Torbogen zu, als wüßte er genau, wo wir uns befanden.

„Ihr Freund ist bereits eingezogen", sagte er. „Er wohnt ganz oben."

„Gehen wir!" sagte Rhodan.

Tannwander hielt ihn fest. „Einen Moment noch! Wir können nicht durch den Haupteingang. Das Emmed-Hotel ist so vornehm, daß sich sogar die Mäuse vor dem Portier verbeugen, bevor sie in die Speisekammer eindringen."

„Was schlagen Sie vor?" wollte Atlan wissen.

Tannwander deutete in den dunklen Torbogen und ging voran. Wir folgten ihm, bis wir auf eine massive Tür stießen.

„Wir klettern durch den Schacht des Warenlifts", sagte er. „Der Lift führt bis aufs Dach hinauf. Dort oben sind die großen Lagerräume für Getränke und die Dienstwohnungen. Innerhalb des Schachtes sind Leitern angebracht, die von den Monteuren bei Reparaturarbeiten benutzt werden können."

„Woher wissen Sie das? Haben Sie vielleicht am Haupteingang danach gefragt?"

Tannwander kicherte. „Ich weiß es nicht, ich gehe nur von meinen bisherigen Erfahrungen aus."

Perry Rhodan klopfte gegen die Tür. „Und wie kommen wir hier vorbei?"

Der junge Tefroder antwortete nicht. Er beugte sich zum Schloß hinab und zog seine kleine Strahlenwaffe. Kurze Zeit hörten wir ihn hantieren, dann benutzte er die Waffe. Ein winziger Strahl verließ den Lauf.

„Ich habe die Abdeckungen gelöst und verbrenne jetzt die Zuhaltungen. Wenn ich fertig bin, schiebe ich die Abdeckung wieder über das Schloß. Auf diese Weise verhindere ich, daß meine Arbeit zu früh entdeckt wird."

„Im Hotel gibt es mit Sicherheit ein Ortungsgerät", vermutete Atlan. „Man wird jetzt bereits wissen, daß es zu einer Energieentladung kam."

„Das mag sein", räumte Tannwander ein. „Der Energiestoß war jedoch so schwach, daß man ihn nicht anpeilen kann. Die Hotelpolizei wird glauben, der Impuls sei von der Straße gekommen."

Ich hoffte, daß Tannwanders Überlegungen zutrafen. Sonst konnte es passieren, daß man bereits auf uns wartete, wenn wir in den Schacht des Warenlifts einstiegen.

135

Tannwander stieß die Tür auf. Nacheinander drangen wir in einen Gang ein, der von der Notbeleuchtung nur schwach erhellt wurde. An den Wänden standen kleine Transportfahrzeuge.

Der Warenlift war eine einfache, von Draht umspannte Plattform.

„Warum fahren wir nicht nach oben?" erkundigte sich Brazos Surfat.

Tannwander warf ihm nur einen verächtlichen Blick zu. Er kletterte über das Drahtgitter und zog sich in den Schacht hinein. Wir folgten ihm. Wie Tannwander vermutet hatte, gab es eine Leiter, die nach oben führte.

„Es ist sinnlos, wenn wir alle hinaufklettern", sagte Rhodan. Er deutete auf Kakuta und mich. „Modrug, Sie und Assaraf begleiten Tannwander und mich. Tolareff bleibt mit den anderen zurück, um zu verhindern, daß wir eine unliebsame Überraschung erleben."

Tannwander kletterte mit großer Geschicklichkeit voraus. Nach ihm folgten Kakuta und Rhodan. Ich bildete den Abschluß. Innerhalb des Schachtes war es dunkel, aber durch Schlitze neben den Türen sahen wir an verschiedenen Stellen das Licht aus den Gängen der einzelnen Etagen schimmern.

„Halt!" rief Rhodan plötzlich.

Ich sah, daß er den Impulsaufzeichner gegen das Ohr preßte. Tannwander blickte zu uns herab.

„Es kommen Impulse", sagte Rhodan. „Es sieht so aus, als wäre Trahailor unser Mann."

Tannwander seufzte. „Sind Sie jetzt zufrieden?" erkundigte er sich.

„Wir müssen zu ihm", verlangte Rhodan. „Wenn Sie wollen, brauchen Sie uns nicht zu begleiten. Sagen Sie uns die Zimmernummer des Tamrats."

„Er bewohnte eine ganze Zimmerflucht. Sie ist leicht zu finden." Er ließ sich mit einer Hand los und machte eine ungeduldige Geste. „Aber ich werde Sie weiterhin begleiten."

Endlich erreichten wir das Dach. Die Tür ließ sich ohne Schwierigkeiten öffnen. Gleich darauf standen wir im Freien. Erleichtert atmete ich die kühle Nachtluft.

Tannwander zeigte zu einigen beleuchteten Aufbauten auf der anderen Seite des Daches hinüber.

„Dort wohnt das Personal", erklärte er. „Wir müssen vorsichtig sein, damit wir nicht gesehen werden."

136

Er führte uns zum Dachrand und beugte sich darüber.

„Diese beiden großen Fenster gehören zu Trahailors Zimmern", sagte er.

Ich blickte nach unten. Die Fenster waren beleuchtet, aber das Glas war undurchsichtig. Ich hörte das leise Summen des Impulsaufzeichners. Meine Handflächen waren feucht vor Aufregung. Rhodan und Kakuta dagegen blieben vollkommen ruhig. Sie waren es gewohnt, solche Situationen zu erleben.

„Wie kommen wir in Trahailors Zimmer?" fragte Rhodan.

Tannwander führte uns zur anderen Seite des Daches, wobei er darauf achtete, daß wir nicht in den Lichtkreis der Dienstwohnungen gerieten. Wir bewegten uns vollkommen lautlos. Als wir Stimmen hörten, preßten wir uns eng an den Boden. Schritte wurden laut. Jemand lachte, dann war es wieder still. Tannwander winkte. Wir sprangen auf und rannten in geduckter Haltung weiter.

Dann standen wir vor einem beleuchteten Treppenaufgang.

„Jetzt wird es gefährlich!" raunte der Lemurer.

Rhodan legte ihm eine Hand auf die Schulter. „Wir gehen jetzt allein weiter, junger Freund. Was wir mit Trahailor zu erledigen haben, geht nur uns etwas an."

Tannwanders Lippen wurden zu zwei schmalen Strichen.

„Wir hintergehen Sie nicht!" versicherte Rhodan hastig.

Es sah so aus, als wollte der Tefroder protestieren, doch dann wandte er sich abrupt ab und verschwand in der Dunkelheit. Rhodan nickte uns zu und stieg die Treppe hinab. Die Helligkeit machte mich noch nervöser. Er erwartete jeden Augenblick, einen Angestellten des Hotels auf uns zukommen zu sehen.

„Die Impulse!" rief Rhodan erregt. „Sie hören auf!"

Er rannte los. Kakuta blieb dicht hinter ihm. Ich hatte keine andere Möglichkeit, als den Männern zu folgen. Ich fragte mich, was das Aussetzen der Impulse zu bedeuten hatte. War Trahailor im Lift nach unten gefahren, oder war etwas anderes passiert?

Die Treppen mündeten in einen Gang, der mit Teppichen ausgelegt war. An der Decke hingen Kristalleuchter. Es blieb uns jedoch keine Zeit, auf diese Dinge zu achten.

„Dort sind Trahailors Zimmer!" Rhodan deutete die Richtung an. Wir erreichten die Tür. Sie war nur angelehnt. Ich spürte, daß mein Herz heftig zu schlagen begann.

Rhodan klopfte gegen die Tür. Im Innern regte sich nichts. Auch auf dem Gang blieb es vollkommen still. Rhodan hob die Augenbrauen. Er tauschte einen kurzen Blick mit Kakuta.

Dann stieß er die Tür auf.

Der Tamrat für Nachrichtenwesen und Polizei, Trahailor, lag unmittelbar hinter der Tür am Boden. Ich sah sofort, daß er nicht mehr am Leben war. Sein Kinn hing schlaff nach unten, die Augen waren verdreht. Ich gab einen erstickten Laut von mir und wich zurück. Rhodan beugte sich zu dem Toten hinab und riß das Hemd des Mannes auf.

„Kein Zellaktivator!" Er wälzte Trahailor auf den Bauch: Blut sickerte auf den Teppich.

Rhodan richtete sich auf. Über seine Schultern sah ich, daß ein Katapultmesser im Rücken des Tefroders steckte. Es konnte nur ein Katapultmesser sein, denn der Schaft war fast in Trahailors Körper verschwunden. Katapultmesser wurden mit Druckpistolen abgeschossen.

„Jemand hat ihn kurz vor unserer Ankunft ermordet", sagte Rhodan gepreßt. „Jemand, der einen Zellaktivator trug."

Jetzt wurde mir alles klar. Trahailor hatte unmittelbar vor unserem Eintreffen Besuch erhalten. Arglos hatte Trahailor seinen Mörder eingelassen. Unmittelbar nach der Tat war der Zellaktivatorträger gegangen. Deshalb hatten wir die Impulse auch nur kurze Zeit orten können.

„Dieser Mord geht zu Lasten eines Meister der Insel", sagte Tako Kakuta. „Wir sind zu spät gekommen. Die Suche geht wieder los."

„Vielleicht kann Tannwander erfahren, wer Trahailors Besucher war", meinte ich.

„Glauben Sie, der MdI hätte den Fehler begangen, sich jemand zu zeigen? Er hat mit Sicherheit ein Alibi."

Ich wandte mein Gesicht ab, damit Rhodan nicht sehen konnte, wie mich der Anblick Trahailors erschüttert hatte. Die Brutalität, mit der der Meister vorgegangen war, entsetzte mich. Das Motiv der Tat schien klar zu sein: Der MdI wollte seine Macht auf Lemuria festigen. Mit Sicherheit wollte er das Amt Trahailors übernehmen.

Wir verließen das Zimmer und schlossen die Tür. Unangefochten erreichten wir das Dach. Tannwander erwartete uns am Ende der Treppe.

„Das war aber eine sehr kurze Unterredung", sagte er spöttisch.

„Es ist nicht zu einer Unterredung gekommen", sagte Rhodan tonlos. „Der Tamrat war tot."

„Tot? Was bedeutet das?"

„Das bedeutet, daß wir weitersuchen müssen", sagte Rhodan.

9.

Wir verließen das Emmed-Hotel auf dem gleichen Weg, wie wir es betreten hatten. Rhodan berichtete Atlan und den anderen Männern in knappen Worten, was geschehen war. Als wir ins Freie kamen, stellten wir fest, daß es wieder zu regnen begonnen hatte. Die Seitenstraßen waren nicht überdacht.

„Bringen Sie uns jetzt zum Hotel Nevis-Latans", sagte Rhodan zu dem Tefroder.

Unerwartet zog Tannwander seine Waffe. Er richtete sie auf Perry Rhodan und trat einen Schritt zurück.

„Das werde ich nicht tun", fauchte er. „Ich weiß nicht, wer Sie sind und welche Ziele Sie verfolgen, aber Sie haben Trahailor umgebracht. Ich war verrückt genug, Sie zu diesem Hotel zu bringen. Nevis-Latan ist wahrscheinlich Ihr nächstes Opfer."

„Hören Sie mir einen Augenblick zu", sagte Rhodan heftig. „Begehen Sie keine Dummheit."

Tannwander ging langsam zurück, ohne die Waffe zu senken. Dann jedoch griff er sich mit einer Hand an den Kopf. Er schwankte und ließ den Strahler fallen.

„Das genügt, André", sagte Rhodan zu Noir. „Geben Sie ihn frei."

Redhorse hatte den Strahler des Tefroders inzwischen aufgehoben. Tannwander schaute uns verblüfft an. Er flüsterte irgend etwas. Rhodan wartete, bis er sich gefaßt hatte.

„Ich versichere Ihnen, daß wir Trahailor nicht getötet haben", sagte er eindringlich. „Sie befinden sich jetzt in unserer Gewalt, aber wir werden nichts gegen Sie unternehmen. Ich bitte Sie nur, uns noch einmal zu helfen. Wenn Sie es nicht freiwillig tun, können wir Sie dazu zwingen, genauso, wie wir Sie gezwungen haben, die Waffe fallen zu lassen."

Tannwander stand mit erhobenen Fäusten da. Das übersteigerte Selbstbewußtsein des Jungen war schwer erschüttert. Ich sah, daß er innerlich mit sich kämpfte. Er wußte nicht, wie er sich verhalten sollte. Sein Unterbewußtsein verlangte, daß er sich für die vermeintliche Demütigung rächte. Aber die Vernunft sagte ihm, daß er nichts gegen uns unternehmen konnte.

„Wer sind Sie?" fragte er erregt. „Woher kommen Sie?"

„Wir sind weder Tefroder noch Alarer", sagte Rhodan. „Sie würden wahrscheinlich die Wahrheit ebensowenig glauben wie die Geschichte, die wir Ihnen erzählt haben. Wir suchen auf diesem Planeten einen Mann, der kein Tefroder ist, der aber versucht, die Geschicke dieses Planeten zu leiten."

„Von welchem Planeten kommen Sie?" verlangte Tannwander zu wissen. Rhodan wandte sich zu Atlan um.

„Vielleicht sollten wir ihm es sagen", meinte der Arkonide ruhig.

„Wir kommen von der Erde", sagte Rhodan. „Von Lemur."

„Nein!" widersprach Tannwander. „Lemur existiert nicht mehr. Unser Heimatplanet, von dem meine Vorfahren geflohen sind, ist jetzt eine Eiswüste."

„Das stimmt", bestätigte Rhodan. „Wir kommen aus einer anderen Zeitepoche."

Tannwander lachte auf. Er schüttelte den Kopf und ging mit den Fäusten auf Rhodan zu. Mühelos wehrte dieser den Angriff ab. Er gab Noir einen Wink.

„Nehmen Sie ihm die Erinnerung an das, was ich ihm erzählt habe. Lassen Sie ihn auch Trahailors Tod vergessen. Dann wird er uns zu Nevis-Latan führen."

„Niemals!" brüllte Tannwander und wollte sich aus Rhodans Griff befreien. Gleich darauf ließ sein Widerstand nach. Rhodan ließ ihn los. Wir hatten uns wieder in den Torbogen zurückgezogen. André Noir benötigte eine Viertelstunde, um Tannwander gefügig zu machen. Als er ihn freigab, verhielt sich der Tefroder, als sei nichts geschehen.

„Trahailor war eine Fehlanzeige", sagte Perry Rhodan. „Nun ist Nevis-Latan an der Reihe."

In diesem Augenblick begannen im Emmed-Hotel die Alarmanlagen zu schrillen.

„Sie haben entdeckt, daß jemand eingebrochen ist", sagte Tannwander. „Es wird Zeit, daß wir hier verschwinden."

140

Er konnte nicht wissen, was man im Hotel tatsächlich entdeckt hatte. Die Nachricht von Trahailors Tod würde sich schnell in der Stadt verbreiten. Die Nachrichten konnten wir vor Tannwander nicht geheimhalten. André Noir würde immer wieder eingreifen müssen. Doch das war nicht die größte Schwierigkeit. Trahailors Ende würde die anderen Tamräte mobilisieren. Es war fraglich, ob wir sie noch in ihren Hotels antreffen konnten.

Die Passanten, denen wir begegneten, schenkten uns nicht mehr Aufmerksamkeit als zuvor.

Wir durchquerten einen Park, trampelten durch ein Blumenbeet und versteckten uns ein paar Minuten in einem Geräteschuppen, als Tannwander zwei Mitglieder der Ordnungspolizei nahen sah. Kurze Zeit danach erreichten wir eine Straße, die sich wie eine Brücke über tiefer gelegene Verkehrswege spannte.

„Wir müssen darüber hinweg", sagte Tannwander.

„Dort oben scheint ziemlich viel Betrieb zu sein", sagte Rhodan. „Gibt es keinen anderen Weg, den wir einschlagen können?"

Tannwander deutete unter die Straße.

„Hören Sie das Rauschen?" fragte er. „Das ist der Hauptkanal, der mitten durch die Stadt fließt. Durch ihn können wir bis unter das Taru-Hotel gelangen."

Rhodan nickte. „Wir nehmen den Kanal", entschied er.

„Es ist gefährlich", warnte Tannwander.

Wir bewegten uns fast hundert Meter unterhalb der Hochstraße, bis wir auf eine Böschung stießen. Das Rauschen des Wassers war jetzt deutlich zu hören.

Wir gingen an der Böschung entlang, bis wir einen Zugang in den Kanal fanden.

„Manchmal ist das Wasser so hoch, daß man kaum durchkommt", erklärte unser Begleiter. „Der Kanal führt ins Meer hinaus. Wir müssen uns jedoch in die entgegengesetzte Richtung bewegen."

Der Tefroder übernahm die Spitze. Wir gingen ihm vorsichtig nach. Das Rauschen des Wassers war jetzt so nahe, daß ich befürchtete, jede Sekunde in den Kanal zu stürzen. Dann jedoch hörte der weiche Boden unter meinen Füßen auf. Ich spürte das harte Metall des Laufstegs. Meine Hände fanden die Oberkante des Geländers.

Unmittelbar vor mir ging Surfat. Doutreval war hinter mir. Der

Gestank war fürchterlich, aber wir hatten uns in den letzten Tagen an solche Gerüche gewöhnt. Wenn wir erst einmal aus dem Kanal heraus waren, gab es vielleicht irgendwann eine Gelegenheit zum Baden. Noch nie in meinem Leben war ich so schmutzig gewesen, schmutzig auf allerhöchsten Befehl.

Wir erreichten eine Stelle, wo die Kanaldecke unterbrochen war. Das Licht, das hereinfiel, reichte aus, um mich unsere Umgebung erkennen zu lassen. Die schmutzige Brühe, die mit beträchtlicher Geschwindigkeit dahinfloß, reichte fast bis zum Laufsteg. Ablagerungen an den Kanalwänden zeigten mir, daß das Wasser oft genug weit darüber hinaus angestiegen war. Laufsteg und Geländer waren von Rost zerfressen. Die Wände wurden von Schimmelpilzen überwuchert. Das war die andere Seite dieser modernen Stadt.

Wir bewegten uns schweigend durch den Kanal. Jeder Schritt erforderte erhöhte Aufmerksamkeit, denn der Laufsteg war schlüpfrig und uneben.

Ich schätzte, daß mindestens eine Stunde seit unserem Eindringen in den Kanal verstrichen war, als Tannwander uns endlich anhalten ließ.

„Wir sind an unserem Ziel angelangt. Über uns befindet sich das Taru-Hotel."

„Hier ist es vollkommen dunkel", entgegnete Atlan. „Woher wollen Sie wissen, daß es die richtige Stelle ist?"

Ich hörte Tannwanders Lachen in der Dunkelheit. Es klang selbstsicher wie immer.

„Ich habe genügend Zeit in den Kanälen der großen Städte Lemurias zugebracht, bis ich die Organisation meines Onkels übernahm", sagte er. „Sie dürfen nicht vergessen, daß man mich seit meinem zwölften Lebensjahr gejagt hat. Ich kenne alle Verstecke, die es in Stolark gibt."

„Setzen wir voraus, daß Ihre Behauptung stimmt", meinte Rhodan. „Wie sollen wir dann nach oben kommen?"

„Es gibt zwei Wege", erklärte der Tefroder. „Einer führt durch den Seitenarm des Kanals. Die Abwässer des Hotels strömen durch ihn in den Hauptkanal. Dieser Weg ist lebensgefährlich, und ich bin nicht sicher, ob er überhaupt gangbar ist. Der zweite Weg führt durch eine Kanalöffnung auf die Straße hinauf."

„Auf die Straße?" fragte Rhodan erstaunt. „Ich dachte, die Straße befinde sich hoch über dem Kanal."

„Hier nicht mehr", brummte Tannwander ungeduldig. „Die Kanaldecke ist gleichzeitig der Straßenuntergrund."

„Ist dort oben viel Verkehr?"

„Ziemlich", erwiderte Tannwander. „Es ist schließlich eine Hauptstraße."

„Das bedeutet, daß wir nicht alle gehen können", entschied Rhodan.

„Modrug, Sie und Assaraf begleiten mich nach oben, die anderen warten hier."

„Ohne meine Hilfe kommen Sie nicht bis zum Hotel durch", prophezeite uns Tannwander. „Wahrscheinlich werden Sie schon erwischt, wenn Sie den Kanaldeckel hochklappen."

„Haben Sie etwa Angst um uns?" erkundigte sich Rhodan belustigt.

„Keineswegs", entgegnete Tannwander. „Aber wer Sie aus dem Kanal kriechen sieht, wird nachsehen, ob Sie Begleiter haben. Das kann auch für mich gefährlich werden."

Rhodan lachte rauh. „Keine Sorge. Wir müssen unter allen Umständen das Hotel erreichen. Deshalb werden wir vorsichtig sein."

Tannwander gab keine Antwort. Einer seiner Vorzüge war, daß er nicht diskutierte, wenn er erkannte, daß jemand einen Entschluß gefaßt hatte.

„Wie sieht es zu beiden Seiten der Straße aus?" erkundigte sich Perry Rhodan.

„Auf der gegenüberliegenden Seite befindet sich eine geschlossene Häuserfront. Dort werden Sie sich nicht verstecken können, weil Sie überhaupt nicht über die Straße kommen, ohne gesehen zu werden."

„Nun gut", sagte Rhodan gelassen. „Wie sieht es auf unserer Seite aus?"

„Wir befinden uns auf Höhe des Hotelgartens", sagte Tannwander. „Aber ich warne Sie: Der Garten ist eingezäunt. Klettern Sie nicht über den Zaun, er ist an ein Ortungssystem angeschlossen worden, seit im Taru-Hotel mehrmals eingebrochen wurde."

„Wie schlimm für Sie!" sagte Atlan spöttisch.

„Es gibt immer wieder Wege, um in ein Gebäude einzudringen, wenn man es unbedingt möchte", erklärte Tannwander gelassen.

Der Tefroder führte Rhodan, den Teleporter und mich bis unter einen Kanaldeckel. An der Kanalwand waren Sprossen eingelassen, an denen wir nach oben klettern konnten.

„Sie können es sich noch einmal überlegen", sagte Tannwander.

143

Er erhielt keine Antwort. Rhodan stieg zuerst in die Höhe, dann folgten Kakuta und ich. Ich konnte hören, wie Rhodans Hände über die Unterseite des Kanaldeckels tasteten, dann erklang ein metallisches Geräusch. Plötzlich fiel durch einen schmalen Spalt Licht in den Kanal. Ich konnte den Motorenlärm der Fahrzeuge hören.

Einige Minuten verstrichen. Rhodan beobachtete die Straße.

„Es gibt keine Fußgänger", sagte er. „Wenn wir ins Freie springen, müssen wir darauf achten, daß wir nicht in den Lichtkreis von Fahrzeugscheinwerfern kommen. Vor dem Zaun des Hotelgartens befindet sich eine Vertiefung, die gleichzeitig die Straßenbegrenzung bildet. Dorthin werden wir uns zunächst begeben."

Ich zitterte vor Kälte und Aufregung. Rhodan stieß den Deckel völlig auf. Einen Augenblick sah ich sein bärtiges Gesicht im Schein der Straßenbeleuchtung. Die Haare hingen ihm wirr ins Gesicht. Wenn ihn jetzt der Fahrer eines Wagens erblickte, würde dieser anfangen, an Gespenster zu glauben.

„Sie dürfen mir nicht sofort folgen", sagte Rhodan zu Kakuta und mir. „Warten Sie, bis der Abstand zwischen einigen Fahrzeugen so groß ist, daß keine Gefahr besteht, daß man Sie entdeckt."

Einen Augenblick kauerte er noch auf den obersten Sprossen, dann schwang er sich aus dem Kanal hinaus. Lautlos rannte er davon. Tako Kakuta folgte ihm wenige Sekunden später. Ich kletterte weiter nach oben, so daß ich aus dem Loch blicken konnte.

Die Straße war regennaß und glänzte im Licht der Fahrzeugscheinwerfer und der Straßenbeleuchtung. Die Wagen glitten mit hoher Geschwindigkeit an mir vorbei.Ich konnte die Fahrer sehen. Ihre Blicke waren geradeaus gerichtet, aber auch wenn sie zur Seite geblickt hätten, wäre ich sicher nicht entdeckt worden, denn der Schacht lag im Dunkeln. Trotzdem fühlte ich mich plötzlich wie gelähmt. Die Häuser auf der anderen Straßenseite waren zum Teil beleuchtet, hinter den Fenstern sah ich die Schatten von Tefrodern. Ich wandte den Kopf. Schräg vor mir lag das Hotel, ein gewaltiger, hell erleuchteter Gebäudekomplex. Der Hotelgarten befand sich jedoch in völliger Dunkelheit.

Ich spürte eine nie gekannte Schwäche in den Beinen. Es hätte nicht viel gefehlt, und ich hätte die Sprossen einfach losgelassen und wäre in die Tiefe gestürzt. Nur der Gedanke an die beiden Männer, die irgendwo dort drüben auf mich warteten, hinderte mich daran, einfach aufzugeben.

Ich zog mich aus dem Kanalschacht. Einen Augenblick lag ich schweratmend auf der nassen Straße, der Motorenlärm der Fahrzeuge schien sich zu einem alles übertönenden Dröhnen zu verdichten. Ich kroch davon, durch Wasserlachen und über den Straßenrand die Böschung hinab.

Rhodan und Kakuta kauerten nebeneinander am Boden und winkten mir zu. Als ich neben ihnen war, ließ meine Anspannung nach.

Wir konnten zum Haupteingang des Hotels hinüberblicken. Ständig fuhren Wagen vor. Auch auf dem Parkplatz für Gleiter herrschte starker Verkehr. Es war unmöglich, auf diesem Weg ins Hotel zu kommen.

„Vielleicht müssen wir nur ein bißchen näher heran, um die Impulse zu orten", sagte Rhodan.

Kakuta blickte zum Dach hinauf.

„Sollen wir einen Sprung riskieren?" fragte er.

Rhodan schüttelte den Kopf. „Teleportieren Sie sich mit uns zunächst in den Hotelgarten. Vielleicht können wir von dort aus ins Hotel gelangen."

Kakuta faßte uns an den Armen. Wir entmaterialisierten. Praktisch im gleichen Augenblick verstofflichten unsere Körper auf der anderen Seite des Zaunes, ohne daß uns die Ortungsanlage, von der Tannwander gesprochen hatte, anpeilen konnte. Wir standen zwischen mannshohen Büschen auf einem mit Kunststeinen ausgelegten Weg.

Wir gingen über den Weg näher an das Hotel heran. Auf der Rückseite befand sich eine riesige Veranda.

„Was nun?" fragte der Teleporter.

Rhodan beobachtete die Eingänge. Sie führten sämtlich in den Vorraum. Dort war so viel Betrieb, daß wir es nicht wagen konnten, das Gebäude auf diesem Weg zu betreten.

„Wir müssen auf einen Balkon hinauf!" entschied Rhodan und deutete nach oben.

Zu jeder Zimmerflucht gehörte ein Balkon. Ein Teil der Zimmer war beleuchtet.

„Springen Sie mit uns auf eine der mittleren Etagen", befahl Rhodan dem Mutanten. „Wählen Sie einen dunklen Balkon."

Kakuta umklammerte meinen Arm. Unwillkürlich wich ich vor ihm zurück, doch sein Griff war unnachgiebig. Wenn er spürte, daß ich mich sträubte, dann ließ er sich nichts anmerken. Bevor ich etwas sagen konnte, fand ich mich mit meinen beiden Begleitern auf einem

Balkon wieder, der ungefähr in der vierten Etage lag. Rhodan zog die Jacke hoch. Das Summen des Ortungsgerätes war deutlich zu hören.

„Nevis-Latan!" sagte Rhodan erregt. „Ich habe es fast geahnt. Er hält sich irgendwo in diesem Hotel auf."

Wir wußten jetzt, wer der Meister der Insel war und wo er sich aufhielt.

„Er muß irgendwo in den mittleren Etagen wohnen", vermutete Tako Kakuta. „Glauben Sie, daß wir genügend Zeit haben, alle Zimmer abzusuchen?"

Rhodan verneinte. Er deutete auf den Balkon nebenan. Die Zimmer, zu denen er gehörte, waren beleuchtet.

Rhodan deutete auf das Fenster. „Wir fragen, wo der Tamrat wohnt."

Bevor Kakuta oder ich irgend etwas tun konnten, trat Rhodan eine der großen Scheiben ein und sprang ins Zimmer. Ich sah die beiden Tefroder erschrocken hochfahren. Kakuta drang in das Zimmer ein. Ich folgte ihm. Mit wenigen Sprüngen hatte Perry Rhodan die beiden Tefroder erreicht.

„Wenn Sie schreien, sind Sie verloren", sagte er drohend.

Unser Anblick genügte, um die beiden stumm zu machen. Wahrscheinlich befürchteten sie, ihr Ende wäre gekommen.

„Setzen Sie sich!" befahl Rhodan.

Beinahe gleichzeitig nahmen die Tefroder wieder Platz.

„Welches Zimmer bewohnt Nevis-Latan?" erkundigte sich Rhodan.

Als keiner der Tefroder antwortete, packte Rhodan den größeren an den Jackenaufschlägen und riß ihn in die Höhe. Hätte ich nicht mit Sicherheit gewußt, daß dieser Mann der Großadministrator des Solaren Imperiums war, hätte ich ihn für einen Verbrecher gehalten, der zu allem fähig war. Dabei hätte sich Rhodan niemals dazu hinreißen lassen, einem der beiden Männer Schaden zuzufügen.

Doch das konnten diese Männer nicht wissen.

„Ich habe etwas gefragt!" sagte Rhodan.

Der Tefroder schloß die Augen. Sein Körper bebte.

„Der Tamrat bewohnt Nummer sechs und sieben auf... auf dieser Etage", preßte er hervor.

Rhodan stieß ihn auf den Stuhl zurück.

„Liegen diese beiden Räume auf dieser Seite des Hotels?"

146

„Ja", jammerte der Mann. „Nummer sechs ist nur durch zwei Zimmer von unserem getrennt."

„Sehr gut", meinte Rhodan. „Modrug, Sie bleiben bei diesen Männern, Assaraf und ich gehen zum Tamrat. Wenn die beiden Kerle Dummheiten machen, schießen Sie sie nieder."

„Gewiß!" sagte Kakuta grimmig und schob seine Hand in die Tasche seiner Jacke. Hätten die Tefroder geahnt, daß keiner von uns eine Waffe trug, hätten sie sich wahrscheinlich auf den kleinen Teleporter gestürzt. So blieben sie zitternd vor Angst sitzen.

Rhodan nickte mir zu, und wir kehrten auf den Balkon zurück. Rhodan zählte die Zimmer ab.

„In Nummer sechs brennt Licht", sagte er. „Hoffentlich finden wir unseren Freund."

„Wollen Sie einfach dort eindringen?" fragte ich verblüfft.

„Natürlich!" versetzte Rhodan. „Wir müssen unsere Chance nutzen."

Wir kletterten bis zum Balkon von Nummer sechs und preßten uns eng gegen die Wand. Dann spähten wir in den beleuchteten Raum.

Tamrat Nevis-Latan stand in der Mitte des Raumes. Er war ein großer, würdevoll aussehender Mann mit buschigen Augenbrauen und kurzgeschorenem Haar. Seine fleischigen Hände vollführten heftige Bewegungen, mit denen er die Worte unterstrich, die er den anderen Männern sagte, die sich mit ihm in dem Raum befanden. Die Tefroder, die bei ihm waren, trugen elektronische Aufzeichnungsgeräte.

„Reporter!" zischte Rhodan. „Wir können nicht zu ihm hinein."

„Vielleicht verschwinden die Burschen bald", hoffte ich.

„Wahrscheinlich interviewen Sie ihn wegen Trahailors Tod. Wenn sie nur wüßten, daß sie einen Mörder vor sich haben!"

„Was sollen wir tun, Sir?"

„Lernen Sie es nie?" fragte er. „Ich heiße Schintas!"

Wir beobachteten, wie Nevis-Latan eine ungeduldige Handbewegung machte und den Raum verließ. Die Reporter verfolgten ihn wie ein Schwarm Insekten. Ich blickte zu Rhodan hinüber und sah, daß er seine Hände zu Fäusten geballt hatte. Ich konnte mir vorstellen, was sich in seinem Innern abspielte.

Wir hatten den MdI gefunden. Nur dieser Mann konnte uns sagen, wie wir in die Realzeit zurückkehren konnten. Doch es erschien unmöglich, jetzt an ihn heranzukommen.

147

„Sir", sagte ich zaghaft. „Ich meine Schintas. Sollen wir in das Zimmer eindringen?"

Rhodan klopfte gegen das Ortungsgerät. „Es ist sinnlos. Die Impulse sind verstummt. Der Tamrat ist mit dem Lift wahrscheinlich nach unten gefahren. Wir wissen nicht, wohin er sich begibt. Am besten, wir kehren um."

Obwohl seine Stimme ruhig klang, fühlte ich, daß er mit dem Schicksal haderte.

Jede Verzögerung konnte neue Gefahren für das Solare Imperium bedeuten.

„Wir werden ihn wieder aufspüren", sagte ich.

„Zumindest werden wir es versuchen", pflichtete mir Rhodan bei.

Wir kehrten zu Kakuta und den beiden Lemurern zurück.

„Verhalten Sie sich weiterhin ruhig", sagte Rhodan drohend.

Wir gingen auf den Balkon hinaus. Kakuta teleportierte mit uns in die Böschung neben der Straße hinab.

Einige Minuten später befanden wir uns im Kanal bei den anderen.

„Ihr habt ihn nicht gefunden?" forschte Atlan.

„Nevis-Latan ist ein Meister der Insel", sagte Rhodan. „Er ist uns jedoch entkommen. Wir wissen nicht, wohin er gegangen ist."

„Ich habe Sie jetzt lange genug begleitet", sagte Tannwander mürrisch. „Länger kann ich mich nicht um Sie kümmern."

Ich hörte kaum, was er sagte. Ich lehnte mich gegen die Kanalwand und schloß die Augen. Eigentlich hätte ich verzweifelt sein müssen. Aber ich war nur müde. Perry Rhodan würde es immer wieder versuchen, einen Weg in unsere Zeit zu finden. Etwas von seiner ruhigen Entschlossenheit hatte auch mich erfaßt. Vielleicht war ich auf dem besten Weg, ein brauchbarer Offizier zu werden.

(Hiermit endet der Bericht Papageorgius.)

10.

Der schwere Gleiter schwebte langsam über die riesige Stadt dahin. In ihm befanden sich elf Passagiere, acht Terraner, ein Arkonide und zwei Tefroder.

Tannwander stand hinter dem Piloten und blickte auf die Stadt hinab. Auf der einen Seite sah der Tefroder eine langgestreckte Bergkette, deren höchste Gipfel die Zehntausendmetergrenze erreichten. Auf der anderen Seite erstreckte sich der Raumhafen von Atarks weit in die große Ebene von Taman hinein.

Atarks war schöner als Stolark, die andere große Stadt Lemurias. Tannwander lächelte. Auch in Atarks hätte er nicht wohnen mögen. Sein Reich war eine Insel im Ozean, deren unterirdische Anlagen ihm so vertraut waren.

Daß er sich schon seit Tagen außerhalb seines Reiches aufhielt, lag vor allem an den neun Fremden, die behaupteten, Alarer zu sein. Schmutzig und zerlumpt wie echte Alarer waren sie, und sie stanken auch so.

Aber das war auch das einzige, was sie mit den Bewohnern von Alara IV gemeinsam hatten. Warum, so fragte sich Tannwander, half er diesen Burschen überhaupt noch? Manchmal wurde er das Gefühl nicht los, daß ihn die Fremden heimlich beeinflußten. Aber wie, so fragte er sich, sollten sie das tun?

Als sie gemeinsam von Stolark aus aufgebrochen waren, hatte Tannwander zunächst vorgehabt, sich von den falschen Alarern zu trennen. Doch jetzt, siebentausend Meter über Atarks, war er immer noch bei ihnen. Er hatte Ogip, seinen Stellvertreter, benachrichtigt, daß er so schnell nicht zur Insel zurückkehren würde.

„Glauben Sie, daß wir eine Landung riskieren können, nach dem was in Stolark vorgefallen ist?" riß ihn eine ernste Stimme aus seinen Gedanken.

Tannwander drehte sich um. Der großgewachsene, schlanke Anführer der Fremden hatte gesprochen. Er nannte sich Schintas, aber Tannwander war überzeugt, daß dies nicht sein richtiger Name war.

„Wir können unbesorgt landen", erwiderte er. „Nach Trahailors Tod wird Ostrum andere Sorgen haben, als uns zu jagen."

Perry Rhodan, der sich jetzt Schintas nannte, nickte nachdenklich. Er überlegte, ob es nicht vorteilhafter wäre, Tannwander über die Hintergründe von Trahailors Ende zu informieren. Würde Tannwander glauben, daß Tamrat Trahailor von seinem Kollegen Nevis-Latan ermordet worden war?

Würde Tannwander glauben, daß Nevis-Latan ein Meister der

Insel war, ein Wesen, das vor nichts zurückschreckte, um die Macht seiner Organisation auszubauen?

Nein, dachte Rhodan. Er erinnerte sich daran, daß sie schon einmal versucht hatten, den jungen Tefroder ins Vertrauen zu ziehen. Tannwander hatte ihnen nicht geglaubt. Wie sollte man ihm auch begreiflich machen, welche Hintergründe die Geschehnisse auf Vario hatten?

Es war besser, wenn Tannwander nur einen Teil der Wahrheit erfuhr und ständig unter der Kontrolle des Hypnos André Noir blieb.

„Landen Sie!" befahl Tannwander dem Piloten des Gleiters.

Waynton, der Pilot, trug einen Kopfverband. Bei einem Gefecht mit Ostrums Männern hatte er Verbrennungen erlitten. Trotz seiner Verwundung arbeitete er jedoch weiter. Das war für Rhodan ein erneuter Beweis für die erstaunliche Treue, mit der Tannwanders Anhänger den Anführer ihrer Organisation unterstützten.

In immer enger werdenden Kreisen sank der Gleiter einem Parkfeld entgegen.

Rhodan hoffte, daß Gucky noch irgendwo in Atarks weilte und auf sie wartete. Er brauchte jetzt unbedingt die Hilfe des Mausbibers. Der Teleporter Tako Kakuta konnte ohne Guckys Unterstützung die Jagd auf Nevis-Latan nicht beginnen. Rhodans Pläne von dieser Jagd waren noch unklar. Es hing alles davon ab, ob es Kakuta oder Gucky gelingen würde, noch einmal in das Rettungsboot einzudringen, mit dem sie Vario erreicht hatten.

Es war später Nachmittag, als Tannwanders Maschine auf dem Parkfeld aufsetzte.

„Ich befehle Ihnen, sich sofort in ärztliche Behandlung zu begeben", sagte Tannwander zu Waynton.

Der Pilot zögerte, verließ dann jedoch ohne Widerrede den Gleiter. Tannwander wandte sich an die neun Männer.

„Was haben Sie nun vor?" erkundigte er sich.

„Wir brauchen eine Unterkunft", sagte Atlan. „Dort müssen wir unauffällig einziehen. Vielleicht können Sie uns ein großes Zimmer irgendwo in einem ruhigen Teil der Stadt besorgen."

„Sollen wir uns nicht mit Juvenog in Verbindung setzen?" schlug Major Don Redhorse vor.

Rhodan schüttelte den Kopf. Es genügte, wenn Tannwander über ihre Ziele informiert wurde. Je mehr Personen von ihrer Rückkehr nach Atarks erfuhren, desto größer wurde die Gefahr einer Entdeckung ihrer wahren Absichten.

150

„Da ich sowieso noch ein paar Tage in Atarks bleibe, können Sie in meinem Haus wohnen", erklärte Tannwander. „Dort steige ich immer ab, wenn ich hier zu tun habe. Aber ich werde wenig Zeit für Sie haben. Ich muß versuchen, Ostrum die Schwingquarze abzujagen, die er Ihnen geraubt hat."

Rhodan erklärte sich einverstanden. Ihm konnte es nur recht sein, wenn Tannwander nicht ununterbrochen in der Nähe war. Perry blickte an sich hinab und verzog das Gesicht. So, wie sie aussahen, konnten sie unmöglich auf die Straße hinaus. Selbst Alarer machten nicht einen derart verdreckten Eindruck.

Tannwander schien ähnliche Bedenken zu haben, denn er erbot sich, zunächst für neun gebrauchte Umhänge zu sorgen.

„Sie können im Gleiter auf mich warten", sagte er. „Ich bin bald wieder zurück."

Der Tefroder verließ den Gleiter. Durch die Kanzel beobachtete Rhodan, wie er sich rasch entfernte. Rhodan wußte, daß seine Begleiter, sofern sie keine Zellaktivatoren trugen, erschöpft und niedergeschlagen waren. Brazos Surfat, Olivier Doutreval, Lastafandemenreaos Papageorgiu, Chard Bradon und Don Redhorse brauchten dringend einen Tag Ruhe. Die Mutanten Kakuta und Noir sowie er und Atlan konnten sich dagegen ohne Unterbrechung ihrem Problem widmen, das in knappen Worten lautete: Nevis-Latan finden und den MdI dazu bewegen, ihnen die Rückkehr in die Realzeit zu ermöglichen.

Inmitten der geräumigen Kabine entstand plötzlich ein Flimmern und unterbrach Rhodan in seinen Überlegungen. Gucky materialisierte und ließ sich auf Rhodans Knien nieder.

„Ich hatte bereits befürchtet, euch nie wiederzusehen", meinte er kläglich. „Die ganze Zeit über mußte ich mich in den unterirdischen Kanalanlagen versteckt halten. Nachts schlief ich in Kaufhäusern." Die Erinnerung an die tefrodischen Kaufhäuser ließ ihn empört abwinken. „In der Stadt ist nicht eine einzige Karotte aufzutreiben."

„Wir haben einen neuen Freund", unterbrach Rhodan den Redeschwall des Mausbibers. Er kraulte Gucky erleichtert hinter den Ohren.

„Ich habe mir erlaubt, diese Tatsache deinen Gedanken zu entnehmen", sagte Gucky. „Tannwander wird jeden Augenblick zurückkommen, um euch menschenwürdiger auszurüsten. Bis dahin muß ich wieder verschwunden sein."

„Allerdings mit einem Auftrag", sagte Rhodan. „Du mußt versuchen, das Rettungsboot zu erreichen. Dort entführst du das Mikrofunkgerät, sofern die Tefroder das Versteck noch nicht entdeckt haben. Dann mußt du versuchen, die CREST über Funk zu erreichen. Die Besatzung muß wissen, daß wir einen MdI entdeckt haben. Vergiß nicht, daß du nur einen Kurzimpuls abstrahlen darfst, sonst wird man den Sender anpeilen."

„Nevis-Latan heißt also der Mann, den wir finden müssen", sagte Gucky, der erneut in den Gedanken seiner Freunde spioniert hatte.

„Es gibt eine Möglichkeit, von der wir bisher noch nichts gewußt haben", sagte Rhodan. „Tannwander hat uns darauf aufmerksam gemacht."

Gucky entblößte seinen Nagezahn.

„Nevis-Latan ist begeisterter Tiefseefischer", entnahm er Rhodans Gedanken. „Aber was hat das mit unseren Plänen zu tun? Ah! Ich verstehe . . ."

„Genug geredet", unterbrach ihn Rhodan. „Es wird Zeit, daß du dich an die Arbeit machst. Das Leben in den Kaufhäusern ist dir nicht gut bekommen. Du hast Fett angesetzt."

„Dicke sind gemütlich", erklärte Gucky würdevoll. „Betrachte nur Brazos Surfat. Er ist ein so lieber Mensch, daß er . . ."

Gucky entmaterialisierte, als Sergeant Surfat sich auf ihn zubewegte und unmißverständliche Gesten machte.

„Nevis-Latan wird nach Atarks kommen", sagte Rhodan. „Das kann in einem Tag, aber auch erst in zehn oder mehr Tagen sein. Auf jeden Fall werden wir ihn erwarten. Und zwar an einem Platz, an dem er uns nicht erwartet, auch dann nicht, wenn er von unserer Anwesenheit wüßte."

11.

Gucky stellte die Geräte nacheinander auf den flachen Tisch inmitten des Zimmers. Er tat es mit einem gewissen Stolz, denn für den Mausbiber war es mit Gefahren verbunden gewesen, in das Rettungsboot einzudringen, das einmal zur ESKILA gehört hatte.

„Neun Mikroschirmfeldprojektoren", sagte Gucky und deutete auf die länglichen Geräte, die er gerade vor den Augen seiner Freunde ausbreitete. „Ein Mikrofunkgerät mit einem Entschlüßlerteil. Und", er nickte Atlan zu, „ein Neurodestrator."

Rhodan sprang auf, durchquerte den Raum und blieb erst vor dem Tisch stehen.

Er betrachtete das Gerät, das Gucky als Neurodestrator bezeichnet hatte.

„Es war eine ganz ausgezeichnete Idee, die einzelnen Geräte in die Steuerelemente des Rettungsbootes einzubauen", sagte Gucky, als würde er Rhodans Erregung nicht bemerken. „Die Tefroder haben das Kleinstraumschiff zwar untersucht, aber sie haben nichts gefunden. Ich entdeckte das Rettungsboot in einem Schuppen in der Nähe des Raumhafens."

Rhodan blickte noch immer auf den Neurodestrator. Er hörte, daß hinter ihm jemand aufstand und sich ihm näherte. Er wußte, daß es Atlan war.

„Zornig?" fragte der Arkonide.

„Ich hätte nicht gedacht, daß du dieses Gerät tatsächlich mitnehmen würdest", erwiderte Rhodan leise.

„Nein?" Atlan lachte freudlos. „Du wirst es nicht für möglich halten, aber ich habe vor, dieses Gerät auch zu *benutzen*."

„Es ist unmenschlich", sagte Rhodan.

„Mach dir darüber keine Sorgen", empfahl ihm Atlan. „Genau wie du und alle anderen Besatzungsmitglieder der CREST möchte ich in die Gegenwart zurückkehren. Um die Wesen, die uns daran hindern, zu besiegen, ist mir jedes Mittel recht."

„Man könnte eine solche Auffassung fast primitiv nennen", entfuhr es Rhodan.

Er wußte, daß er seinen Freund nicht mit derart harten Worten hätte angreifen dürfen, aber nun waren sie ausgesprochen und standen als unüberhörbare Herausforderung im Raum.

Atlan trat neben Rhodan und nahm den Neurodestrator vom Tisch auf. Er umschloß ihn so fest, daß die Knöchel seiner Hand weiß wurden.

„Vielleicht ist es primitiv, um sein Leben zu kämpfen", sagte er mit mühsamer Beherrschung. „Aber ich werde nicht zulassen, daß wir für immer in der Vergangenheit verschollen bleiben. Auf Vario ist ein MdI. Und er ist nur unseretwegen hier. Die MdI rechnen damit, daß uns früher oder später die Flucht aus der Milchstraße gelingen wird. Sie brauchen nur hier zu warten, bis wir auftauchen. Aber noch dürfte Nevis-Latan nichts von unserer Anwesenheit in Andromeda ahnen. Es liegt an uns, den Überraschungseffekt zu nützen."

Rhodan nickte. „Du hast ja recht, Atlan", gab er zu. „Nevis-Latan ist wegen uns hier. Auch wenn er nicht weiß, wann wir auftauchen, wird er die Umgebung seiner Tiefseestation genau beobachten. Wir werden noch vorsichtiger vorgehen müssen, als es bisher der Fall war."

Rhodan wußte, daß sie in Tannwanders Haus zunächst in Sicherheit waren. Der junge Tefroder war zu Ostrum unterwegs, um die Schwingquarze zurückzufordern, die er durch ordnungsgemäße Verträge von den neun vermeintlichen Alarern erworben hatte. Ostrum würde keine andere Möglichkeit haben, als die wertvollen Minerale an Tannwander zu übergeben, da er sich sonst heftiger Kritik der anderen Tamräte aussetzen würde.

Gleichzeitig würde sich Tannwander in Atarks umsehen und sie sofort benachrichtigen, wenn Nevis-Latan auftauchen sollte.

„Es wird Zeit, daß wir uns nach einem brauchbaren Raumschiff umsehen", sagte Atlan. „Wenn es uns gelingen sollte, Nevis-Latan zu bezwingen, muß ein Schiff bereitstehen."

„Tannwander wird uns helfen, eins zu kaufen", antwortete Rhodan. „Mit den Schwingquarzen kann er mehrere Schiffe bekommen, er verliert also nichts, wenn er uns von seinem Reichtum etwas abgibt. Sollte er sich weigern, wird André ihn davon überzeugen, daß es besser für ihn ist, wenn er mit uns zusammenarbeitet. Das Schiff darf nicht mehr als sechzig Meter durchmessen. Sobald Tannwander zurückkommt, werden wir mit ihm darüber sprechen."

Bevor sie sich weiter unterhalten konnten, summte der Bildsprechapparat.

Rhodan sah zögernd zu dem Gerät hinüber.

Papageorgiu, der unmittelbar daneben saß, blickte ihn an.

„Sollen wir das Gespräch entgegennehmen?"

Rhodan überlegte. Er wußte nicht, wer der Anrufer war. Wenn jemand mit Tannwander sprechen wollte und nichts von den Gästen des Tefroders wußte, würde er wahrscheinlich erschrecken, wenn er eine der neun verwahrlosten Gestalten auf seinem Bildschirm erblickte. Andererseits war es falsch, nur die Tonübertragung einzuschalten. Das konnte den Verdacht eines Neugierigen erwecken.

Das Gerät summte zum drittenmal.

„Wenn wir das Gespräch nicht entgegennehmen, kommt der Anrufer vielleicht in dieses Haus", sagt Atlan.

Rhodan ging zum Bildschirmsprechapparat und schaltete ihn ein. Der Bildschirm begann zu flimmern. Rhodan atmete erleichtert auf, als Tannwanders jugendliches Gesicht auf der Mattscheibe erschien.

„Das dauert aber ziemlich lange", beschwerte sich der Tefroder.

„Wir wußten nicht, ob wir einschalten sollten", erklärte Rhodan. „Es hätte ein Fremder sein können."

Eine steile Falte bildete sich auf Tannwanders Stirn. „Ich werde nur von Freunden angerufen. Vor diesen habe ich keine Geheimnisse."

„Warum wollen Sie uns sprechen?" lenkte Rhodan ab.

Tannwander lächelte. „Es wird Sie interessieren, daß Nevis-Latan vor einer Stunde in die Stadt gekommen ist."

Rhodan beugte sich vor.

„Was wissen Sie darüber?"

„Viel", entgegnete Tannwander. „Der Tamrat gab ein Interview für ein paar Reporter. Er erklärte, daß der plötzliche Tod Trahailors ihn schockiert habe. Er will ein paar Tage in der Tiefsee auf Jagd gehen, um sich zu erholen."

„Hm", machte Rhodan. „Wissen Sie den genauen Zeitpunkt, wann der Tamrat zu diesem Unternehmen aufbrechen wird?"

„In ein paar Stunden, denke ich." Tannwander machte eine ungeduldige Bewegung. „Es wird Zeit, daß wir das Gespräch beenden. Ich habe noch viel zu tun."

„Haben Sie die Schwingquarze?" fragte Rhodan hastig.

Der Tefroder lächelte triumphierend. Das sagte Rhodan mehr als alle Worte. Ostrum hatte nachgegeben.

„Wenn Sie in Ihr Haus zurückkommen, werden Sie mit drei Männern etwas erledigen", sagte Rhodan. „Sie werden zusammen ein kleines Raumschiff kaufen."

„Was?" entfuhr es Tannwander. „Ein Raumschiff? Ihr Burschen habt doch kein Geld."

„Aber *Sie* haben genug davon", erwiderte Rhodan sanft. „Eine ganze Menge sogar. Sie wissen genau, was unsere Schwingquarze wert sind."

Tannwander schwieg. Rhodan glaubte, der Junge würde die Verbindung unterbrechen, doch dann fragte Tannwander: „Wozu brauchen Sie ein Schiff?"

„Wir wollen nach Alara Vier zurück", eröffnete ihm Rhodan.

Tannwander klatschte in die Hände und lachte. „Nach Alar Vier? Das ist wahrscheinlich der letzte Planet innerhalb Andromedas, den Sie aufsuchen werden."

Rhodan überging den Einwand. „Von wo aus wird Nevis-Latan zu seiner Tiefseeexpedition starten?" erkundigte er sich.

„Vom Palar-Hafen, etwa zweihundert Meilen von Atarks entfernt. Der Hafen liegt unmittelbar bei der kleinen Küstenstadt Wor-Kartan."

„Sie müssen uns neun Raumanzüge und ein paar Paralysatoren beschaffen", verlangte Rhodan. „Außerdem brauchen wir einen Gleiter. Es wird am besten sein, wenn Sie die Anzüge und die Waffen innerhalb des Gleiters unterbringen. Wir müssen die Maschine in einer Stunde zur Verfügung haben."

Tannwander lächelte spöttisch. „Ist das alles?" fragte er.

„Zunächst ja", sagte Rhodan. „Werden Sie alles erledigen?"

Tannwander schüttelte verwundert den Kopf. „Ich glaube, ich bin übergeschnappt", meinte er. „Ich frage mich nur, warum ich es tue."

Rhodan hätte ihm diese Frage leicht beantworten können. Doch er wollte den Tefroder nicht unnötig verwirren. Später, wenn sie Vario verlassen hatten, würde Tannwander vergeblich darüber nachgrübeln, warum er verschiedene Dinge widerspruchslos getan hatte. Wahrscheinlich würde er nie erfahren, daß er im Banne des Hypnos André Noir gestanden hatte und ein willenloses Werkzeug einiger verzweifelter Terraner gewesen war.

Als Rhodan wieder aufblickte, war der Bildschirm dunkel. Der Tefroder hatte das Gespräch beendet. Rhodan kehrte an seinen Platz zurück.

„Es klappt besser, als ich gehofft hatte", sagte er. „Nevis-Latan bricht zu einer Unterwasserfahrt auf. Zweifellos will er seine unterseeische Station aufsuchen. Wir müssen vor ihm im Palar-Hafen sein."

„Was haben Sie vor?" wollte Tako Kakuta wissen.

Rhodan erklärte es ihm. Es war ein verzweifelter Plan. Ein Plan, wie er nur von einem Mann ausgedacht werden konnte, der kein Risiko scheute.

Tannwander stürmte in den Raum und fuchtelte gereizt mit den Armen.

„Wissen Sie, was es bedeutet, in einer Stunde einen Gleiter, neun

Raumanzüge und neun Paralysatoren zu beschaffen und dabei unangenehme Fragen zu umgehen?"

Rhodan erhob sich und ging dem Tefroder entgegen. Es war noch keine volle Stunde seit ihrem Gespräch verstrichen.

„Haben Sie alles?" fragte er.

„Natürlich!" rief Tannwander. „Nur die Schwingquarze noch nicht, weil ich bisher keine Zeit hatte, mich darum zu kümmern."

„Aber Ostrum wird sie Ihnen übergeben?" mischte sich Atlan ein.

„Natürlich!" sagte Tannwander. „Ich habe bereits seine Zusicherung. Er tobte vor Zorn, als ich ihm die Verträge zeigte."

Rhodan deutete auf Atlan, Papageorgiu und Chard Bradon. „Diese Männer werden zusammen mit Ihnen ein Raumschiff kaufen. Es wird auf Ob Tolareff überschrieben. Alles wird völlig legal sein. Inzwischen werden wir uns um Nevis-Latan kümmern. Wo steht der Gleiter?"

„Auf dem Dach", seufzte Tannwander ergeben. „Ich weiß nicht . . ."

Er kam nicht dazu, diesen Satz zu vollenden. Sechs der verwahrlosten Männer stürmten an ihm vorbei. Tannwander schaute Atlan mit einem Ausdruck grenzenloser Verblüffung an.

„Es sieht so aus, als wollten Sie die Zeit einholen", meinte er.

Atlan, Papageorgiu und Bradon sahen sich an und brachen dann wie auf ein geheimes Kommando in schallendes Gelächter aus.

„He!" schrie Tannwander. „Was ist daran so lustig?"

„Fünfzigtausend Jahre!" rief Atlan ächzend aus. „Glauben Sie, daß man diese Zeit einholen kann?"

Tannwander preßte eine Hand gegen die Stirn und schloß die Augen.

„Ich glaube, ich bin doch verrückt", sagte er niedergeschlagen.

Perry Rhodan benötigte nur wenige Augenblicke, um sich mit der Steuerung des Gleiters vertraut zu machen. Tannwander hatte sein Versprechen gehalten. Innerhalb der Maschine fanden sie neun Raumanzüge und ebenso viele Paralysatoren. Während sich der Gleiter vom Dach abhob, materialisierte Gucky in der Kanzel. Solange Tannwander in seinem Haus weilte, war der Mausbiber in den Kellerräumen geblieben. Rhodan wollte immer noch vermeiden, daß der Tefroder Gucky zu Gesicht bekam. Das hätte die Situation nur unnötig kompliziert.

Rhodan steuerte direkt auf die Küste zu. Er wußte nicht, wie der Palar-Hafen beschaffen war, aber es handelte sich mit Sicherheit um einen reinen Sporthafen, denn die Tefroder benötigten weder für wirtschaftliche noch für militärische Zwecke eine Seeflotte.

Solange sie noch über Atarks dahinflogen, achtete Rhodan darauf, daß er sich mit dem Gleiter innerhalb der Flugbahnen hielt. Er wollte vermeiden, daß er wegen eines Verkehrsdelikts von der Luftpolizei angehalten wurde.

Als sie die Stadt hinter sich gelassen hatten, beschleunigte Rhodan die Maschine. In zweihundert Meter Höhe flogen sie über dem flachen Land dahin. Unter ihnen krochen riesige Robotmaschinen über ausgedehnte Felder hinweg. Die Tefroder brauchten sich um die Landwirtschaft kaum noch zu kümmern. Nur wenige Techniker steuerten die gesamten Anlagen. Auch darin unterschieden sich Lemuria und Terra kaum. Ein Netz von Bewässerungsanlagen zog sich durch die verschiedenen Felder. Saatmaschinen glitten dicht über den Boden dahin, aus ihren Düsen sprühten sie den Samen aus.

In den Randgebieten der Wälder entdeckte Rhodan einige Ansiedlungen. Hier lebten die Techniker, die die Landwirtschaft kontrollierten. Fast alle Tefroder wohnten in den riesigen, aber weiträumig angelegten Städten.

Allmählich wurde das Land hügelig und felsig. Der Gleiter näherte sich der Küste. Rhodan wußte, daß in wenigen Stunden die Sonne untergehen würde. Er war froh, daß sie den Hafen noch bei Tageslicht erreichen würden.

„Dort vor uns liegt das Meer!" rief Brazos Surfat.

„Wasser!" seufzte Olivier Doutreval. „Wenn ich Wasser sehe, muß ich an den zentimeterdicken Dreck denken, der auf meiner Haut sitzt."

Surfat dehnte sich, daß seine Gelenke knackten. „Ich habe mich selten so wohl gefühlt", behauptete er. „Endlich kann ich einmal ein naturverbundenes Leben führen."

„Naturverbunden nennen Sie das?" empörte sich Doutreval. „Es ist einfach ungeheuerlich, daß ein Mensch daran Gefallen finden kann."

Surfat fummelte in seinen durchlöcherten Jackentaschen, zog eine verschimmelt aussehende Knoblauchzehe hervor und biß mit offensichtlichem Genuß hinein.

„Zurück zur Scholle", sagte er salbungsvoll. „Das war schon immer mein stiller Traum."

158

Doutreval wandte sich ab. Rhodan lächelte. Er wußte, wie der Funker in seiner jetzigen Aufmachung litt. Olivier Doutreval, dem man nachsagte, daß er am Tag dreimal ein Bad nahm, mußte schon seit Tagen ungewaschen bleiben.

Sie flogen jetzt über der Küste dahin. In ungefähr drei Meilen Entfernung sah Rhodan eine Küstenortschaft auftauchen, die in einer langgestreckten Bucht lag. Das mußte Wor-Kartan sein. Etwa eine Meile vom Ufer entfernt entdeckte Rhodan eine kleine Insel, die dem Palar-Hafen vorgelagert war.

„Die Insel scheint zu einem Park ausgebaut zu sein", erkannte Don Redhorse, „sehen Sie die Sportboote, die zwischen der Insel und der Küste verkehren?"

„Wir können auf der Insel nicht landen", stellte Rhodan fest. „Dadurch würden wir nur unnötige Aufmerksamkeit erregen. Ich werde die Maschine in der Nähe der Ansiedlung niedergehen lassen."

Sie erreichten Wor-Kartan. Rhodan entdeckte einen Parkplatz für Gleiter, aber dort war zuviel Betrieb. Einige hundert Meter vom Palar-Hafen entfernt wurde die Küste felsiger. Rhodan sah Sporttaucher zwischen den Klippen herumturnen. Auch Angler standen dort. Einige dieser Tefroder hatten ihre Gleiter einfach im freien Gelände abgestellt.

„Dort werden wir landen", entschied Rhodan und zeigte die Richtung an.

„Wie erfahren wir, wann Nevis-Latan auftaucht?" erkundigte sich Redhorse.

„Sobald wir gelandet sind, werden Kakuta und ich uns im Hafen umsehen. Wahrscheinlich besitzt der Tamrat ein U-Boot mit Atomantrieb. Es dürfte nicht schwer sein, ein solches Schiff unter den kleinen Sportbooten ausfindig zu machen."

„Und was tun wir inzwischen?" fragte Gucky.

„Warten", erwiderte Rhodan. „Du wirst noch früh genug Arbeit bekommen."

Rhodan landete den Gleiter in einer winzigen Bucht zwischen den Klippen. Die Felsen ragten hier fast fünfzehn Meter in die Höhe, so daß sie die Maschine gegen die Blicke der Sporttaucher abschirmten, die sich in der Nähe aufhielten.

Rhodan und Tako Kakuta legten Raumanzüge an. Sie befestigten die Schirmfeldprojektoren am Gürtel. Jetzt konnten sie sich ohne Gefahr unter Wasser fortbewegen.

159

„Wir gehen bereits hier ins Wasser und schwimmen bis zum Hafen", sagte Rhodan zu Kakuta. „Sobald wir das Schiff des Tamrats gefunden haben, suchen wir uns einen geeigneten Platz, an dem wir den MdI abfangen können."

Kakuta nickte und schloß den Helm seines Anzugs. Redhorse verließ den Gleiter und hielt nach Tefrodern Ausschau. Er kam gleich darauf zurück und gab Rhodan ein Zeichen, daß niemand in der Nähe wäre. Rhodan schaltete die Sprechverbindung ein und ließ Sauerstoff in den Helm strömen.

„Es geht los, Tako!" sagte er. „Bleiben Sie immer unter der Wasseroberfläche und achten Sie darauf, daß wir mit keinem Taucher zusammenstoßen."

Sie verließen den Gleiter und legten die wenigen Meter bis zum Ufer schnell zurück. Rhodan tauchte unter und schwamm mit kräftigen Stößen voran. Kakuta blieb an seiner Seite. Rhodan sah bewachsene Felsen auftauchen. Winzige, farbenprächtige Fische huschten in Schwärmen vor ihnen her. Dann kamen tiefere Stellen. Rhodan sah größere Fische und langstielige Wassergewächse, die sanft hin und her schwangen. Gelbe, kürbisähnliche Gebilde klebten an den Felsen. Hunderte von Muscheln waren überall zu sehen. Es war ein farbenprächtiges Bild, wie es auch die Meere der Erde boten.

Sie kamen jetzt an Stellen vorbei, die so tief waren, daß der Grund nicht mehr sichtbar war. Wenn Rhodan nach oben blickte, sah er die Sonne auf der Wasseroberfläche glitzern. Ein großer Fisch näherte sich ihm neugierig, aber als Rhodan eine heftige Bewegung machte, schoß das Tier davon und verschwand zwischen den Wasserpflanzen. Quallenähnliche Gebilde schwammen vorbei. Dort, wo der Grund sichtbar war, krochen armdicke Würmer über den hellen Sand.

Kakuta schwamm jetzt ein Stück vor Rhodan und deutete in die Tiefe. Rhodan sah einen riesigen Fisch, der bewegungslos auf dem Meeresgrund lag und aus einem starren Auge zu ihnen heraufblickte. Während Rhodan das Tier beobachtete, veränderte es die Farbe. Es hob sich jetzt kaum noch gegen den Sand ab. Viele kleinere Fische näherten sich ahnungslos. Plötzlich raste der Riesenfisch wie von einem Katapult abgeschossen in die Höhe. Sand wirbelte auf. Unzählige Bläschen stiegen der Wasseroberfläche entgegen. Der Räuber jedoch hatte ein Opfer gepackt und zerrte es mit in die Tiefe.

„Achtung!" sagte Kakuta über Sprechfunk.

Rhodan fuhr herum. Schräg vor ihnen tauchte der Kiel eines kleinen

Bootes auf. Das Boot fuhr landeinwärts, sein Motor wühlte die Meeresoberfläche auf. Rhodan wußte, daß er unter Wasser alles vergrößert sah, das Boot über ihnen trug im Höchstfall drei oder vier Personen.

Sie schwammen weiter. Das Meer wurde wieder flacher. Rhodan riskierte es, einmal kurz aufzutauchen, um sich zu orientieren. Sie hatten den Hafen fast erreicht, aber der Pier war noch zu weit entfernt, als daß man Einzelheiten erkennen konnte. Rhodan sah mehrere große Boote. Er tauchte und gab Kakuta die Richtung an. Sie schwammen direkt in das Hafenbecken hinein. Rhodan fragte sich, ob Nevis-Latan argwöhnisch war, weil er sich so plötzlich dazu entschlossen hatte, die Unterseestation aufzusuchen. Rhodan war überzeugt davon, daß Nevis-Latans Interesse für den Tiefseesport nur ein Vorwand war, damit er ungehindert seinen Aufgaben als MdI nachgehen konnte.

Sie mußten jetzt vorsichtiger und in größerer Tiefe schwimmen, denn sie stießen häufiger auf Schiffe, die den Hafen ansteuerten oder verließen. Zum Glück gab es hier keine Sporttaucher. Das Gebiet dieser Männer lag in den Klippen. Hier gab es lediglich einige Fischer zu sehen oder Abfälle, die aus den Booten ins Wasser geworfen wurden und nun am Meeresgrund lagen.

Tako Kakuta deutete nach vorn. Sie hatten das Hafenbecken erreicht. Rhodan wußte, daß sie bis zur Kaimauer vordringen mußten, wenn sie Nevis-Latans Boot finden wollten. Es konnte sich nur um ein U-Boot handeln.

Rhodan ließ sich nach oben treiben. Er achtete darauf, daß er zwischen zwei Schiffswänden herauskam, so daß er zur Kaimauer hinüberblicken konnte. Kakuta tauchte neben ihm auf. Im Hafen herrschte reger Betrieb. Die Sonne stand bereits tief über dem Meer. Die Tefroder kehrten von ihren Ausflügen aufs Meer zurück.

Perry Rhodan sah zwei U-Boote, die an der Kaimauer befestigt waren. Sie unterschieden sich nur in der Größe.

„Was nun?" fragte Kakuta, der die beiden Schiffe ebenfalls entdeckt hatte.

„Eines davon gehört Nevis-Latan", sagte Rhodan nachdenklich.

„Oder alle beide", meinte Kakuta. „Warum sollte er nicht zwei U-Boote besitzen?"

„Möglich wäre es", gab Rhodan zu. „Aber ich glaube nicht, daß es so ist. Wir schwimmen hinüber und versuchen herauszufinden, welches Schiff dem Tamrat gehört."

„Ich frage mich, wie der MdI es in so kurzer Zeit geschafft hat, Tamrat von Lemuria zu werden", sagte Kakuta nachdenklich.

„Es gibt viele Möglichkeiten", meinte Rhodan. „Vergessen Sie nicht, daß die gewaltigste technische Macht zweier Galaxien von unseren Gegnern aufgebaut wurde. Es war für Nevis-Latan bestimmt kein Problem, Tamrat für das gesamte Transportwesen Lemurias zu werden."

„Wissen Sie, woran ich denke?" fragte der Teleporter, als sie wieder untertauchten. Er wartete nicht, bis Rhodan antwortete, sondern fuhr mit gepreßter Stimme fort: „Ich denke daran, daß wir nichts dagegen tun können, wenn in der Realzeit einige MdI auf der Erde auftauchen und wichtige Positionen einnehmen."

„Hören Sie auf damit!" rief Rhodan. „Solche Überlegungen lenken uns von unserer Aufgabe ab."

„Ich weiß", gab der Mutant zu. „Aber ich kann es nicht vergessen."

Rhodan hätte ihm sagen können, daß er ähnliche Befürchtungen hegte. Aber warum sollte er die Stimmung seiner Männer noch dadurch verschlechtern, daß er seinen besorgten Gedanken Ausdruck verlieh? Im Augenblick konnten sie den Menschen in der Realzeit nicht helfen. Sie hatten genug mit sich selbst zu tun.

Im Hafen war das Wasser schmutzig, doch die Sicht war noch so gut, daß man die Schiffsböden aus ein paar Metern Tiefe deutlich sehen konnte. Die beiden Männer erreichten die Kaimauer und schwammen an ihr entlang, bis vor ihnen das erste jener beiden Schiffe auftauchte, die sie von weiter draußen gesehen hatten.

„Es ist tatsächlich ein U-Boot", sagte Kakuta, während sie sich an der gewölbten Außenfläche des Schiffes entlangtasteten. Rhodan untersuchte die Motorschraube. Er wollte nicht riskieren, so dicht am Ufer aufzutauchen. Sie wandten sich dem zweiten Unterseeboot zu. Es war größer als das erste, aber das mußte nicht bedeuten, daß es Nevis-Latan gehörte.

„Wir müssen die andere Seite der Schiffe untersuchen", sagte Rhodan.

„Sie liegen zu dicht an der Kaimauer", gab Kakuta zu bedenken. „Wir kommen nicht heran."

Rhodan tauchte unter dem größeren Schiff hindurch. Er schätzte seine Länge auf knapp achtzehn Meter. In der schmalen Lücke zwischen Mauer und Schiffsrumpf hatten sich alle möglichen Überreste gesammelt. Holzstücke, Papierabfälle, Wasserpflanzen und tote Fische schwammen an der Wasseroberfläche. Die Sicht war schlecht, doch Rhodan ließ sich dadurch nicht abhalten. Ungefähr in der Mitte des Boots entdeckte er eine Schleuse. Er machte Kakuta darauf aufmerksam.

„Ich glaube, wir haben das richtige Schiff", sagte Rhodan.

Sie untersuchten das zweite Boot, das jedoch keine Schleuse besaß.

„Jetzt müssen wir nur noch warten", sagte Kakuta.

„Hier?" Rhodan schüttelte den Kopf.

„Es gibt bestimmt einige Tefroder, die den Tamrat beobachten, wenn er in seinem Boot verschwindet. Spätestens eine Stunde danach würden sie sich wundern, warum Nevis-Latan nicht aufbricht. Nein, hier können wir den MdI nicht überfallen."

„Draußen im Meer?" erkundigte sich Kakuta. „Wenn das Schiff den Hafen verlassen hat, kann es sich in alle möglichen Richtungen wenden."

„Auf jeden Fall muß es an der Insel vorbei", erklärte Rhodan.

Kakuta stieß einen Pfiff aus. „Ich vergaß", sagte er. „Wir werden also zur Insel hinüberschwimmen und auf den Tamrat warten. Wahrscheinlich wird er dort bereits untergetaucht sein, so daß wir eventuelle Zuschauer nicht zu fürchten brauchen."

„Wir kehren jetzt um und holen die anderen", sagte Rhodan.

Nebeneinander schwammen sie aus dem Hafen hinaus. Rhodan hoffte, daß ihnen noch genügend Zeit zur Verfügung stand. Der Tamrat konnte jeden Augenblick in Wor-Kartan eintreffen. Als sie außerhalb des Hafens waren, tauchte Rhodan noch einmal auf. Er blickte zum Pier hinüber.

„Kakuta!" rief er.

An seiner Seite teilte sich die Wasseroberfläche. Kakutas Kopf erschien. Schweigend beobachteten die beiden Männer den Hafen. Das größere U-Boot hatte abgelegt und fuhr mit hoher Geschwindigkeit dem offenen Meer entgegen.

„Wir können ihn jetzt nicht mehr einholen", sagte Rhodan.

Kakuta fluchte erbittert. Rhodan hatte den kleinen Japaner selten so enttäuscht gesehen.

„Immer mit der Ruhe", sagte Rhodan gelassen. „Nevis-Latan muß schließlich wieder zurückkommen. Dann werden wir in der Nähe der Insel auf ihn warten."

163

Tako Kakuta warf einen Blick aufs Meer hinaus, wo gerade die Sonne untergegangen war.

„Es kann Tage dauern, bis er zurückkommt", gab er zu bedenken.

„Wann immer er kommt", sagte Rhodan. „Wir werden ihn erwarten."

12.

Dromm schaute abwechselnd auf seine gepflegten Hände und auf den hochgewachsenen Mann, der aussah, als habe er einige Monate im Freien geschlafen. Der Kerl sah nicht nur so aus, er roch auch so. Dromms Blicke kehrten zu seinen Händen zurück. Er sah, daß sie zuckten.

„*Was*, sagten Sie, wollen Sie kaufen?" brachte er ungläubig hervor.

Der Fremde mit dem verwahrlosten Bart und dem wirren Haar verschränkte die Arme über der Brust und grinste Dromm unverschämt an.

„Ein Raumschiff", wiederholte er. „Ich möchte ein Raumschiff kaufen."

Dromm ließ sich ächzend zurücksinken. Er war daran gewöhnt, daß Tefroder mit allen möglichen Ansprüchen zu ihm kamen. Aber daß ein Kerl, der aussah, als wäre er kurz vor dem Verhungern, ein Raumschiff bei ihm kaufen wollte, das übertraf alles, was er bisher erlebt hatte.

Dromm zog eine Schublade seines Schreibtisches auf und fischte eine kleine Münze heraus. Er warf sie auf den Tisch.

„Hier", sagte er. „Nehmen Sie das. Der Witz war gut. Ich habe mich selten so amüsiert. Aber nun verschwinden Sie!"

Der Fremde trat näher an den Schreibtisch heran. Unwillkürlich versuchte Dromm, noch ein bißchen weiter nach hinten auszuweichen. Doch das ging nicht, weil ihn die Rückenlehne des Sessels daran hinderte. Die Augen des Unbekannten paßten überhaupt nicht zu seiner äußeren Erscheinung, fand Dromm. Sie blickten kalt und herausfordernd.

Der Mann hob die Münze auf und schnippte sie gezielt in die Schublade zurück.

„Mein Name ist Ob Tolareff", sagte der Fremde geduldig. „Ich bin ein Alarer. Ich möchte ein Raumschiff kaufen."

Dromm fühlte, daß ihm der Schweiß ausbrach. Er schielte dorthin, wo er seine Waffe verbarg.

„Das ist nicht so einfach", brachte er hervor. „Ein Raumschiff ist schließlich kein... äh... gewöhnliches Fahrzeug."

„Das weiß ich", unterbrach ihn der Alarer. „Wenn ich ein gewöhnliches Fahrzeug benötigen würde, käme ich nicht zu Ihnen. Das Schiff, das ich suche, darf nicht mehr als sechzig Meter durchmessen."

Dromm schloß die Augen und fragte sich, ob er den Verstand verloren hatte. Unterdessen sprach der Eindringling weiter.

„Wenn Sie gestatten, hole ich meine Freunde herein. Sie werden Ihnen bestätigen, daß meine Absichten ehrlich sind."

Dromm wußte, daß im Vorraum zwei weitere zerlumpte, stinkende Gestalten warteten. Der Gedanke, daß sie ebenfalls hereinkommen könnten, war ihm unerträglich. Er hob die Arme.

„Nein, nein!" rief er. „Lassen Sie nur! Wir werden schon einen Weg finden, um uns zu einigen."

„Bestimmt", versicherte Ob Tolareff mit einem kaum merklichen Lächeln.

Dromm blickte seinen ungewöhnlichen Kunden lauernd an.

„Sind Sie sich darüber im klaren, daß Sie für ein solches Schiff eine... äh... hohe Summe bezahlen müssen?" fragte er.

„Ich bin über die Preise informiert", entgegnete Ob Tolareff ruhig.

Dromm begann zu zittern. Seine Hand näherte sich dem Auslöser der Alarmanlage.

„Wollen Sie behaupten, daß Sie über eine derartige Summe verfügen?" erkundigte er sich verzweifelt.

Zum erstenmal wurde der Alarer unfreundlich. Er beugte sich über den Schreibtisch. Seine Augen ließen den Tefroder nicht mehr los.

„Ich habe das Geld!" sagte Tolareff eindringlich.

In Dromm erwachte der Geschäftsmann. Ab und zu gab es die verrücktesten Geschichten. Vielleicht waren diese alarischen Schmutzfinke tatsächlich reich. Gerüchte besagten, daß sie mit Schwingquarzen handelten. Dromm befeuchtete seine ausgetrockneten Lippen mit der Zungenspitze. Er dachte angestrengt nach. Er witterte das Geschäft seines Lebens. Sicher würde es einfach sein, diesen Barbaren ein schrottreifes Schiff für teures Geld anzudrehen. Dromm lächelte verbindlich.

165

„Nun gut", meinte er. „Vielleicht kommen wir ins Geschäft."
Er bemerkte erleichtert, daß der Alarer sich wieder aufrichtete.
Hastig wühlte er in seinen Schubladen und brachte einige Aufnah-
men verschiedener Raumschiffstypen hervor. Er breitete sie vor Ob
Tolareff auf dem Tisch aus.

„Meine Gesellschaft bezieht die Schiffe direkt von der Flotte",
sagte er stolz. „Sie können also sicher sein . . ."

„Alte Militärschiffe also", stellte der Alarer unbeeindruckt fest.
„Das kommt für uns nicht in Frage."

Dromm hob beschwichtigend die Hände. „Ich bitte Sie. Alle
Schiffe sind in einem erstklassigen Zustand. Glauben Sie nicht, daß
wir mit Ausbildungsschiffen handeln, an denen unzählige Kadetten
herumgepfuscht haben."

Atlan begann in den Papieren herumzuwühlen, die der Tefroder
vor ihm ausgebreitet hatte. Dromm sah mit sichtlichem Unwillen
dabei zu. Endlich erhielt er von dem Alarer ein Blatt zurück.

„Das würde mich interessieren", sagte Ob Tolareff.

Unwillkürlich hielt Dromm den Atem an. Ausgerechnet das beste
Kleinstraumschiff hatte sich dieser unzivilisierte Bursche ausgesucht.

Dromm stieß ein verächtliches Lachen aus. „Die PERTAGOR!"
Er schüttelte ungläubig den Kopf. „Ausgerechnet die PERTAGOR!
Guter Freund, mit diesem Schiff würden Sie noch nicht einmal einen
vernünftigen Start vollziehen können." Mit einem geschickten Griff
zog Dromm ein anderes Blatt unter dem Papierstapel hervor. „Hier,
die BARADAS, die wäre genau richtig für Sie."

Der Fremde nahm das Blatt entgegen und betrachtete es einge-
hend.

„Wann wurde diese Aufnahme gemacht?" fragte er.

„Vor einigen Tagen", log Dromm. „Sie sehen, es ist ein kleines,
aber ungemein leistungsfähiges Schiff. Rechts unten sind alle technischen Daten eingetragen. Sie werden selten ein Schiff dieser Klasse
finden, das solche ungewöhnlichen Beschleunigungswerte aufweist."

„Hier steht, daß die BARADAS einen RG-Antrieb besitzt. Soweit
ich informiert bin, ist ein solcher Antrieb überhaupt nicht in der
Lage, die hier angegebenen Beschleunigungswerte auch nur annä-
hernd zu erreichen."

Dromm lächelte verlegen. „Das muß ein Irrtum sein", sagte er
unglücklich. „Aber ich habe noch eine Reihe anderer Schiffe zur
Auswahl. Wenn Sie sich . . ."

„Ich möchte dieses Schiff", unterbrach ihn Ob Tolareff. „Ich will die PERTAGOR."

Dromm sprang auf. „Das kann ich nicht verantworten", quäkte er. Sein rundlicher Körper bebte vor Erregung. „Es wäre Mord, Ihnen die PERTAGOR zu verkaufen. Sie und Ihre Begleiter würden in den sicheren Tod fliegen."

„Wenn dieses Schiff so schlecht ist, können Sie es auch zu einem Sonderpreis verkaufen", schlug der Fremde ungerührt vor.

Dromm kehrte zu seinem Sessel zurück und sank ächzend nieder. Der schmutzige Bursche war ein härterer Brocken, als er angenommen hatte.

„Ich werde Ihnen überhaupt kein Schiff verkaufen", erklärte Dromm. „Weder die PERTAGOR noch irgendein anderes. Ich werde meinen Ruf als seriöser Geschäftsmann nicht ruinieren."

In diesem Augenblick summte das Bildsprechgerät auf Dromms Tisch. Der Tefroder schaltete auf Empfang. Er wartete vergeblich, daß der Alarer den Raum verlassen und ihn ungestört sprechen lassen würde. Auf dem Bildschirm zeichnete sich ein jugendliches Gesicht ab. Dromm gluckste überrascht.

Eine fast kindliche Stimme kam aus dem Empfänger. „Waren meine Freunde schon bei Ihnen, Dromm?"

„Welche Freunde?" wollte der Händler wissen. „Hören Sie zu, Tannwander, ich habe im Augenblick viel zu tun."

„*Wir* sind seine Freunde", sagte der schlanke Fremde.

Dromm schnappte nach Luft. Er schaute wie benommen auf das Empfangsgerät. Er sah, daß Tannwander lächelte.

„Wie sehen Ihre Freunde aus?" brachte Dromm mühsam hervor.

„Wie Vagabunden", sagte Tannwander. „Es sind drei Alarer. Ihr Anführer nennt sich Ob Tolareff. Ich wünsche, daß sie ordnungsgemäß bedient werden. Um die Zahlung kümmere ich mich."

Dromm hieb mit einer Faust auf den Schalter des Bildsprechgerätes. Die Verbindung wurde unterbrochen.

„Warum haben Sie nicht gleich gesagt, daß Sie Freunde Tannwanders sind?" fauchte er empört. „Das hätte uns viel Zeit erspart."

„Ich dachte, es wäre nicht nötig, Sie darauf hinzuweisen", meinte der Fremde entschuldigend. Dromm hörte deutlich den Spott aus der sanften Stimme heraus. „Ich dachte, Sie verkaufen an jeden."

„Sie können die PERTAGOR kaufen", knurrte Dromm und trocknete sich die schweißnasse Stirn ab. „Sie ist ein wunderbares Schiff."

167

Er riß eine Schublade auf und suchte nach den Verträgen und den Besitzurkunden.

„Warum regen Sie sich so auf?" fragte der Alarer.

Dromm warf ihm einen gequälten Blick zu. Er griff zu einem Schreibstift und setzte seinen Namenszug unter ein Schriftstück. Dann schob er es Ob Tolareff über den Tisch.

„Selbstverständlich brauchen Sie einen Pilotenschein", sagte er.

„Er befindet sich in den Händen des Tamrats Ostrum", erklärte Ob Tolareff. „Tannwander wird ihn rechtzeitig beschaffen."

Dromm zerknüllte die Aufnahme der PERTAGOR und warf das Papier achtlos in die Ecke.

„Heute ist der unglücklichste Tag meines Lebens", sagte er trübsinnig.

Atlan beugte sich über den Tisch und unterschrieb die Verträge.

„Sie wissen überhaupt nicht, was es bedeutet, unglücklich zu sein", sagte er zu dem Händler. „Nein, ich bin sicher, daß Sie es nicht wissen."

In Dromms Gehirn entstand ein unbestimmter Verdacht. Er wußte selbst nicht, warum er fragte: „Wozu brauchen Sie dieses Schiff überhaupt?"

Der Alarer zuckte mit den Schultern und antwortete nicht. Dromm preßte grimmig die Lippen aufeinander. Sobald er Tannwander sprechen konnte, würde er dem Jungen eine Menge Fragen stellen. Es war nur ziemlich zweifelhaft, ob Tannwander sie beantworten konnte, überlegte Dromm.

Er nahm die unterschriebenen Verträge entgegen und händigte einen davon dem Alarer aus.

„Ich fliege mit Ihnen zum Raumhafen hinaus", erbot er sich. „Sie können sich das Schiff dort ansehen."

Der Alarer bedankte sich und wartete, daß Dromm hinter dem Schreibtisch hervorkam. Im Vorraum warteten die beiden Begleiter Ob Tolareffs. Einer von ihnen war ein riesiger Bursche, der dem gequälten Dromm so kräftig die Hand schüttelte, daß der Tefroder in die Knie ging.

„Haben Sie überhaupt keine Manieren?" beschwerte sich der Händler aufgebracht.

Der junge Riese warf seinen beiden Freunden einen verstörten Blick zu.

„Was hat er nur?" wollte er von ihnen wissen.

Dromm stürmte auf den Gang hinaus, weil er die spöttische Antwort des schlanken Fremden, der sich Ob Tolareff nannte, nicht mehr hören wollte.

Aber sosehr er sich auch beeilte, das Gelächter der drei Alarer holte ihn ein.

Das gleichmäßige Rauschen der Wellen wirkte einschläfernd. Rhodan blickte auf die graue, endlos scheinende Fläche der See hinaus. Irgendwo unter Wasser warteten Tako Kakuta und André auf die Rückkehr des Meisters der Insel. Rhodan löste seinen Blick vom Meer. In kurzer Zeit würde die Sonne aufgehen. Hier, unmittelbar am Wasser, war es kühl und windig.

Doutreval, Redhorse, Surfat, Gucky und Rhodan kauerten zwischen den Felsen an der Steilküste der Parkinsel, die vor dem Palar-Hafen lag. Im Hafen war noch alles ruhig. Lediglich einige Sportfischer waren bei Anbruch des neuen Tages aufs Meer hinausgefahren. Hoch über der Insel kreisten ein paar möwenähnliche Vögel.

Lemuria, dachte Rhodan versonnen, war eine zweite Erde. Wenn es keine Rückkehr in die Realzeit mehr geben sollte, könnte er versuchen, zusammen mit seinen Freunden auf dieser Welt ein neues Leben zu beginnen. Aber war das überhaupt möglich? Rhodan bezweifelte es. Die Geschehnisse trieben einer Entscheidung zu. Sie würden die Gegenwart erreichen oder von ihren Gegnern besiegt werden. Eine andere Alternative gab es nicht.

Gucky gab im Schlaf ein leises Piepsen von sich. Er hatte sich auf Sergeant Surfats Jacke gekuschelt. Ab und zu zuckte sein Körper. Rhodan lächelte. Der Kleine sah ziemlich hilflos aus. Auch Brazos Surfat schlief. In regelmäßigen Abständen seufzte er. Surfat war ein Mann, der in den unmöglichsten Situationen schlafen konnte.

Major Don Redhorse saß wie eine Statue auf einem Felsen unmittelbar am Wasser. Sein Blick war aufs Meer hinaus gerichtet. Rhodan fragte sich, welche Gedanken den Indianer beschäftigten. Der Cheyenne war ein seltsamer Mann, trotz aller Offenheit blieb ein Teil seines Charakters Rhodan immer verschlossen.

Olivier Doutreval war wach. Er lehnte mit dem Rücken gegen einen vom Wasser rundgeschliffenen Stein. Er suchte den Boden nach Muscheln ab. Der Funker machte einen übermüdeten Eindruck. Er schaute auf, als er Rhodans Blick auf sich ruhen fühlte. Rhodan lächelte und winkte ihm zu.

„Soll ich Kakuta jetzt ablösen, Sir?" fragte Doutreval.

„Nein", antwortete Rhodan. „Noir und Kakuta können unbegrenzte Zeit unter Wasser bleiben. Ihr Zellaktivator verhindert, daß sie zu schnell müde werden."

„Wenn es hell wird, können wir hier nicht bleiben", sagte Redhorse. Er deutete zur Steilküste hinauf. „Sobald die ersten Besucher auf die Parkinsel kommen, werden sie in den Klippen herumturnen. Wenn sie uns in unseren Anzügen sehen, werden sie sich Gedanken über unsere Absichten machen."

Rhodan hob einen Stein auf und warf ihn ins Wasser. Ein Blick zum Hafen überzeugte ihn, daß dort noch alles still war. Redhorse hatte recht. In zwei oder drei Stunden mußten sie sich alle unter die Wasseroberfläche zurückziehen. Nur Gucky mußte an Land bleiben, weil sie keinen Schutzanzug für ihn besaßen. Der Mausbiber würde sich zwischen den Felsen verstecken.

„Vielleicht kommt der MdI nicht mehr zurück", sagte Doutreval und stand auf.

„Er wird zurückkommen", versicherte Rhodan. „Er hat die Aufgabe, auf uns zu warten."

„Vielleicht weiß er, daß wir bereits auf Vario gelandet sind", meinte der schwarzhaarige Funker. „Er ist vielleicht unterwegs, um seine Station auf unseren Angriff vorzubereiten."

„Das sind alles nur Vermutungen", sagte Rhodan. „Warum sollte Nevis-Latan schon über unser Hiersein informiert sein? Es gibt keinen vernünftigen Grund, dies zu glauben."

Doutreval begann seinen Schutzanzug abzulegen.

„Haben Sie etwas dagegen, wenn ich ein Bad nehme?"

„Natürlich nicht", sagte Rhodan. „Ich fürchte nur, daß Sie ohne Seife dem Dreck nicht beikommen. Sie können sich bestenfalls erkälten."

„Lieber einen Schnupfen, als weiterhin diesen Gestank mit sich herumtragen zu müssen", meinte Doutreval. Er entkleidete sich und tauchte mit einem Sprung ins Wasser. Surfat erwachte, gab einen Schnarchton von sich und richtete sich erschrocken auf. Verständnislos blickte er auf Doutrevals Kleidung.

„Was ist passiert?" fragte er verwirrt.

„Olivier hat sich ertränkt", sagte Redhorse. „Er konnte es nicht länger ertragen, Ihr Schnarchen mit anhören zu müssen."

„Ich und schnarchen?" entrüstete sich Brazos Surfat. „Ich säusele wie ein Frühlingslüftchen."

Ein paar Meter vom Ufer entfernt tauchte Doutreval prustend an die Oberfläche.

„Es ist kalt!" rief er. „Aber es tut gut."

Surfat schüttelte sich. „Können Sie das verstehen?" fragte er Rhodan. „Ich meine, daß jemand freiwillig ins Wasser geht?"

Doutreval kam zurück und watete auf seine Kleider zu. Surfat flüchtete hinter einen Felsen, als der Funker nach ihm spritzte.

„Verbieten Sie ihm das, Major!" verlangte er von Redhorse. „Jeder Tropfen Wasser schadet meinem alarischen Teint."

„Diese Schmutzkruste bezeichnen Sie als Teint?" kicherte Doutreval.

Der Sergeant kam zögernd wieder hinter den Felsen hervor. In diesem Augenblick hörte Rhodan den Empfänger seines Helmfunks knacken.

Die Stimme Tako Kakutas erklang.

„Ein Schiff nähert sich dem Hafen!" meldete der Teleporter aufgeregt.

„Ein U-Boot?" fragte Rhodan hastig.

„Ich glaube, ja, Sir", kam die Antwort.

Rhodan nickte den anderen zu.

„Schutzanzüge anlegen!" befahl er. „Wir müssen tauchen."

Er weckte Gucky und informierte ihn, daß sich ein U-Boot der Küste näherte.

„Es kann sich nur um unseren speziellen Freund handeln", erklärte er. „Wir werden uns das Schiff ansehen. Es ist wichtig, daß du zusammen mit Kakuta im gleichen Moment hinein teleportierst. Ihr müßt Nevis-Latan mit euren Paralysatoren betäuben, bevor er dazu kommt, seine Para-Abwehrwaffen einzusetzen."

Gucky umklammerte seine Waffe und richtete sich auf.

„Vergiß nicht", schärfte Rhodan ihm ein. „Es muß blitzschnell gehen. Der MdI ist auch auf einen Überfall durch Mutanten vorbereitet. Er darf nicht zur Besinnung kommen."

„Bei all diesem Gerede wirst du das Boot verpassen", versetzte Gucky.

Die vier Männer hatten ihre Anzüge angelegt. Rhodan verschloß

171

den Helm und öffnete die Sauerstoffzufuhr. Nacheinander wateten sie ins Meer und schwammen davon. Rhodan gab das Zeichen zum Tauchen. Die Sicht war nicht besonders gut, da die Sonne noch nicht schien. Rhodan übernahm die Spitze.

Kurz darauf stießen sie auf André Noir, der auf sie zuschwamm und ihnen Zeichen gab. Rhodan wußte, daß Kakuta weiter draußen wartete.

„Es ist das gleiche Boot, das wir bereits im Hafen gesehen haben", meldete der Teleporter über Helmfunk. „Es bewegt sich langsam auf die Küste zu."

„Wir müssen zusammen mit Gucky an Bord springen", befahl Rhodan. „Ich gebe das Zeichen. Es gilt gleichzeitig für den Mausbiber. Setzen Sie sofort Ihren Paralysator ein, wenn Sie im Schiff sind."

Rhodan hörte den Mutanten heftig atmen. Kakuta war offensichtlich erregt. Das geschah bei ihm selten. Der Mutant war sich der Bedeutung dieses Augenblicks bewußt. Wenn es ihnen nicht gelang, Nevis-Latan zu überwinden, gab es keinen Weg zurück in die Gegenwart.

„Ich bin bereit", erwiderte Tako Kakuta.

Achtung Kleiner! dachte Rhodan angestrengt. *Es geht gleich los!* Er wußte, daß der konzentriert „lauschende" Gucky seine Gedanken telepathisch verfolgte.

„Jetzt!" sagte Rhodan ruhig.

Mehr konnten Redhorse, Doutreval, Surfat und er im Augenblick nicht tun. Sie mußten jetzt warten, was Kakuta und der Mausbiber erreichten. Es war geplant, daß Kakuta die Schleuse des U-Bootes öffnen sollte, sobald er dazu in der Lage war.

Vielleicht, dachte Rhodan, würde sich die Schleuse nie öffnen. Es war durchaus möglich, daß der MdI den Überfall zurückschlug und sein Schiff zu einer Falle für Gucky und Tako Kakuta wurde.

An diese Möglichkeit wollte Rhodan jedoch nicht denken.

Drei Meter von Tako Kakuta entfernt saß der Meister der Insel in einem wuchtigen Sessel und fixierte den Mutanten. Der Teleporter sah Gucky hinter Nevis-Latan materialisieren. Die Gedanken des Japaners wirbelten durcheinander. Die völlige Ruhe, mit der ihn sein Gegner anblickte, verwirrte ihn.

Dann handelte der MdI. Er handelte blitzschnell, und Kakuta

mußte erkennen, daß sein sekundenlanges Zögern ihm zum Verhängnis geworden wäre, wenn Gucky nicht rechtzeitig eingegriffen hätte.

Als Nevis-Latan sich nach vorn fallen ließ und mit ausgestreckten Händen einen Schalter zu erreichen versuchte, feuerte Gucky den Paralysator ab. Unbewußt drückte auch Kakuta den Abzugshebel. Nevis-Latan versteifte sich im Vornüberfallen, sein Gesicht nahm den Ausdruck einer Maske an. Er fiel auf den Rücken und prallte gegen den Kontrollstand.

Gucky kümmerte sich nicht länger um den Paralysierten.

„Schnell!" rief er mit schriller Stimme. „Wir müssen das U-Boot abstoppen."

Nur mühsam löste Kakuta seine Blicke von dem MdI. Er konnte es nicht begreifen, daß der gefährliche Gegner bewegungslos vor ihren Füßen lag.

Innerhalb weniger Augenblicke hatten sie das Schiff unter ihrer Kontrolle.

„Jetzt die Schaltung für die Schleuse", sagte Gucky.

Kakuta wunderte sich über die Ruhe des Mausbibers. In solchen Augenblicken konnte man sich auf Gucky verlassen. In entscheidenden Einsätzen, in den Sekunden, die über Leben und Tod entscheiden konnten, da verzichtete auch Gucky auf seine Späße.

Sie fluteten die Schleusenkammer. Dann öffnete Gucky die äußere Schleusenwand. Über einen kleinen Bildschirm konnten sie beobachten, daß alles nach Wunsch verlief.

„Jetzt müssen wir ein paar Minuten warten, bis die anderen heran sind", sagte Gucky. Er schwang sich in Nevis-Latans großen Sessel. Kakuta sah ihm mißbilligend zu. Er öffnete den Helm seines Schutzanzuges. Dann schleifte er den starren Körper des MdI vor den Kontrollen weg. Dabei betrachtete er den Mann etwas eingehender.

Nevis-Latan wirkte wie ein Sportler, obwohl er zur Fettleibigkeit neigte. Seine buschigen Augenbrauen verliehen seinem Gesicht etwas Drohendes.

„Da liegt er", sagte Kakuta. „Ich muß mich erst an den Gedanken gewöhnen, daß wir ihn überraschen konnten."

„Ich möchte mit meinem Nagezahn knirschen", sagte Gucky. „Wenn man dich so reden hört, weiß man genau, daß du ständig auf irgendein unangenehmes Ereignis wartest, als wäre Nevis-Latan ein Zauberer, der auch im bewußtlosen Zustand gefährlich werden kann."

Kakuta lächelte gezwungen. Gucky hatte nicht unrecht.

„Da kommen sie!" rief Gucky und deutete auf den Bildschirm.

Kakuta sah, wie sich fünf Gestalten in der Schleusenkammer drängten. Er wartete bis das Signal kam. Das Wasser wurde aus der Schleuse gedrückt. Sauerstoff strömte in die Kammer. Kakuta ließ die innere Schleusenwand aufgleiten. Gleich darauf betraten die fünf Männer den Kontrollraum.

Rhodan nahm seinen Helm ab und blickte auf den bewußtlosen MdI. Seine innere Erregung war ihm nicht anzumerken, aber Kakuta kannte den Großadministrator lange genug, um all die kleinen Zeichen richtig deuten zu können. Da war das schwache Zucken der Augenbrauen, das kaum sichtbare Vorschieben der Unterlippe.

„Es wäre ein Grund zum Feiern", sagte Surfat. „Wenn wir Zeit zum Feiern hätten."

„Du kannst eine Karotte spendieren", schlug Gucky vor.

„Verlief alles wunschgemäß?" erkundigte sich Rhodan. Er beugte sich zu Nevis-Latan hinab und legte ihm eine Hand vor die Augen. Der Bewußtlose zeigte keine Reaktion.

„Er war völlig überrascht", sagte Kakuta. „Trotzdem versuchte er, die Kontrollen zu erreichen, bevor wir ihn paralysierten."

„Ich kann nicht in seine Gedanken eindringen", sagte Gucky. „Selbst in diesem Zustand ist sein Willensblock wirksam."

Damit hatte Rhodan gerechnet. Mit parapsychischen Mitteln war Nevis-Latan nicht beizukommen. Jedenfalls jetzt noch nicht.

„Wir würden Wochen brauchen, um diesen Block zu entfernen", sagte André Noir. „Es handelt sich um einen extrem starken Schutz im Bewußtseinszentrum. Ich vermute, daß er unter Zuhilfenahme parapsychischer Mittel errichtet wurde."

„Wir haben nicht viel Zeit", gab Redhorse zu bedenken. Ohne Rhodan anzublicken, fügte er hinzu: „Unter diesen Umständen sollte man überlegen, ob der Neurodestrator nicht das geeignete Mittel wäre, um den Widerstand dieses Mannes zu brechen."

„Warten wir ab, bis Atlan hier ist", sagte Rhodan ausweichend. Er wandte sich an Tako Kakuta.

„Springen Sie zum Gleiter", befahl er dem Teleporter. „Sobald Atlan, Bradon und Papageorgiu eintreffen, sollen sie Schutzanzüge anlegen und ins U-Boot kommen. Wir werden das Schiff in die Nähe der Klippen steuern."

„Darüber entscheidet der Kapitän!" rief Gucky.

„Welcher Kapitän?" fragte Rhodan, während Kakuta entmaterialisierte. „Der Kapitän ist bewußtlos."

Gucky rekelte sich faul in dem viel zu großen Sessel.

„Nach einem alten Piratengesetz ist derjenige Kapitän, dem es gelingt, ein Schiff zu erobern und den Kapitän außer Gefecht zu setzen. Genau das habe ich getan. Außerdem habe ich im Augenblick den Platz des Kapitäns inne."

„Was redet dieser mickrige Zwerg?" fragte Surfat, als habe er schlecht gehört. „Bedeutet das, daß er uns allen Befehle geben kann?"

„Setzt die Segel!" schrie Gucky. „Ein Mann in den Ausguck."

Er nickte Redhorse gönnerhaft zu. „Du bist ab sofort in die Kombüse abkommandiert", sagte er. „Sieh nach, ob du ein paar Karotten auftreiben kannst."

„Aye, aye, Sir!" Redhorse nahm Haltung an.

„Schluß damit!" unterbrach Rhodan Guckys Späße. Er wußte, daß der Kleine nach seinem Erfolg wieder Oberwasser hatte und kein Ende finden würde, seine Freunde mit immer neuen Einfällen zu schikanieren.

„Der Bootsjunge wird frech", empörte sich Gucky. „Werft ihn über Bord."

Er flüchtete mit einem Satz aus dem Sessel, bevor Rhodan ihn erreichen konnte. Rhodan machte sich mit den Kontrollen des U-Bootes vertraut. Niemand auf ganz Lemuria ahnte, was sich in der Nähe von Wor-Kartan abgespielt hatte. Es würde einige Zeit vergehen, bevor man nach dem Tamrat suchte. Innerhalb dieser Frist mußte es gelingen, die unterseeische Station des MdI zu finden.

Nur Nevis-Latan wußte, wo diese Unterwasserstation lag. Rhodan überlegte, ob es unter diesen Umständen nicht angebracht war, den Neurodestrator einzusetzen. Der MdI war ein Mörder. Nicht nur das: Er vertrat eine Organisation, die eine Gefahr für alle friedliebenden Sternenvölker zweier Galaxien darstellte.

Redhorse und Surfat fanden einige Stricke. Nevis-Latan wurde seiner Ausrüstung beraubt und gefesselt. Inzwischen steuerte Rhodan das U-Boot zu den Klippen zurück. Er hoffte, daß es Atlan mit Tannwanders Hilfe gelungen war, ein brauchbares Raumschiff zu kaufen.

Nevis-Latan gab ein schwaches Ächzen von sich. Rhodan überließ Redhorse die Steuerkontrollen und wandte sich dem MdI zu. Der Tamrat hatte die Augen noch geschlossen, aber Rhodan zweifelte nicht, daß er bei Bewußtsein war. Die körperliche Lähmung würde jedoch noch einige Zeit anhalten.

„Sind Sie über unser plötzliches Auftauchen überrascht?" fragte Rhodan.

Das Zucken von Nevis-Latans Augenlidern verriet ihm, daß der Gefesselte ihn verstand. Die Lippen des Tamrats bebten. Offenbar versuchte Nevis-Latan zu sprechen. Es gelang ihm jedoch noch nicht, seinen Körper zu kontrollieren.

Rhodan gab Gucky einen Wink, doch der Mausbiber schüttelte den Kopf.

„Ich kann ihn auf parapsychischem Weg nicht erreichen", sagte er. „Sein Bewußtsein ist vollkommen blockiert."

„Und Sie, André?" wandte sich Rhodan an den Hypno.

„Aussichtslos, Sir", sagte Noir. „In diesem Zustand ist Nevis-Latan gegen jeden Para-Angriff geschützt."

Der MdI gab ein triumphierendes Krächzen von sich.

„Nur keine voreilige Freude", sagte Rhodan zu dem Gefangenen. „Wir werden Mittel und Wege finden, Ihren Schutzblock zu durchbrechen. Wir haben darin Erfahrung. Auch der Parablock des Zeitagenten Frasbur wurde zerstört."

„Meine ... Absicherung ist ... um vieles ... stärker", brachte Nevis-Latan mühsam hervor. „Sie haben keine ... Chance." Er atmete schwer.

„Sie haben auch nicht damit gerechnet, daß wir Sie überraschen könnten. Trotzdem ist es uns gelungen." Rhodan wollte den MdI zornig machen. Auf diese Weise konnten sie am schnellsten etwas über die Pläne ihrer Gegner erfahren.

Doch Nevis-Latan zeigte keine Reaktion.

Er sagte: „Wenn Sie meinen Schutzblock ... gewaltsam brechen, werde ich sterben, bevor Sie ... etwas erfahren haben."

Rhodan wechselte einen Blick mit André Noir. Es war durchaus möglich, daß es im Bewußtsein des MdI einen ultimativen Sicherheitsbefehl gab. Bevor der Tamrat wichtige Geheimnisse verraten konnte, würde er sich selbst vernichten. Mit solchen Schwierigkeiten hatte Rhodan gerechnet. Er war jedoch entschlossen, alle Probleme zu überwinden. Es war ihnen gelungen, einen MdI zu fangen, der den Schlüssel für die Realzeit besaß. Nevis-Latan war aus der Realzeit gekommen, um die CREST III und ihre Besatzung auf Vario abzufangen. Er kannte den Weg in die Gegenwart.

176

„Wir haben unser Ziel erreicht, Sir!" meldete Major Redhorse und unterbrach damit Rhodans Überlegungen.

„Welche Wassertiefe?" fragte Rhodan.

„Siebzehn Meter!" antwortete der Cheyenne.

Sie lagen jetzt unmittelbar vor der Küste. Rhodan wußte, daß sie sich von hier zurückziehen mußten, sobald Atlan, Bradon und Papageorgiu an Bord waren. Das Risiko, daß ein neugieriger Sporttaucher versuchen würde, sich dem U-Boot zu nähern, war zu groß.

„Setzen Sie das Schiff auf Grund, bis die drei Männer an Bord sind", ordnete Rhodan an.

„Was haben Sie vor?" erkundigte sich Nevis-Latan. Seine Stimme klang noch schwerfällig, aber er hatte in verblüffend kurzer Zeit eine Atemtechnik entwickelt, die ihm gestattete, zusammenhängend zu sprechen.

„Wir werden mit Ihnen eine Reise machen", kündigte Rhodan an. „Wir werden Ihre Unterwasserstation aufsuchen."

Der MdI lachte spöttisch.

„Eine solche Station gibt es nicht", erklärte er. „Sie haben eine überentwickelte Phantasie. Ich nutze meine freie Zeit auf Lemuria, um Unterwassersport zu betreiben. Sie haben völlig falsche Schlüsse aus meiner Leidenschaft gezogen."

Der Tamrat für das gesamte Transportwesen Lemurias war also entschlossen, seine Geheimnisse zu bewahren. Nun, Rhodan hatte nicht damit gerechnet, daß Nevis-Latan freiwillig sprechen würde.

„Wir könnten Ihnen den Zellaktivator abnehmen, wenn Sie nicht bereit sind, mit uns zusammenzuarbeiten", drohte er dem MdI.

„Tun Sie es, und Sie werden sehen, was passiert", erwiderte Nevis-Latan gleichgültig.

Rhodan wußte, was geschehen würde. Er erinnerte sich noch gut an das Schicksal des ersten MdI, den sie gefangengenommen hatten. Regnal-Orton war sofort gestorben, als man ihm seinen Zellaktivator abgenommen hatte. Nevis-Latan durfte auf keinen Fall sterben. Sein Tod wäre einer endgültigen Verbannung der CREST-Besatzung in der Vergangenheit gleichgekommen.

Nevis-Latan schien Rhodans Gedanken zu erraten, denn er lächelte zufrieden.

„Es ist für Sie betrüblich", sagte er. „Ausgerechnet jetzt, da Ihnen der Erfolg sicher schien, müssen Sie feststellen, daß Ihnen meine Gefangennahme keinerlei Nutzen bringt."

Rhodan legte seinen Schutzanzug ab. Die Selbstsicherheit des MdI überraschte ihn nicht.

„Obwohl Sie darauf gewartet haben, daß wir hier eines Tages erscheinen, gelang es uns, Sie zu überlisten", sagte er zu Nevis-Latan. „Sie sind nicht unbesiegbar, Tamrat."

„Lassen wir doch diesen nichtigen Titel", schlug Nevis-Latan vor. „Er diente mir nur als Vorwand, um mich auf Lemuria frei bewegen zu können."

„Warum haben Sie Tamrat Trahailor getötet?" fragte Rhodan.

Nevis-Latan hob überrascht die Augenbrauchen. Er hatte nicht damit gerechnet, daß seine Gegner von diesem Mord wußten.

„Sie wollten seinen Platz einnehmen, nicht wahr?" fragte Rhodan weiter.

„Trahailor war ein kluger Mann", entgegnete Nevis-Latan. „Er machte sich Gedanken darüber, warum es mir in kurzer Zeit gelungen war, von einem Unbekannten aus der Provinz zu einem bedeutenden Politiker zu werden."

„Er war Ihnen also auf der Spur. Deshalb mußte er sterben."

„Er war eine Gefahr für unsere Organisation", erklärte Nevis-Latan gelassen. „Sie müßten eigentlich wissen, daß wir es gewohnt sind, solche Personen zu liquidieren."

„Zu ermorden", verbesserte Rhodan.

Tako Kakuta materialisierte innerhalb des Kontrollraumes. Er nickte Perry Rhodan zu.

„Atlan ist vor ein paar Minuten mit seinen Begleitern beim Gleiter angekommen", berichtete der Teleporter. „Die drei Männer werden in kurzer Zeit hier eintreffen. Tannwander ist bei ihnen. Er wird in der Nähe der Gleiter auf uns warten."

„Tannwander?" mischte sich Nevis-Latan ein. „Soll das heißen, daß Sie mit dem Leiter der Untergrundorganisation Lemurias gemeinsame Sache machen?"

„Wir haben uns verbündet", sagte Rhodan.

Der MdI lachte spöttisch. Er schien zu ahnen, daß man Tannwander zur Mitarbeit gezwungen hatte.

„Ich vermute, daß Sie anfangen werden, mich zu bearbeiten, sobald Ihre Freunde an Bord sind", sagte er.

„Ja", bestätigte Rhodan.

„Ich habe nur eine Bitte", sagte der MdI. „Waschen Sie Ihre stinkenden Hände, bevor Sie mich anfassen."

178

13.

Zusammen mit Leutnant Chard Bradon und Offiziersanwärter Lastaf-andemenreaos Papageorgiu stand Atlan in der Schleusenkammer des U-Bootes und wartete darauf, daß das Wasser vollständig hinausge-pumpt wurde. Seltsamerweise fühlte er keine große Erleichterung, wenn er daran dachte, daß es Rhodan und seinen Männern gelungen war, den MdI gefangenzunehmen. Atlan sah endlose Diskussionen mit Rhodan voraus, bei denen es nur um die Frage ging, wie man den Verbrecher behandeln sollte.

Licht flammte auf. Die innere Schleusenwand öffnete sich. Die drei Männer gelangten in den Kontrollraum. Auf einem Tisch inmitten des Raumes lag ein gefesselter Mann. Atlan bezweifelte nicht, daß es Nevis-Latan war. Der Arkonide nahm seinen Helm ab und entledigte sich seines Anzugs.

„Wir haben ein Schiff", berichtete er Rhodan. „Es ist in Ordnung und steht uns jederzeit zur Verfügung. Tannwander war inzwischen auch bei Ostrum und hat von ihm die Schwingquarze und unsere Papiere ausgehändigt bekommen. Ostrum hatte keine andere Wahl, als er die unterschriebenen Verträge zu Gesicht bekam. Aber er ist furchtbar wütend über seine Niederlage. Wir werden uns beeilen müssen, von Lemuria zu verschwinden, denn der Tamrat macht Jagd auf uns."

„Es hängt davon ab, wie schnell wir Nevis-Latan zum Sprechen bringen", sagte Rhodan.

Jetzt ist es soweit, dachte Atlan. Ich werde ihm vorschlagen, den Neurodestrator zu benutzen, und er wird mir einen Vortrag halten.

„Unter den gegenwärtigen Umständen wäre der Einsatz des Neuro-destrators zu erwägen", hörte er Perry Rhodan sagen.

Atlan traute seinen Ohren nicht. Er gab sich Mühe, seine Erleichte-rung zu verbergen.

„Nevis-Latan besitzt einen starken Schutzblock, der von Gucky und Noir nicht gebrochen werden kann", erklärte Rhodan. „Er sagte uns, daß er sterben würde, wenn wir diesen Block beseitigen."

„Das hängt von André Noir ab", meinte Atlan. „Wenn es uns mit Hilfe des Neurodestrators gelungen ist, den Block zu durchbrechen, muß der Hypno sofort einspringen und die Selbstmordschaltung abfangen."

„Das heißt also, daß wir nicht sicher sein können, ob wir mit diesem Gerät Erfolg haben", stellte Rhodan fest.

„Nein, aber es ist unsere einzige Chance", sagte Atlan.

Auch er bezweifelte nicht, daß im Bewußtsein des MdI eine Vernichtungsschaltung existierte. Sobald die Gefahr bestand, daß Nevis-Latan Geheimnisse der MdI ausplauderte, würde er einen Gehirnschlag erleiden oder auf andere Weise einen raschen Tod finden. Das konnten sie nur verhindern, wenn André Noir den richtigen Zeitpunkt zur geistigen Kontrolle abpaßte.

Gucky kam herangewatschelt und nahm zwischen dem Arkoniden und dem Tisch, auf dem Nevis-Latan lag, Aufstellung.

„Jetzt haben wir diesen verdammten Kerl, und jetzt werden wir auch etwas mit ihm anfangen", piepste er aufgeregt. „Da gibt es überhaupt nichts zu debattieren."

„Der Kleine ist Kapitän!" rief Redhorse erklärend.

Gucky warf ihm einen wütenden Blick zu.

„Sie sind ja alle verrückt", sagte Nevis-Latan.

„Bindet seinen Kopf fest!" befahl Atlan.

„Wollen Sie mich umbringen?" erkundigte sich der Tamrat. In seiner Stimme klang keine Furcht, eher ein sachliches Interesse, als sei er unbeteiligter Zuschauer bei einem wissenschaftlichen Experiment.

Doutreval und Redhorse fesselten den Kopf des MdI, so daß er ihn nicht mehr bewegen konnte. Atlan stellte den Neurodestrator unmittelbar hinter Nevis-Latans Schädel auf den Tisch.

Nevis-Latan kicherte. Er verdrehte die Augen und versuchte einen Blick auf das Gerät zu werfen. Als es ihm nicht gelang, verzog er mißbilligend das Gesicht. Atlan schob das Gummiband mit den Kabelanschlüssen über den Kopf des Gefangenen.

„Es wird unangenehm für Sie werden", prophezeite er. „Vielleicht sollten Sie sich dazu entschließen, freiwillig zu sprechen."

„Fangen Sie an", forderte ihn Nevis-Latan auf.

Atlan warf Rhodan einen zögernden Blick zu. Der Neurodestrator war ein Gerät, das erst vor wenigen Wochen von den Wissenschaftlern der CREST entwickelt und bisher noch nicht praktisch erprobt worden war. Niemand wußte daher, wie der MdI darauf reagieren würde.

180

Der Großadministrator hatte das Gerät zwar nicht abgelehnt, aber er hatte seine Zustimmung für den Einsatz noch nicht gegeben. Innerhalb des Kommandoraumes wurde es still. Ohne daß sie sich der Tatsache bewußt wurden, starrten alle Männer Rhodan an.

„Einschalten!" befahl Rhodan.

Für Atlan war es wie eine Erlösung. Er schaltete das Gerät ein. Nevis-Latan bäumte sich auf, er verdrehte seine Augen so weit, daß nur noch das Weiße zu sehen war. Dann wurde sein Körper schlaff.

„War das alles?" fragte Rhodan tonlos.

„Der Anfang", erklärte Atlan. „Es ist ein starker Block."

„Ich töte euch alle!" schrie der MdI mit schriller Stimme. „Ich reiße euch die Haut vom Körper."

„Bei allen Planeten", sagte Redhorse. „Er wird wahnsinnig."

„Noir!" rief Atlan scharf. „Aufpassen jetzt!"

Der MdI gab unartikulierte Laute von sich. Sein Gesicht war bleich und eingefallen. Die Nasenflügel bebten. Die Augen besaßen eine seltsame Starre. Die Pupillen sahen aus, als seien sie angeschwollen. Atlan biß sich auf die Unterlippe.

„Dreh dich, Tanzpüppchen, dreh dich!" heulte Nevis-Latan auf. In seinen Augen flackerte der Irrsinn. „Dreh dich, dreh dich, immer im Kreis herum, dreh dich, dreh dich!"

„Ausschalten!" schrie Rhodan. „Das können wir nicht tun!"

„Warten Sie bitte, Sir!" André Noir war an den Tisch herangetreten. „Ich glaube, ich kann ihn halten."

Atlan blickte zu Rhodan hinüber. Der Terraner hatte die Hände zu Fäusten geballt. Er sah aus, als wollte er sich jeden Augenblick auf den Neurodestrator stürzen und ihn mit einem Schlag zerschmettern. Nevis-Latans Geschrei erreichte seinen Höhepunkt. Atlan verstand kaum die Worte, die der Tamrat herausschrie.

Noir begann zu zittern. Auf seiner Stirn erschienen Schweißtropfen. Er stand mit gesenktem Kopf vor dem Tisch.

Plötzlich wurde Nevis-Latan ruhig.

„Ist er tot?" fragte Kakuta.

Noir wandte sich ab und ließ sich in den Kommandosessel fallen. Er preßte beide Hände gegen das Gesicht. Atlan beugte sich über den MdI. Der Mann atmete gleichmäßig. Er blickte Atlan ausdruckslos an.

„Ich habe ihn", erklärte André Noir. „Ich kontrolliere ihn."

„Gratuliere!" sagte Atlan, als er sich aufrichtete.

181

Noir schüttelte unwillig den Kopf. Er strich die Haare aus der Stirn.

„Nein", sagte er. „Gratulieren Sie mir nicht."

Atlan fühlte, daß seine Handflächen feucht waren. Er nahm das Band von Nevis-Latans Kopf und schaltete den Neurodestrator aus. Er beeilte sich, das Gerät vom Tisch zu nehmen. Mit Verwunderung stellte er fest, daß er sich vorkam wie ein auf frischer Tat ertappter Dieb.

„Seine Gedanken liegen offen vor mir", teilte Gucky mit. „Er denkt an die Zeitstation."

„Ich kontrolliere ihn", erklärte Noir. „Er wird einen Hypnoseblock erhalten. Solange er in diesem Zustand ist, wird er nur noch an Dinge denken, an die er denken soll."

„Können wir ihn jetzt endlich verhören?" erkundigte sich Perry Rhodan.

„Ja", sagte Noir. „Sie können anfangen."

Atlan trat vom Tisch weg. Redhorse band den Tamrat los. Langsam richtete sich Nevis-Latan auf. Es sah aus, als könnte er seine Gelenke nur mühsam kontrollieren. Fast fühlte Atlan Mitleid mit diesem Mann. Nevis-Latan hatte einen gewaltigen Sturz getan.

Von der Höhe seiner Macht war er zu einem willenlosen Opfer eines terranischen Mutanten abgesunken. Es war nichts, worauf man stolz sein konnte, dachte Atlan. Die Erfordernisse des erbarmungslosen Kampfes gegen die MdI brachten diese Dinge mit sich. Nicht die Terraner, sondern die MdI hatten die Regeln dieser Auseinandersetzung bestimmt.

„Gucky, du springst mit dem Mikrofunkgerät an Land und unterrichtest die Besatzung der CREST III durch einen verschlüsselten Kurzimpuls über die neue Lage", sagte Rhodan zu dem Mausbiber. „Sobald das erledigt ist, kommst du an Bord zurück. Major Redhorse, Sie übernehmen die Kontrollen des Schiffes. Steuern Sie aufs offene Meer hinaus. Nevis-Latan wird uns zu seiner unterseeischen Station führen."

Gucky entmaterialisierte.

In diesem Augenblick kam Olivier Doutreval aus dem anschließenden Raum gestürmt.

„Sir, ich habe etwas Wunderbares entdeckt!" rief er.

„Was?" fragte Rhodan.

„Eine winzige Duschkabine", begeisterte sich der Funker. „Wir werden endlich baden können."

182

Rhodan warf einen nachdenklichen Blick auf die verwahrloste Gestalt des Raumfahrers.

„Niemand wird baden", entschied er. „Schließlich müssen wir wieder an Land zurück und die Rolle der Alarer weiterspielen."

Nevis-Latan saß vor den Kontrollen und steuerte sein U-Boot der unterseeischen Station entgegen. André Noir kontrollierte ihn jetzt völlig, so daß dem MdI nicht der Gedanke kam, daß er seinen Gegnern in die Hände spielte.

In einem kurzen Verhör hatten Perry Rhodan und seine Begleiter erfahren, daß Nevis-Latan tatsächlich auf Vario weilte, um die CREST III abzufangen. Die Meister der Insel hatten die Ankunft des terranischen Ultraschlachtschiffes vorausberechnet und ein Mitglied ihrer Organisation, Nevis-Latan, auf Lemuria zum genau richtigen Zeitpunkt eingeschleust.

Weiter hatte der Tamrat ausgesagt, daß sich an den Flanken eines unterseeischen Gebirges eine Station befand, die er in regelmäßigen Abständen aufsuchte. Dort stand sogar ein Nullfeldspürer zu seiner Verfügung. Außerdem konnte er seinen Verbindungsmännern in der Realzeit mit Hilfe des Nullfeldspürers morseähnliche Nachrichten zukommen lassen und auch empfangen. Es stand nun auch fest, daß der Zeittransmitter nur von der Realzeit aus gesteuert werden konnte. Wann immer sich ein MdI oder einer der Zeitagenten in der Vergangenheit aufhielt und in die Realzeit zurückkehren wollte, mußte er mit Hilfe von Nullfeldspürern Kontakt mit der Realzeit aufnehmen. Aufgrund der dort empfangenen Signalfolge wurde die Besatzung der Zeitstation darüber informiert, in welcher Zeitepoche der Transmitter wirksam werden mußte.

Diese Auskünfte bewogen Perry Rhodan, das U-Boot sofort Kurs auf die unterseeische Station nehmen zu lassen.

Das größte Problem bestand darin, die Spezialisten der MdI, die irgendwo in der Realzeit an den Kontrollen der Zeitstation saßen, zu veranlassen, die CREST III in die Gegenwart zu holen.

An diesem Punkt drohten Rhodans Pläne zu scheitern, denn wie sollte man den Meistern der Insel in der Realzeit unverdächtig klarmachen, daß ein Raumschiff unter allen Umständen aus der Vergangenheit geholt werden mußte? Sie konnten Nevis-Latan nicht einfach sagen lassen: „Hier sind neun Alarer, die gerne in die Realzeit möchten."

Wie aber, so fragte sich Rhodan immer wieder, konnte die CREST III zu einem wertvollen Objekt hochgespielt werden, ohne daß jemand in der Realzeit Verdacht schöpfte?

Rhodan wandte sich mit weiteren Fragen an Nevis-Latan, der ruhig, als wäre nichts geschehen, die Kontrollen des Schiffes überwachte.

„Erwarten Ihre Verbindungsmänner in der Realzeit, daß Sie mit ihnen in Verbindung treten?" erkundigte sich Rhodan.

„Nur, wenn etwas Wichtiges geschieht", antwortete der MdI bereitwillig.

„Muß das mit Ihrem eigentlichen Auftrag zusammenhängen?"

„Ich wüßte nicht, was auf Lemuria sonst noch wichtig sein sollte", meinte Nevis-Latan.

„Unter welchen Umständen wären die Spezialisten Ihrer Organisation bereit, eine Zeitversetzung vorzunehmen?"

Nevis-Latan wandte sich um. Seine Augen blickten Rhodan durchdringend an.

„Sie werden die Zeitversetzung nur in die Wege leiten, wenn mein Auftrag ausgeführt ist und ich in die Realzeit zurückkehren kann", sagte er.

Rhodan biß sich auf die Unterlippe. Es war undenkbar, anstelle des Tamrats ein gewaltiges Objekt wie die CREST III durch die Zeitmauer zu schleusen. Mit Hilfe der Nullfeldspürer würden die Spezialisten in der Realzeit den Trick sofort durchschauen und dementsprechend handeln. Nein, innerhalb der Realzeit-Station mußte man ein Objekt von den Ausmaßen eines Raumschiffes erwarten. Rhodan mußte ganz einfach einen Weg finden, um ein Raumschiff für die MdI so wichtig zu machen, daß sie es aus der Vergangenheit holten. Dabei durfte der Gegner noch nicht einmal ahnen, daß es sich bei diesem Schiff um die CREST III handelte.

Atlan mischte sich ein. Er fragte Nevis-Latan: „Ihre Organisation ist doch bestimmt an Dingen interessiert, die euch bisher nicht zur Verfügung standen?"

„Natürlich", bejahte Nevis-Latan. „Wir sind immer bemüht, unsere Ausrüstung zu vervollkommnen."

„Hören Sie gut zu!" forderte ihn Atlan auf. „Ein tefrodisches Forschungsschiff hat einen Planeten entdeckt, auf dem interessante Wesen leben. Es handelt sich um natürliche Telepathen. Diese telepathische Begabung wird jedoch nur dann wirksam, wenn diese Wesen einen Wirtskörper besitzen. Die kleinen Parasiten sind für den Wirts-

184

körper völlig harmlos und von dessen Willensbeeinflussung abhängig. Einige tausend dieser Wesen befinden sich an Bord des Forschungsschiffs."

„Der Wirtskörper könnte sich also die telepathische Begabung seines Parasiten zunutze machen?" wollte Nevis-Latan wissen.

„Das stimmt", sagte Atlan. „Ich kann mir vorstellen, daß diese Wesen für Ihre Organisation in der Realzeit von großem Wert sein würden."

„Allerdings", gab Nevis-Latan zu. „Wie sollen wir das Schiff jedoch in unsere Gewalt bringen?"

„Das Schiff befindet sich im Anflug auf das System von Big Blue", log Atlan unverfroren weiter. „Wenn Sie rechtzeitig Ihre Verbindungsmänner informieren, können wir das Schiff in das absolute Nullfeld locken, damit es die Zeitmauer durchbricht."

„Eine glänzende Idee", sagte Nevis-Latan, der durch Noirs Hypnoseblock so beeinflußt war, daß er Atlans improvisierte Geschichte als Tatsache auffaßte.

„Werden Sie sich mit der Zeitstation in der Zukunft in Verbindung setzen?" fragte Rhodan, der auf Atlans Plan einging.

„Natürlich", versicherte Nevis-Latan. „Wenn die Gelegenheit besteht, dieses Schiff zu entführen, muß sie genutzt werden."

Rhodan nickte dem Arkoniden zu. Sie hatten den MdI dazu gebracht, daß er die Zeitstation in der Realzeit anrufen und seine Geschichte vortragen würde. Alles hing jetzt davon ab, wie die Spezialisten darauf reagieren würden.

Vielleicht bedeutete Atlans Einfall die Rettung.

Gucky materialisierte inmitten des Kontrollraums und teilte mit, daß der Kurzimpuls an die CREST III abgegangen war. Rhodan betrachtete dies als weiteres gutes Zeichen. Unwillkürlich mußte er lächeln. In ihrer jetzigen Lage erschien ihm die Aussicht auf ein Weiterkommen wie ein großer Sieg.

Er überblickte den Kontrollraum. Die Männer, die keinen Aktivator trugen, hatten sich auf den Boden gelegt und schliefen. Ihre Schutzanzüge benutzten sie als Kopfkissen. Ein Gefühl der Wärme durchströmte Rhodan. Er wußte, daß er sich auf jeden einzelnen verlassen konnte. Sie hatten es gelernt, sich den jeweiligen Situationen anzupassen.

„Wir kommen jetzt in die Nähe der Station", unterbrach Nevis-Latans Stimme seine Überlegungen.

185

„Müssen wir aussteigen?" fragte Rhodan.

„Nein", sagte der MdI. „Es gibt eine Schleuse für das U-Boot. Ich kann sie durch einen Fernimpuls öffnen." Nevis-Latan hatte die beiden starken Bugscheinwerfer des Schiffes eingeschaltet. Sie erhellten das Wasser in einem Umkreis von mehreren Metern. Auf dem Ortungsbildschirm waren die Umrisse der unterseeischen Stahlkuppel als fluoreszierender Ring sichtbar. Auf dem zweiten Bildschirm sah Rhodan das von den Scheinwerfern beleuchtete Meer. Farbenprächtige Fische in allen Größen tauchten im Lichtkreis auf.

„Innerhalb der Station gibt es einige Roboter, die für mich auf Unterwasserjagd gehen", informierte Nevis-Latan Rhodan. „Dadurch kann ich immer erstaunliche Jagderfolge nachweisen, wenn ich nach Wor-Kartan zurückkomme."

Rhodan nickte. Auch in diesem Fall hatten die Meister der Insel nichts vergessen.

An der Sicherheit, mit der Nevis-Latan das folgende Manöver ausführte, erkannte Perry Rhodan, daß er darin bereits Übung besaß. Die Peilimpulse der Station hielten das Schiff auf dem richtigen Kurs. Es bewegte sich nur noch mit geringer Fahrt durchs Wasser.

„Hier sind überall gewaltige Felsen", erklärte Nevis-Latan und zeigte auf den Ortungsschirm. Der winzige Lichtfleck, der das U-Boot war, nahm sich unter den flimmernden Punkten verloren aus.

Endlich tauchte die Außenfläche der Kuppel auf. Die Schleusenöffnung wurde von Scheinwerfern erhellt. Das Schiff trieb langsam hinein.

„Jetzt wird ein Teil des Wassers aus der Kammer gepumpt, so daß eine Art Miniaturhafen entsteht", sagte Nevis-Latan. „Dann können wir aussteigen."

„Benötigen wir die Schutzanzüge?" fragte Rhodan.

„Natürlich nicht, aber wenn Sie ängstlich sind, können Sie Ihren Anzug anlegen."

Der MdI hatte trotz des Hypnoseblocks, den ihm Noir auferlegt hate, seinen Sarkasmus nicht verloren. Sie warteten, bis die Schleuse geschlossen war.

„Wir steigen durch das Turmluk aus", sagte Nevis-Latan. „Das Schiff liegt genau am Landesteg."

Rhodan weckte die Männer und teilte ihnen mit, daß sie innerhalb der Kuppel angekommen waren.

„Hält sich irgend jemand innerhalb der Kuppel auf?" fragte Atlan den MdI.

„Nur die Roboter", erwiderte Nevis-Latan.

Brazos Surfat kratzte verschlafen seinen schmutzigen Bart. „Ein richtiger Matrose, unser Gefangener, finden Sie nicht?" flüsterte er Bradon zu.

Leutnant Bradon zwinkerte nervös mit den Augen. In Gedanken war er noch bei dem Traum, den er gerade erlebt hatte. Es dauerte ein paar Sekunden, bis er sich mit den neuen Gegebenheiten abgefunden hatte.

Nevis-Latan kletterte zuerst aus dem Schiff. Dann folgten Rhodan und Noir.

„Was, glauben Sie, wird passieren, wenn diese Kuppel einbricht?" fragte Surfat Papageorgiu, der neben ihm stand und darauf wartete, daß sie nach oben steigen konnten.

„Daran denke ich überhaupt nicht", sagte der Offiziersanwärter gähnend.

Surfat brummelte etwas in seinen Bart und versetzte dem jungen Griechen einen Rippenstoß.

„Ich will Ihnen sagen, was passiert, mein Junge. Wir werden zerdrückt, verstehen Sie? Dann werden wir davongespült wie ein Haufen Dreck."

„Seien Sie still!" befahl Leutnant Bradon. „Selbstverständlich wird die Kuppel standhalten. Warum wollte sie ausgerechnet jetzt nachgeben?"

„Weil wir alle zusammen aussteigen, deshalb", bekräftigte Surfat seine Theorie. „Ich wette, es gibt innerhalb der Kuppel eine Sicherheitsschaltung. Sobald außer Nevis-Latan noch jemand hereinkommt, beginnt das Verderben."

Bradons Gesicht wurde grau. „Sie könnten recht haben", meinte er. „Warum, zum Teufel, sind Sie nicht früher damit herausgerückt?"

Bevor Surfat etwas erwidern konnte, stürmte Bradon zum Turmluk. Er fand Atlan, der gerade dabei war, nach oben zu klettern. In hastigen Worten berichtete Bradon von Surfats Vermutung.

Atlan deutete nach oben.

„Der MdI, Noir, Gucky und Kakuta sind schon draußen", sagte er. „Wenn es eine Sicherheitsschaltung gibt, ist sie jetzt bereits ausgelöst."

Bradon hatte ein Gefühl, als hätte man ihm den Boden unter den Füßen weggezogen. Er schluckte einen Kloß hinab, der sich in seiner Kehle bildete.

187

„Sie . . .", begann er.

Atlan hob die Hand. „Lassen Sie nur, Bradon", sagte er. „Wenn wir einen Fehler begangen haben, ist es jetzt zu spät, darüber nachzudenken."

Bradon sah zu, wie der Arkonide nach oben kletterte. Surfat schob sich heran. Bradon warf ihm einen wilden Blick zu und begann dann ebenfalls in den Turm zu steigen. Hinter Surfat tauchte Redhorse auf.

Er blickte zuerst in den Turm, dann maß er Surfats korpulente Gestalt mit einem besorgten Blick.

„Glauben Sie, daß Sie sich da durchzwängen können, Brazos?" fragte er.

„Vielleicht ist es gar nicht mehr nötig", meinte Surfat verstimmt.

Redhorse wollte wissen, was diese Worte bedeuteten, und Surfat berichtete ihm von seinen Bedenken. Der Major zuckte mit den Schultern und verschwand im Turm.

„Es ist immer noch nichts passiert", sagte Doutreval erleichtert. „Ich glaube, wir können den anderen folgen."

Ächzend setzte sich Surfat in Bewegung. Als er den Kopf aus dem Luk streckte, blickte er auf einen Steg, der zu einem breiten Vorsprung hinüberführte. Auf dem Vorsprung hatten sich die Männer versammelt, die das Schiff bereits verlassen hatten. An der Wand sah Surfat eine eingelassene Tür, durch die man ins Innere der Station gelangen konnte.

Der Steg schwankte, als Surfat ihn betrat. Der Sergeant erreichte jedoch sicher den festen Boden.

Perry Rhodan wartete, bis sich alle Passagiere des Schiffes versammelt hatten. Die Scheinwerfer des U-Bootes reichten aus, um den winzigen Hafen in helles Licht zu tauchen.

„Auf der anderen Seite der Kuppel gibt es einen zweiten Hafen dieser Art", sagte Nevis-Latan. „Dort verlassen die Roboter bei ihren Jagdausflügen die Station. In einem Bassin werden die gefangenen Fische untergebracht, bis ich sie benötige."

Der MdI öffnete die Tür und führte seine Begleiter durch einen beleuchteten Gang in einen Raum von etwa zehn Meter Durchmesser. Von der gewölbten Decke strahlten mehrere Lampen auf verschiedene Maschinen und Geräte herab. Rhodan umfaßte die Anlage mit einem Blick. Hier befand sich wahrscheinlich das Zentrum der Kuppel.

Nevis-Latan machte eine alles umfassende Gebärde. „In den anliegenden Räumen befinden sich meine Schlafstelle und die Anlagen zur Energieversorgung der Kuppel. Es ist an alles gedacht worden. Die Kuppel war praktisch fertig, als sie in einer stürmischen Nacht an dieser Stelle im Meer versenkt wurde."

Rhodan wurde sich einmal mehr der Macht dieser Organisation bewußt, die über Zeit und Raum hinweg nach Belieben ihre Fühler ausstreckte, um ihre Stellung zu festigen.

„Was geschieht, wenn die Tefroder diese Kuppel entdecken?" fragte Redhorse.

„Die Kuppel verfügt über einen ausreichenden Ortungsschutz", sagte Nevis-Latan. „Sollte wider Erwarten ein Sporttaucher bis in dieses Gebiet vordringen, wird er von den Robotern sofort liquidiert." Er lächelte. „Es sähe dann nach einem bedauerlichen Unfall aus."

„Wo ist der Nullfeldspürer?" fragte Rhodan, nur mühsam seine Wut über die Unmenschlichkeit des MdI unterdrückend.

Nevis-Latan ging an einigen Maschinen vorbei und betastete sie mit den Fingerspitzen. Es sah aus, als begrüße er sie nach längerer Abwesenheit. Dann blieb er vor einem länglichen Gerät stehen, das an der Wand aufgestellt war.

„Hier", sagte er. „Damit kann die Verschiebung eines Objektes innerhalb der Zeit oder in einem Zeittransmitter festgestellt werden. Gleichzeitig dient der Nullfeldspürer dazu, Nachrichten durch die Zeitmauer zu bringen."

Rhodan zog Noir zu sich heran.

„Sie müssen jetzt aufpassen, damit kein Fehler passiert", sagte er eindringlich.

Noir nickte verbissen. Er machte einen erschöpften Eindruck. Da er einen Zellaktivator trug, konnte diese Erschöpfung nur geistiger Natur sein. Rhodan wußte, welche Anstrengungen es für Noir bedeutete, einen so willensstarken Mann wie Nevis-Latan, der zudem noch Sicherheitsschaltungen in seinem Bewußtsein besaß, ständig unter Kontrolle zu halten.

„Benachrichtigen Sie Ihre Verbindungsstelle in der Realzeit über das lemurische Forschungsschiff mit den telepathischen Parasiten an Bord. Teilen Sie den Spezialisten mit, daß wir in der Lage sind, dieses Schiff abzufangen."

Nevis-Latan zögerte. Er fuhr nervös mit beiden Händen durch sein kurzgeschorenes Haar.

„Die Tefroder werden mit Sicherheit hellhörig, wenn das Schiff innerhalb ihres heimatlichen Sonnensystems plötzlich verschwindet", sagte er.

„Das ist die Sache doch wert", warf Atlan ein.

„Ich habe einen bestimmten Auftrag", sagte Nevis-Latan mit gerunzelter Stirn. „Es ist etwas, das noch viel wichtiger ist als dieses Schiff mit den Telepathen . . ."

Rhodan hörte nicht weiter zu, sondern warf einen verzweifelten Blick zu André Noir hinüber, der wie verkrampft zwischen zwei Masten stand.

Plötzlich nahm Nevis-Latan am Nullfeldspürer Platz und schaltete die Energiezufuhr ein.

„Es muß einen zusätzlichen Block in seinem Bewußtsein geben, an den wir nicht herankommen", sagte Gucky. „Er ist so verdammt hartnäckig, daß André Noir ihn ständig auf paranormalem Weg bearbeiten muß."

„Wenn alles nichts hilft, schließen wir ihn wieder an den Neurodestrator an", sagte Atlan.

„Wollen Sie sich nicht ansehen, wie das Gerät arbeitet?" rief Nevis-Latan ihnen zu.

Sie umringten den MdI im Halbkreis. Rhodan beobachtete, wie die fleischigen Hände des Tamrats über die Schaltungen glitten. Vielleicht, dachte Rhodan mit plötzlicher Bestürzung, ist Nevis-Latan auf dem besten Wege, uns in eine Falle zu locken. Trotz dieser erschreckenden Möglichkeit konnte sich Rhodan nicht überwinden, das Gerät abschalten zu lassen. Sie mußten das Risiko eingehen, wenn sie in die Realzeit zurückkommen wollten.

„Jedes Objekt hinterläßt bestimmte Auswirkungen innerhalb der Zeit, in der es sich aufhält", erklärte Nevis-Latan. „Diese Auswirkungen mögen noch so geringfügig sein, sie werden von diesem empfindlichen Gerät geortet. Es umfaßt die gesamte Zeitskala, auf die es eingestellt ist. Voraussetzung ist jedoch, daß irgendwann innerhalb des Zeitraums, den es umspannt, bereits ein Nullfeld errichtet wurde." Nevis-Latan beugte sich nach vorn. Kontrollampen flackerten auf. „Der Nullfeldspürer tut weiter nichts, als Ursache und Wirkung gegeneinander abzuwägen. Dann stellt er die gewonnene Messung den Daten früherer Messungen gegenüber und gewinnt durch diesen Vergleich genaue Kenntnis darüber, ob sich ein Körper durch die Zeit bewegt hat. Da er alle Wirkungen an der Zeitlinie bis zur Ursache zurückverfolgen kann, ist es mög-

190

lich, die Zeitverschiebung eines Körpers auf die Sekunde genau zu berechnen."

„Schön", sagte Rhodan ungeduldig. „Fangen Sie endlich an, sonst ist das Schiff gelandet, bevor wir eingreifen können."

„Mit der Nachrichtenübermittlung in die Realzeit verhält es sich ähnlich", fuhr Nevis-Latan unbeirrt fort. „Dieser Nullfeldspürer schafft irgendeine Ursache, deren Auswirkungen von einem gleichen Gerät in der Relativzukunft ausgewertet und richtig gedeutet werden. Im Grunde genommen ist es ein ständig fließender Energiestrom durch die Zeitmauer, geschaffen von diesen Maschinen."

Sergeant Brazos Surfat, der zusammen mit Papageorgiu weiter hinten stand, warf dem Offiziersanwärter einen verstohlenen Blick zu.

„Verstehen Sie ein Wort von dem, was der Bursche redet?" erkundigte er sich mit gedämpfter Stimme.

„Nein", gestand Papageorgiu.

„Sie sind doch Offiziersanwärter", trumpfte Surfat auf. „An wen soll sich ein ungebildeter Sergeant wenden, wenn nicht an Männer wie Sie?"

„Fragen Sie doch Rhodan", schlug Papageorgiu vor.

„Lieber beiße ich mir die Barthaare ab", erklärte Surfat.

„Ruhe!" befahl Rhodan. „Hören Sie auf zu schwatzen, Surfat."

Sie hörten das Klicken der Maschine, dann breitete sich eine ungewöhnliche Stille aus. Surfat reckte den Hals, um irgend etwas sehen zu können.

„Das wäre alles", sagte Nevis-Latan schließlich. „Es wird einige Zeit dauern, bis die Antwort durchkommt."

Surfat seufzte und schaute sich nach einer Sitzgelegenheit um.

„André Noir sollte den MdI dazu bringen, ein paar Fische für uns zu braten", sagte er zu Chard Bradon.

„Müssen Sie immerzu daran denken, wie Sie sich Ihren Bauch vollschlagen können?" verwies ihn der Leutnant.

„Das sind aufrichtige, männliche Gedanken", setzte ihm Surfat auseinander. „Soll ich vielleicht an diese verrückte Zeitverschiebung denken, bis ich dabei verhungert bin?"

„Sie sind tatsächlich ein alarischer Barbar", knurrte Bradon.

Der MdI hatte sich erhoben. Er teilte den Männern mit, daß einige Zeit verstreichen würde, bis die Antwort durchkam. Rhodan sah die Gelegenheit für gekommen, weitere Fragen an Nevis-Latan zu stellen.

„Wie wird das Schiff in die Realzeit transportiert, ohne daß die Tefroder etwas von diesem Geschehen erfahren?" fragte Rhodan.

191

„Der Transport eines Körpers in die Realzeit kann nur durch ein absolutes Nullfeld erfolgen. Es entsteht nahe der Riesensonne Big Blue und kann infolge seiner sechsdimensionalen Struktur niemals von den derzeitigen Variobewohnern geortet werden."

„Weshalb nicht?" warf Rhodan ein.

„Bitte, begreifen Sie, daß die Ortung einer solchen Energieeinheit nicht mit herkömmlichen Geräten durchgeführt werden kann. Dazu sind Spezialausführungen erforderlich."

„Wie kann das Nullfeld überhaupt gefunden werden?"

„Durch einen von meiner Zentrale ausgeschickten Peilstrahl, der auf gleicher Energieebene arbeitet und ebenfalls nicht ausgemacht werden kann. Wir haben dafür gesorgt, daß die Entwicklung der geeigneten Taster unterblieb."

„Wo ist der Spezialpeiler, mit dem man den Leitstrahl anmessen kann?"

Der Willenlose gab auch diesmal die richtigen Auskünfte.

Eine Minute später hielt Rhodan eine tragbare Ausführung des sechsdimensionalen Peilers in der Hand. Er war nicht größer als ein normales Funksprechgerät terranischer Fertigung.

„Es ist an der Zeit, daß wir ihn über seine Organisation befragen", sagte Atlan.

Rhodan wußte nicht, warum er diese Fragen bisher nicht gestellt hatte, obwohl sie ihn stark beschäftigten. Schon immer hatte er etwas über die geheimnisvollen Meister der Insel erfahren wollen. Ein Gefühl warnte ihn jedoch, diese Fragen an Nevis-Latan zu richten.

„Worauf wartest du?" fragte Atlan.

Rhodan zögerte erneut. Er konnte dem Arkoniden nicht erklären, daß er wegen eines unbestimmten Gefühls diese Fragen nicht stellen wollte. Das hätte einfach lächerlich gewirkt. Er warf einen hilfesuchenden Blick zu Gucky hinüber.

„Es scheint keine Gefahr zu bestehen, daß die Fragen die Vernichtungsschaltung auslösen könnten", sagte der Mausbiber.

„Erzählen Sie uns etwas über die Meister der Insel", forderte Rhodan den Tamrat auf.

Eine seltsame Veränderung ging mit Nevis-Latan vor. Sein Körper straffte sich. Er fixierte Rhodan. Rhodan fühlte, wie sich seine innere Anspannung erhöhte.

„Sie müssen mich fragen, was Sie wissen möchten", verlangte Nevis-Latan.

192

Seine Stimme klang schrill, fast hysterisch.

„In welcher Weise beherrschen die Meister der Insel den gesamten Andromedanebel, wo befindet sich ihr Hauptsitz, und wie groß ist ihr Volk?" Die Fragen sprudelten förmlich über Rhodans Lippen. Er hatte das Gefühl, daß er das Verhör schnell zu Ende bringen mußte.

Nevis-Latan zog den Kopf zwischen die Schultern und begann, mit den Augen zu rollen. Seine Hände wurden zu Krallen. Er streckte sie weit von sich, als suchte er verzweifelt nach einem Halt. Sein Gesicht verfärbte sich.

„Sir, ich . . .", begann Noir verwirrt.

Nevis-Latan stieß einen tierischen Schrei aus. Er stürmte quer durch den Raum und verschwand durch eine Seitentür, bevor einer der Männer reagieren konnte.

„Wir hätten ihn das nicht fragen dürfen", sagte Noir tonlos. „Ich glaube, er ist wahnsinnig geworden."

Rhodan gewann seine ruhige Überlegenheit zurück. Noch brauchten sie Nevis-Latan. Mit einem verrückten MdI konnten sie nicht in die Realzeit zurück.

„Ihm nach!" befahl er.

Kakuta und Gucky entmaterialisierten. Rhodan und die anderen Männer verfolgten den Tamrat durch die Tür. Von irgendwoher aus der Station hörten sie Kakutas Stimme aufklingen.

„Hier ist er! Hier im Bassin."

Rhodan durchquerte zwei kleinere Räume, dann gelangte er mit seinen Begleitern in einen Hafenraum, der jenem, durch den sie gekommen waren, genau glich.

Nevis-Latan wälzte sich im Becken. Kakuta war ebenfalls ins Wasser gesprungen und versuchte, an den Tobenden heranzukommen.

„Noir!" rief Rhodan. „Nehmen Sie ihn unter Kontrolle."

Der Hypno stand am Rande des Bassins. Rhodan sah ein paar Fische, die vor Nevis-Latan flüchteten. Papageorgiu und Surfat sprangen ins Becken und warfen sich über den MdI. Zusammen mit dem Teleporter gelang es ihnen, Nevis-Latan aus dem Wasser zu ziehen.

Zitternd und mit wächsernem Gesicht stand der MdI am Rande des Beckens. Er gab unartikulierte Töne von sich.

„Die Sonderschaltung", bemerkte Gucky. „Er besitzt eine Sicherheitsschaltung, die sich auch mit dem Neurodestrator nicht überwinden läßt. Wenn wir ihm Fragen stellen, die mit seinem Volk zu tun haben, wird er wahnsinnig."

Nevis-Latans Körper wurde schlaff. Er ächzte und preßte beide Hände gegen die Stirn. Plötzlich begann er haltlos zu schluchzen. Rhodan atmete auf. Die Willensstärke dieses Mannes hatte noch einmal über den Wahnsinn triumphiert.

Endlich hob Nevis-Latan den Kopf. Er starrte benommen auf die große Wasserlache, die sich vor seinen Füßen gebildet hatte.

„Was ist passiert?" fragte er verstört.

Rhodan gab André Noir einen Wink. Der Mutant nickte schweigend.

„Sie wollten uns den zweiten Hafen zeigen und sind dabei ins Becken gefallen", log Atlan. „Wie ein Sporttaucher haben Sie sich nicht gerade aufgeführt."

„So?" Nevis-Latan blieb völlig ernst. „Nun, es ist besser, wenn wir in den Kontrollraum zurückkehren. Die Antwort auf meine Nachricht kann jeden Augenblick eintreffen."

„Sollen wir vielleicht in nassen Kleidern herumlaufen?" nörgelte Brazos Surfat.

„Was ist Ihnen angenehmer, Sergeant: ein Schnupfen oder die Aussicht, weiterhin in der Vergangenheit zu leben?" fragte Redhorse.

„Ja, ja", brummte Surfat. „Ich habe allmählich gemerkt, daß meine bescheidenen Wünsche und Vorschläge ständig unterdrückt werden. Es ist ganz einfach so, daß niemand . . ."

Er unterbrach sich, weil er feststellen mußte, daß er als einziger noch im Hafen stand. Die anderen waren bereits zum Kontrollraum unterwegs. Surfat machte seinem Ärger mit einem saftigen Fluch Luft. Dann beeilte er sich, die anderen einzuholen. Nevis-Latan hatte in seinen nassen Kleidern bereits wieder vor dem Nullfeldspürer Platz genommen. Rhodan und Noir standen unmittelbar hinter ihm.

„Hm", machte der MdI nachdenklich. „Die Antwort müßte schon durchgekommen sein."

Rhodan wagte nicht an die Möglichkeit zu denken, daß die Spezialisten der MdI in der Realzeit den Trick durchschaut hatten und nun überlegten, wie sie die CREST III und ihre Besatzung ausschalten konnten.

„Warum dauert es so lange?" fragte Atlan.

„Anscheinend ist man sich in der Gegenwart noch nicht schlüssig geworden, ob man das Schiff durchschleusen soll", erklärte Nevis-Latan. Er erhob sich und deutete auf einen der kleinen Seitenräume der Kuppel.

„Ich glaube, ich werde trockene Kleider für mich holen", sagte er. Rhodan drückte ihn auf den Stuhl zurück.

„Wir warten", sagte er ruhig.

Nevis-Latan fügte sich in sein Schicksal, weil André Noir ihn unter Kontrolle hatte. Sein Vorhaben, sich umzuziehen, hatte er bereits vergessen.

Die Zeit verstrich, ohne daß irgend etwas geschah. Abermals wandte sich Atlan an den MdI.

„Sind Sie sicher, daß unsere Nachricht durchgekommen ist?" wollte er wissen. „Ist es nicht möglich, daß Sie einen Fehler begangen haben?"

Nevis-Latan lächelte spöttisch. „Ich bediene dieses Gerät mit geschlossenen Augen. Glauben Sie, man hätte mich in diese Zeit geschickt, wenn meine Organisation nicht sicher sein könnte, daß ich fehlerlos arbeite?"

Atlan zog Rhodan ein paar Schritte von dem Gerät zurück.

„Wir müssen irgend etwas unternehmen", flüsterte der Arkonide. „Es ist möglich, daß keine Nachricht durchkommt. Wie sollen wir dann mit der CREST durch die Zeitmauer brechen?"

„Wir warten", entschied Rhodan. Er hoffte verzweifelt, daß die Nachricht noch beantwortet wurde. Es gab einfach keinen anderen Weg, in die Realzeit zu gelangen.

Vier Minuten später flammten drei Kontrollichter auf. Nevis-Latan beugte sich nach vorn und nahm einige Schaltungen vor.

„Es ist soweit", erklärte er, ohne die gespannten Gesichter seiner Zuschauer zu beachten. „Eine Nachricht aus der Realzeit kommt durch."

Rhodan hörte ein undeutliches Summen, dann spie der Nullfeldspürer aus einem Schlitz eine Papierschlange aus, die Nevis-Latan in aller Ruhe um seine Hände wickelte.

„Die Nachricht wird sofort entschlüsselt", sagte er.

„Was sagen Ihre Mitarbeiter zu Ihrem Vorschlag?" fragte Rhodan.

Nevis Latan erhob sich und schob den Stuhl zurück. Er blinzelte verwirrt in Richtung seiner Zuschauer. Dann riß er einen Papierstreifen ab und sagte: „Die Verantwortlichen innerhalb der Zeitstation sind bereit, das Forschungsschiff der Tefroder in die Realzeit zu holen. Meine Freunde sind an den Parasiten interessiert, die telepathische Fähigkeiten entwickeln können."

Erst jetzt spürte Rhodan, daß sein Mund völlig ausgetrocknet war. Er schluckte ein paarmal, bevor er sprach.

„Was müssen wir nun unternehmen?"

„Ganz einfach", erwiderte der MdI. „Wir müssen nur den Zeitpunkt angeben, wann wir das Schiff in die Nähe des absoluten Nullfeldes bringen. Alles andere wird von der Zeitstation aus gesteuert."

„Aber wie können wir den genauen Zeitpunkt angeben?" wollte Rhodan wissen.

„Wer spricht von einem *genauen* Zeitpunkt?" sagte Nevis-Latan. „Es genügt, wenn Sie die ungefähre Zeit bestimmen können."

Rhodan wechselte einen unschlüssigen Blick mit Atlan.

„Ich glaube, daß wir es in vier Stunden schaffen können", meinte der Arkonide zuversichtlich. „Wenn Gucky jetzt einen Kurzimpuls an die CREST durchgibt, müßte alles klappen. Inzwischen werden wir an Bord der PERTAGOR sein. Bevor die CREST in das Nullfeld eintritt, wird die PERTAGOR eingeschleust."

„Fünf Stunden", entschied Perry Rhodan. „Unter Umständen kann Oberst Rudo den Anflug verzögern."

„Ich springe los und warte bei den Gleitern", sagte Gucky und entmaterialisierte.

Nevis-Latan folgte diesen Vorgängen vollkommen teilnahmslos. André Noir sorgte dafür, daß der MdI die Geschehnisse augenblicklich wieder vergaß oder falsch auffaßte. Ohne den Hypno wäre das Doppelspiel unmöglich gewesen.

Rhodan nannte dem Tamrat den Zeitpunkt, den er für richtig hielt. Nevis-Latan gab ihn mit Hilfe des Nullfeldspürers an die Männer der Realzeit durch.

„Müssen wir eine Bestätigung abwarten?" fragte Rhodan.

„Das ist nicht nötig", sagte Nevis-Latan.

„Dann können wir hier verschwinden", sagte Rhodan. „Wir gehen zum U-Boot und fahren zur Küste zurück."

Rhodan fragte sich, ob die Verbindungsmänner des Tamrats in der Realzeit den Schwindel mit dem Forschungsschiff glaubten oder ob sie die Wahrheit ahnten. Wenn das letztere zutraf, konnte sich die CREST-Besatzung auf einen unangenehmen Empfang vorbereiten. Es gab keine Möglichkeit, zu erfahren, ob die Spezialisten in der Gegenwart gewarnt waren. Selbst Nevis-Latan konnte das nicht herausfinden.

Trotz aller Bedenken zögerte Rhodan nicht, seine Pläne weiter zu verfolgen. Wenn sie ihre eigene Zeit jemals erreichen wollten, mußten sie ein Risiko in Kauf nehmen. Sogar das Risiko der totalen Vernichtung des terranischen Ultraschlachtschiffes CREST III und seiner gesamten Besatzung.

Als Rhodan in den Turm des tefrodischen U-Bootes einstieg, konnte er ein verbissenes Lächeln nicht unterdrücken.

Die CREST III würde nicht unvorbereitet in der Gegenwart ankommen.

Im gleichen Augenblick, da das absolute Nullfeld zusammenbrach, würde das Flaggschiff des Solaren Imperiums mit allen zur Verfügung stehenden Waffen zu kämpfen beginnen.

14.

Major Don Redhorse setzte das U-Boot des MdI zehn Meter von der Küste entfernt auf Grund. Die Männer trugen wieder ihre Schutzanzüge. Auch Nevis-Latan hatte den Tauchanzug angelegt, den er ständig an Bord seines Schiffes hatte.

„Wir müssen nacheinander aussteigen", sagte Rhodan. „Die Schleusenkammer ist nicht groß genug für zehn Männer."

Er schickte Bradon, Atlan, Nevis-Latan, Redhorse und Surfat voraus. Es verstrichen nur wenige Minuten, bis die fünf Männer das Schiff verlassen hatten.

„Was geschieht mit dem U-Boot, Sir?" erkundigte sich Olivier Doutreval.

„Es bleibt hier liegen", entschied Rhodan. „Früher oder später wird es von einem Sporttaucher entdeckt werden. Dann wird man sich Gedanken darüber machen, was mit dem Tamrat geschehen ist. Man wird feststellen, daß die Schleuse offensteht. Alles wird nach einem Unfall aussehen. Die Tefroder werden die Polizei einschalten, denn kurz nach Trahailors Ermordung sieht die ganze Sache nach einem neuen Mord aus. Sie werden jedoch nie herausfinden, was tatsächlich geschehen ist."

„Das ist auch gut so", meinte Tako Kakuta nachdenklich. „Wer ist schon damit einverstanden, wenn Fremde aus einer anderen Zeit den Lauf der Dinge nach ihren Wünschen zu beeinflussen versuchen."

Vom Standpunkt der Tefroder aus war ein Schritt durch die Zeit eine Ungeheuerlichkeit, dachte Rhodan. Aber auch er würde nie sicher sein können, ob sie nicht irgend etwas, das in ferner Zukunft geschehen würde, durch ihr Auftauchen im Jahre 49488 vor Christi Geburt beeinflußt hatten. Es war sinnlos, darüber nachzudenken. Die Zeitreise war eine gefährliche Sache, die die Grundfesten der Existenz allen Lebens im Universum erschüttern konnte.

Jeder gehörte in seine Zeitepoche, dachte Rhodan.

Sie begaben sich in die Schleusenkammer. Kakuta übernahm die Kontrollen und flutete den kleinen Raum. Wenige Augenblicke später ließen sie sich an die Oberfläche treiben. Rhodan schätzte, daß das Schiff in einer Tiefe von knapp zwanzig Metern lag. Es würde also mit Sicherheit bald entdeckt werden.

Er erreichte die Meeresoberfläche und sah in der Nähe der Klippen fünf Gestalten aus dem Wasser klettern. Die anderen waren am Ufer angekommen. Rhodan schwamm mit schnellen Stößen auf die felsige Küste zu. Er wollte nicht, daß sie jetzt noch von sportbegeisterten Tefrodern entdeckt wurden.

Er ließ seine Blicke über das Ufer gleiten. Niemand war zu sehen. Weiter entfernt, in der Nähe des Sandstrandes schwammen einige Segelboote. Ihre Passagiere konnten jedoch mit Sicherheit nicht sehen, was in den Klippen geschah.

Rhodan hoffte, daß Gucky inzwischen den Kurzimpuls an die CREST III abgestrahlt hatte und bei den Gleitern wartete.

Er kam am Ufer an und löste seinen Helm.

„Zum Gleiter!" rief er den anderen zu. „Paßt auf, daß wir nicht gesehen werden!"

Papageorgiu und Surfat nahmen den MdI in die Mitte. Kakuta entmaterialisierte, kehrte aber gleich darauf wieder zurück.

„Gucky und Tannwander sitzen zusammen in einem der Gleiter", berichtete er. „Was wollen wir tun?"

Rhodan zuckte gleichgültig die Achseln. Er hatte zwar vorgehabt, Tannwander von der Existenz des Mausbibers nichts wissen zu lassen. Aber in der augenblicklichen Situation war es ohnehin egal, ob Tannwander Gucky kennenlernte oder nicht. Wahrscheinlich hatte sich der Mausbiber gelangweilt und daher Kontakt mit dem Tefroder aufgenommen.

Sie kamen bei den Gleitern an. Gucky erwartete sie im Innenraum. Tannwander war aufgestanden und wartete offenbar ungeduldig darauf, daß man ihm einige Fragen beantworten würde. Als er Nevis-Latan sah, weiteten sich seine Augen.

„Da haben Sie Trahailors Mörder", sagte Rhodan grimmig.

Tannwander betrachtete den Tamrat argwöhnisch. „Haben Sie Trahailor umgebracht?" fragte er hastig.

Nevis-Latan blickte den Jungen ausdruckslos an.

„Wer ist das?" fragte er Rhodan.

„Ein Freund", sagte Rhodan. „Er wird uns helfen, das Schiff zu entführen."

„Ach!" Nevis-Latan lächelte. „Natürlich habe ich Trahailor liquidiert. Er war mir auf der Spur. Bedrückt Sie das, junger Mann?"

„Ich weiß es nicht", knurrte Tannwander. „Manchmal glaube ich, daß es mir überhaupt nicht mehr gelingen wird, zwischen Traum und Wirklichkeit zu unterscheiden."

Rhodan warf ihm einen Blick zu. „Alles, was Sie erlebt haben, war Wirklichkeit", sagte er betont. „Fangen Sie nicht an, etwas anderes zu glauben, sonst könnte es schwierig für Sie werden, die Dinge so zu sehen, wie sie sind."

„Warum sagen Sie mir dann nicht endlich, was eigentlich vorgeht?" schrie Tannwander mit sich überschlagender Stimme. „Bin ich nur eine Spielfigur für Sie, die Sie nach Belieben herumschieben?"

„Nein", sagte Rhodan, obwohl er nicht überzeugt war, ob der Tefroder nicht recht hatte. War es nicht verbrecherisch, den Jungen für ihre Zwecke zu benutzen? Er war ein Gesetzloser, aber die Gesetze Lemurias und des Solaren Imperiums hatten nichts miteinander zu tun. Doch bald würde Tannwander wieder zu seiner früheren Selbstsicherheit zurückfinden. Dann würde ihm alles, was er in diesen wenigen Tagen erlebt hatte, wie ein böser Traum vorkommen.

„Wir lassen einen Gleiter hier zurück und fliegen unmittelbar zum Raumhafen", entschied Rhodan. „Wir werden dort bestimmt noch Schwierigkeiten mit der Starterlaubnis haben. Deshalb muß uns Tannwander noch einmal helfen."

„Ich glaube nicht, daß es Ostrum bereits gelungen ist, die Sicherheitsbeamten oder den Raumkontrolldienst einzuschalten", erklärte Tannwander müde.

„Nun gut." Rhodan schob Tannwander auf den Pilotensitz. „Wir müssen auf jeden Fall versuchen, die PERTAGOR zu starten. Nötigenfalls fliegen wir ohne Starterlaubnis los, obwohl wir dann wahrscheinlich nicht weit kommen."

Tannwander ließ die Turbinen anspringen. Ihre Strahlkraft riß zwei Furchen in den Sand zwischen den Klippen. Die Maschine hob sich vom Boden ab. Nevis-Latan stand bewegungslos neben dem Pilotensitz und blickte aufs Meer hinab. Für ihn spielten sich diese Vorgänge auf zwei Bewußtseinsebenen ab. Er erlebte die Realität – und er erlebte das, was André Noir ihn zu glauben zwang.

Tannwander jagte in zweihundert Meter Höhe über Wor-Kartan dahin. Der Palar-Hafen blieb zurück. Bald war die Küstenstadt nur noch ein heller Fleck am Horizont.

„Wie wollen wir Nevis-Latan an Bord der PERTAGOR bringen?" drang Atlans Stimme in Rhodans Gedanken.

„Sobald wir landen, wird sich Kakuta mit dem MdI mit einem Teleportersprung an Bord des Raumschiffes begeben. Auf diese Weise verhindern wir, daß der Tamrat von jemandem gesehen wird."

„Und wenn man die PERTAGOR vor dem Start untersucht?" wandte Chard Bradon ein.

„Daran können wir immer noch denken", sagte Perry Rhodan. „Es werden wahrscheinlich eine Menge Schwierigkeiten auf uns zukommen. Wir müssen irgendwie mit ihnen fertig werden und unser tefrodisches Schiff starten."

„Wenn sich der Raumkontrolldienst einschaltet, sind Sie am Ende", sagte Tannwander. „Zabot wird Sie unter Beschuß nehmen, bevor Sie noch aus der Atmosphäre heraus sind."

Rhodan nickte nur. Er war mit seinen Gedanken bereits bei jenem Augenblick, da die CREST III die Zeitmauer durchbrechen und aus dem absoluten Nullfeld kommen würde.

„Woran denkst du?" wollte Atlan wissen.

„An die Zukunft", erwiderte Rhodan. „Im wahrsten Sinne des Wortes."

„Laufen Sie immer noch diesen fünfzigtausend Jahren nach?" fragte Tannwander spöttisch.

Die Randbezirke von Atarsk tauchten unter ihnen auf. Rhodan sah das riesige Landefeld des Raumhafens.

„Landen Sie unmittelbar neben der PERTAGOR", sagte er zu Tannwander.

Der junge Tefroder nickte verbissen. Die ersten Markierungsbojen wurden sichtbar. Der Gleiter mischte sich in den Strom der unzähligen anderen Maschinen. Sie kamen nur langsam voran.

Rhodan wurde ungeduldig, obwohl er wußte, daß es für Tannwander keine Möglichkeit gab, die Flugbahnen zu umgehen.

Endlich flogen sie in den breiten Korridor ein, der zum Raumhafen führte. Rhodan sah einen Polizeigleiter auftauchen, doch die Maschine drehte ab und folgte einer seitlichen Flugbahn. Niemand schien Interesse an Tannwanders Gleiter zu haben.

Rhodan hoffte, daß das Glück ihnen treu blieb.

„Sie müssen uns helfen, die Starterlaubnis zu bekommen", sagte er zu Tannwander.

„Sie können die Erlaubnis über Funk anfordern, das geht am schnellsten", erklärte der Tefroder. „Sie können sich aber auch im Verwaltungsgebäude eintragen lassen."

„Ich glaube, wir machen es über Funk", entschied Rhodan. „Wie geht das vor sich?"

„Nur eilige Fälle werden über Funk erledigt. Erklären Sie den Beamten, eines Ihrer Besatzungsmitglieder wäre schwer erkrankt und müßte auf dem schnellsten Wege nach Alara Vier zurück. Man wird froh sein, wenn man den Kranken nicht im Hospital von Atarsk behandeln muß."

„Gute Idee", stimmte Rhodan zu.

Sie erreichten das Landefeld. Rhodan sah zwei große Transportschiffe, die von Arbeitern und Robotern entladen wurden. Die Aufmerksamkeit der Raumhafenbesucher konzentrierte sich auf die beiden Schiffsgiganten. Rhodan beobachtete viele Kinder, wahrscheinlich kamen sie von irgendeiner Schule, um den Raumhafen zu besichtigen.

Um die kleine PERTAGOR würde sich mit Sicherheit keiner der Besucher kümmern.

Tannwander steuerte den Gleiter auf das Parkfeld neben den Verwaltungsgebäuden.

„Warum fliegen Sie nicht direkt zum Schiff?" erkundigte sich Atlan.

Tannwander erwiderte: „Kein Privatgleiter darf auf dem Landefeld niedergehen. Wir wollen die Ordnungspolizei nicht provozieren, indem wir dieses Verbot mißachten."

Die Maschine setzte auf einem freien Feld auf.

„Tako, springen Sie ins Schiff und sehen Sie nach, ob sich jemand dort aufhält", befahl Rhodan. „Wenn alles in Ordnung ist, kommen Sie zurück und holen Nevis-Latan."

„Das kann ich auch erledigen", erbot sich Gucky, aber Rhodan schüttelte den Kopf. Für solche Aufgaben war Kakuta der richtige Mann. Der Teleporter ging kein unnötiges Risiko ein. Bei Gucky bestand Gefahr, daß er sich zu einigen privaten Späßen verleiten ließ.

Kakuta entmaterialisierte. Rhodan blickte zum Schiff hinüber, das ungefähr fünfhundert Meter von ihnen entfernt war. Zwischen den zahlreichen Montagewagen und Transportern, die überall herumfuhren, vermochte er keine Einzelheiten zu erkennen. Nach einigen Minuten kam Kakuta zurück.

„Am Landesteg lungern vier Burschen herum", berichtete er. „Es scheint sich jedoch nicht um Polizisten zu handeln. Im Schiff hält sich niemand auf."

„Das sind Ostrums Männer", sagte Tannwander. „Er hat ein paar Aufpasser geschickt, die die Polizei benachrichtigen sollen, sobald Sie auftauchen."

„Was nun?" fragte Leutnant Bradon matt.

„Gucky und Tako Kakuta können uns nacheinander in die PERTA-GOR teleportieren, ohne daß uns die Burschen sehen", schlug Atlan vor.

„Das kann zu weiteren Schwierigkeiten führen", lehnte Rhodan ab. „Die Spione werden nicht tatenlos zusehen, wenn ein Schiff startet, das anscheinend ohne Besatzung ist. Wir müssen uns etwas anderes einfallen lassen."

„Ich nehme mir die Kerle vor", sagte Gucky entschlossen. „Das Herumspionieren wird ihnen schon vergehen."

Rhodan wußte, daß auch das keine vernünftige Lösung war. Wenn er den Mausbiber hinausschickte, konnte es passieren, daß sich in wenigen Minuten einige hundert Tefroder in der Nähe der PERTA-GOR versammelten und sich verwundert fragten, warum vier Männer ohne fremdes Zutun die Flucht ergriffen.

„Tannwander ist der einzige, der uns jetzt weiterhelfen kann", sagte Rhodan.

„Das dachte ich mir!" entfuhr es dem Tefroder. „Wie stellen Sie sich meine Hilfe vor?"

„Glauben Sie, daß einer dieser Männer Sie kennt?" wollte Rhodan wissen.

Als Tannwander verneinte, fuhr der Terraner fort: „Gehen Sie zu ihnen und geben Sie sich als Dromms Mitarbeiter aus. Erklären Sie, daß die neun Altarer soeben im Begriff stünden, heimlich an Bord eines Frachters zu gehen, weil sie Dromm noch Geld schulden. Sagen

Sie Ostrums Männern, Sie kämen, um auf die PERTAGOR aufzupassen. Dromm wollte unter allen Umständen verhindern, daß man noch einige wertvolle Ausrüstungen seines Schiffes mitgehen läßt."

Tannwander grinste. Wie Rhodan erwartet hatte, machte ihm die Geschichte Spaß. Jetzt kam es darauf an, daß Ostrums Spione anbissen und sich zu dem Frachter begaben, um die neun alarischen Raumfahrer zu finden.

Tannwander verließ den Gleiter. Rhodan blickte auf die Uhr. Inzwischen waren fast zwei Stunden seit ihrem Aufbruch aus der Unterseekapsel Nevis-Latans verstrichen. Es wurde Zeit, daß sie starteten, um mit der CREST III zusammenzutreffen.

„Was machen wir, wenn Tannwander keinen Erfolg hat?" fragte Redhorse.

„Dann bleibt uns nichts anderes übrig, als uns von Tako und Gucky heimlich an Bord bringen zu lassen", sagte Rhodan.

Eine Viertelstunde verstrich, bis Tannwander wieder vor dem Gleiter auftauchte. Er winkte den Männern zu und kam zu ihnen herein.

„Sie sind weg", sagte er lächelnd. „Sie sind darauf hereingefallen. Nun sind sie zu einem der großen Transporter unterwegs, die drüben auf dem Hauptfeld stehen. Ich glaube, daß sie dort einige Verwirrung stiften werden."

„Gut gemacht", lobte Rhodan. „Nun sind Sie an der Reihe, Tako, springen Sie mit Nevis-Latan zur PERTAGOR. Du springst ebenfalls, Gucky. Wir gehen zu Fuß hinüber."

Er wartete, bis Kakuta, der MdI und Gucky verschwunden waren. Dann wandte er sich wieder an den jungen Tefroder.

„Wir verlassen jetzt Lemuria", sagte er. „Sie haben uns mehr geholfen, als Sie sich vielleicht vorstellen können. Außer den Schwingquarzen, die Sie von uns erhalten haben, besitzen wir nichts, womit wir unseren Dank zeigen können."

Tannwander senkte den Kopf. „Wie wäre es, wenn Sie mir die Wahrheit sagten?"

Fast wäre Rhodan auf den Vorschlag eingegangen. Doch dann sagte er sich, daß das Wissen um alle Hintergründe eine zusätzliche Belastung für den Tefroder bedeutet hätte. Er gab André Noir einen Wink.

Tannwander bemerkte die Bewegung und deutete sie richtig.

„Vermutlich ist jetzt der Zeitpunkt gekommen, da mir die Erinnerung an alles genommen wird, was ich nicht wissen soll?" fragte er bitter.

203

Rhodan nickte widerstrebend. „Es ist besser so."

„Einen Augenblick!" rief Tannwander leidenschaftlich. „Sie wissen genau, daß ich niemals von meinem Wissen Gebrauch machen kann, weil mir niemand Glauben schenken würde. Sie wollen mir nur die Erinnerung nehmen, weil Sie befürchten, ich würde mein ganzes Leben versuchen, die Wahrheit herauszufinden. Woher nehmen Sie das Recht, mit meinem Erinnerungsvermögen zu manipulieren?"

„Es ist eine Notwendigkeit", sagte Rhodan. Dieses Argument kam ihm lahm vor. Er wußte, daß er sich mit der gleichen Heftigkeit gewehrt hätte, wäre er in der gleichen Lage wie Tannwander gewesen.

„Wir müssen gehen", drängte Atlan.

„Soll ich anfangen?" fragte Noir. Obwohl seine Stimme gleichmütig klang, wußte Perry Rhodan, daß der Hypno mit dem Jungen sympathisierte.

„Nein, André", sagte Rhodan. „Lassen Sie ihn."

„Das kannst du nicht tun!" protestierte Atlan. „Wenn hier jemals ein anderer MdI auftaucht, wird er sich an den Jungen heranmachen."

„Wenn wir in die Realzeit gelangen, wird kein MdI mehr Gelegenheit erhalten, nach Lemuria zu kommen", erwiderte Rhodan.

„Es ist eine unverantwortliche Sentimentalität, ihm sein vollständiges Erinnerungsvermögen zu belassen", sagte der Arkonide verstimmt.

„Es ist das Vorrecht eines Terraners, ab und zu sentimental zu sein", erklärte Rhodan. Damit war die Entscheidung gefallen. Tannwander schien es zu spüren, denn seine düstere Miene hellte sich auf. Er nickte Rhodan dankbar zu und ließ sich auf dem Pilotensitz des Gleiters nieder. Ohne sich von dem Tefroder zu verabschieden, verließ Atlan den Gleiter.

„Warum dulden Sie es, daß Ihre Männer Ihnen in dieser Form widersprechen?" fragte Tannwander erstaunt.

Rhodan mußte lachen. „Er ist nicht einer meiner Männer", sagte er. „Denken Sie nicht zu schlecht von ihm. Im Grunde genommen ist er über meine Entscheidung ebenso erleichtert wie Sie und ich."

Tannwander lehnte sich im Pilotensitz zurück und machte einen tiefen Atemzug.

„Wissen Sie was?" sagte er. „Ich werde euch angebliche Alarer vermissen – und euren Geruch."

Rhodan beugte sich über das Mikrophon des Normalfunks. Sie befanden sich jetzt in der PERTAGOR. Die Luftschleusen waren geschlossen, der Landesteg war eingezogen. Aber noch konnte das Schiff nicht starten, weil die von Rhodan angeforderte Starterlaubnis noch nicht durchgekommen war. Der Terraner blickte auf die Uhr. Seit über zwanzig Minuten wartete er jetzt auf eine Antwort vom Verwaltungsgebäude.

„Ich denke, ich werde unseren Wunsch noch einmal durchgeben", sagte er zu Atlan. „Die Tefroder lassen uns sonst noch länger warten."

Er rief den zuständigen Kontrollbeamten an. Der Bildschirm über dem Funkgerät wurde hell. Das Gesicht eines Mannes zeichnete sich ab.

„Was wollen Sie?" erkundigte er sich mürrisch.

„Wir haben einen Schwerkranken an Bord", erinnerte Rhodan. „Wie lange dauert es noch, bis die Starterlaubnis kommt? Wir warten bereits zwanzig Minuten."

„So?" machte der Mann. „Ihr Antrag wird noch geprüft."

Damit unterbrach der Tefroder die Verbindung. Rhodan ließ sich wütend auf den Sessel zurückfallen. In einer knappen Stunde würde die CREST III im System von Big Blue auftauchen, dann mußte die PERTAGOR zur Stelle sein.

„Ich wette, sie haben die Polizei verständigt", unkte Gucky. „Außerdem wird es nicht lange dauern, bis Ostrums Männer zurückkommen. Inzwischen werden sie den Frachter auf den Kopf gestellt haben, ohne uns zu finden."

Bevor Rhodan antworten konnte, wurden sie über Funk angerufen. Der gleiche Beamte, mit dem er geade gesprochen hatte, wurde auf dem Bildschirm sichtbar. Er war noch mürrischer als zuvor.

„Sie können in drei Minuten starten", sagte er. „Normalerweise geht das nicht so schnell, aber die Gesellschaft, die Ihnen die PERTAGOR verkauft hat, bat uns, Ihren Antrag möglichst schnell zu erledigen."

„Dromm", sagte Redhorse erstaunt, als Rhodan sich bedankt und abgeschaltet hatte. „Wie kommt ausgerechnet Dromm dazu...?"

„Tannwander", erklärte Perry Rhodan mit einem Seitenblick auf den Arkoniden. „Manchmal kann etwas Sentimentalität ganz nützlich sein."

Genau drei Minuten später kam der Startbefehl vom Kontrollraum. Die PERTAGOR hob sich vom Landefeld des Raumhafens von

205

Atarsk ab. Die große Stadt blieb unter dem Schiff zurück. Rhodan, Redhorse und Bradon übernahmen die Kontrollen.

Die Ausführung von Perry Rhodans Plänen hatte bisher nahezu reibungslos funktioniert. Aber die Männer befanden sich noch immer fünfzigtausend Jahre in der Vergangenheit.

Die entscheidende Phase des Unternehmens begann jetzt erst.

15.

John Marshall warf einen Blick auf die Uhr. In etwa zehn Minuten würde das Flaggschiff der Solaren Flotte den Linearraum verlassen und sich in den Ortungsschutz von Big Blue begeben. Dort sollten Rhodan und seine Begleiter an Bord genommen werden.

Durch die kurzen Funkimpulse, die Gucky von Lemuria aus abgestrahlt hatte, war man an Bord der CREST III im großen und ganzen über alles informiert, was auf dem einzigen Planeten Big Blues geschehen war.

Inzwischen hatten innerhalb des Riesenschiffes die Vorbereitungen für die Rückkehr in die Realzeit begonnen.

Der Optimismus der Besatzung erschien dem Telepathen verfrüht, aber er verstand die Reaktion der Raumfahrer, die fast jede Hoffnung auf eine Rückkehr in die Gegenwart aufgegeben hatten.

Marshall wußte nicht, wie es Perry Rhodan gelungen war, den MdI zu veranlassen, die Bedienungsmannschaft der Zeitstation in der Realzeit zu bewegen, die CREST III durch die Zeitmauer zu schleusen. Um derartige Einzelheiten zu übermitteln, waren die Funkimpulse zu kurz gewesen. Marshall vermutete, daß Rhodan irgendeinen Trick angewandt hatte.

Der Mutant blieb neben Icho Tolot und Melbar Kasom stehen. An der Seite des Haluters wirkte sogar Kasom wie ein Zwerg. Der Ertruser lächelte Marshall zu. Seine Nervosität war unverkennbar. Fast alle Offiziere der CREST III hatten sich in der Zentrale eingefunden. Die Männer diskutierten erregt. Oberst Cart Rudo stand ununterbrochen mit allen Teilen des Schiffes in Verbindung, um die nötigen Befehle zu geben. Wie so oft, empfand Marshall auch in diesem Augenblick eine gewisse Bewunderung für den Epsaler. Die Aufgaben des Kommandanten mußten einem Uneingeweihten unübersehbar erscheinen. Rudo mußte an derartig viele Dinge denken, daß man fast sicher sein konnte, daß er die eine oder andere notwendige Handlung vergessen würde. Aber Rudo vergaß niemals etwas. Sollte dieser Fall jedoch einmal eintreten, würde ein ausgeklügeltes Sicherheitssystem verhindern, daß eine Panne passierte. Vor jedem größeren Unternehmen wurden die Positroniken programmiert, die dem Kommandanten einen großen Teil seiner Arbeit abnahmen.

Rudo nahm sich die Zeit, sich zu Tolot, Marshall und Kasom umzuwenden und ihnen zuzulächeln.

„Es hat mir selten so viel Spaß gemacht, die Dicke auf Touren zu bringen", behauptete er mit seiner dröhnenden Stimme. Die „Dicke", das war nur einer seiner vielen Lieblingsausdrücke für dieses gigantische Schiff. Manche Raumfahrer behaupteten, Rudo fühle sich mit seinem Schiff so verbunden, daß er sogar im Kommandosessel schlafe. Marshall hatte sich noch nicht die Mühe gemacht, diese Behauptung nachzuprüfen.

„Noch sechs Minuten", sagte Icho Tolot, der einen Blick auf die Uhren geworfen hatte.

Marshall wurde das Gefühl nicht los, daß der Haluter dem geplanten Unternehmen voller Skepsis entgegensah. Tolot hatte sich bisher jedoch noch nicht zu den Funknachrichten von Gucky geäußert. Er schwieg beharrlich auf alle Fragen. Perioden der Schweigsamkeit traten bei Tolot immer wieder ein, aber gerade jetzt hätte die CREST-Mannschaft die Unterstützung ihres halutischen Freundes brauchen können.

Marshall beschloß, den Haluter zu bewegen, seine Ansichten darzulegen.

„Werden wir bei unserem Sprung durch die Zeit die gleichen Ereignisse erleben, wie wir sie vom erstenmal in Erinnerung haben?" fragte er Tolot. „Oder glauben Sie, daß etwas völlig anderes geschieht?"

„Das kommt darauf an", sagte Tolot ausweichend. Plötzlich schien er sich einen Ruck zu geben und fügte hinzu: „Es ist mir noch immer ein Rätsel, wie Perry Rhodan die Ankunft der CREST in der Realzeit vor den MdI geheimhalten will. Ich hege die Befürchtung, daß man uns bereits erwartet und einen dementsprechenden Empfang vorbereitet."

Das war es also! Marshall warf Kasom einen bezeichnenden Blick

207

zu. Tolot glaubte zwar, daß sie die Realzeit erreichen konnten, aber er bezweifelte, daß sie dort lange leben würden.

„Die CREST wird sich fast ausschließlich durch die Zeit bewegen", sagte Tolot. „Das bedeutet, daß sie ungefähr an der gleichen Stelle herauskommt, an der sie ins absolute Nullfeld eintritt, nur viel näher an Vario, wahrscheinlich knapp über dessen Oberfläche. Ich glaube, daß uns dort ein Aufgebot tefrodischer Raumschiffe erwartet, die im gleichen Augenblick das Feuer eröffnen werden, in dem die CREST sichtbar wird. Wir werden nicht dazu kommen, auch nur einen Schuß abzugeben."

In der Zentrale wurde es still. Die meisten Raumfahrer hatten Tolots Worte gehört.

„Noch drei Minuten!" rief irgend jemand.

„Auch Perry Rhodan wird daran gedacht haben", sagte Marshall zu Tolot. „Er ist jedoch aus irgendeinem Grund davon überzeugt, daß das von Ihnen geschilderte Ereignis nicht eintreten wird."

„Rhodan ist verzweifelt", entgegnete Tolot ruhig. „Wir alle wissen, wie gering die Chancen sind, in die Realzeit zurückzukehren. In dieser Lage muß Rhodan die Gelegenheit nutzen, die sich ihm bietet." Tolot machte eine Pause und fügte dann hinzu: „Wahrscheinlich hätte ich nicht anders gehandelt."

Wie immer erschienen Tolots Äußerungen vollkommen logisch. Doch Marshall weigerte sich, daran zu glauben. Rhodan würde in der Vergangenheit bleiben, wenn es keine echte Chance gab, den Meistern der Insel zu entkommen.

Würde er das tatsächlich?

John Marshall preßte die Zähne aufeinander. Sie würden die Wahrheit erfahren, wenn Rhodan an Bord des Ultraschlachtschiffes kam.

„Wir verlassen den Linearraum und verringern die Geschwindigkeit. Das Schiff begibt sich in den Ortungsschutz Big Blues. Erhöhte Alarmbereitschaft für alle Feuerleitzentralen." Rudos Stimme klang gelassen wie immer.

Die lodernde Oberfläche Big Blues wurde auf verschiedenen Bildschirmen sichtbar. Massetaster, Impulsaufzeichner und Frequenzspürer traten in Tätigkeit. Der HÜ-Schirm der CREST III wurde eingeschaltet. Blitzschnell werteten die Positroniken alle vorliegenden Daten aus.

„In diesem Raumsektor wimmelt es von Schiffen", stellte Rudo fest.

Damit hatten sie gerechnet. Der Ortungsschutz des Ultraschlachtschiffes trat in Funktion. Hinzu kam die schützende Nähe der riesigen Sonne. Nur durch einen Zufall oder besondere Spürgeräte konnte die CREST III jetzt entdeckt werden.

„Wo bleibt Rhodans Schiff?" fragte Leutnant Son Hunha.

„Immer mit der Ruhe", grollte Cart Rudo. „Es ist unsere Aufgabe, das kleine Schiff zu finden."

„Wenn es sich überhaupt in diesem Raumsektor aufhält", fügte Tolot hinzu.

Der Kommandant beachtete Tolot nicht. Er steuerte das Schiff in einer Kreisbahn um die Sonne. Jedes Schiff, das sie innerhalb dieses Raumsektors orteten, konnte das gesuchte sein.

Marshall beobachtete die Bildschirme der Raumortung. Ein Wachgeschwader bewegte sich in V-Formation etwa zweihunderttausend Meilen von seinem Heimatplaneten entfernt durch den Raum. Marshall hatte nicht den Eindruck, daß dieser Verband Jagd auf ein anderes Schiff machte. Wenn Rhodan überhaupt schon gestartet war, dann folgte ihm niemand.

„Objekt im Sektor C-Vier-Gelb nähert sich der Sonne!" rief einer der Männer vor den Ortungsgeräten.

„Gleichen Kurs halten!" knurrte Rudo.

„Ungefähre Größe des Objekts sechzig Meter", kam die nächste Meldung. Geschwindigkeit und Kurs des unbekannten Raumschiffs wurden errechnet.

„Schiff geht in Kreisbahn um die Sonne!"

„Da sind sie!" rief Rudo aufgeregt. Seine Stimme klang so laut, daß sie in Marshalls Ohren vibrierte. Einer der Offiziere stieß einen Jubelschrei aus.

„Kurzimpuls an das fremde Schiff, Sparks!" befahl Rudo dem Funker. „Achten Sie darauf, daß man uns nicht anpeilen kann."

Sekunden später kam die Antwort. Die PERTAGOR meldete sich. Der HÜ-Schirm des Ultraschlachtschiffes wurde abgeschaltet. Die CREST III flog dem kleinen Schiff entgegen. Eine Hangarschleuse öffnete sich.

Genau vier Minuten später ruhte das tefrodische Schiff im Hangar zwischen den Korvetten.

Rhodan und seine Begleiter waren wieder an Bord des Flaggschiffes. Doch sie waren nicht allein gekommen.

In ihrer Begleitung befand sich Nevis-Latan, ein Meister der Insel.

Die CREST III bewegte sich auf den von Nevis-Latan angegebenen Punkt in der Nähe der Sonnenkorona von Big Blue zu. In wenigen Augenblicken mußte das zweitausendfünfhundert Meter durchmessende Schiff von einem gewaltigen Kraftfeld, das seine Energien aus der Sonne bezog, in die Zukunft versetzt werden.

Nevis-Latan saß in seinem Sessel unmittelbar neben dem Kommandanten. Perry Rhodan stand hinter ihm und ließ ihn nicht aus den Augen. Es bestanden zwar keine Zweifel daran, daß der ehemalige Tamrat für Transportwesen auf Lemuria sich völlig in der Gewalt des Hypnos André Noir befand, aber Rhodan blieb mißtrauisch. Er rechnete damit, daß die MdI bestimmte Vorsichtsmaßnahmen getroffen hatten, um einen unverhofften Angriff abzuwehren.

Rhodan umklammerte die Rückenlehne des Sessels mit beiden Händen. Die CREST III würde nicht unvorbereitet in der Realzeit herauskommen. Sonderschaltungen und ausführliche Programmierungen der Positroniken würden dafür sorgen, daß das Schiff ohne Zutun der Besatzung bei seinem Eintritt in die Normalzeit sofort zu feuern begann. Das Ziel des Angriffs sollte die Zeitstation auf Vario sein. Rhodan wußte, daß alles sehr schnell gehen mußte, so schnell, daß die Duplos und ihre Befehlshaber auf Vario keine Zeit hatten, einen Schutzschirm zu errichten, der den Planeten vor den Bomben und Strahlkanonen retten würde.

Die CREST III befand sich jetzt in gefährlicher Nähe von Big Blue. Nur die mächtigen Abschirmfelder und die Triebwerke verhinderten, daß das Flaggschiff vernichtet wurde. Rhodan machte sich keine Gedanken um die CREST III. Er wußte, daß er sich auf Oberst Rudo verlassen konnte.

Innerhalb der Zentrale war es, bis auf den Lärm der verschiedenen Maschinen, vollkommen still. Die Gesichter der Raumfahrer wirkten im Lichtschein der Kontrollen bleich und angespannt. Jedes Besatzungsmitglied wußte, welches Risiko der Großadministrator mit diesem Unternehmen einging.

„Wir erreichen jetzt den berechneten Punkt", meldete Rudo.

Rhodan sah, daß Nevis-Latan sich nach vorn beugte. Der MdI machte einen gelassenen Eindruck. Es schien, als würde er ein mehrfach geübtes Manöver wiederholen.

Plötzlich hatte Rhodan den Eindruck, daß irgendeine Veränderung mit dem Schiff vor sich ging. Für Sekundenbruchteile verringerte sich der Lärm der Maschinen, um gleich darauf wieder zur alten Stärke anzuschwellen.

„Das Nullfeld!" schrie Atlan. „Wir rasen direkt auf das absolute Nullfeld zu."

Auf den Bildschirmen der Raumortung zeichnete sich das von unermeßlichen Energien stabil gehaltene Zeitfeld ab. Rhodan wußte, daß es jetzt kein Zurück mehr gab. Sie standen bereits unter dem Einfluß der Zeitbewegung.

Rhodans Kopfhaut begann zu prickeln. Jeder Befehl war im jetzigen Stadium überflüssig. Trotzdem wandte er sich an Nevis-Latan.

„Verläuft alles wie gewohnt?" fragte er den MdI.

Nevis-Latan nickte zufrieden. „Natürlich", sagte er selbstgefällig. „Warum sollte es zu irgendwelchen Schwierigkeiten kommen?"

Die Bewegung durch die Zeit hatte endgültig begonnen. Sie würde erst in der Realzeit zum Stillstand kommen. Die CREST III drang in die Zukunft vor, aus der sie ursprünglich gekommen war.

Abermals wurde das Tosen der Maschinen zu einem kaum wahrnehmbaren Raunen. Die auf den Bildschirmen sichtbaren Sterne schienen einer willkürlichen Kraft unterworfen zu sein, denn sie flackerten unruhig und bewegten sich ruckartig durch den Weltraum.

Vario wurde zu einem leuchtenden Ring um die Sonne, seine Umlaufbahn zeichnete sich wie eine exakte zeichnerische Darstellung auf den Bildschirmen ab.

Obwohl Rhodan hätte Erleichterung empfinden sollen, stand er ganz im Banne des ungeheuerlichen Vorgangs. Jetzt dachte er weder an das, was sie erwartete, noch daran, was sie hinter sich hatten. Sein Verstand konzentrierte sich auf die Bewegung durch die Zeit, der das Schiff und seine Besatzung unterlagen.

Niemand sprach. Die Männer beobachteten die Bildschirme und kontrollierten die von den Meßgeräten angezeigten Werte. Lediglich Icho Tolot bewegte sich im Kontrollraum hin und her. Der Haluter schien bemüht zu sein, möglichst viele Eindrücke zu sammeln.

Plötzlich brach der Feuerring, der von Vario gebildet wurde, in sich zusammen. Die CREST III kam aus dem absoluten Nullfeld heraus. Sie materialisierte unmittelbar über dem Wüstenplaneten, zu dem Lemuria geworden war.

Nur eine Mikrosekunde, nachdem die rückläufige Bewegung durch die Zeit endgültig vorüber war, traten die Positroniken des Schiffes in Aktion und schalteten die vorbereiteten Waffen ein.

Ein vernichtender Feuerüberfall auf Vario begann.

Die Bordgeschütze eröffneten das Feuer, Strahlkanonen und Desintegratoren traten in Tätigkeit. Das Schiff befand sich nur wenige hundert Meilen über den Energieanlagen des Zeittransmitters von Vario. Rhodan hoffte, daß alles so schnell ging, daß auch das zentrale Robotgehirn der Station nicht mehr in der Lage war, ein durch Sonnenenergie gespeistes Abwehrfeld um den Planeten zu errichten. Dieses Feld hätte jeden weiteren Angriff der CREST III illusorisch gemacht.

Ein Blick auf die Bildschirme bewies dem Terraner jedoch, daß diese Sorgen unbegründet waren. Mit verheerender Wucht schlugen die Strahlen auf die ungeschützte Oberfläche Varios und drangen in die unterirdischen Anlagen ein, wo sie gewaltige Explosionen hervorriefen. Die Zeitfalle wurde in ihren Grundfesten erschüttert. Niemand war in der Lage, dem plötzlich hereingebrochenen Unheil Widerstand entgegenzusetzen. Die wenigen Duplos, die sich dort unten aufhielten, starben, bevor sie darüber nachdenken konnten, was geschehen war. In Erwartung eines tefrodischen Forschungsschiffes hatten sie allzu sorglos die Vorgänge beobachtet.

Unmittelbar nach der Feuereröffnung strahlte die CREST III über ein lichtschnelles Spiralfeld mehrere Arkonbomben ab, die einen unlöschbaren Atombrand auf Vario auslösen würden. Das war der Anfang vom Ende. In absehbarer Zeit würde Vario zu einer Sonne werden.

Als die Automatik die CREST III anrucken ließ und die Maschinen erneut aufbrüllten, blieb ein sterbender Planet zurück. Die Zeitstation existierte nicht mehr. Es gab für die MdI keine Möglichkeit mehr, irgendeinen Körper in die Vergangenheit zu versetzen.

Alles war so schnell gegangen, daß Rhodan noch vollkommen unter dem Eindruck der Geschehnisse stand, als das Ultraschlachtschiff mit höchstmöglicher Beschleunigung auf die Linien der tefrodischen Waffenschiffe zuraste.

Auch mit der Anwesenheit dieser Schiffe hatte Rhodan gerechnet und dementsprechende Vorsichtsmaßnahmen getroffen. Jetzt sahen sie sich Duplos gegenüber, deren Originalkörper die MdI zum größten Teil aus der Vergangenheit geholt hatten. Flüchtig dachte Rhodan daran, daß diese Quelle dem Gegner ab nun verschlossen war. Das bedeutete keinen großen Sieg, denn den Meistern der Insel und ihren tefrodischen Helfern standen in ausreichender Zahl Strukturschablo-

212

nen zur Verfügung, mit denen sie die Millionenheere der Duplos jederzeit ergänzen konnten.

Rhodan konzentrierte seine Aufmerksamkeit auf die Bildschirme. Aus allen Geschützen feuernd, raste das Flaggschiff der Solaren Flotte in den Verband tefrodischer Schiffe hinein. Rhodan versuchte sich vorzustellen, was sich jetzt in den Kommandozentralen der gegnerischen Schiffe abspielte. Wahrscheinlich war man so verblüfft, daß es nicht zu einem geschlossenen Angriff auf das terranische Schiff kommen würde.

Drei tefrodische Raumer begannen den Angreifer unter Feuer zu nehmen, aber die Schüsse waren viel zu unkontrolliert, um der CREST III gefährlich werden zu können.

„Kurs halten, Oberst!" rief Rhodan dem Epsaler zu.

Wie ein Phantom durchbrach das Ultraschallschiff den Ring tefrodischer Einheiten. Verzweifelt beschleunigten die Duplo-Kommandanten ihre Schiffe, aber ihre Reaktionen kamen viel zu spät.

Die CREST III hatte die nötige Geschwindigkeit erreicht. Die Kalups sprangen an. Eine titanische Masse aus Stahl, Plastik und Energie durchbrach die Grenzen des Einsteinuniversums und drang in die Halbraumzone vor.

Erst jetzt spürte Perry Rhodan, daß er vollkommen verkrampft hinter dem Sessel Nevis-Latans stand. Er lockerte den Griff, mit dem er die Lehne umschloß, und warf Atlan einen fragenden Blick zu. Der Arkonide brachte ein mühsames Lächeln zustande.

„Es sieht so aus, als hätten wir es geschafft", erklärte er. „Es fällt nur schwer, sich damit vertraut zu machen, daß wir in jener Zeit weiterleben werden, die unsere eigene ist."

Ein Stöhnen hinderte Rhodan an einer Antwort. Es kam von Nevis-Latan, der auf seinem Platz zusammengesunken war.

Rhodan packte den MdI an den Schultern und zog ihn hoch. Der Mann machte einen völlig gebrochenen Eindruck. André Noir zuckte entschuldigend die Schultern, als Rhodan zu ihm hinüberblickte. Rhodan vermutete, daß Nevis-Latan während der Bewegung durch die Zeit der Kontrolle des Hypnos entglitten war. Auch Noir war kein Übermensch. Er hatte unter der gleichen Anspannung wie sie alle gestanden. Sein paranormaler Einfluß auf den MdI hatte darunter gelitten.

„Was ist geschehen?" fragte Nevis-Latan kaum hörbar.

Rhodan entschloß sich, dem MdI die Wahrheit zu sagen. In knappen Worten schilderte er die wirklichen Zusammenhänge. Plötzlich begann Nevis-Latan schrill zu lachen.

„Vernichtet?" schrie er. „Die Zeitfalle vernichtet? Niemand kann diese Station auch nur beschädigen."

„Es ist aber so", bekräftigte Rhodan. „Ihre Organisation hat eine entscheidende Niederlage erlitten."

Nevis-Latan sprang auf. Der Sessel kippte nach hinten. Sofort waren drei Offiziere zur Stelle, um den MdI festzuhalten.

„Bringt mich zur Zeitstation!" brüllte Nevis-Latan.

„Ich befürchte, er wird wahnsinnig", flüsterte Atlan Rhodan zu. „Die ständige Belastung und der Einfluß des Schutzblocks haben seinen Verstand zerstört. Wenn wir noch etwas von ihm erfahren wollen, müssen wir den Neurodestrator einsetzen."

Rhodan zögerte. Die CREST III befand sich im Augenblick in relativer Sicherheit. Die Zeitstation war vernichtet worden. Es gab also keinen zwingenden Grund, den MdI noch einem harten Verhör zu unterziehen.

„Wir müssen etwas über die Organisation unseres Gegners herausfinden", drängte Atlan. „Entscheide dich, bevor es zu spät ist."

Die Offiziere drückten Nevis-Latan in den Sessel zurück und banden ihn fest. Der MdI tobte ununterbrochen. Seine Worte wurden immer unverständlicher.

Rhodan gab sich einen Ruck. „Unterziehe ihn noch einem Verhör", sagte er zu Atlan.

Auf einen Wink des Arkoniden brachte Major Redhorse das Gerät.

Rhodan wurde abgelenkt, als die CREST III wieder in den Normalraum zurückkehrte. Sie befanden sich knapp hundert Lichtjahre vom Big-Blue-System entfernt. Oberst Rudo näherte sich dem Ortungsschutz einer unbekannten Sonne.

Die überlichtschnelle Energieortung trat in Tätigkeit. Rhodan überließ es Cart Rudo, die Ergebnisse zu kontrollieren und dementsprechend zu handeln. Kein tefrodisches Schiff hielt sich in ihrer Nähe auf.

„Wir können beginnen!" rief Atlan. „Der Neurodestator ist eingeschaltet."

„Die Gedanken unseres Gefangenen sind verwirrt", berichtete John Marshall. „Es kommen keine klaren Impulse."

„Das ist richtig", bestätigte Gucky. „Ich befürchte, daß er nicht mehr vernehmungsfähig ist."

„Wir versuchen es", entschied Atlan. Er nahm einige Schaltungen vor und trat dann an Nevis-Latan heran. Die Stirn des MdI war mit Schweiß bedeckt. Mit blutunterlaufenen Augen starrte er Rhodan und den Arkoniden verständnislos an.

„Nevis-Latan!" rief Atlan. „Nevis-Latan! Hören Sie mich?"

Der Gefesselte knurrte wie ein Tier. Sein Körper zuckte. Die Fesseln dehnten sich, als er dagegen ankämpfte.

„Sie und Ihre Organisation haben mehr Verbrechen begangen als jede andere Macht innerhalb zweier Galaxien", sagte Atlan. „Doch nun ist Ihr Ende gekommen."

Rhodan warf dem Arkoniden einen warnenden Blick zu, den Atlan jedoch nicht beachtete.

„Was wollen . . . Sie?" kam es von Nevis-Latans bebenden Lippen.

„Wie viele Mitglieder umfaßt Ihre Organisation?" fragte Atlan.

Nevis-Latan gab ein gurgelndes Geräusch von sich. Sein Kinn fiel nach unten. Er kicherte irre.

„Du mußt die Frage anders stellen", mischte sich Gucky ein.

„Wie viele Meister der Insel gibt es?" fragte Atlan hastig.

Nevis-Latan bäumte sich auf. In seinen Augen loderte grenzenloser Haß. Sein schallendes Gelächter ließ die Raumfahrer innerhalb der Kommandozentrale erschauern.

„Sieben!" brüllte Nevis-Latan mit gellender Stimme. „Wir waren nur sieben, bis ihr . . ."

Das waren seine letzten Worte. Sein Körper wurde schlaff. Noch einmal schien sein unbändiger Lebenswille die Oberhand zu gewinnen, doch dann trug der Schutzblock in seinem Bewußtsein den Sieg davon.

Nevis-Latan starb, bevor man ihn von den Fesseln befreit hatte.

„Er war verrückt", meinte John Marshall. „Er wußte überhaupt nicht mehr, um was es ging."

Atlan entfernte die Anschlüsse des Neurodestrators vom Kopf des Toten. Er blieb schweigsam.

„Nun?" fragte Rhodan hart. „Worin besteht der Erfolg des Verhörs? Etwa darin, daß wir ihn endgültig in den Tod getrieben haben?"

„Nein", widersprach Atlan. „Wir wissen jetzt, daß es nur sieben MdI gab."

Rhodan blickte ihn ungläubig an. „Du denkst . . .?"

„Ich glaube, daß er die Wahrheit gesprochen hat", versetzte Atlan.

215

„Wir wußten schon, daß die MdI nur ein sehr kleines Volk sind. Nun haben wir die Gewißheit."

„Sieben Männer nur...", sinnierte Rhodan. „Drei davon sind bereits tot. Zuerst Regnal-Orton, dann Toser-Ban und nun Nevis-Latan. Dann bleiben also nur noch vier Meister der Insel, die Andromeda beherrschen."

„Ich bin genauso verblüfft wie du", sagte Atlan. „Wir haben jedoch keinen Grund, seine Worte zu bezweifeln."

Rhodan antwortete nicht. Er dachte über die letzten Worte Nevis-Latans nach. Vielleicht waren sie eine Lüge, ein verzweifelter Versuch, dem Gegner noch im letzten Augenblick zu schaden.

Würden sie je die Wahrheit erfahren?

Er warf einen Blick auf den Neurodestrator und schwor sich in diesem Augenblick, daß dieses Gerät niemals wieder zum Einsatz kommen durfte, nicht einmal gegen den schlimmsten Feind.

Er löste sich von diesen Gedanken und sagte: „Bringt Nevis-Latan auf die Krankenstation."

Atlan öffnete die Jacke des Toten und tastete ihn ab.

„Der Zellaktivator hat sich offenbar unmittelbar nach seinem Tod aufgelöst", teilte er den Männern der CREST III mit. „Auf jeden Fall ist er verschwunden."

Rhodan nickte. Das war ein weiteres Rätsel, das ihnen Nevis-Latan noch nach seinem Tode aufgab. Schweigend beobachtete Rhodan, wie zwei Medo-Robots den Toten hinaustrugen. In der Krankenstation würde man den Tod des MdI bestätigen. Sein Gehirn war zerstört, er konnte nicht mehr ins Leben zurückgerufen werden.

Rhodan lächelte gezwungen.

„Ich hatte gehofft, unsere Rückkehr in die Realzeit würde ein Grund zum Feiern sein", sagte er. „Mein Bedürfnis nach irgendeiner Feierlichkeit ist jedoch nicht besonders groß."

Rhodan sah, wie eine verschmutzte, bärtige Gestalt die Kommandozentrale betrat. Es war Olivier Doutreval, der Funker, der offenbar noch nicht die Zeit gefunden hatte, sich seiner alarischen Maske zu entledigen.

Rhodan wandte sich an Cart Rudo.

„Wir müssen KA-preiswert so schnell wie möglich erreichen, Oberst", sagte er. „Sobald die Ortungen abgeschlossen sind, nehmen wir Fahrt auf."

Rudo bestätigte, und Rhodan blickte Doutreval fragend an.

„Ich bitte Sie, Sir, Ihren Befehl zu widerrufen", sagte der Funker verzweifelt.

Rhodan schaute ihn fragend an. „Welchen Befehl?" wollte er wissen.

„Sie verlangen doch von uns, daß wir weiterhin Alarer spielen", sagte Doutreval. „Jedenfalls behauptet das Sergeant Surfat."

„Sergeant Surfat ist nicht berechtigt, solche Befehle zu geben und sich dabei auf mich zu berufen", erklärte Rhodan, ein Grinsen unterdrückend.

Doutreval zupfte an seinem verwilderten Bart. „Heißt das, daß ich baden darf, Sir?"

„Natürlich", sagte Rhodan.

Doutreval sagte erregt: „Ich hätte nie gedacht, daß ich mich mit solcher Inbrunst nach ein paar Tropfen heißen Wassers sehnen könnte, Sir."

Damit stürmte er davon.

Rhodan wandte sich an Gucky.

„Ich habe einen Sonderauftrag für dich, Kleiner. Sorge dafür, daß Sergeant Brazos Surfat gewaschen, rasiert und ordnungsgemäß gekleidet wird."

Gucky entblößte vor Begeisterung seinen Nagezahn und rieb sich die Pfoten.

„Ich wüßte nicht, was ich lieber täte!" piepste er.

Einige Minuten später kamen Surfats verzweifelte Hilfeschreie aus den Baderäumen. Sie verklangen erst, als die anderen Mitglieder des „alarischen" Einsatzkommandos längst gewaschen und umgezogen waren. Gucky erklärte später, Sergeant Brazos Surfat sei der schmutzigste von allen gewesen. Aber niemand, am wenigsten der Sergeant, glaubte ihm.

16.

Einige Monate später. 24. März 2405. Terrania

Perry Rhodan saß hinter dem Arbeitstisch seines Büros und blickte den Mann an, der ihm gegenübersaß. Homer G. Adams war in diesen

Tagen einer der wichtigsten Männer des Solaren Imperiums. Er kämpfte mit allen ihm zur Verfügung stehenden Mitteln um den Erhalt der Währung Terras.

Rhodans Augen verdunkelten sich. Seine Gesichtszüge nahmen einen abwesenden Ausdruck an. Während er sein Gegenüber überhaupt nicht wahrzunehmen schien, schweiften seine Gedanken um einige Monate zurück.

Ende Oktober 2404 war die CREST auf dem Stützpunkt KA-preiswert angekommen und von dort aus sofort nach Gleam weitergeflogen, wo es zu einer bewegenden Begegnung mit Julian Tifflor und Reginald Bull kam. Rhodan hatte erfahren, daß es in Andro-Beta und im Schrotschußsystem ruhig war. Nichts deutete darauf hin, daß die MdI irgendwelche direkten Aktionen gegen die terranischen Stützpunkte planten. Die Tefroder waren nach wie vor mit den Maahks beschäftigt, wodurch sie daran gehindert wurden, mit geballter Macht gegen die Terraner vorzugehen. So angenehm Rhodan diese Nachrichten waren, um so schockierter war er, als er erfahren mußte, daß die Barkoniden nicht mehr existierten.

Das Barkon-System war vor etwa einer Million Jahren aus der Milchstraße herausgeschleudert worden und trieb seither im intergalaktischen Leerraum. Im Jahr 1982 war Rhodan erstmals auf dieser Welt gewesen und hatte den Barkoniden geholfen, sie aus dem System herauszulösen. Barkon wurde zum Raumschiff, die Barkoniden hofften dadurch schneller in die Galaxis zurückkehren zu können. Um die Reise durch den Leerraum zu überleben, zogen sie sich in die subplanetaren Anlagen zurück und versetzten sich in Tiefschlaf.

Ein Fragmentraumer der Posbis, der sich im Juli 2404 in der Nähe des Planeten befand, um zu beobachten, ob dieser noch auf Kurs lag, wurde Zeuge eines erschreckenden Vorgangs. Die Ortungsgeräte der Posbis registrierten im Inneren des Planeten heftige energetische Aktivitäten. Ehe die Posbis reagieren konnten, explodierte Barkon mit einer verheerenden Wucht.

Sofort angestellte Nachforschungen und Analysen ergaben, daß der planetare Antrieb durch ein n-dimensionales Phänomen aufgeheizt worden war und in einer spontanen Reaktion seine Energie freigesetzt hatte, was zur Explosion des Planeten führte.

Die Barkoniden waren gestorben, ohne aus ihrem Tiefschlaf erwacht zu sein. Alle Anzeichen deuteten darauf hin, daß es in dem betreffenden Raumsektor zu einer hyperphysikalischen Verwerfung gekommen war,

218

in deren Folge der Planetenantrieb in eine Wechselwirkung damit getreten und schließlich explodiert war.

Rhodan hatte einige Zeit benötigt, um diesen Schock zu verdauen. Er erinnerte sich noch sehr deutlich an die Worte Bulls, als dieser merkte, was mit seinem Freund los war.

„Perry", hatte Bully leise gesagt. „Ich weiß, wie sehr dich der Tod der Barkoniden bedrückt, aber wir dürfen deshalb den Kopf nicht hängen lassen. So hart es klingen mag, das Leben geht weiter, und für unsere Zukunft steht noch eine Menge auf dem Spiel."

Rhodan hatte nur genickt – und dann hatte Bull weitergesprochen:

„Während du mit der CREST in der Vergangenheit warst, waren wir hier nicht untätig. Es gelang uns, einige wichtige Tefroderwelten und Stützpunkte zu entdecken und zu katalogisieren.

Vor wenigen Wochen entdeckten wir sogar das Andromeda-Sonnensechseck. Wir kennen nun die Position des Zentrumstransmitters! Leider kamen unsere Forschungsschiffe nicht nahe genug an das Sechseck heran, um herauszufinden, wie stark es durch die Tefroder abgesichert ist – aber wichtig ist, daß wir die Position kennen! Um alles andere können wir uns später kümmern."

Diese Nachricht war tatsächlich dazu angetan, Rhodans dumpfe Gefühle zu beseitigen.

Kurz darauf hatte sich Rhodan von Tifflor, der inzwischen Bull als Oberbefehlshaber Gleams abgelöst hatte, verabschiedet und war mit der CREST zum Schrotschußsystem aufgebrochen. Reginald Bull hatte ihn begleitet. Während Bull im Schrotschußsystem zurückblieb, kehrte die CREST durch den Sonnentransmitter in die Galaxis zurück. Nach einem kurzen Zwischenstopp auf Plophos, wo Mory, Rhodans Frau, an Bord ging, flog die CREST zur Erde weiter. Icho Tolot hatte sich bereits über Kahalo verabschiedet, um nach Halut zurückzukehren. Ein Kurierschiff hatte ihn nach Opposite gebracht, wo sein unter Verschluß stehendes Schiff auf ihn wartete.

Doch kaum war Rhodan auf der Erde, tauchten die ersten Probleme auf. Die MdI hatten zwar noch keine Gelegenheit, die Terraner mit militärischen Mitteln anzugreifen, aber sie besaßen offensichtlich andere Wege, um die Gegner in die Knie zu zwingen. Die Mutanten fanden heraus, daß viele an verantwortlicher Position befindliche Terraner durch Duplos ersetzt worden waren. Kurz darauf tauchten aus dunklen, unbekannten Kanälen Unsummen an Falschgeld auf. Falschgeld, welches aus den Multiduplikatoren der MdI stammte, da es durch nichts von den echten Banknoten zu unterscheiden war. Die vielfach identischen Seriennummern trugen zudem zur Verwirrung nur noch bei.

Die Mutanten und die Solare Abwehr hatten alle Hände voll zu tun, um gegen diese Entwicklung anzukämpfen. Doch schließlich zeichnete sich der Erfolg ab. Es erwies sich, daß jene Duplos, die die Plätze der Originale eingenommen hatten, im Laufe der Zeit zu Fehlreaktionen neigten und bei scharfen Verhören mit Kreislaufstörungen reagierten. Dies war eine neue Erfahrung und führte dazu, daß die Duplos rasch entlarvt werden konnten. Schwieriger war es, das Falschgeldproblem in den Griff zu bekommen und die wirtschaftliche Stabilität aufrechtzuerhalten.

Die terranische Regierung hatte alle Hände voll zu tun, den endgültigen wirtschaftlichen Kollaps zu verhindern. Es dauerte einige Wochen, bis sich erste Erfolge abzeichneten. Es gelang, einige tefrodische Stützpunkte in der Galaxis auszuheben. Dabei wurden auch Multiduplikatoren entdeckt, die sich, ehe sie den Terranern in die Hände fallen konnten, selbst zerstörten. Der Nachschub an Falschgeld wurde dadurch zum Stillstand gebracht.

Es bestand kein Zweifel, daß die MdI trotz der existierenden Sperre des galaktischen Sonnensechsecks eine Möglichkeit gefunden hatten, unbemerkt in die Milchstraße einzudringen. Man hatte die verschiedenen Möglichkeiten durchgerechnet und war dabei zu einem Schluß gekommen, der nicht von der Hand zu weisen war. Es war durchaus wahrscheinlich, daß einige der vor 50 000 Jahren von den Maahks installierten Weltraumbahnhöfe noch existierten. Diese mußten von den MdI entdeckt worden sein. Die Tatsache, daß die MdI und die Tefroder diese Leerraumstationen nicht dazu benutzten, große Duploflotten in die Galaxis einzuschleusen, sondern sich lediglich darauf beschränkten, einige wenige Schiffe und Ausrüstungsmaterial in die Milchstraße zu bringen, deutete darauf hin, daß die uralten Maahk-Stationen ein größeres Flottenaufgebot nicht entsprechend ausrüsten konnten. Oder besser gesagt: noch nicht ausrüsten konnten. Die Gefahr, die von dieser Seite kommen konnte, war daher latent. Irgendwann würden die MdI in der Lage sein, über die Bahnhöfe riesige Flotten gegen die Milchstraße in Marsch zu setzen. Man würde sich rechtzeitig darum kümmern müssen. Vorerst jedoch mußte man darangehen, das Falschgeldproblem endgültig zu beseitigen.

Als feststand, daß kein neuer Falschgeldschub erfolgen würde, wur-

220

den neue Banknotenserien aufgelegt. Alle vorhandenen alten Bankno-
ten wurden positronisch erfaßt und ausgewertet. Auf diese Art gelang
es, einen Großteil jener Geldscheine, deren Seriennummern doppelt
und mehrfach vorkamen, auszusondern und zu vernichten.

Doch diese Maßnahme stieß nicht überall auf Gegenliebe. Viele
Bürger auf Terra und den Kolonialwelten fürchteten um ihr Vermögen.
Der terranischen Regierung gelang es, diese Menschen davon zu über-
zeugen, daß sie alles daransetzen werde, um finanzielle Verluste zu
verhindern.

Die Lage auf Terra normalisierte sich allmählich wieder. Anders
hingegen auf den Kolonialwelten. Zwar waren auch dort die Menschen
dem Aufruf Terras nachgekommen und hatten ihre Vermögensverhält-
nisse offengelegt, aber mächtige Handelsorganisationen, Konzerne und
einflußreiche Persönlichkeiten widersetzten sich und benutzten alle zur
Verfügung stehenden propagandistischen Mittel, um die Maßnahme
Terras zu boykottieren.

Perry Rhodan und Mory Abro waren in den letzten Wochen ständig
unterwegs gewesen, um die Kolonialplaneten zu besuchen und besänfti-
gend auf deren Regierungen einzuwirken. Der Erfolg war zwar beschei-
den, doch kam zumindest eine Einigung zustande, die darin bestand,
daß am 3. 4. 2404 alle Administratoren der über 1000 Kolonien nach
Terra kommen würden, um an einer Konferenz teilzunehmen, die
entscheidend für den Fortbestand des Imperiums sein würde.

Erst vor wenigen Stunden war die CREST wieder auf Terra gelandet,
und Perry Rhodan hatte – nachdem er seine Frau in seine Privaträume
im Regierungszentrum gebracht hatte – sofort sein Arbeitszimmer
aufgesucht und Adams zu sich gebeten.

Ein kurzes Räuspern riß Rhodan aus seiner Versunkenheit. Einige
Augenblicke lang kämpfte er um seine Konzentration, dann wurde
sein Blick wieder klar.

„Verzeihung", murmelte er, zu Adams gewandt. „Es war unhöflich
von mir, Sie so lange sitzen zu lassen, aber die Ereignisse der letzten
Monate..."

Adams lächelte verlegen.

„Ich kann Ihnen nachfühlen, was Sie bewegt", sagte er. Dann
wechselte er abrupt das Thema.

„Ihren Freunden ist es... äh... aufgefallen, Sir, daß Sie Ihre

Gattin möglichst schnell in Ihre Privaträume brachten. Wir . . . hm . . .
möchten nicht aufdringlich sein, aber wir bitten Sie, uns doch zu
sagen, wenn wir einen Grund haben sollten, Ihnen zu gratulieren."

Rhodan war verblüfft. Ausgerechnet der schüchterne Halbmutant
brachte es fertig, nach Mory zu fragen.

„Meiner Frau geht es ausgezeichnet", sagte Rhodan lächelnd.

Adams kratzte sich nervös am Kinn. Offenbar wußte er nicht, was er
mit dieser Nachricht anfangen sollte. Rhodan lachte jetzt offen.

„Sobald es Zeit wird, Geschenke zu kaufen, werden Mory und ich
Sie rechtzeitig informieren", versicherte er dem Wirtschaftsminister
des Imperiums.

Adams errötete und nickte hastig. „Deshalb haben Sie mich
bestimmt nicht gerufen, Sir", meinte er. „Ich werde Ihnen in kurzen
Worten schildern, wie es im Augenblick um die Währung bestellt ist."

„Nur zu", forderte Rhodan seinen Besucher auf.

Adams gab sich keine Mühe, seine Erleichterung darüber zu verbergen,
daß das Gespräch sich nun seiner Domäne zuwandte.

„Ich verspreche Ihnen nicht zuviel, wenn ich Ihnen sage, daß wir die
Währung weitgehend stabilisiert haben", sagte er. „Fünfundneunzig
Prozent der Imperiums-Bevölkerung wissen, daß ihr Geldwert in voller
Höhe erhalten bleibt. Um die Zufriedenheit dieser Menschen zu
gewährleisten, haben wir uns noch eines kleinen Tricks bedient." Er
senkte beinahe schuldbewußt den Kopf. „Bei etwa dreißig Milliarden
Bürgern haben wir die Sparguthaben um zwei bis drei Prozent über
dem tatsächlichen Wert gesetzlich eintragen lassen. Ich glaube, dies ist
ein psychologisch notwendiges Trostpflaster für die Aufregungen, die
die Menschen in den letzten Wochen erlebten."

„Ich verstehe". Rhodan nickte beifällig. „Jeder hat eine Kleinigkeit
hinzugewonnen und ist zufrieden."

„Leider", fuhr Adams fort, „steht es mit den großen Geschäftsleuten
jedoch völlig anders. Die Vermögen der Riesenkonzerne können
praktisch nicht kontrolliert werden. Die Umsatz- und Gewinnverschleierungen
können von den besten Positroniken nicht erfaßt
werden."

„Wir werden am dritten April Gelegenheit haben, mit den meisten
Männern zu sprechen, die das Großkapital repräsentieren", sagte
Rhodan. Wie Adams wußte auch er, daß fast alle Administratoren der
Kolonialplaneten an großen Firmen beteiligt waren.

„Die Konzerne werden durch unsere Maßnahmen befürchten, daß

sie enorme Einbußen erleiden müssen", sagte Adams. „Deshalb sind sie sicherlich nicht gewillt, ihr Neuvermögen aufzugeben. Es kommt darauf an, ob Sie die wichtigen Männer am dritten April von der Dringlichkeit unseres Vorgehens überzeugen können."

Rhodan trat an die Fensterwand, von der aus er einen guten Teil Terranias überblicken konnte. Einige hundert Meter von ihm entfernt ragte die Solar Hall empor. Rhodan war zuversichtlich. Während seiner Rundreise durch das Imperium war es ihm gelungen, die verschiedenen Administratoren von der Wichtigkeit dieser Konferenz zu überzeugen. Natürlich würden die meisten mit der Hoffnung kommen, ihr Vermögen retten zu können. Er war sich jedoch darüber im klaren, daß man ihm durch geschickte Propaganda Schwierigkeiten machen konnte. Es mußte ihm am 3. April gelingen, das Vertrauen der Mächtigen des Imperiums zurückzugewinnen.

Der Gedanke, diese Männer mit Gewalt zu veranlassen, die neuen Richtlinien anzuerkennen, lag Rhodan völlig fern. Nur überzeugte Anhänger waren gute Anhänger. Ein Kampf gegen die MdI ohne die Unterstützung der Kolonialplaneten war undenkbar.

Adams schien zu ahnen, woran Rhodan dachte.

„Es wird eine der wichtigsten Reden sein, die Sie jemals gehalten haben", sagte der Halbmutant. „Man wird Sie nicht mit Begeisterung empfangen, wenn Sie das Podium betreten."

Rhodan lächelte. Er wußte, daß ihm heftige Rededuelle bevorstanden. Die Gemüter würden sich erhitzen. Es würde Rhodan nicht schwerfallen, die Gefahr, die dem Imperium durch die MdI drohte, plastisch zu schildern. Nur unter dem Eindruck eines bevorstehenden Angriffs würden die Administratoren zur Zusammenarbeit bereit sein. Wenn die MdI das Imperium eroberten, würden sie alles verlieren. Rhodan verlangte dagegen nur eine genaue Kontrolle und die Vernichtung des Neuvermögens, das zum größten Teil aus Falschgeld bestand.

Der Türsummer ertönte, und die Stimme des Mannes im Vorzimmer kündigte Rhodan einen neuen Besucher an.

„Solarmarschall Allan D. Mercant, Sir!"

Der Bildschirm über der Tür erhellte sich. Rhodan sah Mercants Gesicht auf der Mattscheibe.

„Kommen Sie herein, Allan", forderte Rhodan den Abwehrchef auf.

Adams sagte: „Wenn Sie gestatten, ziehe ich mich jetzt zurück. Es wartet viel Arbeit auf mich."

Rhodan nickte. „Berichten Sie mir ständig über Ihre Erfolge", sagte er zu Adams. „Aber auch über eventuelle Mißerfolge."

„Es wird keine Mißerfolge mehr geben", versprach Adams.

Er begrüßte den eintretenden Mercant und verschwand durch die Tür. Mercant schaute dem Finanzgenie lächelnd nach.

„Ich glaube, Homer bedauert nichts mehr als die Tatsache, daß er kein Teleporter ist", meinte er. „Er könnte dann noch schneller von Geschäft zu Geschäft eilen."

„Sie sind auch keiner der Langsamen", sagte Rhodan.

Mercant nahm auf dem angebotenen Sessel Platz und zog einen umfangreichen Aktenhefter aus der Tasche.

„Ich bin gekommen, um mit Ihnen über die Sicherheitsvorbereitungen für die Gipfelkonferenz zu sprechen, Sir", kündigte er an. „Gestatten Sie mir jedoch zuvor ein privates Wort."

„Was haben Sie auf dem Herzen, Allan?"

„Es handelt sich um... äh... Mory", begann Mercant zögernd. „Ihre Freunde sind der Ansicht, daß... daß..." Er geriet ins Stocken und warf Rhodan einen hilfesuchenden Blick zu.

Rhodan betrachtete intensiv seine Fingernägel. „Was wissen Sie überhaupt, Allan?"

„Es ist nur ein Gerücht", verteidigte sich Mercant.

„Unter meinen Freunden scheint jemand zu sein, der Zeit genug hat, Gerüchte zu verbreiten", sagte Rhodan. „Wahrscheinlich hat der gute Gucky wieder einmal geschwatzt."

„Ich denke, wir beginnen jetzt mit den Sachfragen", sagte Mercant hastig. „Ich möchte Ihnen eine Reihe von Vorschlägen unterbreiten, wie wir die Solar Hall am besten gegen Attentäter absichern können."

Rhodan klatschte in die Hände. „Als Abwehrchef sind Sie unbezahlbar, Allan", sagte er. „Aber wenn es darum geht, herauszufinden, ob ich bald Vater werde, sind Sie geradezu ein Versager."

„Ich weiß", seufzte Mercant niedergeschlagen. „Deshalb werde ich mich in Zukunft nur noch um meine Arbeit kümmern."

17.

Wie immer kam er allein.

Er schritt die schmalen Stufen hinauf, von denen er drei auf einmal nehmen konnte, ohne sich besonders anstrengen zu müssen. Miras-Etrin war es gewohnt, allein zu sein; er war ein Mann, der einsam lebte und einsame Entscheidungen traf.

Er war ein Meister der Insel. Zwei Duplos rissen die Tür auf, als Miras-Etrin das Ende der Treppe erreichte. Er beachtete die beiden Kreaturen nicht. Für ihn gehörten sie zu den Einrichtungen dieses Gebäudes, ebenso wie Komputer, Aktenschränke und pneumatische Sessel.

Der lange Gang war angenehm kühl, die Schritte des MdI fanden ein Echo in den zahlreichen Nischen und Vertiefungen zu beiden Seiten.

Für einen kurzen Augenblick empfand der MdI so etwas wie Wehmut, als er daran dachte, daß er keine Persönlichkeit im eigentlichen Sinne mehr besaß, sondern nur die Verkörperung von Macht war, von brutaler, ungeheuerlicher Macht.

Miras-Etrin betrat den großen Saal. Auf der gegenüberliegenden Seite war die große Leuchttafel eingeschaltet. Davor hatten sich 96 Duplos versammelt, 49 Männer und 47 Frauen. Diese Duplos waren erst kürzlich aus den Multiduplikatoren gekommen, und alle von ihnen besaßen jene Eigenschaft, die für die MdI wichtig war: blinden Gehorsam gegenüber ihren Herren.

Als Miras-Etrin eintrat, verbeugten sie sich vor ihm. Er warf ihnen einen interesselosen Blick zu, als er auf die Leuchttafel zuschritt. Zwei Wachroboter waren zu beiden Seiten der Tafel postiert, ihre ovalen Körper reflektierten das Licht der verschiedenen Kontrollampen.

Miras-Etrin schlug seinen Umhang zurück und hakte beide Daumen in den breiten Gürtel, den er mit Vorliebe trug. Er lächelte. Es war ein kaltes Lächeln, dessen er sich kaum bewußt wurde. Es konnte ebensogut den Robotern wie den Duplos gelten.

Der Sprecher der Duplos trat vor und verbeugte sich.

„Wir sind vollzählig, Maghan", sagte er demütig.

Miras-Etrin nickte und zog eine Kassette mit Mikrospulen aus einer Tasche seines Umhanges hervor. Er überreichte sie dem vor ihm stehenden Duplo.

„Verteile sie", befahl er.

Er schaltete die Tafel aus und stieg auf ein schmales Podium, von dem aus er den gesamten Raum überblicken konnte.

„Wir haben einen kombinierten Anschlag gegen das Solare Imperium geführt", sagte er leidenschaftslos. „Zunächst ersetzten wir wichtige terranische Persönlichkeiten durch Duplos, um auf diese Weise die Regierungsgewalt des dritten Planeten von Sol in unsere Hände zu bekommen. Es steht jetzt fest, daß dieser Plan fehlgeschlagen ist, denn den Terranern ist es gelungen, mehr als fünfzig Doppelgänger zu entlarven. Inzwischen haben die echten Terraner ihre Ämter wieder übernommen. Die Terraner fanden schnell heraus, daß ein Duplo, der mehrere Wochen im Einsatz ist, bei scharfer Fragestellung mit Kreislaufstörungen reagiert. Da bei diesen Verhören Mutanten eingesetzt wurden, erlitten fast alle Duplos einen Gehirnschlag."

Miras-Etrin machte eine entschiedene Geste. „Es ist sinnlos, weitere Duplos nach Terra zu schicken, da wir sicher sein können, daß sie von den Terranern sofort als das erkannt werden, was sie in Wirklichkeit sind.

Der zweite Teil des Anschlags auf Terra schien anfangs ein voller Erfolg zu werden. Die Terraner fanden kein Mittel gegen die duplizierten Banknoten, mit denen wir ihr Reich überschwemmten. Inzwischen ist es Perry Rhodan jedoch durch einen geschickten Schachzug gelungen, bei über neunzig Prozent aller Imperiumsbewohner zumindest eine Beruhigung der Krise herbeizuführen. Wir können sicher sein, daß unsere Gegner bald alle Schwierigkeiten überwunden haben."

Miras-Etrin legte eine Pause ein und wartete, bis alle anwesenden Duplos die Befehle, die die Mikrospulen enthielten, gelesen hatten.

Dann fuhr er fort: „Die Terraner haben ihr Ende jedoch nicht aufgehalten, sondern lediglich verzögert. Unserem nächsten Angriff werden sie nicht widerstehen können. Jeder von Ihnen weiß jetzt, was er zu tun hat. Am dritten April findet in der Solar Hall von Terrania eine galaktische Gipfelkonferenz statt, an der neben den eintausendneununddreißig regierenden Administratoren der von Terranern besiedelten Planetensysteme auch zweihundertachtundzwanzig amtierende Staatschefs fremder Sternenvölker teilnehmen. Perry Rhodan kann es sich unter keinen Umständen leisten, diese Konferenz abzusagen oder zu verschieben. Er würde sonst sein Gesicht verlieren. Wir können also damit rechnen, daß die Konferenz genau zum angegebenen Zeitpunkt stattfindet. Wenn Sie keinen Fehler begehen, wird unsere Fragmentwaffe einsatzbereit sein. Sie alle werden den Platz einer nahestehenden Person von sechsundneunzig ausgewählten Administratoren einnehmen. Dazu haben Sie noch elf Tage Zeit. Was Sie sonst noch zu tun haben, können Sie den Befehlen entnehmen." Miras-Etrin schnippte mit den Fingern. „Sie wissen, was mit Versagern und Verrätern geschieht. Das wäre alles."

Die Leuchttafel flammte auf, als der MdI den Schalter betätigte. Die Duplos bildeten eine Gasse und senkten die Köpfe. Miras-Etrin verließ das Podium und schritt aus dem Saal hinaus.

18.

Das Gebäude war flach, langgestreckt und von grauer Farbe. Von welcher Seite man auch aus den Fenstern blickte, man sah immer in die Wüste hinaus.

Ein Raupenpanzer war ununterbrochen damit beschäftigt, die Straße zwischen dem Gebäude und der nahen Stadt frei von Sand zu halten. Das Gebäude war die vorgeschobenste Stellung der Rumaler im Kampf gegen die Wüste.

Der Erste Schaltmeister von Rumal, Krumar Rabkob, stand am Fenster seines Arbeitszimmers und blickte zu den Dünen hinaus, über die der Wind Staubschleier blies und die im Halbdunkel wie die Rücken schlafender Riesentiere aussahen. Alles an diesem Land wirkte, als sei es in bleiernen Schlaf versunken, aus dem es nie mehr erwachen sollte. Aber sechzigtausend Kolonisten waren ununterbrochen damit beschäftigt, diese Ödwelt zum Leben zu erwecken. Es war ein unbarmherziger Kampf gegen die Natur, ein Kampf, der die Frauen früh altern ließ und die Gesichter der Männer hart und ernst machte.

Und doch war Rumal ein reicher Planet, denn unter seiner Oberfläche gab es große Vorkommen an Rumalin, das für widerstandsfähige Metallegierungen verwendet wurde. Rabkobs Vorfahren waren nur wegen dieser Bodenschätze auf Rumal geblieben. Der Planet brachte kaum Nahrungsmittel hervor. Alles mußte künstlich gezüchtet oder bewässert werden. In der Wüste wuchsen nur die Fria-Bäume, deren übelschmeckende Nüsse die Hauptnahrung der Kolonisten bildeten.

Trotz all dieser Schwierigkeiten war Rumal eine autarke Kolonie, denn seine Bewohner hatten es verstanden, sich selbst zu versorgen. Deshalb hatte Terra ihnen die Selbstbestimmung zuerkannt.

Rabkob wandte sich vom Fenster ab. Normalerweise liebte er die stillen Stunden in der Abenddämmerung, wenn er ganz allein in der Schaltstation weilte. Doch diesmal schien im Halbdunkel des Arbeitsraumes eine unbestimmte Drohung zu liegen.

Wahrscheinlich ist es deshalb, weil ich Rumal morgen verlassen muß, um zur Erde zu fliegen, überlegte Rabkob. Seitdem er Erster Schaltmeister war, hatte er seinen Planeten nur einmal verlassen.

Auf der Straße, die von der Stadt zur Schaltstation führte, tauchte ein helles Licht auf.

Ein Wagen, dachte Rabkob automatisch.

Er fragte sich, wer ihn um diese Zeit besuchen wollte. Er verließ den Raum und durchquerte den langen Hauptgang, der zum Vorhof führte. Der Wind hatte so weit nachgelassen, daß Rabkob darauf verzichten konnte, seine Staubmaske aufzusetzen.

Krumar Rabkob war ein großer Mann, der durch seinen breiten Körperbau wuchtig wirkte. Er ging etwas gebeugt. Seine Augen waren wie bei allen Rumalern zusammengekniffen, seine Gesichtshaut wirkte wie faltiges Leder.

Über dem Eingang im Vorhof strahlte die Leuchtschrift, deren Grundgedanke jedem Rumaler von Geburt an eingeprägt wurde: *Energie ist alles.*

Ohne Energie gab es keine künstlichen Sonnen in den Gewächshäusern. Ohne Energie bewegten sich die Förderanlagen nicht, und ohne Energie gab es keine Wärme in den langen Winternächten. Rabkob spreizte seine Hände und starrte sie an.

Er war der Mann, der für die Energieschaltung verantwortlich war. Es war das höchste Amt, das auf Rumal vergeben werden konnte. Er leitete die lebenswichtigen Energieströme in die verschiedensten Kanäle.

Der Wagen kam näher. Rabkob konnte sich vorstellen, daß das

Fahrzeug eine dichte Staubfahne hinterließ. Über der Stadt schien der Himmel zu brennen. Weiter draußen spannte sich ein Lichtkreis über der Wüste: das winzige Landefeld, über das Rumal verfügte.

Mit dröhnendem Motor rollte das Fahrzeug in den Vorhof der Schaltstation hinein. Mißbilligend dachte Rabkob an die Energie, die dabei unnötig verschwendet wurde. Noch einmal heulte die Turbine auf, dann erloschen die Positionslichter.

Ein untersetzter Mann kroch hinter dem Steuer hervor.

„Aboyer!" murmelte Rabkob wütend. Es klang fast wie ein Fluch. Seit der Agent sich auf Rumal befand, das war seit genau zwei Tagen, hatte er den Ersten Schaltmeister kaum aus den Augen gelassen.

Emilio Alberto Aboyer war Agent der Solaren Abwehr. Er war vor ein paar Jahren aus dem aktiven Dienst entlassen worden, aber im Zuge der Ereignisse der letzten Monate war Mercant gezwungen gewesen, sämtliche Reserven zu mobilisieren und auch ehemalige Mitglieder der Abwehr wieder in Dienst zu stellen.

Aboyer war untersetzt, trug sein graues Haar kurzgeschoren und hatte winzige blaue Augen und eine Indianernase in seinem verlebt wirkenden Gesicht. Bekleidet war er mit einem schwarzen Rollkragenpullover, Stiefeln und einer Cordhose.

„Diese verdammte Straße ist schon fast zugeweht", sagte er als Begrüßung. „Warum haben Sie die Schaltstation so weit von der Stadt weg errichtet?"

„Weil sie explodieren könnte", erwiderte Rabkob sanft. „Es genügt, wenn dabei der Erste Schaltmeister den Tod findet."

„Ich mag heroische Menschen", erklärte Aboyer und grinste breit. Seine Pferdezähne blitzten im Licht der Leuchtröhren.

„Warum sind Sie hergekommen?" fragte Rabkob zornig. „Befürchten Sie, daß man mich hier draußen überfällt?"

„Ich muß Sie lebend zur Erde und zu dieser Konferenz bringen", versetzte der Agent. „Das ist meine Arbeit, ebenso wie es Ihre Arbeit ist, den Ersten Schaltmeister zu spielen."

„Kommen Sie herein", sagte Rabkob, etwas besänftigt. „In zwanzig Minuten werden die Förderanlagen in den Rumalinwerken stillgelegt. Ein Teil der Energie muß dann zur Wärmeversorgung in die Stadt umgeleitet werden."

Aboyer klopfte den Staub aus seinem Pullover und starrte verdrossen in die Wüste hinaus.

„Leben Sie gern hier, Rabkob?" Er schüttelte den Kopf. „Kein bißchen Abwechslung. Keine Wälder, keine Bäder, keine Nachtlokale, keinen Whisky."

„Wir haben auf Rumal alles ohne fremde Hilfe geschaffen. Darauf sind wir stolz."

Aboyer zuckte mit den Schultern und betrat hinter Rabkob die Schaltstation. Der Erste Schaltmeister wünschte, man hätte ihm einen ruhigeren Agenten geschickt. Aboyer schien jedem zu mißtrauen. Er schnüffelte überall herum und stellte unverschämte Fragen. Außerdem war sein Auftreten gegenüber den Rumalern manchmal fast beleidigend.

Unmittelbar vor dem großen Schaltraum trat Aboyer an Rabkobs Seite.

„Ist Ihnen irgend etwas am Verhalten Ihrer Frau aufgefallen?" fragte der Agent.

Rabkob blieb abrupt stehen. „Was soll das bedeuten?" knurrte er.

Aboyer grinste beschwichtigend. „Ich weiß nicht. Sie kam mir ein bißchen verändert vor."

„Sie sind jetzt seit zwei Tagen bei uns. Wie wollen Sie da feststellen, ob sie sich verändert hat?"

„Es ist nur so ein Gefühl", bekannte Aboyer.

Rabkob stieß wütend die Tür zum Schaltraum auf und beachtete den Agenten nicht länger. Er war überzeugt, daß Aboyer nur gekommen war, um sich die Zeit zu vertreiben.

Emilio Alberto Aboyer blieb, geblendet von der Lichtfülle des großen Schaltraumes, im Eingang stehen. Dann stieß er einen leisen Pfiff aus. Das Erstaunen seines Besuchers über die Einrichtung des Raumes versöhnte Rabkob etwas. Schon viele Terraner, die Rumal besucht hatten, waren von der Schaltstation beeindruckt worden.

„Finden Sie sich hier überhaupt zurecht?" fragte Aboyer fassungslos und machte eine alles umfassende Geste. „Wie viele Schalter gibt es, die Sie bedienen müssen?"

„Es sind über viertausend Hauptschalter", entgegnete Rabkob belustigt. „Die Nebenschaltungen werden positronisch gesteuert."

„Das ist also das Herz Rumals", sagte Aboyer. Er folgte Rabkob zu der ersten Reihe der Schalttafeln. Blinzelnd starrte er zu den Kontrollampen hinauf.

„Ich komme mir vor wie Alice im Wunderland", sagte er zu Rabkob.

Der Erste Schaltmeister fühlte sich geschmeichelt. Er begann

230

Aboyer die einzelnen Schaltungen zu erklären. Zu seinem Erstaunen hörte der Agent zu, ohne ihn zu unterbrechen. Als Rabkob kurze Zeit später die Rumalin-Anlagen stillgelegt hatte, stellte Aboyer einige Fragen, die dem Schaltmeister bewiesen, daß der Terraner sogar einige Sachkenntnisse besaß.

Als sie den Schaltraum verließen, sagte Aboyer zu Rabkob: „Bitte unterhalten Sie sich mit Ihrer Frau, wenn Sie nach Hause kommen, Rabkob."

„Meinetwegen", sagte Rabkob widerstrebend. „Aber ich glaube nicht, daß man versucht, über sie an mich heranzukommen."

„Ich glaube es ebenfalls nicht", stimmte Aboyer zu. „Ich muß jedoch an alles denken." Er grinste. „Man darf keine Schaltung vergessen, was?"

Mit einem Schlag erschien Rabkob dieser Mann weniger unsympathisch. Schließlich war Aboyer nur auf Befehl nach Rumal gekommen. Er tat nur seine Arbeit.

„Morgen früh landet der Kurierkreuzer MUTRAS auf dem Raumhafen, um uns abzuholen", sagte Aboyer, als Rabkob ihn in den Vorhof begleitete. „Bitte packen Sie bis zu diesem Zeitpunkt Ihre Sachen."

Er schüttelte dem Ersten Schaltmeister die Hand und kletterte in das Fahrzeug, das man ihm für die Dauer seines Aufenthaltes zur Verfügung gestellt hatte. Mit Höchstgeschwindigkeit raste er aus dem Vorhof hinaus.

Rabkob atmete tief die Luft ein. In der kommenden Nacht würde es keinen Sandsturm geben. Er mußte nicht in der Schaltstation bleiben. Er ging in sein Arbeitszimmer und sprach über Video mit seinem Büro in der Stadt.

„Schicken Sie mir einen Wagen, Granthur", bat er seinen Stellvertreter. „Ich möchte die letzte Nacht vor meiner Abreise zu Hause verbringen."

„Soll ich sofort übernehmen?" fragte Granthur.

Rabkob nickte. Er wußte, daß er sich auf diesen Mann verlassen konnte. Genau wie er, würde Granthur alle Schaltungen ordnungsgemäß ausführen. Ein Rumaler durfte keinen Fehler machen, denn ein einziger Fehler konnte das Ende der Kolonie bedeuten.

Es war ein kalter Morgen. Der Himmel über der Wüste schimmerte dunkelblau. In der kalten Luft hörte sich das Turbinengeräusch des Wagens wie das Kreischen einer Säge an. Rabkob stellte den Kragen seines Mantels hoch und blickte zum Landefeld hinüber, auf dem die MUTRAS niedergegangen war. An diesem Morgen war Rabkob vom Lärm des landenden Kurierkreuzers geweckt worden, ein Erwachen aus unruhigem Schlaf.

Aboyer hockte mit gleichgültigem Gesichtsausdruck am Steuer des Turbinenwagens. Der Agent hatte kein einziges Mal zur Stadt zurückgeblickt. Für ihn war Rumal ein Planet wie jeder andere. Die Aufgabe, die er hier zu vollbringen hatte, war für ihn Routinearbeit.

Die MUTRAS durchmaß hundert Meter. Für Rabkobs Begriff war sie schon ein großes Schiff. Die drei Beobachtungsschiffe der Rumaler nahmen sich neben dem Kurierkreuzer winzig aus.

„Spätestens in zwei Wochen sind Sie wieder zurück", bemerkte Aboyer. Er wich einer Sandverwehung aus, die sich während der Nacht gebildet hatte.

„Diese beiden Wochen werden mir wie eine Ewigkeit vorkommen", meinte Krumar Rabkob.

„Sie haben auf der Erde nichts zu befürchten", versicherte Aboyer. „Nach dem mißglückten Mordanschlag auf Perry Rhodan wurden alle erdenklichen Sicherheitsmaßnahmen getroffen, um alle Abgeordneten zu schützen. Jeder Redner, der das Podium in der Solar Hall betritt, wird einen Schutzschirmprojektor tragen. Die Schwebelogen für die wichtigsten Persönlichkeiten werden speziell abgesichert. Ich nehme an, daß alle Mutanten als Wächter eingesetzt werden. Außerdem wird Lordadmiral Atlan seine Spezialistengarde in der Solar Hall verteilen."

„Bleibt dann überhaupt noch Platz für uns?" fragte Rabkob spöttisch.

Aboyer grinste. Er schien nichts übelzunehmen. Das Fahrzeug hatte das Landefeld erreicht und näherte sich der MUTRAS. Drei Besatzungsmitglieder erwarteten die beiden Passagiere am anderen Ende der Gangway. Einer der Männer war ein Offizier.

„Ich begrüße Sie im Namen des Kommandanten, Major Hoan Thin, an Bord unseres Schiffes", sagte er zu Rabkob und schüttelte die kräftige Hand des Kolonisten. „Ich bin Mel Durac, der Erste Offizier." Durac bedachte Aboyer mit einem kaum wahrnehmbaren Kopfnicken.

Rabkob schritt die Gangway hinauf. In der Schleuse nahm er die Staubmaske ab. Die Luft innerhalb des Schiffes erschien ihm unnatürlich warm. Als er sich umblickte, sah er Aboyer in einem Seitengang verschwinden. Er kam sich fast verlassen vor. Duracs höfliches Lächeln half ihm nicht über dieses Gefühl hinweg.

„Ich werde Ihnen Ihre Kabine zeigen, Sir", sagte der Erste Offizier. „Der Kommandant wird Sie nach dem Start aufsuchen."

Rabkob wußte, daß er mit diesem Schiff fast neuntausend Lichtjahre durch den Weltraum fliegen würde, bevor sie die Erde erreichten. Durac führte ihn in eine kleine, aber behaglich eingerichtete Kabine.

„Kadett Holl steht ständig zu Ihrer Verfügung", sagte Durac und nickte dem jungen Raumfahrer zu, der sie begleitete. „Wenn Sie besondere Wünsche haben, brauchen Sie sich nur an ihn zu wenden. Er wird Ihnen auch das Schiff zeigen, sobald Sie sich etwas ausgeruht haben."

„Ich bin nicht müde", erklärte Rabkob, den die Höflichkeit des Offiziers verwirrte. Auf Rumal hatte man wenig Zeit für Höflichkeitsfloskeln. Auch der Erste Schaltmeister der Ödwelt wurde wie ein normaler Mitarbeiter behandelt.

Rabkob war froh, als Durac und Holl sich zurückzogen. Aufatmend warf er seinen Koffer auf das Bett. Er zog seinen Mantel aus und entledigte sich der Stiefel. Er würde die meiste Zeit der kurzen Reise in dieser Kabine verbringen. Hoffentlich wurde er vom Kommandanten nicht zum Essen eingeladen.

Rabkob öffnete seinen Koffer und erstarrte.

Zuoberst, in Kunststoffolie verpackt, lag eine reife Fria-Nuß.

Rabkob spürte, daß er weiche Knie bekam. Kalter Schweiß brach ihm aus.

Wie konnte seine Frau es wagen, so kostbare Nahrungsmittel zu seinem Gepäck zu geben, obwohl sie genau wußte, daß er wegen eines Magenleidens keine Nüsse essen durfte. Wenn diese Begebenheit auf Rumal bekannt wurde, konnte er keinen Tag länger Erster Schaltmeister bleiben. Die Nuß in seinem Koffer schien dem ständigen Kampf der Rumaler gegen den Hungertod Hohn zu sprechen.

Rabkobs erster Gedanke war, die Nuß heimlich verschwinden zu lassen. Doch dann spürte er, daß er sich niemals dazu überwinden konnte, derart unersetzliche Vitamine zu vernichten. Wenn er nicht in der Lage war, die Frucht zu essen, mußte sie wenigstens anderen zugänglich gemacht werden.

Rabkob öffnete die Kabinentür. Kadett Holl, der in einem Sessel vor dem Eingang saß, sprang sofort auf.

„Haben Sie irgendwelche Wünsche, Sir?"

Sogar im Schiff läßt man mich nicht aus den Augen, dachte Rabkob zornig.

„Holen Sie Aboyer in meine Kabine", sagte er zu dem jungen Mann.

Holl salutierte und stürmte davon. Als Aboyer wenige Augenblicke später eintrat, hatte Rabkob die Nuß aus dem Tuch gewickelt und auf den Tisch gelegt.

Aboyer rümpfte die Nase und sog schnüffelnd die Luft ein.

„Was stinkt hier so bestialisch?" fragte er. „Einen ähnlichen Geruch habe ich auf Rumal kennengelernt."

Rabkob deutete schweigend und voll innerer Wut auf den Beweis für die Gedankenlosigkeit seiner Ehefrau.

Aboyer machte keine Anstalten, sich dem Ursprung des üblen Gestanks zu nähern.

„Was ist das?" erkundigte er sich. „Eine Stinkbombe?"

„Eine Fria-Nuß. Das kostbarste Nahrungsmittel, das es auf Rumal gibt. Diese Nuß enthält fast alle wertvollen Vitamine und Aufbaustoffe, die der menschliche Körper benötigt. Sie wirkt..."

Aboyer unterbrach ihn mit einer Handbewegung. „An Bord dieses Schiffes gibt es genügend zu essen. Sie hätten die Frucht nicht mitbringen müssen."

„Ich habe sie nicht mitgebracht", sagte Rabkob grimmig. „Meine Frau hat sie ohne mein Wissen zu meinem Gepäck gelegt."

„Hm", machte Aboyer. „Was ist daran so tragisch? Ihre Frau fürchtete um Ihre Gesundheit und hat Ihnen Reiseproviant mitgegeben."

Rabkob starrte düster zum Tisch hinüber, auf der der Grund seines Unwillens lag.

„Meine Frau weiß genau, daß ich solche Nüsse auf ärztliches Anraten nicht essen darf. Es widerspricht der rumalischen Mentalität, mit Eßwaren Scherze zu treiben."

„Was werden Sie jetzt tun?" fragte der Agent.

Rabkob zögerte. Er erinnerte sich an die Worte, die Aboyer am vergangenen Abend an ihn gerichtet hatte. War es nicht Aboyer gewesen, der ihn darauf aufmerksam gemacht hatte, daß eine Veränderung mit seiner Frau vor sich gegangen war?

„Ich werde die Nuß dem Kommandanten bringen", entschloß sich der Erste Schaltmeister von Rumal. „Er soll dafür sorgen, daß sie der Besatzung zugeführt wird. Ich möchte nicht, daß das Fruchtfleisch verkommt."

Rabkob legte die Nuß auf ein Tablett und öffnete die Kabinentür, Kadett Holl wich zurück, als Rabkob, begleitet von Aboyer und einer Wolke üblen Gestanks auf den Gang hinaustrat.

„Sir!" stammelte Holl. „Was kann ich für Sie tun?"

„Bringen Sie mich in die Zentrale", befahl Rabkob.

Holl spürte, daß ihm der essenzartige Geruch Tränen in die Augen trieb. Er blickte zögernd auf die Nuß, die wie eine übergroße Ananas aussah. Aboyer winkte ihm verstohlen zu.

„Folgen Sie mir bitte, Sir", krächzte der Kadett und beeilte sich, einen gewissen Vorsprung vor den beiden Männern zu gewinnen.

„Ich glaube, die Besatzung wird es zu schätzen wissen, daß ich ihr die Nuß zum Geschenk mache", sagte Rabkob zu Aboyer.

„Das weiß man bei Raumfahrern niemals im voraus", sagte Aboyer diplomatisch. „Manchmal können diese harten Burschen sehr undankbar sein."

„Nun, es ist schließlich nicht *irgendein* Geschenk", sagte Rabkob stolz und im Bewußtsein der guten Tat, die er zu vollbringen gedachte.

Kadett Holl verschwand vor ihnen in einem Antigravschacht. Aboyer wäre gern geflüchtet, wenn ihn ein bestimmter Verdacht nicht veranlaßt hätte, an der Seite des Ersten Schaltmeisters von Rumal zu bleiben. Nebeneinander schwebten Rabkob und Aboyer durch den Schacht.

Als sie die Zentrale betraten, sahen sie Holl aufgeregt mit dem Kommandanten gestikulieren. Major Hoan Thin war ein kleiner, zierlich gebauter Chinese, der Holl mit geduldigem Lächeln zuhörte. Die Männer in der Kommandozentrale blickten auf, als Rabkob mit dem Tablett in den Händen auf Major Hoan Thin zusteuerte. Aboyer befürchtete, daß er vor Übelkeit schon ganz grün im Gesicht war, aber er hielt sich an der Seite des Kolonisten.

Der Agent sah, wie sich die Gesichter der Männer innerhalb der Zentrale veränderten. Spöttisches Lächeln machte dem Ausdruck offener Abscheu Platz. Holl trat ein paar Schritte zur Seite. Offenbar hatte er den Kommandanten bereits gewarnt.

„Ich begrüße Sie an Bord der MUTRAS", sagte Hoan Thin und lächelte dem Ersten Schaltmeister zu. Wenn er den Gestank, den die Nuß verströmte, überhaupt bemerkte, dann verstand er es meisterhaft, seinen Unwillen zu verbergen.

„Meiner Frau ist ein unentschuldbares Versehen passiert", erklärte Rabkob feierlich, nachdem er den Major begrüßt hatte. „Sie hat mir diese Fria-Nuß in den Koffer gepackt, obwohl ich sie nicht essen darf. Ich bitte Sie deshalb, die Frucht dem Koch Ihres Schiffes zu überreichen, damit die Besatzung in den Genuß der vitaminreichen Nahrung kommt."

Aboyers Bewunderung für den Kommandanten wuchs, als er sah, wie Hoan Thin die Nuß mit gebührender Vorsicht vom Tablett nahm.

„Ich bedanke mich im Namen der Besatzung für dieses Geschenk", sagte der Chinese.

„Wenn Sie gestatten, möchte ich Sie in die Kombüse begleiten, um dem Koch die Zubereitung zu erklären", sagte Rabkob.

Ein paar Männer der Zentralebesatzung stöhnten auf. Hoan Thin nickte, er hielt die Nuß weit von sich gestreckt, was aber den Anschein eines feierlichen Zeremoniells noch erhöhte.

„Folgen Sie mir, Sir", sagte er zu Rabkob.

Aboyer blieb nichts anderes übrig, als den beiden Männern nachzugehen. In der Zentrale sprangen die Ventilatoren für Frischluftzufuhr an. Einige Männer hielten sich die Nase zu. Rabkob schien all diese Anzeichen des Widerwillens nicht zu bemerken. Es war ihm undenkbar, daß jemand ein so kostbares Nahrungsmittel verschmähen könnte.

Hoan Thin mit der Nuß an der Spitze, Rabkob in der Mitte und Aboyer und Holl am Schluß, so verließ die seltsame Gruppe die Zentrale. Aboyer befürchtete, daß bereits das gesamte Schiff nach dieser widerlichen Frucht stank.

Als die vier Männer die Mannschaftsräume erreichten, hörten sie den Koch in der Kombüse vergnügt pfeifen. Der arglose Mann ahnte noch nicht, was ihm bevorstand.

„Unterrichten Sie Mister Greaves von unserer Ankunft, Kadett Holl", befahl der Major.

Holl eilte voraus. Gleich darauf streckte der Koch seinen rothaarigen Kopf aus der Durchreiche. Er zog ihn so hastig zurück, daß er sich den Nacken an der Absperrklappe aufschlug.

„Was ist mit ihm?" fragte Rabkob verwundert.

„Er kann vor Dankbarkeit kaum noch stehen", erklärte Kadett Holl.

Major Hoan Thin quittierte diese unbedachte Bemerkung mit einem bösartigen Seitenblick auf den jungen Raumfahrer.

„Öffnen Sie die Tür, Greaves!" befahl Major Hoan Thin mit durchdringender Stimme.

Greaves begann zu jammern und erklärte, der Napfkuchen, den er gerade zubereitete, würde zusammenfallen, wenn er nur den geringsten Zug bekäme.

„Ihr Napfkuchen interessiert uns nicht", sagte Hoan Thin ungeduldig. Er gab Holl einen Wink. Der Kadett stieß die Tür auf, und Hoan Thin stolzierte mit der Nuß in die Kombüse hinein.

„Ich glaube, jetzt kann ich mich in meine Kabine zurückziehen", bemerkte Rabkob glücklich, nachdem er dem fassungslosen Greaves ein kurzes Rezept aufgesagt hatte.

„Ich bringe Sie hin", erklärte sich Holl bereit. Er zog Rabkob fast aus dem Aufenthaltsraum hinaus. Aboyer näherte sich der Kombüsentür. Er hörte, wie Greaves fürchterliche Flüche ausstieß. Das letzte, was der Koch sagte, war: „Auch als Kommandant dürfen Sie nicht mit einem Jauchenfaß in die Kombüse eindringen, Sir!"

„Ich wünsche, daß diese Nuß ordnungsgemäß zubereitet in drei Stunden auf den Tischen der Mannschaft steht, Greaves", sagte Hoan Thin unnachgiebig.

„Es wird zu einer Meuterei führen", prophezeite Greaves.

Hoan Thin blinzelte Aboyer zu und verließ die Kombüse. Greaves blickte den Agenten unglücklich an.

„Kommen Sie auch von diesem verrückten Planeten, wo dieses Zeug wächst?" fragte er.

Aboyer schüttelte den Kopf. „Ich bin Terraner."

„Ich verstehe nicht, daß Sie freiwillig in der Nähe dieses Pesthauches bleiben", sagte Greaves.

„Ich warte, daß Sie das Ding öffnen", sagte Aboyer.

Greaves starrte ihn mit offenem Mund an.

„Öffnen?" wiederholte er ungläubig. „Ich würde es nicht wagen, die Nuß zu knacken, auch wenn ich einen Schutzanzug trüge."

Aboyer betrat die Küche und ergriff ein Knochenmesser. Er legte die Nuß auf ein Brett und schlug zu. Die Fria-Nuß zerbarst. Greaves schwor sich im stillen, daß er nie in seinem Leben wieder Nüsse essen würde.

Aboyer fühlte im Fruchtfleisch herum, bis er auf Widerstand stieß. Sekunden später hatte er einen würfelförmigen Gegenstand aus Metall in den Händen.

„Ich gehe von Bord", jammerte Greaves. „In dieser Kombüse werde ich keine Minute länger arbeiten."

Aboyer starrte versonnen auf das mysteriöse Ding, das er aus der Nuß geholt hatte. Er wickelte es in ein Stück Papier, ohne daß Greaves es bemerkte. Dann verließ er die Kombüse. Greaves blieb mit der gespaltenen Nuß und der unlösbaren Aufgabe zurück, aus den stinkenden Brocken eine Mahlzeit zu bereiten.

Aboyer begab sich auf dem kürzesten Weg in die Zentrale. Er wickelte den Metallwürfel aus dem Papier und warf ihn auf einen Kartentisch. Durac und Hoan Thin kamen zu ihm, um zu sehen, was er gebracht hatte.

„Das ist etwas für Sie, Major!" stieß Aboyer hervor.

Der Chinese nahm den rätselhaften Gegenstand in die Hände und untersuchte ihn kurz. Dann gab er ihn an den Ersten Offizier weiter.

„Was ist das?" fragte Hoan Thin.

„Wenn ich das wüßte, wären wir unsere sämtlichen Sorgen los", sagte Aboyer. „Das Ding war im Innern der Nuß, die Rabkob an Bord gebracht hat."

„Wie eine Bombe sieht es nicht aus", bemerkte Durac.

„Glauben Sie, daß der Administrator von Rumal etwas an Bord schmuggeln wollte?" fragte der Kommandant.

„Dann hätte er kaum die Nuß in unsere Hände gespielt", erwiderte Aboyer. „Ich glaube, daß irgend jemand mit Rabkobs Hilfe dieses Ding auf die Erde bringen wollte, aus welchen Gründen auch immer."

Hoan Thin trat an die Kontrollen und schaltete den Interkom ein. „Es wird am besten sein, wenn wir Rabkob zu uns rufen", schlug er vor.

Ein paar Minuten später kam Rabkob in die Zentrale. Er machte einen verstörten Eindruck, als Aboyer ihm den Metallwürfel zeigte und ihm erklärte, wo er den rätselhaften Gegenstand gefunden hatte.

„Glauben Sie, daß meine Frau etwas damit zu tun hat?" fragte er.

Hoan Thin überging die Frage. „Kommt Ihnen dieser Würfel bekannt vor? Haben Sie jemals etwas Ähnliches gesehen?"

Der Erste Schaltmeister von Rumal verneinte.

„Jemand wollte dieses Ding mit Ihrer Hilfe zur Erde bringen", eröffnete Aboyer dem ratlosen Kolonisten.

„Denken Sie, jemand hätte meine Frau gezwungen, mir die Nuß ins Gepäck zu legen?" wollte Rabkob wissen. Aboyer erkannte, daß der Mann sich ernsthafte Sorgen um seine Frau machte. Der Agent biß sich auf die Unterlippe. Es war sinnlos, den Abgeordneten aus dem Malby-System noch länger zu schonen. Früher oder später würde er die Wahrheit doch erfahren.

„Ihre Frau wußte, was sich in dieser Nuß befand", sagte Aboyer heftig. „Sie hat den Würfel wahrscheinlich selbst im Fruchtfleisch untergebracht."

Rabkob ballte die Hände zu Fäusten und wollte sich auf Aboyer stürzen. Hoan Thin packte ihn am Arm und hielt ihn zurück.

„Warum sollte meine Frau das ohne mein Wissen tun?" schrie Rabkob verzweifelt. „Jemand muß sie dazu gezwungen haben."

„Sie tat es freiwillig", entgegnete Aboyer. „Sie ist überhaupt nicht Ihre Frau."

Rabkob wandte sich an Major Hoan Thin: „Der Mann ist verrückt!"

Der Chinese senkte den Kopf. Er gab Durac den Metallwürfel und befahl dem Ersten Offizier, Aboyers Fund von den Bordwissenschaftlern untersuchen zu lassen.

„Ich bedauere, es Ihnen sagen zu müssen, aber Ihre Frau wurde wahrscheinlich von den MdI durch einen Duplo ersetzt." Aboyer legte eine Hand auf den Arm Rabkobs. „Schade, daß ich meinem Mißtrauen nicht nachgegeben habe, das ich bereits auf Rumal gegenüber Ihrer vermeintlichen Frau empfand."

Rabkob machte ein paar unkontrollierte Schritte.

„Wir müssen sofort umkehren und versuchen, meiner Frau zu helfen", sagte er tonlos.

Hoan Thin schüttelte den Kopf. „Es tut mir leid", sagte er. „Wir müssen so schnell wie möglich die Erde erreichen. Es sieht so aus, als stünde ein Anschlag unserer Gegner gegen Terrania bevor."

„Stellen Sie mir ein Beiboot zur Verfügung", flehte Rabkob.

Hoan Thin antwortete nicht. Rabkob entnahm dem Gesichtsausdruck des Kommandanten, daß es im Augenblick keine Möglichkeit gab, der Rumalerin zu helfen. Der Kolonist spürte kaum, wie Aboyer ihn am Arm umklammerte und behutsam aus der Zentrale führte.

Hoan Thin wandte sich an den Cheffunker der MUTRAS.

„Sobald wir in das Solsystem einfliegen, versuchen Sie eine Verbindung mit Solarmarshall Mercant herzustellen. Ich bitte um eine sofortige Unterredung mit dem Abwehrchef."

„Ich halte mich nicht für einen hervorragenden Wissenschaftler, Sir", sagte Dr. Survine langsam. „Trotzdem kann ich Ihnen ungefähr sagen, was das für ein Ding ist."

Hoan Thin, der zusammen mit Aboyer in das kleine Labor der MUTRAS gekommen war, beugte sich vor, um den Metallwürfel unter der hellen Tischlampe liegen zu sehen.

Der Kybernetiker drehte den Gegenstand bedächtig zwischen den Fingern. „Es handelt sich um einen aus uns unbekanntem Material bestehenden Schaltmechanismus, der von Siganesen gefertigt sein könnte. Die Schalteinheiten sind mikroskopisch klein und von allerhöchster Präzision."

„Sehr gut", sagte Aboyer. „Können Sie uns auch sagen, *was* man mit diesem Apparat schalten kann?"

Survine knipste das Licht aus und stand auf.

„Dazu müßte ich bessere Geräte haben", erklärte er.

„Haben Sie vielleicht irgendeine Vermutung?" wollte Hoan Thin wissen.

Der Kybernetiker zuckte mit den Schultern. „Wäre Ihnen mit Vermutungen gedient? Ich nehme an, daß dieses Ding nur Teil eines größeren Apparates ist, denn einige energieführende Anschlüsse enden scheinbar willkürlich an den Außenkanten des Würfels."

Aboyer warf Hoan Thin einen bestürzten Blick zu. „Das könnte bedeuten, daß die MdI mit Hilfe der Konferenzteilnehmer irgendeine Waffe nach Terrania zu bringen versuchen."

Hoan Thin nahm den Würfel und schob ihn in seine Tasche.

„Vergessen Sie alles, was Sie gesehen, gehört und gesagt haben", befahl er Dr. Survine.

19.

Die alten, heiligen Hallen, dachte Emilio Alberto Aboyer, als er die Stufen zum Antigravlift emporschritt. Wie viele Jahre war es jetzt her, seit er zum letztenmal das Hauptquartier der Solaren Abwehr in Terrania betreten hatte? Er schob seine Identitätskarte in den Programmierungsschlitz, und der Lift öffnete sich.

„In die wievielte Etage möchten Sie, Sir?" fragte die Stimme des Roboters.

Aboyer grinste. „In die zweihundertsechsundachtzigste."

Einen Augenblick blieb es still, dann wiederholte der Roboter seine Frage. Früher hatte Aboyer den Lift einmal zum Erliegen gebracht, als er ebenfalls ein Stockwerk genannt hatte, das es überhaupt nicht gab. Anscheinend hatte man jetzt eine Sicherung eingebaut, die verhindern sollte, daß die einfache Positronik ständig irgendwelchen Witzbolden zum Opfer fiel.

Aboyer nannte die zweite Etage und wurde ohne Zwischenfall an sein Ziel gebracht. Er hatte zwar damit gerechnet, daß man ihn ins HQ rufen würde, aber daß Mercant sich persönlich mit der Sache befassen würde, hatte er nicht erwartet.

Als Aboyer den kleinen Konferenzsaal betrat, stellte er fest, daß außer Mercant auch Rhodan, Atlan, Major Hoan Thin, der Erste Schaltmeister von Rumal und der Mutant Wuriu Sengu anwesend waren.

„Das ist Mister Aboyer, der Agent, der den Würfel entdeckt hat", stellte Mercant ihn Rhodan, Atlan und dem Spähermutanten vor. „Berichten Sie uns bitte alles, was Sie über diese Sache wissen."

Aboyer schilderte unbefangen die Geschehnisse auf Rumal und während des Fluges zur Erde. Er vermied es, persönliche Mutmaßungen einzuflechten.

„Ihre Worte bestätigen im großen und ganzen unsere Vermutungen", sagte Atlan. „Wir haben Sie noch einmal angehört, um sicher zu sein, daß wir nichts übersehen haben."

Aboyer nickte. Mercant wies ihm einen Platz unmittelbar neben dem Fenster zu.

Perry Rhodan ging unruhig im Zimmer auf und ab. Er erschien Aboyer größer, als er ihn von Fotografien her kannte. Größer und hagerer.

„Nach den ersten Untersuchungen, die wissenschaftliche Teams mit dem Fundgegenstand angestellt haben, können wir mit Sicherheit sagen, daß es sich um den Teil einer größeren Schaltanlage handelt", klang Mercants Stimme auf. „Irgend jemand versucht, mit Hilfe der Konferenzteilnehmer einen mysteriösen Apparat in Terrania einzuschmuggeln. Die unbekannten Drahtzieher sind wahrscheinlich Beauftragte der MdI oder die MdI selbst."

„Haben die Wissenschaftler eine Vermutung, welchem Zweck die

241

geheimnisvolle Schaltanlage dienen könnte, wenn sie einmal zusammengesetzt wird?" fragte Major Hoan Thin.

Mercant verneinte. „Erste Wahrscheinlichkeitsberechnungen, die von größeren Positroniken ausgeführt wurden, ergaben jedoch eindeutig, daß dieser Würfel Teil einer Waffe ist. Über Art und Wirkung dieser Waffe wissen wir allerdings überhaupt noch nichts. Dazu", er machte eine bedeutungsvolle Pause, „benötigen wir weitere Teile dieser Waffe."

Rhodan unterbrach seine ruhelose Wanderung durch den kleinen Saal.

„Bisher sind etwa fünfhundert Konferenzteilnehmer in Terrania eingetroffen. Glauben Sie, daß wir bei einigen dieser Abgeordneten weitere Teile finden würden?" fragte er Mercant.

„Sehr wahrscheinlich. Aber die Suche danach wird mit Schwierigkeiten verbunden sein. Wir können es uns nicht erlauben, offizielle Nachforschungen anzustellen. Das könnte zu Unruhen und schließlich zur überstürzten Abreise einiger Konferenzteilnehmer führen. Außerdem besteht die Möglichkeit, daß wir uns täuschen."

„Wir müssen die Mutanten einsetzen", forderte Atlan. „Sie werden in ein paar Stunden herausgefunden haben, wie es im Gepäck der bereits angekommenen Konferenzteilnehmer aussieht."

Allan D. Mercant hatte längst aufgehört, die Nächte zu zählen, in denen er mit weniger als drei Stunden Schlaf auskommen mußte. Unzählige zuverlässige Helfer standen ihm zur Verfügung, aber es gab immer noch genügend Dinge, die er allein tun mußte, vor allem dann, wenn sie strikter Geheimhaltung unterlagen.

Er hatte jetzt 489 Jahre gelebt – eine für menschliche Begriffe sehr lange Zeit. Trotzdem erschien es ihm, als seien erst ein paar Jahre vergangen, seitdem Terraner gegen die Topsider oder gegen die Druuf gekämpft hatten.

Der kleine Mann mit dem schütteren blonden Haarkranz unterdrückte ein Gähnen.

Der Zellaktivator hätte ihn dazu befähigt, auch ohne Schlaf auszukommen, aber Mercant fühlte sich besser, wenn er sich jede Nacht ein paar Stunden Ruhe gönnte.

Mercant hoffte, daß die Mutanten in der vergangenen Nacht Erfolg gehabt und den größten Teil der eingeschmuggelten Schaltelemente sichergestellt hatten. Perry Rhodan hatte sofort den Einsatz aller verfügbaren Mutanten befohlen. Wahrscheinlich hatte das Luna-Hotel, in dem die bisher angekommenen Konferenzteilnehmer untergebracht waren, in dieser Nacht einem Geisterschloß geglichen, dachte Mercant lächelnd. Er hatte dafür gesorgt, daß die Wächter vom Sicherheitsdienst ausnahmsweise einmal weniger korrekt ihre Arbeit versahen.

Mercant verließ seine Privaträume und begab sich in das kleine Büro, von dem aus er die gewaltige Organisation leitete, die sich Solare Abwehr nannte.

Auf seinem Tisch lagen bereits neue Aktenbündel, Mikrospulen und Tageszeitungen. Mercant kümmerte sich nicht darum, sondern stellte eine direkte Telekomverbindung zur Einsatzzentrale der Mutanten her. Wenige Augenblicke später wurde das ernste Gesicht von John Marshall sichtbar.

„Guten Morgen, John", begrüßte Mercant den Telepathen. „Wie sieht es bei Ihnen aus?"

„Bis auf Sengu, Rakal Woolver und Ras Tschubai sind alle zurück", erwiderte Marshall. „Wir haben inzwischen neunundzwanzig Einzelteile entdeckt."

Marshall trat einen Schritt zur Seite, so daß Mercant einen Tisch im Hintergrund sehen konnte, auf dem die von den Mutanten sichergestellten Gegenstände lagen.

„Perry Rhodan und Atlan werden in wenigen Augenblicken zusammen mit einer Gruppe von Spezialisten und Wissenschaftlern hier eintreffen", berichtete Marshall. „Wir hoffen, daß wir uns jetzt bereits ein Bild von der Funktionsweise dieses Apparats machen können."

Mercant sprang bestürzt auf.

„Das Ding darf auf keinen Fall in Terrania zusammengesetzt werden!" rief er. „Wir wissen nichts über die Wirkungsweise dieser Waffe. Es kann zu einer Katastrophe kommen, wenn irgend etwas losgeht, das wir nicht mehr kontrollieren können."

Marshall lächelte schwach. „Keines von diesen Teilen sieht besonders gefährlich aus", meinte er.

Mercant sagte: „Ich hoffe nicht, daß Rhodan den Befehl gibt, die Waffe innerhalb der Stadt zusammenbauen zu lassen." Er warf einen bedauernden Blick auf die Arbeit, die vor ihm auf dem Tisch lag. „Es wird am besten sein, wenn ich zu Ihnen rüberkomme, John."

Zum wiederholten Male blickte Aboyer zum Tisch hinüber, wo Marshall die Einzelteile der in Terrania eingeschmuggelten Waffe ausgebreitet hatte. Niemand konnte sicher sein, ob die Waffe damit komplett war.

Marshall, Rhodan und Atlan umstanden den Tisch. Die Wissenschaftler, die mit dem Großadministrator und dem Arkoniden vor wenigen Augenblicken eingetroffen waren, hatten sich in den gegenüberliegenden Teil des Raumes zurückgezogen und diskutierten mit gedämpften Stimmen. Aus ihrem Verhalten schloß Aboyer, daß sie von den Metallstücken auf dem Tisch genausoviel wußten wie er: nämlich nichts.

Krumar Rabkob, der Erste Schaltmeister von Rumal, saß ein paar Meter von Aboyer entfernt in einem Sessel. Er machte einen völlig apathischen Eindruck. Wahrscheinlich hatte er seit seiner Ankunft auf der Erde nicht mehr geschlafen. Aboyer empfand Mitleid mit diesem Mann.

Ras Tschubai materialisierte neben der Tür und lenkte Aboyers Aufmerksamkeit auf sich. Der Mutant hielt einen kleinen Gegenstand in den Händen. Zweifellos ein weiteres Teilstück für die unfertige Schaltanlage.

Das Team der Wissenschaftler näherte sich sofort dem Tisch, als Rhodan den Metallzylinder von Tschubai entgegennahm. Aboyer stand auf, um besser sehen zu können.

„Was uns Ras Tschubai gebracht hat, ist das einunddreißigste Teilstück jenes mysteriösen Gebildes", sagte Perry Rhodan. Er beugte sich nach vorn, um den Zylinder auf den Tisch zu legen.

In diesem Augenblick hatte Aboyer den Eindruck, daß sich einige der Gegenstände auf dem Tisch bewegten. Er hielt unwillkürlich den Atem an. Rhodan wich zurück.

Aboyer begriff, daß er keiner Sinnestäuschung unterlegen war. Die Metallteile auf dem Tisch waren in Bewegung geraten. Fassungslos sahen die Männer zu, wie sich die einzelnen Bauteile selbständig zusammenfügten.

Atlan war der erste, der seine ruhige Überlegung zurückgewann.

„Alarm!" schrie er. „Das Gebäude muß sofort geräumt werden. Alle Sicherheitsmaßnahmen ergreifen, die notwendig sind, um diesen Teil der Stadt zu evakuieren!"

Aboyer zuckte zusammen. Wenn dieses unheimliche Ding tatsächlich eine Waffe war, bestand allerhöchste Gefahr.

244

„Noch leben wir", sagte Rhodan mit einem erzwungenen Lächeln. „Aber wir haben einen Fehler begangen, der uns alle das Leben kosten kann."

Er packte den neuentstandenen Gegenstand und stürmte auf den Eingang zu. Dabei wäre er fast mit Aboyer zusammengestoßen.

„Können Sie einen Gleiter steuern?" fragte er atemlos.

Aboyer grinste unwillkürlich. „Und ob!" stieß er hervor.

„Sir!" rief einer der Wissenschaftler. „Wir bestehen darauf, weitere Untersuchungen anstellen zu dürfen."

„Später!" gab Rhodan zurück. „Jetzt müssen wir uns diesen Apparat vom Hals schaffen, bevor er losgeht."

Er nickte Aboyer zu. Gemeinsam rannten sie aus dem Zimmer. Draußen stießen sie auf Mercant, der gerade aus einem Lift kam. Der Abwehrchef warf nur einen Blick auf das, was Rhodan in den Händen hielt, und verstand, was geschehen war.

„Ich wollte es vermeiden", sagte er. „Aber anscheinend bin ich zu spät gekommen."

„Es hat sich ohne unser Zutun zusammengesetzt, Atlan", erklärte Rhodan, während er mit Aboyer den Lift betrat. Mercant folgte ihnen.

„Was wollen Sie jetzt tun, Sir?" erkundigte sich der Abwehrchef.

„Ich will versuchen, die Schaltanlage in den Weltraum zu bringen, bevor irgend etwas geschieht."

Der Lift hielt an. Die drei Männer hatten die oberste Etage erreicht und traten auf den Landeplatz hinaus, der sich auf dem Dach befand. Rhodan kletterte in einen der bereitstehenden Gleiter. Er achtete darauf, daß das Ding in seinen Händen keinen heftigen Stoß erhielt. Aboyer nahm im Pilotensitz Platz, Mercant zwängte sich auf den Rücksitz. Bevor Aboyer gestartet war, hatte Rhodan bereits die Funkanlage eingeschaltet.

„Zum Raumhafen!" befahl Rhodan, als sich der Gleiter abhob. Durch die Kanzel beobachtete Aboyer, wie Atlan zusammen mit Marshall und einem Wissenschaftler ebenfalls auf dem Dach erschien. Die drei Männer rannten auf einen Gleiter zu. Rhodan bemerkte sie jetzt auch.

„Ich wünschte, sie würden zurückbleiben", murmelte er verbissen. „Es ist unnötig, daß sich so viele Menschen in Gefahr begeben."

„Ein Teleporter hätte das Gerät zum Raumhafen bringen können", meinte Mercant. „Warum gehen Sie ein solches Risiko ein?"

„Irgend etwas muß ich schließlich auch noch selbst erledigen", sagte Rhodan sarkastisch.

„Wie viele Verkehrsdelikte darf ich begehen, Sir?" erkundigte sich Aboyer.

„So viele Sie wollen", sagte Rhodan. „Nur einen Zusammenstoß darf es nicht geben."

Aboyer nickte zufrieden. Mit höchstmöglicher Geschwindigkeit raste der Gleiter über die Gebäude dahin. Aboyer achtete nicht auf die Funkleitzeichen und Flugstraßen. Hinter ihm ertönte das Sirenenkonzert anderer Verkehrsteilnehmer.

Es gelang Rhodan, eine Verbindung zum Hauptkontrollturm des Raumhafens herzustellen. Er ordnete an, daß sofort ein Robotraumer bereitgestellt werden sollte. Wenige Augenblicke später erhielt er die Daten über den Landeplatz eines solchen Schiffes.

„Ich hatte schon fast vergessen, was Fliegen bedeutet", bemerkte Mercant vom Rücksitz aus.

Aboyer bedankte sich mit einem breiten Lächeln. Er mußte seine Aufmerksamkeit voll und ganz auf den Verkehr richten. In halsbrecherischem Flug schoß er zwischen zwei Gleitern hindurch, deren Piloten sich wahrscheinlich in wenigen Augenblicken bei der Polizei beschweren würden. Aboyer mußte sich dazu zwingen, nicht zu dem Apparat hinüberzublicken, den Rhodan in den Händen hielt. Obwohl er wußte, daß die Waffe jeden Augenblick ihren Zweck erfüllen und losgehen konnte, empfand er keine Furcht. Die Steuerung des Gleiters reagierte willig auf seine festen Griffe. Die Dienstgleiter waren wesentlich schneller als jene, die für den normalen Verkehr zugelassen waren. Es bereitete Aboyer Vergnügen, mit Höchstgeschwindigkeit dahinzufliegen. Es war eine Gelegenheit, die sich nicht so bald wieder bieten würde. Er bedauerte es fast, als der Raumhafen unter ihnen auftauchte.

Genau zwölf Minuten nach ihrem Start landete Aboyer den Gleiter neben dem startbereiten Robotschiff. Rhodan sprang hinaus und rannte auf die Gangway zu. Einige Techniker starrten ihm verblüfft nach. Gleich darauf kam Rhodan zurück. Die Gangway wurde eingezogen. Der Antigravantrieb des Schiffes trat in Aktion und hob es geräuschlos vom Boden ab. Das Schiff besaß die Abmessungen einer normalen Korvette.

Als das Schiff hoch über dem Landefeld schwebte, trat das Normaltriebwerk in Tätigkeit. Die drei Männer verfolgten den Flug des Raumers, bis die Wolkendecke ihn ihren Blicken entzog.

„Das Schiff wird über die Plutobahn hinausfliegen und dort seinen Flug verlangsamen", sagte Rhodan. „Wenn in ein paar Stunden nichts passiert ist, fliegen wir mit den Wissenschaftlern hinterher, um nachzusehen, was mit unserem Puzzlespiel passiert ist."

„Vielleicht haben wir uns getäuscht", meinte Mercant. „Es kann auch etwas anderes als eine Waffe sein."

Ein zweiter Gleiter landete in ihrer unmittelbaren Nähe. Atlan, Marshall und ein Wissenschaftler bildeten seine Besatzung. Der Arkonide musterte seinen terranischen Freund mit unwilligen Blikken, als er gleich darauf vor ihm stand.

„Es gibt immer noch Helden", sagte er spöttisch. „Und Narren, die sie fliegen."

„Wir sind unseren Findling los", erwiderte Rhodan zufrieden. „Ich hoffe, daß wir ihm bald nachfliegen können, um festzustellen, was wirklich mit ihm los ist und wer ihn uns geschickt hat."

Ein Sirengeheul enthob den Arkoniden einer Antwort. Drei Polizeigleiter senkten sich langsam auf das Landefeld hinab. Mercant wandte sich an Aboyer.

„Hoffentlich haben Sie Ihren Pilotenschein dabei", sagte er.

Aboyer zuckte bedauernd die Schultern.

„Man hat ihn mir entzogen", bekannte er.

„Wahrscheinlich hätten Sie sich überhaupt nicht so beeilen müssen", sagte Dr. Fran Hauser, der Leiter des Spezialistenteams, das die Einzelteile des seltsamen Gerätes untersucht hatte. „Wir sind jetzt überzeugt davon, daß die Waffe noch nicht vollständig ist. Hätten Sie uns etwas mehr Zeit gelassen, wüßten wir jetzt mit Sicherheit, wie viele Teile noch fehlen."

Perry Rhodan konnte ein Lächeln kaum unterdrücken. Er war es gewohnt, daß Wissenschaftler eigenartige Ansichten vertraten. Hauser bildete darin keine Ausnahme. Bei seinem Ärger über den vorläufigen Verlust des Schaltapparates vergaß Hauser vollkommen die Gefahr, die für Terrania bestanden hatte.

Perry Rhodan warf einen Blick auf die Uhr. Vor knapp sechs Stunden war das Robotschiff gestartet. Es hatte inzwischen den vorausberechneten Punkt jenseits der Plutobahn erreicht. Rhodan, Atlan, Mercant, Rabkob, Aboyer und die Wissenschaftler waren an Bord der MUTRAS gegangen. Der Kurierkreuzer war startbereit.

247

Major Hoan Thin hatte den Befehl, das Robotschiff anzusteuern, sobald Rhodan den Zeitpunkt für geeignet hielt. Die Wissenschaftler waren ungeduldig, sie glaubten nicht mehr, daß die eingeschmuggelte Waffe eine ernsthafte Bedrohung bildete. Rhodan war beruhigt, den umstrittenen Gegenstand in einer Zone zu wissen, wo er kaum Zerstörungen hervorrufen konnte.

Vergeblich zerbrach er sich darüber den Kopf, welchen Zweck die MdI mit ihrem Vorgehen verfolgten. Der Anschlag erschien Rhodan immer durchsichtiger, ja geradezu stümperhaft. Die MdI mußten doch wissen, daß die vorsichtigen Terraner früher oder später einige Teile des Gerätes entdecken würden.

Man konnte fast auf den Gedanken kommen, der Gegner hätte ihnen diesen Teufelsapparat absichtlich in die Hände gespielt. Aber warum? Die Antwort konnte nur von den Wissenschaftlern gefunden werden. Dazu war es nötig, daß sich wieder ein paar Männer in die Nähe jenes Dinges begaben, das sein Geheimnis nicht preisgeben wollte.

Rhodan wandte sich an Major Hoan Thin, der abwartend im Kommandosessel der MUTRAS saß.

„Wir wollen die Wissenschaftler nicht länger warten lassen, Major. Starten Sie das Schiff."

„Glauben Sie, daß wir lange genug gewartet haben, Sir?" fragte Mercant, während der Chinese seine Befehle an die Besatzung gab.

„Wir werden zunächst einen Roboter auf das andere Schiff hinüberschicken", erläuterte Rhodan seine Pläne. „Anhand der Filmaufnahmen, die er machen wird, sehen wir dann, ob sich die Waffe irgendwie verändert hat."

„Wir bezweifeln, daß sich der Schaltapparat selbständig einschaltet", mischte sich Dr. Hauser ein. „Einige meiner Kollegen sind mit mir der Ansicht, daß es eines bestimmten Impulses bedarf, um die Waffe auszulösen."

„Wird es Ihnen gelingen, diesen Impuls nachzuahmen?" wollte Atlan wissen.

„Wir hoffen es", sagte Hauser vorsichtig. „Vor allem muß die Waffe komplett sein, damit wir mehr über ihre Funktionsweise erfahren können."

„Wenn man Sie reden hört, könnte man glauben, uns stünden noch Wochen zur Verfügung", entgegnete Atlan ärgerlich.

„Wir haben die Verzögerung schließlich nicht herbeigeführt", gab Hauser gereizt zurück.

Perry Rhodan erkannte, daß die Männer nervös wurden. Jeder spürte die Drohung, die von dem geheimnisvollen Apparat ausging.

Die MUTRAS entfernte sich mit steter Beschleunigung von der Erde. Rhodan hatte dafür gesorgt, daß sie alle Wachschiffe und Kontrollstationen ungehindert passieren konnten.

Das von Hauser geleitete Team diskutierte eine neue Theorie. Mercant und Atlan berieten über die Sicherheitsmaßnahmen während der Konferenz. Nur der Erste Schaltmeister von Rumal beteiligte sich an keinem Gespräch. Rhodan hätte diesem Mann gern irgendwie geholfen, doch er wußte, daß dies unmöglich war. Sie durften noch nicht einmal ein Schiff nach Rumal schicken, um den Duplo zu verhaften, der die Rolle von Rabkobs Frau übernommen hatte. Das hätte die Gegner des Imperiums darauf aufmerksam gemacht, daß man auf ihrer Spur war.

Der heimtückische Plan der MdI konnte nicht in offenem Kampf vereitelt werden. Rhodan wünschte, er hätte Rabkobs Verständnis für seine Befehle gewinnen können. Während der Konferenz mußte er damit rechnen, daß der Erste Schaltmeister von Rumal gegen ihn sprechen würde. Die Rumaler waren angesehene Kolonisten, das Wort ihres Administrators besaß einiges Gewicht.

Unwillkürlich zuckte Rhodan mit den Schultern. Oft genug hatte er Maßnahmen treffen müssen, die anfangs wenig populär erschienen waren, sich dann aber als richtig erwiesen hatten. Diesmal jedoch wußte er selbst nicht, ob er den richtigen Weg beschritt.

Rabkob schien Rhodans Blicke gefühlt zu haben, denn er blickte plötzlich auf. Er machte einen übermüdeten Eindruck.

„Ihre Kabine ist noch frei", sagte Rhodan. „Wenn Sie möchten, können Sie sich ausruhen."

„Nein", lehnte Rabkob ab. „Ich will dabeisein, wenn Sie Ihre nächsten Befehle geben."

Rhodan verzichtete auf weitere Argumente, weil er wußte, daß sie vollkommen sinnlos waren. Rabkob war so verbittert, daß er keinen noch so vernünftigen Grund anerkennen würde.

Rhodan wurde zu den Wissenschaftlern gerufen, die alle möglichen Anliegen an ihn hatten. Hauser erhielt die Genehmigung, die Bordpositronik zu benutzen, um einige Berechnungen auszuführen. Der Roboter, der als erster das Schiff mit der seltsamen Ladung betreten sollte, wurde programmiert.

Als die MUTRAS sich schließlich dem Robot-Schiff näherte, waren alle Vorbereitungen getroffen. Der Roboter wurde ausgeschleust. Über die Bildschirme der Raumortung konnten die Männer in der Zentrale des Kurierkreuzers beobachten, wie der Roboter zum anderen Schiff hinüberschwebte, die Schleuse öffnete und im Schiffsinnern verschwand.

Hoan Thin schaltete die Übertragungsgeräte ein. Die Waffe befand sich noch am gleichen Platz, wo Rhodan sie abgelegt hatte. Nichts hatte sich daran verändert. An der wechselnden Bildfolge konnten die Männer sehen, wie der Roboter den Gegenstand langsam umrundete, ohne daß irgend etwas geschah.

Rhodan hörte, wie Dr. Hauser aufatmete. „Unsere Vermutung hat sich bestätigt. Wir können ohne Gefahr hinüber."

Rhodan zögerte, die Erlaubnis zu erteilen. Bestand nicht die Möglichkeit, daß die Waffe bei der Ankunft der Menschen in Funktion trat?

Der Wissenschaftler schien Rhodans Zögern zu bemerken, denn er sagte: „Wir sind selbstverständlich Freiwillige."

„Nein", sagte Rhodan fest. „Ich übernehme die Verantwortung, Hauser."

Fran Hauser nickte gleichgültig. Ihm war es egal, aus welchen Beweggründen Rhodan die Genehmigung erteilte. „Ich glaube, ich werde mir die Sache einmal aus der Nähe ansehen", bemerkte Atlan und schloß sich den Spezialisten an. Rhodan wußte, daß er seinen Freund nicht zum Bleiben bewegen konnte. Schließlich folgten auch Rabkob und Aboyer den Männern, die zum Robot-Schiff hinüberfliegen würden.

Rhodan machte sich auf eine längere Wartezeit gefaßt. Er begab sich in eine Kabine und bat Hoan Thin, daß man ihn rufen sollte, wenn sich irgend etwas ereignete. Mercant dagegen zog es vor, in der Zentrale zu bleiben.

Schneller als Rhodan erwartet hatte, rief ihn Major Hoan Thin in die Zentrale zurück. Etwa zwei Stunden waren seit dem Aufbruch der Wissenschaftler verstrichen.

Als Rhodan die Zentrale betrat, unterhielten sich Mercant und Atlan über Interkom. Rhodan trat neben den Abwehrchef.

„Was ist geschehen?" fragte er den Arkoniden.

„Hauser hatte recht", erklärte Atlan. „Die Schaltanlage ist noch nicht komplett. Hätten wir uns in Terrania die Zeit für eine Untersuchung genommen, hätten wir uns diesen Flug sparen können."

„Wie viele Teile fehlen noch?" wollte Rhodan wissen.

„Eines", gab Atlan zurück.

Rhodan handelte schnell. Während die MUTRAS zur Erde zurückflog, mobilisierte er per Hyperfunk die Mutanten. Diese nahmen sich neuerlich die Konferenzteilnehmer vor, speziell jene, bei denen man bei der ersten Suchaktion nichts entdeckt hatte.

Am Abend des 29. März wurde das fehlende Teil schließlich gefunden. Als Kristall getarnt, wurde es auf dem schnellsten Weg an Bord der MUTRAS gebracht, wo Dr. Hauser und sein Team bereits darauf warteten. Nachdem auch Rhodan, Atlan und Mercant an Bord erschienen waren, hob das Schiff vom Raumhafen Terranias ab und nahm Kurs auf die Position des Robotschiffes.

Die Wissenschaftler hatten sich in das Schiffslabor zurückgezogen, um das 32. Teil zu untersuchen. Schließlich erreichte die MUTRAS das Robotschiff und machte in geringer Entfernung halt.

Atlan wartete zusammen mit Mercant und Rhodan in der Zentrale der MUTRAS auf das Ergebnis.

Der Interkom knackte, und Dr. Hauser meldete sich aus dem Labor.

„Es ist tatsächlich das letzte Teilstück, Sir", sagte er zufrieden. „Außerdem sind wir jetzt in der Lage, die zusammengefügte Waffe in Funktion zu setzen. Ich schlage vor, das fehlende Teil zum Robotschiff hinüberzubringen."

„Das lasse ich nicht zu, Doc", lehnte Rhodan ab. „Wir wissen nicht, was geschieht, wenn dieses Gebilde vollständig ist. Schicken Sie einen Roboter mit dem Kristall hinüber. Nach unseren bisher gemachten Erfahrungen wird sich das letzte Teilstück selbständig einfügen."

„Es ist unerläßlich, daß ein Wissenschaftler hinüberfliegt, Sir", protestierte Hauser. „Ich kann nicht verstehen, daß Sie zum jetzigen Zeitpunkt noch immer Bedenken haben. Sie müßten doch wissen, was auf dem Spiel steht."

„Ich weiß es genau", gab Rhodan hart zurück. „Ich befehle Ihnen, einen Roboter zu schicken."

„Vielleicht ist die Zeit bald vorbei, daß Sie Befehle geben können", erwiderte Dr. Hauser.

Rhodan konnte den Zorn des Wissenschaftlers verstehen. Für Hauser und seine Spezialisten war dies ein einmaliger Versuch. Die vollendete Technik des fremden Schaltgerätes faszinierte die Männer von Hausers Team. Und nun sollten sie einen Roboter schicken und eine

Arbeit verrichten lassen, die sie selbst tun wollten, um genaue Aufschlüsse über den mysteriösen Apparat zu erlangen.

Hauser faßte Rhodans langes Schweigen falsch auf. Er wurde verlegen und murmelte eine Entschuldigung.

Die MUTRAS war nun vierzig Meilen von dem Robot-Schiff entfernt, an dessen Bord sich die Waffe der MdI befand. Major Hoan Thin steuerte sein Schiff noch näher an den anderen Raumer heran. Ein mit einer Großkamera ausgerüsteter Roboter wurde programmiert und ausgeschleust. Wenige Augenblicke später wurde die Maschine im Licht der starken Außenscheinwerfer sichtbar.

Dr. Hauser und seine Männer waren in die Zentrale gekommen, um von diesem Platz aus genau verfolgen zu können, was an Bord des anderen Schiffes geschah.

„Wie wollen Sie die Waffe zünden, wenn sie tatsächlich komplett ist?" erkundigte sich Mercant.

„Sie ist komplett, Sir", erwiderte Hauser. „Ein einfacher Hyperfunkimpuls von drei Sekunden Dauer wird sie einschalten."

„Was geschieht danach?" fragte Atlan.

Hauser warf dem Arkoniden einen bedauernden Blick zu. „Das wissen wir nicht", gestand er.

„Dann werden wir uns mit der MUTRAS ein paar tausend Meilen zurückziehen, bevor wir den Impuls ausstrahlen", entschied Rhodan.

Major Hoan Thin schaltete die Bildschirme ein, auf denen die von dem Roboter aufgenommenen Szenen sichtbar wurden. Das geheimnisvolle Schaltgerät lag unverändert in der Schleuse des Robotschiffes.

„Vielleicht rufen wir eine Katastrophe ungeahnten Ausmaßes hervor", murmelte Mercant.

„Nein", widersprach Hauser heftig. „Welchen Zweck diese Waffe auch hat, ihr Aktionsradius liegt mit Sicherheit nicht über zwanzig bis dreißig Meilen. Die energieführenden Teile haben eine so geringe Kapazität, daß wir keine Befürchtungen zu haben brauchen."

Gespannt beobachtete Rhodan, wie der Roboter sich den 31 bereits zusammengefügten Teilen des Schaltgerätes näherte. Der Automat legte den Kristall unmittelbar vor der Waffe zu Boden. Es geschah genau das, was man an Bord der MUTRAS bereits erwartet hatte. Langsam, wie von magnetischen Kräften bewegt, glitt der Kristall auf den Apparat zu und fügte sich darin ein. Der Vorgang nahm genau zehn Sekunden in Anspruch.

252

„Ich möchte wissen, wie sie das gemacht haben", sagte Dr. Hauser nachdenklich. „Jedes Teilstück ist zwar mit einer gewissen Energie aufgeladen, aber das erklärt noch lange nicht die Exaktheit, mit der sich die Fragmente zusammenfanden." Er blickte zu Rhodan zurück, der unmittelbar hinter ihm stand.

„Sie sehen, daß nichts passiert ist, Sir", sagte er. „Gestatten Sie uns, daß wir hinüberfliegen und uns die Waffe ansehen."

„Nein", lehnte Rhodan ab. „Wir rufen den Roboter zurück."

Hausers Gesicht wurde weiß. Seine Stimme klang seltsam abgehackt, als er sagte: „Nun gut, Sir."

Wenige Augenblicke später blitzte der Körper des Roboters im Licht der Außenscheinwerfer auf. Hoan Thin gab den Befehl, die Schleuse zu schließen, sobald der Automat wieder an Bord war.

„Bringen Sie die MUTRAS in sichere Entfernung von dem anderen Schiff, Major", befahl Rhodan dem Kommandanten.

Der wortkarge Chinese nickte. Die MUTRAS beschleunigte. Das Robotschiff wurde zu einem kleinen Leuchtpunkt auf den Bildschirmen der Raumortung. Die Spannung der Männer lag beinahe greifbar im Raum.

Dreitausend Meilen vom Robot-Schiff entfernt bremste Hoan Thin den Flug der MUTRAS ab. Erwartungsvolle Stille ließ Rhodan erkennen, daß man auf den entscheidenden Befehl wartete. Das Robotschiff war über Raumortung noch exakt anzupeilen. In ungefähr zweihunderttausend Meilen Entfernung bewegte sich ein terranisches Wachgeschwader durch den Raum. Das waren die einzigen Schiffe, die sich in der Nähe befanden.

„Haben Sie mit dem Funker gesprochen?" erkundigte sich Rhodan bei Hauser.

„Der Mann weiß genau, was er zu tun hat", erwiderte der Wissenschaftler. „Die Impulse können abgestrahlt werden."

Der Hyperwellensender trat in Tätigkeit. Doch nichts geschah. Es erfolgte weder eine Explosion, noch löste sich das verlassene Schiff vor den Augen der Beobachter auf. Es schien, als hätte sich nichts verändert.

„Ein Fehlschlag!" stieß Mercant hervor. „Irgendein Fehler ist Ihnen unterlaufen, Doc."

„Das glaube ich nicht", widersprach Hauser. „Major, gehen Sie näher heran."

Hoan Thin warf Rhodan einen fragenden Blick zu. Der Großadministrator nickte. Es blieb ihnen nichts anderes übrig, als sich dem gefährlichen Gebiet zu nähern.

Als die MUTRAS noch fünfzig Meilen von dem Schiff entfernt war, empfingen die Ortungsgeräte schwache Impulse. Sofort ließ Hoan Thin die Triebwerke stoppen. Die MUTRAS begann das andere Schiff zu umkreisen.

„Ultraschallschwingungen", stellte Hauser fest, als die Impulse ausgewertet wurden. „Es handelt sich also tatsächlich um eine Waffe. Wir können uns etwas näher heranwagen."

„Ultraschall?" fragte Atlan verwundert. „Das klingt nicht besonders gefährlich."

„Die Schwingungen können so stark sein, daß sie die Gehirnzellen eines Menschen zerstören", erwiderte Hauser.

„Da stimmt etwas nicht", sagte Atlan leise. Er zog Rhodan mit sich, bis sie von den anderen nicht gehört werden konnten. „Warum sollte sich ein Attentäter die Mühe machen, eine relativ harmlose Waffe unter diesen Schwierigkeiten in die Solar Hall einzuschmuggeln? Diese Arbeit hätte sich für die MdI nur gelohnt, wenn sie eine wirklich tödliche Waffe nach Terrania gebracht hätten."

„Worauf willst du hinaus?" wollte Rhodan wissen.

„Man hat uns getäuscht", erwiderte der Arkonide. „Während wir damit beschäftigt waren, irgeneinem nutzlosen Apparat nachzujagen, konnten die MdI in aller Ruhe einen wirkungsvollen Angriff vorbereiten." Er schnippte mit den Fingern. „Natürlich! Warum haben wir nicht daran gedacht, daß sich fast alle Teilstücke des Ultraschwingers im Gepäck der Administratoren befanden? Keiner der angekommenen Abgeordneten wußte vom Vorhandensein eines Waffenfragments. Wie hätten also alle zweiunddreißig Teile in die Solar Hall gelangen sollen? Kaum ein Abgeordneter nimmt sein Gepäck mit dorthin."

„Warum haben wir nicht früher daran gedacht?" Rhodan preßte die Lippen zusammen. Sie hatten einen großen Fehler begangen. Wertvolle Zeit war verschwendet worden. Während sie damit beschäftigt waren, 32 Teile eines mehr oder weniger harmlosen Apparats zusammenzubringen, geschah etwas, was weitaus gefährlicher sein konnte als die Auswirkungen eines Ultraschwingers.

„Wir müssen sofort zur Erde zurück", sagte Atlan.

„Hoffentlich kommen wir nicht zu spät", sagte Rhodan. Er ging zum Kommandostand und ließ sich neben dem Chinesen in einen Sessel fallen.

„Wir kümmern uns nicht länger um die Waffe, Major", sagte er. „Wir kehren jetzt zur Erde zurück."

Bevor Hoan Thin antworten konnte, sprang Dr. Hauser auf.

„Das können Sie nicht tun, Sir!" rief er erregt. „Wir müssen zum Robotschiff hinüber, um die Waffe zu untersuchen."

„Sie können das Ding später abholen, Doc", sagte Rhodan ruhig. „Im Augenblick gibt es wichtigere Dinge zu tun."

„Das kann doch nicht Ihr Ernst sein", entfuhr es Hauser ungläubig. „Die ganze Zeit über erzählen Sie uns, wie wichtig diese Waffe für das Imperium ist. Plötzlich soll das alles anders sein. Das verstehe ich nicht."

„In wenigen Minuten ist es in Terrania Mitternacht", erwiderte Rhodan. „Morgen schreiben wir den dreißigsten März. Zumindest vier Tage lang müssen Sie es sich noch gefallen lassen, meine Anordnungen entgegenzunehmen. Auch wenn sie Ihnen unverständlich erscheinen."

20.

An diesem Morgen war der Frühlingswind so kalt, daß sich Aboyer fragte, ob sich die meteorologischen Stationen einen schlechten Scherz erlaubt hatten. Im allgemeinen hatten die „Wettermacher" alle Störungen fest unter Kontrolle.

Aboyer betrat das Hauptquartier der Solaren Abwehr mit dem festen Entschluß, seinen Sonderausweis zurückzugeben. Er hatte seinen Auftrag erfüllt, und alles, was noch damit zusammenhing, interessierte ihn herzlich wenig.

Man ließ ihn sofort passieren, als er am Eingang seine Identitätskarte vorgezeigt hatte.

Aboyer verließ den Lift in der dritten Etage und trat auf den Gang hinaus.

In diesem Augenblick kam vor Aboyer ein Mann aus der Wand und brach mit einem Ächzen zusammen. Aboyer blinzelte, während er unentschlossen dastand und sich mit klopfendem Herzen fragte, was geschehen war. Er machte ein paar Schritte nach vorn und sah, daß der

Mann aus einem Energieverteiler, der in der Wand eingelassen war, herausgekommen sein mußte.

Aboyer hatte viel von den Woolver-Zwillingen gehört, aber dies war zum erstenmal, daß er einen der beiden Mutanten sah. Woolver war durch irgendeine energieführende Leitung gesprungen und auf diesem Gang materialisiert.

Zögernd beugte sich Aboyer zu dem Wellensprinter hinab. Der Mann mit dem violetten Haar war zweifellos bewußtlos. Aboyer sah sich hilfesuchend um. Er stellte fest, daß sich außer ihm niemand im Gang befand. Mühsam drehte er den schweren Mann auf den Rücken. Woolver hatte schwere Brandwunden im Gesicht und an den Händen.

Aboyer sprang auf. Er rannte auf die nächste Tür zu und riß sie auf. Ein ebenso erschrockener wie empörter Beamter der Abwehr starrte ihn an.

„Kommen Sie heraus!" rief Aboyer. „Es ist etwas passiert."

„Wer sind Sie überhaupt?" erkundigte sich der Mann unwillig.

„Mein Name ist Aboyer. Dort draußen liegt einer der Woolver-Zwillinge. Bewußtlos und mit schweren Verbrennungen. Geben Sie endlich Alarm."

Der Beamte dachte nicht daran, Alarm auszulösen, aber er kam hinter seinem Schreibtisch hervor und begleitete Aboyer auf den Gang hinaus. Als er den Mutanten liegen sah, beschleunigte er sein Tempo. Gleich darauf stand er über Woolver gebeugt und stieß eine Verwünschung aus.

„Worauf warten Sie noch?" knurrte Aboyer.

Der Mann riß einen Desintegrator aus dem Gürtel und richtete ihn auf Aboyer.

Aboyer seufzte. Auf einen Wink des Beamten trat er an die Wand. Erst jetzt beugte sich der Abwehrmann zu Woolver hinab.

„Es ist Rakal", sagte er. „Er wurde verletzt. Wenn Sie etwas mit der Sache zu tun haben, kommen Sie hier nicht mehr heraus."

Der Beamte ging zum Sprechgerät neben dem Lifteingang und gab Alarm. Wenige Augenblicke später wurden überall die Türen aufgerissen. Agenten und Angestellte stürmten auf den Gang heraus. Aboyer verzog unwillkürlich das Gesicht.

„Hätten Sie nicht einen Arzt rufen können?" rief er ärgerlich.

Er war erleichtert, als er Mercant sah, der sich einen Weg durch die unschlüssigen Zuschauer bahnte. Mit einem Blick erkannte Mercant den Mann am Boden.

„Schnell! Rufen Sie Wolkow!" befahl er einem der Umstehenden.

Der Beamte, in dessen Zimmer Aboyer eingedrungen war, ließ verlegen seine Waffe sinken und sagte zu Mercant: „Dieser Mann hat Woolver gefunden, Sir." Er deutete auf Aboyer.

Aboyer nickte bestätigend. „Ich kam, um meinen Ausweis zurückzugeben. Als ich den Lift verließ, materialisierte der Mutant vor dem Energieverteiler. Er brach sofort zusammen."

Mercant nickte und schickte die Umstehenden wieder an ihre Arbeit.

„Sobald Wolkow da ist, werde ich entscheiden, was mit Woolver geschieht. Ich frage mich, wo er herkommt. Die Verletzungen sehen nicht so aus, als seien sie durch eine Energiewaffe ausgelöst worden."

Woolver stöhnte und bewegte sich. Mercant legte ihm eine Hand auf die Schulter.

„Er hatte wahrscheinlich irgend etwas entdeckt und wurde dabei verletzt", vermutete der Abwehrchef.

Aboyer dachte einen Augenblick über den Sinn dieser Worte nach, bevor er antwortete: „Ich dachte, die Waffe sei längst komplett und unschädlich gemacht, Sir?"

„Das ist richtig", stimmte Mercant zu. „Wir glauben jedoch, daß sie nur ein Vorwand war, um uns von einem Anschlag größeren Stils abzulenken."

„Sie glauben also, daß Woolver eine Spur gefunden hat?" Aboyer dachte daran, daß heute der 30. März war. Wenn die Konferenzteilnehmer weiterhin bedroht waren, blieb Rhodan wenig Zeit, diese Gefahr abzuwenden.

Bevor Mercant ihm antworten konnte, tauchte Dr. Wolkow neben ihnen auf. Wolkow war ein kleiner, nervös wirkender Mann, der Woolver voller Hast abtastete.

„Die Brandwunden sind nicht so schlimm, Sir", sagte er zu Mercant. „Im Plasmabad sieht der Junge nach ein paar Tagen wie neu aus. Er muß jedoch unter dem Einfluß einer kurzen, aber harten Strahlung gestanden haben, die einen Schock in ihm ausgelöst hat."

Mercant ließ eine Antigravbahre kommen. Sie betteten Woolver darauf und brachten ihn auf die Krankenstation des Hauptquartiers. Rhodan, Atlan und John Marshall wurden benachrichtigt.

„Sie müssen ihn unter allen Umständen aus seiner Bewußtlosigkeit reißen", sagte Mercant zu Wolkow. „Wir müsen wissen, was ihm passiert ist."

Der Telekom der Krankenstation summte. Einer der Ärzte schaltete das Gerät ein. Ein Mann in der Uniform der Abwehr wurde sichtbar.

„Es ist für Sie, Sir!" rief der Arzt Mercant zu. Der Abwehrchef trat vor das Gerät.

„Ich spreche vom dritten Polizeirevier aus, Sir", berichtete der Beamte, als er Mercant sah. „Zwei Polizisten haben auf ihrer Streife einen Mann mit Brandverletzungen gefunden."

Mercant blieb vollkommen ruhig. „Weiter!" forderte er den Sprecher auf.

„Ich glaube, es handelt sich um Wuriu Sengu, den Späher. Er ist noch bewußtlos."

Mercant wandte sich um und blickte Aboyer bedeutungsvoll an. „Das ist der zweite Fall", sagte er fast unhörbar. Seine Stimme hob sich, als er sich wieder dem Bildschirm zuwandte. „Ich schicke einen Krankenwagen. Auf keinen Fall darf irgendein Privatarzt an Sengu heran."

Die Verbindung brach ab. Mercant rief das Hauptquartier der Mutanten an und veranlaßte, daß alle noch im Einsatz befindlichen Mutanten zurückgerufen wurden.

„Die MdI wissen genau, daß wir nur mit Hilfe der Mutanten ihre zweite Waffe finden können, die sie zweifellos eingeschleust haben", sagte Mercant. „Sie haben also das einzig Richtige getan und die Einzelteile dieser Waffe gegen parapsychische Strömungen abgesichert."

Aboyer nickte langsam. Es war durchaus möglich, daß noch andere Mutanten verletzt wurden, bevor sie der Rückzugsbefehl erreichte. Mit dem Rückzug der Mutanten waren Rhodans Nachforschungen nach der zweiten Waffe am Morgen des 30. März praktisch zum Erliegen gekommen. Die Konsequenzen, die sich daraus ergaben, waren nicht nur für Rhodan, sondern für das gesamte Imperium gefährlich.

Mercant erhielt Nachricht, daß Rhodan, Atlan und Marshall das Gebäude betreten hatten und auf dem Weg zur Krankenstation waren. Inzwischen war ein Krankenwagen zum dritten Polizeirevier losgefahren, um den verletzten Wuriu Sengu abzuholen.

Die Ärzte bemühten sich noch immer um Rakal Woolver, dessen Bewußtlosigkeit jedoch nicht weichen wollte.

Rhodan, Marshall und der Arkonide kamen herein. Mit wenigen Worten berichtete Mercant, was geschehen war.

„Sengu also auch", sagte Rhodan erbittert. „Es war vollkommen richtig, daß Sie sofort alle Mutanten zurückbeorderten. Wir hatten ihnen den Auftrag gegeben, das Gepäck aller Abgeordneten noch einmal sorgfältig zu durchsuchen. Die Suche sollte diesmal auch auf die Kleidung der Konferenzteilnehmer ausgedehnt werden, die sie am Tage der Konferenz tragen werden. Nur mit Hilfe der Kleidung können die Administratoren ungewollt die Teile einer gefährlichen Waffe in die Solar Hall einschleusen."

„Das bedeutet, daß Woolver und Sengu etwas gefunden haben", sagte Atlan. „Wir müssen sie zum Sprechen bringen, damit wir herausfinden, *wo* sie ihre gefährliche Entdeckung gemacht haben."

Zum erstenmal, seit er die Krankenstation betreten hatte, erhob sich Dr. Wolkow vom Bett Rakal Woolvers.

„Der Schock war so schwer, daß es Stunden dauern kann, bis Woolver zu sich kommt. Wir können froh darüber sein, daß er keinen Herzschlag erlitten hat. Man könnte fast glauben, daß er einen elektrischen Schlag erhalten hat, aber es spricht zuviel dagegen."

„Die Frage ist jetzt, ob nur parapsychisch begabte Wesen auf diese Weise betroffen werden, wenn sie in Berührung mit den Teilstücken der zweiten Waffe kommen", sagte Rhodan. „Vielleicht ist es Menschen ohne diese Begabung möglich, an die Fragmente heranzukommen."

„Ich werde mich mit den zurückgekehrten Mutanten in Verbindung setzen", schlug Marshall vor. „Vielleicht weiß jemand, wo Rakal in den Einsatz ging. Zumindest mit seinem Bruder wird er sich abgesprochen haben."

Die Sprechanlage trat in Tätigkeit. Die Ankunft des Krankenwagens wurde angemeldet. Wolkow befahl, Wuriu Sengu sofort auf die Station zu bringen. Als der Späher auf einer Antigravbahre hereingeschoben wurde, erkannte Aboyer sofort, daß auch dieser Mutant bewußtlos war. Sengus Jacke wies Brandspuren auf, sein Hals war mit Brandblasen bedeckt. Er wurde in ein bereits vorbereitetes Bett gelegt.

„Soll ich mit der Plasmabehandlung beginnen?" erkundigte sich Wolkow bei Rhodan. „Je früher wir damit anfangen, um so geringer werden die Spuren sein, die zurückbleiben. Allerdings müssen Sie dann damit rechnen, daß Sie die beiden Männer nicht vor dem dritten April sprechen können."

„Beginnen Sie mit der Plasmabehandlung, Doc", sagte Rhodan.

„Ich darf die Gesundheit Woolvers und Sengus um einer Nachricht willen nicht aufs Spiel setzen."

Wolkow schien mit dieser Antwort sehr zufrieden zu sein. Er traf seine Vorbereitungen für das heilende Plasmabad.

„Wir können die Krankenstation jetzt verlassen", entschied Rhodan. „Im Augenblick bleibt uns nichts anderes übrig, als auf die Auskünfte zu warten, die Marshall von den anderen Mutanten bekommen wird."

Aboyer folgte den Männern in Mercants kleinen Konferenzraum. Die Verwundung Sengus und Woolvers war ein Rückschlag, der Rhodan vor das Problem stellte, ob er die Konferenz nicht doch absagen sollte, auch auf die Gefahr hin, daß er damit sein eigenes politisches Ende einleitete.

Atlan schien ähnliche Gedanken zu haben, denn er sagte: „Es wird uns keine andere Wahl bleiben, als die Konferenz zu verschieben."

„Du weißt, was das bedeutet, Alter", antwortete Rhodan. „Jede Änderung des Konferenztermins würde das Ende unserer Politik bedeuten."

„Hältst du es für besser, das Risiko eines Anschlags auf über tausend Konferenzteilnehmer einzugehen?" fragte Atlan kopfschüttelnd. „Wenn auch nur einer der Administratoren getötet wird, bringen dich die Kolonien dazu, daß du innerhalb kurzer Zeit zurücktrittst. Sogar die terranischen Abgeordneten können dich dann nicht mehr unterstützen, weil sie wissen, daß wir ohne die Kolonien isoliert sind."

„Die Konferenz findet am dritten April statt", beharrte Rhodan.

„Und die zweite Fragmentwaffe?" warf Mercant ein.

„Sie muß unschädlich gemacht werden", sagte Rhodan entschlossen. „Es gibt keinen anderen Weg."

„Niemand kann mit dem Kopf durch die Wand", spottete Atlan.

„Das stimmt", sagte der Großadministrator. „Aber man kann immerhin dagegen anrennen."

Unwillkürlich blickte Aboyer auf den Kalender über Mercants Schreibtisch. Es war kurz nach elf Uhr am 30. März 2405. Es blieben Perry Rhodan noch ungefähr neunzig Stunden, um die Wand zu durchbrechen, gegen die er anrennen wollte.

Wahrscheinlich würden sich die Männer, die das Imperium seit Jahrhunderten regierten, dabei nur blutige Köpfe holen. Und plötzlich begriff Aboyer, wieviel dieses Imperium und seine Menschen

260

Perry Rhodan bedeuten mußten, daß er mit dieser Entschlossenheit kämpfte.

Aboyer schob seinen Sonderausweis, den er bereits in den Händen hielt, wieder in die Tasche zurück. Er hatte immer wieder geglaubt, ein Unbeteiligter zu sein, den diese Sache nichts anging. Doch das stimmte nicht.

Dies war auch sein Kampf, denn es ging um das Imperium, dessen Bürger er war, und um das Volk, dem er angehörte.

Und schließlich ging es um den Mann, der dieses Imperium aufgebaut hatte.

„Die Mutanten sind alle zurückgekehrt", sagte John Marshall, der in diesem Augenblick hereinkam und Aboyers Gedanken unterbrach. „Tronar Woolver sagte mir, daß sein Bruder sich das Bennerton-Hotel vorgenommen hatte."

„Es wäre unklug, Mutanten nochmals in dieses Hotel zu schicken", sagte Rhodan. Er wandte sich an Atlan und lächelte. „Wir werden uns darum kümmern, Lordadmiral."

„Ich glaube, Sie werden einen Piloten brauchen, Sir", sagte Aboyer und trat vor.

Aboyer landete den Gleiter auf dem Dach des Bennerton-Hotels. Die drei Männer stiegen aus und fuhren mit dem Lift bis ins Erdgeschoß. Die Hotelverwaltung stellte ihnen einen kleinen Raum hinter dem Empfang zur Verfügung. Mercant hatte bereits im Hotel angerufen und die Ankunft von drei Agenten angekündigt. Rhodan, Atlan und Aboyer trugen dunkelgrüne Monteuranzüge. Rhodan und der Arkonide waren so geschminkt, daß sie niemand erkennen würde.

Es gehörte zu Rhodans Plan, daß sie sich als Monteure ausgaben, die die Interkomanschlüsse in den einzelnen Räumen untersuchen müßten.

„Die meisten Abgeordneten werden um diese Zeit nicht in ihren Zimmern sein", sagte Rhodan, während er die Magnetknöpfe seines Monteuranzuges verschloß. „Das wird unsere Arbeit erleichtern. Ich beginne mit der ersten Etage, Atlan nimmt die zweite. Sie, Aboyer, fahren zur dritten hinauf. Vergessen Sie Ihren Werkzeugkasten nicht."

Aboyer nahm den kleinen Kasten und lächelte. Zum erstenmal seit Jahren trug er etwas anderes als Cordhose und Rollkragenpullover. Sogar die Stiefel hatte er zurücklassen müssen.

Ein Mann von der Hotelverwaltung kam herein und überreichte ihnen drei Frequenzschlüssel.

„Wir haben alle anwesenden Administratoren gebeten, ihr Zimmer zu verlassen, während Sie arbeiten", sagte er.

„Ausgezeichnet", sagte Rhodan. Er streifte den Ärmel seiner Jacke zurück und klopfte auf das kleine Funkgerät am Handgelenk.

„Vergessen Sie nicht, sofort zu rufen, wenn Sie irgend etwas entdekken", sagte er zu Aboyer.

Der grauhaarige Agent nickte und verließ den Raum. Er durchquerte die Vorhalle und betrat den Lift. Ein terranischer Hotelgast fuhr mit ihm nach oben, ohne sich um ihn zu kümmern. Als Aboyer in der dritten Etage ausstieg, dachte er an die Gefahr, die ihm vielleicht drohte.

Er klopfte am ersten Zimmer an. Eine dumpfe Stimme forderte ihn zum Eintreten auf. Aboyer benutzte den Frequenzschlüssel und wartete geduldig, bis die Tür aufglitt. Ein großer Mann stand am Fenster und blickte auf die Straße hinab. Als er Aboyers Schritte hörte, wandte er sich langsam um. Sein Gesicht war von Narben bedeckt. Aboyer hätte geschworen, daß ein Teil der Nase aus Bioplast bestand. Die Haare des Mannes waren bestimmt künstlich.

„Sie sind der Monteur, der angekündigt wurde", stellte der Administrator von Torvo fest. „Sie können mit Ihrer Arbeit beginnen. Stören Sie sich nicht an meiner Anwesenheit."

Aboyer stellte den Werkzeugkasten auf den Tisch. „Ich muß Sie bitten, hinauszugehen", sagte er gleichmütig. „Die Arbeit ist gefährlich. Es kommt immer wieder zu Unfällen, wenn ungeschützte Privatpersonen in unserer Nähe sind."

„Ich komme von Torvo", erwiderte der Mann. Seine Augen schienen Aboyer durchdringen zu wollen. „Das ist eine der heißesten Welten, die jemals von Menschen kolonisiert wurden. Glauben Sie, daß ich mich vor Ihrer harmlosen Arbeit fürchte?"

Aboyer kratzte sich nachdenklich am Hinterkopf. „Ich habe meine Bestimmungen, Sir", sagte er entschuldigend. „Wenn Sie nicht hinausgehen, darf ich meine Arbeit nicht ausführen. Sie schaden nur mir, wenn Sie sich weigern, den Raum zu verlassen."

Der Administrator von Torvo zuckte mit den Schultern und verließ sein Zimmer. Als die Tür hinter ihm zuglitt, unterbrach Aboyer sofort die Energiezufuhr zum Frequenzschloß, so daß der Abgeordnete sie mit seinen Gedankenwellen nicht mehr öffnen konnte.

Erst jetzt konnte Aboyer ungestört arbeiten.

„Nun wollen wir uns den großen Ausgehanzug unseres Freundes einmal aus der Nähe ansehen", murmelte er vor sich hin. Er öffnete den Einbauschrank und sortierte mit wenigen Griffen die Kleidungsstücke heraus, von denen er glaubte, daß sie der Abgeordnete aus dem Torvo-System während der Konferenz tragen würde. Die ausgesuchten Kleider warf er auf den Tisch. Er öffnete den Werkzeugkasten und zog ein kleines Spürgerät heraus. Er würde jede noch so winzige Metallspur in den Kleidern feststellen. Aboyer nahm sich zunächst die Jacke vor. Sein Spezialgerät schlug nur aus, wenn er damit über die Magnetverschlüsse strich. Trotzdem tastete Aboyer die Jacke sorgfältig ab, bevor er sie in den Schrank zurückhängte. Mit der Hose verfuhr er in gleicher Weise, ohne etwas zu finden.

Jetzt blieb ihm nur noch der Gürtel. Da er fast vollständig aus Metall bestand, war das Spürgerät nutzlos. Aboyer ließ das Metallband durch seine Finger gleiten. Schließlich hatte er die Schnalle in den Händen. Sie war als Schlangenkopf geformt. Die Gravierung erschien Aboyer plump, aber der künstlerische Geschmack konnte schließlich nicht auf allen Welten gleich sein.

Behutsam tastete der Agent die Schnalle ab. Er klopfte mit dem Zeigefinger leicht gegen die Rückseite. Der Schlangenkopf war zwei Zentimeter dick, ziemlich stabil für einen einfachen Gürtel. Aboyer drückte gegen eines der Schlangenaugen.

Die Schnalle sprang auf. Aboyer fuhr zurück und ließ sie fallen. Ein kleiner, zylindrischer Gegenstand rollte über den Boden. Aboyer zog den Jackenärmel zurück und schaltete das Funkgerät ein.

„Ich habe etwas gefunden, Sir", sagte er gedämpft.

„Wo sind Sie, Aboyer?" kam Rhodans Frage.

„Im ersten Zimmer unmittelbar gegenüber dem Lift."

„Ist irgend etwas passiert?"

Aboyer lachte. „Nein, Sir. Das Ding, das ich gefunden habe, liegt noch unberührt am Boden. Ich werde mich hüten, es anzurühren."

„Lassen Sie es liegen, bis wir bei Ihnen sind", befahl Rhodan.

„Einen Augenblick noch, Sir", sagte Aboyer hastig. „Der Administrator von Torvo steht draußen im Gang und wartet, bis ich fertig bin. Ich habe die Energiezufuhr der Tür unterbrochen, damit er mich nicht überraschen kann."

„Wir kommen trotzdem hinauf", kündigte Rhodan an. „Öffnen Sie die Tür, und machen Sie dem Burschen klar, daß Sie die Unterstützung zweier Kollegen benötigen."

„Gut, Sir", stimmte Aboyer widerstrebend zu.

Er verschloß die Gürtelschnalle und brachte alle Kleider in den Schrank zurück. Danach öffnete er die Tür. Der Abgeordnete von der Hitzewelt aus dem Torvo-System wollte in sein Zimmer zurückkehren. Mit verlegenem Lächeln versperrte ihm Aboyer den Weg.

„Es gibt Schwierigkeiten, Sir", sagte er. „Es tut mir leid, aber ich muß Sie noch ein paar Minuten um Geduld bitten. Zwei meiner Kollegen werden sofort hier sein und mir helfen. Vielleicht gehen Sie inzwischen an die Bar hinunter."

In diesem Augenblick kamen Rhodan und Atlan aus dem Lift. In ihren Monteuranzügen und mit den geschminkten Gesichtern hätte sie auch Aboyer nicht erkannt, hätte er nicht gewußt, wer sich hinter den Masken verbarg.

„Das ist doch lächerlich", sagte der Administrator von Torvo verärgert. „Sie können mich doch nicht behandeln wie einen dummen Jungen."

Er schob Aboyer ohne sichtbare Kraftanwendung zur Seite und drang in das Zimmer ein. Bevor Rhodan und Atlan eingreifen konnten, hatte der Abgeordnete den Zylinder am Boden entdeckt.

„Da haben Sie etwas liegen lassen!" rief er Aboyer zu und wollte sich nach dem gefährlichen Gegenstand bücken.

Aboyer blieb keine Wahl. Er sprang den großen Mann von hinten an und riß ihn seitwärts mit sich zu Boden. Im Fallen hörte er, wie die Tür zugeschlagen wurde. Der Kolonist schrie überrascht auf und versuchte, sich von Aboyer frei zu machen. Aboyer sprang auf und stellte sich an die Wand.

Rhodan hielt einen Paralysator auf den Abgeordneten gerichtet.

„Ich wußte, daß irgendwo etwas nicht stimmt", sagte der Torvorer erbittert. „Obwohl überall im Hotel Wächter herumlungern, waren sie nicht in der Lage, diesen Überfall auf mich zu vereiteln. Worauf warten Sie noch?"

„Ich könnte Sie einweihen, aber Sie würden mir nicht glauben", sagte Rhodan bedauernd. „Deshalb werde ich dafür sorgen, daß man Ihnen das Erinnerungsvermögen nimmt."

Er gab Atlan einen Wink. Aboyer ahnte, daß der Arkonide mit einem mitgeführten Funkgerät das Mutantenhauptquartier anrufen würde. In wenigen Minuten würde André Noir hier eintreffen, um dem Abgeordneten die Erinnerung an das zu nehmen, was er nicht wissen durfte.

Atlan öffnete seinen Werkzeugkasten und begann zu funken.

„Ist es das?" fragte Rhodan und deutete auf den Zylinder.

Aboyer nickte. „Ich konnte nicht anders, Sir. Der Kolonist wollte gerade danach greifen."

„Sie haben vollkommen richtig gehandelt", sagte Rhodan. Er holte einige Geräte aus seinem Werkzeugkasten. Wenige Augenblicke später lenkte er einen ferngesteuerten Magneten auf das Ding am Boden.

„Wir werden es mitnehmen, ohne es anzugreifen", erklärte Rhodan. „Es ist möglich, daß es nicht nur auf Mutanten eine gefährliche Wirkung hat."

Der Magnet senkte sich auf das Teilstück der zweiten eingeschmuggelten Waffe herab. Aboyer hielt den Atem an, aber es geschah nichts. Zusammen mit dem Zylinder steuerte Rhodan den Magneten in den Werkzeugkasten zurück.

„Die Wissenschaftler werden bald herausfinden, was daran so gefährlich ist", sagte Rhodan überzeugt. Er hob den Paralysator und drückte ab. Der Abgeordnete von Torvo sackte bewußtlos zusammen.

„Alles andere können wir André Noir überlassen", bemerkte Atlan. „Er wird in wenigen Augenblicken hier eintreffen. Der Kolonist wird auf seinem Bett erwachen, ohne sich an etwas erinnern zu können."

Aboyer trat zu dem Bewußtlosen und schüttelte ihn. Es erfolgte keine Reaktion.

„Er ist ziemlich selbstbewußt, Sir", sagte er. „Wahrscheinlich gehört er mit zu den Männern, mit denen Sie die meisten Schwierigkeiten während der Konferenz haben werden."

„Sofern die Konferenz überhaupt stattfindet", unkte Atlan. „Wir können jetzt mit Sicherheit sagen, daß der Ultraschwinger nicht die einzige Waffe ist, die die MdI eingeschleust haben. Er diente nur dazu, um uns von der wirklichen Gefahr abzulenken. Es liegt nun an uns, schnell genug alle Einzelteile der zweiten Waffe zu finden."

Rhodan nickte. „Alle Mutanten werden sofort eingesetzt, wenn wir wissen, wie wir weitere Verletzungen verhindern können. Außerdem werde ich veranlassen, daß sich alle verfügbaren Spezialisten mit unserem Problem befassen. Sämtliche Großpositroniken werden ab sofort nur noch Wahrscheinlichkeitsberechnungen aufstellen, die mit der Fragmentwaffe zusammenhängen. Wir kehren zum Hauptquartier zurück, sobald Noir hier eingetroffen ist."

21.

Wenn es für Miras-Etrin überhaupt noch eine Möglichkeit gab, seine Macht zu vergrößern, dann bestand sie darin, eines Tages die Position von Faktor I einzunehmen.

Im Augenblick war er Faktor IV, aber er ahnte, daß im Zuge der Auseinandersetzung mit den Terranern Machtverschiebungen durchaus möglich waren.

Miras-Etrin griff nach dem Schalthebel des dreidimensionalen Logikspiels, mit dem er sich beschäftigte, solange er sich in seiner Kabine befand. Das Spiel bestand aus einem quadratmetergroßen Kasten, in dessen Innerem zwölf Figuren durch verschiedene Magnetfelder an bestimmte Plätze dirigiert werden mußten. Der Magnetkasten programmierte sich selbständig, so daß die Stellung der Figuren sich nach jedem Spiel änderte. Es gehörten große Intelligenz und logisches Denkvermögen dazu, die Spielfiguren an die vorgesehenen Plätze zu bringen.

Miras-Etrin war es fast immer gelungen, die komplizierte Aufgabe zu lösen.

Er wurde unterbrochen, als jemand an die Kabinentür klopfte. Unwillig über die Störung, schaltete er den Kasten ab und öffnete.

Broysen, der tefrodische Kommandant des Raumschiffes, stand draußen im Gang. Broysen verbeugte sich.

„Ich bitte Sie, in die Zentrale zu kommen, Maghan", sagte er. „Sieben terranische Raumschiffe patrouillieren in nur sieben Lichtjahren Entfernung."

Miras-Etrin entging die Nervosität des Kommandanten nicht. Das kleine Spezialschiff des MdI befand sich nur 250 Lichtjahre vom Solsystem entfernt. Ein guter Grund, nervös zu werden, dachte der MdI mit einem spöttischen Lächeln. Auch dann, wenn das eigene Schiff über eine fast totale Abschirmung verfügte.

„Sieben Lichtjahre", sagte Miras-Etrin. „Sie werden an uns vorbeifliegen, ohne uns zu bemerken."

„Die Mannschaft ist unruhig, Maghan", warnte Broysen.

Der MdI empfand es als lästig, wegen einiger überempfindlicher Duplos seine Kabine verlassen zu müssen. Das kleine Schiff hing bewegungslos im Weltraum. Es gab so wenig Energie ab, daß es schon unter normalen Umständen kaum zu entdecken gewesen wäre. Miras-Etrin wünschte, die Besatzungsmitglieder hätten sich darüber Gedanken gemacht, bevor sie ihn belästigten.

„Nun gut", sagte er. „Ich folge Ihnen."

Broysen blieb unschlüssig im Eingang stehen, ein sicheres Zeichen dafür, daß er noch irgendein Anliegen hatte.

Der MdI seufzte. „Heraus damit, Kommandant! Was gibt es noch?"

„Ihr Plan, Maghan", murmelte Broysen. „Er gefällt mir immer weniger, je länger ich darüber nachdenke."

„Und was hätte man Ihrer Ansicht nach besser machen können?" erkundigte sich Miras-Etrin. Er schätzte keine Kritik von Untergebenen, aber andererseits bewunderte er Broysen wegen des Mutes, den er ihm gegenüber zeigte.

„Es ist zu kompliziert, Maghan", meinte der Tefroder. „Es hätte genügt, wenn wir die richtige Fragmentwaffe auf Terra eingeschmuggelt hätten. Je einfacher ein Plan ist, desto größer ist die Aussicht, daß man ihn erfolgreich ausführen kann."

Miras-Etrin dachte nach. Er hatte in den vielen Wartestunden der vergangenen Tage immer wieder überlegt, ob man den Plan noch aussichtsreicher ausführen könnte. Natürlich war es jetzt für eine Änderung ihres Vorgehens zu spät, aber Broysens Einwände verdienten immerhin überdacht zu werden.

„Wir mußten die Solare Abwehr irgendwie ablenken", sagte Miras-Etrin. „Sonst hätte die Möglichkeit bestanden, daß die terranischen Agenten die richtige Fragmentwaffe durch einen Zufall entdeckt hätten. Wir können sicher sein, daß sämtliche Konferenzteilnehmer überwacht werden."

Broysen sagte: „Bald wissen wir, ob alles richtig war, Maghan."

„Allerdings", stimmte Miras-Etrin zu. „In vier Tagen terranischer Zeitrechnung ist es soweit."

Broysen ging langsam aus der Kabine. Miras-Etrin folgte ihm. Als sie die Zentrale betraten, fragte Broysen: „Wollen Sie Faktor Eins einen Zwischenbericht übermitteln?"

Eine steile Falte des Zorns bildete sich auf der Stirn des MdI.

„Das wäre zu gefährlich, Kommandant. Ich möchte nicht, daß wegen einer grundlosen Nachrichtenübermittlung unsere Position verraten wird."

Broysen blickte schnell zur Seite, als befürchtete er, Miras-Etrin könnte ihm ansehen, daß er die wahren Beweggründe des MdI kannte.

Miras-Etrin trat vor die kleinen Bildschirme am Kontrollstand. Das terranische Geschwader zeichnete sich deutlich auf den Ortungsgeräten ab. Hier, in unmittelbarer Nähe ihres heimatlichen Systems, fühlten sich die Terraner so sicher, daß sie auf jeden Ortungsschutz verzichteten. Dieses Gefühl der militärischen Überlegenheit hoffte Miras-Etrin den Bewohnern des dritten Planeten von Sol bald austreiben zu können.

„Was ergab die Auswertung der Flugbahn dieser Schiffe?" fragte der MdI.

„Sie werden ziemlich nahe an uns vorbeikommen, Maghan", erwiderte Broysens Vertreter, der im Kommandosessel saß.

„Wie nahe?" Miras-Etrins Stimme klang scharf.

„Etwa zweieinhalb Lichtjahre, Maghan," erwiderte der Duplo.

Miras-Etrin warf Broysen einen wütenden Blick zu. „Das bedeutet ein Sicherheitslimit von über einem Lichtjahr", sagte er. „Es war also völlig unnötig, daß Sie mich gerufen haben."

Broysen biß sich auf die Unterlippe. Mit gesenktem Kopf sagte er: „Sie wollten über alle ungewöhnlichen Vorkommnisse informiert werden, Maghan. Sie überließen es allerdings mir, darüber zu befinden, was ungewöhnlich ist."

Miras-Etrin richtete sich auf. Er wußte, daß er den Widerstand dieses Mannes sofort brechen mußte, wenn er sich später nicht mit weiteren Schwierigkeiten herumschlagen wollte.

„Folgen Sie mir in meine Kabine, Broysen", befahl er.

In den Augen des Kommandanten erschien der Ausdruck unnatürlicher Furcht. Schweigend schloß er sich dem MdI an. Als sie zusammen den kleinen Raum betraten, den Miras-Etrin bewohnte, deutete der MdI auf das dreidimensionale Logikspiel.

„Sie hätten mir nicht in Gegenwart von Duplos widersprechen sollen, Kommandant", sagte er lächelnd. „Immerhin will ich Ihnen eine Chance geben. Wenn Sie mich im Spiel schlagen, werde ich Sie schonen."

268

Broysens Lippen bebten. „Und wenn ich verliere?"

„Sie können es sich nicht erlauben, dieses Spiel zu verlieren, Kommandant. Es würde Ihren Tod bedeuten."

Broysen sagte: „Ich habe überhaupt keine Chance, Sie zu schlagen."

„Sie können es versuchen, oder nicht?"

„Doch", sagte Broysen. „Ich kann es versuchen."

Miras-Etrin schaltete den Kasten ein und erklärte dem Tefroder, wie er den Schalthebel handhaben mußte, um die einzelnen Figuren bewegen zu können.

„Jeder Spieler erhält sechs Figuren. Wir bewegen sie nacheinander. Gewinner ist, wer seine Figuren zuerst an den vorbestimmten Stellen hat." Er deutete nachlässig auf den Kasten. „Fangen Sie an, Kommandant."

Mit zitternden Händen ergriff der Tefroder den Schalthebel. Eine der Figuren löste sich aus der Grundstellung und schwebte ein paar Zentimeter in die Höhe.

„Sie können mit Überlegung spielen oder einfach nach Gefühl", sagte Miras-Etrin freundlich. „Jeder hat seine eigene Methode."

Broysens Spielfigur begann sich plötzlich ruckartig zu bewegen.

„Jetzt hat sie sich in einem Feld verfangen", erklärte der MdI. „Sie haben Ihren Zug vertan."

Er übernahm den Schalthebel und löste seine erste Figur aus ihrer Grundstellung. Er benötigte weniger als zehn Sekunden, um sie in die neue Stellung zu bringen. Dabei streifte er keines der Absperrfelder.

„Bei den ersten drei ist es noch einfach", sagte er zu Broysen.

Beim zweiten Zug hatte der Kommandant Glück. Es gelang ihm, eine Gasse zu finden und seine Hauptfigur an ihren Platz zu steuern. Miras-Etrin lächelte zufrieden. Jetzt bekam das Spiel sogar eine gewisse Spannung. Damit hatte er nicht gerechnet.

Nach zehn Zügen stand die Partie zu Miras-Etrins Überraschung unentschieden. Broysen hatte zwar eine Figur weniger im Ziel, aber seine Ausgangsposition war günstiger.

„Ich glaube, Sie sind einer der gefühlvollen Spieler", bemerkte der MdI verdrossen.

Broysen schob ihm den Schalthebel zu. Als Miras-Etrin übernahm, hätte er fast eine Figur in den von Broysen aufgestellten Magnetfallen verloren. Wütend balancierte er den Flug des kleinen Metallkörpers wieder aus. Er mußte jedoch darauf verzichten, bis zur vorgesehenen Stellung vorzudringen.

Broysen sagte ruhig: „Jetzt haben Sie verloren, Maghan." Er löste eine Figur vom Kastenboden und ließ sie mit unglaublicher Geschicklichkeit nach oben gleiten. Es schienen überhaupt keine Magnetfelder zu existieren, an denen sie hängenbleiben konnte.

Nun hatten Miras-Etrin und Broysen je vier Figuren im Ziel. Broysens Mannschaft stand jedoch wesentlich günstiger.

„Es wäre besser für Sie gewesen, wenn Sie verloren hätten", sagte Miras-Etrin sanft.

Zu seinem Erstaunen lächelte der Kommandant. „Ich wußte, daß Sie Ihr Versprechen nicht halten würden, Maghan. Aber ich bitte nicht um mein Leben."

„Gehen Sie!" stieß Miras-Etrin hervor.

„Sie lassen mich gehen?" fragte der Kommandant verwundert.

„Sie sind mir noch eine Revanche schuldig. Mit einem Toten kann ich nicht spielen."

Broysen verbeugte sich. „Maghan", murmelte er demutsvoll, bevor er hinausging. Miras-Etrin warf sich auf die Liege, die sich sofort seinen Körperformen anpaßte. Im Augenblick brauchte er Broysen noch. Es kam nur selten vor, daß ein Duplo Stolz entwickelte.

Eine Stunde später rief ihn der Kommandant von der Zentrale aus an und teilte ihm mit, daß die sieben terranischen Schiffe inzwischen im Linearraum verschwunden waren.

„Es besteht im Augenblick keine Gefahr, daß man uns entdecken könnte, Maghan", sagte Broysen. „Haben Sie irgendwelche Befehle?"

„Nein", antwortete Miras-Etrin. „Wir halten uns an den alten Plan."

Er verschränkte die Arme hinter dem Kopf und dachte nach. Immer wieder kehrten seine Gedanken zu Faktor I zurück. Er versuchte die Zusammenhänge der eigenartigen Machtkonstellation zu verstehen.

Es ist alles schon zu lange her, dachte er müde. Niemand wußte noch, wie sich alles entwickelt hatte. Auch sein eigenes Gedächtnis wies zu viele Lücken auf.

Er mußte warten, bis das Solare Imperium zusammengebrochen war. Erst dann konnte er sich der nächsten Aufgabe zuwenden, deren Lösung ihm ungleich schwieriger erschien: die Vergrößerung seiner eigenen Macht.

Eigentlich bestand kein Grund für seine Wünsche, denn er konnte über unzählige Raumschiffe, Duplos und Planeten herrschen, wie es ihm beliebte.

Trotzdem blieb ein bitterer Beigeschmack zurück. Er war nicht der mächtigste von allen. Faktor I stand ganz oben.

Und das war Miras-Etrins Ziel.

Er wollte ganz nach oben.

22.

Drei Stunden wurde der von Aboyer gefundene Metallzylinder von einem Spezialistenteam untersucht, dann erhielt Perry Rhodan die ersten Nachrichten aus dem großen Forschungszentrum der Solaren Abwehr.

„Wie wir erwartet haben, handelt es sich um das Fragment einer zweiten Waffe", berichtete Dr. Fran Hauser über Bildfunk. Rhodan befand sich im Einsatzquartier der Mutanten. John Marshall und Atlan standen neben ihm und hörten mit, was der Wissenschaftler zu sagen hatte.

„In welchem Zusammenhang stehen die Verbrennungen Sengus und Woolvers mit dem Fundgegenstand?" erkundigte sich Rhodan.

„Wir haben lange experimentiert, bevor wir es herausfanden", erwiderte Hauser. „Erst als sich André Noir erbot, mit einem Schutzanzug bekleidet, das Ding in die Hände zu nehmen, fanden wir die Lösung. Das Fragment besteht aus zwei Hälften. Die eine dient dem Gesamtaufbau der Waffe, die andere reagiert auf parapsychische Ausstrahlungen. Allerdings ist diese Reaktion nur beim erstenmal gefährlich, danach besitzt der kleine Körper nicht mehr genügend Energie, um eine zweite Hitzewelle abzustrahlen."

„Es handelt sich also um eine Art Sicherung gegen Mutanten?" fragte Atlan.

Hauser nickte mehrmals. „Ein einfacher Schutzanzug ist jedoch in der Lage, die Mutanten zu schützen, wenn sie mit den Fragmenten in Berührung kommen. Dieser Schutz ist auch dann gewährleistet, wenn es sich um die erste Berührung handelt."

„Wir können also die Mutanten losschicken?" wollte Rhodan wissen.

„Wenn Sie die nötigen Vorschriftsmaßnahmen beachten, steht einem Mutanteneinsatz nichts im Wege", sagte Hauser.

„Was wissen wir über die zweite Waffe?" mischte sich Marshall ein.

Hausers Gesicht nahm jenen Ausdruck nervöser Gereiztheit an, den Rhodan als Zeichen einer Ratlosigkeit erkannte, die Hauser gern verborgen hätte.

„Wir arbeiten noch", sagte der Wissenschaftler ausweichend.

„Sie wissen also nichts", stellte Rhodan unverblümt fest. „Reden wir nicht um die Sache herum, Doc. Wann können Sie uns frühestens weitere Daten liefern?"

„Wir benötigen noch mehr Fragmente, Sir", verteidigte sich Hauser. „Alle Positroniken der Welt können uns nichts helfen, wenn wir nur dieses eine Teil haben."

„Und NATHAN?"

„Von Luna kam überhaupt keine Antwort", sagte Hauser. „Man verlangt weitere Daten."

„Also gut", sagte Rhodan entschlossen. „Wir schicken die Mutanten wieder los. Sie werden Schutzanzüge tragen, wenn sie sich abermals in den Einsatz begeben. In ein paar Stunden hören Sie wieder von uns."

Die Verbindung wurde unterbrochen. Rhodan gab Marshall ein Zeichen, daß der General die Mitglieder des Korps losschicken sollte.

„Ich kann mir gut vorstellen, was geschieht, wenn die Mutanten mit Schutzanzügen in den Hotels herumschnüffeln", bemerkte Atlan.

„Sie müssen Mikrodeflektoren tragen", sagte Rhodan.

„Du weißt genau, daß das nicht immer ausreicht. Es wird so oder so zu Zwischenfällen kommen. Die Mutanten gehen unter Zeitdruck in den Einsatz. Beim Suchen nach den Teilen der ersten Waffe gab es niemand, der sie drängte. Aber jetzt wissen sie, daß wir nur noch achtzig Stunden Zeit haben. Dadurch wird es zwangsläufig zu Fehlern kommen."

„Wenn es nicht anders geht, müssen wir verschiedene Administratoren einweihen", sagte Rhodan achselzuckend.

„Um diese Aufgabe", versicherte der Arkonide seinem Freund, „beneide ich dich nicht."

Rhodans Mutanten erzielten rasche Fortschritte. Am Morgen des 31. Januar waren bereits 23 Einzelteile der zweiten Waffe gefunden worden, als Aboyer sich aufmachte einen Ort aufzusuchen, den er eigentlich nie mehr hatte betreten wollen.

Aboyer hörte den gleichmäßigen Aufschlag des Krückstocks und dachte verwundert: Der Alte lebt also immer noch. Er hörte das Rasseln der Sperrkette, dann wurde die Tür langsam geöffnet.

Das Gesicht des alten Mahute war eingefallen und wirkte vollkommen leblos. Nur die Augen brannten darin, dunkle und traurige Augen.

„Al", sagte der Alte mit krächzender Stimme. „Was willst du?"

Er hat mich erkannt, stellte Aboyer überrascht fest. Nach all diesen Jahren hat er mich sofort erkannt.

„Ich möchte Sintra sprechen", sagte Aboyer und bemühte sich, seine Verlegenheit nicht zu zeigen.

„Sie ist verheiratet", sagte Mahute.

Aboyer schien es, als hätte er einen körperlichen Schlag erhalten. Er hätte nicht geglaubt, daß die Wunde in seinem Innern noch nicht verschlossen war.

„Ich möchte sie trotzdem sprechen", sagte er. „Es geht nicht um mich."

„Emilio Alberto Aboyer", sagte der alte Inder langsam, als laste auf jedem dieser drei Namen ein Fluch. „Hast du noch nicht genug Unheil über uns gebracht?"

Aboyer schob seinen Fuß in den Spalt, so daß Mahute die Tür nicht zudrücken konnte.

„Sie ist zu Hause, nicht wahr?" sagte er.

In diesem Augenblick erklang eine helle Stimme aus einem der hinteren Räume: „Laß ihn herein, Vater!"

Der Spalt vergrößerte sich. Zögernd wich Mahute zur Seite. Aboyer schob sich an dem alten Mann vorbei. Sintra stand im Eingang zum Wohnzimmer, ihr Anblick weckte mit einem Schlag alle Erinnerungen in Aboyer, die mit diesem Mädchen verbunden waren.

„Sintra . . .", brachte er stockend hervor.

„Rontoff", sagte sie. „Das ist der Name meines Mannes, und so heiße ich jetzt."

Sie war reifer geworden und noch schöner. Aber sie war nicht mehr das Mädchen, das Aboyer vor acht Jahren verloren hatte. Sie machte ihm Platz, damit er ins Wohnzimmer eintreten konnte. Hinter sich

273

hörte er den Aufschlag des Krückstocks. Der alte Mahute wich nicht von seiner Seite.

„Nehmen Sie dort drüben Platz, Mister Aboyer", sagte sie und wies auf einen bequemen Sessel. Die Einrichtung des Zimmers erschien Aboyer altmodisch, aber durchaus geschmackvoll.

Er bedankte sich und ließ sich in den Sessel sinken. Der Greis stellte sich ans Fenster und starrte ihn unverwandt an. Aboyer vermied es, ihn anzusehen.

„Was wünschen Sie?" fragte Sintra.

Der Tonfall ihrer Stimme klang geschäftsmäßig. Entweder war sie eine ausgezeichnete Schauspielerin, oder er war für sie tatsächlich nicht mehr als irgendein Besucher unter vielen.

„Hast du ... haben Sie noch Beziehungen zum Rechenzentrum der *Whistler-Company*?" erkundigte sich Aboyer. Er verwünschte seinen Entschluß, in dieses Haus zu kommen. Wahrscheinlich jagte er einem Hirngespinst nach.

„Ich arbeite dort", sagte die Inderin. „Aber es ist nicht meine einzige Aufgabe. Vor vier Jahren habe ich mein Examen als Mathelogikerin abgelegt. In Abständen von drei Wochen begebe ich mich für achtzehn Tage auf den Mond. Dort bin ich Sektionschefin und mit der Teilüberwachung des biopositronischen Rechengehirns NATHAN beauftragt."

„Hm!" machte Aboyer. Er fragte sich, warum sie ihm ihre Erfolge aufgezählt hatte. Wollte sie ihm imponieren? Wahrscheinlich war es ihre Absicht, ihn zu kränken, denn mit ihren Beziehungen hätte sie bestimmt herausfinden können, welches Leben *er* führte.

„Wann müssen Sie wieder nach Luna?" erkundigte er sich.

„Ich fliege in drei Stunden", erwiderte sie. „Es war also reiner Zufall, daß Sie mich noch antrafen, Mister Aboyer. Mein Mann arbeitet ebenfalls in der Rechenstation auf dem Mond."

„Wie schön für Sie", sagte Aboyer. „Ich hoffe, die dreiwöchige Trennung von ihm fällt Ihnen nicht allzu schwer?"

Der alte Mann stieß den Krückstock heftig auf den Boden.

„Wirf ihn hinaus, Sintra", verlangte er aufgebracht.

„Ich glaube nicht, daß Sie gekommen sind, um mit mir über meinen Mann zu sprechen", sagte die Mathelogikerin. „Kommen Sie also zur Sache."

Aboyer konnte ein Lächeln nicht unterdrücken. Sintra war ein Genie. Sie mußte ein Genie sein, um Sektionschefin auf dem Mond zu

274

werden. Aber sie verfiel in den gleichen Fehler wie alle anderen Frauen auch. Sie widersprach sich, wenn es um gefühlsmäßige Dinge ging. Schließlich war sie es gewesen, die die Sprache auf ihren Mann gebracht hatte.

„Ich wollte Sie bitten, für mich eine Berechnung durchzuführen", sagte Aboyer. „Ich benötige die Anwort in spätestens zwölf Stunden. Zuvor muß ich Sie darauf aufmerksam machen, daß alles, was ich Ihnen sage, der Geheimhaltung unterliegt. Da ich nicht berechtigt bin, mit jemand über diese Dinge zu sprechen, kann ich Sie nur bitten, alles für sich zu behalten."

„Es ist irgendeine schmutzige Sache, Sintra", sagte der Alte. „Hör ihn nicht an, du wirst sonst nur Ärger bekommen."

„Ich arbeite wieder für die Solare Abwehr", sagte Aboyer hastig, bevor die Inderin einen Entschluß fassen konnte. „Wir ermitteln in einer Sache, die wichtig für alle Bürger des Imperiums ist. Wenn Sie nicht schon drei Wochen auf der Erde wären, wüßten Sie, was ich meine, da meines Wissens auch NATHAN in die Ermittlung eingeschaltet ist."

„Sie kommen aus eigenem Entschluß", stellte Sintra fest. Ihre dunklen Augen bewegten sich nicht. „Niemand gab Ihnen den Auftrag, bei mir vorzusprechen. Was für eine Vorstellung haben Sie überhaupt von meiner Arbeit? Glauben sie, ich kann beliebige Fragen auswerten lassen?"

Aboyer sprang auf. „Ich weiß genau, was Sie in Ihrer Stellung alles tun können", sagte er erregt.

„Er ist noch schlimmer als früher", sagte Sintras Vater. „Verrückt und charakterlos. Er kommt aus eigenem Antrieb hierher. Er verstößt gegen den Eid, den er geleistet hat. Du darfst ihm nicht trauen."

„Ich habe niemals in meinem Leben einen Eid geleistet", sagte Aboyer. „Wahrscheinlich wirft man mich zum zweitenmal aus der Abwehr, wenn man erfährt, daß ich hier war, um dieses Problem mit Ihnen zu besprechen. Doch das ist mir gleichgültig."

Die Mathelogikerin schaute nachdenklich zu ihm auf. Ihrem Gesichtsausdruck war nicht zu entnehmen, was sie von ihm dachte.

Endlich sagte sie: „Sprechen Sie!"

Aboyer atmete auf. Er begann ihr in allen Einzelheiten die Geschichte der beiden Fragmentwaffen zu erzählen.

„Es ist jetzt zehn Uhr morgens", sagte er abschließend. „Wahrscheinlich haben die Mutanten inzwischen alle Einzelteile der zweiten Waffe gefunden."

„Dann ist ja alles in Ordnung", meinte Sintra. „Ich hoffe, daß die Zeit für Perry Rhodan ausreicht, Zweck und Funktionsweise der zweiten Waffe noch vor der Konferenz zu ergründen."

„Nichts ist in Ordnung", entgegnete Aboyer. „Ich will Ihnen auch sagen, warum."

In wenigen Worten schilderte er der jungen Inderin seinen Verdacht. Mahutes Tochter unterbrach ihn nicht. Aboyer hätte gewünscht, irgendeine Reaktion zu sehen, aber seine Worte schienen die Frau nicht zu beeindrucken.

„Warum gehen Sie mit Ihrer Geschichte nicht zu Mercant?" fragte sie, als er geendet hatte.

Aboyer befeuchtete seine ausgetrockneten Lippen. „Es ist nur ein Verdacht. Die Wahrscheinlichkeit, daß ich recht habe, ist nicht größer als die Möglichkeit, daß ich mich täusche. Wenn ich gegenüber Mercant eine Äußerung mache, kann es dazu kommen, daß Rhodan Befehle gibt, die einen tiefgreifenden Einfluß auf das gesamte Geschehen haben. Diese Verantwortung will ich nur dann übernehmen, wenn ich sicher sein kann, daß meine Vermutungen zutreffen könnten."

„Ich halte Ihre Überlegungen keineswegs für abwegig", sagte Sintra. „Aber es gibt unzählige andere Erklärungen."

Aboyers Blicke glitten über ihre schlanke Figur. „Man müßte es eben nachrechnen", sagte er trocken.

„Und ich soll das für Sie tun?"

Aboyer verschränkte die Arme über der Brust. Zum erstenmal, seit er dieses Haus betreten hatte, zeigte er sein gewohntes Grinsen.

„Ja", sagte er.

Sie gab ihm keine Antwort, sondern erhob sich und führte ihn zur Tür. Als er draußen im Gang anlangte, blieb er noch einmal stehen und blickte sie an.

„Werden Sie es tun?" fragte er besorgt.

„Ich weiß es nicht", sagte sie. „Ich muß darüber nachdenken."

Er gab ihr eine kleine Karte mit seiner Nummer. „Rufen Sie mich von Luna aus an, sobald Sie etwas wissen", bat er.

Sie schwieg, nahm aber die Karte entgegen. Als er auf der Treppe war, holte ihn ihre Stimme noch einmal ein.

„Al!" rief sie.

Er verharrte im Schritt, ohne sich umzuwenden.

„Es tut mir leid, daß alles so kommen mußte", sagte sie.

Er lehnte sich gegen das Treppengeländer. Die Kluft, die sie trennte, kam ihm beinahe schmerzhaft zum Bewußtsein. Sie blickte ihn noch einen Moment an, dann schloß sie die Tür.

Emilio Alberto Aboyer rollte in seinem alten Ledersessel unruhig von einem Zimmer ins andere. Sieben Stunden waren verstrichen, seit er Sintra Mahute verlassen hatte. Sintra Rontoff, verbesserte er sich in Gedanken.

War sie mit Arbeit überlastet, oder hatte sie sich entschlossen, seine Bitte nicht zu erfüllen? Wenn er von der Mathelogikerin keine Antwort erhielt, würde Aboyer sich mit Mercant in Verbindung setzen und dem Abwehrchef seinen Verdacht mitteilen.

Aboyer entkorkte eine Whiskyflasche und schenkte sein Glas zum wiederholten Mal voll. Warum war er nicht gleich zu Mercant gegangen?

In diesem Augenblick summte das Visiphon. Aboyer stieß den Sessel mit beiden Beinen ins Arbeitszimmer und nahm das Gespräch entgegen. Der Bildschirm blieb dunkel, offenbar zog es der andere Teilnehmer vor, ungesehen zu bleiben.

„Aboyer", sagte der Agent unsicher.

„Können wir abgehört werden?" erklang Sintras unverkennbare Stimme.

Aboyer mußte grinsen. Wie sollte er das wissen?

„Wahrscheinlich nicht", sagte er. „Haben Sie irgend etwas herausgefunden?"

„Die Antwort, die Sie jetzt erhalten, besitzt eine Wahrscheinlichkeit von dreiundsechzig Prozent. Das ist, wenn man die Schnelligkeit der Auswertung und die geringe Zahl der Daten berücksichtigt, durchaus beachtlich."

Aboyer schluckte. „Ich höre", sagte er.

„Zusammenfassend ergibt sich folgendes Bild: Fragmentwaffe eins war von der MdI absichtlich so plump versteckt worden, um den Verdacht zu erwecken, es könnte eine zweite Waffe existieren. Perry Rhodan und seine Freunde *sollten* also nach der zweiten Waffe suchen. Beide Fragmentwaffen sind im Grunde genommen bedeutungslos und sollen die wirkliche Gefahr verbergen."

„Welche Gefahr?" brachte Aboyer hervor.

„Die dritte Waffe", sagte Sintra. „Sie selbst haben doch den Verdacht geäußert, daß sie existieren könnte."

„Aber ich habe nie wirklich daran geglaubt", sagte Aboyer. „Wo soll sie sich befinden? Die Mutanten haben jedes noch so bedeutungslose Kleidungsstück der Abgeordneten untersucht."

Aboyer erhielt keine Antwort mehr. Die Verbindung war vom Mond aus unterbrochen worden.

Langsam rollte der Agent in den Nebenraum hinüber. Mit geschlossenen Augen trank er sein Glas leer.

Wahrscheinlich war das der letzte Whisky, den er bis zum 3. April in Ruhe trinken konnte.

23.

Willy fuhr vorsichtig ein Auge aus und spähte durch die offene Tür in den kleinen Konferenzsaal des Luna-Hotels hinein. Er fror entsetzlich, und seine letzten Versuche, eine halbwegs menschliche Gestalt anzunehmen, waren kläglich gescheitert. Wie er erwartet hatte, war der Konferenzsaal noch vollkommen leer. Die Administratoren, die im Luna-Hotel wohnten, wollten sich um 20 Uhr treffen, das war in einer Stunde.

Willy war weder Administrator noch offizieller Abgeordneter einer terranischen Kolonie. Er gehörte zu jenen 228 amtierenden Staatschefs außerirdischer Völker, die an der galaktischen Gipfelkonferenz am 3. April teilnehmen sollten. Natürlich war Willy kein Staatschef im terranischen Sinne, denn die Matten-Willys von der Hundertsonnenwelt besaßen keine Regierungsform, die man mit irgendeiner der menschlichen Geschichte hätte vergleichen können.

Im Grunde genommen war Willy eine Säuglingsschwester. Er und seine Freunde kümmerten sich um das Plasmawesen auf der Hundertsonnenwelt. Vor undenklichen Zeiten war Willys Volk vom Andromedanebel gekommen, doch daran dachte keiner der Matten-Willys mehr. Die Willys waren damit beschäftigt, dem Plasma zu dienen und die Verbindung zu den Posbi-Welten aufrechtzuerhalten.

Frierend glitt Willy auf seinen diamantharten Teleskopfüßen in den

278

Konferenzsaal hinein. Den Translator hatte er vorsichtshalber bereits
ausgefahren. Er mußte immer damit rechnen, jemandem vom Hotel-
personal zu begegnen, der sich noch nicht an die Anwesenheit eines
seltsamen Extraterrestriers im Hotel gewöhnt hatte.

Willy war von den anderen Abgeordneten zu dieser vorbereitenden
Sitzung eingeladen worden, aber er bezweifelte, daß man ihn gern
dabeihatte. Er hatte sich als einziger Konferenzteilnehmer bei seiner
Ankunft in Terrania für Rhodans Politik eingesetzt. Seither hatte er
unzählige Anrufe erhalten. Verschiedene Abgeordnete hatten sich
bemüht, ihn umzustimmen – allerdings vergeblich.

Daß Willy vor allen anderen in den Konferenzsaal kam, hatte nur
einen Grund: Er wollte den Platz unmittelbar neben der Heizung,
damit er den Versammlungsteilnehmern nicht über Stunden hinweg
ein Bild des Elends bieten mußte. Willy fuhr ein zweites Auge aus, um
sich überall umsehen zu können. Er sehnte sich nach seinem Zimmer,
wo die Hotelleitung auf ausdrücklichen Wunsch Willys die Temperatur bei siebzig Grad Celsius hielt.

Aus dem Translator, der an einem von Willys Pseudogliedern baumelte, kam ein quäkendes Geräusch. Erschrocken schaltete Matten-
Willy das Gerät ab. Er fühlte sich wie zu einem Eisklumpen erstarrt,
als er endlich den Platz unmittelbar neben der Heizung einnahm.
Warme Luft strömte ihm entgegen, aber sie genügte nicht, den Schüt-
telfrost aufzuheben.

Willy stützte sich auf seine Teleskopfüße und ließ ein Pseudoglied
bis zum Heizungsregulierer hinaufschnellen. Augenblicklich wurde
der Luftstrom wärmer. Willy ließ sich zufrieden auf dem breiten
Ledersitz zusammensinken. An diesem Platz konnte er die nächsten
Stunden überstehen, ohne Erfrierungen davonzutragen.

Willy döste vor sich hin, ohne sich besondere Gedanken zu machen.
Er hoffte, daß die anderen Abgeordneten freundlich zu ihm sein
würden. Er liebte sie alle und wollte ihnen helfen, aber seine besondere Zuneigung galt diesem großen hageren Zweibeiner, der Perry
Rhodan hieß. Die Matten-Willys von der Hundertsonnenwelt würden
nie vergessen, was der Großadministrator des Solaren Imperiums für
sie getan hatte.

Eine halbe Stunde vor Konferenzbeginn flog die Tür auf. Ein vier-
schrötiger Mann, der einen Metallhelm trug, stampfte herein. Willy
erschrak so, daß er Mühe hatte, seine Pseudo-Glieder in voller Größe
zu belassen. Seine Stielaugen richteten sich auf den Ankömmling.

Verwirrt sah Willy, daß der Fremde den Türgriff abgebrochen hatte und nun unschlüssig dastand.

„Macht es Ihnen etwas aus, wenn Sie die Tür wieder schließen?" bat er zaghaft. „Es ist kalt draußen."

Granor Ah Phorbatt, Großfürst von Daschall, blickte zu Willy herüber. Mit seinem Helm sah der über drei Zentner schwere Abgeordnete geradezu grotesk aus, aber Willy war den Anblick ganz anderer Wesen gewohnt.

Der Administrator von Daschall errechnete im stillen, daß dies nun der achte Türgriff war, den er seit seiner Ankunft im Luna-Hotel abgebrochen hatte. Er konnte sich einfach nicht an die um 0,7 Gravos geringere Schwerkraft der Erde gewöhnen.

„Entschuldigen Sie, wenn ich meine Bitte wiederhole", sagte Willy verzagt. „Es wäre außerordentlich freundlich von Ihnen, wenn Sie die Tür wieder schließen könnten."

Granor Ah Phorbatt blickte unschlüssig von der Tür zu Willy und wieder zurück zur Tür.

„Puh!" machte er. „Sie wollen uns wohl braten, was? Ich glaube, wir werden die Fenster ein bißchen öffnen."

Willy schrumpfte zusammen. Er hatte Mühe, das Stielauge oben zu halten, an dem der Translator hing.

„Oh, bitte!" flehte er. „Ich friere mich zu Tode, wenn Sie die Fenster öffnen."

„Wer sind Sie überhaupt?" erkundigte sich der Daschaller mißtrauisch.

„Ich bin Willy", sagte Willy zutraulich. „Wenn Sie wollen, erzähle ich Ihnen alles über meine Heimat."

„Granor Ah Phorbatt schüttelte den Kopf und nahm seinen Helm ab. Auf seiner Stirn hatten sich Schweißtropfen gebildet.

„Sie sind der Bursche von der Hundertsonnenwelt?" fragte er gedehnt.

„Richtig", erwiderte Willy glücklich. „Wenn Sie möchten, können Sie neben mir Platz nehmen. Es ist schön warm hier."

„Allerdings", stimmte der Kolonist zu. „Was glauben Sie, wird geschehen, wenn in ein paar Minuten die anderen kommen? Bei dieser Hitze können wir nicht verhandeln. Man wird die Heizung abstellen und die Fenster öffnen."

Er stellte fest, daß er noch immer den abgebrochenen Türgriff in den Händen hielt, und legte ihn hastig auf einen Tisch.

„Wie können die Terraner nur bei dieser Kälte leben?" wunderte sich Willy. „Ich würde sterben, wenn ich nur eine Stunde im Freien bleiben müßte." Das war natürlich übertrieben, aber Willy wollte, daß der freundliche Riese Willys Lage richtig einschätzte.

„Guten Abend!" sagte jemand, der hinter Granor Ah Phorbatt aufgetaucht war und sich unbemerkt genähert hatte. Durch sein Stielauge sah Willy einen untersetzten Terraner, gekleidet mit Rollkragenpullover und Cordhose. Der grauhaarige Mann trug Stiefel. In seinem faltigen Gesicht wirkten die leuchtenden Augen wie Fremdkörper.

Granor Ah Phorbatt deutete eine Verbeugung an.

„Sie gehören sicherlich zu den Abgeordneten", vermutete er.

Emilio Alberto Aboyer grinste und entblößte dabei eine Reihe unregelmäßiger Pferdezähne.

„Ich bin Agent der Solaren Abwehr", sagte er. „Mein Name ist Aboyer. Ich bin gekommen, um mit Willy zu sprechen."

„Über die Heizung?" erkundigte sich Willy hoffnungsvoll.

Aboyer schüttelte den Kopf. „Über Dinge, die besser nur Ihnen bekannt werden, Willy. Ich schlage vor, daß Sie zu meinem Gleiter kommen."

„Ich erwarte viele Freunde", sagte Matten-Willy unschlüssig. „Wir wollen uns auf die Konferenz vorbereiten. Ich möchte die Abgeordneten davon überzeugen, daß es besser für sie ist, wenn sie Rhodans Maßnahmen unterstützen."

„Wenn Sie Perry Rhodan einen Dienst erweisen möchten, ist es sicher besser, wenn Sie mir folgen", sagte Aboyer.

„Lassen Sie sich auf jeden Fall seinen Ausweis zeigen", mischte sich Granor Ah Phorbatt ein. „Im Hotel treiben sich mindestens zwanzig dieser Kerle herum, die alle von sich behaupten, zur Abwehr zu gehören."

„Er sieht freundlich aus", sagte Willy. „Ich glaube, ich kann ihm vertrauen."

Er rutschte von seinem Sitz herunter und glitt auf Aboyer zu. Der Daschaller wich zur Seite, um Willy Platz zu machen.

„Ich bedaure es sehr, daß ich nicht an der Unterredung teilnehmen kann", sagte Willy zu Granor Ah Phorbatt. „Bitten Sie alle Teilnehmer in meinem Namen um Nachsicht für meine Entscheidung."

Aboyer nickte dem Daschaller zu. Granor Ah Phorbatt sah die beiden ungleichen Wesen den Konferenzsaal verlassen. Willy hätte losheulen können, als er in die Kälte des Ganges hinauskam. Nur der

281

Gedanke an die Wärme in Aboyers Gleiter ließ ihn tapfer weitergehen.

„Warum sind Sie ausgerechnet zu mir gekommen?" wandte er sich an Aboyer.

„Ich benötige Ihre Hilfe", erklärte der Agent. „Ich werde Ihnen alles erklären, sobald wir draußen sind."

Für Willy war es schmerzlich, von Aboyer zu erfahren, daß der Gleiter auf dem Dach parkte. Das bedeutete einen gefährlichen, wenn auch nur kurzen Ausflug in die Kälte der beginnenden Nacht.

Sie fuhren mit dem Lift nach oben.

„Warten Sie hier", sagte Aboyer. Er trat hinaus, und ein eisiger Luftstrom ließ Matten-Willy erschauern. Gleich darauf kam der Agent mit einem tragbaren Heizstrahler zurück. Er schaltete ihn ein und richtete ihn auf Willy. Das Plasmawesen erschauerte vor Wonne. Dankbar glitt es neben Aboyer auf den bereitstehenden Gleiter zu.

In der Kanzel war es angenehm warm. Willy ließ sich auf dem zweiten Sitz nieder und richtete ein Stielauge erwartungsvoll auf den Agenten. Er hätte vor Wohlbehagen gern gegrunzt, aber das wäre entschieden zu unhöflich gegenüber seinem neuen Freund gewesen.

„Ich muß Ihnen zunächst gestehen, daß ich aus eigener Initiative handle", begann Aboyer. „Ich bin weder von Allan D. Mercant noch von einem anderen Vorgesetzten beauftragt worden, Verbindung mit Ihnen aufzunehmen. Sie können also jederzeit ins Hotel zurückkehren, wenn Sie nicht mit meinen Plänen einverstanden sind."

„Ich mag Sie", flüsterte Willy gerührt. „Wenn Sie mal richtig müde sind, bilde ich eine Matte, auf der Sie sich ausruhen dürfen."

„Ich bin überzeugt davon, daß Sie der einzige Abgeordnete sind, der kein Waffenteil in die Solar Hall einschmuggeln kann", sagte Aboyer. „Deshalb habe ich Sie ausgewählt. Hinzu kommt noch, daß Sie Rhodan aus Überzeugung unterstützen."

„Wer könnte absichtlich eine Waffe in die Solar Hall bringen?" erkundigte sich der Abgeordnete von der Hundertsonnenwelt voller Entsetzen.

„Keiner der Administratoren würde das freiwillig tun", stimmte Aboyer zu. „Nur unbewußt. Was Sie nicht wissen können ist, daß die Meister der Insel Waffenteile mit Hilfe der Abgeordneten nach Terrania gebracht haben. Diese Teile fügen sich selbständig zusammen, sobald sie nahe genug beieinander sind. Vor ein paar Tagen gelang es uns, die erste Fragmentwaffe in ein Robotschiff zu verladen und jenseits der Plutobahn zu zünden. Es handelte sich um einen Ultraschwinger, mit dem man die Gehirnzellen eines Menschen zerstören kann. Da die Teile dieser Waffe sich jedoch in den Gepäckstücken der Abgeordneten befanden, konnten die MdI nicht damit rechnen, daß dieser Anschlag gelingen würde. Sie wußten ebenso wie wir, daß kaum ein Konferenzteilnehmer sein Gepäck mit in die Solar Hall nehmen würde. Der Arkonide Atlan fand schnell heraus, daß es eine zweite, viel gefährlichere Waffe geben mußte, von der man uns ablenken wollte. Es ist den Mutanten gelungen, auch die zweiunddreißig Teile dieser Waffe zu finden. In diesem Augenblick ist ein Raumschiff unterwegs, das die zweite Waffe in den Weltraum bringen soll. Dort werden Wissenschaftler feststellen, welche Wirkung der gefährliche Apparat hat."

Willy kuschelte sich eng an den warmen Sitz. Ohne das Wissen der Konferenzteilnehmer geschahen in Terrania schreckliche Dinge.

„Ich bin froh, daß die Waffen unschädlich gemacht werden konnten", sagte er zu Aboyer.

Aboyer kniff die Augen zusammen und lachte bitter. Er hieb mit einer Faust auf den Steuersockel des Gleiters.

„Ich vermute, daß es eine dritte Waffe gibt", sagte er zu Willy. „Aber ich kann es nicht beweisen. Meine Vermutungen stützen sich auf die Aussage einer Mathelogikerin, die Sektionschefin auf dem Mond ist. Ich habe jedoch keinen Verdacht, wo die MdI die dritte Waffe versteckt haben könnten, wenn eine solche überhaupt existiert. Die Fragmente der zweiten Waffe befanden sich in den Kleidungsstücken, die die Abgeordneten am Tag der Konferenz tragen werden."

„Warum verständigen Sie nicht Mercant oder Rhodan?"

„Ich muß Beweise haben", sagte Aboyer verzweifelt. „Die führenden Männer des Imperiums sind mit der zweiten Waffe beschäftigt. Übermorgen beginnt die Konferenz. Die Meldung, daß eine dritte Waffe existieren könnte, würde schwerwiegende Folgen haben. Rhodan könnte sich entschließen, die Konferenz im letzten Augenblick abzusagen. Damit wäre er politisch erledigt. Soll ich diese Verantwortung auf einen Verdacht hin übernehmen?"

„Ich verstehe Sie, Mister Aboyer", sagte Willy ernst.

„Nennen Sie mich Al", schlug Aboyer vor. „Nennen Sie mich Al, wenn Sie mit mir zusammenarbeiten wollen."

Er blickte zur Seite und sah, wie ein Pseudoglied, an dessen Ende eine halbfertige Hand zitterte, auf ihn zukam. Ohne zu zögern ergriff Aboyer Willys Hand. Sie war heiß und drückte fest zu.

„Wahrscheinlich bin ich nur eine Belastung für Sie, Al", sagte Willy niedergeschlagen. Er dachte an die Kälte außerhalb des Gleiters und erschauerte.

„Manchmal werde ich mich aus Angst in den Boden verkriechen", fügte er hinzu.

„Sie sind in Ordnung, Willy", sagte Aboyer lächelnd.

Willy zog hastig seine Stielaugen ein. Schließlich brauchte sein neuer Freund nicht zu sehen, wie verlegen ihn dieses Kompliment machte.

Angestrahlt von den Helmscheinwerfern der vier Männer, lag die zweite Fragmentwaffe in der Schleusenkammer des Robotschiffes. Sie ähnelte mehr einem harmlosen Schaltgerät als einer gefährlichen Bombe. Daran, daß es sich um eine Bombe handelte, zweifelte jedoch keiner der Männer.

Dr. Fran Hauser deutete auf die halbrunde Erhöhung auf der Oberfläche der Fragmentwaffe.

„Wir haben einen zusätzlichen Funkzünder angeschlossen", erklärte er seinen drei Begleitern. „Auf diese Weise können wir die Fragmentwaffe von der MUTRAS aus zünden, ohne uns Gedanken über jene Impulse machen zu müssen, die die Funktion der Waffe tatsächlich auslösen sollten."

„Ich wünschte, Sie hätten herausgefunden, wie die MdI diese Waffe zu zünden beabsichtigten", sagte Rhodan. „Dann wüßten wir vielleicht, wo wir nach den Attentätern suchen könnten."

„Sie wissen genau, unter welchem Zeitdruck wir stehen", entgegnete Hauser verärgert. „In einer Stunde ist Mitternacht. Das bedeutet, daß dann der Tag vor dem eigentlichen Konferenztermin beginnt. Es hätte uns noch mindestens zwölf Stunden Zeit gekostet, die richtigen Impulse zu finden. Ich versichere Ihnen jedoch, daß unser Funkzünder den gleichen Zweck erfüllt."

„Ich wollte keine Kritik an Ihrer Arbeit üben", sagte Rhodan besänftigend.

„Worauf warten Sie noch?" mischte sich Atlan ein. „Ich schlage vor, daß wir an Bord der MUTRAS zurückkehren."

„Wir wissen nicht, welche Wirkung die zweite Waffe haben wird", sagte Allan D. Mercant. „Jede Minute, die wir ungenutzt verstreichen lassen, kann uns nach dem Versuch fehlen."

„Wir haben die zweite Waffe komplett", sagte Rhodan. „Den Konferenzteilnehmern droht keine Gefahr mehr. Ich bin froh, daß wir den Termin für die Konferenz nicht absagen mußten."

Atlan warf seinem terranischen Freund einen zweifelnden Blick zu, den Rhodan jedoch nicht bemerkte. Nach Ansicht des Arkoniden war die Waffensuche zu reibungslos verlaufen. Er wurde das Gefühl nicht los, daß die MdI noch irgendeine unangenehme Überraschung im Hintergrund hatten. Bevor die zweite Waffe nicht gezündet worden war, wollte Atlan jedoch über seinen Verdacht nicht sprechen. Zunächst mußten sie wissen, welche Wirkung diese Fragmentwaffe besaß.

„Wir fliegen zurück", kam Rhodans Stimme aus dem Helmlautsprecher. „Sobald wir an Bord der MUTRAS sind, muß Major Hoan Thin sich mit seinem Schiff eine halbe Million Meilen in den Raum zurückziehen. Dann zünden wir die Fragmentwaffe."

Diesmal war im Schleusenraum eine Kamera montiert und an den Hyperkom des Robotschiffes angeschlossen worden. Die Kamera würde jede Veränderung der Waffe aufnehmen und via Hyperfunk an die MUTRAS abstrahlen. Dort würde man – unabhängig von der Sicherheitsentfernung – stets ein gestochen scharfes Bild des Schleusenraumes empfangen können.

Atlan öffnete die äußere Schleusenwand und ließ sich in den Leerraum hinauskippen. Mercant und Hauser folgten ihm. Rhodan warf einen letzten Blick auf die Waffe. Sie war der sichtbare Beweis für das Machtstreben und die Rücksichtslosigkeit der MdI. Sie erschien Rhodan wie ein Symbol all jener Kräfte, die das zerstören wollten, was die Menschheit in mehreren hundert Jahren aufgebaut hatte.

Er trat an den Schleusenrand und ließ sich in den Raum hinausfallen. Während er langsam auf die offene Schleuse der MUTRAS zutrieb, fragte er sich, ob es nicht doch möglich gewesen wäre, einen Friedensvertrag mit den MdI abzuschließen, wenn die Terraner von Anfang an andere Wege gegangen wären. Jetzt war es dafür zu spät. Die gewaltige Auseinandersetzung zweier Machtblöcke hatte sich auf zwei Galaxien ausgedehnt. Eine der beiden Parteien mußte auf der Strecke bleiben. Es gab weder Waffenstillstand noch Kapitulation.

285

Rhodan schwang sich in die Hauptschleuse der MUTRAS und wartete, bis sich die äußere Wand geschlossen hatte. Dann nahm er den Helm ab.

„Kommen Sie bitte in die Zentrale, Sir", erklang die Stimme des Kommandanten über Interkom. „Dr. Hauser erwartet Sie bereits."

Rhodan lächelte. Der Wissenschaftler hatte sich beeilt.

Wenige Augenblicke später verließ Rhodan den Antigravschacht und betrat die Zentrale. Atlan, Mercant und Hauser hatten ihre Schutzanzüge bereits abgelegt. John Marshall und Tronar Woolver standen hinter dem Pilotensitz und beobachteten die Bildschirme. Das Robotschiff und die MUTRAS befanden sich vier Millionen Meilen jenseits der Plutobahn. Damit war eine Gefährdung des Solsystems oder der interplanetarischen Raumfahrt nicht zu befürchten.

Rhodans Blicke wanderten über die einzelnen Kontrollbildschirme. Auf einem war die Fragmentwaffe zu sehen.

„Wir können losfliegen, Major", sagte Rhodan zu Hoan Thin.

Der kleine Chinese nickte und beschleunigte den Kurierkreuzer. Der Kalupsche Konverter sprang an. Nach einem kurzen Flug durch die Librationszone tauchte die MUTRAS wieder ins Normaluniversum ein. Das Robotschiff war nur noch ein flackernder Leuchtpunkt auf den Bildschirmen. Nur das Bild der Fragmentwaffe erschien deutlich auf dem Empfängerschirm der Raumbeobachtung.

„Schutzschirm einschalten!" befahl Hoan Thin.

Gleich darauf kam die Bestätigung. Dr. Hauser warf Rhodan einen fragenden Blick zu. Rhodan wußte nicht, was geschehen würde, sobald Hauser den Fernzünder auslöste. Perry Rhodan trug die Verantwortung. Eine halbe Million Meilen schien eine genügend große Entfernung zu sein. Trotzdem zögerte Rhodan. Die Fragmentwaffe war nur klein, aber sie war ein Produkt der MdI und konnte vielleicht über Lichtjahre hinweg eine Katastrophe auslösen.

„Nun sind Sie an der Reihe, Sir", sagte Dr. Hauser leise.

„Zünden Sie!" stieß Rhodan hervor.

Der Bildschirm, auf dem die Fragmentwaffe zu sehen war, schien unter einer plötzlichen Lichtflut zu vergehen. Unwillkürlich trat Rhodan einen Schritt zurück. Das Robotschiff zerbarst in einer Atomexplosion gigantischen Ausmaßes. Eine rotglühende Wolke bildete sich, die sich rasch ausdehnte.

Die empfindlichen Ortungs- und Peilgeräte der MUTRAS empfingen ununterbrochen Impulse, die von der verheerenden Explosion ausgingen.

„Die zweite Fragmentwaffe war eine Atombombe mit ungeheurer Sprengkraft", sagte Atlan zu Perry Rhodan. „Ich kann mir vorstellen, wie es in Terrania ausgesehen hätte, wenn das Ding in der Solar Hall explodiert wäre."

„Terrania wäre vom Erdboden ausgelöscht worden", sagte John Marshall erschüttert. „Millionen hätten den Tod gefunden."

„Sie unterschätzen die Wirkung der Bombe", mischte sich Fran Hauser ein. „Die Energiefreigabe hätte ausgereicht, um den gesamten asiatischen Kontinent zu verwüsten. Die Schutzschirme in der Solar Hall wären im Augenblick der Explosion durchbrochen worden."

„Das war also die wirkliche Waffe, die die MdI in Terrania eingeschmuggelt haben", sagte Rhodan erleichtert. „Der Ultraschwinger sollte uns von dieser Bombe ablenken. Die Einzelteile der zweiten Waffe waren so gut versteckt, daß die Abgeordneten sie ungewollt mit in die Solar Hall gebracht hätten."

Während Hausers Team die Meßergebnisse auswertete, dachte Rhodan schon an den Rückflug zur Erde und an die Konferenz. Er wunderte sich über Atlans Schweigsamkeit. Der Arkonide schien trotz der Vernichtung der zweiten Waffe noch beunruhigt zu sein. Rhodan maß dem Pessimismus des Lordadmirals jedoch wenig Bedeutung bei.

„Woran denkst du?" fragte Rhodan den Arkoniden.

„Ich schlage vor, daß wir die Wachen in der Solar Hall während der Konferenz verdoppeln", sagte Atlan. „Außerdem werde ich dafür sorgen, daß jeder Konferenzteilnehmer sorgfältig untersucht wird, bevor er das Gebäude betritt."

„Immer noch mißtrauisch?" lächelte Rhodan.

Atlan blickte auf die Uhr. Es war ein Uhr morgens, am 2. April 2405. Unwillkürlich mußte er Rhodans Lächeln erwidern.

„Es darf nichts mehr passieren", sagte er. „Wir hätten keine Zeit mehr, um noch einzugreifen."

Als die MUTRAS auf dem Raumhafen von Terrania niederging, traf über Normalfunk ein dringender Ruf vom Mond ein. Atlan wurde an das Funkgerät gerufen. Zu seiner Überraschung sah er auf dem Bildschirm das Gesicht einer jungen Frau.

„Ich muß Sie umgehend sprechen, Lordadmiral", sagte sie, als Atlan eingeschaltet hatte. „Ich bin Mathelogikerin Sintra Rontoff, Sektionschefin auf Luna."

„Sie scheinen ein sehr resolutes Mädchen zu sein", stellte Atlan fest. „Trotzdem werden Sie mir sagen müssen, was Sie auf dem Herzen haben, denn ich bin ein vielbeschäftigter Mann."

„Kann jemand mithören?" fragte die Inderin.

„Wir haben viel Prominenz an Bord", gab Atlan zurück. „Die Herren sind alle daran interessiert, was Sie uns zu sagen haben." Er trat zur Seite, so daß die Frau in die Zentrale blicken konnte.

Sintras Gesichtsausdruck wurde verschlossen. „Es ist sehr dringend", sagte sie, „aber aus bestimmten Gründen möchte ich mit Ihnen allein darüber sprechen."

„Können Sie mir wenigstens sagen, worum es geht?"

„Um die Fragmentwaffe der MdI", erwiderte die Mathelogikerin knapp.

Atlan fühlte, wie es in seinem Nacken zu prickeln begann. Das Gefühl drohenden Unheils, das ihn schon vor der Zündung der zweiten Fragmentwaffe befallen hatte, verstärkte sich noch.

„Kommen Sie sofort zur Erde", sagte er. „Ich erwarte Sie im HQ der Abwehr."

Sintra Rontoff schaltete ab, bevor noch irgend jemand etwas sagen konnte.

Atlan breitete seine Arme aus und trat von den Funkgeräten weg.

„Ich wußte noch gar nicht, welch eine vertrauenerweckende Persönlichkeit ich bin", sagte er sarkastisch. „Obwohl das Mädchen dringend seine Neuigkeit loswerden will, möchte sie unter vier Augen mit mir sprechen."

„Ich frage mich, was sie will", sagte Rhodan nachdenklich. „Als Sektionschefin hat sie das Recht, in der Programmierungszentrale von NATHAN zu arbeiten. Vielleicht hat sie irgend etwas herausgefunden, was wir noch nicht wissen."

„Ich kann mir nicht vorstellen, daß die Zentrale auf Luna wichtige Nachrichten neuerdings auf diesem Weg weitergibt", sagte Allan D. Mercant. „Es kann sich nur um eine Kleinigkeit handeln, der die Frau aus irgendwelchen Gründen eine Bedeutung beimißt, die nicht angebracht ist. Hätte NATHAN besorgniserregende Ergebnisse errechnet, wären wir bereits davon unterrichtet."

„Als Sektionschefin kann die Mathelogikerin einige Geräte der

Positronik für private Studien benutzen", erinnerte Atlan. „Vielleicht hat sie experimentiert und irgendeine Spur gefunden."

„Ich stelle fest, daß der Anruf deinem Pessimismus neuen Auftrieb gibt", sagte Rhodan. „Sobald die junge Dame eintrifft, möchte ich benachrichtigt werden."

„Sie bat um eine Unterredung unter vier Augen", warf Atlan ein.

„Dann wirst du deine Augen ausnahmsweise einmal fest schließen, damit ich dabeisein kann", sagte Rhodan.

24.

Aboyer landete auf dem Dach des Bennerton-Hotels, nachdem ihm der Robotwächter einen Platz zugewiesen hatte.

Er schaltete die Turbinen des Gleiters aus und lehnte sich im Sitz zurück.

„Heute sind die letzten Konferenzteilnehmer auf der Erde eingetroffen", sagte er zu Willy. „Wenn meine Theorie stimmt, müssen diese Abgeordneten die Fragmente der dritten Waffe eingeschleppt haben."

Willy hatte Mühe, sich auf die Worte seines neuen Freundes zu konzentrieren. Die Wärme, die innerhalb der Kanzel herrschte, hatte ihn träge gemacht. Er ließ eines seiner Stielaugen hin und her schwanken, um den Eindruck zu erwecken, er würde angestrengt nachdenken.

„Warum verdächtigen Sie ausgerechnet die Administratoren, die heute angekommen sind?" erkundigte er sich bei Aboyer.

„Weil", sagte Aboyer, „sie verhältnismäßig unbeobachtet blieben. Die Suche nach den Teilstücken der zweiten Waffe hat Rhodan und seine Helfer vollauf beschäftigt. Natürlich werden wir Fragmente der dritten Waffe weder im Gepäck noch in den Uniformen der zuletzt gekommenen Abgeordneten finden. Es ist unser größtes Problem, das Versteck eines Waffenfragments zu finden, solange es noch nicht zu spät ist, um einzugreifen."

Willy hoffte, daß Aboyer sich irrte. Er konnte sich nicht vorstellen, daß sie Erfolg haben würden. Wenn es diese dritte Waffe tatsächlich gab, konnte sie wahrscheinlich nur von gut ausgerüsteten Mutanten gefunden werden.

Matten-Willy behielt diese Gedanken jedoch für sich, da er seinen Freund nicht mutlos machen wollte. Er nahm sich vor, Aboyer zu helfen, so gut es ihm möglich war.

Aboyer zog ein Blatt Papier aus seiner Hosentasche und las Willy einige Namen vor.

„Das alles sind Abgeordnete, die heute angekommen sind. Ich habe inzwischen die Zimmernummern dieser Administratoren herausgefunden. Da ich keinen offiziellen Auftrag habe, darf ich auf keinen Fall entdeckt werden. Deshalb wird es Ihre Aufgabe sein, jeweils den Konferenzteilnehmer für eine halbe Stunde abzulenken, dessen Zimmer ich untersuche. Geben Sie vor, daß Sie etwas Wichtiges zu besprechen hätten, und verwickeln Sie dann den Betreffenden in ein Gespräch."

Willy gluckste vor Aufregung. Er war wieder hellwach. Es hielt ihn kaum noch auf seinem Platz. Er sah, daß Aboyer den tragbaren Heizstrahler einschaltete. Der Rollkragenpullover des Agenten war schweißdurchtränkt, so heiß war es innerhalb der Kanzel.

„Ich bringe Sie zum Lift", sagte Aboyer. „Fahren Sie in die fünfte Etage und suchen Sie den Administrator von *Plaza de Bravos* auf. Er bewohnt Zimmer zwölf. Wenn ich in zehn Minuten nachkomme, müssen Sie ihn unter irgendeinem Vorwand aus seinem Zimmer gelockt haben. Achten Sie darauf, daß die Tür nicht geschlossen wird."

„Wie heißt der Administrator?" wollte Willy wissen.

„Er nennt sich Riera", erwiderte Aboyer. „Ich glaube, er ist ein freundlicher Mann von über siebzig Jahren."

Sie verließen den Gleiter. Willy achtete darauf, daß er im Wirkungsbereich des Heizstrahlers blieb. Als sie den Lift erreichten, winkte Aboyer dem Wesen von der Hundertsonnenwelt noch einmal zu. Willy glitt aus den wärmenden Strahlen heraus und bestieg den Lift. Die Kälte lähmte ihn fast, als Aboyer mit dem Heizstrahler zurückblieb. Willy kroch in eine Ecke und wartete, bis der Lift hielt. Er beeilte sich, auf den Gang hinauszukommen. Hier war es etwas wärmer, aber für Willys Begriffe immer noch eiskalt.

Er fuhr ein paar Augen aus und orientierte sich. Zimmer zwölf lag nur wenige Meter von ihm entfernt. Er huschte darauf zu. Schnell verhärtete er das Ende eines Pseudogliedes und klopfte an. Gleich darauf schwang die Tür auf. Ein Mann stand im Eingang und starrte auf ihn herab. Riera sah älter aus, als er tatsächlich war. Seine Augen lagen tief in ihren Höhlen. Ein ungepflegter Bart bedeckte das Gesicht des Administrators. Willy wußte nicht viel über *Plaza de Bravos,* aber die Kolonisten dort schienen ein spartanisches Leben gewohnt zu sein. Willy schloß das aus der einfachen Kleidung des Administrators.

Zu Willys Überraschung war Riera nicht im mindesten verblüfft.

„Sie sind einer der Extraterrestrier, die an der Konferenz teilnehmen", sagte er zu Willy. „Lassen Sie mich einen Augenblick nachdenken, dann wird mir einfallen, von welcher Welt Sie kommen."

Willy verschränkte höflich zwei Tentakel und genoß den warmen Luftstrom, der durch die offene Tür kam.

„Ah!" machte Riera schließlich und zupfte sich am Bart. „Hundertsonnenwelt! Stimmt das?"

„Ja, Mister Riera", stimmte Willy zu. „Ich möchte Sie ein paar Minuten sprechen, wenn es Ihre Pläne zulassen."

Riera lächelte müde. Er sah so alt und hilflos aus, daß Willy am liebsten seine Beine umschlungen und ihn gestützt hätte. Er durfte sich jedoch durch den Anblick dieses Mannes nicht täuschen lassen. Der Kolonist mußte ein zäher Bursche sein, sonst hätte man ihn nicht zu dieser Konferenz geschickt.

Riera trat zur Seite und machte eine einladende Handbewegung.

„Kommen Sie herein", forderte er Willy auf.

Willy trippelte auf seinen kurzen Beinchen auf den Eingang zu, blieb aber unmittelbar vor Riera stehen.

„Macht es Ihnen etwas aus, wenn wir nach unten gehen und einen der kleinen Aufenthaltsräume benutzen?" fragte er. „Dort ist es wärmer. Ich kann das Klima hier nur schlecht vertragen."

Riera sagte entgegenkommend: „Ich werde meine Zimmerheizung auf volle Leistung drehen. Dann ist es bestimmt noch wärmer als unten, und wir können uns ungestört unterhalten."

So viel Freundlichkeit ließ Willys Entschlossenheit, den Administrator auf jeden Fall aus dem Zimmer zu locken, dahinschmelzen. Er kroch ins Zimmer und beobachtete, wie Riera die Heizung regulierte.

Der Administrator warf sich in einen Schwebesessel. Die Gelenke seiner dürren Beine knackten. Dann griff er nach einer Flasche, die eine bräunliche Flüssigkeit enthielt, und nahm einen tiefen Schluck. Schließlich schenkte er Willy ein freundliches Lächeln.

„Worum geht es?" fragte er.

Willy, den die unerwartete Entwicklung verwirrte, fühlte sich auf verlorenem Posten. In ein paar Minuten würde Aboyer durch die Tür hereinkommen, die Riera nicht zugedrückt hatte.

„Wie stehen Sie zu Perry Rhodan?" brachte Willy hervor.

Riera öffnete seine Jacke und zeigte Willy die Narbe einer schweren Brandverletzung.

„Als ich noch jung war", sagte er, „habe ich auf einem Raumschiff für Perry Rhodan gekämpft. Ich war von seinen Ideen und Plänen überzeugt. Das änderte sich, als ich nach *Plaza de Bravos* kam. Wahrhaftig, unsere Welt ist ein Ort der Tapferen, sie verdient diesen Namen zu Recht. Wir müssen jeden Meter Land einem erbarmungslosen Dschungel abringen. Und nun, da wir es endlich geschafft haben, mit verschiedenen Nachbarkolonien erfolgreichen Handel zu betreiben, kommt Perry Rhodan und will unsere Gewinne als Falschgeld abstempeln."

Willy zerfloß fast vor Mitleid mit diesem Mann. Gleichzeitig dachte er an die Enttäuschung, die er Aboyer bereiten mußte. Gab es keinen Weg, um Riera aus dem Zimmer zu bringen?

„Sie werden also während der Konferenz gegen Rhodan sprechen?" fragte Willy bekümmert.

„Das Imperium wartet auf Rhodans Ansprache", entgegnete der Administrator. „Alles spricht dafür, daß der Großadministrator seine bereits veröffentlichten Ideen noch einmal bekräftigen will. Sollte er das wirklich tun, werde ich einer der ersten sein, der Rhodans Rücktritt verlangt."

„Vielleicht hat Perry Rhodan überzeugende Argumente", sagte Willy und starrte mit einem Stielauge zur Tür.

„Hunger, Not und Verzweiflung sind die besten Argumente", erwiderte Riera. Er sah jetzt weder alt noch verbraucht aus. Er war zur Erde gekommen, um die Interessen seiner Kolonie zu verteidigen. „Und das alles werden wir auf *Plaza de Bravos* wieder kennenlernen, wenn unser Geld eingezogen wird."

In diesem Augenblick richtete sich Willy auf seinen Beinchen auf und wuchs Riera entgegen. Entsetzt sah der Kolonist, wie der kugelförmige Körper sich plötzlich vor ihm teilte und gleich einer großen Flamme an ihm emporschlug. Sein Schrei erstickte unter einer weichen Pseudo-Hand, die sich auf seinen Mund preßte.

„Ich bedaure sehr, daß ich das tun muß", entschuldigte sich Willy mit jämmerlicher Stimme. „Ich hoffe, daß ich es irgendwie einmal gutmachen kann, Mister Riera."

Riera konnte noch atmen, obwohl er vollkommen von Willy einge-hüllt war. Er kam sich vor wie in einem riesigen Kokon, seine Bewe-gungsfreiheit war weitgehend behindert. Im Bemühen, sich verständ-lich zu machen, gab er unartikulierte Töne von sich, die Willy jedoch ignorierte.

„Ich werde Sie jetzt aus diesem Zimmer hinausbringen", erklärte die eigenartige Kreatur. „Befürchten Sie nichts, es wird schnell vor-über sein."

Riera fühlte, wie das Ding sich zu bewegen begann. Willy bekam zwar überall Ausbuchtungen, aber Riera blieb gefangen. Mühsam näherte sich Matten-Willy der Tür. Hätte sich Riera nicht gesträubt, wäre alles viel einfacher gewesen.

Willy fuhr ein Pseudo-Glied aus, um zu öffnen, als die Tür von außen aufgerissen wurde und Emilio Aboyer im Eingang erschien. Er starrte Willys so plötzlich aufgedunsenen Körper voller Mißtrauen an und warf dann einen Blick in das verlassene Zimmer.

„Wo ist er?" fragte er.

„Schon vorausgegangen", log Willy, während zwei seiner Stielau-gen vor Scham über sein Vorgehen einknickten. „Es wird am besten sein, wenn ich ihm jetzt folge."

Riera, der diese Worte hörte, führte einen wilden Kopfstoß gegen Willys Plasmahaut aus. Willy erschrak durch diesen unverhofften Angriff so sehr, daß er in seinem Bemühen, den Kolonisten fest umschlossen zu halten, einen Moment nachließ. Rieras Kopf brach durch zwei Plasmahautlappen, und Aboyer sah sich von zwei wütend funkelnden Kolonistenaugen angestarrt.

„Sagen Sie dem Ding, es soll mich augenblicklich freilassen!" rief Riera empört. „Was hat das überhaupt alles zu bedeuten?"

Enttäuschung und Wut über Willys Versagen machten Aboyer ent-schlußlos. Willy, der jetzt vollkommen verwirrt war, stülpte einen Hautlappen über Rieras Kopf und versuchte, den Kolonisten wieder völlig unter Kontrolle zu bekommen. Das ganze Gebilde schwankte vor Aboyer ununterbrochen hin und her.

„Geben Sie ihn frei", sagte Aboyer resignierend. „Es ist alles schief-gegangen."

„Es tut mir leid", jammerte Willy. „Er ist so ein netter Mann, Al."

Riera kam endgültig frei und schüttelte sich wie ein nasser Hund.

293

Willy schrumpfte zu seiner natürlichen Größe zusammen und wagte gerade noch, ein Stielauge ein paar Zentimeter auszufahren.

„Gehen wir doch in Ihr Zimmer", schlug Aboyer vor. „Ich will versuchen, Ihnen alles zu erklären."

Der Administrator von *Plaza de Bravos* zögerte.

„Wer sind Sie, und welche Rolle spielen Sie bei dieser ganzen Sache?" wandte er sich an Aboyer.

„Ich bin Agent der Solaren Abwehr", sagte Aboyer. „Aber ich arbeite zusammen mit diesem Matten-Willy auf eigene Faust. Wir sind einer Sache auf der Spur, über die ich nicht reden kann." Mit diesen Worten schob er den widerstrebenden Riera in dessen Zimmer und drückte die Tür hinter sich zu. Zitternd vor Kälte und Angst glitt Willy mit ihnen hinein.

Riera kniff die Augen zusammen und malträtierte seinen Bart.

„Er sollte mich aus dem Zimmer locken, damit Sie sich unbemerkt umsehen können, nicht wahr?" kommbinierte er. Als Aboyer nickte, fuhr er ärgerlich fort: „Sie glauben doch nicht, daß ich eine Bombe oder irgend etwas Ähnliches eingeschmuggelt habe?"

Der Scharfsinn des Mannes verblüffte Aboyer.

„Ich darf Ihnen nicht verraten, wonach wir suchen", sagte er zu dem Kolonisten. „Ich versichere Ihnen jedoch, daß weder Sie noch irgendein anderer Abgeordneter verdächtigt werden, ein Attentat zu planen."

„Sie befürchten aber, jemand könnte hier eine Bombe versteckt haben, um mich zu töten?" folgerte Riera.

Aboyer antwortete nicht. Er ahnte, daß er Riera nicht mit Ausreden und lahmen Erklärungen befriedigen konnte. Der Mann von *Plaza de Bravos* würde nichts unversucht lassen, um zu erfahren, welche Absichten Aboyer in Wirklichkeit verfolgte.

„Wissen Sie, was ich möchte?" fragte er Riera. „Ich möchte . . ."

Er beendete diesen Satz nicht. Seine Faust zuckte vor und traf Riera an der Kinnspitze. Der Kolonist war aber zäher, als Aboyer erwartet hatte. Er taumelte drei Schritte zurück und fing sich dann. Wahrscheinlich hätte er sich dem Agenten zum Kampf gestellt, wenn Willy nicht eingegriffen hätte. Willy bildete ein langes Pseudoglied und zog Riera die Beine weg. Der Kolonist fiel, und Aboyer warf sich auf ihn. Mit einem Schlag versetzte er Riera in tiefe Bewußtlosigkeit.

„Was haben wir getan, Al?" stöhnte Willy. „Wir sind verloren."

„Bringen Sie ihn in den Gleiter hinauf", ordnete Aboyer an. Er wußte, daß er jetzt nicht mehr zurück konnte. Er hatte einen Abgeordneten einer Kolonie niedergeschlagen und war nun dabei, diesen Mann zu entführen. Damit stellte er sich nicht nur gegen die Abwehr, sondern auch gegen das Gesetz. Gleichzeitig war sich Aboyer der Tatsache bewußt, daß dies die einzige Möglichkeit war, noch ein paar Stunden Zeit zu gewinnen. In diesen Stunden mußte er irgend etwas finden, das er Mercant als Beweis für das Vorhandensein einer dritten Waffe vorlegen konnte. Andernfalls würde man ihn hart bestrafen.

Aboyer bezweifelte, daß Matten-Willy die Konsequenzen ihres Tuns begriff.

Willy hüllte Riera abermals ein. Diesmal gelang es ihm auf Anhieb, da der Kolonist sich nicht wehren konnte. In weniger als zwei Minuten war Riera unter einer Plasmaschicht verschwunden.

„Und jetzt hinauf mit ihm", befahl Aboyer. „Beeilen Sie sich. Bis Sie zurückkommen, habe ich das Zimmer gründlich untersucht."

Willy verschwand mit seiner Last. Aboyer ahnte, daß er mit seinem hilfsbereiten Verbündeten noch mehr Ärger bekommen würde. Doch jetzt war es zu spät, sich von Matten-Willy zu trennen. Immerhin gab sich das Wesen von der Hundertsonnenwelt alle Mühe, seinen terranischen Freund zu unterstützen.

Aboyer riß die Tür des Wandschranks auf und durchwühlte die Kleidung Rieras. Sorgfältig tastete er alle Stücke ab, die als Versteck eines Waffenteils dienen konnten. Aber weder in den Kleidern noch in Rieras Gepäck fand er irgend etwas, das ihm einen Hinweis geben konnte. Unschlüssig packte er die Kleider wieder zurück. Sollte er die Suche aufgeben? Schließlich konnte er nicht erwarten, daß er bereits im ersten Zimmer, das er durchsuchte, etwas fand.

Als er die Schranktür abschloß, kam Willy wieder ins Zimmer. Mit einem Blick sah Aboyer, daß er Riera noch immer bei sich hatte.

„Was ist los?" erkundigte er sich wütend. „Sie sollten ihn zum Gleiter bringen."

Willy lehnte sich schutzsuchend gegen die Türfüllung. „Das ging nicht", erklärte er. „Auf dem Dach ist eine Hochzeitsgesellschaft gelandet. Es werden gerade Aufnahmen vom Brautpaar gemacht. Als Hintergrund hat man Ihren Gleiter gewählt, Al."

Aboyer runzelte die Stirn. Er konnte sich vorstellen, was geschehen wäre, wenn Willy an den Hochzeitsgästen vorbei- und auf den Gleiter zugeschwankt wäre.

„Ich habe nichts gefunden", informierte er das Plasmawesen. „Zumindest Riera scheint keine Waffenteile bei sich zu haben."

„Dann können wir den armen Kerl ja freilassen", meinte Willy vergnügt und ließ Rieras Kopf zwischen zwei Hautfalten hervorrutschen.

„Vorläufig kann er in diesem Zimmer bleiben", entschied Aboyer. „Ich hoffe, daß er noch mindestens eine Stunde bewußtlos bleibt. Inzwischen können wir uns woanders umsehen."

Willy ließ den Kolonisten behutsam auf den Boden gleiten und nahm wieder seine Kugelgestalt an. In dieser Form ähnelte er einer überdimensionalen Qualle von zwei Metern Höhe. Aboyer warf ihm einen schiefen Blick zu. Er wünschte, Willy hätte sich etwas zusammensinken lassen.

„Gehen wir in der bewährten Weise vor?" erkundigte sich Willy begierig.

„Bewährt nennen Sie das?" seufzte Aboyer auf. „Was haben wir denn bisher erreicht? Ich mußte einen Administrator bewußtlos schlagen, damit wir weitersuchen können."

Willy tätschelte seinen schwammigen Körper mit einigen Tentakeln.

„Trotzdem sind wir ein feines Gespann", meinte er wohlgefällig.

Aboyer konnte ein Stöhnen nicht unterdrücken. Das Quallenwesen war tatsächlich sehr naiv. Trotz seines kolossalen Körpers war es unglaublich ängstlich. Außerdem schien es nicht in der Lage zu sein, logisch denken zu können.

Der Agent zog den Notizzettel aus der Hosentasche und warf einen kurzen Blick darauf.

„Zimmer sechs", sagte er zu Willy. „Ebenfalls in dieser Etage. Versuchen wir unser Glück noch einmal."

Willy plusterte sich auf, so daß er kaum durch den Eingang paßte. So glitt er hinaus. Aboyer warf einen Blick auf den bewußtlosen Riera. Er zog einen Schreibstift aus der Tasche und schrieb auf die Rückseite des Notizzettels:

Geben Sie uns einen Tag Vorsprung, bevor Sie etwas unternehmen!

Er heftete das Papier an Rieras Jacke. Wenn er den Kolonisten richtig einschätzte, würde Riera persönliche Nachforschungen anstellen, bevor er Meldung machte. Natürlich konnte das auch eine Fehlspekulation sein. Dann waren die Stunden gezählt, die Aboyer und das Quallenwesen noch in Freiheit verbringen konnten.

Inzwischen hatte Willy Zimmer sechs erreicht. Er fuhr ein Stielauge aus und versuchte, durch einen schmalen Schlitz zu spähen, den er unter der Tür entdeckte. Als er damit kein Glück hatte, machte er ein Pseudoglied so dünn, daß er es mühelos durch den Schlitz schieben konnte. Dann ließ er ein Auge entstehen. An einem Tisch inmitten des Zimmers saß ein humanoides Wesen, das zweifellos weiblicher Art war. Die Tatsache, daß die Frau ihren Kopf in beide Hände stützte und weinte, erweckte sofort Willys Hilfsbereitschaft. Er vergaß, sein Auge einzuziehen und klopfte mit einem zweiten Tentakel gegen die Tür.

Die Frau blickte auf und sah ein farbloses Stielauge an der Tür hin und her pendeln. Sie faßte sich mit beiden Händen an den Hals und sank in ihren Sessel zurück.

Hastig ließ Willy sein Auge verschwinden, doch es war bereits zu spät. Die Dame war offenbar ohnmächtig geworden. Willy hastete in Rieras Zimmer zurück. Aboyer, der nichts Gutes ahnte, blickte ihn fragend an. Das Quallenwesen gab ein Geräusch von sich, das wie ein durchdringendes Räuspern klang.

„Zimmer sechs wird von einer Dame bewohnt", sagte Willy endlich.

„Ich weiß", erwiderte Aboyer. „Von Fürstin Marek vom Lay-Star-System. Sie vertritt ihren schwerkranken Mann während der Konferenz."

„Ich befürchte", sagte Willy kleinlaut, „ich habe die Fürstin erschreckt."

„Was haben Sie getan?" knurrte Aboyer.

„Ich habe ein Auge unter der Tür durchgeschoben", berichtete Willy. „Als ich dann anklopfte, vergaß ich es zurückzuziehen. Die Fürstin muß schwache Nerven haben."

„Gehen Sie zurück und entschuldigen Sie sich", befahl Aboyer. „Wenn wir so weitermachen, haben wir in einer Stunde den schönsten Aufruhr im Hotel."

„Es ist sehr traurig, daß Sie nicht mit mir zufrieden sind, Al", sagte Matten-Willy melancholisch.

Er schlüpfte wieder auf den Gang hinaus. Als er abermals am Zimmer der Fürstin anklopfte, flog die Tür auf, und Willy starrte mit allen ausgefahrenen Stielaugen in den Lauf eines großen Handstrahlers. Er verfärbte sich vor Schreck ins Violette und begann zu rotieren. Im letzten Augenblick fiel ihm ein, daß er nur die Decke zur darunterliegenden Etage durchbrechen würde, und er hielt inne.

„Nicht schießen!" wimmerte er. „Ich bin einer der Konferenzteilnehmer und möchte Ihnen einen Besuch abstatten."

„Ein Matten-Willy!" sagte die Frau, die jetzt durchaus keinen hilflosen Eindruck mehr machte, sondern Willy sehr energisch vorkam. „Herein mit Ihnen!"

Willy wackelte wie ein Riesenpudding, als er frierend und ängstlich ins Zimmer der Sternenfürstin glitt. Zu seiner Erleichterung ließ die Kolonistin die Waffe sinken.

„Sie haben mich beobachtet", warf sie Willy vor. „Warum taten Sie das?"

„Auf der Hundertsonnenwelt beobachten wir uns alle", erklärte Willy eifrig. „Es macht uns einen Riesenspaß, Mylady. Ich meine, es ist nichts dabei, wenn man einen anderen beobachtet. Ich wollte sagen ..."

„Was wollen Sie?" Die Fürstin hatte kupferrotes Haar, wie Willy voller Bewunderung feststellte. Sie trug hohe Stiefel und eine enganliegende Uniform. Obwohl Willy die humanoide Körperform nicht besonders schön fand, mußte er die figürlichen Vorteile der Fürstin anerkennen.

„Könnten wir uns über Perry Rhodan unterhalten?" erkundigte sich Willy.

„Perry Rhodan", wiederholte die Fürstin Marek nachdenklich. „Im Augenblick noch ein interessantes Thema. Warum also nicht über ihn sprechen?"

„Macht es Ihnen etwas aus, wenn wir nach unten gehen? In einen Aufenthaltsraum oder an die Bar?" fragte Willy. „Dort ist es wärmer."

„Ich bin für die Bar", antwortete die Administratorin zu Willys Überraschung. „Seit ich auf Terra bin, habe ich Bauchschmerzen. Keine Medizin scheint mir zu helfen. Vielleicht bekommt mir ein guter Schluck."

Wäre Matten-Willy Terraner gewesen, hätte er vielleicht über diese Worte nachgedacht. So wußte er nur wenig über den menschlichen Organismus, und es blieb bei einem Wort des Bedauerns.

Willy wälzte sich aus dem Zimmer und ließ dann der Fürstin den Vortritt zum Lift. Als die Frau an ihm vorbeiging, ließ Willy unbeobachtet ein Tentakel zurückschnellen und fing die Tür zum Zimmer auf, bevor sie endgültig zuschlagen konnte. Der Weg in diesen Raum war für Aboyer frei.

Willy war stolz und glücklich. Als er sich jedoch eine halbe Stunde später wieder mit Aboyer in Rieras Zimmer traf, mußte er erfahren, daß auch im Gepäck und in den Kleidern der Fürstin kein verdächtiger Gegenstand versteckt zu sein schien.

„Natürlich besteht die Möglichkeit, daß ein Teilstück der dritten Waffe in den Kleidern verborgen ist, die die Frau trug, als sie mit Ihnen an der Bar saß, Willy", sagte Aboyer.

„Das glaube ich nicht", entgegnete Willy überzeugt. „Solange ich neben ihr saß, habe ich sie sorgfältig untersucht, ohne etwas zu finden."

„Untersucht?" staunte Aboyer. „Wie haben Sie das fertiggebracht?"

Willy verfärbte sich vor Stolz.

„Ich habe sie abgetastet", berichtete er. „Sie hat es nicht bemerkt, so sanft ging ich dabei vor."

Aboyer konnte das Quallenwesen nur anstarren. In einer düsteren Vision sah er die Schlagzeilen eines Boulevardblattes vor seinen geistigen Augen: *Sternenfürstin flirtet mit Monstrum an der Bar des Bennerton-Hotels.*

Und darunter würde ein großes Bild abgedruckt sein, dachte Aboyer. Ein Bild, auf dem deutlich zu sehen war, wie Matten-Willy die Fürstin vom Lay-Star-System mit mindestens zwölf Tentakeln umschlungen hielt.

Als Atlan die Nachricht erhielt, daß Sintra Rontoff vom Mond eingetroffen war und darauf wartete, bei ihm vorgelassen zu werden, hatte er bereits alles in den Akten über diese Frau nachgelesen, was er wissen wollte. Ihr Mädchenname war Mahute. Sie hatte lange Zeit mit ihrem Vater zusammengelebt und für die *Whistler-Company* gearbeitet, bevor sie sich entschlossen hatte, ihre ungewöhnlichen Kenntnisse als Mathelogikerin im Rechenzentrum auf Luna einzusetzen. Dort war sie inzwischen zur Sektionschefin avanciert und hatte einen der bedeutendsten Kybernetiker geheiratet, der auf Luna lebte.

Vor ihrer Hochzeit mit Darb Rontoff und ihrem Arbeitsplatzwechsel war Sintra längere Zeit mit einem Mann befreundet gewesen, der auch dem Arkoniden kein Unbekannter mehr war: Emilio Alberto Aboyer.

Atlan ahnte gewisse Zusammenhänge, aber bevor er irgend etwas unternahm, wollte er abwarten, bis er die Mathelogikerin gesprochen hatte. Perry Rhodan hatte darauf bestanden, bei Atlans Gespräch mit der Sektionschefin zugegen zu sein, doch der Arkonide war entschlossen, sein Versprechen, das er Sintra gegeben hatte, auf jeden Fall einzuhalten. Außerdem bezweifelte er, daß die junge Frau in Gegenwart eines Dritten alles sagen würde, was sie wußte. Der Einsatz eines Telepathen erschien Atlan unnötig. Nach Möglichkeit ließ er persönliche Freiheit und Intimsphäre eines Menschen unangetastet, auch wenn ihm die Terraner oft das Gegenteil nachsagten.

Atlan hielt sich in einem der unzähligen, modern eingerichteten Büroräume des Hauptquartiers der Solaren Abwehr auf. Mercant hatte ihm dieses Zimmer zur Verfügung gestellt und ihm zugesichert, daß ihn niemand stören würde. Von hier aus würde der Arkonide auch die Sicherheitsmaßnahmen während der Konferenz leiten.

Atlan blickte auf die Uhr. Der zweite April war seit drei Stunden angebrochen. Der Arkonide konnte auf seine Nachtruhe verzichten, als Aktivatorträger blieb er vor Müdigkeit und Erschöpfung länger als Normalsterbliche verschont. Daran, daß Sintra Rontoff mitten in der Nacht zu ihm kam, erkannte er, daß sie von der Dringlichkeit ihrer Probleme überzeugt war.

Der Türsummer ertönte, und die Stimme irgendeines Beamten meldete Atlan, daß die Sektionschefin darauf wartete, eingelassen zu werden. Atlan ertappte sich dabei, wie er über seine weißblonden Haare strich. Er lächelte. Trotz seiner vielen Lebensjahre besaß er noch die kleinen Schwächen eines Mannes.

Die Mathelogikerin war nicht im mindesten verlegen, als sie das Zimmer betrat, in dem sie vom Lordadmiral der USO erwartet wurde. Ihre einfache Kleidung betonte eher ihre natürliche Schönheit, als sie zu verbergen.

Atlan erhob sich und begrüßte die Sektionschefin. Er bot ihr einen Sessel an und wartete, bis sie Platz genommen hatte. Sie sah sich im Zimmer um. Offenbar wollte sie sich vergewissern, daß außer Atlan niemand anwesend war.

„Es gibt weder geheime Kameras noch versteckte Abhöranlagen", sagte Atlan mit spöttischem Unterton. „Alles, was Sie mir sagen, kann nur von mir gehört werden."

Sie dachte einen Augenblick nach, dann schien sie sich zu entschließen, den Worten des Lordadmirals Glauben zu schenken.

„Halten Sie mich nicht für albern", sagte sie. „Diese Geheimnistue-

300

rei hat nichts mit mir zu tun. Ich möchte nur einen alten Freund vor Schwierigkeiten bewahren."

„Ich glaube, Mister Aboyer würde Ihre Freundlichkeit zu schätzen wissen, wenn er davon erführe", sagte Atlan.

Sie errötete, zeigte aber mit keinem Wort, daß sie über sein Wissen erstaunt war.

„Es geht also um die Fragmentwaffe der MdI", sagte Atlan. „Was wissen Sie darüber?"

„Alles, was sich bisher ereignet hat", sagte sie. „Vor meinem Abflug habe ich mich noch mit Doktor Hauser unterhalten können. Er hat mir alles über die zweite Waffe erklärt, was ich wissen wollte. Ich bin gekommen, um Sie davon zu unterrichten, daß wahrscheinlich eine dritte Fragmentwaffe in Terrania eingeschmuggelt wurde."

Atlan brauchte diese Frau nur anzusehen, um zu erkennen, daß sie genau überlegt hatte, was sie sagte. Außerdem war sie Sektionschefin und arbeitete als Mathelogikerin bei NATHAN. Das war der beste Qualifikationsnachweis, den Sintra hatte mitbringen können.

Atlan sah seine schlimmsten Befürchtungen durch die Worte dieser Frau bestätigt. Er wußte, daß er sofort hätte Alarm geben müssen, doch eine sichere Ahnung sagte ihm, daß er damit nur sinnlose Verwirrung auslösen würde. So blieb er ruhig sitzen und wartete darauf, daß Sintra weitersprechen würde.

„Ich sprach von einer dritten Fragmentwaffe", sagte die Mathelogikerin erstaunt. „Sie nahmen das hin, als hätte ich Ihnen ein Kuchenrezept mitgeteilt. Haben Sie vergessen, daß morgen die Konferenz beginnt?"

„Sie haben eine Vermutung ausgesprochen", erwiderte Atlan. „Im Laufe eines Tages muß ich mir hundert oder mehr Theorien anhören. Sie müssen Ihren Verdacht begründen, wenn Sie mir mehr als ein Lächeln entlocken wollen."

Sie schien verärgert zu sein, aber das kannte Atlan schon. Alle Terraner, mit denen er zum erstenmal zusammentraf, waren über seine spöttische Art verärgert. Wenn sie den Arkoniden öfter sahen, legte sich das.

„Sie kennen meinen Beruf", sagte die Inderin. „Glauben Sie, daß ich zu Ihnen käme, wenn ich meiner Sache nicht sicher wäre? Als Mister Aboyer mich bat, einige Berechnungen auszuführen, bestätigte die Positronik mit dreiundsechzigprozentiger Wahrscheinlichkeit das Vorhandensein einer dritten Waffe. Kurz vor meinem Abflug vom

301

Mond wiederholte ich diese Auswertung mit allen verfügbaren Daten. Die Wahrscheinlichkeit, daß es eine dritte Fragmentwaffe gibt, liegt jetzt bei zweiundachtzig Prozent."

Für einen Kybernetiker, dachte Atlan, bedeutete das genausoviel, als hätte er die Waffe vor sich liegen.

„Wo sollen wir nach der Waffe suchen?" erkundigte sich Atlan.

Sintra antwortete: „Darüber vermag ich nichts zu sagen. Vergessen Sie nicht, daß mir nur eine kleine Positronik für meine privaten Berechnungen zur Verfügung steht. Bestimmt könnten Sie von der Großpositronik detailliertere Angaben bekommen."

„Und was, meinen Sie, sollte ich jetzt tun?" Der Arkonide beugte sich erwartungsvoll in seinem Sitz nach vorn.

„Aboyer sucht in diesem Augenblick nach einem Teilstück der dritten Waffe. Sobald er es findet, will er es Mercant vorlegen. Das würde mit Sicherheit die größte Suchaktion auslösen, die jemals in Terrania stattfand."

„Sie bezweifeln jedoch, daß Aboyer Glück hat, nicht wahr?"

„Er wird nichts finden", gab sie zu. „Die Positronik konnte trotz der vorliegenden Daten keine Angaben über das mögliche Versteck weiterer Teilstücke machen. Wie soll also Aboyer irgend etwas entdecken können? Er ist dem Zufall ausgeliefert."

Atlan spürte, daß er ärgerlich wurde. „Aboyer ist einer dieser typischen Terraner, die glauben, daß sie alles erreichen, wenn sie nur mit der nötigen Entschlossenheit zu Werke gehen", sagte er heftig. „Ich will Ihnen etwas sagen: Aboyer hat sich strafbar gemacht. Dadurch, daß er nicht sofort zu Mercant ging, gefährdet er das Leben von Millionen Menschen. Aber darüber ist er sich wahrscheinlich nicht im klaren. Ich werde dafür sorgen, daß Ihr Mister Aboyer in gebührender Weise bestraft wird."

Sintra war aufgesprungen. Ihr Gesicht war blaß. Atlan sah, daß sie ihre Hände zu Fäusten geballt hatte.

„Erstens ist er nicht *mein* Mister Aboyer, sondern Agent der Abwehr", stieß sie hervor. „Zweitens sollten Sie sich um die Attentäter kümmern, bevor Sie sich der Bestrafung eines Mannes widmen, der sein Leben eingesetzt hat, um den Beweis für das Vorhandensein der dritten Waffe zu erbringen. Wußten Sie überhaupt, warum er seinen Verdacht nicht an Mercant meldete? Aboyer befürchtete, daß er sich täuschen könnte. Er glaubte, die Suche nach der dritten Waffe würde erfolglos bleiben. Die Folge davon muß zwangsläufig eine

Absage Rhodans an alle Konferenzteilnehmer sein. Das ist es, was Aboyer vermeiden möchte, weil er genau weiß, was geschehen würde, wenn die Konferenz nicht stattfindet."

„Sie können sich wieder setzen", sagte Atlan. „Sie haben mich sehr beeindruckt. Nun werde ich versuchen, Sie ebenfalls zu beeindrucken."

Er drückte einige Knöpfe der Bildsprechanlage. Das unbeteiligte Gesicht eines Beamten erschien. Atlan verlangte eine Verbindung mit Perry Rhodan.

„Es ist dringend", sagte er. „Der Großadministrator wartet bereits darauf."

Er wandte sich wieder an Sintra Rontoff. „Setzen Sie sich bitte dort ans Fenster. Rhodan kann Sie dann nicht sehen, wenn ich mit ihm spreche."

Die Mathelogikerin wechselte ihren Platz. Gleich darauf hörte sie, wie Rhodans Stimme im Bildfunkgerät hörbar wurde.

„Ist die Frau angekommen?" wollte er wissen.

„Sie ist bereits wieder gegangen", antwortete Atlan.

„Ich wollte bei der Unterredung zugegen sein. Warum hast du meinen Wunsch ignoriert?" Wenn Rhodan über Atlans Verhalten verärgert war, dann ließ er sich das nicht anmerken.

„Sie berichtete vom Vorhandensein einer dritten Fragmentwaffe", eröffnete Atlan seinem terranischen Freund, ohne auf dessen Frage einzugehen.

„Eine dritte Waffe?" Rhodans Stimme dröhnte aus dem Lautsprecher. Er schien sehr erregt zu sein. „Morgen beginnt die Konferenz. Soll ich sie vielleicht jetzt noch absagen?"

„Es wird dir nichts anderes übrigbleiben", meinte Atlan lakonisch.

„Ich halte den Verdacht der Frau für übertrieben", sagte Rhodan. „Wahrscheinlich ist sie ein bißchen hysterisch. Du weißt genau, daß die zweite Waffe ausgereicht hätte, um einen ganzen Erdteil zu vernichten. Eine dritte Waffe wäre also vollkommen sinnlos, auch vom Standpunkt eines MdI aus."

Sintra hielt es nicht länger an ihrem Platz. Sie stand auf und ging zu Atlans Schreibtisch hinüber.

„Ich befürchte, du hast in ein Wespennest gestochen", sagte Atlan mit einem Schulterzucken.

Rhodan starrte vom Bildschirm herab. Sintra hatte das Gefühl, als stünde der Terraner vor ihr.

„Doppeltes Spiel, Arkonide", sagte Rhodan. „Was hat das zu bedeuten?"

„Ich wollte, daß sie hört, was du zu ihren Ideen zu sagen hast", antwortete Atlan. „Sie sollte verstehen, daß du nicht gewillt bist, die Konferenz zu verschieben. Jetzt weiß sie, daß du jeden noch so logisch erscheinenden Verdacht verwerfen wirst, nur, um deine Konferenz über die Bühne zu bringen."

Bevor Rhodan antworten konnte, hob Sintra die Hand.

„Schauen Sie mich an!" forderte sie ihn auf. „Sehe ich vielleicht hysterisch aus? Denken Sie, eine hysterische Frau hätte eine Chance, Sektionschefin auf Luna zu werden? Sie sollten doch wissen, wie viele Psychotests man mitmachen muß, bevor man für eine Mitarbeit an NATHAN qualifiziert ist."

Rhodan mußte lachen. „Zwei herrliche Verbündete", sagte er. „Habt ihr zuvor ausgemacht, was ihr mir sagen wollt?"

„Es geht um die dritte Waffe", sagte Atlan. „Gib mir die Vollmacht, alle Mutanten einzusetzen, um danach zu suchen."

„Nein", entgegnete Rhodan hart. „Die Konferenz beginnt morgen früh um neun Uhr. Dann brauche ich die Mutanten, um die Konferenzteilnehmer zu bewachen. Du hast dich durch die Befürchtungen einer Frau überrumpeln lassen. Dabei liegt noch nicht einmal eine offizielle Warnung von NATHAN vor." Er nickte heftig. „Jetzt entschuldigen Sie mich bitte, Sektionschefin Rontoff. Die Arbeiten für die Konferenz nehmen mich voll in Anspruch."

Der Bildschirm wurde dunkel. Atlan lehnte sich in seinem Sessel zurück.

„Das kann doch nicht wahr sein", sagte die Inderin ungläubig. „Er *muß* uns doch glauben."

„Nur ein unübersehbarer Beweis kann ihn dazu veranlassen, irgend etwas zu unternehmen", erklärte Atlan. „Aboyer hat die Situation offenbar richtig eingeschätzt. Perry Rhodan glaubt, daß das Schicksal der Menschheit weitgehend von den Entscheidungen am dritten April abhängt. Er hat sich so auf diese Konferenz festgelegt, daß er die Gefahr, die allen Abgeordneten droht, einfach nicht erkennen will."

„Und nun?" brachte Sintra fassungslos hervor.

„Wir können Aboyer nur Glück wünschen", entgegnete Atlan.

„Sie wollen ebenfalls nichts unternehmen? Haben Sie keine Vollmachten?"

„Meine Sicherheitsgarde schirmt die Solar Hall ab. Alle verfügba-

304

ren USO-Agenten sind damit beauftragt, irgendwelche Abgeordneten zu überwachen. Selbstverständlich werde ich versuchen, einige fähige Männer freizumachen, damit sie mir bei der Suche helfen können."

Die Sektionschefin atmete erleichtert auf. „Sie wollen also Aboyer bei seiner Suche unterstützen?"

„Glauben Sie, ich bleibe hier sitzen, bis ganz Asien von einer Atomexplosion vernichtet wird?" Atlan schüttelte den Kopf. „Kehren Sie zum Mond zurück. Sobald ich wichtige Daten habe, werde ich Sie informieren."

„Wollen Sie keine offizielle Auswertung durch die Großpositronik auf Luna beantragen?" fragte Sintra.

„Ich verspreche mir wenig davon", meinte Atlan. „Bis die Antwort vorliegt, vergehen weitere Stunden. Würde NATHAN unseren Verdacht bestätigen, fände Rhodan bestimmt einen Ausweg, die Konferenz doch stattfinden zu lassen. Er brächte es fertig, in aller Eile einen anderen Konferenzort zu bestimmen und wäre noch der Meinung, dem Sicherheitsbedürfnis der Abgeordneten genügend entgegengekommen zu sein."

Unwillkürlich blickte Sintra auf die Uhr, die hinter Atlans Schreibtisch an der Wand befestigt war.

2. April 2405 – 4 Uhr und 3 Minuten.

In neunundzwanzig Stunden begann die Konferenz.

25.

Gelangweilt zog Miras-Etrin die Mikrofilmkassette aus dem Vorführapparat und schaltete das Kabinenlicht ein. Ein kurzer Knopfdruck ließ das Gerät am Tisch verschwinden.

Die Filme der Tefroder behandelten immer die gleichen Themen. Für einen Zellaktivatorträger waren die Probleme kurzlebiger Intelligenzen uninteressant.

Das Raumschiff, in dem sich der Meister der Insel aufhielt, war noch immer ungefähr 250 Lichtjahre vom Solsystem entfernt und stand bewegungslos im Weltraum. Die Untätigkeit der letzten Tage trug nicht dazu bei, die Laune Miras-Etrins zu verbessern. Zwar hatte er in Broysen, dem Kommandanten des tefrodischen Schiffes, einen beachtlichen Gegner im dreidimensionalen Logikspiel gefunden, doch damit konnte er sich nur wenige Stunden beschäftigen, weil Broysen die meiste Zeit in der Zentrale sein mußte.

Jetzt allerdings war die Wartezeit vorbei. In einer Stunde würde das kleine Beiboot in den Raum starten und Kurs auf das Solsystem nehmen. Der Duplo, der sich an Bord des winzigen Schiffes befinden würde, hatte nur eine Aufgabe: Er mußte die dritte Fragmentwaffe am Morgen des 3. April von einem TV-Satelliten aus zünden.

Auf diesen Teil seines Planes war Miras-Etrin besonders stolz. Selbst wenn die Terraner im letzten Augenblick Verdacht schöpfen sollten, würden sie niemals herausfinden, daß der entscheidende Schlag von einem der Television-Satelliten geführt werden sollte. Miras-Etrin schaltete das Mikrophon des Interkoms ein.

„Hallo, Kommandant! Hier spricht Miras-Etrin. Haben Sie alles vorbereitet?"

„Das Schiff ist startklar, Maghan", kam die Antwort. „Wenn Sie gestatten, möchte ich Sie kurz vor dem Abflug in Ihrer Kabine aufsuchen."

„Was wollen Sie?" erkundigte sich der MdI verdrossen. Broysens geistige Beweglichkeit bildete immer wieder Anlaß zu Ärgernissen.

„Ich möchte tauschen", sagte der Kommandant.

„Tauschen?" Faktor IV wölbte verständnislos die Augenbrauen. „Was möchten Sie tauschen, Kommandant?"

„Machen wir uns nichts vor, Maghan", sagte Broysen tonlos. „Ich habe nicht mehr lange zu leben. Deshalb möchte *ich* das kleine Schiff fliegen und die dritte Fragmentwaffe zünden."

„Die gesamte Besatzung kann uns hören", murmelte Miras-Etrin. „Kommen Sie in meine Kabine."

Er unterbrach die Verbindung und machte seine Waffe schußfertig. Bei Broysen mußte man mit allem rechnen. Wenige Augenblicke später betrat der Kommandant die Kabine. Als er die Waffe in Miras-Etrins Händen sah, lächelte er.

„Wollen Sie mich sofort erschießen?"

Miras-Etrin schüttelte den Kopf. „Sie wissen, daß der Flug ein Todeskommando ist. Sie werden nicht mehr zurückkehren. Ich frage mich, ob Sie nicht vorhaben, sich den Terranern zu ergeben und die Waffe nicht zu zünden."

306

„Erinnern Sie sich noch an unser erstes Spiel, Maghan?" fragte Broysen und deutete zu dem Figurenkasten hinüber. „Ich hatte eine selbstkonstruierte Mikrobombe bei mir. Ich hätte uns beide töten können, aber ich tat es nicht. Ich verspreche Ihnen, daß ich den Auftrag sorgfältiger ausführen werde, als es der Duplo, den Sie ausgewählt haben, jemals tun könnte."

Miras-Etrin schob die Strahlwaffe in seinen Gürtel und strich nachdenklich über seine Haare.

„Sie sind ein eigenartiger Mann, Broysen. Vielleicht könnte man Sie als einen loyalen Rebellen bezeichnen. Im Grunde genommen versuchen Sie das gleiche wie ich: weiter nach oben zu kommen. Sie hoffen, daß Sie nach der Zündung der Fragmentwaffe irgendwie wieder zurückkommen können, auch wenn das jetzt unmöglich erscheint. Sie spielen um den höchsten Einsatz, den Sie haben: um Ihr Leben."

„Ich habe schon einmal ein unmögliches Spiel gewonnen", erinnerte der Kommandant und deutete abermals auf den Figurenkasten des dreidimensionalen Logikspiels.

„Unerwartete Gewinne machen leichtfertig", sagte Miras-Etrin. „Ich habe in meinem Leben unzählige Männer sterben sehen, die sich nach einem kleinen Gewinn für große Eroberer hielten. Ich halte Sie weder für unbescheiden noch für größenwahnsinnig, Broysen, aber Sie müssen mir zugestehen, daß Sie ein Hasardeur sind."

Die Augen des Tefroders brannten.

„Geben Sie mir eine Chance?" fragte er gespannt.

Es war einer der wenigen Augenblicke in Miras-Etrins Leben, daß er Verständnis für ein anderes Lebewesen aufbrachte. Vielleicht dachte er auch daran, daß er ein ähnliches Leben wie Broysen geführt hätte, wenn er nicht ein Zellaktivatorträger gewesen wäre.

„Sie können mit dem Duplo tauschen", sagte der MdI.

„Danke!" krächzte Broysen erleichtert.

Miras-Etrin erhob sich und zeigte zur Tür. „Kommen Sie", sagte er. „Wir begeben uns in den Hangar. Ich möchte Ihnen noch einmal alles erklären."

Broysen war groß und hager. Er achtete so sehr auf körperliche Sauberkeit, daß er fast steril wirkte. Es war etwas an diesem Mann, das den MdI beeindruckte. Vielleicht hätten sie Partner werden können, wenn sie auf einer Stufe gestanden hätten.

Sie schwiegen beide, bis sie den Hangar betraten und vor dem kleinen Raumschiff standen.

„Eigentlich ist es nur ein kompakter Linearantrieb", sagte Miras-Etrin und deutete auf den drei Meter langen rechteckigen Kasten. „Sie können nur darin liegen. Viel Bewegungsfreiheit bleibt Ihnen nicht. Trotzdem wird Sie das Ding sicher ins Zielgebiet bringen. Ich habe an alles gedacht. Die terranischen Wachstationen werden Sie für einen Meteor halten. Man wird feststellen, wie Sie auf die Erdoberfläche zuschießen und dann verschwinden. Für terranische Begriffe eine völlig normale Sache. Auch der hohe Nickelgehalt, den man wahrscheinlich feststellen wird, ist nicht ungewöhnlich. Sie werden jedoch aussteigen und in Ihrem Raumanzug zu einer TV-Station fliegen, die sechsunddreißigtausend Kilometer über der Erdoberfläche kreist. Um die genauen Entfernungen brauchen Sie sich nicht zu kümmern, denn Ihr kleines Schiff ist genauestens programmiert. Es bleibt also nichts dem Zufall überlassen. Wir haben sogar einen Impulsschlüssel nachbauen lassen, mit dessen Hilfe Sie die Schleuse des zehn Meter durchmessenden TV-Satelliten öffnen können."

Broysen, für den diese Informationen nicht neu waren, hörte geduldig zu.

„Sobald alle Konferenzteilnehmer in der Solar Hall versammelt sind", fuhr der MdI fort, „wird sich die dritte Fragmentwaffe zusammenfügen. Dann brauchen Sie nur noch auf den Knopf zu drücken, um den Kernzünder für Sauerstoffatome auszulösen. Sämtliche Sauerstoffatome in der irdischen Atmosphäre werden sofort in den Kernprozeß treten. In Sekundenschnelle wird die Erde einer sonnenheißen Fackel gleichen. Es wird keine Überlebenden geben."

„Ich bin bereit", sagte Broysen.

Miras-Etrin blickte auf die Uhr. Der terranische Kommandant hatte noch eine halbe Stunde Zeit. Zeit genug für ein dreidimensionales Logikspiel. Es würde die letzte Partie sein, die sie austragen konnten, überlegte der MdI.

Denn Broysen würde nicht zurückkehren.

Bewegungslos kauerte Matten-Willy neben dem noch immer bewußtlosen Riera. Enttäuschung und Kälte hatten ihn müde gemacht. Sein Freund Al hatte ihn in diesem Raum zurückgelassen und ihm befohlen, auf Riera aufzupassen. Willy ahnte, daß es für Al nur ein Vorwand war, um allein weiterzusuchen. Es sah ganz danach aus, als sei Aboyer mit den Leistungen seines Verbündeten nicht zufrieden.

308

Willy fuhr langsam ein Stielauge aus und richtete es auf Riera. Der alte Mann sah nicht so aus, als sollte er in nächster Zeit zu sich kommen. Willy fragte sich, in welchem Teil des Hotels Aboyer sich in diesem Augenblick herumtreiben mochte. Sicher hatte der Agent der Abwehr noch keinen Erfolg gehabt, sonst wäre er zu Willy zurückgekommen.

Draußen würde es bald hell werden, überlegte Willy. Dann mußte er Rieras Zimmer räumen. Es war zu gefährlich, wenn er blieb, bis ein Robot-Butler oder jemand vom Personal hereinkam.

Riera stöhnte leise. Willy fuhr erschrocken zusammen.

„Bleiben Sie liegen!" befahl er dem Kolonisten. „Al hat Ihnen eine Nachricht hinterlassen."

Riera blinzelte und griff sich mit einer Hand an den Kopf. Willy sah sich hilfesuchend um. Wo konnte er sich verkriechen? Der Administrator von *Plaza de Bravos* kam endgültig zu sich und starrte Willy benommen an.

„Du Teufelsding!" knurrte er.

Willy zuckte zusammen und wich zurück. Er schlotterte vor Kälte. Riera fand den Zettel an seiner Jacke und las ihn. Zu Willys Erstaunen grinste er. Dann zerknüllte er den Zettel und warf ihn in eine Ecke.

„Dein terranischer Freund ist ein hartgesottener Bursche, was?" fragte er und stand auf. Er schwankte und mußte sich am Tisch stützen. Dann ergriff er die auf dem Tisch stehende Flasche, nahm einen Schluck und wischte sich über den Mund.

„Ich muß Al benachrichtigen, daß Sie zu sich gekommen sind", sagte Willy. Er bewegte sich auf die Tür zu.

„Halt!" rief Riera.

Willy beobachtete entsetzt, daß der Kolonist plötzlich eine Waffe in den Händen hielt und auf ihn zielte. Instinktiv begann Willy zu rotieren. Der Boden aus Kunststoff war Willys diamantharten Füßen nicht gewachsen. Fassungslos sah Riera zu, wie das Quallenwesen ein gewaltiges Loch in den Boden bohrte.

„Aufhören!" ächzte er und ließ die Waffe sinken. „Sofort aufhören!"

Doch Willy, der jetzt in helle Panik versetzt war, rotierte immer schneller. Staub wirbelte auf. Einzelne Kunststoffbrocken flogen ins Zimmer. Riera suchte Deckung unter dem Tisch. Willy verursachte bei seiner Flucht ein eigentümliches Geräusch, das Rieras Nerven strapazierte. Wahrscheinlich war es auf der gesamten Etage zu hören.

Unverhofft fanden Willys Füße keinen Widerstand mehr. Noch immer rotierend, brach er mit einigen Kunststofftrümmern in ein Zimmer der tiefer gelegenen Etage. Er schrie vor Schreck und wechselte blitzschnell die Farben. Er fühlte, wie er gegen etwas Weiches prallte, das augenblicklich zu zappeln begann. Hastig versuchte er zu entkommen, doch das Wesen, das verzweifelt um seine Freiheit kämpfte, hielt ihn dadurch ungewollt fest.

Willy ließ sich zusammensinken und fuhr ein Stielauge aus. Da sah er seinen Freund Al, halb bedeckt mit Plasmasubstanz, voll grimmiger Entschlossenheit die Fäuste schwingen.

„Al!" japste Willy erleichtert. „Ich bin's! Ihr Freund Willy!"

Aboyer fluchte ununterbrochen, bis es ihm endlich gelang, von Willy freizukommen. Er zog sich bis zum Bett zurück und sank aufstöhnend zusammen. Von der Decke tönte höhnisches Gelächter zu den beiden so verschiedenen Wesen herab. Riera stand über das von Willy gewaltsam geschaffene Loch gebeugt. Sein Körper wurde vom Lachen geschüttelt.

„So etwas nennt man ausgleichende Gerechtigkeit!" rief er Aboyer zu.

Willy bildete eine Pseudohand und klopfte Aboyer aufmunternd auf die Schulter. Aboyer streifte die Hand von sich ab und starrte auf seine Fußspitzen.

„Wie haben Sie das fertiggebracht?" sagte er nach einer Weile.

Das Quallenwesen deutete mit einem Tentakel nach oben. „Er kam plötzlich zu sich und bedrohte mich mit einer Waffe. Da verlor ich die Beherrschung und wollte mich in Sicherheit bringen. Irgendwie muß ich dabei durch die Decke gebrochen sein."

„Ich werde jahrelang von diesem Anblick träumen!" brüllte Riera von oben herunter. „Bei allen Planeten, ich hätte nie geglaubt, daß mein Aufenthalt auf der Erde so abwechslungsreich sein würde."

Aboyer löste die Blicke von seinen Füßen und starrte gegen die Decke.

„Was geschieht mit dem Loch?" fragte er. „Wie sollen wir jemals das Loch erklären?"

„Wo ist der Bewohner dieses Zimmers?" wollte Willy wissen.

„Ich habe ihn von der Bar aus angerufen und ihn zu einem wichtigen Gespräch in einen Nachtklub nahe der Solar Hall bestellt. Er wird inzwischen herausgefunden haben, daß ihn jemand überlistet hat, und auf dem Rückweg sein."

„Haben Sie irgend etwas gefunden?" fragte Willy.

Aboyer schüttelte den Kopf. Nun war alles aus. Er brauchte nur noch auf einen Beamten der Sicherheitsgarde zu warten. Die Wächter, die überall im Hotel waren, mußten den Lärm gehört haben, den Willy beim Durchbohren der Decke verursacht hatte.

„Es tut mir sehr leid, Al", flüsterte Willy. „Ich wünschte, ich wäre nicht so ein elender Feigling."

Riera sprang zu ihnen herunter und hockte sich neben Aboyer aufs Bett.

„Jetzt können wir vielleicht miteinander reden", sagte er. Er rieb sein Kinn und lächelte. „Sie haben einen beachtlichen Schlag, mein Freund."

Einen Augenblick vergaß Aboyer alles, was vorgefallen war, und entblößte seine Pferdezähne zu einem Grinsen. Bevor er jedoch etwas sagen konnte, wurde die Tür aufgerissen, und zwei Männer mit vorgehaltenen Impulsstrahlern stürmten ins Zimmer.

Einer von ihnen war groß und schlank. Sein weißblondes Haar war ungewöhnlich lang.

„Atlan!" stieß Aboyer überrascht hervor.

Der Arkonide ließ die Waffe sinken. Sein Begleiter postierte sich neben dem Eingang.

Atlan deutete auf Willy und Riera. „Ist das Ihre Truppe?" fragte er.

„Nur ich gehöre zu ihm", legte Matten-Willy los. „Das ist der Administrator von *Plaza de Bravos*."

Riera stand auf und zupfte erregt an seinem Bart. „Das ist doch alles Unsinn", sagte er. „Von nun an gehöre ich ebenfalls dazu. Ich habe eine Nase für alle großen Sachen. Diesmal scheint irgend etwas im Gang zu sein, das uns alle angeht."

„Wir werden ihn einweihen müssen", sagte Atlan. „Das ist die einzige Methode, um ihn auf unsere Seite zu bringen. Ich übernehme die Verantwortung." Er nickte Aboyer zu. „Der Besitzer dieses Zimmers wohnt jetzt in der zweiten Etage. Ich habe dafür gesorgt, daß man ihn dorthin umquartieren wird. Aus Sicherheitsgründen, wie ich ihm erklären ließ. Er hat einen geheimnisvollen Anruf erhalten, der ihn so unsicher machte, daß er keinerlei Fragen stellte."

„Ich verstehe das alles nicht", sagte Aboyer verblüfft. „Ich dachte, Sie seien gekommen, um mich zu verhaften."

Atlan lächelte. „Ich komme mit den Empfehlungen einer char-

311

manten Dame", sagte er. „Sie hat mich gebeten, Sie bei Ihrer Sache zu unterstützen." Er warf einen Blick auf die Uhr.

„Worauf warten wir noch?" erkundigte er sich. „Wir haben nicht mehr viel Zeit."

„So viele freundliche Männer!" schrillte Willy begeistert. Ehe Aboyer sich wehren konnte, hatte das Quallenwesen einen dünnen Tentakel gebildet und kitzelte ihn.

„Hören Sie auf damit!" knurrte Aboyer barsch. „Jetzt ist keine Zeit für solche Späße."

„Ich habe mir unser weiteres Vorgehen so gedacht", sagte Atlan. Dann begann er Matten-Willy und den drei Männern seinen Plan zu erklären.

Ungefähr zum gleichen Zeitpunkt legte in zweihundertfünfzig Lichtjahren Entfernung der tefrodische Raumschiffkommandant Broysen einen Raumanzug an. Er blickte Miras-Etrin an, der ihm den Helm reichte.

„Innerhalb des Raumschiffes brauchen Sie sich um nichts zu kümmern", sagte der MdI. „Die Steuerautomatik wird Sie sicher ins Zielgebiet bringen. Ihre einzige Aufgabe besteht darin, die dritte Fragmentwaffe zu zünden."

Broysen nickte nur, nahm den Helm entgegen und befestigte ihn am Schulterband des Druckanzuges. Seine Bewegungen drückten Zuversicht und Entschlossenheit aus. Trotzdem würde er nicht überleben. Die Erde würde zu einem Glutball werden, dessen Hitzewellen auch Broysen in der TV-Station erreichen würden.

Miras-Etrin blickte auf die Uhr. Broysen hatte noch sechs Minuten Zeit.

Impulsiv sagte der MdI: „Geben Sie auf, Broysen. Ich werde den Duplo schicken. Sie brauchen nicht zu befürchten, daß ich Sie töten werde."

Broysen schüttelte den Kopf. „Wenn ich hierbleibe, müssen Sie mich töten, Maghan. Sie können es nicht riskieren, mich am Leben zu lassen. Sie müßten immer damit rechnen, daß ein anderer MdI mich als Waffe gegen Sie benutzen könnte. Außerdem haben Sie in meiner Anwesenheit revolutionäre Gedanken geäußert. Ich weiß, daß Sie Faktor I angreifen wollen, sobald die Erde erledigt ist. Sie würden mich vielleicht ein paar Tage schonen, doch dann kämen Ihnen die ersten Zweifel. Sie würden Ihren voreiligen Entschluß bereuen und mich ermorden lassen."

„Wahrscheinlich haben Sie recht", gab Miras-Etrin zu.

Broysen lächelte und verschloß den Helm. Miras-Etrin öffnete ihm die Einstiegsklappe des Kleinstraumschiffes. Mühevoll zwängte sich der Tefroder ins Innere.

„Haben Sie den Impulsschlüssel?" fragte der MdI.

Broysen nickte. Er drehte sich auf die Seite, so daß er die wenigen Instrumente sehen konnte, die er während des Fluges überwachen und bedienen mußte. Miras-Etrin wußte, daß dem Raumfahrer ein langweiliger Flug bevorstand. Aber vielleicht war es nicht langweilig, wenn man in den sicheren Tod flog. Vielleicht verstrich unter diesen Umständen die Zeit viel schneller.

Broysens Stimme klang dumpf, als er sagte: „Sie können die Klappe schließen, Maghan."

Miras-Etrin ließ die Klappe fallen und hörte sie einrasten. Im Innern des Schiffes würde Broysen den Druck überprüfen. Das kleine Schiff lag startbereit auf den Katapultschienen, auf denen es in den Weltraum gleiten würde.

Miras-Etrin mußte den Hangar verlassen, weil sich in zwei Minuten die Schleuse öffnen würde. Der MdI begab sich zur Zentrale, um den Start des Kleinstraumschiffes über die Bildschirme mitzuerleben.

Broysen, der bewegungslos innerhalb des Beibootes lag, starrte auf den Zeitmesser. Während des Startes hatte er keine Arbeit. Erst, wenn das Schiff den Hangar verlassen hatte, mußte er eine Kurskorrektur vornehmen.

„Kommandant?" klang die Stimme seines Stellvertreters im Normalfunk auf.

„Ja", sagte er. „Ich bin bereit."

Er wußte, daß sich jetzt die Hangarschleuse öffnete. Unwillkürlich versteifte er sich, obwohl er sicher sein konnte, daß er den Andruck nicht spüren würde. „Start!" Diesmal war es Miras-Etrin, der gesprochen hatte. Er hatte sich offenbar beeilt, in die Zentrale zurückzukommen.

Broysen ließ seine Blicke über die Anzeigetafeln gleiten. Er befand sich bereits im Weltraum.

„Hören Sie mich, Broysen?" erkundigte sich der MdI an Bord des großen Schiffes.

„Ja, Maghan", erwiderte Broysen. Er lag ganz still, als er sich der

313

unendlichen Einsamkeit bewußt wurde, von der ihn nur ein paar Metallplatten trennten. Aber es war keine Furcht, die ihn überfiel, eher ein Gefühl vollkommener Ruhe und Losgelöstheit.

„Sie müssen jetzt Ihren Kurs korrigieren!" befahl Miras-Etrin.

Broysen verglich die Skalen der Armaturen und stellte die Steuer-Automatik auf den vorgesehenen Kurs ein.

„Wir müssen den Funkverkehr einstellen, Kommandant", sagte Miras-Etrin. „Es ist zu gefährlich, weil immer wieder terranische Einheiten in unsere Nähe kommen."

„Einverstanden, Maghan", sagte Broysen.

Ein Knacken, dann war die Verbindung zum Mutterschiff abgerissen. Broysen blickte auf den winzigen Bildschirm unmittelbar über seinem Kopf. Da waren nur die Sterne und das Schwarz des Weltraums. Broysen atmete tief.

In vierundzwanzig Stunden terranischer Zeitrechnung würde er sein Ziel erreichen. Mit einem Knopfdruck würde er alles Leben auf der Erde auslöschen – und sein eigenes dazu.

Aboyer fühlte sich von einer bleiernen Müdigkeit befallen, die sogar den Lauf seiner Gedanken zu hemmen schien. Ein Blick auf seine Uhr zeigte ihm, daß es jetzt kurz nach zehn Uhr war. Zusammen mit Atlan, Riera, Matten-Willy und dem Agenten der Sicherheitsgarde hatte er dreiundzwanzig Zimmer durchsucht, ohne auch nur die geringste Spur einer dritten Waffe zu entdecken.

Die vier Männer und das Wesen von der Hundertsonnenwelt hatten sich vor einigen Minuten im großen Aufenthaltsraum des Bennerton-Hotels versammelt. Ein Blick aus dem Fenster zeigte Aboyer, daß draußen stürmisches Wetter herrschte. Regentropfen liefen an den Scheiben herunter.

„Es ist kalt", sagte Matten-Willy kläglich.

Aboyer rieb mit beiden Händen über sein Gesicht. Ihm schräg gegenüber hockte Riera mit übereinandergeschlagenen Beinen in einem Sessel. Der alte Kolonist schien keine Müdigkeit zu kennen, er beobachtete Atlan, der eine Verbindung zum HQ der Abwehr herzustellen versuchte. Der Arkonide bediente sich dabei eines kleinen Armbandfunkgerätes.

Willy kroch von einer Ecke des Raumes zur anderen, ohne ein warmes Plätzchen zu finden. Der Sicherheitsmann, dessen Namen

Aboyer immer noch nicht wußte, stand an der Tür und hatte die Arme über der Brust verschränkt.

„Guten Morgen, Allan!" rief Atlan plötzlich. „Ich bin froh, daß ich Sie erreichen kann. Sie müssen mir eine Direktverbindung zwischen NATHAN, Sektion Vier, und dem großen Aufenthaltsraum des Bennerton-Hotels beschaffen."

Aboyer konnte nicht verstehen, was Mercant erwiderte, aber er sah, daß Atlan ungeduldig wurde.

„Den Gesprächspartner kann ich Ihnen nicht nennen", sagte der Arkonide. „Ich muß das Gespräch nur über das HQ leiten, damit ich sicher sein kann, daß wir nicht abgehört werden." Er lächelte. „Nein, es ist nichts passiert. Ich versuche nur, ein paar zusätzliche Sicherheitsmaßnahmen durchzusetzen."

Er schaltete das Armbandgerät aus. Dann trat er zum Telekom, der im Aufenthaltsraum aufgestellt war, und ließ sich von der Hotelzentrale eine Verbindung zum Hauptquartier der Abwehr geben.

Wenige Augenblicke später sah Aboyer Sintras Gesicht auf dem Bildschirm auftauchen.

„Wir können nichts finden", begann Atlan ohne Umschweife. „Entweder haben Sie sich getäuscht, oder die Waffenteile sind so geschickt versteckt, daß wir sie nicht entdecken können."

„Haben Sie alle Zimmer der zuletzt eingetroffenen Abgeordneten durchsucht?" fragte Sintra.

„In vier Zimmer konnten wir nicht eindringen. Der Trick, den wir uns ausgedacht hatten, funktionierte nicht überall. Ich bin jedoch sicher, daß wir auch dort nichts gefunden hätten."

Aboyer sah, wie die Inderin die Lippen zusammenpreßte.

„Sie müssen weitersuchen", sagte sie.

„Das geht nicht", erwiderte Atlan abweisend. „Ich müßte schon längst in der Solar Hall sein, um die Sicherheitsmaßnahmen zu überprüfen. Sie wissen, daß es meine Aufgabe ist, morgen vom HQ der Abwehr aus alle Sicherheitsvorkehrungen zu steuern."

„Die Konferenz beginnt morgen früh um neun Uhr", sagte die Sektionschefin. „Sie haben also noch viel Zeit, um weiterzusuchen."

„Es ist doch sinnlos", erwiderte Atlan. „Aus Erfahrung wissen wir, daß die Teile der Waffen ortungstechnisch tot sind, das heißt, sie strahlen keinerlei Impulse aus. Weder Massedetektoren noch Infrarotspürer können uns helfen. Das haben die MdI sich geschickt ausgedacht. Erst wenn sich eine Waffe zusammengefügt hat, erhält sie eine

315

Energiestrahlung. Ohne Mutanten haben wir kaum eine Chance, die dritte Waffe zu finden. Sofern sie überhaupt existiert."

„Sprechen Sie noch einmal mit dem Großadministrator", schlug Sintra vor.

Der Arkonide bracht in spöttisches Gelächter aus. Dann jedoch veränderte sich sein Gesichtsausdruck.

„Wir können etwas tun", sagte er. „Wir können Rhodan davon überzeugen, daß es eine dritte Waffe gibt."

„Wie stellen Sie sich das vor?" mischte sich Riera ein.

„Willy", sagte Atlan. „Willy wird uns helfen."

„Was?" murmelte Matten-Willy kläglich. „Das verstehe ich nicht."

„Wir schicken Sie zu Perry Rhodan", erklärte Atlan. „Sie behaupten, Sie hätten einen merkwürdigen Gegenstand gefunden, den Unbekannte in Ihr Translatorgerät eingebaut haben. Dadurch, daß das Gerät nicht mehr einwandfrei arbeitete, haben Sie den Fremdkörper bemerkt."

„Rhodan wird diesen Gegenstand sehen wollen", gab Sintra zu bedenken.

„Natürlich", stimmte Atlan zu. „Unser Freund von der Hundertsonnenwelt hat ihn jedoch verloren. Er kann ihn nur noch beschreiben."

„Glauben Sie, daß Rhodan darauf reagiert?" wollte Riera wissen.

„Ganz bestimmt", versicherte Atlan. „Wenn Rhodan nur den geringsten Beweis für das Vorhandensein einer dritten Waffe erhält, wird er die Konferenz absagen."

„Das wäre politischer Selbstmord", erklärte der Administrator von *Plaza de Bravos*. „Ich kenne die Stimmung der Kolonisten. Eine Absage der Konferenz würde von den meisten Abgeordneten als Feigheit und Eingeständnis des Versagens angesehen."

„Lieber politisch tot, als zu einem Aschenhäufchen verwandelt", sagte Atlan. Er wandte sich an Willy. „Sie wissen, was Sie zu tun haben, Aboyer wird Sie mit seinem Gleiter fliegen."

„Perry Rhodan ist mein bester Freund", sagte Willy. „Ich kann ihn nicht belügen."

„Wenn er tatsächlich Ihr bester Freund ist, bleibt Ihnen keine andere Wahl. Sie müssen ihn belügen, wenn Sie wollen, daß er weiterlebt."

Aboyer erhob sich. Er vermied es, zum Bildschirm hinüberzublicken. Er verspürte wenig Lust, mit Sintra zu sprechen. Wahrscheinlich erging es ihr ebenso. Was einmal gewesen war, gehörte endgültig der Vergangenheit an, dachte Aboyer, obwohl das dumpfe Gefühl eines unersetzlichen Verlustes ihm zeigte, daß dies nicht so war. Er winkte Willy und verabschiedete sich von den anderen mit einem Kopfnicken.

Alles, was jetzt geschah, ging auf sein Gespräch mit Sintra am 31. März zurück. Nun hatte Atlan vorgeschlagen, Perry Rhodan durch eine erfundene Geschichte vom Vorhandensein der dritten Fragmentwaffe zu überzeugen.

Wenn es tatsächlich eine dritte Waffe gab, dann war dies eine gute Idee. Sollten die Berechnungen Sintras sich jedoch als falsch erweisen, konnte Emilio Alberto Aboyer von sich behaupten, den Sturz Perry Rhodans vorbereitet zu haben.

Aboyer wünschte, er hätte sich schon in seiner Jugend abgewöhnen können, sich um Dinge zu kümmern, die ihn nichts angingen. Das hätte ihm viel Ärger erspart.

„Warum sind Sie so nachdenklich, Al?" erkundigte sich Willy, als sie gemeinsam den Lift betraten, um zum Dach zu fahren.

„Ich bin nur müde", antwortete der Agent ausweichend.

Perry Rhodan war nicht sonderlich überrascht, als ein Matten-Willy durch die offene Tür kam und auf seinen Schreibtisch zuglitt. Man hatte ihm bereits angekündigt, daß es ein außerirdischer Abgeordneter war, der ihn zu sprechen wünschte. Rhodan wunderte sich, daß nicht mehr Abgeordnete vor dem eigentlichen Konferenzbeginn zu ihm kamen, um über die verschiedenen Probleme zu diskutieren. Diese Reserviertheit erschien Rhodan als ein schlechtes Zeichen.

„Guten Morgen, Sir", grüßte Willy höflich und gab sich Mühe, eine halbwegs humanoide Form anzunehmen. Dabei konnte er nicht verhindern, daß er die Kontrolle über einen seiner Tentakel verlor. Das Pseudoglied sank auf Rhodans Schreibtisch. Als sich Willy seines Fehlers bewußt wurde, zog er den Tentakel hastig zurück, nahm dabei jedoch einige Papiere mit sich. Willy verfärbte sich, stammelte Entschuldigungen und beeilte sich, die Blätter wieder an ihren Platz zu bringen.

Rhodan wußte, daß die Matten-Willys durchaus sensible Wesen waren. Er bezweifelte nicht, daß sein Gegenüber während der

317

Konferenz die Partei der Imperiumsregierung ergreifen würde. Es war allerdings fraglich, ob Willy großen Einfluß auf die anderen Abgeordneten haben würde.

„Ich habe eine merkwürdige Entdeckung gemacht, Sir", sagte Willy, der jetzt wie die Karikatur eines Menschen aussah. „Ich glaube, es wird Sie interessieren, was ich gefunden habe."

Als Rhodan nickte, erzählte ihm Willy die von Atlan erfundene Geschichte. Er wünschte, Rhodan hätte ihn nicht so durchdringend angeblickt, während er sprach. Immer wieder gaben seine Beine nach, und er sackte förmlich vor dem Schreibtisch zusammen.

„Warum messen Sie dem unbekannten Gegenstand, den Sie in Ihrem Translator fanden, eine so große Bedeutung bei?" wollte Rhodan wissen, als Willy seine Geschichte vorgebracht hatte.

„Ich trage den Translator immer bei mir", erwiderte das Quallenwesen. „Es ist mir ein Rätsel, wie das eigenartige Ding in das Gerät gekommen ist." Er wedelte nachdenklich mit einem Tentakel. „Vielleicht ist es der Teil einer Bombe, Sir."

„Hm!" machte Rhodan. Willy hätte sich am liebsten aus dem Staub gemacht, aber er war viel zu höflich, um jetzt einfach zu gehen. Er war so aufgeregt, daß er sogar die Kälte vergaß, der er seit einiger Zeit ausgeliefert war.

Rhodan betätigte den Schalter seines Tischsprechgerätes. „John", hörte ihn Willy sagen. „Schicken Sie doch bitte Fellmer zu mir herauf."

Willy fragte sich verwirrt, was das zu bedeuten hatte. Seiner Meinung nach hätte Rhodan völlig anders reagieren sollen. Der Großadministrator gab weder Alarm, noch schien er sonderlich beeindruckt zu sein.

„Sind Sie sicher, daß Sie keinem Irrtum zum Opfer gefallen sind?" erkundigte sich Perry Rhodan bei seinem Gast.

„Aber, Sir!" ereiferte sich das Plasmawesen. „Käme ich zu Ihnen, wenn ich meiner Sache nicht sicher wäre?"

„Gewiß nicht", pflichtete Rhodan bei.

Ein Klopfen an der Tür unterbrach ihr Gespräch. Rhodan betätigte den Türöffner, und ein untersetzter Mann mit dunklen Haaren kam herein. Er machte einen freundlichen Eindruck. Willy war erleichtert. Wahrscheinlich würde Perry Rhodan diesen Mann damit beauftragen, die Suche nach der dritten Waffe einzuleiten.

„Das ist Matten-Willy, Fellmer", sagte Rhodan zu dem Neuan-

318

kömmling. „Sie kennen sein Volk von unseren Einsätzen auf der Hundertsonnenwelt."

Der breitschultrige Terraner schenkte Willy ein Begrüßungslächeln.

„Willy, darf ich Ihnen Fellmer Lloyd vorstellen?" wandte sich Rhodan an das Quallenwesen. „Lloyd gehört zu den Mutanten. Er ist Orter und Telepath. Richtig, Fellmer?"

Lloyd nickte lächelnd. „Gewiß, Sir!"

„Und nun, Fellmer, sagen Sie mir, was Matten-Willy veranlaßt hat, zu uns zu kommen", forderte Rhodan den Mutanten auf.

„Er kam auf Wunsch Lordadmiral Atlans", berichtete Lloyd mit einem bedauernden Seitenblick auf Willy. Dann erzählte er in allen Einzelheiten, warum Willy gekommen war. Vor Scham wäre Willy fast im Boden versunken. Er verlor seine menschliche Gestalt und wurde zu einem unförmigen Riesenklumpen.

„Das genügt, Lloyd", sagte Rhodan schließlich.

„Sir", winselte Willy bekümmert. „Ich tat es wirklich nur, um Ihnen zu helfen."

„Niemand macht Ihnen einen Vorwurf", sagte Rhodan beschwichtigend. „Ich verstehe auch die Beweggründe des Arkoniden. Aber Sie sehen jetzt selbst, was durch übertriebenen Pessimismus geschehen kann."

„Sie sind sehr freundlich, Sir", sagte Willy glücklich. „Ich werde morgen eine große Rede für Sie halten."

Ein paar Minuten später schlüpfte das Quallenwesen wieder in die Kanzel von Aboyers Gleiter und genoß die Wärme, die der Heizstrahler verbreitete. Aboyer, der fast auf seinem Sitz eingeschlafen war, richtete sich mit einem Ruck auf.

„Nun?" fragte er gespannt.

Willy machte sich so flach wie möglich, damit sein Körper sich schneller erwärmen konnte.

„Reden Sie schon!" brummte Aboyer ungeduldig.

„Kennen sie Fellmer Lloyd, Al?"

„Das ist einer der Mutanten, nicht wahr?"

Willy nickte bestätigend mit seinem Tentakel. „Er ist Telepath. Rhodan holte ihn, nachdem ich meine Geschichte erzählt hatte. Lloyd fand sofort heraus, daß alles gelogen war."

„Sie sind aber auch zu nichts zu gebrauchen", zischte Aboyer wütend. „Sie hätten Ihre Gedanken blockieren können."

„Al!" rief Willy bestürzt. „Al, ich dachte, wir seien Freunde."

Aboyer blickte in ein Stielauge, das vor ihm hin und her schwankte. Er wußte, daß Willy alles getan hatte, was man von ihm verlangen konnte.

„Entschuldigen Sie meine Heftigkeit", sagte er. Unwillkürlich fiel sein Blick auf die Uhr. Es war kurz nach zwölf. Es wurde Zeit, daß er ein paar Stunden schlief.

„Was nun, Al?" fragte Willy niedergeschlagen.

„Ich weiß es nicht", gestand Aboyer ein. Es blieb ihm nichts anderes übrig, als mit Matten-Willy ins HQ der Abwehr zu fliegen, wo Atlan sie erwartete.

Regen klatschte gegen die Kanzel, als Aboyer den Gleiter startete.

„Ich glaube, die Meteorologen wissen, wie mir zumute ist", sagte Aboyer.

Willy hörte ihn kaum. Er kuschelte sich tief in den breiten Sitz und zog alle Stielaugen ein. So konnte er sich ganz der Illusion hingeben, auf einem sonnendurchglühten Felsen seiner Heimatwelt zu liegen.

Aboyer erwachte, als ihm jemand einen leichten Schubser in den Rücken gab. Er knurrte unwillig und wälzte sich auf die Seite.

„Sind Sie wach, Al?" erkundigte sich eine altbekannte Stimme. „Der Heizstrahler hat sich ausgeschaltet."

Erst jetzt bemerkte Aboyer, daß seine Kleidung vollkommen schweißdurchtränkt war. Die Luft innerhalb des Büroraumes hätte mit der einer kleinen Vorstadtkneipe konkurrieren können.

„Kein Wunder", knurrte Aboyer und richtete sich umständlich auf. „Der Thermostatregler schaltet den Strahl ab, sobald die Temperatur über vierzig Grad Celsius ansteigt."

„Aha!" meinte Willy enttäuscht. „Ich begann gerade, ein bißchen aufzutauen."

Aboyer tappte zum Fenster und öffnete es. Er machte einen tiefen Atemzug und rieb sich den Nacken.

„Es zieht herein, Al!" jammerte Willy. „Machen Sie doch das Fenster zu."

Widerwillig schloß Aboyer das Fenster. Er hatte Kopfschmerzen und war hungrig. Er erinnerte sich, daß er auf der Pneumoliege eingeschlafen war. Er befand sich in einem Büroraum des Hauptquartiers der Solaren Abwehr. Ein Blick auf die Uhr zeigte ihm, daß es kurz nach sechzehn Uhr war. Er hatte drei Stunden geschlafen, ohne von jemand gestört zu werden.

Er erinnerte sich, daß Atlan ihm empfohlen hatte, sich ein bißchen auszuruhen. Er hatte dem Arkoniden von Willys Pech berichtet. Atlan hatte offenbar damit gerechnet, daß sein Plan fehlschlagen würde.

Matten-Willy kauerte vor dem Heizstrahler und verfolgte mit einem Stielauge alle Bewegungen Aboyers. Der Agent kam sich überflüssig vor. Er fragte sich, was in den vergangenen Stunden geschehen sein mochte. Wahrscheinlich war Atlan zu diesem Zeitpunkt bereits in der Solar Hall, um die letzten Sicherheitsvorbereitungen für die Konferenz zu überwachen.

„Ich werde mir etwas zum Essen besorgen", kündigte Aboyer an und ging auf die Tür zu.

Willy machte sich schlank und hastete Aboyer nach.

„Lassen Sie mich nicht im Stich, Al", flehte er. „Sobald Sie draußen sind, kann jemand hereinkommen und mir das Heizgerät wegnehmen."

„Ich hole mir nur ein paar Sandwiches", beruhigte ihn Aboyer. „Das dauert höchstens zehn Minuten."

Er ließ das protestierende Quallenwesen zurück und trat auf den Gang hinaus. In der Kantine traf er auf Dr. Wolkow, der ihm mitteilte, daß sich der Gesundheitszustand der Mutanten Wuriu Sengu und Rakal Woolver weitgehend gebessert habe.

„Sie werden in ein paar Tagen wieder einsatzfähig sein", sagte der Arzt.

Aboyer ließ sich drei Sandwiches vom Robot-Butler einpacken und stürzte hastig einen Becher heißen Kaffees hinunter. Wolkow sah ihm kopfschüttelnd zu.

„Sie werden Magenbeschwerden bekommen", prophezeite er dem Agenten.

Aboyer grinste und nickte Wolkow zu. Er verließ die Kantine und beeilte sich, um das Zimmer zu erreichen, wo er Willy zurückgelassen hatte. Als er eintrat, erlebte er eine unangenehme Überraschung. Willy war verschwunden. Dafür lag ein verschmierter Zettel auf dem Boden. Aboyer hob ihn auf.

Lieber Al, las er ärgerlich, *ich wage mich ein bißchen in die Kälte hinaus. Ich glaube, ich habe eine prächtige Idee. Dein Freund Matten-Willy.*

Aboyer stieß eine Verwünschung aus. Er konnte sich nicht vorstellen, welche Idee in Willys Bewußtsein herumspukte, doch er glaubte zu wissen, daß Schwierigkeiten bevorstanden, wenn man Willy nicht daran hinderte, seine Pläne auszuführen.

Aboyer schaltete das Tischsprechgerät ein und stellte eine Verbindung zum Haupteingang her.

„Das Quallenwesen von der Hundertsonnenwelt darf nicht passieren, bis ich unten bin", sagte er.

„Das hätten Sie mir früher sagen müssen", erwiderte der Wächter. „Willy ist bereits unterwegs. Er schien es mächtig eilig zu haben."

Aboyer schaltete ab, griff nach einem Sandwich und stürzte hinaus. Eine Minute später stand er vor dem Gebäude der Solaren Abwehr.

„In welche Richtung ist er verschwunden?" erkundigte er sich bei einem der Wachbeamten.

„Wenn ich jedem nachsehen wollte, der hier herauskommt, hätte ich bald Stielaugen", erwiderte der Mann säuerlich.

Aboyer rannte zum Gleitband hinab und ließ sich davontragen. Wahrscheinlich würde er nicht lange suchen müssen. Wo Willy war, herrschte meistens Aufruhr. Jetzt zur Hauptverkehrszeit würde sich das noch deutlicher bemerkbar machen.

Am nächsten Häuserblock wechselte Aboyer das Band. Er ließ sich in Richtung des Stadtzentrums davontragen. Er fragte sich, ob er Atlan oder Mercant verständigen sollte. Beide Männer waren wahrscheinlich viel zu beschäftigt, um sich um den Besucher von der Hundertsonnenwelt zu kümmern.

Etwa hundert Meter vor Aboyer hatte sich ein Menschenauflauf gebildet. Aboyer wußte, daß sich dort eines der vielen großen Kaufhäuser Terranias befand. Er glaubte nicht, daß die Menschenansammlung etwas mit Matten-Willy zu tun hatte, aber er wollte auf jeden Fall nachsehen.

Als er sein Ziel erreichte, sprang er vom Band und näherte sich dem Eingang des Kaufhauses. Die Menschen standen so dicht, daß Aboyer nicht sehen konnte, was geschah. Er vermutete, daß irgendein Verkaufsschlager zu einem Sonderpreis verkauft wurde.

„Was ist da vorn überhaupt los?" fragte er seinen Nebenmann, der zwei Köpfe größer war als er.

„Irgendein Abgeordneter gibt ein Fernsehinterview", erwiderte der Mann. Mit einem hämischen Lächeln fügte er hinzu: „Wenn Sie größer wären, könnten Sie die Sache verfolgen."

Aboyer hörte schon nicht mehr zu. Er wußte, daß in den Hauptverkehrszeiten Reporter des Fernsehens überall unterwegs waren, um Interviews zu machen. Gerade am Vorabend der galaktischen Gipfelkonferenz würde es in der Stadt von Reportern wimmeln.

Rücksichtslos bahnte Aboyer sich mit den Ellbogen einen Weg durch die Menschen. Empörte Rufe wurden laut, doch er kümmerte sich nicht darum. Endlich sah er Willy, genau vor dem Warmluftgebläse der Tür des großen Kaufhauses.

„Wir haben außergewöhnliches Glück", hörte Aboyer den Reporter sagen. „Meine Damen und Herren, wir können Ihnen nun einen extraterrestrischen Abgeordneten vorstellen, der Ihnen seine Meinung zu der augenblicklichen politischen Lage sagen wird."

Aboyer atmete auf. Offenbar hatte der Reporter zuvor noch Passanten interviewt, bevor er sich jetzt Matten-Willy zuwandte. Bestürzt sah Aboyer, wie der Kameramann sein kleines Gerät herumschwenkte und auf Willy richtete. Willy winkte gerührt mit einem Tentakel und glotzte mit vier Stielaugen in Richtung der Kamera.

„Dieser Bursche kommt von der Hundertsonnenwelt, meine Damen und Herren", sagte der Reporter. „Das ist die Zentralwelt der Posbis. Achtzig künstliche Sonnen spenden dieser Welt Wärme."

„Fünfundachtzig", verbesserte Willy bescheiden.

„Willy!" schrie Aboyer, der sich endlich bis zu dem Kameramann vorgearbeitet hatte.

Er hatte das Gefühl, von allen Umstehenden angestarrt zu werden.

Willy stieß einen Schreckensschrei aus und begann zu rotieren. Bevor es jemand verhindern konnte, hatte er die Straßendecke durchbrochen und war wie vom Erdboden verschwunden. Nur noch eine quadratmetergroße Öffnung zeugte von seiner Anwesenheit.

Der vor Schreck und Wut blaß gewordene Reporter wandte sich an Aboyer.

„Sind sie wahnsinnig?" schrie er Aboyer an. „Sie verpfuschen mir dieses Interview. Die Fernsehgesellschaften werden Ihnen einen Schadensprozeß anhängen."

Aboyer zeigte ihm schweigend seinen Ausweis. Der Reporter schluckte krampfhaft.

„Entschuldigen Sie", sagte er. „Ich wollte keine Schwierigkeiten machen. Trotzdem muß ich auf dem Interview bestehen. Sie können es nicht verhindern, wenn Sie die Gesetze der Pressefreiheit und der freien Meinungsäußerung nicht übertreten wollen."

Aus dem Loch, in dem Willy verschwunden war, kam zitternd ein Tentakel, an dessen Ende ein Stielauge glänzte. Die Zuschauermenge quittierte sein Erscheinen mit Beifall und Gelächter.

Aboyer trat an den Rand des Loches.

„Kommen Sie heraus, Willy!" rief er. „Es wird nichts passieren."

Willy erschien wie ein violetter Riesenball vor dem Eingang des Kaufhauses.

„Sagen Sie dem Reporter, daß Sie nicht mehr an einem Interview interessiert sind", sagte Aboyer.

„Ich verbitte mir diese Einmischung!" rief der Fernsehmann.

„Es ist schon gut", murmelte Willy verlegen. „Es tut mir schrecklich leid, daß es nicht geklappt hat. Kommen Sie, Al. Lassen Sie uns gehen."

Der Reporter stieß wüste Drohungen aus, während der Kameramann Aboyers und Willys Abgang wie besessen filmte. Aboyer ahnte, daß er Schwierigkeiten bekommen würde. Doch das war ihm im Augenblick völlig gleichgültig. Seine privaten Schwierigkeiten standen in keinem Verhältnis zu jenen, denen Perry Rhodan ausgesetzt war.

Es gelang Aboyer, ein Robot-Taxi zu bekommen. Er schob Willy auf den hinteren Sitz. Draußen drängten sich die Menschen.

„Losfahren!" kommandierte Aboyer. „Unser Ziel ist das Hauptquartier der Solaren Abwehr."

Das Taxi hob vom Boden ab. Erleichtert lehnte sich Aboyer im Sitz zurück. Er war froh, daß es ihm gelungen war, Willy rechtzeitig zu finden.

„Und nun", sagte er zu Willy, „würde mich interessieren, wie Sie auf diese verrückte Idee gekommen sind, ein Fernsehinterview zu geben."

Aus Willys Translator kam ein verlegenes Hüsteln. „Ich wünschte, Sie hätten mich gewähren lassen, Al. Mein Plan ist ausgezeichnet. Ich wollte alle Abgeordneten im Laufe des Interviews vor einem Anschlag während der Konferenz warnen. Das hätte die Konferenz zum Platzen gebracht."

„Sie harmloses Gemüt!" stieß Aboyer hervor. „Sämtliche Abgeordneten wissen, wie Sie zu Rhodan stehen. Man hätte Sie ausgelacht und Ihnen empfohlen, sich etwas Besseres auszudenken."

„An diese Möglichkeit habe ich überhaupt nicht gedacht", gab das Quallenwesen zu. „Wahrscheinlich haben Sie recht, Al. Das Interview hätte Rhodan nur geschadet."

Aboyer schob ein paar Münzen in den Programmierungsschlitz des Taxis.

„Wenn Sie wieder eine Idee haben, sprechen Sie mit mir, bevor Sie sie in die Tat umsetzen", sagte er zu Willy. „Außerdem haben Sie während der Konferenz noch genügend Zeit, sich den Kameras zu stellen. Sämtliche Ansprachen werden übertragen."

Er schnippte mit den Fingern. „Warum haben wir nicht früher daran gedacht?" fragte er. „Das Fernsehen!"

„Was ist los, Al?" erkundigte sich Willy verwirrt.

„Wir ändern unser Ziel", sagte Aboyer. „Wir fliegen direkt zur Solar Hall."

Aboyer brauchte fast eine halbe Stunde, bis er in die ausgedehnten Kellerräume der Solar Hall vorgedrungen war. Willy hatte Mühe, mit ihm Schritt zu halten. Endlich entdeckten sie den Arkoniden in der Nähe eines Monitors, über den man den gesamten Konferenzsaal beobachten konnte. Atlan nickte Aboyer zu.

„Wir halten gerade unsere Generalprobe ab", sagte er zu dem Agenten. „Sämtliche Plätze, die morgen von den Abgeordneten eingenommen werden, sind jetzt von Spezialisten der Sicherheitsgarde besetzt."

Atlan deutete auf die einzelnen Bildschirme. Aboyer sah, daß jede Schwebeloge vom Keller aus gesehen werden konnte. Auch die anderen Plätze waren einwandfrei zu beobachten.

„Alle Bilder werden morgen ins HQ der Abwehr übertragen, von wo aus ich die Sicherheitsmaßnahmen überwachen werde", sagte Atlan. „Wir haben praktisch jeden Konferenzteilnehmer ununterbrochen im Bild. Nach menschlichem Ermessen könnte nichts geschehen. Die Ränge sind von Wächtern besetzt. Jede Schwebeloge erhält einen zusätzlichen Schutzschirm. Wer das Rednerpodium betritt, wird, ohne daß er es bemerkt, von hundert Augen bewacht, die bereit sind, sofort einzugreifen, um das Leben des Redners zu schützen."

„Wo stehen die Fernsehkameras, Sir?" erkundigte sich Aboyer.

Atlan zeigte sie ihm. Es waren insgesamt fünf. Drei davon waren auf den Rängen montiert, die beiden anderen waren beweglich und konnten auf einem ausgeklügelten Schienensystem fast an jede Stelle des Saales rollen. Aboyer wußte, daß die Kameras von der Fernsehzentrale aus automatisch gesteuert wurden. Kein Kameramann durfte den Saal betreten.

„Sind diese fünf Kameras die einzigen beweglichen Geräte innerhalb der Solar Hall?" fragte Aboyer.

„Was bedeuten diese Fragen?" erkundigte sich Atlan.

„Soviel ich weiß, hat jeder Konferenzteilnehmer einen Vertrag mit dem Fernsehen unterzeichnet", sagte Aboyer. „Das bedeutet, daß jeder Abgeordnete in den letzten Tagen einmal in den Studios der TV-Gesellschaft war."

„Na und?" fragte Atlan ungeduldig.

„Ich frage mich schon längere Zeit, wie die dritte Waffe der MdI gezündet werden soll, wenn sie tatsächlich existiert", sagte Aboyer.

Atlan konnte ein Lächeln nicht unterdrücken. „Sie glauben, die Fernsehkameras hätten etwas mit der Fragmentwaffe zu tun?"

„Es wäre eine Möglichkeit", meinte Aboyer.

„Jede einzelne Kamera wird ein paar Minuten vor Konferenzbeginn untersucht", erklärte Atlan. „Außerdem befinden sich während der Konferenz mindestens zwanzig Mitglieder der Sicherheitsgarde im Fernsehstudio, um die automatische Kameraführung zu überwachen. Es ist völlig ausgeschlossen, daß von dieser Seite Gefahr droht."

Aboyer nickte widerstrebend. Er sah ein, daß der Arkonide recht hatte. Er schien Gespenster zu sehen.

„Wie kommen Sie überhaupt auf diese absurde Idee?" wollte Atlan wissen.

Aboyer verschwieg Willys Extratouren und gab vor, daß ihm in den letzten Stunden noch weitaus verrücktere Gedanken durch den Kopf gegangen seien.

Dies war der einzige Zeitpunkt vor Beginn der Konferenz, daß Miras-Etrins Plan gefährdet schien. Da jedoch niemand Aboyers Gedanken weiterverfolgte, verstrich die einmalige Chance, etwas gegen die dritte Waffe zu unternehmen.

In diesem Augenblick, es war genau zwölf Minuten nach achtzehn Uhr, war der Tefroder Broysen noch achtzig Lichtjahre vom Solsystem entfernt.

„Bringen Sie Matten-Willy ins Hotel zurück und melden Sie sich im HQ", befahl Atlan Aboyer. „Es ist sinnlos, daß wir noch irgend etwas unternehmen."

„Natürlich, Sir", sagte Aboyer.

Zusammen mit Willy verließ er die Solar Hall.

„Werden Sie mich ins Hotel bringen, Al?" fragte Willy niedergeschlagen, als sie vor dem großen Gebäude standen.

„Wir geben noch nicht auf", erklärte Aboyer. „Wenn Sie einverstanden sind, gehen wir jetzt nach Hause."

„Nach Hause?" echote Willy. „Meine Heimat ist unendlich weit von hier entfernt."

„Ich muß noch etwas erledigen", sagte Aboyer. „Und ich möchte, daß Sie dabei sind."

Willy zögerte keinen Augenblick. Bestimmt war es in Aboyers Wohnung wärmer als im Hotel. Außerdem hatte das Wesen von der Hundertsonnenwelt keine Lust, die kommende Nacht im Hotel zuzubringen.

26.

Darb Rontoff beobachtete seine Frau und fragte sich, warum sie sich in den letzten Tagen derart verändert hatte. Sie machte einen verstörten Eindruck und vermochte sich kaum auf ihre Routinearbeiten zu konzentrieren. Rontoff war das von Sintra nicht gewohnt. Er machte sich Sorgen über ihren Gesundheitszustand.

Er war froh, daß ihr Dienst für diesen Tag beendet war. Sie befanden sich jetzt in ihren kleinen Privaträumen, die man ihnen zur Verfügung gestellt hatte.

Sintra las in einem Buch, aber sie überblätterte immer wieder einige Seiten oder blickte ins Leere.

Rontoff stand auf und streckte sich. Er war ein untersetzter Mann mit schwarzen Haaren und buschigen Augenbrauen. Der düstere Eindruck, den er machte, wurde nur durch seinen weichen Mund gemildert.

Rontoff sah auf die Uhr. Es war neunzehn Uhr Weltzeit.

„Was hältst du davon, wenn wir Varnton besuchen?" fragte er unsicher.

Er wußte, daß Sintra Varnton nicht besonders mochte, obwohl gerade dieser Mann aus Rontoffs Mitarbeiterstab ein ausgezeichneter Unterhalter war. Vielleicht schätzte sie die übertriebenen Komplimente dieses Mannes nicht, überlegte Rontoff.

Sintra blickte auf und klappte das Buch zu.

„Warum nicht?" sagte sie zu Rontoffs Überraschung. „Vielleicht haben wir Varnton in letzter Zeit ein bißchen vernachlässigt."

Sie verschwand im kleinen Badezimmer. Rontoff nahm sich ein frisches Hemd aus dem Schrank. Während er es gegen sein Arbeitshemd umtauschte, summte der Privatanschluß des Telekoms, den Rontoff in diesem Raum hatte anbringen lassen. Verwundert fragte er sich, wer ihn jetzt noch sprechen wollte. Im allgemeinen wurden Sintra und er nur während der Arbeitszeit angerufen, da die wenigsten ihrer Bekannten von dem Privatanschluß wußten.

Rontoff knöpfte sein Hemd zu und schaltete das Gerät ein. Auf dem Bildschirm erschien das Gesicht eines übermüdet aussehenden Mannes. Der Fremde hatte kurzgeschnittene graue Haare. Rontoff konnte sehen, daß er einen Rollkragenpullover trug.

„Guten Abend, Mister Rontoff", sagte der Unbekannte. „Ich möchte Ihre Frau sprechen."

„Wer sind Sie?" erkundigte sich Rontoff verärgert. „Und was wollen Sie?"

„Mein Name ist Aboyer", sagte der Mann mit dem faltigen, verlebt aussehenden Gesicht. Er lächelte schwach und entblößte eine Reihe unregelmäßiger Zähne. „Wahrscheinlich haben Sie schon von mir gehört."

Rontoff hatte Mühe, vollkommen ruhig zu bleiben. Sintra hatte ihm von Aboyer erzählt, aber er hatte bisher nicht gewußt, daß sie noch immer mit ihm in Verbindung stand.

„Aboyer!" stieß Rontoff hervor. „Was wollen Sie jetzt noch?"

„Regen Sie sich nicht auf!" sagte Aboyer. „Ich spreche von Terrania aus. Es ist ein rein dienstliches Gespräch."

Rontoff zögerte einen Augenblick, dann ging er zum Badezimmer und riß die Tür auf. Sintra blickte überrascht auf. „Ein Anruf!" sagte Rontoff barsch. „Von der Erde!"

Er blieb neben der Badezimmertür stehen, als Sintra herauskam. Er sah, daß sie unwillkürlich ihren Schritt verlangsamte, als sie den Mann auf dem Bildschirm erkannte.

„Kann ich Sie ungestört sprechen?" fragte Aboyer sofort, als er Sintra erblickte.

Sie schüttelte den Kopf. „Al, er ist mein Mann. Was wollen Sie überhaupt? Warum rufen Sie mich jetzt an?"

„Natürlich ist er Ihr Mann", sagte Aboyer grimmig. „Hoffentlich können Sie ihn dazu bringen, den Mund zu halten, bis alles vorüber ist. Sintra, Sie müssen noch eine Berechnung für mich durchführen."

Rontoff stürmte auf das Gerät zu und drohte Aboyer.

„Diese Unverschämtheit lasse ich Ihnen nicht durchgehen!" rief er. „Denken Sie nicht, daß ich meine Frau von einem heruntergekommenen Kerl wie Sie belästigen lasse."

Er spürte wie Sintra eine Hand auf seinen Arm legte. „Darb", sagte sie leise. „Ich will ihn wenigstens anhören."

„Sie wissen, worum es geht", sagte Aboyer gelassen. „Ist es möglich, daß Sie jetzt noch ein paar private Auswertungen durchführen können?"

„Auf einer kleinen Positronik", sagte Sintra. „Es wird nicht schnell gehen."

„Versuchen Sie herauszufinden, was das Fernsehen mit der dritten Fragmentwaffe zu tun haben könnte", sagte Aboyer. „Ich kann Ihnen nur dieses Stichwort geben, mehr weiß ich nicht. Wenn mein Verdacht richtig ist, muß die Positronik Anhaltspunkte finden."

„Fragmentwaffe?" fragte Darb Rontoff verstört. „Was geht hier überhaupt vor, Sintra?" Er blickte abwechselnd zum Bildschirm und zu seiner Frau. „Ich werde sofort den Ersten Sektionschef verständigen."

Aboyer verzog das Gesicht. „Sie müssen ihn irgendwie daran hindern, Sintra", sagte er. Bevor einer der Rontoffs antworten konnte, hatte er abgeschaltet.

„Natürlich kannst du mich nicht daran hindern", sagte Rontoff aufgebracht. „Ich nehme von diesem Kerl keine Befehle entgegen."

„Darb", sagte Sintra, „du mußt mir vertrauen. Wenn du zum Ersten Sektionschef gehst, kannst du unter Umständen das Leben von Millionen Menschen gefährden."

Rontoff hatte das Gefühl, als hätte er einen körperlichen Schlag erhalten.

„Um Himmels willen, Sintra!" stieß er hervor. „In was hast du dich da eingelassen?"

„Genügt es dir, wenn ich dir versichere, daß Perry Rhodan und Lordadmiral Atlan von der USO informiert sind?" Sintra schob ihren Mann sanft auf einen Sessel zu. „Gib mir Zeit bis morgen früh, bevor du Meldung machst."

Widerstrebend ließ Rontoff sich in den Sessel sinken.

„Was für ein Mann ist eigentlich dieser Aboyer?" fragte er.

„Er ist ein Mann, der in einer verkehrten Zeit geboren wurde", sagte sie nachdenklich. „Er ist ein Abenteurer und Individualist, er kann sich in keiner Gesellschaftsschicht einleben."

Darb Rontoff lächelte bitter. „Das klingt fast wie eine Lobeshymne", murmelte er. „Bedeutet er dir noch irgend etwas?"

„Nein", sagte sie entschieden. „Den Aboyer, den du hättest fürchten müssen, gibt es nicht mehr."

Matten-Willy preßte sich fest gegen die Lehne von Aboyers Ledersessel und drückte sich mit zwei Tentakeln am Boden ab. Die Gleitrollen knirschten, und der Sessel glitt mit Willy quer durch den Raum. Willy quietschte vor Entzücken, als er kurz vor einer Flaschenwand abbremste und eine andere Richtung einschlug.

Aboyer kam vom Arbeitszimmer herüber und steckte seinen Kopf durch den schmalen Spalt, um den er die Tür geöffnet hatte.

„Puh!" machte er. „Mein Whisky wird noch zu kochen beginnen, wenn wir die Temperatur in diesem Zimmer nicht bald etwas drosseln."

Willy bremste ab und winkte seinem terranischen Freund mit einem Tentakel.

„Dieser Sessel ist eine herrliche Erfindung, Al", sagte er begeistert. „Ich werde mir eine solche Konstruktion mit zur Hundertsonnenwelt nehmen. Stellen Sie sich vor, wie schön das sein muß, mit diesem Sessel durch die Strahlen von fünfundachtzig Sonnen zu rollen."

„Das kann ich mir einfach nicht vorstellen", gestand Aboyer. „Außerdem bin ich jetzt mit anderen Dingen beschäftigt."

„Ach ja", flüsterte Willy entschuldigend. „Hat sie sich immer noch nicht gemeldet?"

„Nein", sagte Aboyer. „Vielleicht hat ihr Mann sie daran gehindert, die Berechnungen durchzuführen."

„Wieviel Uhr ist es?" erkundigte sich Willy.

„Noch eine knappe Stunde bis Mitternacht", antwortete der Agent. „Ich muß aufpassen, daß ich nicht einschlafe."

„Ruhen Sie sich ein bißchen aus", schlug Willy vor. „Ich wecke Sie, sobald der Summer des Telekoms ertönt."

„Dann müßten Sie aber ins Arbeitszimmer hinüber", gab Aboyer zu bedenken. „Und dort ist es erheblich kühler als hier."

Das Plasmawesen plusterte sich auf. „Das stört mich nicht, Al. Ich bin jetzt so richtig durchgewärmt. So wohl habe ich mich seit meiner Ankunft noch nie gefühlt."

„Also gut", stimmte Aboyer zu. „Ich schiebe meinen Sessel in den Korridor hinaus und lege mich ein bißchen hin. Sobald man mich anruft, müssen Sie mich wecken. Aber nichts auf eigene Faust versuchen."

Willy streckte Aboyer einen Tentakel entgegen und formte eine Pseudohand.

„Ehrenwort, Al", versprach er und blinzelte dem Terraner mit drei Stielaugen zu. Er räumte den Sessel für Aboyer und zog sich ins Arbeitszimmer zurück. Erschöpft nahm Aboyer Platz. Er schloß die Augen und lehnte sich zurück. Seine Gedanken kreisten um Sintra, die Fragmentwaffe und Matten-Willy. Zwei Minuten später war er eingeschlafen.

Er erwachte mit schmerzendem Rücken und einem schlechten Geschmack im Mund. Er fuhr hoch und sah mit einem Blick, daß es draußen bereits hell wurde. Mit wenigen Schritten war er im Arbeitszimmer. Geduldig kauerte Willy vor dem Telekom und starrte es aus drei Stielaugen an. Ein Blick auf die Uhr zeigte Aboyer, daß es kurz vor sieben war. In zwei Stunden begann die Konferenz.

„Ich wollte Sie gerade wecken, Al", sagte Willy. „Es wird allmählich Zeit für mich, daß ich mich zur Solar Hall begebe."

Aboyer hörte kaum, was das Quallenwesen sagte. Er trat ans Fenster und starrte hinaus. Sintra hatte offenbar keine Berechnungen durchgeführt. Wütend preßte Aboyer die Zähne aufeinander. Er konnte sich vorstellen, wie in diesem Augenblick in den Hotels die Abgeordneten geweckt wurden. In einer Stunde würden sich die ersten auf den Weg zur Solar Hall machen.

„Ich glaube, wir sind einem Phantom nachgejagt, Al", sagte Willy. „Es gibt wahrscheinlich keine dritte Fragmentwaffe. Während Sie schliefen, hat niemand angerufen. Ich habe die ganze Zeit über aufgepaßt."

Aboyer blickte die Fassaden der gegenüberliegenden Gebäude an. Sie erschienen ihm grau und häßlich. Er hörte, wie Willy im Zimmer hin und her huschte.

„Lassen Sie mich allein!" forderte er unwillig. „Verschwinden Sie, Willy."

Matten-Willy tat, wie ihm geheißen. Aboyer wandte sich vom

Fenster ab und wanderte ruhelos im Raum auf und ab. Wozu hatte er sich die letzten Tage über so eingesetzt?

Was für ein verdammter Narr war er doch gewesen. Er hatte sich eine Geschichte ausgedacht, um sich aufzuwerten. Fast wäre es ihm gelungen, eine Panik heraufzubeschwören und die wichtigste Konferenz seit Jahren zu verhindern, nur weil er sich bestätigt sehen wollte.

Er hörte nicht, wie Willy behutsam ein Stielauge ins Arbeitszimmer schob.

„Sind Sie in Ordnung, Al?" wisperte Matten-Willy kaum hörbar.

Aboyer fuhr herum. „Es gibt keine dritte Waffe!" schrie er Willy an. Das Quallenwesen zog entsetzt das Stielauge zurück und flüchtete. „Die dritte Waffe ist ein Hirngespinst, eine Ausgeburt meiner Phantasie."

„Al!" jammerte Willy. „Al, nehmen Sie doch Vernunft an!"

Aboyer schmetterte die Tür zu und lehnte sich gegen seinen Schreibtisch.

Hätte Broysen ihn in diesem Augenblick sehen können, wäre der tefrodische Raumschiffskommandant wahrscheinlich erleichtert gewesen, daß die Suche nach der dritten Waffe endgültig eingestellt wurde. Doch Broysen befand sich noch dreieinhalb Lichtjahre von seinem Ziel entfernt und bereitete sich darauf vor, sein Kleinstraumschiff in einer Stunde zu verlassen.

Ebenfalls in einer Stunde würden sich 1039 amtierende Administratoren und 228 Staatschefs fremder Sternenvölker auf den Weg zur Solar Hall begeben.

Zweiunddreißig von ihnen würden den Tod für alle auf der Erde lebenden Wesen mit sich tragen.

Genau drei Minuten nach neun, so sah es Miras-Etrins Plan vor, würden sich die zweiunddreißig Einzelteile der dritten Waffe vereinigen.

Dann brauchte Broysen nur noch auf den Knopf zu drücken, um die Erde in einen atomaren Glutball zu verwandeln.

27.

Am 3. April, um sechs Uhr morgens, wurde von einer der Überwachungsstationen, die die Erde umkreisten, ein kleiner Meteor mit hohem Nickelgehalt gemeldet. Der Meteor schoß auf die Erde zu und war plötzlich verschwunden. Die Meldung der Robot-Station ging als Routinebericht in die Zentrale. Es war ein so alltägliches Ereignis, daß sich niemand darum kümmerte.

Einen Augenblick hing Broysen bewegungslos im Weltraum. Vor ihm, fast sein gesamtes Blickfeld ausfüllend, war der Planet, den er vernichten würde. Das Kleinstraumschiff, das er verlassen hatte, zog er an einer Leine nach.

Broysen bewegte vorsichtig Arme und Beine, die vom langen Liegen steif waren. Ungefähr zweihundert Meter von ihm entfernt schwebte TV-4-Sol im Weltraum, die Station, die er anfliegen und betreten mußte. Ihre Entfernung zur Erdoberfläche betrug 36 000 Kilometer.

Broysen hatte noch drei Stunden Zeit. Er schaltete sein kleines Rückstoßaggregat ein. Die Energiemenge, die es abgab, war so gering, daß sie nicht geortet werden konnte. Broysen tastete nach dem Impulsschlüssel an seinem Gürtel. Ohne ihn konnte er die Station nicht betreten.

Seltsamerweise fühlte sich Broysen nicht erregt. Es kam ihm vor, als hätte er irgendeine Routinearbeit durchzuführen.

Er wußte, daß die Erde von insgesamt zehn TV-Satelliten umkreist wurde. Für eine Umkreisung benötigten die Stationen vierundzwanzig Stunden. Bevor Broysen sein Kleinstraumschiff verlassen hatte, war er auf Umlaufgeschwindigkeit der Satelliten gegangen. Der Abstand zwischen ihm und TV-4-Sol konnte sich nur verändern, wenn Broysen sich seines Rückstoßaggregats bediente.

Sie drehten sich synchron mit der Erde, so daß sie von dort aus immer an der gleichen Stelle des Firmaments zu stehen schienen.

Er betätigte das Rückstoßaggregat und schwebte auf sein Ziel zu.

Von Miras-Etrin wußte er, daß er im Innern der Station erdgleiche Verhältnisse antreffen würde, also Sauerstoff und eine Gravitation von einem Gravo. Das bedeutete, daß er den Helm abnehmen konnte, wenn er durch die Schleuse in den Satelliten eingedrungen war.

Jede der zehn Weltraumstationen, auch das wußte Broysen, verfügte über eine eigene kleine Kraftstation, die die Verstärker mit Energie versorgte. Außerdem befanden sich an Bord eines jeden Satelliten drei Reparatur-Roboter, die jede anfallende Störung sofort beseitigten. Die Satelliten vermochten beliebig viele Programme von Kontinent zu Kontinent zu übertragen.

Als Broysen noch wenige Meter von TV-4-Sol entfernt war, hakte er den Impulsschlüssel vom Gürtel ab. Bisher verlief alles genau nach Plan. Broysen bezweifelte nicht, daß dies auch weiterhin so sein würde. Seine Kritik, die er an Miras-Etrins Vorhaben geäußert hatte, erschien ihm jetzt ungerechtfertigt. Der MdI hatte genau gewußt, wie er die Terraner überlisten konnte.

Broysen landete mit den Füßen auf der Außenfläche des Satelliten und orientierte sich. Die Schleuse war fast nahtlos in das Material eingelassen. Broysen schaltete seinen Helmscheinwerfer ein. Das Licht fiel auf einige Antennen und kuppelförmige Erhebungen. Broysen erinnerte sich, daß die Fernsehübertragung von der Konferenz über Hyperfunk auch an sämtliche terranische Kolonialplaneten gehen sollte. Dabei dienten die Satelliten als Relaisstationen.

Broysen zerrte an der Leine, an der das Kleinstraumschiff hing, und manövrierte es behutsam auf die Station zu. Er wollte vermeiden, daß es zu einem stärkeren Aufprall kam. Das hätte einen Meteoralarm auslösen können. Broysen wollte jedoch alles verhindern, was die Aufmerksamkeit einer terranischen Wachstation erregen konnte.

Als er das winzige Schiff fest verankert hatte, näherte er sich der Schleuse. Der Zünder, mit dessen Hilfe er den Kernprozeß auslösen würde, befand sich noch im Raumschiff. Broysen hatte jedoch vor, den Flugkörper mit in die Station zu nehmen, um ihn jeder zufälligen Ortung zu entziehen.

Broysen betätigte den Impulsschlüssel. Er hielt den Atem an, dann schwang die äußere Schleusenwand zu seiner Erleichterung auf. Broysen ließ sich in die Schleusenkammer gleiten und überzeugte sich, daß sie groß genug war, um das Schiff aufzunehmen. Er flog wieder in den Weltraum hinaus und löste das Beiboot von der Außenfläche der Station. Vorsichtig schob er es vor sich her. Er brauchte fast eine halbe

334

Stunde, bis er es in der Schleuse untergebracht hatte. Trotzdem beeilte er sich nicht sonderlich. Er hatte noch genügend Zeit. Er schloß die äußere Schleusenwand und zog seinen Desintegrator. Da er nicht wußte, wie die drei Reparaturroboter auf sein Erscheinen reagieren würden, hielt er es für besser, wenn er sich auf einen Angriff vorbereitete.

Da es im Stationsinnern ebenso wie in der Schleusenkammer hell war, konnte er auf seine Helmbeleuchtung verzichten. Dann betätigte er abermals den Impulsschlüssel. Die innere Schleusentür glitt zur Seite.

Broysen blickte genau ins Zentrum des Satelliten. Der Innenraum war vollgestopft mit Geräten aller Art. Dazwischen war gerade so viel Platz, daß sich die drei Roboter mühelos bewegen konnten. Zwei der Automaten standen bewegungslos zwischen den Maschinen, der dritte kam langsam auf Broysen zu, seine Werkzeugarme pendelten dabei hin und her.

Der Tefroder blieb wachsam stehen. Auch der Roboter schien zu zögern. Wahrscheinlich wußte er nicht, wie er sich gegenüber dem Eindringling verhalten sollte. Es gehörte nicht zu den programmierten Aufgaben des Roboters, einen Fremden abzuwehren, das wußte Broysen mit Sicherheit. Doch die unkomplizierte Positronik des Automaten stellte sich offenbar die Frage, ob ein unvorhergesehenes Öffnen der Schleuse Grund zum Eingreifen war.

Broysen vergewisserte sich, daß er dem Roboter nicht ausweichen konnte. Hastig befestigte er den Impulsschlüssel wieder am Gürtel. Die innere Schleusentür mußte offen bleiben, damit er jederzeit an sein Schiff heran konnte.

Der Roboter war noch drei Meter von dem Raumfahrer entfernt.

Broysen glaubte es riskieren zu können, einen Schritt nach vorn zu machen, ohne eine Kurzschlußhandlung der Positronik hervorzurufen. Er mußte jetzt mit äußerster Vorsicht vorgehen, wenn er nicht durch einen dummen Fehler den gesamten Plan im letzten Augenblick gefährden wollte.

Der Roboter hob einen Werkzeugarm. Sofort verharrte Broysen auf der Stelle. Natürlich war der Roboter keine Kampfmaschine, aber Broysen konnte sich vorstellen, wie ihn ein Schlag mit der Werkzeughand zugerichtet hätte.

Da bewegte sich der Roboter weiter. Broysen ahnte, daß die Maschine wahrscheinlich nur die innere Schleusenwand schließen wollte. Doch das durfte er nicht zulassen. Außerdem war im Zugang zur Schleuse nicht genügend Platz für Broysen und den Roboter. Einer von beiden mußte zurückweichen. Der Roboter, der sich entschieden hatte, seinen Weg fortzusetzen, war ohne Gewalt nicht aufzuhalten.

Broysen hob den Desintegrator und zielte auf den ovalen Kopf der Maschine, in dem die wichtigsten Teile der Positronik untergebracht waren. Entweder besaß der Roboter eine unglaubliche Reaktion, oder es war reiner Zufall, daß er im gleichen Augenblick den Kopf zur Seite drehte, als Broysen abdrückte.

Der Desintegratorstrahl traf den Roboter nicht voll, wenn er auch genügte, um die Maschine außer Gefecht zu setzen. Bestürzt sah der Tefroder, daß er einen Kabelstrang getroffen und durchgeschmort hatte. Der Roboter sank im Zugang zum Satellitenzentrum zusammen. Broysen kletterte über ihn hinweg. Seine Blicke flogen über die verschiedenen Anlagen. Welches Gerät war durch den unglücklichen Schuß zerstört worden? Broysen riß den Helm vom Kopf, um eventuell verdächtige Geräusche hören zu können. Doch außer dem Summen und Knacken der verschiedenen Maschinen vernahm er nichts. Er spürte, daß sich sein Pulsschlag beschleunigte. Er wagte nicht daran zu denken, was geschehen würde, wenn er einen Alarm der terranischen Wachstationen ausgelöst hatte.

Da sah er etwas, das ihn mit Erleichterung erfüllte. Die beiden noch intakten Reparaturroboter lösten sich aus ihrer Starre und marschierten auf das zerschossene Kabel zu. Von Broysen nahmen sie keine Notiz. Aufatmend beobachtete der Tefroder, wie die beiden Roboter mit der Reparatur des Schadens begannen.

Broysen entledigte sich seines Schutzanzuges und holte den Zünder aus seinem Kleinstraumschiff. Immer wieder blickte er auf die Uhr, die er von Miras-Etrin erhalten hatte. Sie zeigte neben der tefrodischen Zeiteinteilung auch die terranische. Auf diese Art konnte kein Irrtum passieren.

Es war kurz vor acht, als Broysen einen kleinen Kontrollbildschirm in dem Satelliten entdeckte, über den das Fernsehprogramm ablief, das während der Konferenz ausgestrahlt wurde. Broysen sah das Innere der Solar Hall und erkannte, daß einige Abgeordnete bereits ihre Plätze eingenommen hatten. Er rollte seinen Schutzanzug zusammen und benutzte ihn als Sitzpolster.

Unmittelbar vor dem kleinen Bildschirm ließ er sich auf den Boden nieder und lehnte sich mit dem Rücken gegen eine Maschine. Den Zünder legte er neben sich.

Miras-Etrins Plan funktionierte nach wie vor. Die Konferenz fand statt, das konnte er den wenigen Bildausschnitten, die er bisher gesehen hatte, bereits entnehmen. Nicht nur das, niemand in der Solar Hall schien Verdacht zu schöpfen, denn die Menschen, die sichtbar wurden, verhielten sich ruhig und normal.

Broysen wandte den Kopf, um zu sehen, wie die beiden Reparaturroboter vorankamen. Die Automaten hatten die schadhafte Stelle bereits ausgebessert und waren dabei, die Isolierung zu erneuern. Broysen nickte befriedigt. Wenn das Kabel überhaupt eine besondere Bedeutung besaß, dann war es nur für zehn Minuten ausgefallen. Er glaubte nicht, daß diese kurze Zeit genügte, um irgendeinen Alarm auszulösen.

Die Robotautomatik von TV-4-Sol meldete um 7:53 Uhr einen Kabelbruch zwischen dem Kraftwerk und Verstärkersektor zur Erde. Die Meldung wurde gespeichert und nicht weitergegeben, da innerhalb kurzer Zeit die Nachricht eintraf, daß der Schaden wieder behoben sei. Die Techniker in der Zentrale von Terra-Television kümmerten sich nicht um Speichermeldungen. Nur Nachrichten, die weitergegeben wurden, waren für sie interessant.

Aboyer fühlte, daß der Whisky eine wohlige Wärme in seinem Magen verbreitete, die sich rasch auf den übrigen Körper ausdehnte. Natürlich hatte er zu schnell getrunken, und er war durch die Abstinenz der vergangenen Tage schon fast entwöhnt.

Willy fiel ihm ein. Ob das Quallenwesen sich noch in der Wohnung aufhielt oder bereits zur Solar Hall unterwegs war? Mit unsicheren Beinen erhob sich Aboyer und wankte auf die Tür des Arbeitszimmers zu. Unwillkürlich fiel sein Blick auf die Uhr. Es war halb neun.

Als Aboyer sein Arbeitszimmer verlassen wollte, um in den anderen Räumen nach Willy zu suchen, ertönte der Summer des Telekoms. Hastig schob Aboyer die Flasche aus dem Sichtbereich des Bildfunkgerätes, bevor er einschaltete. Mit beiden Händen rieb er sich über das Gesicht. Seine Augenlider kamen ihm ungemein schwer vor. Er zog einen Sessel zu sich heran. Als der Bildschirm hell wurde, hatte er bereits Platz genommen.

Es war Sintra. Sie sah übernächtigt aus, aber ihr Anblick weckte in Aboyer wehmütige Gedanken. Der Einfluß des Alkohols tat ein übriges, um seinen alten Groll wieder aufleben zu lassen.

„Sintra!" knurrte er. „Wollen Sie mir beim Frühstück zusehen?"

„Al", rief sie bestürzt hervor. „Al, Sie sind ja betrunken!"

„Haben Sie eine Nachricht für mich?" erkundigte er sich und gab sich Mühe, seine Stimme unter Kontrolle zu bringen. Er wünschte, sie hätte Verachtung für ihn gezeigt, aber er spürte sehr deutlich, daß sie nur Mitleid für ihn hatte. Er mußte sich mit beiden Händen an den Lehnen des Sessels festklammern, damit er nicht die Beherrschung verlor.

„Hat es überhaupt noch einen Sinn, Al?" fragte sie. „In einer halben Stunde beginnt die Konferenz. Was wollen Sie jetzt noch unternehmen?"

„Ich kann schneller trinken", sagte Aboyer wütend. „Dann merke ich nichts, wenn die Stadt in die Luft fliegt."

„Die Positronik erwähnte in ihrer Auswertung die zehn Fernsehsatelliten", berichtete die Mathelogikerin. „Ich habe vergeblich darüber nachgedacht, was die Stationen mit der Konferenz zu tun haben könnten."

Aboyer sprang so plötzlich auf, daß die Sektionschefin zurückfuhr, obwohl sie 384 000 Kilometer von dem Agenten entfernt war.

„Was wollen Sie tun, Al?"

Der strich sich durch die Haare, grinste sie an und schaltete das Gerät aus. Dann stürmte er ins Badezimmer hinüber und hielt seinen Kopf eine Minute unter den Strahl des eiskalten Wassers.

„Willy!" brüllte er.

Ein Tentakel tastete sich behutsam aus dem Flaschenzimmer in den Korridor.

„Al!" kam Matten-Willys klägliche Stimme. „Wie geht es Ihnen, Al? Ich müßte eigentlich längst zur Solar Hall unterwegs sein, doch ich befürchtete, Sie könnten krank werden und meine Hilfe benötigen."

„Die benötige ich dringend", erklärte Aboyer. „Gehen Sie hinaus und beschaffen Sie uns einen Gleiter. Ich werde das Steuer übernehmen, wenn ich hinauskomme."

„Aber, Al...", begann Willy.

„Keine Fragen!" unterbrach ihn Aboyer. „Ich muß noch einige Gespräche führen, bevor ich hinauskomme."

Willy schien zu fühlen, daß er sich beeilen mußte, und hastete aus dem Haus. Aboyer kehrte ins Arbeitszimmer zurück und stellte eine Verbindung zu den Studios von Terra-Television her. Ein freundliches Mädchengesicht erschien und lächelte ihm zu.

„Während der Dauer der Konferenz können wir keine Anrufe entgegennehmen", informierte sie Aboyer.

Aboyer hieb mit der Faust auf den Tisch, daß es krachte. „Mein liebes Kind!" schrie er. „Ich spreche im Auftrag von Allan D. Mercant vom HQ der Solaren Abwehr. Ich empfehle Ihnen dringend, mir die Reparaturabteilung zu geben." Er hoffte, daß seine Lügen ihre Wirkung nicht verfehlten.

Das Bild des Mädchens verblaßte. An ihrer Stelle erschien das Gesicht eines älteren Mannes, der Aboyer gelangweilt ansah.

„Überprüfen Sie ständig alle zehn TV-Satelliten?" erkundigte sich Aboyer.

„Was glauben Sie, wozu wir da sind?" spottete der Techniker.

„Ist in den letzten Stunden irgend etwas passiert?" fuhr Aboyer hartnäckig fort.

„Natürlich nicht", kam die Antwort. „Was wollen Sie überhaupt von uns? Ihr Burschen von der Abwehr verleidet uns noch den Spaß an der Arbeit."

„Gibt es irgendwelche Meldungen, die von den Satelliten kommen und nicht von Ihnen kontrolliert werden?" Aboyer fühlte seine Hoffnungen dahinschwinden.

„Sämtliche Routineberichte werden gespeichert", gab ihm der TV-Fachmann Auskunft. „Doch es dürfte Sie kaum interessieren, wenn irgendwo in einem Satelliten für kurze Zeit die Übertragung zu anderen Planeten gestört war."

„Sehen Sie alle Speicher nach, ob eine Routinemeldung eingegangen ist", ordnete Aboyer an. „Berücksichtigen Sie die letzten fünf Stunden."

Er sah, wie der Mann den Kopf schüttelte, doch er störte sich nicht daran. Es dauerte vier Minuten, bis das Gesicht des Technikers wieder auf dem Bildschirm erschien. Aboyer blickte auf die Uhr. Es war 8:32.

„Nun?" fragte der Agent.

„Zwei Speichermeldungen sind eingegangen", berichtete der

Mann. „Eine kommt von TV-8-Sol und besagt, daß das Bild des Kontrollbildschirms für kurze Zeit nicht stabil war. Die zweite Meldung kommt von TV-4-Sol und besagt, daß es zu einem Kabelbruch kam, der von den Robotern inzwischen behoben wurde."

Aboyer dachte einen Augenblick nach. „Ein Kabelbruch?" wiederholte er schließlich. „Was sagen Sie dazu?"

Der Techniker starrte ihn ärgerlich an. Wahrscheinlich fragte er sich im stillen, ob er einen Verrückten als Gesprächspartner hatte.

„Was soll ich dazu sagen?" meinte er.

„Ist so ein Kabelbruch ungewöhnlich?" fragte Aboyer geduldig. Er wußte, daß er jetzt nicht die Nerven verlieren durfte.

„Nun, er kommt nicht alle Tage vor", erhielt er als Antwort. „Solange ich hier Dienst habe, ist noch niemals etwas Derartiges passiert. Die Kabel sind so widerstandsfähig, daß sie unter normalen Umständen nicht kaputtgehen können."

Aboyer schnitt eine Grimasse und schaltete aus. Sollte sich der Techniker noch ein bißchen Gedanken über ihn machen. Aboyer verließ seine Wohnung. Vor dem Haus parkte ein Gleiter. Der Pilot schien in eine heftige Diskussion mit Matten-Willy verwickelt zu sein. Er gestikulierte mit den Armen und deutete abwechselnd auf den Gleiter und auf sich. Willy hatte ein Dutzend Tentakel ausgefahren und redete beschwörend auf den Fremden ein. Aboyers Erscheinen unterbrach die Debatte.

„Ist das Ihr Freund?" erkundigte sich der Pilot mit hochrotem Kopf bei Aboyer. „Er ist so verrückt und glaubt, daß er den Gleiter bekommen wird. Dabei hat er noch nicht einmal genügend Geld bei sich, um einen kurzen Flug zu bezahlen."

„Er ist sehr hartnäckig, Al", beklagte sich Willy.

„Was geht hier überhaupt vor?" verlangte der Pilot zu wissen. „Ich werde sofort über Funk die Polizei verständigen."

„Ich kann bezahlen", behauptete Aboyer schnell.

Der Gleiterbesitzer lächelte ironisch. „So?" meinte er. „Und wie?"

„So!" stieß Aboyer hervor und schlug zu. Willy gab einen Entsetzensschrei von sich. Aboyer schob das Quallenwesen vor sich in den Gleiter. Der Pilot kam langsam wieder auf die Beine. Aboyer grinste ihm bedauernd zu und schloß die Kanzel. Mit zwei Schritten war er im Pilotensitz und startete. Der Gleiter hob sich vom Boden ab.

„Festhalten, Willy!" schrie Aboyer. Er schaltete auf volle Beschleunigung, kaum daß der Gleiter zwei Meter Höhe gewonnen hatte. Im

340

Steilflug raste er zwischen den Häusern empor. Der Andruck preßte ihn in den Sitz. Willy kreischte vor Schreck und rutschte von seinem Platz.

Aboyer floh, ohne sich um die Verkehrsmaschinen zu kümmern. Andere Maschinen, die sich an die vorgeschriebene Geschwindigkeitsbegrenzung hielten, blieben weit zurück. Sirengeheul begleitete Aboyer, als er vor dem Gebäude der Solaren Abwehr niederging.

Kaum war der Gleiter vor dem Hauptportal gelandet, war er auch schon von bewaffneten Beamten der Abwehr umringt. Aboyer riß die Kanzel auf.

„Tut mir leid!" rief er den Männern zu. „Ich mußte hier landen, um Zeit zu sparen."

„Das ist Aboyer!" rief eine Stimme. „Er darf passieren."

„Al!" schrie Willy. „Lassen Sie mich nicht zurück!" Er hüpfte aus dem Gleiter und rannte Aboyer nach, so schnell ihn seine Beinchen trugen.

„Ist Atlan in seinem Büro oder in der Zentrale?" erkundigte sich Aboyer bei einem Beamten.

„In der Zentrale", erwiderte der Mann verstört. „Hoffentlich haben Sie einen wichtigen Grund, Aboyer. Sonst wird man Sie hinauswerfen."

Drei Minuten später stürmte Aboyer in die Zentrale. Neben dem Arkoniden saß ein großer, schlanker Afro-Terraner vor den Kontrollbildschirmen. Aboyer wußte, daß Atlan von hier aus die Sicherheitsmaßnahmen in der Solar Hall leitete.

Atlan nahm die Kopfhörer ab, als Aboyer neben ihm auftauchte.

„*Sie* schon wieder", stellte er fest. „Was für eine verrückte Idee haben Sie diesmal zu präsentieren?"

„Noch immer die gleiche, Sir", antwortete Aboyer, der noch völlig außer Atem war. „Das Fernsehen."

Aboyer berichtete hastig, was er erfahren hatte, und begründete seinen Verdacht. Atlan wurde immer nachdenklicher.

„Sie riechen nach Whisky", sagte er, als Aboyer geendet hatte.

„Schon möglich, Sir", gab Aboyer zu.

„Betrunken?" Atlans Stimme klang scharf.

„Ein bißchen, Sir", gestand Aboyer.

Atlan stand auf und schob seinen Sitz zurück. Er warf einen Blick auf die Uhr.

„Wir könnten es noch schaffen, Ras", sagte er zu dem Afro-Terraner, der sich ebenfalls erhoben hatte.

Erstaunt sah Aboyer, wie der Farbige den Arm des Lordadmirals ergriff. Bevor der Agent überhaupt begriff, was vor sich ging, waren Atlan und der Mutant entmaterialisiert.

„Ein Teleporter!" rief Willy fassungslos. „Das war Ras Tschubai."

Unwillkürlich wanderten Aboyers Blicke zur Uhr. Unerbittlich waren die Zeiger weitergerückt. Sie standen jetzt auf 8:47. Auf den Bildschirmen konnte Aboyer sehen, daß sich die Solar Hall fast gefüllt hatte.

Er fragte sich, ob die Fragmente der dritten Waffe bereits vollzählig am Konferenzort waren. Wahrscheinlich nicht, überlegte er, da sie sich sonst bereits zusammengefügt hätten.

Aboyer strich über sein Haar und merkte, daß es noch vollkommen durchnäßt war. Erst jetzt dachte er daran, in welchem verwahrlosten Zustand er dem Arkoniden entgegengetreten war.

„Glauben Sie, daß die Konferenz stattfinden wird, Al?" drang Willys Stimme in seine Gedanken.

„Ich hoffe es", sagte Aboyer.

„Dann möchte ich Sie bitten, mich zur Solar Hall zu fliegen", sagte das Plasmawesen. „Sie wissen, daß ich eine Rede halten möchte."

Zwei Agenten kamen herein und nahmen die Plätze Atlans und Tschubais ein. Aboyer kümmerte sich nicht um sie. Er nickte Willy zu.

„Gehen wir", sagte er. „Wir haben ja einen Gleiter."

„Wenn es sich einrichten läßt", sagte Willy in seiner bescheidenen Art, „könnten Sie diesmal vielleicht etwas langsamer fliegen, Al."

28.

„Es ist ziemlich ruhig", bemerkte John Marshall, als er neben Perry Rhodan in der Schwebeloge Platz nahm.

„Die Ruhe vor dem Sturm", meinte Rhodan und blickte sich um. „Mein Verlangen nach Beifall ist nicht besonders groß, aber der Empfang, den mir die Administratoren bereitet haben, war nicht gerade herzlich."

„Vielleicht ändert sich die Stimmung, sobald Sie Ihre Rede gehalten haben", sagte Marshall. Seinen Worten fehlte die Überzeugung, und er war sich dessen bewußt.

Rhodan lehnte sich im Sitz zurück. „Ich kann den Gesandten keine neuen Angebote machen", sagte er. „Ich werde alles wiederholen, was man in den Kolonien bereits weiß. Nein, John, es gibt nur eine Chance, die Meinung der Administratoren zu ändern: eine öffentliche Demonstration der gefährlichen Macht, die die MdI entfalten."

„Wenn ich Sie richtig verstehe, würden Sie es begrüßen, wenn es zu einem Zwischenfall käme", stellte Marshall bestürzt fest.

Rhodan preßte die Handflächen gegeneinander und blickte auf die Uhr.

„Wissen Sie, daß es wahrscheinlich eine dritte Fragmentwaffe gibt, John?" erkundigte er sich.

„Sie scherzen", murmelte Marshall.

„Keineswegs." Rhodan deutete in den Saal. „Alle Anzeichen sprechen dafür, daß die MdI einen Anschlag auf diese Konferenz ausüben werden, weil sich hier alle wichtigen Männer des Imperiums versammeln."

„Ich möchte Sie nicht kritisieren, aber wenn nur der geringste Verdacht besteht, daß es eine dritte Waffe gibt, müssen Sie die Konferenz im letzten Augenblick absagen."

„Ich glaube, daß Atlan und einige seiner Freunde Jagd auf die dritte Waffe machen", erklärte Rhodan. „Ich habe mich nicht darum gekümmert. Wir haben alle Sicherheitsmaßnahmen getroffen, die erforderlich sind. Noch nicht einmal eine Mücke könnte unbemerkt in die Solar Hall eindringen. Ich hoffe, daß unsere Gegner die Nerven verlieren und trotz aller Vorsichtsmaßnahmen einen Attentatsversuch riskieren. Dann haben wir den Beweis aus erster Hand, den wir brauchen, um die Administratoren zu überzeugen."

„Das ist ein gewaltiges Risiko", sagte Marshall.

Rhodan nickte. „Ich weiß, John. Der Kampf gegen die MdI ist in eine entscheidende Phase getreten. Wenn es unseren Gegnern jetzt gelingt, das Imperium durch innere Streitigkeiten zu spalten, haben sie leichtes Spiel. Es hängt vom Ausgang dieser Konferenz ab, wie der Kampf gegen die MdI ausgehen wird."

Innerlich war Rhodan nicht so ruhig, wie er sich den Anschein gab. Er wußte, daß er sich auf ein Vabanquespiel eingelassen hatte. Er beobachtete verschiedene Abgeordnete, die ruhig an ihren Plätzen saßen. Ob einige von ihnen ahnten, was sich seit ihrer Ankunft ereignet hatte? Rhodan glaubte es nicht. Die seltene Einheit der Kolonialherrscher ließ sie selbstzufrieden werden. Sie ignorierten die Drohungen der MdI und glaubten fest daran, daß ihre Position unerschütterlich wäre.

Keiner dieser Männer hatte so lange gelebt wie Perry Rhodan. Sie hatten nicht so oft wie er erfahren, wie kurz manchmal Macht andauerte, vor allem wirtschaftliche Macht. Die Kolonisten dachten nur an das Jetzt. Rhodan dagegen hatte sich daran gewöhnt, auf Jahrzehnte hinaus zu planen. Darin ähnelte er Atlan und den anderen Zellaktivatorträgern. Eine längere Lebensspanne führt zwangsläufig zu einer Änderung der Lebenseinstellung.

„Empfangen Sie irgendwelche verdächtigen Gedankenströme, John?" erkundigte sich Rhodan bei Marshall.

Der Mutant schüttelte den Kopf. „Nein. Auch von den anderen, die sich in der Halle befinden, habe ich bisher keine Warnung erhalten."

Rhodan hatte alle Mutanten außer Ras Tschubai in der Solar Hall verteilt. Atlan hatte darauf bestanden, einen Teleporter als Unterstützung zu bekommen.

Als Rhodan abermals zur Uhr blickte, war es zwei Minuten vor neun. Die letzten Administratoren betraten die Solar Hall und wurden an ihre Plätze geführt. Einige Abgeordnete benutzten ihr Tischsprechgerät, um letzte Informationen auszutauschen.

Rhodan erinnerte sich an das Gespräch, das er kurz vor seinem Aufbruch in die Solar Hall mit Homer G. Adams geführt hatte. Der Halbmutant hatte Rhodan darüber informiert, daß die Börsen negative Tendenzen aufwiesen. Die Werte der Kolonien waren im Steigen begriffen, während die von der Regierung gesteuerten Konzerne schwere Verluste erlitten. Die General-Cosmic-Company begann zu schwanken. Adams hatte Mühe, die Situation einigermaßen zu stabilisieren.

Das alles bedeutete, daß man Rhodan wenig Chancen einräumte, die Konferenz ohne Niederlage zu überstehen. In Presse- und Fernsehinterviews hatten die Gesandten der Kolonien keinen Zweifel daran gelassen, wie sie handeln würden, wenn Rhodan auf seinen Plänen bestand. Nur wenige Konferenzteilnehmer erwähnten Kompromißmöglichkeiten.

„Neun Uhr, Sir", sagte John Marshall. „Die Konferenz beginnt."

Rhodan erhob sich. Es war nicht die erste Konferenz, an der er teilnahm, aber selten war er innerlich so bewegt gewesen. Plötzlich erkannte er, daß er sich bereits mit seinem Rücktritt abgefunden hatte. Er war ohne Illusionen in die Solar Hall gekommen.

„Perry Rhodan, der Großadministrator des Solaren Imperiums, spricht zu den Völkern der Galaxis!" verkündete der Lautsprecher.

Augenblicklich wurde es still. Es gab keinen Beifall, aber daran, daß alle Konferenzteilnehmer zu ihm herübersahen, erkannte Rhodan, welches Interesse man seiner Eröffnungsrede entgegenbrachte. Jedermann wußte, daß Rhodan in dieser Rede bereits die Richtlinien verkünden würde, nach denen er in Zukunft verfahren wollte.

Als Rhodan die Schwebeloge verließ, wurde er von zwei Agenten der Solaren Abwehr in die Mitte genommen. Die beiden Männer eskortierten ihn zum Rednerpodium. Rhodan besaß kein Manuskript und keine Unterlagen. Was er zu sagen hatte, wußte er auswendig, denn er hatte sich in den letzten Tagen kaum mit etwas anderem beschäftigt.

Rhodan betrat das Rednerpodium. Seinem Gesichtsausdruck konnte keiner der Anwesenden entnehmen, was er in diesem Augenblick dachte. Auch keiner der Milliarden Fernsehzuschauer, die Rhodans Gesicht jetzt in Großaufnahme sahen, ahnte, was in diesem Mann vorging, der seit Jahrhunderten die Geschicke des Imperiums leitete und nun gestürzt werden sollte.

In diesem Augenblick sprang Fürstin Marek, die in der zwölften Reihe auf der rechten Seite saß, schreiend von ihrem Platz auf. Rhodan zuckte zusammen. Er sah, wie die Administratorin beide Hände gegen ihren Bauch preßte. Ein kleiner schimmernder Gegenstand löste sich aus dem Körper der Fürstin und schwebte in die Mitte der Halle. Neue Schmerzensschreie klangen auf. Bestürzt sah Rhodan, wie sich einige Abgeordnete am Boden wälzten. Auch aus ihren Körpern kamen Metallfragmente hervor.

Die Konferenzteilnehmer, die nicht von Anfällen betroffen wurden, saßen starr vor Schreck auf ihren Plätzen. Das und die schnell aufmarschierenden Sicherheitsgarden verhinderten, daß es zu einer Panik kam.

Zweiunddreißig Fragmente schwebten jetzt in etwa zwanzig Metern Höhe dem Mittelpunkt der Solar Hall entgegen. Dort vereinigten sie sich zu einem ovalen Körper, der von einem blau leuchtenden Energiefeld abgeschirmt wurde.

Rhodan erwartete die alles vernichtende Explosion. Die dritte Fragmentwaffe war in den Körpern von 32 Konferenzteilnehmern in die Solar Hall gebracht worden. Niemand konnte die Katastrophe jetzt noch aufhalten.

Ein schönes Gebäude, dachte Broysen bewundernd, als über die kleinen Kontrollbildschirme Aufnahmen von der Solar Hall gesendet wurden. Dann blendete die Kameraführung wieder ins Innere des Konferenzsgebäudes um. Broysen sah, wie einzelne Abgeordnete in Großaufnahme gezeigt wurden. Er kannte keinen dieser Männer und wußte auch nicht, ob einer unter ihnen war, der ein Waffenfragment bei sich trug.

Einige Gesichter waren nachdenklich, andere lachten. Bei einigen nichthumanoiden Wesen war es unmöglich, die Gemütsverfassung festzustellen. Broysen war der Kameraführung dankbar, daß sie ihm diesen Anblick ermöglichte. Es war ein eigenartiges Gefühl, all diese Wesen zu sehen, die er in wenigen Minuten durch einen Knopfdruck vernichten würde. Sie würden zusammen mit ihm den Tod finden.

Broysen beobachtete, wie das Bild wechselte. Einige Nachzügler trafen ein und wurden den Fernsehzuschauern gezeigt. Dann erschien das Gesicht einer rothaarigen Frau auf dem Bildschirm. Sie schien Schmerzen zu haben, denn ihr Gesicht war verzerrt. Wieder wechselte das Bild. Die Schwebeloge, in der Perry Rhodan und sein Begleiter saßen, wurde eingeblendet.

Broysen hatte schon Bilder von Rhodan gesehen, deshalb erkannte er ihn sofort. Das war also der Mann, der den MdI bereits schwere Niederlagen beigebracht hatte. Er sah nicht unsympathisch aus, fand Broysen, aber er strahlte irgend etwas aus, das den Tefroder an Miras-Etrin erinnerte. Es mußte mit dem Zellaktivator zusammenhängen. Beide Männer trugen ein solches Gerät.

Broysens Hände glitten über den Zünder der dritten Fragmentwaffe. Ob Rhodan, der die beiden anderen Fragmentwaffen hatte unschädlich machen lassen, etwas vom Vorhandensein einer dritten Waffe ahnte? Broysen hätte es bedauert, wenn der Großadministrator ahnungslos gestorben wäre. Schade, daß es keine Möglichkeit gab, in letzter Sekunde mit dem Terraner zu sprechen und ihm zuzurufen: „Hier bin ich: Broysen, der Attentäter, der die Erde vernichten wird."

Broysen konnte sich vorstellen, daß dieser Mann dann spöttisch lächeln würde, voller Unglauben, daß es jemand gelingen könnte, dieses ungeheure Vorhaben zu verwirklichen.

Und doch war das Ende des dritten Planeten dieses Systems unaufhaltsam.

Broysen blickte auf die Uhr. In zwei Minuten terranischer Zeitrechnung würde Rhodan aufstehen und zum Rednerpodium gehen. Etwa drei Minuten später sollte die Fragmentwaffe zusammengefügt inmitten der Solar Hall schweben, gehalten durch ein Fesselfeld.

Dann mußte der Raumfahrer nur noch auf den Zünder drücken.

Broysen zog den Zünder zu sich heran und legte ihn auf seine Beine. Er achtete darauf, daß er nicht mit der Schaltung in Berührung kam. Auf keinen Fall durfte er die Waffe zu früh zünden.

„Broysen!" hörte der Tefroder in diesem Augenblick eine Stimme. Er fuhr zusammen. Der Zünder rutschte von seinen Beinen. Broysen hatte geglaubt, die Stimme Miras-Etrins zu hören.

„Dies ist eine Bandaufnahme, Broysen", fuhr die Stimme fort. Erst jetzt stellte der Tefroder fest, daß sie von der Schleusenkammer kam. Innerhalb des Beibootes lief ein Tonband ab.

„In wenigen Augenblicken werden Sie den Zünder betätigen und sterben, Broysen. Da Sie niemals zurückkehren werden, kann ich Ihnen sagen, daß ich Ihren Tod bedauere."

Ein Knacken zeigte Broysen an, daß keine weiteren Worte folgen würden.

Er atmete auf und hob den Zünder wieder auf. Er glaubte nicht, daß diese kurze Ansprache eine letzte Mahnung an ihn sein sollte, den Auftrag gewissenhaft zu erledigen. Miras-Etrin hatte das ausgesprochen, was er wirklich dachte.

Broysen lächelte. Vielleicht war er das einzige Wesen aus dem Andromedanebel, das jemals ein freundliches Wort von einem Meister der Insel gehört hatte. Allerdings, dachte er bedauernd, würde er teuer dafür bezahlen müssen.

Er wandte seine Aufmerksamkeit wieder dem kleinen Bildschirm zu. Rhodan hatte sich gerade erhoben und schritt, begleitet von zwei Wächtern, auf das Rednerpodium zu. Die Uhrzeit wurde kurz eingeblendet. Broysen verglich die Zeitangabe mit seinem eigenen Zeitmesser. Es gab keine Differenz.

Rhodan betrat das Rednerpodium, um die Delegierten zu begrüßen.

Da sprang das Bild weg: Broysen, dessen Kehle wie ausgetrocknet

347

war, erwartete, daß die TV-Techniker umblenden würden. Gleich darauf erschien die Frau mit den roten Haaren auf dem Bildschirm. Sie war von ihrem Platz aufgesprungen und krümmte sich vor Schmerzen. Broysen konnte genau verfolgen, wie sich ein Teil der Waffe aus ihrem Körper löste und davonschwebte.

Seine Hände griffen nach dem Zünder. Der Zeitpunkt war gekommen. Sobald die Waffe zusammengefügt über den Köpfen der Konferenzteilnehmer hing, mußte Broysen den Zünder betätigen.

Ras Tschubai und Atlan materialisierten in einem der Kontrolltürme des Raumflughafens von Terrania. Die diensttuenden Techniker sprangen überrascht auf, als sie den Arkoniden erkannten. Ein Blick aus der Beobachtungskanzel auf das Landefeld hinaus zeigte Atlan, daß der gesamte Flugverkehr ruhte. So war es angeordnet worden.

Ohne sich um die Männer innerhalb der Kontrollstelle zu kümmern, stellte Atlan eine Verbindung zur Raumhafenzentrale her. Ungeduldig wartete er, bis der diensthabende Offizier sichtbar wurde.

„Major Carruth, Sir", meldete sich der Raumfahrer, als er Atlan erkannte. „Ich dachte, Sie hielten sich jetzt im HQ der Abwehr auf."

„Keine Zeit für Erklärungen, Major", sagte Atlan. „Tschubai und ich brauchen eine Moskito-Jet, die startbereit ist."

Carruth begriff sofort, daß nur ungewöhnliche Ereignisse den Lordadmiral der USO veranlaßt haben konnten, seinen Platz im Gebäude der Abwehr zu verlassen.

„Landefeld dreiundzwanzig, Sir!" sagte er. „Die Jets dort sind mit Piloten besetzt. Ich werde durchgeben, daß man eine Maschine für Sie räumen läßt."

Atlan wußte, daß im Raumhafen mehrere Jäger bereitstanden, um sofort eingreifen zu können. Carruths Gesicht verschwand vom Bildschirm.

Atlan wandte sich an einen Techniker innerhalb des Kontrollturmes.

„Bringen Sie Landefeld dreiundzwanzig auf einen der Beobachtungsschirme. Aber beeilen Sie sich."

„Gewiß, Sir." Der Mann beschäftigte sich mit den Schaltknöpfen der Kontrollgeräte. Gleich darauf sah Atlan mehrere Moskito-Jets auf dem Bildschirm.

„Wird das genügen, Ras?" wandte er sich an den Teleporter.

„Natürlich." Tschubai nickte und streckte eine Hand aus. Der Arkonide ergriff sie. Mit einem Teleportersprung über vier Kilometer hinweg sprang Tschubai mit seinem Begleiter zum Landefeld dreiundzwanzig.

Als sie materialisierten, wurden sie von einem bärtigen Captain der Raumabwehr begrüßt. Der Offizier führte sie zu der ersten Maschine in der Startreihe. Atlan und Tschubai kletterten auf ihre Sitze. Der Arkonide nahm den Pilotensitz ein.

Er ließ die Jet auf das freie Landefeld hinausrollen. Die Antriebsaggregate waren bereits warmgelaufen.

Die Kanzel klappte zu. Tschubai gab Atlan ein Zeichen, daß alles in Ordnung war.

„Wir fliegen TV-4-Sol direkt an", sagte Atlan, während er die Maschine hochzog. „Sobald wir so nahe heran sind, daß wir die Station sehen können, springen wir an Bord."

„Glauben Sie, daß wir irgend etwas finden?" wollte Tschubai wissen.

Atlan blickte auf die Uhr. Es war vier Minuten vor neun.

„Ich gehe jetzt auf volle Beschleunigung", sagte er zu Tschubai. „Wir dürfen keine Zeit verlieren."

Tschubai wunderte sich nicht darüber, daß seine Frage unbeantwortet blieb. Wahrscheinlich wußte der Arkonide selbst nicht, was er von der Sache halten sollte. Wenn jedoch die Angaben Aboyers stimmten, dann konnten sie damit rechnen, innerhalb des Satelliten irgend etwas zu finden.

Der Ablauf der Zeit schien sich zu verlangsamen. Broysen starrte wie gebannt auf den Bildschirm und beobachtete, wie ein Fragment nach dem anderen sich aus den Körpern der 32 Abgeordneten löste und davonschwebte. Die Fernsehtechniker hatten ihre Sensation und dachten nicht daran, sich aus der Solar Hall auszublenden.

Broysen atmete schwer. Der Schlag seines Herzens dröhnte ihm in den Ohren. Von allen Seiten näherten sich die 32 Waffenteile dem Mittelpunkt des Konferenzgebäudes. Broysen hatte nie geglaubt, daß er diese Geschehnisse so genau beobachten könnte. Er mußte sich dazu zwingen, den Zünder nicht frühzeitig zu betätigen. Er spürte, daß seine Handflächen feucht wurden. Als er sich vorbeugte und den Zünder hochhob, vereinigten sich die Waffenteile zu einem Ganzen.

Broysen lächelte. Er sah, wie sich das blaue Energiefeld bildete, das die Waffe bis zu ihrer Explosion an ihrem Platz halten sollte. In diesem Augenblick brachten die terranischen Kameramänner eine Großaufnahme der Bombe. Als das blaue Fesselfeld aufleuchtete, zuckte Broysen zusammen. Seine rechte Hand glitt über den Schalter, den er bewegen mußte, um die Katastrophe auszulösen.

Es war 9:02. Die Moskito-Jet raste an TV-3-Sol vorüber und näherte sich mit hoher Geschwindigkeit dem nächsten Satelliten. Atlan schaltete die Steuer-Automatik ein, die die Maschine in der Umlaufbahn halten würde. Er zog seinen Kombistrahler und machte ihn schußbereit. Als er sich zurücklehnte und Tschubai einen Blick zuwarf, erschien TV-4-Sol auf dem Bildschirm.

„Fertig, Ras?" stieß Atlan hervor.

„Bereit, Sir!" Der Teleporter kauerte in voller Konzentration in seinem Sitz und streckte Atlan eine Hand entgegen. Atlan umklammerte sie und fühlte im gleichen Augenblick den für einen Teleportersprung charakteristischen Schmerz der Entstofflichung.

Sie materialisierten drei Meter von einem unbekannten Mann entfernt, der am Boden des TV-Satelliten saß und auf einen kleinen Kontrollbildschirm starrte. Der Fremde hatte irgendein Schaltgerät in den Händen. Es sah aus, als wollte er es in diesem Augenblick benutzen. Atlan feuerte. Der Logiksektor seines Gehirns erfaßte im Bruchteil einer Sekunde, was in der TV-Station vor sich ging.

Wahrscheinlich starb der Tefroder mit der Überzeugung, die dritte Fragmentwaffe ausgelöst zu haben, denn es blieb ihm keine Zeit, die Wahrheit zu begreifen. Er sank vornüber. Der Zünder polterte zu Boden. Mit einem Sprung war Atlan neben dem Toten und stieß den Zünder zur Seite. Ein Blick auf den Bildschirm zeigte ihm einen Teil der Solar Hall. Dann wechselte das Bild, und die Fragmentwaffe wurde sichtbar.

„Ein Tefroder, Sir", drang Tschubais Stimme in Atlans Gedanken.

„In wenigen Augenblicken wird in der Solar Hall eine Panik ausbrechen", sagte Atlan. „Ras, trauen Sie sich einen Direktsprung in das Konferenzgebäude zu? Sie können es hier auf dem Bildschirm sehen."

„Ich werde es versuchen", sagte Tschubai.

Er wartete nicht, bis Atlan ihm weitere Anweisungen gab, sondern entmaterialisierte. Atlan blieb mit dem toten Tefroder allein zurück.

350

Behutsam zog er den Fremden in die Höhe und lehnte ihn mit dem Rücken wieder gegen die Maschine. Hastig tastete er die Brust des Erschossenen ab. Der Zellaktivator, den er zu finden hoffte, war nicht vorhanden. Das bedeutete, daß er keinen MdI vor sich hatte.

Die MdI hatten es also für richtiger gehalten, einen ihrer Untergebenen zu schicken. Das konnte nur bedeuten, daß der Attentäter durch die Fragmentwaffe ebenfalls gefährdet war. Allmählich begriff Atlan, welche Katastrophe durch viel Glück in letzter Sekunde hatte verhindert werden können.

Das Gesicht des Tefroders drückte Intelligenz und Entschlossenheit aus. Wahrscheinlich hatten die MdI einen ihrer zuverlässigsten Diener geschickt. Atlan richtete sich auf und blickte auf den Bildschirm. Er sah Perry Rhodan abwartend auf dem Rednerpodium stehen. Ras Tschubai stand neben ihm und schien ihm etwas zuzuflüstern.

„Es ist nicht dein Verdienst, Barbar", flüsterte Atlan. „Nein, es ist nicht dein Verdienst, daß du dort stehst und am Leben bist."

Beinahe beschwörend wies Rhodan mit den Händen auf die Bombe, als könnte er sie allein dadurch unschädlich machen. Rhodan empfand keine Furcht, aber das Bewußtsein, einen unverzeihlichen Fehler begangen zu haben, hatte ihn erstarren lassen. Er war davon überzeugt, daß sich das Ende durch nichts mehr abwenden ließ. Die eigenartige Lähmung schien alle Konferenzteilnehmer und Mitglieder der Sicherheitsgarde ebenfalls ergriffen zu haben. Sie starrten auf den ovalen Metallkörper inmitten des blauschimmernden Fesselfeldes und bewegten sich nicht. Sogar die Schmerzensschreie der 32 Unglücklichen, die die Fragmentwaffe ungewollt ins Innere des Gebäudes gebracht hatten, waren verstummt.

Es schien, als warte alles auf den Augenblick der Explosion.

Neben Rhodan entstand eine Bewegung. Aus den Augenwinkeln nahm Rhodan Ras Tschubai wahr. Die Arme des Großadministrators sanken herab. Ein Ausdruck ungläubigen Erstaunens trat in sein Gesicht.

„Es wird nichts geschehen, Sir!" raunte der Teleporter ihm zu. „Atlan hat den Attentäter in einem Fernsehsatelliten erschossen. Der Zünder ist sichergestellt."

Der Bann war gebrochen. Fast schien es Rhodan, als pulsiere das Blut wieder schneller durch seine Adern, als sei er von neuer Kraft erfüllt. Er trat einen Schritt vor, so daß seine Stimme von sämtlichen Mikrophonen übertragen werden konnte.

„Es wird nichts geschehen, meine Damen und Herren", sagte er mit ruhiger Stimme. „Lordadmiral Atlan von der USO hat soeben den Zünder der dritten Fragmentwaffe sichergesellt. Ich werde veranlassen, daß diese Bombe sofort in einem Robotschiff in den Weltraum transportiert und gezündet wird. Dann werden wir endgültig wissen, welcher gefährliche Anschlag die Solar Hall oder sogar den gesamten Kontinent vernichten sollte."

Für Sekunden war es ganz still in der Halle. Ungläubig starrten die Versammelten Rhodan an. Dann endlich löste sich die Spannung. Einige Administratoren stießen Rufe der Erleichterung aus und begannen zu applaudieren. Dann brach ohrenbetäubender Beifall los. Administratoren, die in den vorderen Reihen saßen, sprangen auf, rannten auf Rhodan zu und beglückwünschten ihn. Tschubai wurde zurückgedrängt.

Rhodan sah, wie sich einige Agenten der Solaren Abwehr darum bemühten, die dritte Waffe aus der Halle zu schaffen. Medo-Roboter kamen herein, um sich der 32 Verletzten anzunehmen. Der Tumult innerhalb der Solar Hall war so groß, daß Rhodans Bemühungen, sich wieder Gehör zu verschaffen, scheiterten.

Einem kleinen kahlköpfigen Mann gelang es, sich bis zu Rhodan vorzuarbeiten. Rhodan erkannte König Sahl von Farong, einen jener Administratoren, die schon vor Beginn der Konferenz Rhodans Rücktritt gefordert hatten.

Sahls kahler Schädel war mit Schweiß bedeckt.

„Die Meister der Insel, nicht wahr?" fragte er.

Rhodan nickte und versuchte, Tschubai irgendwo in der Menge zu entdecken.

„Wir waren alle Narren", gab Sahl zu und kratzte sich verlegen am Kinn. „Geld war uns wichtiger als der Aufbau der Kolonien. Unsere Verblendung ging so weit, daß wir die Gefahr nicht mehr erkannten, in der wir alle schwebten."

„Es war meine Schuld", sagte Rhodan. „Ich hätte diese Konferenz absagen müssen. Es war unverantwortlich, Sie und die anderen Abgeordneten in Lebensgefahr zu bringen. Schließlich war es uns nicht unbekannt, daß die MdI ein Attentat versuchen wollten."

Sahl grinste erleichtert. „Wir haben diese Lektion verdient", sagte er. „Ich glaube, Sie können sich jetzt darauf verlassen, daß wir Ihre wirtschaftlichen Maßnahmen voll unterstützen. Außerdem werden Sie von uns jede Hilfe im Kampf gegen die MdI erhalten."

Es war genauso gekommen, wie Rhodan es vorhergesehen hatte. Er fühlte jedoch keinen Triumph. Das Risiko war zu groß gewesen.

„Bitte gehen Sie an Ihre Plätze zurück!" rief er in die Mikrophone. „Wir werden uns doch durch den kleinen Zwischenfall nicht beeindrucken lassen."

Als die Gesandten das Rednerpodium verließen, gelang es Ras Tschubai, wieder an Rhodans Seite zu kommen.

„Die Waffe ist bereits unterwegs zum Raumhafen, Sir", teilte er Rhodan mit. „Atlan wird sie vom TV-Satelliten aus zünden, sobald sie sich jenseits der Plutobahn befindet."

„War es nicht gefährlich, bis zum letzten Augenblick zu warten?" fragte Rhodan mit gedämpfter Stimme.

„Ich verstehe nicht, worauf Sie hinauswollen, Sir", behauptete Tschubai verwundert.

„Wie lange wußte Atlan schon, wo er den Attentäter zu suchen hatte?" fragte Rhodan.

„Wir erfuhren es kurz nach halb neun", erklärte Tschubai ernst. „Aboyer und Matten-Willy brachten uns die Nachricht, daß sich innerhalb der Station TV-4-Sol ein rätselhafter Kabelbruch ereignet hatte."

„Sie jagen mir nachträglich noch Angst ein", sagte Rhodan.

„Haben Sie Befehle für mich, Sir?"

„Im Augenblick nicht. Halten Sie sich jedoch bereit. Ich werde jetzt die Konferenz mit ein paar Minuten Verspätung eröffnen."

„Das können Sie nicht tun, Al", protestierte Matten-Willy heftig, als Aboyer sich weigerte, weiter als bis zum Haupteingang der Solar Hall mitzugehen. „Ich will Sie in meiner Rede erwähnen."

„Ich bin unrasiert, nicht gekämmt, übermüdet und rieche nach Whisky", sagte Aboyer. „All das kann Ihre Rede nicht eindrucksvoller machen. Deshalb ist es besser, wenn wir uns verabschieden, Willy. Ich glaube auch nicht, daß jetzt noch etwas passiert. Es ist gleich halb zehn. Die Absperrungen um die Solar Hall wurden aufgehoben, nachdem man die dritte Fragmentwaffe weggebracht hat."

Willy ließ einen Tentakel auf seinen schwammigen Körper klatschen.

353

„Eigentlich haben wir uns nie besonders gut vertragen, Al", sagte er nachdenklich. „Ich meine dafür, daß wir Freunde sind."

„Ach, du meine Güte!" entfuhr es Aboyer. „Nun werden Sie nur nicht philosophisch."

„Wenn Sie mich nicht hineinbegleiten, begehe ich irgendeine Dummheit", prophezeite Matten-Willy.

„Wennschon!" knurrte Aboyer. „Wenn Sie erst mal dort drinnen sind, werden Sie sich sowieso aus Angst im Boden verkriechen."

„Das sollten Sie nicht sagen, Al", sagte Willy mit weinerlicher Stimme. „Sie nehmen mir die Freude an meiner Rede."

Aboyer deutete zum Eingang. „Gehen Sie hinein oder nicht?"

Willy ließ sich ostentativ zusammensinken, bis er ganz flach und violett war. Ein einsames Stielauge ragte noch aus seinem Körper. Der Translator baumelte daran herum.

„Sie benehmen sich wie ein dickköpfiges Kind!" rief Aboyer ärgerlich. Er drehte sich um und ging davon. Als er den Gleiter erreichte, den er sich „ausgeliehen" hatte, war Willy schon wieder an seiner Seite.

„Wohin gehen Sie, Al?" verlangte er zu wissen.

„Nach Hause", sagte Aboyer. „Wohin dachten Sie denn?"

„Wenn ich an Ihren schäbigen Ledersessel denke", seufzte Willy, „an die Flaschenwände und den muffigen Geruch in Ihrer Wohnung, kommt mir meine Rede vollkommen unwichtig vor."

„Nein!" stieß Aboyer entschieden hervor.

Willy klammerte sich mit drei Tentakeln an ihm fest und hinderte ihn daran, den Gleiter zu besteigen.

„Entweder gehen Sie mit mir in die Solar Hall oder ich mit Ihnen nach Hause", sagte Willy.

„Nein!" sagte Aboyer. Sie starteten drei Minuten später.

Um 11:45 betrat Lordadmiral Atlan die Solar Hall. Sein Erscheinen wurde mit Beifall begrüßt. Der Administrator von *Plaza de Bravos*, der gerade eine Rede hielt, räumte den Platz vor den Mikrophonen für den Arkoniden.

Atlan verbeugte sich kurz.

„Die dritte Fragmentwaffe wurde vor fünfzehn Minuten gezündet", teilte er den Konferenzteilnehmern mit. „Messungen ergaben, daß die Bombe ein atomarer Kernzünder für Sauerstoffatome war. Wäre sie

354

im Konferenzsaal explodiert, wären sämtliche Sauerstoffatome in einen Kernprozeß getreten. Die Erde hätte sich in eine sonnenheiße Fackel verwandelt."

Seine Worte lösten Bestürzung aus.

„Außerdem bringe ich die ersten Nachrichten aus der Klinik mit, in die man die zweiunddreißig Administratoren gebracht hat, die sich die MdI als Opfer ausgewählt hatten. Den Verletzten geht es verhältnismäßig gut. Sie können die Konferenz über Television verfolgen. Keines der Bauteile hat in den Körperhohlräumen organische Schäden hinterlassen. Wir wissen noch nicht, wie es den MdI gelungen ist, die Waffenfragmente in den Körpern der Abgeordneten unterzubringen. Wahrscheinlich handelt es sich um eine überragende Transmittertechnik, die dabei angewandt wurde."

Seine Worte lösten heftige Debatten unter den Konferenzteilnehmern aus. Der Arkonide verließ das Rednerpodium und begab sich in die Schwebeloge, in der Perry Rhodan und John Marshall saßen.

Ein extraterrestrischer Abgeordneter hatte sich gemeldet und schritt zum Rednerpodium. Die Konferenz wurde fortgesetzt. Sie wurde zu einem vollen Erfolg für Perry Rhodan und die Imperiumsregierung. Der Großadministrator erhielt alle Vollmachten, um gegen die MdI vorzugehen.

Gegen 14:30 wandte sich Rhodan zum erstenmal an Atlan.

„Ich glaube, jetzt brauchen wir uns keine Sorgen mehr um unsere Verbündeten zu machen."

„Ja", stimmte Atlan zu. „Es ist erstaunlich, daß das Imperium auch diese Krise überstanden hat. Aber vergiß nicht, daß die Meister der Insel noch nicht geschlagen sind. Die erneute Niederlage wird sie veranlassen, ihre Anstrengungen noch zu verstärken."

Rhodan lächelte. „Ich werde mich hüten, deine Warnungen weiterhin zu ignorieren", sagte er.

„Dann hatte die Konferenz doch einen guten Zweck", sagte Atlan und lehnte sich bequem im Sitz zurück.

Miras-Etrin beugte sich nach vorn und schaltete den Lautsprecher des Interkoms ein. Er wußte, daß sich Broysens Stellvertreter melden würde.

„Wir haben den Impuls immer noch nicht empfangen, Maghan", sagte der Duplo besorgt. „Er müßte längst durchgekommen sein."

„Sie warten vergeblich", sagte Miras-Etrin und schaltete wieder ab.

Er wußte bereits seit einer Stunde, daß sein Plan fehlgeschlagen war. Es war ihm gleichgültig, wodurch das Attentat gescheitert war.

Miras-Etrin war kein Mann, der fehlgeschlagenen Plänen nachtrauerte. Die Terraner hatten seiner Ansicht nach ihren Untergang nicht verhindert, sondern lediglich aufgeschoben.

Der MdI ließ sich auf seine Pneumoliege zurücksinken. Wenn Broysen noch am Leben war und von den Terranern verhört wurde, war es nur noch eine Frage der Zeit, bis die ersten terranischen Wachschiffe in diesem Raumsektor erscheinen würden.

Miras-Etrin glaubte jedoch nicht daran, daß Broysen überlebt hatte. Der Raumschiffskommandant war wahrscheinlich umsonst gestorben. Ob er das Band gehört oder bereits vorher den Tod gefunden hatte?

Miras-Etrin schaltete den Interkom ein.

„Wir verlassen diesen Raumsektor", ordnete er an. „Gehen Sie auf volle Beschleunigung, Kommandant."

„Wie Sie befehlen, Maghan", antwortete Broysens Stellvertreter unterwürfig.

Miras-Etrin lächelte verächtlich und unterbrach die Verbindung. Er freute sich bereits auf den Bericht, den er Faktor I übermitteln würde. Faktor I würde ihn beschuldigen und behaupten, daß er versagt hatte. Außerdem würde der geheimnisvolle Chef der MdI Miras-Etrin die Frage stellen, ob er es für richtig erachtet hatte, Broysen anstelle des ausgewählten Duplos zu schicken.

Miras-Etrin scheute keine Auseinandersetzung mit Faktor I. Er wußte genau, daß er im Kampf gegen die Terraner gebraucht wurde. Seine Blicke wanderten durch die Kabine und blieben am dreidimensionalen Logikspiel hängen. Er glaubte Broysen dort stehen zu sehen, der sich langsam aufrichtete und mit gelassener Stimme sagte: „Jetzt haben Sie verloren, Maghan."

Das Quietschen der ausgeleierten Gleitrollen ließ Aboyer aufschrekken. Matten-Willy kam ins Flaschenzimmer gerollt. Er steuerte den Sessel mit drei Tentakeln geschickt in die Mitte des Zimmers. Aboyer fragte sich, wie das Quallenwesen es geschafft hatte, ihn schließlich doch noch zu überreden.

„Hallo ... Al!" brummelte Willy mühsam. „Sie hätten keinen ... Whisky auf mich schütten dürfen."

Aboyer grinste. „Sie haben darauf bestanden", erinnerte er Willy. „Ich mußte zwei Flaschen opfern."

„Seitdem ist mir warm", sagte das Plasmawesen. „Zum erstenmal in meinem Leben friere ich nicht, Al."

Im Arbeitszimmer summte der Telekom.

„Sehen Sie nach, wer das ist", forderte Aboyer das Quallenwesen auf.

Willy setzte den Sessel in Bewegung. Nach ein paar Minuten kam er wieder zurück.

„Es war die Polizei", berichtete er. „Sie wollten wissen, was mit dem Gleiter geschehen ist, den Sie . . . sich ausgeliehen haben."

Aboyer kratzte sein unrasiertes Kinn und blickte Willy durchdringend an.

„Was haben Sie den Beamten gesagt?" erkundigte sich Aboyer.

„Die Wahrheit", verkündete Willy.

Aboyer stand auf und trat ans Fenster. Der Gleiter stand vor dem Haus. Drei seiner Landestützen waren eingeknickt. Außerdem befanden sich an seiner Unterseite einige größere Beulen. Aboyer schüttelte den Kopf und kehrte zu seiner Pneumoliege zurück.

„Al!" sagte Willy.

„Hm?" machte Aboyer mühsam.

„Darf ich noch ein bißchen Whisky auf mich gießen? Ich glaube, ich beginne schon wieder zu frieren."

Aboyer war bereits eingeschlafen. Willy fuhr ein Stielauge aus und starrte entzückt auf die Flaschenwände. Aboyer war sehr erschöpft und würde nicht so schnell wieder aufwachen.

Freunde, überlegte Willy, sollten teilen, was sie besaßen.

Und er und Al waren doch Freunde!

„Es war ein Fehler, daß ich gesteuert habe", sagte Willy. „Aber es hat mir Spaß gemacht."

„Natürlich", sagte Aboyer. Seine Stimme war kaum noch hörbar, so schläfrig war er schon.

29.

Zwei Monate später: Quinto-Center

Sie „entstanden" gleichzeitig im Rematerialisierungsfeld des Torbogentransmitters: Perry Rhodan, Reginald Bull, Allan D. Mercant und John Marshall.

Die vier Robotwachen links und rechts der in warnendem Rot gehaltenen Kreisfläche präsentierten die Strahlgewehre, fast grazil wirkende, metallisch blinkende Konstruktionen von kaum vorstellbarer Vernichtungskraft.

Rhodan blickte ironisch lächelnd auf die zweieinhalb Meter großen Kampfmaschinen. Dann suchten seine Augen das Gesicht Atlans.

Der Arkonide legte die flache Hand nach terranischer Sitte an das Mützenschild; sein scharfgezeichnetes, uraltes und gleichzeitig jugendlich straffes Gesicht zeigte keine Spur einer Regung. Atlan wußte ebenso wie Perry Rhodan, wie überflüssig die Wachroboter waren – hier, im ausgehöhlten Innern eines ehemaligen Mondes von zweiundsechzig Kilometern Durchmesser, einer gigantischen Festung, die Herz und Hirn der USO, der größten galaktischen Sicherheitsorganisation, bildete.

Doch dann, als Rhodan mit federnden Schritten die Materialisierungszone verließ und dem Freund die Hand entgegenstreckte, fiel die Härte plötzlich von Atlans Gesicht ab wie eine Maske. Der Arkonide lächelte.

Er trat einen Schritt zur Seite, um Reginald Bull, den Staatsmarschall des Solaren Imperiums und Rhodans Stellvertreter, begrüßen zu können. Inzwischen waren auch Mercant und John Marshall herangekommen.

Als die Begrüßung vorbei war, führte Atlan seine Gäste zu einem Transportband, das sie innerhalb einer Minute zur Seitenwand der Transmitterhalle brachte. Ohne jegliches erkennbare Dazutun fuhren die beiden Hälften eines Panzerschotts zurück; ein Beweis dafür, daß die unsichtbaren Augen verborgener Wächter jeden Schritt der wichtigsten Männer des Imperiums und des USO-Chefs überwachten.

Atlan deutete auf einen offenen Heckeinstieg eines walzenförmigen Fahrzeugs. Es stand in einer etwa vier Meter durchmessenden Röhre, und seine Außenhülle war nur durch ein bläulich strahlendes Energiefeld von wenigen Millimetern Stärke von der Wandung der Röhre getrennt. Eine Rampe führte in sanfter Neigung zum Einstieg.

Lächelnd registrierte Atlan das Interesse Rhodans an der Neukonstruktion. Ähnliche Transportfahrzeuge gab es zwar zu Milliarden im Imperium und vor allem auf der Erde, aber dort hatten die Distanz-Gleitfelder eine Dicke von mehreren Zentimetern.

Nebeneinander betraten sie die Rampe. Gelbes Licht überflutete sie, als sie ihre Füße ins Innere des Feldgleiters setzten. Hinter ihnen wurde die Rampe automatisch eingezogen. Ein weicher und zugleich federnder Bodenbelag schluckte das Geräusch der Schritte fast absolut. Surrend glitt das Heckschott zu. Die Umwelt blieb ausgesperrt.

Die eigentliche Passagierkabine hatte einen bedeutend kleineren Durchmesser, als die Außenabmessungen vermuten ließen. Rhodan klopfte vielsagend gegen eine ausgebuchtete, gekrümmte Strebe.

Atlan lächelte nur.

Er, der Arkonide mit einer Erfahrung von fast 10 500 Jahren, ging nicht das geringste Risiko ein. Unfälle gab es auf Quinto-Center nicht, ganz gleich, ob zufällige oder vorausgeplante; dennoch befand sich die Führungsspitze des Solaren Imperiums in einem Gefährt, dessen gepanzerte Kabine selbst dann halten würde, wenn ein hypothetischer Agent den gesamten Tunnel sprengte. Zusätzlich beobachtete die Automat-Überwachung alle Vorgänge innerhalb der USO-Zentrale. Nichts würde den mechanischen Augen und unsichtbaren Tasterfühlern entgehen, und die Reaktion auf eine feindselige Aktion würde innerhalb von Sekundenbruchteilen mit der Präzision positronischer Gehirne erfolgen.

„Bitte, nehmen Sie Ihre Plätze ein!" schnarrte eine Robotstimme. „Die Abfahrt erfolgt in dreißig Sekunden!"

Auf einem runden Bildschirm an der Stirnwand der Kabine tauchte zur gleichen Zeit die Zahl Dreißig auf, wurde abgelöst von der Neunundzwanzig...

Atlan und Rhodan folgten dem Beispiel der anderen und ließen sich in die bequemen Kontursessel sinken, die sich augenblicklich ihren Körperformen anpaßten und sich mit einer beinahe beängstigenden Lebendigkeit verformten.

„Zwei... eins... null!"

Kein Geräusch verriet, daß der Feldgleiter gestartet war. Nicht um eine Spur veränderte sich die Schwerkraft, obwohl das Fahrzeug aus dem Stand heraus mit Maximalwerten beschleunigte.

Lediglich der Kontrollschirm, der soeben noch die wechselnden Zahlen angezeigt hatte, verriet überhaupt etwas von der Vorwärtsbewegung. Zifferngruppen, vermischt mit Buchstaben, wiesen den Kundigen auf die verschiedenen Stationen hin, die der Gleiter passierte.

Nach anderthalb Minuten erschien eine rot leuchtende Kodebezeichnung.

„Wir sind da!" gab Atlan bekannt. „Stützpunktzentrale!"

Er hätte sich die Mühe sparen können. Mit der Sturheit, die programmierten Automaten eigen ist, schnarrte die Robotstimme sinngemäß noch einmal das gleiche herunter – nur viel ausführlicher.

Atlans Gesicht verzog sich ärgerlich.

Im nächsten Augenblick erhob er sich und schritt seinen Gästen voran auf das Heckschott zu. Seine Miene war wieder maskenhaft undurchdringlich geworden. Sie veränderte sich auch nicht, als der Energieschirm vor der Panzerwand der Stützpunktzentrale erlosch und dreißig Kampfroboter die Strahlwaffen hochrissen.

Ein Oxtorner in der Uniform eines Majors des HQ-Sicherheitsdienstes salutierte mit undurchdringlichem Gesicht und versperrte dem Lordadmiral den Weg.

„Sir!" Die Stimme klang respektvoll und fest. „Ich muß Sie bitten, die Identifizierungskammer zu benutzen."

Reginald Bull, der hinter dem Arkoniden herging, schnaufte empört.

„Wer sagt das, Major?"

Der Oxtorner schlug die Hacken zusammen und lächelte undurchsichtig.

„Ein alter Befehl des Herrn Lordadmirals, Sir." Er räusperte sich, als wollte er sich damit im voraus für die protokollwidrige Erklärung entschuldigen, die nun folgte. „Bei jedem, der die Zentrale betreten will, findet eine Bewußtseins-Sondierung statt; es dürfen keine Ausnahmen gemacht werden, Sir. Sogar der Lordadmiral selbst unterzieht sich jedesmal der Sondierung."

„Vielen Dank, Major", sagte Atlan lächelnd. Er wandte sich Rhodan zu. „Ich bitte um Verständnis für diese Maßnahme."

Rhodan gab das Lächeln zurück.

„Schon gut. In der gegenwärtigen Situation ist das wahrscheinlich notwendiger denn je. Ich bin bereit!"

Er folgte dem Oxtorner, der durch die Doppelreihe der Kampfroboter schritt, und seinen Begleitern blieb nichts weiter übrig, als sich ihm anzuschließen.

Aber sie waren sehr nachdenklich geworden. Rhodans letzte Bemerkung hatte ihnen wieder einmal ins Gedächtnis zurückgerufen, wie aktuell die Bedrohung durch die Meister der Insel noch immer war.

Die tausend unsichtbaren Augen der Identifizierungskammer sahen alles; sie blickten sogar – bildlich gesprochen – in das Bewußtsein der Männer hinein und verglichen die Hirnimpulse mit den vorhandenen ID-Schablonen. Andere Augen durchmusterten die Körper; kein noch so unwesentlich wirkendes Merkmal entging ihnen.

Allan D. Mercant und Reginald Bull unterhielten sich während der zwei Minuten, welche die Maschinen zur Prüfung benötigten, laut und aufgeräumt. Das war ihre Art, über die allgemeine Beklemmung hinwegzukommen.

Endlich flammte grünes Licht an der Decke des quadratischen Raumes auf. Eine unpersönliche Robotstimme sagte:

„Sie sind nach dem vorhandenen Schablonenmaterial identifiziert, meine Herren; Sie dürfen passieren. Wir bitten vielmals um Entschuldigung."

„Bitte, bitte!" murmelte Bully. Der massige, muskulöse Mann, dem man weder seine vielfältigen Erfahrungen noch die geistige Reife des biologisch Unsterblichen ansah, trat so hastig durch das aufgleitende Schott, als empfände er Angst.

Auf der anderen Seite der ID-Kammer warteten vier Leutnants in schwarzen Uniformkombinationen. Auch sie stammten von dem Extremplaneten Oxtorne; die dunkle, ölig glänzende Haut, der fehlende Haarwuchs – außer den buschigen Brauen – und ihre geschmeidigen und kraftvollen Bewegungen verrieten es.

Die Wände warfen das schwache Geräusch der Schritte gespenstisch hohl zurück, als die Gäste Atlans zwischen ihren Bewachern einen langen Flur entlanggingen. Alle zwanzig Meter leuchteten orangerote Scheiben an beiden Wänden. Jeder wußte, daß sich dahinter jeweils vier Kampfroboter verbargen – bereit, bei Alarm oder irgendeinem verdächtigen Geschehnis aus ihren verborgenen Kammern zu stürzen und die rechtmäßigen Besitzer Quinto-Centers zu unterstützen.

Nach etwa zweihundert Metern erreichten sie den Abschluß des Flures. Ein Stahltor glitt zur Seite, gab den Eingang zu einer röhrenförmigen Schleuse frei. Noch einmal wurden die Gäste des USO-Chefs mit Sicherheitsmaßnahmen konfrontiert, die in ihren Augen überspitzt erscheinen mußten. Die sich drehenden Waffenmündungen in Decke und Wänden redeten eine nur zu deutliche Sprache; ein Gegner, der die vorhergehenden Kontrollen auf irgendeine Art überwunden hatte, wäre bestenfalls bis zur rotleuchtenden Mittellinie gekommen...

Atlan sprach einige Worte in ein verborgenes Mikrophon. Daraufhin öffnete sich das letzte Tor zur Stützpunktzentrale von Quinto-Center.

Die Halle besaß die Form einer gewaltigen Halbkugel mit einem Grundflächendurchmesser von vierhundert Metern. Riesige Bildschirme säumten die Wände. Kontrollpulte, Schalteinheiten und Computerstaffeln zogen sich lückenlos darunter hin. Insgesamt gab es drei hintereinander liegende Ringe von flachen Pulten, hinter denen Männer und Frauen in verschiedenfarbigen Kombinationen saßen. Der Interkomverkehr erfolgte über Ohrhörer und Schwingmikrophone; anders wäre eine Verständigung überhaupt nicht möglich gewesen.

Perry Rhodan blieb stehen und pfiff anerkennend durch die Zähne.

„Als ich das letztemal hier war, sah es noch anders aus!"

Atlan lächelte stolz.

„Eine vollkommen neue Anlage, Perry. Die Zentrale – oder vielmehr der Zentralbunker von QC – hat die Form einer Kugel von vierhundert Metern Durchmesser. Was du hier siehst, ist nur die Koordinierungs- und Kommandozentrale. Die Sektorzentralen liegen darunter."

Er schritt auf einen gelb strahlenden Fleck von etwa zehn Metern Durchmesser zu, der sich exakt im Mittelpunkt der Halle befand. Dann bedeutete er seinen Gästen, ihm zu folgen.

„Antigravschacht freigeben!" befahl er einem unsichtbaren Zuhörer. Er sprach leise; dennoch wechselte die Farbe plötzlich von gelb nach grün. Unvermittelt schwebten die Gäste und er im Feld eines Antigravschachtes und glitten sanft nach unten.

„Konferenzraum B!" befahl der Lordadmiral.

Nach etwa hundert Metern befand sich jählings wieder fester Boden unter den Männern. Sie schritten über die gelbleuchtende Fläche auf ein Transportband zu, das sich in Bewegung setzte, sobald sie darauf standen.

Neben der Tür mit der Beschriftung KONFERENZRAUM B hielt das Band automatisch an. Ebenso automatisch öffnete sich die Tür.

Noch während Perry Rhodan als letzter durch die Tür trat, sah er aus den Augenwinkeln sechs schwerbewaffnete Kampfroboter heranstampfen; die Wachtposten, die während der Konferenz ihre Sicherheit garantierten.

Zwei andere Besucher erwarteten sie bereits in dem rechteckig geformten Raum. Der eine war den Neuankömmlingen bestens bekannt: Es handelte sich um den halutischen Giganten Icho Tolot.

Den anderen stellte der Lordadmiral vor.

„Professor Dr. Ano Golkar! Mercant, Sie kennen den neuen Chef des biopositronischen Riesengehirns NATHAN ja bereits. Bully...?"

„Ebenfalls!" Bull grinste, wie es seine Art war. „Wir haben schon so manches Hühnchen miteinander gerupft – und ich muß sagen, Professor Golkar macht es einem verdammt schwer, das letzte Wort zu behalten!"

„Dafür ist er Mathelogiker", entgegnete Atlan mit verständnisvollem Lächeln.

Zu Rhodan gewandt, erklärte er:

„Ich habe durch drei verschiedene Institutionen die Geschehnisse und neu aufgetauchten Fakten der letzten Monate auswerten und Schlüsse ziehen lassen. Der eine Rechercheur war Icho Tolot, der andere Professor Golkar und der dritte unsere Hauptpositronik. Die Ergebnisse liegen vor; aber erst der Professor kam darauf, daß die Auswertungsergebnisse und Schlußfolgerungen aller drei Institutionen völlig übereinstimmen."

„Ich beglückwünsche Sie dazu, Professor Golkar", sagte Rhodan, nachdem er dem gedrungenen Mann die Hand geschüttelt hatte. „Gleichzeitig bitte ich um Entschuldigung, daß ich mich noch nicht bei Ihnen habe sehen lassen."

Golkar hob abwehrend die kurzen Arme; die leicht geschlitzten Augen lächelten.

„Aber ich bitte Sie, Sir! Wann hätten Sie Zeit dazu haben sollen, bei dem Wirbel der letzten Monate!"

Rhodan zuckte die Schultern.

Professor Golkar hatte einen wunden Punkt berührt.

Zeit . . .!

Man sollte meinen, dachte er, *ein Unsterblicher hätte unendlich viel Zeit. Dabei waren die verstrichenen Jahrzehnte nichts weiter gewesen als eine ununterbrochene Hetzjagd mit Terminen, Ereignissen und Verpflichtungen!*

Seine pessimistischen Gedankengänge wurden von Icho Tolot unterbrochen. Der Haluter hob ihn mit seinen beiden Handlungsarmen hoch, als wäre er eine Spielzeugpuppe. Tief aus dem Rachen des Riesen drang ein dumpfes Grollen hervor: Ausdruck der Freude und Rührung.

„Es tut gut, alte Freunde wiederzusehen!" brach es orgelnd und dröhnend aus seinem Mund.

Reginald Bull hielt sich die Ohren zu.

„Aber es ist grauenhaft, alte Freunde wiederzuhören!" schrie er in gespielter Verzweiflung.

Der Haluter lachte und setzte Rhodan ab.

Atlan wies einladend auf die Sesselgruppe, die um einen Kombitisch herumstand.

Tolot ging auf einen wuchtig wirkenden Spezialsessel zu und ließ seinen schweren Körper vorsichtig hineinsinken. Professor Golkar verschwand in den Konturpolstern fast völlig. Hastig griff der Mathelogiker nach der Lehnenschaltung und fuhr seine Sitzgelegenheit einen Viertelmeter heraus, damit er mühelos über die Tischplatte sehen konnte.

Golkar zog bündelförmig geheftete Symbolfolien hervor und legte sie vor sich auf den Tisch. Doch das schien nur eine alte Gewohnheit zu sein, so sinnlos wie die meisten menschlichen Gewohnheiten; er beachtete im Verlauf der Konferenz die Folien überhaupt nicht, ein Zeichen dafür, wie sehr er in dem Problem aufging, über das er sprach.

Eine volle Stunde lang sprach der Professor nur über Fakten. Ein großer Teil davon war Rhodan und auch den anderen bekannt, aber sie unterbrachen Golkar nicht, weil sie selbst wußten, wie wichtig ein lückenloses Bild war.

Danach legte der Mathelogiker eine kurze Pause ein.

Er nahm einen Schluck aus dem vor ihm stehenden Wasserglas und fuhr fort:

„So ist die Lage: wirtschaftliche und finanzielle Schwierigkeiten im Imperium, kostenfressende Stützpunkte überall und gewaltige Flottenbewegungen, die täglich viele Milliarden Solar verschlingen."

Er räusperte sich.

„Die innenpolitischen Schwierigkeiten – ich will es offen sagen – haben beinahe zum Sturz des Großadministrators geführt. Zwar konnte die Stabilisierung eingeleitet werden, aber das Imperium gleicht weiterhin einem Koloß auf tönernen Füßen. Der nächste Stoß kann alles zunichte machen, was bisher erreicht und erfolgreich verteidigt wurde."

Er sah Rhodan fragend an.

Dieser nickte.

„Ich muß Ihnen beipflichten, Professor, Fahren Sie bitte fort!"

Über den vorstehenden Wangenknochen Golkars spannte sich die Haut. Die Augen blickten auf die Tischplatte, dann lehnte sich der Professor zurück.

„Sir!" Er sah Rhodan fest in die Augen. „Als Alternative zum Weg in den allmählichen Untergang bietet sich nur eines:

Der Rückzug der Menschheit aus Andromeda und dem vorgelagerten Betanebel . . .!"

In die eintretende Stille drang ein hartes Krachen.

Aller Augen richteten sich auf Bullys Hand, die sich öffnete und einen zerbrochenen Magnetschreiber auf die Tischplatte fallen ließ.

„Verzeihung!" murmelte Bull. „Es fällt mir schwer, so etwas anhören zu müssen. Sind sie wirklich der Meinung, Professor, wir hätten nur diese Alternative?"

Golkar nickte stumm.

„Die Stützpunkte beim Schrotschußtransmitter und in Andro-Beta haben Hunderte und Aberhunderte von Billionen verschlungen. Fünfzehntausend supermoderne Raumschiffe der Imperiumsflotte stehen relativ nutzlos vor Andromeda, obwohl wir sie bei uns dringend brauchen könnten."

Er lehnte sich so weit vor, daß seine Ellenbogen den Tisch berührten.

„Ich würde nicht empfehlen, diese Schiffe irgendwann einmal nach Andromeda zu schicken. Dort toben erbitterte Kämpfe zwischen Tefrodern und Maahks, und jeder Dritte, der sich da einmischt, wird automatisch von beiden Seiten als Feind betrachtet werden.

Was die Tefroder angeht, so wäre das Risiko noch zu vertreten. Im Grunde genommen befinden wir uns mit ihnen im Kriegszustand, auch wenn es bisher nur zu leichten Geplänkeln gekommen ist.

Aber es wäre ein tragischer Fehler, einen offenen Konflikt mit den Maahks zu provozieren!

Wir alle wissen, daß die Maahks einst von den geflohenen Lemurern, also unseren unmittelbaren Ahnen, aus Andromeda vertrieben wurden. Sie siedelten sich in unserer Galaxis an, was später zu Konflikten mit den Arkoniden führte. Der sogenannte Methankrieg verlangte beiden Seiten einen fast unerträglichen Blutzoll ab. Die geschlagenen Maahks flohen weiter zurück in ihre eigentliche Heimat und unterwarfen sich notgedrungen den Meistern der Insel, wodurch sie viele Jahrtausende relativen Friedens gewannen.

Dann, vor knapp vier Jahren, wurden sie von den MdI gezwungen, gegen uns vorzugehen. Doch einige Zeit später kam es zur Revolte. Die Maahks erhoben sich gegen ihre Unterdrücker und greifen seither Andromeda an – und sie vermeiden dabei peinlichst jeden Zusammenstoß mit den Einheiten unserer Andro-Beta-Flotte.

Es steht mit hundertprozentiger Sicherheit fest, daß die Maahks schon vor Monaten herausfanden, wer in Andro-Beta einen gigantischen Stützpunkt errichtete und wer von dort aus Erkundungsunternehmen nach Andromeda startete. Die Tatsache, daß die Maahks trotzdem Ruhe hielten, daß sie nicht einmal versuchten, ein Erkundungsschiff nach Andro-Beta einzuschleusen, scheint mir der eindeutige Beweis für ihren Friedenswillen uns gegenüber zu sein. Logischerweise müssen sie auch alle ihre Kräfte auf das Hauptziel konzentrieren: die Rückeroberung von Andromeda. Und da sie offensichtlich herausfanden, daß zwischen Tefrodern, Meistern und Terranern ein wesentlicher Unterschied besteht, werden sie darauf hoffen, mit uns eine Verständigung zu erzielen."

Perry Rhodan erwachte aus einer Art körperlicher Starre, kurz nachdem Professor Golkar seinen Bericht beendet hatte. Aber diese Starre war lediglich ein Zeichen für seine geistige Mitarbeit gewesen.

Er wandte sich John Marshall zu und blickte ihn fragend an.

Der Chef des Mutantenkorps lächelte, und Perry Rhodan schien dieses Lächeln auch ohne Worte zu verstehen, denn er nickte befriedigt und blickte danach wieder zu Golkar.

„Ich danke Ihnen für Ihre Ausführungen, Professor. Ihre Schlußfolgerungen leuchten mir ein. Aber Sie gingen nur von rein sachlichen

Erwägungen aus. Darf ich Sie fragen, ob bei Ihren Folgerungen auch andere Gründe mitgespielt haben?"

Ein Schimmer des Verstehens glitt über Golkars Züge.

„Ja, Sir, und diese Gründe werden Sie ebenfalls anerkennen, so wie ich um die ethischen Grundsätze Ihrer Politik weiß. Nachdem wir die geschichtlichen Hintergründe der maahkschen Vorstöße und Rückzüge kennen, wissen wir auch, welche Schuld die Erste Menschheit auf sich lud, als sie die Maahks aus Andromeda vertrieb. Dieses Volk ist durch unsere Vorfahren und durch die mit uns verwandten Arkoniden im Laufe der Jahrzehntausende aufs schwerste geschädigt worden. Es wäre unmoralisch und für einen Menschen unseres Jahrhunderts nicht vertretbar, den alten Wunden neue hinzufügen zu wollen.

Sie kannten einen markanten Vertreter dieses großen Volkes. Ich meine den Geheimdienstoffizier Grek-1. Er war Ihr Freund – und opferte sein Leben bedenkenlos für die Menschheit und für die Freundschaft zwischen Menschen und Maahks. Durch ihn und sein Handeln wissen wir, daß die Maahks trotz ihrer andersartigen Mentalität verläßliche Bundesgenossen Terras werden können.

Und vergessen wir dabei nicht einen wichtigen Aspekt. Alles spricht dafür, daß die MdI für ihre Vorstöße in die Milchstraße eine uralte Bahnhofstrecke der Maahks benutzen. Niemand von uns weiß, wo diese Bahnhöfe im intergalaktischen Leerraum stationiert sind. Jede Suche danach ist ein aussichtsloses Unterfangen. Selbst jene drei Plattformen, die die CREST in der Vergangenheit entdeckte, konnten nicht gefunden werden, obwohl man von Andro-Beta aus planmäßig danach gesucht hat. Diese Stationen dürften ihre Position geändert haben. Die Suche wurde ergebnislos abgebrochen."

Rhodan nickte kaum merklich. Er selbst hatte Tifflor darum gebeten, nach diesen Stationen zu suchen, obwohl er keine großen Hoffnungen gehegt hatte, daß diese Suche erfolgreich verlaufen würde. Wenn die drei Plattformen ihre Position auch nur um einige zehntausend Lichtjahre verändert hatten, dann glich jede Suche nach ihnen jener nach der berühmten Stecknadel im Heuhaufen.

„Fahren Sie fort", bat er Golkar.

„Nun, worauf ich hinauswill, ist folgendes: Möglicherweise können uns die Maahks bei der Suche nach diesen Stationen behilflich sein. Wenn es uns gelingt, friedlichen Kontakt mit ihnen aufzunehmen, könnten sie zu wertvollen Bündnispartnern werden. Wenn wir die Positionen der Bahnhöfe kennen, können wir auch Maßnahmen ergreifen, um die MdI daran zu hindern, diese auch weiterhin als Absprungbasis gegen unsere Galaxis zu verwenden – ehe sie dazu in der Lage sind, riesige Duploflotten bei uns einzuschleusen. Ich halte es daher für unbedingt notwendig, den Kontakt mit den Maahks zu suchen.

Ich schlage vor, daß wir nach einem Bündnis mit den Maahks streben, daß wir Handelsbeziehungen knüpfen und daß wir mit ihnen gemeinsam Andromeda befreien."

Reginald Bull zog scharf Luft durch die Zähne. Es sah aus, als wollte er zu einer heftigen Erwiderung ansetzen. Ein verweisender Blick Rhodans ließ ihn schweigen.

„Nochmals vielen Dank, Professor." Rhodan deutete auf Tolot und Atlan. „Bevor ich Ihnen meine Entscheidung mitteile, möchte ich Tolot und Atlan bitten, ihre Meinung zu sagen. Sie beide scheinen mir deswegen dafür prädestiniert, weil sie eigene Recherchen angestellt haben."

Der Haluter und der Arkonide fügten den Argumenten Golkars keine neuen Aspekte hinzu. Sie schlossen sich Golkars Meinung an.

Perry Rhodan saß etwa eine Viertelstunde mit geschlossenen Augen in seinem Kontursessel. Nichts in seinem Gesicht verriet etwas von den Überlegungen und geistigen Kämpfen, die hinter der hohen Stirn abliefen.

Als er die Augen wieder öffnete, lag ein träumerischer Glanz darin.

„Sie werden kaum verstehen, wie glücklich ich über die Möglichkeiten bin, die Sie uns aufzeigten, Professor", flüsterte er. „Friedliche Zusammenarbeit statt Kampf – ein nie gekannter Aufschwung von Forschung, Wissenschaft und Technik – die Umwandlung ganzer Planeten in Paradiese – davon durften wir bis jetzt nur träumen . . .!"

Ruckartig richtete er sich auf. Der Anflug von Rührung, nur den Freunden erkennbar, fiel von ihm ab. Der nüchterne, logische Denker kam erneut zum Durchbruch.

„Gut!" sagte er fest. „Suchen wir die Verständigung mit den Maahks, aktivieren wir die intergalaktische Diplomatie – und wenden wir uns nach der endgültigen Befriedung von Andromeda der Erforschung der eigenen Galaxis zu. Was kennen wir denn schon von ihr? Hier ist Raum für friedliche Erforschung für Tausende von Jahren!"

30.

Der Sturm peitschte die Meeresoberfläche zu gischtenden Wogen auf. Die Horizonte waren verhangen von schwarzen Wolkenbergen, aus denen in endloser Folge gleißendhelle Blitze herniederzuckten. Donner grollte dumpf und vermischte sich mit dem Dröhnen und Brausen der gegen den flachen Strand anrennenden Wellen.

Miras-Etrin stand nackt in der tobenden Flut. Die Brecher überspülten seinen muskulösen Körper. Die Luft war erfüllt von zerstäubtem Wasser.

Miras-Etrin atmete tief ein. Er duckte sich, ließ die nächste Woge über seinen gekrümmten Rücken abrollen, dann schnellte er hoch, warf sich der nächsten Welle entgegen, wurde von ihr aufgehoben und viele Meter weit zum Strand getragen, bevor er wieder festen Boden unter den Füßen fühlte.

Das zurückströmende, von aufgewühltem Sand, Muscheln, Tang und Krebstieren erfüllte Wasser riß ihm die Füße unter dem Leib weg. Bevor er sich aus der Rollbewegung befreien konnte, tauchte eine Woge turmhoch und dunkel über ihm auf. Brausend und schäumend kippte ihre Krone vornüber.

Miras-Etrin spürte den schmetternden Schlag nicht mehr. Er verlor das Bewußtsein.

Als er wieder zu sich kam, hatte sich die See beruhigt. Der Himmel war klar, und die Strahlen der gelben Sonne durchwärmten wohltuend seinen Körper.

Einer der beiden Roboter beugte sich zu Miras-Etrin herab.

„Warum habt ihr so lange gezögert?"

„Wir bitten um Verzeihung, Maghan", antwortete der Roboter, „aber Sie selber wünschten keine Einmischung. Demzufolge mußten wir warten, bis Sie sich in unmittelbarer Lebensgefahr befanden."

„Schon gut!" sagte Miras-Etrin und richtete sich auf. Er wehrte heftig ab, als die Roboter ihm unter die Arme greifen wollten. „Schert euch weg!" fuhr er sie an.

Noch leicht schwankend, die gespreizten Beine in den feuchten

Sand gestemmt, starrte Miras-Etrin auf die Ausläufer der Wellen, die gleich gierigen Zungen über den Sand leckten.

Zorn funkelte in den Augen des Mannes, Zorn über die Kräfte der Natur, denen er nicht gewachsen gewesen war.

Er schüttelte die Faust.

„Du hast dich gegen einen Meister der Insel empört, Meer! Das durfte bisher niemand ungestraft tun, und auch du wirst bestraft werden für deinen Frevel!"

Er blickte nach oben, wo er die „Augen" wußte, und schrie:

„Wirf das Meer zurück! Wirf es hundert Kilometer zurück!"

Niemand antwortete. Aber nach wenigen Minuten tauchten zwei Reihen Sanddünen aus dem Meer, die Wogen leckten nicht mehr so ungestüm über den Strand, und am klaren Horizont erhob sich etwas, das wie ein dunkles Gebirge aussah und sich entfernte.

Als nach einer halben Stunde Tausende von silberglänzenden Fischen auf dem freigelegten Grund des Meeres zappelten, stieß Miras-Etrin ein gellendes Lachen aus.

Abrupt drehte er sich um und brach ab. Seine Stirn bedeckte sich mit Schweiß.

„Einen Transmitter!" befahl er mit heiserer Stimme.

Sekunden darauf senkte sich ein halbkugelförmiges Fahrzeug aus dem Himmel. Eine Rampe wurde ausgefahren, und der Meister der Insel ließ sich von unsichtbaren Kraftfeldern hinauftragen, hinein in den blutrot gähnenden Schlund, zwischen die armdicken Schenkel eines Kleintransmitters.

Im nächsten Augenblick befand er sich in seinem Massageraum, zweihundert Kilometer von dem Ort entfernt, von dem sich die Flut immer noch zurückzog...

„Maghan...!

Die Stimme schien von weither zu kommen.

„Maghan, dein unterwürfiger Diener fleht dich an: Wache auf!"

Miras-Etrin schlug die Augen auf. Über sich erkannte er das Plastikgesicht von Ontos, dem Dienerroboter. Die synthetische Haut hatte sich zu einem liebenswürdigen Lächeln verzogen, wozu die starren Augen ganz und gar nicht paßten.

„Der Kontakt soll in einer Viertelstunde beginnen, Maghan!"

Der MdI machte eine Geste der Bejahung.

Sofort begann die Flüssigkeit aus dem Schlaftank abzufließen, während gleichzeitig die herrschende Schwerkraft im selben Maße abnahm und der schwingende Auftrieb der Flüssigkeit dadurch kompensiert wurde.

Als der Tank völlig geleert war, hoben sanft zupackende Kraftfelder den MdI an und legten ihn auf einer breiten Liege nieder. Mit diesen Vorgängen parallel lief das Wasch- und Trocknungsprogramm ab.

„Massieren!" befahl Miras-Etrin barsch.

Die Hände des Roboters Ontos schnellten mit gespreizten Fingern vor und griffen zu. Sanft und intensiv zugleich kneteten sie Miras-Etrins Arm-, Rücken- und Beinmuskulatur durch.

Plötzlich richtete sich der Meister halb auf und wandte den Kopf. Augenblicklich hielt Ontos inne.

„Maghan...!"

„Wo ist Irruna?" fragte Miras-Etrin herrisch.

„Das Synthomädchen schläft, Maghan", erwiderte Ontos. „Außerdem – ich bitte untertänigst um Verzeihung: Aber in fünf Minuten beginnt der Kontakt!"

Der MdI sprang auf und versetzte dem Roboter einen Tritt. Gemäß seiner Programmierung durfte und konnte Ontos keinen Widerstand leisten, nicht einmal passiv. Obwohl er mühelos sein Gleichgewicht hätte halten können, überschlug er sich rückwärts.

Das fachte den Zorn des MdI nur noch mehr an. Er fühlte sich gedemütigt und irregeführt, denn selbstverständlich wußte er, daß Ontos praktisch nur Theater spielte. Aber er dachte nicht daran, daß er es auf seinen Befehl tat, so wie alles auf der *Stammwelt* seinem Willen unterstand: angefangen vom Wachstum der Blumen bis hin zu den Grenzen der Meere. Die Stammwelt wirkte rein äußerlich wie eine Erde im paradiesischen Zustand – in Wirklichkeit war sie eine vollrobotisierte, natürliche Kulisse für das Leben eines Individuums. Dieses Individuum war Miras-Etrin.

In ohnmächtiger Wut griff der MdI nach seinem Strahler, der neben der Kombination auf einer Antigravplatte lag.

Unterwürfig wartete Ontos den Schuß ab, der seinem mechanischen Leben ein Ende bereitete...

Die Kontakthalle war ein riesiger Memo-Saal, wurde aber für den eigentlichen Zweck seit langer Zeit nicht mehr benutzt.

Miras-Etrin fröstelte unwillkürlich, als die weit entfernten Wände das Echo seiner Schritte hohl zurückwarfen. Doch diesmal hatte er seine Universalkombination an, und eines der vielen Kompensationsgeräte veränderte die Hormonausschüttung des Körpers und vermittelte dem MdI dadurch das Gefühl größten Wohlbehagens.

Die große, sportliche Gestalt straffte sich. Miras-Etrin schritt federnd auf einen großen, schwarzen Kontursessel zu. Die Mentalfühler des vielseitigen Sitzmöbels registrierten die Berührung und meldeten die Wahrnehmung weiter an ein halbbiologisches Steuergehirn. Unsichtbare, strukturell programmierte Feldleiterkontakte schlossen sich automatisch, Schwingungsempfänger traten in Tätigkeit.

Miras-Etrin spürte von all dem nur die Endergebnisse. Seit Jahrtausenden war er gewohnt, daß die Kompensat-Sessel ihm jeden Wunsch aus den Gedanken herauslasen – und ihn erfüllten, sofern es in ihrer Macht stand.

Eine leise, psychologisch auf die Mentalität des MdI abgestimmte Melodie klang auf, während der Sessel dicht über dem Boden auf eine Wand der Memohalle zuschwebte.

Miras-Etrin entspannte sich.

Verformbare Glieder glitten aus dem Kopfteil des Sessels, trockneten die braune Stirn ab, kämmten und bürsteten das schwarze Lockenhaar und massierten die Schläfen.

Als der Gong ertönte, verschwanden die Glieder wieder.

Die Rückenlehne richtete den MdI auf. Miras-Etrin blickte genau auf drei leuchtende Bildschirme, die noch vor einer Sekunde dunkel gewesen waren.

Zwei Schirme bildeten die Gesichter zweier Männer ab. Sie waren etwas älter als Miras-Etrin, ihre Bezeichnungen lauteten: Faktor II und Faktor III.

Kein MdI nannte den anderen bei seinem Namen, schon lange nicht mehr. Statt dessen verwendeten sie den Begriff „Faktor" und eine Zahl, die um so niedriger war, je wichtiger die Fähigkeiten des betreffenden MdI eingeschätzt wurden. Miras-Etrin trug die Bezeichnung „Faktor IV".

Der dritte Bildschirm zeigte kein Gesicht, sondern nur ein Symbol, bestehend aus zwei golden schimmernden Galaxien auf schwarzem Untergrund, die von einem Leuchtkreis umspannt wurden.

Miras-Etrin holte tief Luft.

Nach der knappen Begrüßung, die ohne jede Herzlichkeit erfolgte, gab Miras-Etrin einen ausführlichen Lagebericht. Er schilderte seinen Einsatz in der Galaxis der Ersten Welt und legte mit nüchternen, trockenen Worten dar, weshalb die Falschgeldinvasion und der ausgezeichnet ausgearbeitete Attentatsplan auf die Erde mißlungen waren. Die Faktoren II und III hörten schweigend und mit ausdruckslosem Gesicht zu. Faktor I meldete sich ebenfalls nicht.

„Meine Erfahrungen mit den Terranern sagen mir, daß es zwecklos ist, Plan drei auszulösen", schloß Miras-Etrin. „Diese Emporkömmlinge sind in ihrer eigenen Galaxis viel zu mächtig, als daß es uns gelingen könnte, sie durch Aufwiegelung anderer Völker ernsthaft in Gefahr zu bringen.

Ich schlage daher vor, den militärischen Teil unseres Planes massiv voranzutreiben. Nur durch ein Massenaufgebot der tefrodischen Flotte kann das Ziel erreicht werden."

„Der Sonnentransmitter in der Milchstraße ist unserer Kontrolle längst entglitten", warf Faktor II ein. „Und der Einsatzweg ist für ein größeres Flottenaufgebot noch nicht gerüstet."

„Ich sehe schon, daß ich von Versagern umgeben bin", krachte eine mechanische Stimme aus dem Lautsprecher des Bildschirmes, der das Symbol von Faktor I zeigte. „Das Projekt Ersatzstrecke wird, wie Ihnen bekannt sein dürfte, mit allen erforderlichen Mitteln vorangetrieben. Aber es läßt sich nicht von heute auf morgen realisieren. Es wird noch einige Zeit dauern, bis es abgeschlossen ist und uns uneingeschränkt zur Verfügung steht. Dennoch darf nichts unversucht bleiben, um mit den Terranern fertig zu werden. Durch die Vernichtung des Zeittransmitters haben sie erneut bewiesen, wie sehr wir sie lange Zeit unterschätzt haben. Aber wir werden sie schlagen und aus dem Universum fegen!

Tod den Terranern!"

31.

Die vier Terraner, der Arkonide und der Haluter waren noch mitten in ihrer Diskussion, als ein Bildschirm an der Wand blutrot aufflammte.

„Achtung!" meldete sich eine aufgeregte Stimme. „HQ-Funkzentrale an Lordadmiral und Großadministrator: Justierungsplanet Kahalo sendet K-Meldung!"

Die Männer waren aufgesprungen.

Auf Rhodans Stirn erschien ein dichtes Netz feiner Schweißperlen.

Kahalo!

Das war die Achillesferse des Solaren Imperiums. Wenn Kahalo eine K-Meldung durchgab, war die Menschheit in ihrer Existenz bedroht.

Er holte tief Luft.

„Legen Sie die Hyperverbindung nach hier um!"

Die dreidimensionale Wiedergabe zeigte das Gesicht eines bulligen, kahlköpfigen Mannes.

Perry Rhodan, der sich wie die anderen wieder gesetzt hatte, richtete den Oberkörper steif auf.

Der Mann auf dem Bildschirm war kein anderer als Demitro Kabilew, der Kommandant von Kahalo selbst, ein General der Raumflotte des Imperiums, hochintelligent, entschlußfreudig und kaltblütig bis zum äußersten.

Von dieser Kaltblütigkeit war augenblicklich nichts mehr vorhanden. General Kabilew transpirierte heftig, und im Hintergrund seiner unnatürlich weit geöffneten Augen stand die blanke Panik geschrieben.

Rasch beugte sich Rhodan vor und berührte den Kontakt der Tischplatte, der die Aufnahmegeräte des Konferenzraumes aktivierte.

Kabilew reagierte augenblicklich. Er riß sich sichtlich zusammen und gab sich Mühe, ruhig und gelassen zu erscheinen, was ihm jedoch nicht gelang.

„Sir! K-Meldung von Kahalo! Vor dreißig Minuten ist im Zentrum des galaktischen Sonnensechsecks ein kleines Objekt materialisiert; kugelförmig, zwischen sechs und zwölf Meter Durchmesser, vorläufig noch nicht identifizierbar!"

Unwillkürlich warf Rhodan einen Blick auf seinen Chronographen. Die Brauen wölbten sich.

Demitro Kabilew wußte die Mimik zu deuten.

„Nein, Sir!" stieß er hervor. „Zu diesem Zeitpunkt war kein Empfangsintervall vorgesehen. Praktisch ist das, was geschehen ist, unmöglich. Die Sperrschaltung funktioniert nach wie vor einwandfrei. Dennoch scheinen die MdI eine Möglichkeit gefunden zu haben, den Rückstoßimpuls des Sonnensechsecks zu neutralisieren. Bisher waren wir immer der Überzeugung, daß durch die Transmittersperre alle außerhalb der Intervallzeiten ankommenden Objekte im Sonnensechseck umgepolt und ehe sie nach Kahalo weitertransportiert werden können, an ihren Ausgangsort zurückgeschickt werden. Die MdI scheinen nun diesen Effekt neutralisieren zu können, so daß das angekommene Objekt im Ballungsfeld des Transmitters materialisieren konnte und auch stabil blieb."

Perry Rhodan verstand – und er erfaßte im selben Augenblick die ganze Tragweite des scheinbar unbedeutenden Zwischenfalls.

Mochte der rematerialisierte Körper auch nur sechs oder zwölf Meter durchmessen – was ihm möglich gewesen war, würde vielleicht auch einer ganzen Flotte möglich sein: Tausenden oder Hunderttausenden von Kampfschiffen, mit Duplos bemannt . . .!

Rhodans Gesicht wurde undurchdringlich. Sein Lächeln wirkte maskenhaft und leblos.

„Vielen Dank, General", erwiderte er. „Es besteht noch kein Grund zur Panik. Ich brauche Ihnen nicht zu sagen, was Sie zu tun haben; was die Sicherheit Kahalos angeht, verlasse ich mich ganz auf Sie. Dennoch werde ich in etwa zehn Stunden persönlich dort eintreffen. Ende!"

General Kabilew atmete hörbar auf.

„Danke, Sir! Habe verstanden! Ende!"

Das Fernbild erlosch.

Atlan, Rhodan, Mercant, Marshall und Bull sahen sich in die bleichen Gesichter.

„Das ist der Beginn des Vernichtungsschlages der MdI", sagte der Lordadmiral tonlos. „Man hat erkannt, daß gegen das Imperium mit

375

anderen Mitteln nichts zu erreichen ist. Nun schlägt man mit brutaler Gewalt zu – und mit unerschöpflichen Duplo-Reserven!"

Reginald Bull schüttelte heftig den Kopf.

„Noch ist es nicht so weit. Meiner Ansicht nach sind die MdI noch nicht in der Lage, eine Flotte durch den Sechsecktransmitter zu schikken. Etwas ist schiefgegangen bei ihnen; andernfalls hätten sie sich niemals durch das Auftauchen dieser komischen Kugel verraten."

Allan D. Mercant nickte.

Perry Rhodan erhob sich. Er wartete, bis die anderen seinem Beispiel gefolgt waren, und sagte dann:

„Bully hat recht. Dennoch ist die Invasionsgefahr akut. Wir müssen Wege suchen, die Gefahr zu bannen. Wir steigen sofort um in die CREST und fliegen nach Kahalo, Atlan . . .!"

„Ich komme mit", erwiderte der Arkonide. Icho Tolot drückte ebenfalls diese Absicht aus.

Atlan beugte sich über den Konferenztisch und schaltete mit einer wischenden Handbewegung einen Interkom-Sperrkanal ein. Mit ruhiger Stimme befahl er, den Großtransmitter wieder auf den Empfänger an Bord der CREST III zu justieren.

Danach wandte er sich lächelnd an seine Gäste und bedeutete ihnen mit einer Handbewegung, ihm zu folgen. Er führte sie durch den Speiseraum in den Lichtgarten.

„Wollen wir etwa Blumen pflücken?" bemerkte Bully sarkastisch. „Oder möchtest du einen Vibratorsessel mitnehmen, Atlan? Dann muß ich dir verraten, daß wir an Bord der CREST genügend davon haben."

Atlan grinste dünn.

„Er ist immer noch der alte Witzbold, wie?" wandte er sich an Rhodan.

Eine Antwort darauf wartete er nicht ab. Vor den anderen hergehend, zwängte er sich durch Gruppen blühender Sträucher, tastete über die glatte, kühle Wand des Fiktiv-Hintergrundes – und verschwand plötzlich.

„Nicht schlecht!" kommentierte Bully den Vorgang. „Offenbar ein eingelassener Energievorhang, der zwar die Fiktivprojektion aufnimmt, aber Menschen passieren läßt. So etwas muß ich mir in meinem Landhaus am Goshun-See auch einrichten!"

„Ich hätte an deiner Stelle andere Sorgen", murmelte Rhodan. Er erreichte die Stelle, durch die Atlan verschwunden war – und fühlte ein leises Kribbeln auf der Haut, als er den Energievorhang durchschritt.

Atlan stand in einem kleinen quadratischen Raum und hantierte an dem schmalen Schaltpult an der Wand. Dort, wo sich der rote Warnkreis auf dem Boden befand, baute sich knisternd und fauchend ein zweischenkliger Energiebogen auf. Innerhalb des Transmittertores entstand wesenlose Dunkelheit.

Der Lordadmiral brauchte nichts zu erklären. Seine Gäste folgten ihm selbstverständlich in die Entmaterialisierungszone.

Im selben Augenblick rematerialisierten sie in der gigantischen Halle des Großtransmitters von Quinto-Center.

Es war der Augenblick, in dem eine Robotstimme lautstark verkündete, daß der Transmitter fertig justiert sei und der Empfänger auf der CREST III empfangsbereit wartete.

Diesmal ging Perry Rhodan voran. Er verlor kein Wort darüber, daß Atlan sie nicht schon nach ihrer Ankunft auf dem gleichen Wege zum Konferenzraum geführt hatte; wichtig war allein, daß sie auf diese Weise Zeit gewonnen hatten – in einem Augenblick, in dem es wahrscheinlich auf jede Sekunde ankam.

Rund hundert Lichtjahre von Quinto-Center entfernt traten die Männer und der Haluter aus dem Transmitterempfänger der CREST III.

Perry Rhodan verlor auch hier keine Zeit. Er eilte zu einem der Interkoms, die in regelmäßigen Abständen in den Wänden der Halle installiert waren, und stellte auf der Wähltastatur eine Verbindung zur Hauptzentrale her.

Auf dem Bildschirm erschien das Gesicht Cart Rudos, des Kommandanten des Schiffes. Der quadratisch gebaute Epsaler zuckte nicht einmal mit den Lidern, als Rhodan befahl, das Schiff in den Alarmzustand zu versetzen und auf schnellstem Wege Kurs auf Kahalo zu nehmen.

Danach sprach Rhodan mit dem Chefmathematiker und wies ihn an, die große Bordpositronik für die Durchrechnung eines Problems höchsten Wichtigkeitsgrades frei zu machen und die führenden Wissenschaftler des hypermathematischen, mathelogischen und hyperenergetischen Zweiges in die Schaltkuppel des Gehirns zu beordern.

Zehn Minuten später betrat er zusammen mit seinen Begleitern den Kommandostand. Die CREST III beschleunigte mit Höchstwerten und tauchte dann in den Linearraum ein.

Er war mehr als 51 900 Jahre irdischer Zeitrechnung alt.

Selbstverständlich durfte man hier nicht vom biologischen Alter sprechen; in dieser Hinsicht war Cicero nicht älter als zehn Erdjahre, wenn man den Schätzungen der Kosmobiologen trauen konnte.

Cicero, der Flatteraffe aus der Dschungelhölle des sechsten Wegaplaneten des Jahres 49 488 vor Christi Geburt.

Zur Zeit befand sich Cicero allerdings weder im Dschungel von Pigell, noch wirkte er in irgendeiner Weise wie die Ausgeburt jener Hölle, die seine Heimat gewesen war.

Er spielte mit einem anderen extraterrestrischen Wesen, dem gezähmten Okrill von der Extremwelt Oxtorne im Praesepe-Sektor.

Er hatte sich aus dem Geräteraum der geräumigen Turnhalle eine Stahlplastikkugel geholt und machte sich ein Vergnügen daraus, sie in seine zierlich wirkenden Hände zu nehmen und sich mit Hilfe seiner Flughäute bis dicht unter die Decke zu schwingen, von wo aus er die „Bombe" nach dem Okrill schleuderte.

Sherlock hatte anscheinend große Mühe, den vortrefflich gezielten Abwürfen zu entgehen, da der Flatteraffe den eigentlichen Angriff stets durch eine große Anzahl von Scheinangriffen vorzubereiten pflegte. Unbeholfen wirkend sprang das einem Riesenfrosch gleichende Tier umher, und mehr als einmal krachte die Stahlplastikkugel mit Vehemenz auf seine breite Schnauze hernieder, was er mit einem jämmerlichen Schmerzensgeheul beantwortete.

Der Mausbiber Gucky, der auf einem Sprungtisch hockte und dem turbulenten Treiben zusah, zeigte in solchen Momenten jedesmal seinen einzigen Nagezahn in voller Größe; kurz gesagt, er grinste. Gucky kannte den Okrill inzwischen gut genug, um dessen Täuschungsmanöver durchschauen zu können. Er wußte, daß ein Wesen von der Extremwelt Oxtorne den Aufprall einer aus zehn Metern geworfenen Kugel von zirka zweieinhalb Kilogramm Masse nicht schmerzhafter empfand als ein Erdbewohner beispielsweise den Aufprall eines Fußballs auf seiner Stiefelspitze. Außerdem hatte Sherlock bei anderen Gelegenheiten gezeigt, zu welchen Riesensätzen und zu welcher unheimlich anmutenden Geschmeidigkeit er fähig war; er hätte jedem Wurf entgehen können, wenn er nur gewollt hätte.

Allerdings spielte Sherlock nicht nur den passiven Teil. Nach jedem Angriff Ciceros schleuderte er die Kugel wieder empor, wozu er beide Vordergliedmaßen seiner insgesamt acht Beine benutzte.

Der Flatteraffe durfte es sich wegen seiner entschieden schwächeren Konstitution nicht erlauben, auch nur einen einzigen Treffer hinzunehmen. Er wich entweder geschickt aus, oder aber er fing die Kugel in jenem kurzen Augenblick ein, in dem sie den höchsten Punkt ihrer Flugbahn erreicht hatte und demzufolge schwerelos war.

Ein wahrhaft amüsantes Spiel.

Doch Gucky war nicht deshalb gekommen. Er versuchte vielmehr, mit seinen telepathischen Kräften in den Gedankeninhalt Ciceros einzudringen.

Bislang waren alle Versuche dieser Art kläglich gescheitert.

Dabei interessierte es den Mausbiber brennend, ob der Flatteraffe eine höhere als rein tierische Intelligenz besaß. Das jedenfalls behauptete der Mann, an den sich Cicero damals auf Pigell freiwillig angeschlossen hatte: Omar Hawk, Umweltangepaßter von Oxtorne und Oberleutnant einer Spezialabteilung der Patrouillenkorps der Solaren Abwehr.

Kurz entschlossen griff der Mausbiber mit telekinetischen Geistesströmen zu. Die Kugel machte sich selbständig. Wie eine übergroße Hornisse kreiste sie über dem Okrill.

Sherlock besaß so gut wie keine Erfahrung im Umgang mit Gucky, und da er eben nur ein Tier war, reagierte er auch so. Er wirbelte mit offenem Maul um seine Körperachse und starrte aus seinen runden Facettenaugen auf das seltsame Ding, das sich plötzlich so ganz anders benahm als zuvor.

Von oben schwebte Cicero neugierig herab. Er verfolgte das Schauspiel einige Sekunden lang, ohne etwas zu unternehmen. Danach schoß aus seinem Unterleib ein hauchdünner Faden hervor, schlang sich um die Kugel und haftete an ihr. Weitere Fäden folgten, und eine halbe Minute später unternahm er den Versuch, durch einen gewaltigen Kraftaufwand die Kugel mit sich zu ziehen.

Gucky ließ ihm den Spaß; nur verhinderte er, daß die Kreisbewegungen der Kugel aufhörten. Infolgedessen hatte Cicero erhebliche Mühe, sein Gleichgewicht zu halten. Er taumelte durch die große Halle, gefolgt von Sherlock, der auf dem Boden unter ihm herlief und drohende Laute ausstieß.

Zu spät erkannte Gucky, was der Flatteraffe plante.

Cicero war zwar schwankend, aber nichtsdestoweniger zielbewußt auf die halboffene Tür der Halle zugeflogen. Er näherte sich ihr in ziemlich flachem Winkel, so daß die Kugel, als er die Verbindung zwischen Körper und Fangfaden löste, durch den Türspalt nach draußen flog.

Ohne direkte Sicht besaß jedoch der Mausbiber keine genaue telekinetische Kontrolle mehr über das Streitobjekt.

Noch während er überlegte, ob er nach draußen teleportieren sollte oder nicht, ertönte ein lauter Entsetzensschrei.

Dem Schrei folgte ein heftiges Klirren und Scheppern. Danach trat beängstigende Stille ein.

Der Mausbiber entschloß sich nun doch, nach draußen zu teleportieren. Dicht hinter ihm segelte Cicero durch den Türspalt. Der Okrill folgte knurrend.

Die beiden Leutnants stammten offenbar frisch aus dem Kadettenkorps der Raumakademie und gehörten damit zu dem Schub von Nachwuchspersonal, das vor wenigen Wochen an Bord der CREST III gekommen war.

Besonders deswegen wunderte sich Gucky über die Unverfrorenheit, mit der die milchgesichtigen jungen Männer versucht hatten, eine Kiste Whisky durch eines der Sportzentren des Flaggschiffes zu schmuggeln.

Der Versuch war mißlungen, weil die von Gucky bewegte und von Cicero heimlich gesteuerte Zweieinhalb-Kilo-Kugel sich geschoßgleich durch die Kiste gebohrt und darin nur noch Glassplitter zurückgelassen hatte. Unter der Kiste, die von den statuenhaft erstarrten Leutnants noch immer festgehalten wurde, bildete sich eine Pfütze goldgelber Flüssigkeit.

„Schade!" bemerkte der Mausbiber und überließ es den Leutnants, eine Gedankenassoziation dazu herzustellen.

Ruckhaft, als hätten sie nur auf ein Stichwort gewartet, nahmen die Männer Haltung an. Die Kiste polterte zu Boden.

„Sir!" brüllte einer der beiden mit voller Stimmkraft. „Leutnant Trombsdorf und Leutnant Ariel bei einer Übung nach KU-11!"

Gucky hielt sich die Ohren zu.

„Was schreien Sie mich so an, Sie Kindskopf! Schließlich sind meine Ohren groß genug, um Sie auch zu verstehen, wenn Sie normal sprechen. Außerdem..."

Er lauschte in sich hinein, dann nahm sein Gesicht einen verschmitzten Ausdruck an.

„. . . außerdem", fuhr er fort, „bin ich ein recht guter Telepath. Hm, Sie wollen also zu Leutnant Bron Tudd, und der Whisky war für eine Kerzenparty bestimmt . . .?"

„Ja . . . jawohl, Sir!" stammelte Leutnant Trombsdorf verlegen und errötete bis über die Ohren. „Wir . . . er . . . dachte, daß . . ."

„. . . daß der Sinn des Bordlebens darin bestünde, sich sinnlos zu besaufen und schmutzige Lieder zu singen, wie?"

Trombsdorf nickte und suchte nach Worten.

„Pfui!" rief Gucky. „Na, diesem Bron Tudd werde ich die Suppe schon versalzen."

Er versuchte eine ernste, empörte Miene zu ziehen, was ihm nicht recht gelang, da er Bron Tudd vom Einsatz auf der Dunkelwelt Modul her als tapferen Mann und guten Kampfgefährten noch in Erinnerung hatte.

„Sie werden jetzt sofort den Whisky aufwischen und die Kiste mitsamt den Scherben wegbringen!" fuhr er die verdatterten Leutnants an. „Anschließend begeben Sie sich auf dem schnellsten Weg zu Leutnant Tudd und richten ihm aus, daß er sich sofort in meiner Kabine zu melden hat! Klar?"

Trombsdorf öffnete den Mund zu einer Antwort, die niemand mehr hörte – denn in diesem Augenblick setzten auf dem ganzen Schiff schlagartig sämtliche Alarmsirenen ein.

So verdattert die beiden jungen Offiziere auch sein mochten, sie reagierten auf die mißtönenden Intervalle des Großalarms mit der Exaktheit von gutgeölten Maschinen. Alles, was vorher gewesen war, interessierte sie nicht mehr. Die Kiste blieb liegen, wo sie lag – und der Mausbiber sah von Trombsdorf und Ariel nur noch huschende Schemen, die im nächsten Liftschacht untertauchten.

„Na, so etwas!" murmelte er betreten. „Laufen einfach weg und lassen mich mit dem ganzen Mist allein stehen." Er holte tief Luft. Die beiden Tiere fielen ihm ein, und er wandte sich nach ihnen um.

Der Okrill lag flach auf dem Boden und atmete mit offenem Maul. Das anhaltende Jaulen der Sirenen schien ihn zu beunruhigen und gleichzeitig zur Passivität zu zwingen.

In ähnlicher Weise reagierte Cicero. Der Flatteraffe hockte auf Sherlocks breitem Rücken, hatte die fledermausähnlichen Flughäute zusammengelegt und lauschte mit gesträubtem Nackenfell.

„Was mache ich nun mit euch?" sagte er zu sich selbst.

Das Sirengeheul erstarb.

Wenige Sekunden später trat Omar Hawk aus dem Schacht des nächsten Antigravlifts und kam aufatmend näher, als er den Mausbiber bei seinen Tieren erkannte.

„Bei allen Geistern der Barrier!" stieß er hervor. „Bin ich froh, daß du hiergeblieben bist, Gucky! Ich dachte schon, Rhodan hätte dich wegen des Alarms in die Zentrale beordert."

„Und ich hätte die beiden Kleinen allein gelassen?" entgegnete Gucky beleidigt. „Aber Oberleutnant Hawk! Was denken Sie von mir? Ich besitze ein stark ausgeprägtes Pflichtgefühl."

Hawk grinste. Er schnupperte und betrachtete die beschädigte Kiste.

„Das sehe ich. Offenbar sollte hier eine Orgie gefeiert werden . . ."

Der Mausbiber begriff nicht sofort. Aber dann pfiff er schrill und voller Empörung und Abscheu.

„Schämen Sie sich, Hawk!" schrie er – und teleportierte . . .

Er war immer noch wütend, als er in der Kommandozentrale rematerialisierte. Doch dann sah er das ernste Gesicht Perry Rhodans und verzichtete darauf, seiner Empörung über die Bemerkung Hawks Luft zu machen. Es schien weit wichtigere Probleme zu geben.

Rhodan nickte dem Mausbiber flüchtig zu. Er berichtete gerade den führenden Schiffsoffizieren und den Kybernetikern vom Operationsstab, was sich über Kahalo ereignet hatte.

Als er geendet hatte, setzten die Fragen ein. Rhodan beantwortete sie alle mit großer Geduld. Ihm lag daran, daß vor allem die Stabskybernetiker eine eindeutige Vorstellung von dem technischen Hintergrund der Ereignisse erhielten; sie waren die Leute, die der Positronik Fragen eingaben und von der Maschine Operationsvorschläge erhielten, auf die sich wiederum die Entscheidungen der Schiffsführung und – im Falle der CREST III – unter Umständen die Entscheidungen des Oberkommandos der Solaren Flotte stützten. Es wäre verhängnisvoll gewesen, durch Unklarheiten falsche Fragestellungen und Programmierungen zu verursachen.

Die Besprechung neigte sich ihrem Ende zu, als auf den Bildschirmen der Panoramagalerie für wenige Sekunden das Bild des Weltraums auftauchte und wieder versank. Die CREST III hatte einen blitzartigen Orientierungsaustritt durchgeführt. Danach stieß sie mit etwas herabgesetzter Fahrt ins Zentrum der Milchstraße vor.

Von da an erfolgten die Orientierungsaustritte öfter. Das galaktische Zentrum zu durchkreuzen erforderte von dem Kommandanten eines Raumschiffes allerhöchste Konzentration. Je näher man dem eigentlichen Zentrumskern kam, desto mehr häuften sich die Punkte auf dem vierdimensionalen Kartengerät, die von verschollenen terranischen Raumschiffen sprachen. Man stelle sich eine Anhäufung von Sonnen vor, die so dicht stehen, daß sie durch gewaltige Massen aktiven interstellaren Gases untereinander verbunden sind. Hier gab es so gut wie keine Planeten, und wenn, waren sie meist für jegliche Besiedelung ungeeignet – tote, an der Oberfläche glühende Himmelskörper, deren Lebenserwartung weitaus niedriger war als die der Planeten der mittleren und der Randzonen.

Dennoch meisterte Cart Rudo seine Aufgabe mit unerschütterlicher Ruhe und fast beispielloser Virtuosität. Für ihn war ein Schiff das Instrument, auf dem er zu spielen verstand, und die Sternkarten stellten die Noten des Stückes dar.

Allerdings war hier und da ein deutliches Aufatmen zu hören, als das Gebiet um den Planeten Kahalo endlich erreicht war.

Die auftretenden Ortungsimpulse terranischer Schiffe, die durch Licht- und Lautsignale kenntlich gemacht wurden, wirkten wie ein vertrauter Gruß.

„Allerhand!" bemerkte Atlan anerkennend. „Ich muß die Reaktionsschnelligkeit und Entschlußfreudigkeit terranischer Kommandeure immer wieder bewundern. Nach der Menge der unmittelbar registrierten Impulse zu urteilen, muß die gesamte Wachflotte von Kahalo in weitem Kreis um das Sonnensechseck postiert worden sein."

Rhodan runzelte die Stirn.

„Es ist das mindeste, was wir augenblicklich tun konnten, Freund. General Kabilew hat nicht mehr als fünfzehntausend Kampfschiffe zur Verfügung, sonst hätte er auch dreißigtausend eingesetzt. Und selbst das wäre unter Umständen zuwenig..."

Als wüßte der Kommandant von Kahalo, worüber sich die beiden Männer in der Zentrale der CREST III gerade unterhielten, rief er das Flaggschiff über Hyperkom an und bat darum, den Großadministrator sprechen zu dürfen.

Der bullig gebaute Mann hatte sich inzwischen etwas beruhigt. Er brachte sogar ein Lächeln zuwege, auch wenn es ein wenig verkrampft wirkte.

„Bis jetzt hat sich noch nichts Neues ereignet, Sir", berichtete er auf Rhodans Frage hin. „Das fremde Objekt steht unbeweglich im Entmaterialisierungsfeld der Sechseckkonstellation. Die entsprechende Zone ist von unseren Schiffen eingekreist, wurde aber nicht angeflogen, da das zu gefährlich gewesen wäre. Es besteht nur geringe Aussicht, ein Raumschiff dort sicher hinein- und wieder herauszubringen."

„Wir werden sehen", entgegnete Perry Rhodan nachdenklich. „Lassen Sie eine Leitimpulsbrücke aufbauen, damit die CREST III blind geflogen werden kann."

„Sie wollen selbst...?" fragte Kabilew entsetzt.

Rhodan blickte ihn verwundert an.

„Weshalb denn nicht, General? Trauen Sie mir weniger Mut zu als den Besatzungen jener Raumschiffe, die das Sonnensechseck eingekreist haben?"

Kabilew verneinte hastig und beteuerte, so hätte er es nicht gemeint.

Die CREST III nahm Kurs auf den Sonnentransmitter.

Das Entmaterialisierungsfeld wurde von gigantischen Energieladungen durchzuckt. Zeitweise flammte es in einem kreisförmigen Sektor von mehreren astronomischen Einheiten blauweiß auf, als explodierten dort Milliarden von Fusionsbomben.

Der Eindringling aber ging aus allen diesen Poentialschwankungen interstellaren Ausmaßes unversehrt hervor.

Die Hyperortungsgeräte zeichneten ein klares Bild auf die Schirme – jedenfalls in den kurzen Zeiträumen, in denen keine größeren Entladungen erfolgten.

„Undefinierbar!" murmelte Atlan. „Acht Meter Durchmesser – das ist weniger, als ein Raumschiff für galaktische Reisen haben dürfte. Dies hier aber ist aus einer anderen Galaxis gekommen. Was stellt es dar? Und was sollen die eigenartigen Anhängsel und die tentakelähnlichen Arme an seinen Außenwänden?"

Perry Rhodan biß sich auf die Unterlippe.

Ihn interessierte weniger, was das Objekt darstellte, als die Art und Weise, wie es an diese Stelle gekommen war.

Zufall...?

Hyperenergetische Überlappung...?

Unbewußt schüttelte er den Kopf.

Viel wahrscheinlicher war es, daß die Meister der Insel es tatsächlich fertiggebracht hatten, die Intervallsperre des Sechsecktransmitters zu umgehen, wenn auch vorläufig nur für kurze Zeit.

Aber was ihnen einmal gelang, würde auch ein zweites Mal gelingen – oder ein drittes und viertes Mal. Und einmal würde eine ganze Raumflotte im Sechsecktransmitter rematerialisieren!

Er blickte sich um, als ein dumpfes Stampfen den Boden der Zentrale erbeben ließ. Icho Tolot näherte sich auf seinen massigen Säulenbeinen.

Hinter ihm rannte Dr. Hong Kao her, der Chefmathematiker des Flaggschiffes.

„Die erste Serie der Wahrscheinlichkeitsrechnungen ist abgeschlossen, Sir!" keuchte Hong. „Es sieht tatsächlich so aus, als wäre es den MdI gelungen, ein Mittel zur Umgehung unserer Intervallsperre zu finden."

„Wieviel Prozent Wahrscheinlichkeit?" fragte Rhodan zurück.

„Siebenundachtzig Prozent, Sir!"

„Der gleiche Prozentsatz, den ich mit meinem Planhirn errechnete", teilte Tolot mit.

Perry Rhodan wurde blaß.

„Das sind siebenundachtzig Prozent zuviel!" flüsterte er erregt.

„Ich schlage vor", warf Atlan ein, „das fremde Objekt entweder zu vernichten oder mit Traktorstrahlen einzufangen!"

„Von hier aus?" fragte Rhodan.

Der Arkonide lachte hart.

„Natürlich nicht von hier aus. Ein größeres Raumschiff muß hineinfliegen in die Entmaterialisierungszone. – Gewiß", fügte er rasch hinzu, als er die Ablehnung in Rhodans Blick erkannte, „besteht die Gefahr, daß es in eine der Sonnen abgestrahlt wird. Aber wenn wir nichts unternehmen, sterben morgen oder übermorgen vielleicht Millionen Menschen statt einiger hundert oder tausend."

Perry schüttelte den Kopf.

Er drückte die Schalttaste des Interkoms.

Die Funkzentrale meldete sich.

„Schicken Sie eine Anfrage an den Kommandeur des hier stationierten Flottenverbandes. Er soll uns umgehend mitteilen, ob sich Einheiten der Posbi-Flotte in erreichbarer Nähe befinden. Wenn ja, erbitte ich dringend eine Hyperkomverbindung mit dem Befehlshaber des entsprechenden Verbandes!"

385

Die Antwort ließ keine zwei Minuten auf sich warten, bei den außerordentlich störenden Energieorkanen in diesem Sektor fast ein Wunder.

Der Befehlshaber des Posbiverbandes rief selbst an. Die Funkzentrale hatte die Verbindung auf Rhodans Interkom am Kartentisch der Hauptzentrale gelegt.

Ein verwirrendes Symbolmuster flirrte auf dem Bildschirm.

„Chef Flottenverband GZ-4", erscholl eine metallisch vibrierende Stimme aus dem angeschlossenen Translator. „Sie wünschten mit mir zu verhandeln . . . ?"

Rhodan kam ohne Umschweife auf den Kern des Problems zu sprechen.

Als er geendet hatte, erfolgte die Reaktion mit der Geschwindigkeit, wie sie nur von hochwertigen biopositronischen Gehirnen vollbracht werden konnte.

„Wir befinden uns hier, weil wir ein Bündnis mit Ihnen haben. Deshalb betrachte ich es als meine Pflicht, Ihnen mit allen Kräften zu helfen. Wir haben in unseren Reihen einige Schiffe für Experimentalzwecke, die nur auf rein positronischer Basis – ohne Plasmakommandanten und ohne Posbis mit Biozusätzen – ausgestattet sind. Eines dieser Schiffe ist bereits auf dem Weg zu Ihnen. Sein Robotkommandant erwartet Ihre Anweisungen."

„Danke", sagte Rhodan.

Man merkte ihm die Erleichterung an.

32.

Bron Tudd war völlig ahnungslos, als er den Befehl erhielt, sich beim Einsatzstab des Jägerkommandos zu melden.

Er ahnte auch noch nicht, was ihn erwartete, als er dort an Major Sven Henderson verwiesen wurde. Erst als Henderson ihm mit eigentümlichem Lächeln zum Geburtstag gratulierte, wurde er mißtrauisch. Bisher hatte sich Henderson nie um die Geburtstage seiner Leute gekümmert. Wahrscheinlich kannte er die entsprechenden Daten überhaupt nicht.

Und ausgerechnet seine, Bron Tudds, Daten sollte er kennen?

„Nehmen Sie bitte Platz, Leutnant!" forderte ihn Henderson auf. Das Lächeln auf seinem Gesicht blieb.

Bron Tudd ließ sich vorsichtig auf der vorderen Kante eines Schalensessels nieder und blickte seinen Vorgesetzten fragend an.

„Was halten Sie eigentlich von Kerzenparties?" fragte Henderson mit verdächtiger Sanftmut in der Stimme.

Bron Tudd errötete nicht; dazu war ein Mann seines Schlages nicht mehr fähig. In seinem Alter hätte er mindestens Captain, wenn nicht gar Major sein müssen – wenn seine schnoddrige Art nicht gewesen wäre.

Als Draufgänger war er oft gelobt worden. Seine mangelnde Disziplin und seine Angewohnheit, Fortbildungskurse stets nach dem ersten oder spätestens zweiten Tag abzubrechen, hatten seiner Karriere aber stets im Weg gestanden.

„Kerzenparties?" fragte er scheinheilig, und zwar absichtlich so übertrieben ahnungslos, daß Henderson es nicht fertigbrachte, das geplante Katz-und-Maus-Spiel zu Ende zu führen.

Der Major schlug mit der Faust auf den Tisch.

„Glauben Sie nur nicht, Sie könnten mich hinters Licht führen!" brüllte er. „Ich weiß genau, daß Sie zwei der jungen Leutnants dazu anstifteten, eine Kiste Whisky zu ‚organisieren', und zwar für Ihre Geburtstagsparty!"

Als Bron Tudd nicht sofort antwortete, lief Henderson rot an.

„Was haben Sie dazu zu sagen, Leutnant Tudd?"

„Stimmt!" entgegnete Tudd seelenruhig.

Henderson schluckte hörbar.

„Nur, damit Sie nicht glauben, Gucky hätte Sie verraten: Die Kiste mit den zerbrochenen Flaschen wurde gefunden. Daraufhin überprüfte der zuständige Offizier selbstverständlich die Aufzeichnungen der Überwachungsgeräte des Fundorts." Er grinste breit, als ein Schatten über Bron Tudds Gesicht huschte. „Ja, so ist das, wenn man sich nicht für die Weiterentwicklung der Technik interessiert. Dann weiß man beispielsweise nicht einmal, daß die Wände aller Flure und vieler anderer Räumlichkeiten mit Bild-Ton-Aufzeichnern ausgestattet sind."

Bron Tudd faßte sich wieder. Er gähnte hinter vorgehaltener Hand.

„Aber im Laufe der Zeit erfährt man es sowieso, Sir. Weshalb also sollte ich langweilige Schulungskurse belegen?"

Major Henderson gab es auf.

„Sie erhalten zehn Tage verschärften Arrest, den Sie sofort anzutreten haben. Außerdem wird eine Rüge in Ihre Akten eingetragen, und selbstverständlich haben Sie die Kiste Whisky von Ihrer Löhnung abzubezahlen."

„Jawohl, Sir!" murmelte Leutnant Tudd.

In diesem Moment summte ein Meldegerät. An Hendersons Universal-Schreibtisch leuchtete eine grüne Kontrollampe auf; klickend fielen einige Stanzfolien in einen Aufnahmebehälter.

„Personalzusammenstellung für Einsatzplan ‚Hagenbeck'!" schnarrte eine metallisch klingende Stimme.

Ganz automatisch griff der Major nach den Folien.

„Sie können gehen!" wies er Bron Tudd an.

Der Leutnant befand sich bereits unter dem offenen Schott, als Henderson ihn zurückrief.

Der Major machte einen verlegenen Eindruck – und Tudd begann instinktiv zu ahnen, was geschehen war.

Henderson überbrückte seine Verlegenheit durch einen gewollt nachlässigen Tonfall.

„Eine nebensächliche Angelegenheit, Leutnant", sagte er wegwerfend. „Der Einsatzplan ‚Hagenbeck' sieht die Aktion einer Space-Jet vor. Aufgabe: Rückzug auf eine gedachte Linie, in der die Flotteneinheiten einen sogenannten offenen Korridor gelassen haben. Es geht darum, festzustellen, ob irgend jemand aus unserer Galaxis mit dem fremden Objekt im Entmaterialisierungsfeld des Sechsecktransmitters Verbindung aufnehmen will. Dieser Jemand muß den freien Korridor benutzen, und er wird sich hoffenltich von einem relativ kleinen Space-Jet nicht abschrecken lassen. Die Aufgabe der Jetbesatzung ist es, mit einem Narkosegeschütz die Besatzung des hypothetischen Raumfahrzeugs zu betäuben und anschließend das Fahrzeug zu entern."

Er räusperte sich durchdringend.

„Genau das richtige für hirnlose Draufgänger also. Ich . . . äh . . . ich könnte mir sonst auch nicht erklären, weshalb die Einsatzplanpositronik ausgerechnet Sie als Kommandanten der betreffenden Space-Jet ausgewählt haben sollte."

Als Bron Tudd das Arbeitszimmer verließt, pfiff er vergnügt vor sich hin. Maschinen waren doch ganz vernünftige Dinger. Vielleicht sollte er einmal den nächsten Kurs in Kybernetik belegen!

Rhodan und Atlan beobachteten das Manöver des Posbischiffes vom Kommandostand aus. Sie saßen links und rechts neben Cart Rudo, und ihre Blicke saugten sich förmlich am Zielverfolgungsschirm fest.

Der Posbiraumer besaß die übliche Fragmentform, das heißt, seine Form war absolut asymmetrisch.

Das für menschliche Begriffe groteske Aussehen aber rührte von den vielen kleinen und großen Ausbuchtungen, Nischen, Vorsprüngen und Türmen her, von denen sich keine zwei völlig glichen. Die Kantenlänge, sofern man dabei von Durchschnittsmaßen ausging, betrug zweitausend Meter.

Das Wort „Posbi" war abgeleitet worden von der Bezeichnung „positronisch-biologischer Roboter". Diese Maschinen, die sie trotz allem waren, besaßen biologisch lebendes Nervenplasma und positronische Gehirne. Ihre Körper bestanden aus einer hochwertigen Metallplastiklegierung. Einstmals konstruiert als Werkzeuge, hatten sie sich gegen ihre ehemaligen Herren aufgelehnt und sich selbständig gemacht. Sie verbreiteten sich über viele Planeten, und ihre „Vermehrungsrate" war ungeheuer hoch. Die Menschheit konnte sich dazu beglückwünschen, daß sie auf diese Roboterrasse gestoßen war, auch wenn die ersten Begegnungen ausgesprochen feindlicher Natur gewesen waren.

Heute stellten die Posbis die treuesten und stärksten Verbündeten des Solaren Imperiums dar.

Perry Rhodan mußte unwillkürlich daran denken, als das Fragmentschiff zielstrebig Kurs auf das fremde Objekt nahm, das auf so schockierende Art und Weise im Sonnensechseck aufgetaucht war.

„Es rührt sich immer noch nicht", bemerkte Atlan.

Perry Rhodan benötigte entgegen seiner sonstigen Gewohnheit mehrere Sekunden, um den Sinn der Bemerkung zu verstehen.

Dann las er die Ortungsdaten ab.

Tatsächlich! Das acht Meter durchmessende Kugelgebilde verharrte noch immer in der gleichen Position, in der es aufgetaucht war.

Ob es die Annäherung des Posbischiffes nicht bemerkte . . .?

Perry fühlte, wie seine Nackenhaare sich aufrichteten.

Vielleicht war das Kugelgebilde überhaupt nicht bemannt. Konnte es nicht sein, daß es sich um eine noch unbekannte Waffe handelte, die dazu bestimmt war, den Sechsecktransmitter zu zerstören?

Oder brauchte das fremde Objekt die Annäherung des Raumschiffes nicht zu fürchten?

Fragen über Fragen – aber keine Antworten darauf.

Noch nicht.

Unbeirrt hielt der Fragmentraumer seinen Kurs. Immer tiefer drang er in die gefährliche Entmaterialisierungszone ein. Die Zwischenräume zwischen den einzelnen Entladungsblitzen wurden kürzer. Der Raum zwischen den sechs Sonnengiganten verwandelte sich in einen Hexenkessel entfesselter Energien.

Perry Rhodan hielt unwillkürlich den Atem an, als sich eine der Sonnen aufblähte. Die Hypertaster zeigten deutlich das Anschwellen der blauweißen Gaskugel.

Eine gleißende Energiebahn spannte sich jählings orangerot zwischen der aufgeblähten Sonne und dem Fragmentschiff. Mit unwiderstehlicher Gewalt wurde es auf die Sonne zugerissen und verglühte – ein winziges Stück Materie, das dem blauweißen Atomofen keine meßbare Reaktion abzuringen vermochte . . .

Nach reiflicher Überlegung kam Bron Tudd darauf, daß seine Mission doch weit wichtiger sei als zuerst angenommen. Es erschien ihm unwahrscheinlich, daß das aufgetauchte Kugelgebilde auf etwas warten sollte, das aus der eigenen Galaxis kam.

Doch dann, als der Leutnant die Zentrale der Space-Jet betrat und Baar Lun dort vorfand, revidierte er seine Meinung erneut.

Der Modul verfügte über die geistige Kraft, Energie begrenzter Quantität in beliebig feste, flüssige oder gasförmige Materie umzuwandeln. Einen solchen wichtigen Mann aber würde man niemals nur so zum Zeitvertreib in einen Raumsektor schicken, der schon allein wegen seiner galaktischen Lage als lebensbedrohend charakterisiert werden mußte.

Der Modul, einziger Überlebender seines Volkes, lächelte. Das Lächeln wirkte irgendwie grotesk, da Lun keinen Helm trug und sein Schädel völlig kahl war. Die herausstülpbare Unterlippe wölbte sich ein wenig nach vorn.

„Ich freue mich, Sie einmal wiederzusehen, Tudd", sagte er mit seiner angenehm dunklen Stimme.

Bron Tudd wunderte sich, daß ihn der Modul nach so langer Zeit noch erkannte.

„Ich bin Ihnen noch immer zu Dank verpflichtet, Leutnant", fuhr Baar Lun fort. „Sie haben mich damals aus dem Zwang der MdI und der Verbannung auf Modul befreit. Und fast hätten meine Androiden Sie und Ihre Kameraden getötet."

Bron winkte ab.

„Diesem Einsatz verdanke ich die silberne Planetenmedaille. Wir sind also quitt. Außerdem haben Ihre Androiden mich eben nur fast getötet."

„Achtung! Leitstelle an Piloten SJ-22!" plärrte es aus dem Lautsprecher über dem Astronautenpult. „Ihr Start erfolgt in fünf Minuten durch Fernsteuerung. Erbitten Klarmeldung in dreißig Sekunden!"

„Verzeihung!" murmelte Bron Tudd. Rasch warf er sich in den Pilotensitz und fuhr mit den Fingern über die Tastatur der Kontrollschaltungen. Ein Wechselspiel farbiger Lichter huschte über die Leuchtanzeigen.

Baar Lun wandte sich um und nahm in einem der Reservesessel Platz. Von draußen hasteten die anderen Mitglieder des fliegenden Personals herein. Es waren die Leutnants Trombsdorf, Ariel und Ische Moghu. Sie schnallten sich an und drückten danach ihre Tasten, die dem Kommandanten anzeigten, daß sie einsatzbereit waren.

Genau dreißig Sekunden nach der Durchsage der Leitstelle meldete Bron Tudd die Space-Jet startklar.

Erst danach wandte er sich um und fragte Ische Moghu, ob das Enterkommando sich eingeschifft hätte.

Der schwarzhäutige Riese grinste – was er im übrigen fast immer tat.

„Ja, zehn Mann stehen im Laderaum bereit."

Leutnant Tudd seufzte erleichtert.

„Was hätten Sie getan, wenn die zehn Mann noch nicht an Bord gewesen wären?" fragte Baar Lun mit milder Ironie.

Tudd kratzte sich auf dem Kopf, dort, wo die Haare immer spärlicher zu werden begannen.

„Wahrscheinlich hätte ich mich vergiftet."

„Mit Alkohol . . .?" fragte Leutnant Trombsdorf.

„Nein!" gab Tudd wütend zurück. „Mit Ihnen! Sie haben mich um die erste vernünftige Geburtstagsparty meines Lebens gebracht. Ahnen Sie überhaupt, was Sie da angerichtet haben?"

„N . . . n . . . nein!" gab Trombsdorf kleinlaut zurück.

„Achtung! Leitstelle an Piloten SJ-22", erscholl es wieder aus dem Lautsprecher. „Ihr Start erfolgt in dreißig Sekunden durch Fernsteuerung. Erbitte zweite Klarmeldung!"

„Hier Pilot SJ-22!" schrie Bron Tudd in sein Mikrophon. „Schiff klar zum Start!"

Er drückte auf die AUS-Taste und wandte sich zu Moghu um.

„Sehen Sie, das war soeben ein typisches Beispiel für die Unzuverlässigkeit von Maschinen. Die positronische Leitstelle hatte bereits wieder vergessen, daß ich das Schiff schon einmal startklar meldete. Warum hätte sie sonst noch einmal fragen sollen?"

Ische Moghu verzog seine wulstigen Lippen.

„Weil es so Vorschrift ist. Und diese Vorschrift wurde von Menschen gemacht, nicht von einer Maschine."

„Ach, was!" winkte Bron verächtlich.

Er holte das Anschnallen nach, während der Robotzähler bereits bei „acht" angelangt war.

Dann öffnete sich das Schleusentor. Gigantische Kräfte schleuderten die SJ-22 hinaus in den Weltraum, einem unbekannten Ziel entgegen.

Sie sahen die Vernichtung des Posbiraumschiffes mit eigenen Augen. Von der Zentrale eines so kleinen Schiffes wie einer Space-Jet wirkte der Vorgang noch furchterregender als aus der Kommandozentrale der CREST III.

Bron Tudds Gesicht war jedoch keine Regung anzusehen. Er saß in seinem Pilotensessel und biß herzhaft in eine lange Rolle Kautabak, als gäbe es für ihn nichts anderes auf der Welt.

Zumindest gab es zur Zeit noch nichts anderes zu tun für ihn.

Die Space-Jet wurde von der Fernsteuerung geleitet. Ihre Triebwerke arbeiteten mit Vollast. Ab und zu korrigierten kurze Steuerschübe den Kurs ins Unbekannte.

Allmählich entstand um den Diskus herum eine leuchtende Aureole, die um so größer wurde, je weiter die Geschwindigkeit des Raumfahrzeuges anwuchs. Das überall in diesem Sektor vorhandene interstellare Gas wirkte bereits bei 0,5 LG wie eine feste Mauer, die das Schiff verbrannt hätte, wäre der HÜ-Schirm nicht gewesen.

Dreißig Millionen Kilometer von der CREST III entfernt setzte die

Bremsverzögerung ein – und in achtundvierzig Millionen Kilometern Entfernung erreichte die Space-Jet den Zustand relativen Stillstands. Mit ausgeschalteten Triebwerken schwebte das Diskusschiff schwerelos im Raum.

„Achtung!" Die Stimme aus dem Hyperkomempfänger klang seltsam verzerrt, woran die energetischen Störungen dieses Raumsektors schuld waren.

„Achtung! Leitstelle ruft SJ-22. Bitte kommen!"

Bron Tudd spie einen braunen Strahl Tabaksaft zielsicher in die Gitteröffnung des Abfallvernichters.

Er schaltete den Hypersender ein.

„Hier Pilot SJ-22 an Leitstelle. Ich höre Sie. Bitte kommen!"

„Verstanden. Leitstelle an Piloten SJ-22. Behalten Sie Ihre derzeitige Position unter allen Umständen bei. Korrigieren Sie eventuelle Kursabweichungen genau und verhalten Sie sich passiv. Ende!"

„Verstanden, Ende!" knurrte Tudd unfreundlich und schaltete den Sender aus.

Heftig kauend aktivierte er die Manuellsteuerung.

„Verdammt langweilig hier!" äußerte er.

Baar Lun wollte antworten. Doch in diesem Augenblick krachte es erneut im Hyperkomlautsprecher. Diesmal meldete sich keine metallisch klingende Automatenstimme.

„Achtung, SJ-22!"

Das war die Stimme Perry Rhodans!

So schnell hatte Bron Tudd den Sender selten aktiviert.

„SJ-22 hört. Pilot Leutnant Tudd, Sir. Nichts Neues vorläufig."

„Bei Ihnen vielleicht nicht, Leutnant Tudd. Aber hier. Das fremde Kugelgebilde hat seinen Standort plötzlich gewechselt. Es verschwand aus der Entmaterialisierungszone und tauchte in einer Entfernung von zehn Millionen Kilometern wieder auf."

„Na, und...?" fragte Bron respektlos, bis ihm wieder einfiel, mit wem er sprach. „Verzeihung, Sir!"

Ein leises Lachen klang aus dem Lautsprecher.

„Vielleicht verstehen Sie meine Mitteilung eher, wenn ich Ihnen verrate, daß das Kugelgebilde sich in Richtung auf Ihren Standort bewegt hat. Wir folgen ihm mit einem großen Teil der Flotte, und Sie sollten sich vorsehen. Niemand weiß bisher, was dieses Ding eigentlich ist. Es könnte gefährlich sein."

„Verstanden Sir. Danke!"

Mit strahlendem Gesicht drehte sich der Leutnant zu Baar Lun um.

„Endlich bekommen wir etwas zu tun. Sie haben es schon die ganze Zeit gewußt, nicht wahr?"

Der Modul blickte erstaunt drein.

„Was soll ich gewußt haben?"

„Na, daß das Ding aus Andromeda hierherkommt, natürlich."

Lun schüttelte den Kopf.

„Nein, das konnte niemand wissen. Wir schufen nur eine schwache Stelle im Einkreisungsring, in der Hoffnung, daß sich etwas von außen hindurchzuschleichen versuchte – oder umgekehrt. Aber das letztere erschien selbst der großen Positronik unwahrscheinlich."

Bron Tudd rieb sich die Hände. Wieder fuhr ein Strahl Tabaksaft in den Abfallvernichter.

„Nun, die Hauptsache ist, es passiert überhaupt etwas. Ich ahnte so etwas bereits, als ich Sie an Bord vorfand."

Er schaltete die Alarmsirenen ein, und während das schrille Heulen alle Räume der Space-Jet erfüllte, drehte er das Schiff, um dem Gegner nicht das Heck zuzuwenden.

Zehn Millionen Kilometer vom alten Standort der CREST III entfernt verzögerten die ankommenden Schiffe mit höchsten Werten. Der Weltraum wurde an dieser Stelle plötzlich von Tausenden grell leuchtender Impulsstrahlen erhellt.

Auf Cart Rudos Pult flammten die Kontrollampen der Geschützstände in grünem Licht auf.

Das Ultraschlachtschiff war feuerbereit.

In zangenförmiger Formation griffen achttausend Großkampfschiffe zugleich den kleinen Kugelkörper an.

„Noch nicht schießen!" befahl Perry Rhodan über Hyperkom allen Schiffskommandanten. „Wir versuchen es zuerst mit Traktorstrahlen. Distanz zweihunderttausend Kilometer!"

Gespannt verfolgte er die Entfernungsangaben auf der gelb schimmernden Anzeigetafel.

Endlich war es soweit.

„Zielentfernung zweihunderttausend", sagte Rhodan. „Achtung, Traktorstände . . .!"

Der Rest blieb unausgesprochen, denn in diesem Augenblick verschwand das Kugelgebilde erneut.

Sekunden darauf kam eine Meldung aus der Ortungszentrale. Demnach war das rätselhafte Objekt wiederum genau zehn Millionen Kilometer vom letzten Standort aufgetaucht.

„Verfolgung wird fortgesetzt!" befahl Rhodan.

Atlan räusperte sich.

„Mich würde interessieren, auf welchem Prinzip sein Antrieb basiert. Aus den Ortungsanzeigen und Energiemessungen war nichts von wachsender Beschleunigung oder von einem Linearraumein- und -austritt zu erkennnen."

Rhodan kniff die Augen zu schmalen Schlitzen zusammmen.

„Mich würde noch mehr interessieren, warum die Kugel nur immer eine Strecke von zehn Millionen Kilometern zurücklegt."

„Eine Falle für uns?" vermutete der Arkonide.

Von einem Augenblick zum anderen materialisierte Gucky auf seinen Knien. Er zeigte seinen Nagezahn in voller Größe und ließ die runden Kulleraugen von einem zum anderen blicken.

„Ich vermute, die Insassen der Kugel können nicht anders." Bedächtig kratzte er sich auf der Brust. „Man sollte mich einmal einsetzen. Ich würde den Leuten dort schon zeigen, was eine Harke ist."

Rhodan schüttelte mißbilligend den Kopf, ging jedoch nicht näher auf den Ausdruck ein.

„Dafür ist es noch zu früh", gab er zurück. „Erst müssen wir mehr über dieses Gebilde wissen. Aber wenn du recht hast, und die Kugel vermag immer nur zehn Millionen Kilometer weit zu fliehen und muß aus irgendeinem noch unbekannten Grunde eine gewisse Zeit bewegungslos verharren, dann sollten wir sie irgendwann einmal zur Aufgabe zwingen können."

Er beugte sich vor und schaltete die Simultanverbindung zu den Kommandanten der anderen fünfzehntausend Raumschiffe ein, die inzwischen sämtlich aufgeschlossen hatten.

„Achtung, hier spricht Rhodan. Es ist damit zu rechnen, daß der Kugelkörper sich erneut zehn Millionen Kilometer absetzt, sobald wir auf Schußweite herangekommen sind. Die Schiffe mit den Einsatzzahlen viertausendundeins bis sechstausend gehen deshalb in den Linearraum zurück und richten es so ein, daß sie an einem Punkt wieder in den Normalraum zurückkehren, der in der bisherigen Fluchtrichtung des fremden Objekts liegt und zehn Millionen Kilometer von seinem jetzigen Standort entfernt ist!"

Ein deutliches Aufatmen erscholl aus dem Simultanempfänger. Eine Minute später zeigten die Kontrolltafeln an, daß zweitausend Raumschiffe in den Linearraum eingetaucht waren.

Nun kam es darauf an, was die Kugel tun würde, wenn sie floh und an ihrer neuen Position bereits neue Verfolger vorfand.

Dreizehntausend Schiffe näherten sich in halbkugelförmiger Formation der Kugel, die immer noch reglos verharrte. Die Aufstellung glich einem Netz, das mit der Öffnung voran auf die Beute zutrieb.

Allmählich schoben sich die Ränder des Netzes an der Kugel vorüber. Rhodan erteilte einige Befehle. Die vordersten Verbände schwenkten nach innen ein. Wieder erstrahlte der Raum im irritierenden Glanz der Korrekturschübe.

Und dann zeigten die Ortungsinstrumente dort, wo sich die Kugel eben noch befunden hatte, nichts mehr an.

Sofort nahm Perry Rhodan über die Funkzentrale indirekten Kontakt mit den Kommandanten der zweitausend vorausgeeilten Kampfraumer auf. Der Führer des Verbandes meldete das Auftauchen der Kugel – und im nächsten Augenblick ihr Verschwinden.

Aus dem Simultanempfänger erschollen die erbitterten Flüche von fünfzehntausend terranischen Raumschiffskommandanten.

Perry Rhodan lächelte flüchtig.

Dann fiel ihm etwas ein.

Er befahl der Funkzentrale, die Space-Jet Leutnant Tudds zu rufen.

Fünf Sekunden später traf die Antwort ein.

Die SJ-22 meldete sich nicht mehr.

Es ging alles viel zu schnell.

Aus dem Nichts heraus materialisierte ein mit Tentakeln und anderen Auswüchsen besetzter Kugelkörper. Die dunkle Wandung mitsamt den reglos herabhängenden Greifarmen – oder was es sonst war – wirkte wegen der geringen Entfernung außerordentlich groß.

Im Unterbewußtsein nahm Bron Tudd die Zahl auf dem Zielentfernungsmesser wahr: dreißig Meter!

Und im Unterbewußtsein reagierte Bron Tudd.

Er übernahm den T-Strahlprojektor selbst und richtete ihn auf das fremde Gebilde aus. Als die Zielautomatik Grünwert zeigte, drückte Bron auf den Auslöser. Gleichzeitig ließ er die mechanisch wirkenden Halteklammern ausfahren.

Es gab einen dumpfen Schlag.

Bron bemerkte noch, daß sich die Wandungen der beiden Objekte fast berührten und daß die Magnetklammern das fremde Gebilde unverrückbar festhielten, dann verschwand die gewohnte Umgebung.

Als der Leutnant wieder zu sich kam, war keine meßbare Zeit verstrichen.

Dennoch erkannte er sofort, daß sich die Space-Jet nicht mehr an der alten Stelle befand – denn die terranischen Raumschiffe, die kurz vor der Rematerialisierung der Kugel dort aufgetaucht waren, waren nicht mehr zu sehen.

Nur das fremde Kugelgebilde war noch immer da!

Bron Tudd lachte grimmig, als er die Lösung dafür fand.

Der Gedanke an eine Entmaterialisierung war richtig gewesen, wenn auch nur durch einen intuitiven Vorgang erzielt. Das fremde Objekt hatte sich in übergeordnete Energie aufgelöst – entmaterialisiert – und war an einem anderen Ort wieder in den stofflichen Zustand übergegangen.

Und da die SJ-22 die Kugel in der eisernen Umklammerung hielt, hatte sie den ganzen Prozeß unfreiwillig mitgemacht.

„Ich weiß wirklich nicht, was es da zu lachen gibt!" sagte Baar Lun vorwurfsvoll.

Bron Tudd schloß den Mund.

Er bückte sich, hob den herabgefallenen Kautabak auf und steckte ihn dorthin zurück, wo er hergekommen war. Erst danach entschloß er sich zu einer Antwort.

„Das ist doch ganz einfach: Die Besatzung des fremden Objekts hat geglaubt, durch ihren Hypersprung zu entkommen. Indem wir gerade noch rechtzeitig eine doppelte Fessel anlegten, schlug ihre Absicht fehl. Von nun an sind sie bereits unsere Gefangenen, auch wenn sie das vielleicht nicht einsehen werden."

„Ehrlich gesagt, ich sehe es auch nicht ganz ein", erwiderte Ische Moghu. „Schließlich haben nicht wir die Fremden mitgenommen, sondern sie uns. Von dieser Warte aus gesehen sind wir ihre Gefangenen."

Bron winkte wegwerfend ab und spie in den Abfallvernichter.

„Wir werden das Ding entern. Wozu haben wir ein Enterkommando an Bord?"

Er erteilte die entsprechenden Befehle. Auf den Kontrollbildschirmen beobachtete er, wie die zehn Mann des Enterkommandos in der

Bodenschleuse der Space-Jet antraten. Befriedigt registrierte er, daß es sich bei den Männern um ältere Leute handelte, Veteranen, die nicht zum erstenmal ein feindliches Schiff enterten.

Er sah auch, wie sich das Außenschott öffnete, wie die Männer ihre Waffen fester faßten und die vordersten von ihnen zum Sprung ansetzten.

Da gerieten die Tentakel des fremden Objekts in Bewegung. Sie peitschten durch das Vakuum und fuhren mit furchtbarer Wucht in die offene Schleuse.

Bron glaubte, das dumpfe Blaffen von Paralyseschüssen zu hören – andere Energiewaffen konnten auf so kurze Distanzen nicht eingesetzt werden. Aber natürlich war das pure Einbildung; im Schleusenraum befand sich keine Atmosphäre, die irgendwelchen Geräuschen als Medium hätte dienen können.

Dem ersten Angriff konnten die Männer des Enterkommandos mit knapper Not ausweichen. Einen zweiten Angriff aber gab es nicht, da Bron Tudd über die Fernbedienungsanlage das Außenschott schloß. Die sinnlos wütenden Tentakel blieben draußen. Sie schlugen so heftig gegen die Wandung der Space-Jet, daß die Vibrationen bis zur Kommandozentrale durchkamen.

Leutnant Tudd überlegte krampfhaft, was gegen das fremde Objekt zu unternehmen sei.

Weder die Impulskanone noch das Transformgeschütz durfte er anwenden; ihre Energiefreigabe war so groß, daß beide Raumfahrzeuge in der entstehenden Glutwolke vergast worden wären.

Der Desintegrator . . .?

Unwillkürlich schüttelte Bron den Kopf.

Er kannte nichts über die Art und Weise, wie die hypothetische Besatzung der Kugel ihre Antriebsenergie erzeugte. Es mußte sich jedoch unbedingt um einen thermonuklearen Prozeß handeln; alle anderen Prozesse wären nicht ergiebig genug gewesen. In diesem Falle aber konnte die auflösende Kraft des Desintegratorstrahls unter Umständen wichtige Sicherungsautomaten in ihre molekularen Bestandteile auflösen. Die Folge wäre die gleiche gewesen wie bei einem Beschuß mit der Transformkanone.

Es war auch nicht möglich, mit einem weittragenden Desintegratorgeschütz die Tentakel der Kugel einzeln zu zerstören; die auflösenden Prozesse hätten unbedingt auf die Kugelwandung übergegriffen.

Bevor er mit seinen Überlegungen zu Ende kam, erreichte ihn ein Warnruf von Ische Moghu.

Moghu saß vor den Ortungskontrollen.

Aufgeregt deutete der zwei Meter große Riese auf die Wandler-schirme des Impulstasters. Unzählige blauweiße Punkte hoben sich gegen das Schwarz des Raumes ab.

Die Verfolger!

„Wenn sie das Feuer auf die Kugel eröffnen, gehen wir mit unter!" prophezeite Moghu.

„Sie werden es nicht tun", entgegnete Baar Lun an Tudds Stelle. „Ich weiß, daß Perry Rhodan die fremde Kugel nur einfangen will. Außerdem wird er niemals die Besatzung eines eigenen Raumschiffes opfern."

Trombsdorf räusperte sich und sagte zu Tudd:

„Ähem . . ., was ich Ihnen schon vorhin sagen wollte: Der Hyper-kom ist tot, seit wir mit der fremden Kugel . . . äh . . . gesprungen sind."

Tudd stöhnte resignierend.

„Warum erfahre ich das erst jetzt?"

Er ließ den jungen Leutnant nicht zu Wort kommen.

„Wenn der Hyperkom tot ist, dann machen Sie eben Wiederbele-bungsversuche, Sie Flasche!"

Das war leicht dahingesagt. Aber alle Bemühungen, auch nur die Fehlerquelle zu finden, waren vergebens.

Und nur eine halbe Minute später entmaterialisierte das Kugelge-bilde erneut – und mit ihm die SJ-22 . . .

33.

Perry Rhodan und Atlan beugten sich über das Diagramm der Ortungsauswertung, das auf dem Bildschirm des Nachrichtenüber-mittlers zu sehen war.

„Die Berechnungen beweisen eindeutig", scholl eine gedämpfte Stimme aus dem Interkomlautsprecher, „daß die Masse des Kugelge-bildes zugenommen hat – um die Masse einer Space-Jet.

Energiemessungen ergaben das Vorhandensein eines fünfdimensionalen stabilisierten Kraftfeldes, das von der größeren Masse ausging und sich um die kleinere Masse spannte. Die Analyse deutet auf ein energetisches Fesselfeld hin; die aufgewendete Energie entspricht etwa der, die das Fesselfeld einer Space-Jet aufzuweisen hat."

Rhodan nickte dem unsichtbaren Sprecher zu.

„Danke, Ende!"

Er wandte sich um und winkte Gucky herbei.

„Hör zu, Kleiner", sagte er ernst. „Die Space-Jet mit Leutnant Tudd und Baar Lun hat offenbar das fremde Gebilde mit Fesselfedern eingefangen. Andererseits ist sie aber anscheinend nicht in der Lage, das Kugelgebilde abzuschleppen. Im Gegenteil: Die Kugel nimmt bei jeder Entmaterialisierung die Space-Jet mit und transportiert sie durch den Hyperraum. Mir ist lediglich unklar, weshalb sich SJ-22 nicht meldet. Entweder sind ihr Hyperkom und auch der Telekomsender ausgefallen – oder sie selbst . . ."

„Ich versuche hinüberzuspringen!" bot sich Gucky an.

Rhodan schüttelte den Kopf.

„Das Risiko wäre zu groß. Ich möchte wenigstens bis auf fünfzigtausend Kilometer heran sein, bevor du springst."

Der Mausbiber stieß einen schrillen, mißtönenden Pfiff aus.

„Erst können vor Lachen!" Er ignorierte Rhodans verweisenden Gesichtsausdruck. „Bisher ist die Kugel immer schon dann abgehauen, sobald wir auf zweihunderttausend heran waren."

„Kein Wunder, bei deinen vulgären Ausdrücken!" sagte jemand hinter Guckys Rücken.

Der Mausbiber fuhr herum und starrte Reginald Bull zornig an. Dann grinste er spitzbübisch.

„Die stammen von dir, Dicker!"

Rhodan räusperte sich durchdringend.

„Erfolg gehabt?" fragte er seinen Stellvertreter.

Bull zuckte die Schultern.

„Was man so Erfolg nennt. Wir haben alle Möglichkeiten überprüft, die Ergebnisse gesiebt und den Rest erneut überprüft. Die komische Kugel kann nur aus dem galaktozentrischen Sechsecktransmitter von Andromeda gekommen sein." Er fluchte unbeherrscht. „Entschuldigung", sagte er anschließend, „aber irgendwie muß sich der Mensch ja Luft verschaffen."

Rhodan verzog indigniert das Gesicht.

„Jetzt ist nicht die Zeit für solche Sachen. Bully, du alarmierst sofort das Mutantenkorps. Alle sollen hierherkommen."

„Verstanden!" brummte Reginald Bull unzufrieden. Aber er beeilte sich dennoch, eine Interkomverbindung zu John Marshall herzustellen.

„Die Mutanten kommen in wenigen Minuten!" meldete er anschließend.

Rhodan nickte. „Das ist gut. Denn diesmal sind wir hundert Kilometer näher an die Kugel herangekommen."

Reginald Bull sah auf. In seinen Augen funkelte der Jagdeifer. Alles andere war schlagartig vergessen.

„Demnach erschöpfen sich die Kräfte unserer Freunde allmählich?"

Rhodan nickte abermals.

„Ich hoffe es. Ich hoffe es sehr!"

„Wieder hundert Kilometer weniger!" rief Atlan aus, als er die Meßdaten las. „Wenn das so weitergeht, werden wir nur noch wenige Tage damit zubringen, das Gebilde zu jagen."

Perry Rhodan entging der Sarkasmus in den Worten des Arkoniden nicht. Aber er lächelte nur darüber.

Längst hatte er das Gros der Wachflotte wieder nach Kahalo und zum Sonnensechseck zurückgeschickt. Nur noch fünftausend Einheiten verfolgten das unheimliche Ding aus Andromeda.

Fünftausend terranische Schiffseinheiten gegen ein Kugelgebilde von nur acht Metern Durchmesser!

Rhodan lachte voller Erbitterung.

Gleich darauf wurde er wieder ernst.

Es war absolut kein Grund zum Lachen vorhanden. Etwas, das fünftausend kampfstarke Kriegsschiffe der Solaren Flotte fast vierundzwanzig Stunden genasführt hatte, stellte eine Bedrohung dar, vor allem aber gefährdete es die Sicherheit des Imperiums allein aufgrund der Tatsache, daß es aus einem gesperrten Transmitter gekommen war.

Der gewaltige Kugelleib der CREST III erbebte, als der Ultragigant mit Maximalschub Fahrt aufnahm, der geflohenen Kugel nach, die in zehn Millionen Kilometern Entfernung wieder in den Normalraum eintauchte, wie sie es bisher immer gehalten hatte.

„Sag einmal, Perry", sagte Gucky nachdenklich, „mit welchen Energiemengen arbeiten die Triebwerke der Kugel eigentlich?"

Perry Rhodan wandte sein Gesicht dem Mausbiber zu, der auf Atlans

401

Knien hockte. Das Stirnfell Guckys war gekraust, als wälze er ein Problem größter Tragweite.

Rhodan stutzte.

„Was vermutest du?"

Gucky winkte ungeduldig ab.

„Man soll eine Frage niemals mit einer Gegenfrage beantworten. Also . . .?"

Rhodan wandte sich ab und stellte eine Interkomverbindung zur Ortungszentrale her.

„Bitte, die Auswertung der Energieortung in die Zentrale!"

Fünf Sekunden später erschien der Chef der O-Zentrale persönlich auf dem Bildschirm.

„Die Auswertungsergebnisse wurden an die zentrale Bodenpositronik zwecks mathelogischer Überprüfung und Beurteilung weitergeleitet, Sir."

Perry war es, als hörte er in seinem Kopf eine Alarmglocke schrillen.

„Warum?"

„Bisher gab es bei keinem der Absetzsprünge eine Energieortung – jedenfalls keine, die von dem Kugelgebilde stammen könnte. Lediglich die Energiefreigabe der SJ-22 wurde angemessen und identifiziert."

Gucky begann mißtönend einen bekannten Schlager zu pfeifen.

„Fragen Sie bei der Positronik zurück, warum noch kein Ergebnis vorliegt!" befahl Rhodan.

Eine halbe Minute später wußte er es.

Die zentrale Positronik war bisher freigehalten worden, damit die zusammengerufenen Spezialisten über das Erscheinen der Kugel und die Begleitumstände Wahrscheinlichkeiten berechnen und Schlüsse daraus ziehen konnten.

Perry Rhodan ordnete die Unterbrechung dieser Arbeiten für die Dauer der Ortungsauswertung an. Kurz darauf lag die mathelogische Analyse vor.

Rhodan las den kurzen Bericht. Danach blickte er den Mausbiber prüfend an.

„Wie ich dich kenne, hast du bereits einen bestimmten Verdacht, Kleiner. Nun rede schon!"

Guckys Augen schimmerten treuherzig, als er wie beiläufig antwortete:

402

„Ich wette, ein einziger Mausbiber könnte eure gesamten Positroniken und Mathelogiker spielend ersetzen."

„*Spielend* ist der richtige Ausdruck dafür!" unterbrach ihn Bully, worauf der Mausbiber ihn telekinetisch einen Meter anhob und unsanft fallen ließ.

„Das ist doch klar wie kalter Kaffee!" triumphierte Gucky. „Wenn man keine Energiefreigabe anmessen kann, bewegt sich die Kugel eben nicht mit Hilfe von Triebwerken . . ."

„Sondern . . .?" forschte Perry Rhodan geduldig weiter.

„Sondern mit Hilfe von Teleporterkräften . . .!"

Der Hyperkom blieb tot, so große Mühe sich Leutnant Trombsdorf auch gab, ihn wieder in Gang zu bringen. Da außerdem die automatische Fehleranzeige nicht mehr arbeitete, war jeder Versuch, das Gerät mit Bordmitteln reparieren zu wollen, von vornherein zum Scheitern verurteilt. Glücklicherweise schlugen die Tentakelarme wenigstens nicht mehr gegen die Hülle der SJ-22.

„Immerhin läßt die Kraft ihrer Triebwerke nach", stellte Ische Moghu mit grundloser Befriedigung fest. „Eines Tages werden sie überhaupt keinen Sprung mehr zuwege bringen. Dann haben wir sie."

Er streckte seine großen Hände aus und krümmte die Finger, als wollte er die unheimliche Kugel damit ergreifen.

Bron Tudd biß ein neues Stück Kautabak von seiner Rolle. Seine Kinnbacken mahlten heftig.

„Eines Tages . . .", murmelte er, „eines Tages kann morgen sein, ebensogut aber auch in zwei Jahren. Ich verstehe nur nicht, warum es unseren Schiffen noch nicht gelungen ist, das Ding mit Traktorstrahlen einzufangen und festzuhalten."

Baar Lun hob die Hand, als Moghu den Mund zu einer Erwiderung öffnete.

Alle sahen überrascht zu dem Modul hin, der aufrecht in der Zentrale ihrer Space-Jet stand und mit geschlossenen Augen auf etwas zu lauschen schien, von dem sie nichts vernahmen.

Zwei Minuten später öffnete Lun die Augen.

„Jetzt weiß ich, warum", flüsterte er mit einer vor Erregung heiseren Stimme.

Bron Tudd blickte ihn begriffsstutzig an.

Lun keuchte. Der hypersensible Modul war leicht zu erregen, und jedesmal kostete es ihn eine gewaltige Anstrengung, sich zu beherrschen.

„Teleporterkräfte!" stieß er hervor. „Die Kugel wird durch Teleporterkräfte bewegt!"

Bron runzelte die Stirn.

„Ein mechanischer Teleporter?" fragte er.

Baar Luns Erregung klang ab. Ein wenig hilflos zuckte er die Schultern.

„Ich ... ich weiß es nicht genau. Latent vorhandene Energiepotentiale aufzuspüren ist nicht meine starke Seite. Eigentlich sind die spezifischen Ausstrahlungen nur unmittelbar vor der Entmaterialisierung und nach der Wiederverstofflichung wahrnehmbar. Und jedesmal war bisher die Zeit zu kurz für eine genaue Identifizierung. Es kann sich sowohl um mechanische als auch um organisch erzeugte Teleporterenergie handeln."

Bron Tudd pfiff den Anfang eines bekannten Schlagers. Seltsamerweise handelte es sich dabei um denselben Schlager, den der Mausbiber Gucky etwa zur gleichen Zeit in der Zentrale der CREST III anstimmte. Als der alte Haudegen abbrach, stahl sich ein breites Grinsen in seine Züge.

„Okay, Sir. Aber vielleicht hat es gar nichts zu sagen, ob die Kugel durch mechanische oder parapsychische Teleporterkräfte bewegt wird. Ich habe mir sagen lassen, Sie hätten bei diesem Kugelroboter Lucky die Parakräfte ebenfalls binden können..."

Baar Lun ließ sich behutsam in seinem Sessel nieder. Er wirkte konzentriert und angespannt. Seine Augen leuchteten in verhaltenem innerem Feuer.

„Nun gut", sagte er tonlos, „ich will es versuchen."

Nach den nächsten beiden Sprüngen mußte der Modul erkennen, daß es fast unmöglich war, die Paraenergie eines Teleporters zu kompensieren, wenn man selber von diesem Teleporter in die Ent- und Rematerialisierung mit einbezogen wurde. Die günstigsten Augenblicke für Luns Vorhaben waren ausgerechnet die, in denen er nicht mehr oder noch nicht wieder handlungsfähig war.

Um so verwunderlicher erschien es ihm, daß die Sprünge immer unregelmäßiger wurden. Die Kugel – und mit ihr die Space Jet – legte plötzlich unterschiedliche Entfernungen zurück. Einmal betrug die Sprungweite nur eine halbe Million Kilometer, ein andermal ein viertel Lichtjahr.

Diese Unregelmäßigkeiten konnten unmöglich allein durch seine Tätigkeit hervorgerufen werden.

Oder versetzte schon die geringfügige Wirkung seiner Energietransformierung die oder den Insassen der Kugel in Panik, so daß die Kontrolle über die Teleporterfähigkeit teilweise verlorenging?

Längst war das Sonnensechseck im Gewimmel der Sterne versunken. Die einzige Beruhigung bildeten die fünftausend Einheiten der Solaren Flotte, die der Kugel beharrlich folgten – und sie sogar dann nicht aus den Ortungsgeräten verloren, als sie einmal ein Viertel Lichtjahr übersprang.

Baar Lun grübelte darüber nach, verband die Fakten miteinander durch eine logische Kette – und fand die Lösung.

„Die Mutanten!" rief er aufgeregt aus. „Rhodan setzt das Mutantenkorps gegen die Kugel ein!"

Er hatte so laut geschrien, daß Bron Tudd vor Schreck seinen Kautabak verschluckte. Der Leutnant wurde bleich und rang nach Luft, während ein dicker Klumpen unter der Haut seinen Hals hinabwanderte.

Als er endlich wieder atmen konnte, drohte er dem Modul mit der Faust und krächzte:

„Beinahe hätten Sie mich auf dem Gewissen gehabt. Wie kann man nur so laut schreien!"

„Ja, aber verstehen Sie denn nicht, was das bedeutet?" erwiderte Baar Lun.

Bron nickte und schob sich den Rest seiner Tabakrolle in den Mund.

„Das bedeutet, daß ich vielleicht frischen Tabak bekomme, bevor der letzte Rest verbraucht ist."

Darauf allerdings sollte er noch lange zu warten haben.

Die Telekineten bildeten einen Aktionsblock.

Tama Yokida, Betty Toufry und Gucky befanden sich in einer Isolierkabine unterhalb der Kommandozentrale der CREST III. Sie saßen um einen runden Tisch und hielten sich an den Händen.

Zwischen ihnen, ebenfalls durch körperlichen Kontakt mit ihnen verbunden, saß John Marshall. Der begabte und leistungsfähige Telepath sah starren Blickes auf einen Wandbildschirm, auf dem ein verwirrendes Symbolmuster flimmerte.

Für Marshall war das Muster allerdings alles andere als verwirrend.

Es projizierte die Gedankenbilder des Orters Fellmer Lloyd. Lloyd weilte in der Ortungszentrale und nahm die Ortungsergebnisse in sich auf, die die jeweilige Position der flüchtenden Kugel bestimmten. Ein anderer hätte die Vielfalt der verschiedensten Angaben nicht koordinieren können, aber die besondere Begabung Fellmers prädestinierte ihn geradezu zu dieser Aufgabe. Da er außerdem Telepath war, vermochte er die erhaltenen und koordinierten Angaben auf einen Vis-Wandler zu übertragen – und so kam das Bild zustande, das John Marshall in der Isolierkabine empfing.

Der Chef des Mutantenkorps vermochte die empfangenen Daten allerdings nur auf den Mausbiber direkt zu übertragen. Für die Übermittlung an die anderen beiden Telekineten standen André Noir und Kitai Ishibashi bereit.

André Noir als Hypno versetzte die Gehirne der Telekineten in einen Zustand, der sie besonders empfänglich für die Bemühungen des Suggestors Ishibashi machte. Und da suggerierte Daten besonders einprägsam und klar im Geist des Betreffenden erscheinen, benötigten die drei Telekineten keine direkte visuelle Wahrnehmung ihres „Opfers", des Kugelgebildes von Andromeda.

Drei Stunden lang tobte nun schon die unsichtbare Auseinandersetzung – ein Psychoduell, das sozusagen blind ausgetragen wurde.

Die ersten Anzeichen von geistiger Erschlaffung waren unübersehbar. Schweiß lief über die Gesichter der Telekineten und auch über das John Marshalls. Sie hatten es am schwersten von allen. Der eine mußte symbolhafte Ortungsdaten und Vektoren verschiedener Art in sich aufnehmen, geistig verarbeiten und versuchen, mit Hilfe des körperlichen Kontakts an Kitai und André Noir weiterzuleiten, die drei Telekineten hatten die auf Umwegen erhaltenen Informationen zur Ausrichtung ihrer zusammengeschalteten Parakräfte zu benutzen – und mußten auf ein Ziel einwirken, das zwischen hunderttausend und zweihunderttausend Kilometern von ihnen entfernt war.

„Lange halten die Mutanten das nicht mehr aus!" sagte Atlan und betrachtete besorgt den Beobachtungsschirm, der die Isolierkabine zeigte.

Er wandte sich um und sah den Teleporter Tako Kakuta an.

Kakuta lächelte höflich und sagte in seiner bescheidenen Art:

„Ich wollte, ich könnte meine Dienste anbieten, Sir. Aber da der

Großadministrator es mir untersagte, in das Kugelgebilde zu teleportieren..."

Als hätte er ihn durch die Erwähnung seines Titels herbeigerufen, kehrte Perry Rhodan von der Bordpositronik zurück. Er schwenkte eine Symbolfolie. Offensichtlich hatte er die letzten Worte Kakutas gehört, denn er sagte mit ironischem Lächeln:

„Das werden Sie auch weiterhin nicht tun, Tako!"

Atlan wölbte die Brauen.

„Warum sollte er es nicht wenigstens einmal versuchen, Perry? Falls ihm Gefahr droht, kann er doch sofort wieder zurückteleportieren."

„Ich fürchte, gerade das kann er nicht!"

Rhodan schwang sich auf die Lehne von Atlans Sessel und reichte dem Lordadmiral die mitgebrachte Folie.

Atlan vermochte ebenso wie Rhodan – und wie einige wenige andere Leute – die verschlüsselte Symbolsprache der Positronik relativ mühelos zu entziffern.

Als er die Folie zurückgab, sagte er nur ein Wort:

„Lun...!"

Perry Rhodan nickte bestätigend.

„Ja, der Modul! Die Unregelmäßigkeit, die in den Teleportersprüngen der Kugel seit einigen Stunden zu verzeichnen ist – wenn es sich überhaupt um Teleportersprünge und nicht um etwas gänzlich Unbekanntes handelt – können nicht allein durch die Arbeit unserer Telekineten hervorgerufen worden sein.

Eine teilweise Transformierung der Paraenergie wäre die Lösung, die die höchste mathelogische Wahrscheinlichkeit besitzt."

„Folglich", ergänzte Atlan, „arbeitet Baar Lun ebenfalls an der Bezwingung des Eindringlings."

„Ja, und demnach hat auch er die Natur der Kräfte erkannt, durch die jene Kugel bewegt wird."

Atlan und Rhodan lächelten.

Aber das Lächeln verschwand schlagartig aus ihren Gesichtern, als Tako Kakuta einen unterdrückten Schrei ausstieß. Der Teleporter wies mit der Hand auf den Kontrollbildschirm.

Die Männer erkannten, daß Betty Toufry mit dem Gesicht auf der Tischplatte lag.

In krassem Gegensatz dazu stand das Verhalten der anderen Mutanten. Sie sahen nicht einmal zu der zusammengebrochenen Telekinetin hin. Ihre Blicke schienen ins Jenseits gerichtet zu sein. Doch

407

das war nur ganz natürlich. Sie durften in ihren Anstrengungen nicht nachlassen, wenn einer der ihren ausfiel – im Gegenteil!

Rhodan preßte die Lippen aufeinander, bis sie nur noch wie ein einziger, blutleerer Strich wirkten.

Atlan blickte geistesabwesend auf den Frontschirm.

Tako Kakuta dagegen verschwand plötzlich.

Als er zurückkehrte, lächelte er wieder.

„Ich habe ihr ein Stimulans verabreicht", meldete er bescheiden. „Die anderen wurden ebenfalls versorgt."

Rhodan wollte den Teleporter bereits wegen dieser Eigenmächtigkeit rügen und ihm erklären, wie negativ sich gerade bei Mutanten Stimulantia auswirken konnten, wenn die Wirkung abklang. Doch dann überlegte er es sich anders.

Tako hatte so gehandelt, wie es der Lage entsprach.

„Vielen Dank, Tako", sagte er voller Wärme.

Sekunden später verschwand die Kugel wieder einmal; die CREST III beschleunigte erneut, um den fliehenden Eindringling schnellstens einzuholen. Fünftausend Raumschiffe folgten ihr in vorbildlichem Formationsflug.

Doch dann kam eine alarmierende Meldung aus der Ortungszentrale.

Das fremde Objekt war nicht mehr aufzufinden!

Selbst die überlichtschnell arbeitenden Hypertaster brachten kein positives Ergebnis.

Dennoch verlor Perry Rhodan den Mut nicht. Theoretisch war die Reichweite der Hypertaster zwar unbegrenzt, in der Praxis unterlagen sie jedoch so vielen Beschränkungen, daß schon wenige Lichtminuten ausreichten, um eine Ortung zu verhindern. Vor allem galt das für so kleine Objekte wie das Kugelgebilde, und erschwerend kam hinzu, daß die unzähligen Störfelder, Plasmatürme und Wolken ionisierter, gasförmiger Materie sogenannte Phantomreflexe erzeugten.

Gerade wollte Rhodan den Befehl zum Ausschwärmen geben, als ihn ein Anruf Fellmer Lloyds erreichte. Der Orter hatte sich im Laufe des vergangenen Tages auf die fünfdimensionalen Streufelder eingestellt, die vom leerlaufenden Triebwerk der SJ-22 ausgingen.

Das kam ihm nun zugute.

Er meldete, daß er einen vagen Eindruck der gleichen Streufelder gehabt hatte, bevor störende andere Einflüsse seinen Empfang überlagerten.

408

Seiner überschlägig angestellten Berechnung nach mußte sich die SJ-22 in einer Entfernung von einem viertel Lichtjahr aufhalten.

Rhodan war keineswegs überzeugt davon, daß diese Überschlagrechnung stimmte. Schließlich konnte selbst ein telepathisch begabter Orter keine exakten Entfernungen erkennen, schon gar nicht, wenn sie über räumliche Verhältnisse hinausgingen, die sich dem absoluten Vorstellungsvermögen entzogen.

Aber er sagte sich, ein ungenauer Hinweis sei immer noch besser als gar keiner.

Fünf Minuten später stießen die fünftausend Kampfraumer der Kahalo-Flotte im Gefolge der CREST III in den Linearraum vor.

Ein Viertel Lichtjahr von der letzten Position entfernt kamen sie in den Normalraum zurück.

Im gleichen Augenblick schrillten die Alarmsirenen in höchstem Diskant.

Die Kugel aus Andromeda stand nur zehntausend Kilometer vorab!

„Traktorstrahlstände ... Aktion frei!" schrie Perry Rhodan ins Mikrophon der Simultananlage.

Hunderte von Schiffen reagierten sofort; die anderen mußten erst bessere Gefechtspositionen erreichen. Aber die Traktorstrahlen eines einzigen Raumschiffes vom Range der CREST III hätten theoretisch mehr als ausreichen sollen, einen acht Meter durchmessenden Kugelkörper einzufangen und festzuhalten.

Und sie fingen ihn ein.

Von unsichtbar wirkenden Kräften gezogen, trieb die Kugel heran. Atlan atmete auf.

„Distanz nur noch fünfhundert Kilometer!" meldete die Ortungszentrale.

Rhodans Finger krampften sich um die Kante des Schaltpults.

„Distanz dreihundert Kilometer!"

Einzelne triumphierende Stimmen erschollen aus dem Lautsprecher der Simultanverbindung.

„Distanz einhun..."

Die Stimme des Ortungsoffiziers brach jäh ab.

Dann setzte sie wieder ein.

„Distanz zehn Millionen Kilometer...!"

Atlan ballte die Fäuste in ohnmächtigem Zorn.

„Wie ist das möglich?" murmelte er enttäuscht. „Wie kann sich das Ding unseren Traktorstrahlen auch nur einen Millimeter entziehen?"

„Teleportation!" erwiderte Rhodan trocken.

„Man kann Teleporter mit keinem Traktorstrahl halten – aber man kann sie bis zur Erschöpfung jagen . . .!"

Sie hatten etwa acht Stunden geschlafen – bis auf Baar Lun, der einen titanenhaften parapsychischen Kampf gegen die Energien der fremden Teleporter führte.

Als die große rote Sonne im Frontschirm zu einer Scheibe von einem Meter Durchmesser angewachsen war, weckte der Modul seine Gefährten.

Bron Tudd stellte anhand der Ortungsdaten eine kurze Berechnung an. Dann fluchte er ausgiebig.

„Die rote Sonne hat einen Planeten. Vermutlich werden die Fremden versuchen, dort zu landen und sich zu verbergen. Wenn unsere Schiffe nicht schnell genug nachstoßen, finden sie nichts mehr von ihnen."

Ische Moghu sah den Leutnant, der trotz gleichem militärischen Rang bei diesem Unternehmen sein Vorgesetzter war, an.

„Vielleicht sollten wir unsere Fesselfeldgeneratoren abschalten. Dann können wir den verfolgenden Schiffen entgegenfliegen und ihnen den Aufenthaltsort des Kugelobjektes verraten."

Nach kurzem Überlegen schüttelte Tudd den Kopf.

„Vielleicht warten die Insassen der Kugel nur darauf. Und wenn wir uns von ihrem Fahrzeug gelöst haben, teleportieren sie wieder . . .! Nein, wir müssen warten. Sobald die Kugel gelandet ist, können wir immer noch verschwinden."

Baar Lun öffnete die Augen und sah die Männer geistesabwesend an. Als er sprach, merkten die anderen seiner Stimme die starke Erschöpfung an. Seine Worte kamen in großen Abständen.

„Die . . . Fremden . . . haben auch . . . keine . . . Kraft . . . mehr. Wenn ich . . . noch . . . frisch wäre, . . . könnte ich . . . sie jetzt . . . besiegen . . ."

Bron lachte gutmütig.

„Schon gut. Immerhin haben Sie wahrhaft Übermenschliches vollbracht. Es genügt völlig, wenn die Kugel keine großen Entfernungen mehr zurücklegen kann und auf dem einzigen Planeten der Sonne notlanden muß."

„Hoffentlich!" entfuhr es Leutnant Ariel.

410

Eine halbe Minute später teleportierte die Kugel erneut. Sie rematerialisierte in der oberen Atmosphäre des Planeten, und wenige Sekunden darauf erfolgte der letzte Sprung.

Unsanft schlug die Space-Jet auf der glühenden Oberfläche einer Hitzewelt auf.

„Mein Gott!" stöhnte Leutnant Trombsdorf. „Die Atmosphäre hat eine Temperatur von 212 Grad Celsius."

„Und die Schwerkraft beträgt 2,8 Gravos", ergänzte Ariel.

„Anschnallen!" befahl Bron Tudd.

Der erfahrene Veteran schaltete die Fesselfelder aus und aktivierte die Antigrav-Projektoren.

Die beiden Raumfahrzeuge glitten einige Meter auseinander. Die Space-Jet schwebte in zehn Meter Höhe.

Behutsam aktivierte Bron Tudd die Impulstriebwerke, erhöhte die Leistung und beobachtete, wie die Space-Jet allmählich höher stieg.

„Desintegrator feuerbereit...?" fragte er.

„Desintegrator feuerbereit", meldete Leutnant Ariel.

„Zielen Sie auf die Tentakel!" befahl Bron. „Versuchen Sie unbedingt die Außenhülle der Kugel zu verschonen." Er nahm ein Mikrophon zur Hand und stellte eine Verbindung zum Laderaum her.

„Kommandant an Enterkommando! Fertigmachen zum Einsatz. Raumanzüge einstellen auf 2,8 Gravos und Temperatur auf 212 Grad Celsius!"

Er zog die SJ-22 in einer Schleife schräg nach oben. Dann ließ er sie über Backbord abkippen.

„Feuer frei für Desintegrator!"

Ein kaum sichtbarer, zartgrün flimmernder Strahl zuckte mit Lichtgeschwindigkeit hinunter zu der gelandeten Kugel. Dicht neben den Tentakeln wallten plötzlich Wolken molekularen Gases.

„Fahrkarte!" kommentierte Bron Tudd die Fehlleistung. „Noch einmal für den Anfänger!"

Die Space-Jet raste mit schrill heulenden Triebwerken durch die glühende Atmosphäre. Die Schutzschirme flammten auf.

„Zweiter Anflug!" kündigte Tudd an und riß die Jet hart nach Steuerbord.

Aber bevor Leutnant Ariel seinen Fehler vom ersten Angriff wiedergutmachen konnte, entdeckte Baar Lun die Öffnung in der Außenwand der Kugel. Er rief dem Kommandanten eine Warnung zu.

Bron nahm den Feuerbefehl sofort zurück und bremste die SJ-22 ab.

Es war dennoch zu spät. Drei rotglühende Gebilde quollen gleich großen Blasen aus der Öffnung der Kugel und jagten nach verschiedenen Richtungen davon. Sie bewegten sich dabei in grotesk wirkenden, unvorstellbar schnellen Sprüngen.

Bron schaltete unter einer Flut von Verwünschungen. Er richtete den Kurs auf einen der fliehenden Feuerbälle ein und beschleunigte. Das letzte Manöver hatte viel Zeit gekostet.

Dennoch würde die Space-Jet den Flüchtenden innerhalb weniger Sekunden einholen.

So dachte Bron Tudd jedenfalls – bis der Ball von einem Augenblick zum anderen verschwand.

„Ortung!" schrie Bron wütend.

Ische Moghus Gesicht wirkte grau und eingefallen, als er meldete: „Alle drei Feuerkugeln sind verschwunden, Sir!"

„Sie haben sich fortteleportiert", flüsterte Baar Lun. „Aber nach der Menge der aufgewendeten Energie können sie nicht weit gekommen sein, wir müssen hinterher. Wenigstens scheinen sie die verschiedenen Richtungen beibehalten zu haben."

Bron Tudd fragte nicht mehr. Er hieb den stufenlos arbeitenden Fahrthebel bis zum Anschlag. Die Space-Jet vollführte einen förmlichen Satz und schoß als glutumwabertes Phantom auf den fernen Horizont zu.

Niemand in der Zentrale des kleinen Fahrzeugs sah das gigantische Gebilde, das sich feuerspeiend aus dem Himmel herabsenkte und dicht bei dem Ding aus Andromeda landete.

34.

Fünftausend schwere und schwerste Einheiten der Wachflotte Kahalo hatten den Glutplaneten eingekreist. Sie bildeten eine Hohlkugel aus waffenstarrenden Raumschiffen, die den Zufluchtsort des Kugelgebildes in achthundert Kilometern Abstand umspannte.

Die Lücken wurden ausgefüllt von Korvetten, Space-Jets und Zweimann-Jägern.

Und diese Machtfülle – geeignet, ganze Sternenreiche zu erobern –

war eingesetzt, nur um eine Kugel von acht Metern Durchmesser zu jagen . . .!

Zehn Kilometer von dem Kugelgebilde entfernt setzte unterdessen ein wahres Gebirge aus Terkonitstahl auf. Mit einem Durchmesser von zweieinhalb Kilometern, wobei der äquatoriale Maschinenringwulst von 350 Metern Durchmesser nicht einmal in die Rechnung einbezogen war, ragte die CREST III hoch in den Himmel der Höllenwelt hinauf.

Ihre zwanzig superstarken Korpuskulartriebwerke hatten bei der Landung einen Glutsturm entfesselt, der seinesgleichen selbst auf diesem Planeten suchte. Vierundzwanzig Landebeine hatten sich aus ihren Schächten herabgesenkt; ihre Auflageteller bedeckten eine Fläche von insgesamt sechzigtausend Quadratmetern Boden. Sie mußte dennoch zusätzlich durch die Kraft starker Antigravprojektoren auf der Oberfläche gehalten werden.

Zehn Kilometer lagen zwischen dem Flottenflaggschiff des Solaren Imperiums und dem Kugelgebilde. Wie wenig das relativ gesehen war, bewies die Tatsache, daß der bei der Landung entfesselte Sturm die Kugel umgeworfen hatte.

Den hochempfindlichen Geräten der Ortungszentrale war es nicht entgangen, daß aus dem Kugelgebilde drei Feuerbälle flüchteten.

Perry Rhodan beauftragte Tako Kakuta, Ras Tschubai und Gucky mit der Verfolgung. Die drei Telepathen zogen die Einsatzanzüge über und schalteten ihre Individualsphären ein, sobald sie sich in der Schleuse befanden.

Ebenfalls drei glühenden Kugeln gleichend, strichen sie hinter den geflüchteten Gebilden her – und verschwanden plötzlich, als sie teleportierten.

„Ich frage mich, woraus die drei Feuerkugeln bestehen", sagte Atlan gedehnt. „Die Glut stammt eindeutig nicht von Schutzschirmen, sondern von der Außenwandung der Fahrzeuge."

„Wissen wir denn, ob es sich um Fahrzeuge handelt?" fragte Rhodan.

In den rötlichen Albinoaugen des Lordadmirals flackerte es.

„Was soll es denn sonst sein: Rettungsboote, nichts weiter?"

Achselzuckend wandte sich Rhodan ab und bestellte einen Shift für Atlan, Icho Tolot und sich selbst. Außerdem veranlaßte er die Bereitstellung von zehn weiteren Flugpanzern, die als Begleitschutz dienen sollten.

„Ich möchte mir die verlassene Kugel einmal ansehen", sagte er dann zu dem Arkoniden. „Wie ist es? Kommst du mit?"

„Du riskierst wieder einmal Kopf und Kragen", erwiderte Atlan lächelnd. „Natürlich komme ich mit."

„Ich hatte es nicht anders erwartet!"

Perry Rhodan streifte die Bordkombination ab und zog sich den Kampfanzug über, den ein Dienstroboter inzwischen gebracht hatte. Der Arkonide folgte seinem Beispiel, und der Haluter trug bereits seine Einsatzkombination. Er brauchte nur noch den kapuzenartigen Helm nach vorn zu klappen, obwohl ihm die Temperatur auf Fireplace, wie man den Hitzeplaneten genannt hatte, auch ungeschützt nichts ausmachen würde.

Sie erreichten den Shift-Hangar über die Schnellverbindung innerhalb einer Minute. Die Gleiskettenfahrzeuge mit den kurzen Stabilisierungstragflächen standen mit brummenden Triebwerken bereit. Schwerbewaffnete Männer in Kampfanzügen hasteten durch die offenen Schleusen.

Perry Rhodan erkannte unter ihnen den Oxtorner Omar Hawk mit seinem Okrill Sherlock. Er winkte ihm zu, und der Umweltangepaßte winkte fröhlich zurück.

Dann kletterte Rhodan in sein eigenes Fahrzeug. Icho Tolot bildete den Schluß. Er verzog sich sofort in den Laderaum, da sein gigantischer Körper nicht in die Fahrerkabine hineingepaßt hätte.

Auf einen Befehl Rhodans setzte sich die Kavalkade in Bewegung. Schwebend glitten die Shifts in eine große Schleuse. Kurz darauf öffnete sich das Außenschott.

Ein heftiger Sturm empfing die Flugpanzer. Die Außenmikrophone übertrugen bedrohliches Heulen und Knistern.

Aber die robusten Fahrzeuge hatten schon gegen ganz andere Gewalten angekämpft. Sie schwebten unbeirrt ihrem Ziel zu und umstellten es in Form eines Halbkreises.

Perry Rhodan schloß seinen Druckhelm.

Durch die Panzerplastscheiben des Shifts war das seltsame Kugelgebilde deutlich zu sehen. Niemand wunderte sich darüber, daß ihnen kein Abwehrfeuer entgegengeschlagen war. Die Besatzung hatte sich offensichtlich in den drei kugelförmigen Beibooten abgesetzt.

Immerhin mußte man damit rechnen, im Innern der Kugel eine Falle vorzufinden.

Von jedem Shift wurde ein Kampfroboter vorausgeschickt. Zehn der Maschinen umstellten den Shift, eine kletterte durch die Öffnung hinein.

Nach zwei Minuten meldete sie sich über Telekom.

„Nichts Verdächtiges. Keine Besatzung, keine Falle."

Da gab Rhodan das Zeichen zum Vordringen.

An der Spitze einer kleinen Gruppe Kämpfer schwebte er mit Hilfe seiner Individualsphäre und des Mikro-Antigravtriebwerkes auf das Ding von Andromeda zu.

Er war verblüfft, eine simple Schleuse vorzufinden. Hinter ihm drängten sich der Haluter und Atlan in die kleine Kammer. Mehr Leute paßten nicht zur gleichen Zeit hinein.

Hinter ihnen schloß sich das Außenschott. Das Innenschott glitt beiseite.

Rhodans Verblüffung stieg.

Der Innenraum des Kugelkörpers war mit wenigen Blicken zu übersehen. Er enthielt lediglich Manipulatoren, Sensoren und einige kleinere Dinge, deren Bedeutung nicht sofort erkennbar war. Im Hintergrund befand sich der Zugang zu einer relativ winzigen Energiestation.

Nach eingehender Überprüfung ergab sich, daß die Energiestation niemals in der Lage war, eine Fortbewegung des kugelförmigen Fahrzeugs zu bewerkstelligen.

Folglich mußte die Besatzung aus Teleportern bestanden haben.

Im übrigen erwies sich, daß die Kugel nichts anderes sein konnte als eine fliegende Werkstatt mit zahlreichen mechanischen Greifwerkzeugen. Das Rätsel wurde damit nicht kleiner.

Perry Rhodan erkannte, daß es sich nur lösen ließ, wenn die geflohene Besatzung eingefangen wurde.

Er gab den Befehl zur Rückkehr in die CREST III.

Die rote Sonne hing wie ein gigantischer Feuerball über dem höllischen Land.

Bron Tudd arbeitete verbissen an der Manuellsteuerung der Space-Jet und versuchte, die soeben aufgetauchte glühende Kugel einzuholen.

Vergebens.

Sie verschwand genauso wie immer zuvor, wenn die Männer im Boot schon glaubten, den Gegner gefaßt zu haben.

Baar Lun kämpfte gegen die Erschöpfung an. Zwar hatte Ische

Moghu den Modul mit einem Ara-Stimulans versorgt, aber der mehr als dreißig Stunden während Kampf auf geistiger Ebene konnte durch das beste Aufputschmittel nicht illusorisch gemacht werden. Das Stimulans hatte lediglich einen Zusammenbruch verhindert.

„Bald...!" flüsterte Lun. „Bald ... haben ... wir sie!"

„Hoffentlich!" knurrte Bron Tudd. „Mein Kautabak ist alle. Es wird Zeit, daß wir an Bord der CREST zurückkommen."

Die Sorge, seinem etwas unappetitlichen Laster nicht mehr frönen zu können, schien Tudds Hauptsorge zu sein. Doch dieser Eindruck täuschte. Tudds Bemerkungen entsprangen lediglich der Angewohnheit, kritische Situationen durch betonte Gleichgültigkeit zu entschärfen.

Er jagte die Space-Jet weiter über die glühende Oberfläche des Planeten. Einmal mußten schließlich auch die Kräfte der besten Teleporter erlahmen. Vielleicht gelang es, eines der kugelförmigen Rettungsboote mit dem Traktorstrahl einzufangen und auch festzuhalten.

Außerdem mußte bald Hilfe von den eigenen Leuten kommen. Die hin und wieder hoch am Himmel aufblitzenden Punkte konnten nur Raumschiffe sein, die aus einem weiten Orbit nach unten stießen und anschließend wieder auf Distanz gingen.

Irgendwo auf dieser Höllenwelt waren sicher auch schon welche gelandet.

Die CREST III! dachte er sehnsüchtig. An Bord des Flaggschiffes befand sich Rhodans Mutantenkorps. Die parapsychisch Begabten mußten längst über die Natur der Fremden Bescheid wissen.

Zumindest der Mausbiber würde es herausgefunden haben!

Ein schrilles Pfeifen, dicht hinter seinem Rücken, ließ Bron Tudd zusammenzucken. Vor Schreck betätigte er die falsche Schaltung, und die Space-Jet schoß plötzlich in Schräglage auf den Boden zu.

Im letzten Augenblick fing Bron sie wieder ab.

Er wischte sich den Schweiß von der Stirn und drehte sich um, weil er nach der Ursache des Zwischenfalls suchen wollte.

„Gucky...!" stieß er gepreßt hervor.

Der Mausbiber zeigte seinen Nagezahn in voller Größe.

„Das wäre beinahe schiefgegangen, was? Dabei war ich nur gekommen, weil du gerade so nett von mir dachtest. Vielen Dank übrigens!"

Gucky teleportierte auf Brons Knie und starrte neugierig auf den Frontschirm.

„Da ist wieder eine", murmelte er.

Bron Tudd folgte seinem Blick und entdeckte die rotglühende Kugel über einem flachen Schlackenhügel.

Er beschleunigte und nahm Kurs auf das winzige Beiboot.

„Kommst du direkt von der CREST?" fragte er dabei.

Der Mausbiber schüttelte den Kopf, eine Geste, die er den Menschen abgesehen hatte.

„Nicht direkt, Bron. Ich war nur hinter der gleichen Kugel her wie du. Deshalb führte uns der Zufall zusammen; Ras und Tako jagen die anderen beiden Beiboote."

Leutnant Tudd hörte die besondere Betonung heraus, die Gucky auf das Wort ‚Beiboote' legte. Er fragte nach dem Grund, erntete aber nur ein Achselzucken.

„Die Kugel ist wieder verschwunden!" meldete Ische Moghu.

„Das sehe ich!" fuhr Gucky ihn an. „Oder denkst du, ich hätte keine Augen im Kopf?"

„Ach ja", brummte Moghu verlegen, „Entfernung zweihundert Meter. Da kann man das Ding wahrscheinlich auch auf dem einfachen Bildschirm erkennen."

Bron Tudd zog die Rechte von einem Schalthebel zurück.

„Zweihundert Meter, sagten Sie?" wandte er sich an den schwarzhäutigen Riesen. „Auf diese kurze Distanz hätte der Traktorstrahl wirken müssen. Die Kugel war genau im Bereich der maximalen Wirkung."

Der Mausbiber nieste.

„Eine Hundekälte habt ihr hier!" schimpfte er. „Warum stellt ihr die Klimaanlage nicht anders ein?"

„Soll ich?" fragte Ische Moghu diensteifrig.

Bron lachte schallend.

„Diese grünen Jungs fallen aber auch immer wieder auf deine Scherze herein", wandte er sich an Gucky. „Menschenskind, Moghu! Hier drin sind dreißig Grad Celsius, und außerdem trägt Gucky seinen klimatisierten Kampfanzug."

Er kratzte sich hingebungsvoll am Hinterkopf.

„Aber ich möchte doch wissen, warum die Kugel wieder entkommen ist, obwohl ich sie einwandfrei im T-Strahl hatte . . .!"

„Das ist doch ganz einfach", erklärte der Mausbiber. „Niemand kann einen Teleporter festhalten, nicht einmal mit einem Traktorstrahl. Die Rettungsboote werden uns so lange an der Nase herumführen, bis die Parakräfte ihrer Insassen erschöpft sind."

Bron Tudd dachte lange und intensiv nach.

„Einen Vorteil haben wir wahrscheinlich", sagte er bedächtig. „Wenigstens können die Rettungsboote des kleinen Kugelschiffs nicht in den Weltraum entkommen!"

Gucky antwortete nicht sofort. Er hockte in sich versunken da. Dann hob er den Kopf.

„Falsch getippt, mein Junge!" schrie er zornig. „Eben hat mir John Marshall durchgegeben, daß alle drei Kugeln in den freien Raum teleportiert sind."

Die CREST III hob von der Oberfläche von Fireplace ab.

Zuvor war ein Beiboot der Korvetten-Klasse ausgeschleust worden. Es sollte die drei Teleporter aufnehmen und danach dem Flaggschiff in den Raum folgen.

Perry Rhodan hatte sich schweren Herzens zu dieser Maßnahme entschlossen, weil er keine Zeit verlieren durfte, wenn die drei geflohenen Rettungsboote der Fremden gefaßt werden sollten. Andererseits meldeten sich die Teleporter nicht, und selbst Gucky konnte nicht erreicht werden, da John Marshall, der ihn telepathisch hatte informieren sollen, kurz vor Rhodans entsprechender Anweisung vor Erschöpfung zusammengebrochen war.

Betty Toufry dagegen war nach einer kurzen Tiefschlafbehandlung wieder voll einsatzfähig. Und die übrigen am Parablock beteiligten Mutanten hatten gut auf die Stimulantia angesprochen.

Am meisten erbitterte es Rhodan, daß selbst die große Bordpositronik nicht mit einem Entkommen der drei winzigen Kugelkörper gerechnet hatte. Aus diesem Grund war die völlige Umschließung von Fireplace auch als ausreichende Sicherheitsmaßnahme angesehen worden.

Es hatte sich leider gezeigt, daß auch Positronengehirne irren konnten.

Die drei Kugelkörper waren teleportiert, was bedeutete, daß sie ein Überkontinuum als Transportmedium benutzten. Folglich hatten die fünftausend Raumschiffe kein Hindernis dargestellt.

Auf Rhodans Befehl löste sich die Formation auf. Nur hundert Schiffe blieben in einem Orbit um Fireplace, die anderen viertausendneunhundert nahmen erneut die Verfolgung der Geflohenen auf.

Minutenlang herrschte ein furchtbares Durcheinander, wie es jede hastige Umgruppierung einer Flotte mit sich bringt. Aus dem scheinbaren Chaos bildete sich jedoch sehr rasch die schon zuvor angewandte halbkugelförmige Formation.

Cart Rudo, der Kommandant des Flaggschiffes, hatte es leichter als seine Kollegen auf den übrigen Schiffen. Er brauchte auf keine Formierung Rücksicht zu nehmen.

Auf schnurgeradem Kurs stieß die CREST III hinter den Flüchtenden her.

Nach zehn Minuten waren die Kugeln erreicht.

Gespannt wartete Rhodan auf die nächste Teleportation. Sie erfolgte, als die CREST III auf zehntausend Kilometer heran war.

Rhodan ließ den Kurs beibehalten. In den vergangenen Stunden hatte sich gezeigt, daß die Kugeln – und zwar sowohl die große als auch die kleinen – stets die gleiche Teleportationsrichtung beibehielten. Entweder taten sie das aus purer Gewohnheit – oder weil sie nicht anders handeln konnten.

Das war ein Fehlschluß, und er sollte Perry Rhodan noch einige bange Stunden einbringen. Aber davon ahnte er vorläufig noch nichts.

Und als er nach dem dritten Teleportationssprung der Fliehenden von der Ortungszentrale die Nachricht erhielt, zwei der Kugelgebilde wären in der Chromosphäre der roten Sonne verglüht, war es zu spät für eine praktische Anwendung der Erkenntnis, daß die Fremden offenbar lieber starben, als sich gefangennehmen zu lassen.

Aber da war noch die dritte Kugel!

Perry Rhodan fragte in der Ortungszentrale nach, wo das dritte Rettungsboot der Unbekannten geblieben sei.

Die Anwort erleichterte und enttäuschte ihn zugleich.

Die dritte Kugel war nicht in die Sonne teleportiert, sondern hatte die Fluchtrichtung gewechselt.

Man mußte warten, bis sie irgendwo wieder auftauchte.

In seinem Eifer, die flüchtenden Kugeln einzuholen, hatte Bron Tudd einen verhängnisvollen Fehler begangen.

Er war mit seiner Space-Jet in den Zwischenraum gegangen und rund vierzigtausend Kilometer in Richtung Sonne vorgestoßen. Dort hatte er Warteposition bezogen.

Mit gespieltem Desinteresse beobachtete er die Verfolgungsjagd

419

der Kahalo-Flotte. Bald jedoch erkannte er, daß die CREST III den anderen Raumschiffen weit vorausgeeilt war.

Sie trieb die Kugelkörper genau auf den Standort der Space-Jet zu.

„Ich schlage vor, daß Gucky telepathische Verbindung mit John Marshall aufnimmt, sobald die CREST nahe genug herangekommen ist."

Bron drehte sich nach dem Sprecher um.

Tako Kakuta saß auf einem Notsitz und lächelte das sanfte Lächeln, das er stets zur Schau trug und das im Grunde genommen seinem Wesen entsprach. Der andere Teleporter, Ras Tschubai, stand vor dem Getränkeautomat und trank einen Becher Mineralwasser.

Die beiden Männer waren plötzlich in der Zentrale der Space-Jet aufgetaucht – kurz nachdem die Kugeln in den Weltraum flohen und wenige Sekunden nach dem Start von der Planetenoberfläche.

Sie hatten nicht viele Worte gemacht, sondern nur darum gebeten, mitgenommen zu werden.

In den letzten Minuten erfuhr Bron wenigstens etwas über ihre Gründe. Sie entsprangen ganz einfach der Tatsache, daß auch der beste Teleporter seine Parakraft nicht unbegrenzt lange einsetzen konnte. Darum waren Kakuta und Tschubai in die SJ-22 gekommen, anstatt die fünfzehnfache Entfernung bis zur CREST III zurückzulegen.

Bisher war es noch nicht gelungen, Funkkontakt mit dem Flaggschiff aufzunehmen.

Außerdem behauptete der Mausbiber, John Marshall, seine telepathische „Gegenstation", hätte das Bewußtsein verloren.

„Flaggschiff CREST III noch zehn Millionen Kilometer entfernt!" meldete Ische Moghu.

„Danke!" erwiderte Leutnant Tudd und legte die Hände auf die Kontrollen.

Zehn Millionen Kilometer . . . !

Er zuckte heftig zusammen und öffnete den Mund. Die Erkenntnis der drohenden Gefahr kam jedoch zu spät.

Mitten in der Zentrale der Space-Jet schwebte plötzlich eine Kugel von einem Meter Durchmesser. Sie verstrahlte ein tiefrotes, heißes Licht.

Die Männer klappten in instinktiv richtiger Reaktion ihre Druckhelme zu. Klickend rasteten die Magnetwülste ein. Die Alarmanlage begann zu heulen. Sicherungen krachten, blauweiße Entladungsblitze zuckten durch den Raum. Die Bildschirme der Panoramagalerie überzogen sich mit einem milchigen Film. Rauch kräuselte aus den Weichplastikbeschlägen der Schaltpulte.

Vor Brons Augen liefen die Vorgänge wie in Zeitlupe ab. Er zog seinen Impulsstrahler und steckte ihn resignierend ins Halfter zurück. Auf die Kugel zu schießen wäre Selbstmord gewesen.

Mit geweiteten Augen sah er, wie die Kugel auf den Boden der Zentrale prallte.

Im nächsten Augenblick wurde es Nacht um ihn.

Als er aus tiefer Bewußtlosigkeit erwachte, sah er als erstes die Sterne über sich leuchten.

Bron Tudd sank in einen leichten Erschöpfungsschlaf. Ihm träumte, er läge auf einer irdischen Wiese und genösse den Duft der noch sonnenwarmen Gräser. Von einem glasklaren Himmel schien die silbrig strahlende Sichel des Mondes, und darüber spannte sich das sternenübersäte Firmament . . .

Ruckartig richtete er sich auf.

Der folgende Effekt überraschte ihn.

Die Sterne standen plötzlich nicht mehr ruhig, sondern kreisten um ihn herum, immer schneller und schneller, bis ihm ganz schwindlig wurde bei diesem Anblick.

Unwillkürlich führte er jene Bewegungen aus, die ihm seit vielen Jahren durch unablässiges Training in Fleisch und Blut übergegangen waren. Die Drehbewegung verlangsamte sich – und Bron Tudd merkte, daß es nicht die Sterne gewesen waren, die sich um ihn gedreht hatten.

Er hatte sich selbst gedreht.

Dennoch benötigte er noch einige Sekunden, bis er seine Lage richtig eingeschätzt hatte.

Er wußte, daß eine der fremden Kugeln in der Zentrale der Space-Jet materialisiert war. Danach war er vermutlich lange Zeit bewußtlos gewesen. Was während dieser Zeitspanne passiert war, mußte er nach den vorgefundenen Tatsachen mühsam rekonstruieren.

Das Ergebnis erschien ihm unglaubhaft. Aber da er im freien Fall durch den leeren Raum trieb, blieb ihm gar nichts weiter übrig, als das unmöglich Scheinende zu akzeptieren.

Die Space-Jet war auseinandergeborsten.

Wer weiß, wo ihre Trümmer trieben. Und wer weiß, wo die Gefährten verstreut waren – und Gucky und die beiden Teleporter und Baar Lun...

Bron las die Anzugkontrolle ab.

Er besaß noch Luft für rund sechzig Stunden. Nahrung und Wasser reichten etwas länger, aber das spielte keine Rolle; wenn die Atemluft verbraucht war, nützten alle anderen Vorräte nichts mehr.

Wo nur die Kugel geblieben sein mochte...!

Angestrengt spähte Bron Tudd durch die Sichtscheibe seines Helms.

Was für ein Glück, daß sie vor dem Unglück ihre Helme geschlossen hatten!

Die Sterne standen in dieser Milchstraßenregion so dicht, daß von der Schwärze des Alls, wie die Dichter sie beschrieben, kaum etwas zu sehen war.

Nur zur Linken...

Bron hielt den Atem an.

Der dunkle Fleck war nicht einfach eine leere Stelle zwischen den Sternen oder etwa ein Dunkelnebel!

Mit behutsamen Ruderbewegungen erreichte der Leutnant, daß sein Körper nach hinten kippte, nicht viel, aber gerade weit genug, um die obere Grenze des Schattens sehen zu können.

Die Schattengrenze bildete eine so gerade Linie, als wäre sie mit einem Lineal gezogen worden.

Bron atmete hörbar aus.

Ein walzenförmiges Raumschiff!

Er überlegte nicht lange, wie ein Walzenschiff in diesen Raumsektor kam. Bron Tudd schaltete sein Rückstoßaggregat ein und steuerte vorsichtig auf die Wand zu.

Immer höher wuchs die Dunkelheit vor ihm auf – und schon nach wenigen Sekunden mußte er abbremsen, um nicht unsanft gegen das Hindernis zu prallen. Im Raum ließen sich Entfernungen nicht abschätzen; diese alte Erfahrung bestätigte sich wieder einmal.

Mit den Händen stieß er gegen die glatte Wandung des Walzenraumschiffes. Langsam glitt er nach links; das Rückstoßaggregat verursachte einen schwach glimmenden Schweif, den er hinter sich herzog.

Zehn Minuten später entdeckte er das Leck.

Er hätte es überhaupt nicht bemerkt, wenn er nicht seine Helmlampe eingeschaltet hätte.

Der Scheinwerfer verursachte keinen Lichtkegel wie innerhalb einer Atmosphäre. Das Licht wurde erst sichtbar, wenn es auf blankes Metall traf und reflektiert wurde.

Bron erkannte an der veränderten Reflexion, daß etwas nicht stimmte.

Er steuerte wieder näher an die Schiffswand heran und entdeckte dabei das Loch.

Es mochte dreißig oder vierzig Meter durchmessen. Seine Ränder waren gezackt und enthielten wulstige Schmelzspuren.

Bron Tudd zögerte nur einen Herzschlag lang.

Dann entschied er, daß er ohnehin nichts mehr zu verlieren habe, und drang in die Öffnung ein.

Seine Scheinwerfer beleuchteten die Überreste zertrümmerter, zusammengestauchter und ineinander verschmolzener Decks. Dazwischen ragten Rohre und Kabel wie abgeschnitten aus dem chaotischen Gewirr. Lose Gegenstände dagegen vermochte Bron nicht zu entdecken. Das war nur natürlich; der Sog des Vakuums mußte sie im Augenblick der Katastrophe aus dem Schiff gerissen haben.

Bron schwebte wieder nach draußen und an der Schiffswand entlang. Nach schätzungsweise hundert Metern sah Bron ein unversehrtes Schleusenschott!

Der Leutnant benötigte etwa eine Viertelstunde, um auf einem Vorsprung dicht unterhalb des Schotts festen Fuß zu fassen. Behutsam packten die behandschuhten Hände jenen eigentümlich geformten Gegenstand, dessen Funktion dem erfahrenen Raumsoldaten sofort klargeworden war: ein Handrad, mit Speichen versehen.

Es erinnerte ihn an etwas, aber er wußte nicht, an was.

In seiner derzeitigen Lage war das Bron auch völlig gleichgültig.

Er benötigte seine ganze Kraft, um im schwerelosen Zustand das Handrad in Bewegung zu bringen. Danach allerdings drehte es sich fast von allein.

Bron Tudd schluckte hörbar, als das Außenschott auseinanderklaffte.

Er stieß sich mit den Füßen ab und hechtete in die Schleusenkammer. Ein paar Sekunden lang schwebte er untätig, bis er begriff, daß keine Automatik das Außenschott schließen und das Innenschott öffnen würde.

Doch auch hier gab es die entsprechenden Handbedienungen für Notfälle.

In einem Raumschiffswrack erwartet man für gewöhnlich keinen Gegner.

Aus diesem Grund hatte Bron Tudd auch nicht daran gedacht, seinen Kombistrahler zu ziehen, als sich das Innenschott öffnete.

Er schrie gellend auf und tat einen Sprung zur Seite.

Dunkelrot glühte die Kugel aus dem Dunkel des Ganges...

Gucky kam wieder zu sich.

Der Mausbiber erinnerte sich an die letzten schrecklichen Sekunden, bevor die glühende Kugel auf den Boden der Zentrale aufschlug. Ein Zittern lief über seinen seidigen Pelz.

Dann hatte sich Gucky wieder in der Gewalt.

Die glühende Kugel war verschwunden. Aber ihre kurze Anwesenheit hatte deutliche Spuren hinterlassen. Die weichen Instrumentenverkleidungen, die den Raumfahrer bei durchschlagenden Verzögerungskräften schützen sollten, waren zu bräunlichem Schaum zusammengeschmolzen. Nach ihnen hatten die Bildschirme der Panoramagalerie am meisten unter der Hitzeeinwirkung gelitten. Nie mehr würde ein Bild auf ihnen erscheinen. Dort, wo die Kugel aufgeschlagen war, gab es lediglich einen dunkel verfärbten Fleck.

Und Leutnant Bron Tudd fehlte!

Nach dem ersten Schreck darüber schaltete der Mausbiber seinen Helmsender ein und rief nach Tudd. Aber nur drei Männer des Enterkommandos antworteten.

Glücklicherweise arbeitete die Klimaanlage noch. Ein Blick auf die Außeninstrumente seines Kampfanzuges zeigte Gucky, daß in der Zentrale der Space-Jet wieder normale Verhältnisse herrschten.

Er ging von einem zum anderen und öffnete die Helme.

Baar Luns Gesicht wirkte schlaff und verfallen. Der Modul mußte sich in den letzten Stunden völlig verausgabt haben. Gucky hob ihn telekinetisch an und legte ihn auf den freigewordenen Kontursessel Bron Tudds. Dann öffnete er ihm den Raumanzug und ließ die Lehne des Sessels zurücksinken.

Als nächster erwachte Ische Moghu.

Auf seinem dunkelhäutigen Gesicht stand der Ausdruck völligen Nichtbegreifens. Der Mausbiber verzichtete auf jegliche Erklärung. Von nun an mußten sich die Männer der Besatzung und des Enterkommandos selbst weiterhelfen.

Er setzte sich auf den Boden, stützte seinen Körper auf den breiten Schwanz und schloß die Augen.

Gedankenimpulse höchster Intensität rasten zeitlos durch den Raum, suchten – und fanden ein bekanntes Muster: den Block der Mutanten an Bord der CREST!

Gucky sonderte aus der Fülle der empfangenen Gedanken diejenigen von Betty Toufry aus.

Endlich erhielt er einen zweiseitigen Kontakt.

Betty berichtete, daß zwei der glühenden Kugeln in die Chromosphäre der roten Sonne gerast und dort vermutlich verglüht seien. John Marshall war wieder bei Bewußtsein, aber noch zu schwach, um aktiv am Geschehen teilzunehmen.

Der Mausbiber berichtete seinerseits.

Nach einer Weile gab Betty Rhodans Befehl durch, telepathische Peilimpulse auszustrahlen, nach denen die Telepathin dem Großadministrator Richtung und ungefähre Entfernung der Space-Jet übermitteln konnte.

Gucky versprach ihr, sein möglichstes zu tun, gab aber zu bedenken, daß sich die Entfernung anhand eines telepathischen Peilsignals nur sehr schlecht würde abschätzen lassen.

Mittlerweile waren auch Tako und Ras aus ihrer Ohnmacht erwacht.

Der Mausbiber berichtete ihnen in knappen Sätzen, ohne seine eigentliche Aufgabe zu vergessen.

Plötzlich jedoch richtete er sich steil auf.

Zwischen den Gedankenimpulsen Bettys tauchten andere Impulse auf, sehr klare, stark ausgeprägte Impulse und dennoch nicht die eines Telepathen.

Bron Tudd!

Gucky vergaß Betty Toufry, den Block der Mutanten und die CREST III. Überdeutlich, einem Alptraum vergleichbar, lief vor seinem geistigen Auge alles das ab, was Bron Tudd seit seinem Erwachen erlebt hatte – bis zu dem Augenblick, in dem er sich im Wrack eines Walzenraumschiffes der glühenden Kugel gegenübersah.

Dann war nichts mehr.

Guckys Herz klopfte heftig. Er konzentrierte sich in größter Eile auf den verlorengegangenen Kontakt mit Betty.

Erst nach drei Minuten fand er ihn wieder.

Die Telepathin berichtete, daß die CREST III unterwegs zur treibenden Space-Jet sei.

Der Mausbiber unterbrach sie schroff und teilte ihr mit, was er aus Brons Gedanken herausgelesen hatte und daß er dem Leutnant zu Hilfe eilen wollte.

Er wartete die Antwort nicht ab, schon deshalb nicht, weil er von Rhodan nicht zurückgehalten werden wollte. Entsprechend seiner Mentalität galt für ihn nur noch eines: Bron Tudd aus seiner lebensgefährlichen Lage schnellstens zu befreien!

„Kommt!" befahl er Tako und Ras.

Die beiden Teleporter faßten ihn bei den Händen.

Der Mausbiber konzentrierte sich auf die Umgebung, die er aus Brons Gedankeninhalt kannte ...

Als Bron Tudd mit dem Helm gegen die Wandung des Ganges schlug, verlor er für einen Augenblick das Bewußtsein.

Im nächsten Augenblick jedoch war er wieder auf den Beinen, wenn man das Schweben in einem luftleeren und schwerelosen Gang so bezeichnen wollte. Alle Furcht fiel von ihm ab. Er wußte plötzlich, was er vor sich hatte.

Langsam zog er seinen Schockblaster aus dem zweiten Gürtelhalfter.

Aber bevor er zum Schuß kam, verschwand die Kugel erneut.

Bron stieß eine Verwünschung aus.

Er schaltete sein Rückstoßaggregat ein und ließ sich den Gang hinabtreiben.

Das nächste Schott hielt ihn nicht lange auf. Allmählich gewann er Übung darin, die fremdartigen Handräder zu bewegen, ohne das Gleichgewicht dabei zu verlieren.

Ein wenig spät merkte er, daß er sich die Mühe hätte sparen können. Hinter ihm schloß sich das Schott wieder, während aus den Seitenwänden und der Decke ein Zischen drang.

Atmosphäre!

Eine Automatik blies atmosphärisches Gas in die Schleusenkammer!

Bron Tudd wartete geduldig, bis das Zischen aufhörte. Im gleichen Moment öffnete sich das Innenschott von selbst. Eine große Halle tat sich vor ihm auf.

Unwillkürlich zog Tudd Vergleiche zu den Lichtgärten auf großen terranischen Raumschiffen.

Dies war ein Lichtgarten!

Aber statt von mildem, gelbem Licht wurde die fremdartige Gras- und Waldlandschaft von der blendenden Helligkeit einer blauweißen Kunstsonne übergossen.

Einen Atemzug lang stand Bron Tudd starr – teils wegen des unerwarteten Anblicks, teils wegen der hohen Schwerkraft.

Dann kniff er die Augen stärker zusammen und sah die glühende Kugel mitten in der Halle schweben.

Es war ihm, als wäre ihr Leuchten schwächer geworden. Doch das konnte von dem blendenden Licht der Kunstsonne herrühren und eine optische Täuschung sein.

Wichtig erschien ihm allein die Tatsache, daß er die Kugel wiedergefunden hatte.

Bron Tudd hob den auf Paralyse geschalteten Strahler zum zweitenmal und schoß.

Die Kugel hing noch einige Sekunden lang unbeweglich in der Luft, dann sank sie langsam zu Boden. Dort blieb sie liegen.

„Bravo!" erscholl eine Stimme in Tudds Helmempfänger. „Das hast du gut gemacht, Bron!"

Bron wandte sich schwerfällig um.

Gucky, Tako Kakuta und Ras Tschubai standen hinter ihm und hielten sich an den Händen. Nun ließen sie sich los und traten näher.

„Ich würde dir empfehlen, deinen Antigrav zu benutzen", sagte Guckys Stimme. „Die Schwerkraft in dem Wrack des Maahkraumers ist ziemlich hoch."

Bron nickte mechanisch und tat, wie ihm geheißen.

„Wo . . . wo kommt ihr denn her?" stammelte er. „Was ist mit der SJ-22?"

„Von dort sind wir gekommen", antwortete Gucky freundlich. „Aber vielleicht solltest du uns einmal erzählen, wie du hierhergekommen bist!"

Er räusperte sich.

„Oh, du weißt es selbst nicht? Na, das tut nichts zur Sache, vielleicht hat unser Freund hier dich bei seiner Teleportation versehentlich mitgenommen. Ein verhängnisvolles Versehen – für ihn . . ."

„Du . . . du . . . weißt es . . . auch?" fragte Bron atemlos vor Erregung.

„Hm!" machte der Mausbiber.

Er watschelte auf die im Gras liegende Kugel zu und musterte sie interessiert.

Dann streckte er vorsichtig eine Hand aus. Selbstverständlich war seine Hand, ebenso wie der ganze Körper, geschützt. Aber die Mentorezeptoren der Handschuhe glichen die Isolation des Gefühlssinns wieder aus.

„Sie scheint sehr schnell abzukühlen."

Im nächsten Augenblick zuckte er zurück.

Bron Tudd sprang an seine Seite. Aber der Mausbiber wehrte ab.

„Das Ding ruft!" flüsterte er. „Es sendet telepathische Rufe aus und jammert zum Steinerweichen!"

„Wer jammert?" fragte Ras Tschubai. „Das Ding oder die Insassen des Dinges?"

Gucky ging nicht darauf ein. Mit tonloser Stimme erklärte er, es müsse sich bei der Kugel um eine zwar völlig fremde, aber nichtsdestoweniger intelligente Lebensform handeln.

„Die Kugel hat geglüht!" gab Bron zu bedenken.

Gucky nickte.

„Ja, und zwar, bevor ihre Energie erschöpft war. Ich glaube, Wesen dieser Art benötigen enorm hohe Temperaturen zum Leben."

„Wenn sie abgekühlt ist, können wir sie vielleicht zur CREST bringen?" fragte Tako Kakuta.

Erst jetzt fiel dem Mausbiber ein, daß er Betty Toufry ganz vergessen hatte. Sofort sandte er einen starken telepathischen Impuls aus.

Betty antwortete sogleich.

„Die CREST steht nur noch zehntausend Kilometer vor dem Wrack", berichtete Gucky den Gefährten. „Tako und Ras: Wir drei fassen die Kugel an und versuchen, sie in unsere gemeinsame Teleportation einzubeziehen. Bron, du wartest hier, bis ich zurückkomme!"

Bron Tudd sah den Teleportern zu, wie sie sich wieder bei den Händen faßten und danach körperlichen Kontakt mit dem Kugelwesen herstellten.

Dann war er allein.

Der Mausbiber kehrte nach weniger als einer Minute zurück und holte ihn nach.

Nur das Wrack des Maahkraumschiffes blieb zurück.

Der halbkugelförmige Raum an Bord der CREST III war durch fünfdimensionale Energiefelder abgeschirmt.

Gucky, John Marshall und Betty Toufry waren allein mit dem Gefangenen. Kein fremder Gedankenimpuls drang in die Isolierkammer.

Allmählich kam Sinn in die Gedankenströme des Kugelwesens! Sie wurden verständlich, und die drei Telepathen begriffen, wen sie vor sich hatten.

Das fremde Geschöpf teilte den Lauschern mit, es hätte gar nicht in diese Galaxis kommen wollen, ebensowenig wie seine beiden Gefährten. Sie, Sonneningenieure der Nachbargalaxis, wären unvorsichtig gewesen, als sie die sechs „Großen Mütter" inspizierten. Die entfesselten Transmitterkräfte hätten sie unvorbereitet erfaßt.

Beruhige dich! dachte Gucky intensiv.

Er strahlte so lange beruhigende Impulse aus, bis die panikartige Erregung des Kugelgeschöpfs abklang.

Beruhige dich! Wir wollen dir nichts tun. Alles scheint ein schrecklicher Irrtum zu sein. Wir hielten dich und deine Gefährten für Feinde. Nur deshalb verfolgten wir euch und fingen dich ein.

Gnade! strahlte die Kugel aus. *Wir haben niemals das Böse gewollt. Im Gegenteil. Wir halfen, wenn unsere Hilfe gebraucht wurde. Wir bauten die Großen Tore und richteten die Kräfte der Großen Mütter, damit Wesen wie ihr Raum und Zeit zu überwinden vermochten.*

Der Mausbiber erschrak so sehr, daß er einige Meter zurückprallte.

„Ihr habt die Sonnentransmitter gebaut, die unsere und eure Galaxis miteinander verbinden?" stieß er keuchend hervor.

Es war ein großartiges Werk! antwortete das Kugelwesen auf telepathischem Wege. *Bevor die anderen kamen, hatten wir unsere Fähigkeiten niemals auf so geniale Weise einsetzen können.*

Gucky wandte sich erschüttert ab.

„Wißt ihr, wer hier vor euch liegt?" fragte er die Gefährten.

„Ich beginne es zu ahnen", erwiderte John Marshall. „Kugeln wie diese müssen es gewesen sein, die die Transmitterbrücke zwischen der Milchstraße und Andromeda schufen."

„Ich denke, das waren die Lemurer?" warf Tako Kakuta ein.

„Das nahmen wir alle an", gab Gucky zurück. „Aber es war ein Fehlschluß. Doch – wer hätte das gedacht! Solch hilflose und harmlose Wesen: die Sonneningenieure von Andromeda!"

Er holte tief Luft.

„Das muß ich Perry berichten!"

Telekinetisch betätigte er den Schalter, der den Energiefluß für die fünfdimensionalen Abschirmfelder sperrte. Anders hätte er den Interkom nicht benutzen können.

Aber bevor der Bildschirm aufleuchtete, erscholl hinter Gucky ein mehrstimmiger Schrei.

Der Mausbiber fuhr herum. Die Kugel war verschwunden.

„Sie hat uns getäuscht", murmelte John Marshall. „Und als unsere Wachsamkeit nachließ, floh sie erneut."

Gucky schüttelte den Kopf.

„Sie hat uns nicht getäuscht, was ihre Harmlosigkeit angeht. Die Kugel nutzte lediglich die Gelegenheit aus und . . ."

Er brach schreckerfüllt ab.

Betty Toufry und Marshall schrien. Unbeschreibliches Entsetzen verzerrte ihre Züge.

Einige Minuten später stürmten Medoroboter in den Isolierraum und trugen die bewußtlosen Telepathen fort.

35.

Rhodan fühlte sich müde und seelisch zermürbt. Vor allem deprimierte ihn die Tatsache, daß er mit fünfzehntausend beziehungsweise fünftausend Großkampfschiffen drei winzige, harmlose Intelligenzwesen gejagt hatte.

Und zum Schluß waren sie ihm doch alle entkommen. Das Kugelwesen, das von Leutnant Tudd und den Teleportern eingefangen worden war, hatte sich – gleich seinen beiden Gefährten – in die rote Sonne des Planeten Fireplace gestürzt. Sein letzter telepathischer Aufschrei verursachte einen Nervenzusammenbruch bei Gucky, Marshall und Betty Toufry.

Ganz in Gedanken durchschritt er die Türöffnung zu seiner Kabine. Aber dann wich die Erschöpfung aus seinem Gesicht.

Vor ihm standen Betty, John und Gucky!

Perry Rhodan schüttelte Betty die Hand, dann wiederholte er die Prozedur bei Gucky und Marshall.

„Ich hatte keine Ahnung, daß ihr schon wieder gesund seid!"

Der Mausbiber seufzte kläglich und hielt sich die Hand auf den Bauch.

„Gesund wäre zuviel gesagt, Perry. Wir haben nur die Gesunden gespielt, um aus der Bordklinik entlassen zu werden. Stell dir vor: Dort gibt es weder Mohrrüben noch Spargelspitzen noch Bohnenkeime, ganz zu schweigen von ..."

Perry winkte lachend ab.

„Ihr seid heute meine Gäste."

Nach dem Essen und nachdem ein vorzüglicher Portwein von Ferrol aufgetischt worden war, kam die Unterhaltung ganz automatisch auf die letzten Ereignisse zurück.

„Wer hätte das gedacht", sagte Perry Rhodan, „daß diese kleinen Kugeln aus einem Volk von ,Sonneningenieuren' von Andromeda stammten. Aber nach dem, was unsere Gefangener erzählte, leuchtet mir das völlig ein."

„Immerhin", meinte Marshall, „lassen die Informationen dieser ,Sonneningenieure' darauf schließen, daß die Lemurer, wenn sie die Sonnentransmitter schon nicht direkt erbaut, so doch zumindest den Anstoß dazu geliefert haben. Dies bedeutet, daß die Lemurer vor mehr als 50 000 Jahren, noch bevor die erste Auswanderungswelle in die Nachbargalaxis begann – auf normalem Weg mit ihren Raumschiffen Expeditionen nach Andromeda unternommen hatten."

„Und dort entdeckten sie das Volk der Sonneningenieure", setzte Betty Toufry fort. „Diese Begegnung führte in der Folge zum Bau der Sonnentransmitter."

Gucky nickte.

„Und jetzt versehen die Kugelwesen offensichtlich Dienste für die MdI und haben vermutlich auch in deren Auftrag irgendwann die Zwischenstationen im intergalaktischen Leerraum gebaut. Zwischenstationen wie Twin, Horror oder das Schrotschußsystem, die zur Zeit der Lemurer noch nicht existierten."

Perry Rhodan stellte sein Glas auf den Tisch.

„Damit hast du den Nagel auf den Kopf getroffen, Gucky", sagte er.

„Das Auftauchen der drei Sonneningenieure geschah zwar unfreiwillig. Aber allein die Tatsache, daß sie trotz der Transmittersperre materialisieren konnten, beweist uns, daß diese Sperre für sie kein Hindernis darstellt. Und wenn die MdI *diesmal* nicht hinter dieser Aktion standen, so schließt das nicht aus, daß sie es früher oder später nicht dennoch gezielt versuchen. Es grenzt ohnehin an ein Wunder, daß sie nicht längst zu dieser Möglichkeit gegriffen und die Sonneningenieure zur Beseitigung der Sperre eingesetzt haben."

Nach dem gemeinsamen Abendessen saßen Perry Rhodan und Gucky vor dem Kartentisch in der Zentrale der CREST III.

Sie waren nicht allein.

Atlan, Icho Tolot, Baar Lun und die Offiziere des Planungsstabes diskutierten mit Rhodan über die Maßnahmen der nächsten Zukunft.

Alle waren sich darüber klar, daß die Lage sich immer mehr zuspitzte. Eines Tages würden die Meister der Insel mit Hilfe der Sonneningenieure die Empfangssperre des galaktozentrischen Sechsecktransmitters aufheben.

Dann war der Weg frei für die Invasion aus Andromeda. Hunderttausende oder gar Millionen tefrodischer Raumschiffe würden sich gleich einer Sintflut in die Milchstraße ergießen und infolge eines unerschöpflichen Duplonachschubs die Menschheit überrollen.

Während die CREST III nach Kahalo eilte, entstand der Plan zur Beseitigung der Gefahr aus Andromeda.

Perry Rhodan drückte seine Absichten mit den Worten aus:

„Wir werden den Plan des Feindes dort zunichte machen, wo er herangereift ist – nämlich in Andromeda!"

ENDE